GOLDMANN

Buch

Die attraktive und temperamentvolle Catalina Hilliard ist stolze Besitzerin des beliebtesten Saloons in San Francisco. Ihre exotische Schönheit zieht die Männer in Scharen an, doch in einer dunklen Phase ihres Lebens hat sie sich geschworen, nie wieder ihr Herz zu verschenken. Sie ist eine erfolgreiche und unabhängige Frau – und ihren Saloon, den *Silver Slipper*, würde sie mit Zähnen und Klauen verteidigen, wenn es sein müßte.

Als sie Marsh Canton zum ersten Mal begegnet, sagt ihr ein Blick in seine unergründlichen grauen Augen, daß sie in ihm einen ebenbürtigen Gegner vor sich hat. Er plant nämlich, einen Saloon direkt neben ihrem zu eröffnen, und prompt entbrennt ein erbitterter Konkurrenzkampf.

Doch beide merken zu spät, daß sich in ihren Herzen ein tiefes Verlangen und eine brennende Leidenschaft entzündet hat, die gegen ihren Willen alle Rachepläne wie in einem Wirbelsturm davonzufegen droht.

Autorin

Patricia Potter ist eine der erfolgreichsten und beliebtesten Autorinnen historischer Liebesromane. Ihre Karriere als Schriftstellerin begann 1988 mit einem spektakulären Debüt, als sie für ihren ersten Roman unter anderem mit dem »Romantic Times Award« ausgezeichnet wurde – was bislang kaum einer anderen Autorin gelungen ist. Für *Wilde Liebe, weites Land* wurde sie 1993 von der Romantic Times zur »Autorin des Jahres« gekürt. Bevor sie anfing, Romane zu schreiben, arbeitete sie als Journalistin in Atlanta, USA.

Bei Goldmann liegt von Patricia Potter bereits vor:
Schön wie die Sünde. Roman (42698)
Im Kerker der Leidenschaft. Roman (42861)

PATRICIA POTTER

Wilde Liebe, weites Land

ROMAN

Aus dem Amerikanischen
von Uta Hege

GOLDMANN VERLAG

Originaltitel: Notorious
Originalverlag: Bantam Books, a division of Bantam Doubleday Dell
Publishing Group, Inc., New York

Umwelthinweis:
Alle bedruckten Materialien dieses Taschenbuches
sind chlorfrei und umweltschonend.
Das Papier enthält Recycling-Anteile.

Der Goldmann Verlag
ist ein Unternehmen der Verlagsgruppe Bertelsmann

Deutsche Erstveröffentlichung Januar 1995

Umschlaggestaltung: Design Team München
Umschlagillustration: Pellegrino/Schlück, Garbsen
Satz: deutsch-türkischer fotosatz, Berlin
Druck: Elsnerdruck, Berlin
Verlagsnummer: 42828
Lektorat: Silvia Kuttny
Redaktion: Sabine Unger
Herstellung: Stefan Hansen
Made in Germany
ISBN 3-442-42828-9

3 5 7 9 10 8 6 4 2

PROLOG

Kurz vor Tagesanbruch …

Denver, Colorado
Winter 1879

Marsh Cantons Miene war undurchdringlich. Ihm gegenüber saß ein Mann namens Darcy und wischte sich nervös den Schweiß von der Stirn.

»W-was den Schuldschein angeht …«, stammelte Darcy.

Marsh erwiderte nichts. Er wartete ab.

»Ich … ich kann nich' bezahlen.«

»Du wirst bezahlen«, entgegnete Marsh kühl, »so oder so.«

Wie Tränen rannen Darcy die Schweißtropfen aus den Augenwinkeln und liefen ihm über die Wangen. Sein Gesicht war vom Trinken gerötet, und seine Hände zitterten. »Ich … ich hab' was anderes«, gelang es ihm schließlich hervorzustoßen. Mit angstgeweiteten Augen griff er in die Brusttasche seiner Jacke.

Sofort hatte Marsh eine Waffe in der Hand. Die Bewegung war so schnell, daß die Umsitzenden sie gar nicht bemerkten. Die drei anderen Männer schoben ihre Stühle zurück, und tödliches Schweigen senkte sich über den *Purple Sage Saloon.*

»Nein!« schrie Darcy. »Ich wollte keine Waffe ziehen. Das schwöre ich!«

Marsh verharrte vollkommen reglos. Seine Augen waren sehr dunkel und wurden von leicht geschwungenen, schwarzen Brauen eingerahmt, die ihm ein eher träges Aussehen verliehen. Aber niemand hielt Marsh Canton für träge. Er galt als einer der gnadenlosesten und gefährlichsten Männer in Colorado, vielleicht sogar im gesamten Westen der Vereinigten Staaten.

»Was wolltest du sagen?« fragte Marsh. Seine Worte hallten in dem höhlenartigen Raum wider, und die Männer, die eben noch versucht hatten, einen günstigen Platz zu erwischen, fuhren erschrocken zurück.

Langsam zog Darcy ein Stück Papier aus der Tasche. »E... einen Saloon. In San Francisco. Hier ist die Besitzurkunde.«

»Und wie kommst du an einen Saloon in San Francisco?«

»Ich hab' ihn gewonnen. So wie ... jetzt ... beim Poker.«

»Dann mußt du mal ein besserer Pokerspieler gewesen sein, als du es jetzt bist«, sagte Marsh mit leiser, verächtlicher Stimme. Er verabscheute Verlierer. Aber schließlich verabscheute er so ziemlich jeden.

Er nahm die Besitzurkunde an sich. Sie wies ein offiziell aussehendes Siegel auf und schien vollkommen in Ordnung zu sein. Aber was, zum Teufel, sollte er mit einem Saloon? Er war ein Killer. Und er wurde für seine Dienste teuer bezahlt.

Darcy geriet noch stärker ins Schwitzen. Marsh fluchte innerlich. Etwas anderes würde er von dem Kerl nicht bekommen. Es war offensichtlich, daß er sonst nichts besaß. Marsh könnte ihn umbringen. Aber verdammt, er war es leid zu töten – entsetzlich leid.

Sein letzter Auftrag hatte ihm gezeigt, *wie* leid er es war. Er war von einem Rancher angeheuert worden, der Grenzstreitigkeiten mit seinen Nachbarn befürchtet hatte. Einer von Marshs Konkurrenten, ein Mann namens Lobo, war von einem gegnerischen Rancher angeheuert worden. Am Ende hatten Lobo und er zwar nicht aufeinander schießen müssen, aber Lobo war in eine Schießerei mit einem anderen Revolverhelden verwickelt und getroffen worden, so daß seine rechte Hand seither zertrümmert war. In dem Moment hatte Marsh sich gefragt, was er an Lobos Stelle jetzt tun würde.

Marsh war beinahe vierzig, also ziemlich alt für einen bezahlten Killer. Er verlor allmählich seinen Schneid, das heißt die Fähigkeit, im Bruchteil einer Sekunde zu reagieren. Immer öfter träumte er davon, daß er sterbend auf einer staubbedeckten Straße in irgendeinem gottverlassenen, namenlosen Kaff lag und von den Leuten angestarrt wurde, als sei er ein Monster.

Und er *war* ein Monster. Kein Herz. Keine Seele. Die Hülle eines Menschen. Aber so wollte er nicht sterben. Er wollte keinem ehrgeizigen jungen Revolverhelden zum Opfer fallen, der sich in Siegerpose über ihn beugte, während ihm die Menge zujubelte.

Er blickte auf das zerknitterte Stück Papier in seiner Hand. War das vielleicht die Erlösung? Ein Zeichen? Verdammt, er glaubte nicht an solchen Unsinn. Aber ...

Er strich den Zettel glatt und sah, daß Darcy erleichtert aufatmete. »Die Urkunde ist hoffentlich echt«, brummte er mit drohender Stimme. »Sonst gnade dir Gott.«

Das rote Gesicht seines Gegenübers wurde käseweiß, etwas, das Marsh nicht für möglich gehalten hätte.

»Sie is' echt«, murmelte Darcy.

»Dann unterschreib sie«, befahl Marsh und schob den Zettel über den Tisch. Der Mann tat, wie ihm geheißen, doch seine Hand zitterte derart, daß die Unterschrift kaum zu erkennen war.

Marsh nahm die Urkunde an sich, faltete sie sorgsam und steckte sie in die Tasche. Er erhob sich und schob die Pistole lässig in das abgenutzte Halfter. Niemand regte sich. Als er sich langsam in dem Saloon umsah, entdeckte er nackte Angst in den Gesichtern der Männer.

Das war er gewöhnt. Er erwartete es sogar. Doch zugleich stellte er fest, daß er es leid war.

Nachdem er sich vergewissert hatte, daß sich ihm niemand in den Weg stellen würde, wandte Marsh sich zum Gehen.

Die Umstehenden beobachteten schweigend, wie die schlanke, schwarzgekleidete Gestalt den Saloon verließ. Sie alle waren verdammt froh, als der Revolverheld verschwunden war.

Niemand hörte Marshs freudloses Lachen, nachdem er die stumme Menge hinter sich gelassen hatte. Der Killer war im Begriff, Saloonbesitzer zu werden. Vielleicht würde der Geruch von Angst und Tod, der ihm seit über zwanzig Jahren anhaftete, ja eines Tages schwächer ...

Vielleicht.

TEIL I

Verheißungsvolle Nacht

KAPITEL 1

San Francisco, Kalifornien
Frühjahr 1879

Cat fuhr auf und schob ihre Hand unter das Kissen, um die Derringer hervorzuziehen, die sie immer dort aufbewahrte. Sie hörte einen lauten Knall und dann ein dumpfes Klopfen. Angst wallte in ihr auf, und sie versuchte verzweifelt, Ruhe zu bewahren.

So vieles hatte sich geändert. So vieles. Aber die Furcht war geblieben. Laute Geräusche in der Nacht brachten sie zurück ... zusammen mit den Bildern aus einer anderen Zeit, in der Männer den Flur heraufgetrampelt waren und an Türen geklopft hatten, um sich gewaltsam Zutritt zu verschaffen. Jahre später auch bei *ihr.*

Doch die Nacht war vorbei. Es war kurz vor Tagesanbruch, und die Geräusche, die sie geweckt hatten, kamen von draußen, nicht aus dem sicheren Heim, das sie sich über dem *Silver Slipper Saloon* geschaffen hatte, wo sie, Catalina Hilliard, den Ton angab. Sie ließ die Derringer wieder unter das Kissen gleiten, stieg aus dem Bett und ging langsam hinüber zum Fenster, wo sie die wehenden blaßgrünen Vorhänge beiseite schob, um zu sehen, was den Lärm verursachte. San Francisco war eine rauhe Stadt, voller Neureicher und Abenteurer – eine Stadt voller Außenseiter, wie sie selbst es war –, eine Stadt, die niemals zur Ruhe kam. Aber das Klopfgeräusch war anders, seltsam zwingend und bedrohlich.

Das Fenster stand wie immer offen. Sie liebte den kühlen Wind, der von der Bucht herüberwehte, frisch und prickelnd, ganz anders als die feuchte Hitze, an der man in Natchez Under the Hill und so vielen anderen Städten entlang des Mississippi zu ersticken drohte.

Das laute Klopfen drang erneut zu ihr herüber, und im silberglänzenden Licht der heranbrechenden Dämmerung fand sie die Ursache: ein Holzschild, das über dem Eingang des Gebäudes auf der anderen Straßenseite baumelte. Eins der Scharniere hatte sich gelöst, und die Tafel schlug gegen die Holzwand des Hauses. Die Worte auf dem Schild waren kaum noch zu erkennen: *Glory ole.* Es hätte *Glory Hole* heißen müssen, aber einer der Buchstaben war bereits vollkommen verblichen, und auch der Rest der Farbe begann abzublättern.

Dieser traurige Anblick erfüllte Cat mit Zufriedenheit. Sie hatte schließlich ihren Teil dazu beigetragen, daß das Gebäude gegenüber dem *Silver Slipper* allmählich verfiel. Sie hatte vier Besitzer vertrieben, und sie würde dasselbe mit jedem anderen tun, der versuchen sollte, den Saloon wieder zum Leben zu erwecken.

Sie hatte zugesehen, wie ihre Konkurrenten alles versucht hatten, vom gepanschten Whisky bis hin zur Prostitution – zwei Praktiken, die sie verabscheute –, und sie hatte sie alle derart fertig gemacht, daß in den letzten beiden Jahren niemand auf den Gedanken gekommen war, den Saloon wieder zu öffnen. Das leerstehende Gebäude war verfallen, die meisten Möbel waren vom letzten Besitzer verkauft worden, um offenstehende Rechnungen zu begleichen, und inzwischen war das Haus Unterschlupf für allerlei menschliches und tierisches Treibgut.

Der Raum hinter den dicken Mauern barg nur noch eine lange, verkratzte Theke und ein kaputtes Klavier, das zu groß war, als daß man es hätte abtransportieren können. Cat wußte nicht einmal, wem der Saloon gehörte. Angeblich war er einem der Gläubiger des letzten Besitzers zugefallen.

Wenn jemand versuchen sollte, den Saloon nochmals zu öffnen, würde sie ihn genauso ruinieren wie die anderen.

Wie zur Bekräftigung dieses Schwurs klopfte das Schild erneut gegen die Wand. Niemand, der noch ganz bei Trost war, würde versuchen, ihr in die Quere zu kommen. Ganz San Francisco kannte die traurige Geschichte des *Glory Hole.*

Mit diesem beruhigenden Gedanken wandte Cat sich vom Fenster ab und schob ihre dichte schwarze Mähne aus dem Gesicht. Gestern abend war sie zu müde gewesen, um ihr Haar zu flechten, wie sie es sonst immer tat, also müßte sie heute morgen versuchen, die Locken zu bändigen. Sie zündete eine Öllampe an und warf einen kritischen Blick in den Spiegel. Ihr Gesicht war immer noch makellos, und ihre grünen Augen leuchteten nach wie vor. Gott sei Dank hatte sie noch keine Falten, trotz der langen Nächte. Sie war siebenunddreißig, vielleicht achtunddreißig; sie kannte weder den Tag noch das Jahr ihrer Geburt.

Sie wußte, daß sie schön war, aber in der Vergangenheit waren ihr Gesicht und ihre Figur eher ein Fluch gewesen. Aber zumindest hatten sie ihr dabei geholfen, den *Silver Slipper* zu einem erfolgreichen Saloon zu machen. Schönheit aus der Distanz. Unerreichbar. Niemand wagte es, Catalina Hilliard zu berühren. Die Leute nannten sie die Eiskönigin, ein Name, der ihr gefiel. Er war Teil des Images, das sie mühsam kultiviert hatte. In ein paar Jahren würden sowohl ihr Aussehen als auch ihr Image egal sein, denn dann würde sie genug Geld haben, um sich ihren Herzenswunsch zu erfüllen. Sie sehnte sich danach, alles hinter sich zu lassen und aufs Land zu ziehen, irgendwo ans Meer, wo niemand sie kannte und sie in Sicherheit war. Noch ein paar Jahre. Ein paar Jahre ohne Konkurrenz.

Das Schild des *Glory Hole* hämmerte erneut gegen die Wand. Aber jetzt hatte das Geräusch etwas Tröstliches. Es kündete von ihrem Erfolg und dem Mißerfolg ihrer Konkurrenten.

Cat beschloß, daß ihr das Klopfen sehr gut gefiel.

Der Anwalt sah Marsh Canton an, als sei er plötzlich von Lepra befallen. Oder einfach vom Wahnsinn.

Der Gesichtsausdruck des Mannes gefiel Marsh genausowenig wie das eigenartige Gefühl, das ihn selbst beschlich. Irgend etwas stimmte hier nicht. Er bedachte den Anwalt mit einem Blick, der die meisten Männer vor Schreck hätte erstarren lassen.

Und auch jetzt erzielte er eine gewisse Wirkung, wenn auch nicht in dem Ausmaß, wie Marsh es gewohnt war. Aber schließlich war der Anwalt David Schuyler Scott kein Mann, der allzu leicht zu beeindrucken oder einzuschüchtern war.

Er war Marsh vom Besitzer des Hotels empfohlen worden, in dem er abgestiegen war. Scott war eine Rarität, hatte Quinn Devereux erklärt, einer der wenigen ehrlichen Anwälte in San Francisco. Jetzt, wo Marsh darüber nachdachte, hatte Devereux ihn etwas eigenartig angesehen, als er das *Glory Hole* erwähnt hatte.

»Sie haben *was* vor?« fragte Scott.

»Ich will das *Glory Hole* übernehmen«, wiederholte Marsh so geduldig wie möglich. Seine Augen verengten sich zu schmalen Schlitzen. »Die Besitzurkunde ist doch wohl in Ordnung, oder?«

»Oh, ja. Auf jeden Fall scheint sie in Ordnung zu sein. Aber warum versuchen Sie nicht, das Gebäude zu verkaufen? Es wäre hervorragend geeignet als ...« Seine Stimme erstarb. Wofür wäre das Haus geeignet, solange der *Silver Slipper* gegenüber lag? Weder als Wohnhaus noch als Schule, ja, noch nicht einmal für einen Laden wäre es zu verwenden. Ehrenwerte Frauen verkehrten nicht in dieser Gegend der Stadt.

»Saloon«, beendete Marsh den Satz für ihn.

David Scott beugte sich über den Schreibtisch. Sein neuer Klient verwirrte ihn in mehr als einer Hinsicht. Er nannte sich Marshall Canton, und der Name kam ihm seltsam bekannt vor, obgleich David im Augenblick nicht wußte, woher. Außerdem wirkte er, als würde er Ärger anziehen. Ärger und Gefahr. Davids erster Impuls war gewesen, Marsh Canton abzuweisen, aber Quinn Devereux, ein alter und wichtiger Klient, hatte ihm den Mann geschickt, und David schuldete Quinn und seiner Frau Meredith ein, zwei kleine Gefallen.

»Ich denke, ich sollte Sie warnen, Mr. Canton. Die vier letzten Besitzer haben durch das *Glory Hole* alles verloren.«

Marsh Caton zuckte mit den Schultern. »Warum?«

»Die Lady auf der gegenüberliegenden Straßenseite mag keine Konkurrenz«, sagte David.

»Die Lady?«

»Catalina Hilliard. Sie nennen sie die Eiskönigin von San Francisco. Sie besitzt und betreibt den *Silver Slipper*.«

»Eine Frau, die einen Saloon besitzt?«

»Ja.« Es freute David, daß es ihm endlich gelungen war, die stoische Ruhe seines Gegenübers ein wenig zu erschüttern. »Eine äußerst hübsche Person. Und höchst willensstark.«

»Und wie entledigt sie sich ihrer Konkurrenten?«

»Soweit ich weiß, hat sie verschiedene Methoden. Ein überraschender Besuch von der Polizei. Eine kleine Schlägerei. Anschuldigungen wegen gepanschten Whiskys und Falschspielens.«

»Und, stimmten die Anschuldigungen?«

»Einige schon, nehme ich an.«

»Ich habe nicht die Absicht, solche Dinge zuzulassen.«

David räusperte sich. Wenn es keine legalen Mittel gab, um Marsh zu vertreiben, würde Catalina sicher auch einen anderen Weg finden, um ihn loszuwerden.

»Das Gebäude ist in einem sehr schlechten Zustand«, beeilte er sich zu sagen.

»Ich werde es reparieren«, erwiderte Marsh.

»Dafür werden Sie eine Menge Geld brauchen.«

»Ich habe eine Menge Geld.«

David seufzte frustriert. Cantons Kleider entsprachen zwar nicht der neuesten Mode, aber sie waren aus teurem Stoff. Und auffallend. Ganz in Schwarz. Hemd, Hose, Jacke, selbst das Pistolenhalfter. Das Halfter allein war schon beunruhigend; Waffen, in San Francisco früher ebenso normal wie Stiefel, waren inzwischen eine Seltenheit geworden. Die dunkelgrauen Augen und das ebenholzschwarze Haar seines Klienten paßten zu seiner dunklen Kleidung, und sein Blick war ruhig, aber höchst ungewöhnlich. David hatte noch niemals Augen gesehen, die so wenig verrieten; sie waren wie Glas; man konnte sich darin spiegeln, ohne etwas über die Person zu erfahren, die sich dahinter verbarg.

»Warum, Mr. Canton?«

Marsh zog die Brauen hoch. »Warum was?«

»Warum bestehen Sie darauf, das *Glory Hole* wieder aufzumachen?«

»Ich habe es gewonnen.«

»Sie werden eine Menge Ärger damit bekommen.«

»Ich bin Ärger gewohnt, Mr. Scott.«

Daran zweifelte David nicht eine Sekunde. Aber die Eröffnung des *Glory Hole* würde seinem Klienten ganz neuen Ärger einbringen. David kannte Catalina Hilliard.

»Es gibt genügend andere Gebäude«, schlug der Anwalt vor.

Den ganzen Weg von Colorado hatte Marsh darüber nachgedacht, daß das *Glory Hole* vielleicht die einzige Chance war, jemals die Waffe abzulegen. Er wußte nicht, weshalb, aber er war besessen von dieser Idee. Und wenn er sich etwas in den Kopf gesetzt hatte, dann ließ er sich durch nichts und niemanden davon abhalten. »Nein.«

»Was wollen Sie damit machen?«

Marsh zuckte mit den Schultern. »Kartenspiel. Whisky. Was macht man sonst mit einem Saloon?«

»Und Sie haben die Absicht, das Lokal selbst zu führen?«

Marsh nickte.

»Nun, Sie wirken nicht gerade wie ein Mann, der die Leute zu frivolen Vergnügungen animiert«, sagte David mit einem leichten Lächeln. Marshall Cantons Blick würde schon ausreichen, um die meisten Kunden zu Tode zu erschrecken. Ganz zu schweigen von der Lässigkeit, mit der er seine Waffe trug, einer Lässigkeit, die darauf schließen ließ, daß er die Pistole seit langem trug und zu benutzen wußte.

Marsh verzog ebenfalls den Mund. In seinem Lächeln lag jedoch so wenig Wärme, daß er ebensogut die Stirn hätte runzeln können.

»Ich weiß, daß ich jemand anderen hinter die Theke stellen muß. Ich hatte gehofft, Sie könnten mir da vielleicht helfen.«

Es war offensichtlich, daß Marsh andere Leute nur ungern um Hilfe bat. Zum ersten Mal empfand David so etwas wie Sympathie für sein Gegenüber. Es war angenehm, wenn ein Mann seine Grenzen kannte und sie auch eingestand. »Vielleicht«, sagte er. »Aber warum sehen Sie sich das Haus nicht erst einmal an, ehe Sie eine endgültige Entscheidung treffen?«

»Das ist nicht nötig.«

David schüttelte den Kopf. »Solange Sie sich den Saloon nicht ansehen, will ich mit der Sache nichts zu tun haben.«

Marsh erhob sich und musterte den Anwalt mit einem derart

kühlen Blick, daß der das Gefühl hatte, er werde für einen Sarg vermessen. Dann nickte er. »Ich werde zurückkommen.«

David beobachtete, wie er sich umwandte und das Büro verließ. Er atmete erleichtert auf. Canton würde nicht zurückkommen, wenn er das *Glory Hole* erst einmal gesehen hatte.

Aber Marshall Canton wäre ein durchaus interessanter Klient. Ein *sehr* interessanter Klient – und eine echte Herausforderung für Catalina Hilliard. David mußte plötzlich grinsen. Sein Klient war anders als die Männer, die bisher versucht hatten, das *Glory Hole* zu betreiben. Ja, es gab sogar eine gewisse Ähnlichkeit zwischen Canton und Miss Hilliard. Sie beide waren so stur, daß ein Maulesel vor Neid erblassen würde, und ihre Augen ...

Ja, Canton und Catalina hatten denselben Blick: vorsichtig und distanziert, so daß niemand sich jemals zu nah an sie heranwagte. Diese Aura der Unberührbarkeit war Teil von Catalinas Faszination, sie forderte die Männer heraus und verhexte sie zugleich.

David Schuyler Scott beugte sich vor, stützte die Ellbogen auf den Schreibtisch und setzte eine nachdenkliche Miene auf.

Marsh brauchte nur einen Blick auf das *Glory Hole* zu werfen, um das Zögern des Anwalts zu verstehen.

Ein hölzernes Schild baumelte über dem Eingang und schlug gelegentlich gegen die Holzwand des Gebäudes. Er stand wie erstarrt da und dachte an eine ähnliche Szene, die bereits fünfzehn Jahre zurück lag. Genau dasselbe Klopfen und genau dieselbe Trostlosigkeit ...

Irgend jemand rief etwas, und er stellte fest, daß er mitten auf der Straße stand und beinahe von einer Kutsche überfahren worden wäre. Er trat so langsam auf den hölzernen Gehweg, daß der Kutscher die Pferde bremsen mußte. Gefahr war ein Wort, das ihm nur wenig bedeutete. Er hatte keine Angst vor dem Tod, nur einen gewissen Widerwillen gegen bestimmte Todesarten.

Marsh streckte die Hand aus, berührte das Schild und strich mit den Fingern über das verblichene *H.* Durchaus passend, dachte er, denn schließlich fehlte in seinem Leben ja auch etwas Wichtiges.

Er wandte sich dem Eingang zu. Eine der beiden niedrigen Schwingtüren fehlte, und auch das Schloß der dicken Eingangstür war nicht mehr da.

Als er den Saloon betrat, hörte er ein dumpfes Knurren. In einer Ecke erhob sich ein Hund – wenn man dieses häßliche Vieh so nennen konnte. Das Biest war genauso abstoßend wie das falsche Ende einer Winchester, dachte Marsh mit einem Anflug von schwarzem Humor.

Er blickte hinüber zu dem kaputten Fenster, durch das das Tier wahrscheinlich hereingekommen war. Der Hund war ziemlich groß, knochig und vernarbt, und weder sein Kopf noch sein graumeliertes, vollkommen verdrecktes Fell deuteten auf eine bestimmte Rasse hin. Nur die Zähne, die er drohend fletschte, schienen noch halbwegs in Ordnung zu sein. Das Tier kauerte knurrend in der Ecke. »Ich tue dir schon nichts«, sagte Marsh, als spreche er mit einem menschlichen Wesen. »Wenn du mir gegenüber dieselbe Höflichkeit walten läßt.« Seine Stimme schien eine beruhigende Wirkung zu haben, denn das Knurren des Hundes klang jetzt eher warnend als drohend.

Marsh trat in die Mitte des riesigen Raumes, in dem es nichts gab außer einer langen Theke und einem Klavier. Er dachte an ein anderes Klavier, auf dem er vor Jahren gespielt hatte, und sah auf seine Hände. Sie hatten einst wunderbare Musik zum Leben erweckt, ehe sie begonnen hatten, ebenso mühelos andere Menschen in den Tod zu schicken. Er machte einen Bogen um den Hund und ging hinüber zu dem Instrument, das vollkommen verloren mitten im Zimmer stand. Als er über eine der elfenbeinfarbenen Tasten strich, ertönte ein dumpfer, klagender Ton. Das Geräusch klang wie der Widerhall seiner toten Seele.

Marsh schüttelte den Kopf. Er hatte seine Seele und sein Herz bereits vor langer Zeit verloren. Nichts war geblieben von Güte und Edelmut. Es ging nur noch ums nackte Überleben, und selbst das wurde immer schwieriger.

Er war nicht anders als dieses Haus. Wahrscheinlich paßte er in dieses verfallene, verlassene Gebäude. Marsh bedachte den Hund mit einem Grinsen. Der Hund krümmte sich zusammen, und Marsh lachte freudlos. »Gefällt dir der Vergleich nicht?« fragte er in demselben Ton wie zuvor, und der Hund knurrte stärker.

Das Biest hat wirklich Verstand, dachte Marsh, während er sich seinen neuen Besitz etwas genauer ansah.

Die Fenster waren zerborsten, die Farbe blätterte von den Wänden, und in der Luft hing der penetrante Geruch ungebetener Gäste. Marsh lehnte sich an die Wand, zog eine lange, dünne Zigarre aus der Tasche, zündete sie an und sah sich langsam um.

Er hatte den Anwalt belogen. Nun, nicht wirklich belogen, aber zumindest hatte er nicht ganz die Wahrheit gesagt. Er hatte gesagt, er habe eine Menge Geld. Nun, er hatte Geld, aber nicht viel. Seine Arbeit war gut bezahlt, aber er hatte einen teuren Geschmack, und er hatte nie einen Grund zum Sparen gehabt. Weiß Gott, schließlich gab es niemanden, dem er etwas vererben konnte. Also hatte er immer in den teuersten Hotels gelebt, das beste Essen bestellt und die edelsten Weine gekauft. Und er spielte, wobei es ihm meistens egal war, ob er gewann oder verlor. Entweder zum Zeitvertreib oder um irgendwelche Informationen zu bekommen.

Sein Blick fiel auf die Überreste eines Spiegels über der Theke. Nicht viel. Ein paar Glasscherben, die gerade groß genug waren, daß er einen Teil seiner Jacke sah. Scherben ... wie die, die er vor Jahren in der verkohlten Ruine seines Heims gefunden hatte.

Der Raum begann sich zu drehen, und Marsh mußte sich abstützen, um nicht zu stürzen ...

Er hatte sein Pferd die breite Auffahrt zum Haupthaus von Rosewood hinaufgeführt. Sowohl er als auch das Pferd waren erschöpft und halb verhungert gewesen. Das Tier hatte ihm treue Dienste geleistet, und obwohl er es eilig gehabt hatte, nach Hause zu kommen, hätte er verdammt sein wollen, wenn er deswegen das Pferd erschoß.

Er hatte gegen die dunkle Vorahnung angekämpft. Die Vorahnung und die nagende, entsetzliche Angst. Er hatte in diesem Teil von Georgia zu viele niedergebrannte und verlassene Plantagen gesehen, um sich jetzt keine Sorgen zu machen. Während er in Vir-

ginia gekämpft hatte, hatte er von Shermans brutalem Vorstoß ans Meer und der anschließenden Besatzung gehört, aber das, was er in den letzten Tagen gesehen hatte, hatte seine schlimmsten Befürchtungen bei weitem übertroffen.

Er hatte sich eingebildet, daß er sich nach vier Jahren erbittertster Kämpfe nicht mehr allzu viele Illusionen machte, aber irgendwie war es ihm gelungen, das Bild von seinem Heim mit dem grünen Gras, den reichen Feldern und dem eleganten Herrenhaus im griechischen Stil ungetrübt zu bewahren. Vor allem aber hatte er sich an die Sanftheit und Güte seiner Mutter und seiner Schwester erinnert. Sein Bruder und sein Vater waren beide bereits in den ersten Kriegstagen gefallen, aber ein entfernter Cousin hatte die Verantwortung für die Plantage übernommen, und obwohl er seit über einem Jahr nichts mehr von seiner Mutter und seiner Schwester gehört hatte, hatte er sich gezwungen zu glauben, es liege nur daran, daß die Armee der Union zwischen ihnen stand.

Er war um die Kurve gebogen, hatte erwartungsvoll aufgeblickt und war abrupt stehengeblieben. Wo einst das Haus gestanden hatte, waren nur noch die Überreste der sechs Schornsteine zu sehen gewesen.

Es herrschte eine gespenstische Stille, die wahrscheinlich daher rührte, daß es keinen Platz mehr für die Vögel gegeben hatte und daß die heiße Brise durch nichts gemildert wurde. Selbst die Eichen, die früher den Weg gesäumt hatten, waren verschwunden gewesen ... vielleicht als Brennholz genutzt oder durch Funken von dem Feuer in Brand geraten.

Von den anderen Gebäuden – den zwei Scheunen, den Ställen, den Hütten der Sklaven, die in einer ordentlichen Reihe hinter dem Herrenhaus gestanden hatten – war nur noch eine halbe Hütte übrig gewesen, deren Tür lose in den Angeln gehangen hatte. Sie war hin und her geschwankt und gelegentlich gegen den noch verbliebenen Teil der Wand geschlagen. Das Klopfgeräusch hatte die bedrückende Stille, das Gefühl von Verlassenheit und Trostlosigkeit noch verstärkt. Der Garten, den seine Mutter so sehr geliebt hatte, war von Unkraut überwuchert gewesen, nur ein paar tapfere Rosen hatten sich durch das Gestrüpp gekämpft.

Und auch auf den ehemals fruchtbaren Feldern war nichts als Gras gewachsen. Langsam war er hinüber zu dem kleinen Familienfriedhof gegangen, der im Schatten einer der wenigen noch stehenden Bäume lag. Zwischen den großen Steinblöcken hatten eigenartig deplaziert zwei einfache Holzkreuze gestanden. Sally Canton und Melissa Canton. Unter ihren Namen war derselbe Todesmonat angegeben gewesen. Juni 1864.

Marsh Canton, Colonel unter Mosby und Überlebender der erbittertsten Kämpfe des ganzen Krieges, hatte starr dagestanden und gespürt, wie hinter seinen Augen Hitze aufstieg. Daß er weinte, hatte er erst gemerkt, als die Tränen auf seine Hand getropft waren, die immer noch die Zügel des Pferdes hielt. In diesem Augenblick war das gestorben, was von seiner Seele übrig gewesen war.

Damals war er fünfundzwanzig gewesen.

Er hatte sich von seinem Erbe abgewandt, war fortgegangen, und nachdem er herausgefunden hatte, was in jenem Juni passiert war, war er niemals dorthin zurückgekehrt …

Er schüttelte den Kopf. Er war schon einmal davongelaufen. Und er sollte wieder davonlaufen. Sein Blick wanderte über die kläglichen Überreste des Saloons. Was hatte ihm dieses Haus schon zu bieten? Warum war er so wild entschlossen, etwas zu bekommen, von dem er geschworen hatte, daß er es nicht brauchte – ein Heim?

Die verdammte Besitzurkunde war ihm wie ein Zeichen erschienen, wie ein neuer Anfang.

Ein Anfang? Eher wie ein Ende, dachte er, während er im Kopf die Kosten der Renovierung überschlug. Er würde alles investieren müssen, was er hatte. Ebensogut könnte er einfach weitermachen wie bisher.

Und dann? Einen neuen Auftrag annehmen? Noch mehr Menschen töten? Himmel, es war bereits viel zu leicht. Die Erfüllung seines letzten Auftrags war ihm so natürlich erschienen, daß es ihm angst gemacht hatte. Er hatte zwei Männer getötet, einen, der ihn herausgefordert hatte, und einen, der ein Kind erschossen hatte. Sie beide hatten es verdient zu sterben, aber als er die

Stadt verlassen hatte, hatte er eine Verwirrung und einen dumpfen Schmerz verspürt, die er zuvor nicht gekannt hatte. Er mußte diese Gelegenheit nutzen, sich selbst zu retten.

Die Eiskönigin. Eine Frau, die einen Saloon besaß. Offenbar war sie verantwortlich für den traurigen Zustand dieses Hauses. Eine Herausforderung. Vielleicht war es das, was er brauchte, um sich wieder lebendig zu fühlen.

Verdammt. Er schob diesen Gedanken beiseite. Die ganze Sache war vollkommener Unsinn. Er brauchte dieses Lokal nicht – besonders, da es Erinnerungen in ihm wachrief, die besser ruhten.

Er ließ die Zigarre auf den Boden fallen und trat sie aus.

Jetzt brauchte er erst einmal einen Drink. Unbedingt.

Und warum nicht auf der anderen Straßenseite? Die Scheiben über dem Tresen spiegelten sein Wolfsgrinsen wider. Er knöpfte seine Jacke aus feinem Wollstoff auf, schlenderte durch die Tür, ging über die Straße und betrat den *Silver Slipper.*

KAPITEL 2

Der *Silver Slipper* hatte alles, was das *Glory Hole* nicht besaß.

Dies war tatsächlich der eleganteste und größte Saloon, den Marsh betreten hatte, seit der Krieg seinen Besuchen in den vornehmsten Bars von Richmond und Washington ein jähes Ende bereitet hatte.

Mehrere Meter blankpolierten Parkettbodens erstreckten sich bis zu einer schimmernden Mahagonitheke, die das gesamte hintere Ende des Raums einnahm. Zur Rechten waren Spieltische aufgebaut: es gab zwei Rouletteräder, mehrere Pokertische und einen Blackjacktisch, an dessen Kopf der elegant gekleidete Geber saß. Links befand sich eine Bühne mit einem Klavier. Die Treppe im Hintergrund führte hinauf zu einer Galerie, über die man zu den Zimmern im Obergeschoß gelangte. Strahlende Kronleuchter erhellten den Raum, und das Licht tanzte in den

Spiegeln und schimmerte auf dem Holzfußboden. Blaßblaue Samtvorhänge umrahmten sowohl die Fenster als auch die Bühne.

Der Saloon war einladend, ja freundlich, etwas, was Marsh nie zuvor in einer öffentlichen Bar empfunden hatte. In der Nähe der Eingangstür stand ein Tisch, der über und über mit Platten und Schüsseln voller Essen beladen war; im ganzen Raum waren zwanglos Tische und Stühle verteilt. Kleine Gruppen von Männern, einige in Begleitung hübscher Gesellschafterinnen, nippten an überfrorenen Krügen, was eine Seltenheit in Saloons entlang der Westküste war. Die Kosten für das Eis mußten astronomisch sein.

Marsh ging hinüber an die Theke und stellte seinen rechten Stiefel auf die Messingfußleiste. Der Barkeeper kam sofort herbeigeeilt und fragte lächelnd nach seinen Wünschen.

»Whisky.« Der Mann nickte und schenkte großzügig in ein sauberes Glas ein. Marsh konnte sich nicht helfen – er war beeindruckt. Sauberkeit war ebenfalls eine Rarität in westlichen Bars. Er nippte an seinem Whisky und genoß den edlen, reichen Geschmack. Hier gab es eindeutig keinen Fusel.

»Sind Sie neu hier in der Stadt?« fragte der Mann hinter dem Tresen.

Marsh nickte.

Der Barkeeper, der offensichtlich ein Gespür dafür hatte, wann seine Kunden Unterhaltung wünschten und wann nicht, sah auf das Glas. »Noch einen?«

Marsh nickte erneut. Er brauchte den Alkohol, denn der Gegensatz zwischen dem *Silver Slipper* und dem *Glory Hole* hatte ihn etwas aus dem Gleichgewicht gebracht. Er wünschte sich, er hätte diesen miesen kleinen Darcy in Schußweite vor sich.

Eine Frau mit hellbraunem Haar gesellte sich zögernd zu ihm. »Möchten Sie etwas Gesellschaft?«

Marsh musterte sie. Genau wie der Whisky war auch die Frau allerbeste Qualität. Sie schien so um die achtzehn zu sein, etwas zu jung für seinen Geschmack, aber sie war auf eine sanfte Art sehr hübsch, und sie hatte etwas anziehend Verletzliches an sich. Ihre großen kaffeefarbenen Augen sahen ihn schüchtern an, und ihr Lächeln war eher verhalten als erprobt.

Er könnte versuchen, ein paar Informationen aus ihr herauszubekommen, aber das wollte er nicht. Er war seltsam trübsinnig. Die ungewollten Erinnerungen, die die Ruine auf der anderen Straßenseite in ihm wachgerufen hatte, und die Erkenntnis, daß er von einem Hochstapler aufs Kreuz gelegt worden war, nagten an ihm.

Er blickte der Frau in die Augen und stellte fest, daß sie unmerklich zurückschreckte. Philosophen sagten, die Augen seien der Spiegel der Seele, und er wußte, daß die seine schwarz wie die Sünde war. Nicht viele Menschen sahen ihn an, ohne zusammenzufahren und sich zurückzuziehen. Der Anwalt war einer dieser wenigen gewesen, und selbst er hatte Vorsicht walten lassen.

Die junge Frau machte einen Schritt zurück, aber sie sah ihn weiterhin fragend an.

Warum nicht? dachte Marsh plötzlich. Das Mädchen war wirklich ungewöhnlich. Sie konnte nicht so verletzlich sein, wie es den Anschein hatte, nicht, wenn sie in einem Saloon arbeitete. Vielleicht würde er durch sie mehr über die Eiskönigin erfahren, die offensichtlich heute nachmittag nicht anwesend war.

Er nickte und winkte dem Barkeeper, ohne den Blick von ihr abzuwenden. »Was möchten Sie?«

»Champagner«, sagte sie mit einem leichten Zittern in der Stimme.

Marsh wußte, daß sie wohl eher Tee zum Preis von Champagner bekam, aber er gab die Bestellung weiter. Für sich selbst orderte er einen dritten Whisky. Das wäre dann sein letzter, wie immer. Er vertrug eine ganze Menge, aber es war sträfliche Dummheit, wenn ein Killer mehr trank. Oft entschied der Bruchteil einer Sekunde über Leben und Tod.

Als die Getränke kamen, nahm er sie und folgte ihr zu einem Tisch, wo sie sich setzte und ihm mit zitternden Händen das Glas abnahm.

»Ich heiße Molly«, sagte sie, offensichtlich in der Erwartung, daß auch er sich ihr vorstellte.

»Canton«, erwiderte er knapp. Er hoffte nur, daß der Name ihr nichts sagte. Er hatte zwar noch nie in Kalifornien gearbeitet, aber schließlich hatte es einen dieser gräßlichen Groschenromane über ihn gegeben. Das Ganze war zwar größtenteils der Phantasie des Autors entsprungen, aber ein Körnchen Wahrheit enthielt die Geschichte doch.

»Ist das Ihr Vor- oder Ihr Nachname?«

Er zuckte mit den Schultern. »Canton genügt.«

Das Mädchen wirkte noch nervöser. »Sind Sie zum ersten Mal hier?«

Er bedachte sie mit einem Lächeln und nickte.

Ihr Blick schwankte, offensichtlich brachte sein Lächeln, sein Gesicht, sie aus der Fassung. Sie biß sich auf die Lippe und nippte nervös an ihrem Getränk, während er sie interessiert beobachtete. Sie war so anders als die Mädchen, die er bisher in Saloons angetroffen hatte. Sie wirkte irgendwie ... unsicher. Er fragte sich, ob es oben wohl Zimmer gab, ob die Eiskönigin neben Alkohol, Spiel und Bestechung auch Prostitution zuließ. Diese Überlegung entsprang reinem Interesse, nicht irgendwelchen Bedürfnissen. Allmählich faszinierte ihn die ganze Angelegenheit. Schüchterne, ängstliche Barmädchen waren schließlich etwas höchst Ungewöhnliches.

Er wartete auf ihre nächste Frage, wobei sein harter, beständiger Blick sie nicht gerade ermutigte; aber schließlich machte er es den Leuten niemals leicht.

Sie schwieg, und er wußte nicht, ob ihr einfach nichts mehr einfiel oder ob er sie zu sehr einschüchterte. Mit einer Hand klopfte sie nervös auf den Tisch und mit der anderen umklammerte sie das leere Glas.

Marsh setzte das echteste Lächeln auf, das ihm möglich war. Es hätte entwaffnend sein sollen, aber offenbar hatte es die entgegengesetzte Wirkung. Plötzlich zersprang Mollys Glas und schnitt in ihre Hand. Als sie aufschrie, eilte der Barmann herbei, bedachte Marsh mit einem bösen Blick und wickelte ein Geschirrtuch um die verletzte Hand.

»Oh, Molly«, sagte er ehrlich besorgt. »Ich hole Catalina.«

Marsh lehnte sich zurück und beobachtete die Szene amüsiert. Ein ängstliches Barmädchen. Ein besorgter Barkeeper. Seltsam.

Er blickte sich um und bemerkte, daß selbst die anderen Gäste ihn unfreundlich ansahen.

War er denn inzwischen so furchteinflößend?

Er hörte, daß sich auf der Galerie etwas bewegte, blickte auf und bemerkte die Frau, die die Treppe hinunterkam. Nie zuvor war Marsh Canton von einer Frau wirklich beeindruckt gewesen. Er hatte, weiß Gott, genug von ihnen gesehen und war auch mit einer ganzen Reihe von ihnen im Bett gewesen, aber die Frau, die sich ihm jetzt näherte, war einzigartig, ohne daß er genau hätte sagen können, weshalb.

Aus irgendeinem Grund hatte er sie sich blond und blauäugig vorgestellt, aber ihr Haar war ebenso schwarz wie das seine, und ihre Augen hatten das leuchtendste Smaragdgrün, das er je gesehen hatte. Es war jedoch nicht ihre strahlende Schönheit, die ihr den Beinamen Eiskönigin eingebracht hatte. Er wußte sofort, daß es ihre kühle, erhabene Ausstrahlung war, die ihr die Distanz zum Rest der Welt verschaffte.

Der Gedanke kam so schnell und mit einer solchen Gewißheit, daß Marsh verblüfft war. Neugierig. Fasziniert. Nur wenige Dinge weckten überhaupt sein Interesse, so daß er sich ernsthaft über sich wunderte. Als sie an den Tisch kam, erhob er sich.

Sie hatte jedoch nur Augen für Molly und beugte sich sofort über das blutverschmierte Geschirrtuch. »Ist alles in Ordnung?«

Molly nickte verschämt und leicht verängstigt. »Es ist nur ein kleiner Schnitt. Es ... tut mir leid.«

Cat löste sanft den Verband und sah sich die Wunde an; dann blickte sie zu Marsh hinüber, als bemerkte sie ihn erst jetzt. Ihre Augen blitzten wütend. »Sind Sie für das hier verantwortlich?«

In Marshs verpfuschtem Leben waren schon die schlimmsten Anschuldigungen gegen ihn erhoben worden, aber das hier ging eindeutig zu weit. Er erstarrte.

Molly schüttelte den Kopf. »Nein ... Miss Catalina, er hat nichts getan ... ich war einfach nervös und habe das Glas zerbrochen.« Marsh merkte, daß das Mädchen all seinen Mut zusammennehmen mußte, um ihn zu verteidigen, und fragte sich, weshalb.

»Er hat nichts gesagt?«

Molly schüttelte erneut den Kopf.

Die Frau wandte sich an den Barmann. »Bring sie nach oben und sag Wilhelmina, daß sie den Arzt holen soll.« Dann drehte sie sich wieder zu Marsh um und betrachtete ihn, als sei er ein Ausstellungsstück im Museum.

Er war es gewohnt, seinerseits die Leute zu mustern, und er war sich nicht sicher, daß ihm die Situation anders herum gefiel.

»Mr. ...?«

»Canton«, erwiderte er leichthin. »Sie müssen Catalina Hilliard sein.«

Dieses Mal erstarrte sie. Es war offensichtlich, daß sie es vorzog, wenn sie die Kontrolle über die Dinge hatte, und es war ebenso offensichtlich, daß sie beide ineinander ebenbürtige Gegner gefunden hatten.

»Ich gestatte es nicht, daß die Männer die Mädchen, die hier arbeiten, anrühren«, sagte sie in eisigem Ton.

Er zog eine Braue hoch. »Das ist höchst ungewöhnlich für einen Saloon«, bemerkte er. »Aber ich nehme an, daß jeder der Anwesenden bezeugen kann, daß ich mich ihr in keinster Weise genähert habe.« Seine Stimme wurde hart. »Ich habe demnach keine Lust, mir derartige Anschuldigungen anzuhören.«

Ihre Blicke trafen sich und hielten einander stand. Irgend etwas blitzte zwischen ihnen auf, eine Art gegenseitiges Erkennen. Zwei willenstarke Menschen, die miteinander fochten, einander auf die Probe stellten. Marsh hatte das Gefühl, sich in ihren Augen zu verlieren; sie waren von einer grenzenlosen Tiefe, und doch verrieten sie nichts von der Frau.

Er betrachtete ihr perfektes Gesicht und versuchte, ihr Alter zu erraten. Sie war eine der wenigen Frauen, deren feinen Zügen die Jahre niemals anzusehen waren. Ihre wachsamen Augen zeugten von Lebenserfahrung, und sie hatte ein paar unmerkliche Fältchen, die sie nicht zu überschminken schien. Lachfältchen waren es wohl nicht.

Er wußte, daß sie ihn auf dieselbe kalte, methodische Art musterte und daß sie erfahren genug war, um den Killer in ihm zu sehen, zu spüren. Seltsamerweise schien diese Erkenntnis sie nicht zu ängstigen, sondern nur ihre Wachsamkeit zu erhöhen. Er nahm an, daß es wieder eine Art Erkennen war, ein Erkennen, das Argwohn weckte, aber keine Furcht.

Sie entspannte sich ein wenig. »Sind Sie zu Besuch in San Francisco, Mr. Canton?«

Er zuckte mit den Schultern. »Ich denke daran, hier geschäftlich tätig zu werden.«

»In der gleichen Branche, in der Sie bisher tätig waren?«

Er lächelte. »Nicht ganz.«

Plötzlich wallte Hitze zwischen ihnen auf. Eine eigenartige Hitze. Eine gefährliche Hitze. Die gleiche Hitze, die er im Mittleren Westen gespürt hatte, wenn ein Tornado aufkam.

Auch sie spürte es. Das erkannte er an ihrem überraschten Blick.

»Ich muß mich um Molly kümmern.« Sie wandte sich zum Gehen, drehte sich dann aber noch einmal zu ihm um. »Sie ist neu hier«, fügte sie erklärend, aber nicht entschuldigend hinzu. »Ihr Drink geht auf das Haus.«

Er verbeugte sich, wie er es vor Jahren in Georgia getan hatte. In einem anderen Leben. Er war der jüngste Sohn eines Plantagenbesitzers gewesen, ein Student an der rechtswissenschaftlichen Fakultät von Virginia. Er hatte ein hervorragendes Benehmen gehabt und war mit einer ganzen Reihe von Talenten ausgestattet gewesen, vom Reiten und Schießen bis hin zu Klavierspiel und juristischem Scharfsinn.

All das hatte ihn ausgemacht, ehe der Krieg all die sanften Eigenschaften verschüttet hatte und nur noch die tödlichen Fähigkeiten geblieben waren.

Aber er hatte nichts verlernt. Die leuchtenden Augen, die so kalt waren wie die Smaragde, denen sie glichen, blitzten zustimmend, ja erheitert, auf.

Dann ging sie davon, wobei ihr dunkelgrünes Seidenkleid um ihre perfekte Figur schwang.

Er war so mit ihrem Gesicht beschäftigt gewesen, daß er den Rest bisher gar nicht bemerkt hatte. Ihr Kleid war ziemlich hochgeschlossen, und die Ärmel gingen bis zu den Ellbogen. Für eine Saloonbesitzerin war sie wirklich züchtig gekleidet, aber als er den plötzlichen Schmerz in seinen Lenden spürte, wurde ihm klar, daß diese Beschaffenheit noch verführerischer und aufregender war als ein Kleid, das nichts mehr verbarg.

Er nahm wieder Platz, streckte seine langen Beine unter dem Tisch aus und dachte über die letzten paar Minuten nach. Sie faszinierte ihn ebenso, wie sie nach Aussage des Anwalts ganz San Francisco faszinierte. Sonst hätte sie wohl kaum die Macht, die sie besaß.

Sie war seltsam. Auf der einen Seite hatte sie sich wegen des Mädchens ehrlich Sorgen gemacht und war ihm wirklich böse gewesen, bis sie zu dem Schluß gekommen war, daß er – zumindest in dieser Hinsicht – unschuldig war. Doch auf der anderen Seite lag eine Kälte in ihrem Blick, wie er sie noch nie bei einer Frau bemerkt hatte.

Catalina Hilliard war eine interessante Person. Äußerst interessant. Und sie wäre eine ebenbürtige Gegnerin. Zum ersten Mal seit langer Zeit verspürte Marsh eine gewisse Erregung. Er hatte angenommen, daß er keiner menschlichen Regung mehr fähig sei, und nun das. Wollte er wirklich wieder etwas fühlen? Konnte er sich das überhaupt leisten?

Vielleicht nicht, aber alles war besser als die Leere der vergangenen Jahre, das schwarze Nichts, das ihn vollkommen ausgefüllt hatte. Es war immer stärker geworden und hatte ihn beinahe ganz verschlungen, als er festgestellt hatte, daß er nichts mehr empfand, wenn er einen anderen Menschen tötete. Rein gar nichts. Weder Bedauern noch Schmerz. Noch nicht einmal Erleichterung, daß nicht er es war, der da tot im Staub einer Straße, in der glühenden Hitze einer Wüste oder in der schwarzen Kälte eines einsamen Tals lag. Diese Gleichgültigkeit würde ihn eines nicht allzu fernen Tages umbringen.

Weiß Gott, er konnte genausogut das Geld, das er besaß, investieren. Wenn sich das *Glory Hole* nicht rentierte, konnte er immer noch nach Colorado zurückkehren und seinen alten Beruf wiederaufnehmen.

Er verspürte eine ungewohnte Euphorie. Und fragte sich für den Bruchteil einer Sekunde, ob er wirklich ein neues Leben suchte oder ob er nicht nur die Eiskönigin zum Schmelzen bringen wollte.

Cat wartete mit Molly auf den Arzt, aber ihre Gedanken waren immer noch im Saloon ... bei dem Fremden.

Dieses Gesicht würde sie niemals vergessen, dieses allzu hübsche Gesicht ohne jedes Leben. Ebensowenig wie seine harte, schlanke Gestalt, die schwarzen Kleider und das abgetragene Pistolenhalfter – und die Gefahr, die von ihm ausging. Dabei konnte sie mit Männern nichts anfangen, vor allem nicht mit solchen.

Was konnte er bloß in San Francisco zu tun haben? Bestimmt nichts Ehrbares. Da war sie sich ganz sicher. Nun, sie selbst war auch nicht besonders ehrbar, und sie hatte bestimmt nicht das Recht, über andere zu urteilen. Aber warum konnte sie ihn nicht einfach aus ihren Gedanken vertreiben? In seiner Nähe war etwas Seltsames mit ihr geschehen. Sie hatte etwas gespürt, das Verlangen sein mußte, und das war ihr noch nie zuvor passiert, obgleich es in ihrem Leben schon viel zu viele –

Es konnte kein Verlangen sein, sagte sie sich. Das war einfach unmöglich.

Unter Aufbietung all ihrer Willensstärke verbannte sie ihn, zumindest zeitweise, aus ihren Gedanken. Sie seufzte. Was sollte sie nur mit Molly machen?

Das Mädchen saß steif auf seinem Stuhl und umklammerte das blutverschmierte Tuch, mit dem ihre Hand verbunden war. Ihre braunen Augen blickten wie die eines verwundeten Rehs. Cat hatte sowieso Bedenken gehabt, Molly als Gesellschafterin einzusetzen. Und dann mußte sie auch noch gleich als erstes an einen Mann geraten, der wahrscheinlich fast jede Frau in Angst und Schrecken versetzen oder aber vor aller Augen verführen würde.

Gütiger Luzifer, wie war sie nur auf diesen Gedanken gekommen?

Sie wandte ihre Aufmerksamkeit wieder Molly zu. Cat hielt sich selbst für hartherzig, für unfähig, Gefühle zu entwickeln, aber Molly hatte ihre normalen Abwehrmechanismen irgendwie durchbrochen. Vielleicht, weil sie Cat an ein anderes Mädchen erinnert hatte, damals, vor Jahren. Verängstigt. Ohne einen Ort, an den sie sich flüchten konnte.

Cat kannte Mollys Geschichte nicht, aber sie erkannte die Furcht, die von irgendeiner Form des Mißbrauchs herrührte, und ihr Beschützerinstinkt war sofort erwacht. Sie hatte gewußt, daß Molly verzweifelt auf der Suche nach einer Stelle und einem Dach über dem Kopf war, und das hatte gereicht.

Molly war nicht wie die anderen Mädchen, die im *Silver Slipper* arbeiteten. Cat hatte jede einzelne von ihnen sorgfältig ausgewählt. Sie waren alle attraktiv, alle lebhaft, alle erfahren. Cat bezahlte sie gut, gut genug, damit sie ihre Körper nicht verkaufen mußten, und viele von ihnen heirateten irgendwann einen der Gäste.

»Es tut mir leid«, sagte Molly. »Ich glaube, er wollte nur freundlich sein, aber ...«

Cat wußte, was sie meinte. Sie hatte Marsh ebenfalls in die Augen gesehen. Aber sie hatte nicht dieselbe Angst wie Molly verspürt. Sie hatte sich irgendwie herausgefordert gefühlt, beinahe, als hätte er ihr den Fehdehandschuh hingeworfen. Sie hatte zunächst die Lider gesenkt, einfach, weil ihr Körper unerwartet reagiert hatte, als sich ihre Blicke getroffen hatten, prüfend, abwägend.

Sie fragte sich, ob er wohl zurückkommen würde.

Sie hoffte, nicht. Sie mochte die Gefühle nicht, die er in ihr zum Leben erweckte.

Canton. Er hatte gesagt, er heiße Canton. Irgendwie kam ihr der Name bekannt vor.

Wo hatte sie ihn nur schon einmal gehört?

Marsh kehrte in die Kanzlei des Anwalts zurück. Er mußte warten, aber er nutzte die Zeit, indem er über die Verbesserungen nachdachte, die er im *Glory Hole* durchführen müßte.

Schließlich begleitete der Anwalt einen anderen Klienten aus seinem Büro und nickte Marsh zu, ihm zu folgen.

»Tragen Sie die Besitzurkunde ein«, befahl Marsh.

»Sie haben tatsächlich beschlossen, das Ding zu behalten?«

Marsh nickte. »Sie haben Ihre Pflicht getan und mich gewarnt, und ich gebe zu, daß der Saloon in einem äußerst traurigen Zustand ist. Aber er wirkt recht vielversprechend.«

»Vielversprechend?« David Scotts Stimme klang zweifelnd.

»In gewisser Hinsicht«, erklärte Marsh mit einem Lächeln, das ausgereicht hätte, um die Hölle gefrieren zu lassen. Auf jeden Fall sollte es sein Gegenüber davon abhalten, weitere Fragen zu stellen.

Trotzdem konnte sich David nicht gänzlich zurückhalten. »Haben sie den *Silver Slipper* besucht?«

Die schwarzen Augen seines neuen Klienten blitzten, als er nickte.

»Und Sie wollen trotzdem eröffnen?«

»Ich denke, in dem Teil der Stadt ist Platz genug für ein zweites Lokal.«

David zuckte mit den Schultern. Er hatte Marsh gewarnt. »Ich werde die Besitzurkunde noch heute auf Ihren Namen eintragen lassen. Was soll ich draufschreiben?«

»Nur Canton.«

Als der Anwalt protestierte, zögerte Marsh. Nun, er würde sehen, wie ehrlich dieser Anwalt war. »Ich habe einen gewissen ... Ruf, von dem ich nicht möchte, daß er auch hier bekannt wird.«

»Haben Sie einen zweiten Vornamen?«

»Taylor.«

»Dann nehmen wir den.«

»Gut. Ach ja, kennen Sie ein paar gute Handwerker?«

Dieses Mal wurde Cat von einem anderen Klopfgeräusch geweckt. Sie hatte sich an das Schwingen des Schildes an dem gegenüberliegenden Gebäude gewöhnt, aber dieses Klopfen war anders. Regelmäßig. Als würde es von Menschenhand verursacht und nicht durch die Launen des Windes.

Sie hatte ein höchst ungutes Gefühl.

Mit einem Stöhnen glitt sie aus dem Bett. Es war noch früh.

Viel zu früh, besonders, da sie eine unruhige, anstrengende Nacht hinter sich hatte. Verschlafen tappte sie zum Fenster.

Eine kleine Armee von Handwerkern arbeitete am *Glory Hole.* Das Schild war frisch gestrichen und neu befestigt worden. Die goldfarbenen Buchstaben glänzten hell im Licht der aufgehenden Sonne.

Cat fluchte.

Und rüstete ein weiteres Mal zum Kampf.

KAPITEL 3

Zufrieden beobachtete Marsh das Treiben am *Glory Hole.*

David Scott war von dem ganzen Unternehmen nicht gerade begeistert gewesen, aber offensichtlich hatte er die richtigen Leute angeheuert. Marsh hatte sich gestern abend, gleich nachdem Scott die Besitzurkunde hatte eintragen lassen, mit einem Vorarbeiter getroffen, und die Arbeit hatte im Morgengrauen begonnen.

Marsh hatte seine schwarzen Kleider abgelegt und hoffte, seine Vergangenheit einmal ebenso ablegen zu können. Jetzt trug er bequeme Jeans und ein Baumwollhemd, nur das Pistolenhalfter saß immer noch unter der Lederjacke. Die Waffe war zu sehr ein Teil von ihm, als daß er sie hätte beiseite legen können. Er hatte Feinde, wahrscheinlich mehr, als er wußte, und er hatte zu lange im Angesicht des Todes gelebt, um sich noch schutzlos auf die Straße zu wagen.

Der Himmel war blaßblau, und die Sonne hing immer noch tief und schläfrig im leichten Morgennebel. Wie so oft in dieser Stadt wehte eine frische Brise durch die Straßen. Nach der Hitze in den Ebenen von Colorado, in Texas und Arizona gefiel ihm die beständige kühle, manchmal gar kalte Luft, die vom Ozean herüberkam. Er mochte das geschäftige Treiben in San Francisco, die Buntheit, die Toleranz.

Der Hund, den er in dem Saloon entdeckt hatte, war immer

noch da. Er kauerte unter einigen Holzbrettern und starrte ihn feindselig an. Marsh hatte das Gefühl, daß der Hund denselben Anspruch auf den Saloon hatte wie er selbst, wenn nicht gar einen größeren.

Er blickte zurück auf das Schild, das inzwischen ordentlich über der Tür festgenagelt war und auf dem jeder einzelne Buchstabe sorgfältig in dem Gold nachgemalt worden war, das so viel mit dieser Stadt zu tun hatte. Er hatte kurz in Erwägung gezogen, das *H* wegzulassen, aber dann hatte er es sich anders überlegt. Andere hätten vielleicht nicht seinen Sinn für Humor.

Marsh schlenderte ins Innere des Gebäudes. Arbeiter waren damit beschäftigt, die zerbrochenen Fensterscheiben zu ersetzen; Tischler bearbeiteten die Tür und die Fensterläden. Er verspürte einen eigenartigen Besitzstolz. Seit dem Krieg hatte er nie mehr als ein Pferd, einen Sattel und eine Waffe besessen.

Er überlegte, was sonst noch alles zu tun war. Die Wände konnten bleiben, wie sie waren. Aber er brauchte neue Möbel: Tische und Stühle. Ein neues Klavier. Und dann natürlich Getränke und Gläser. David hatte ihm bereits eine Liste der Händler gegeben.

Und Angestellte.

Er hatte David gesagt, daß er in zwei Wochen eröffnen wollte.

Himmel! Er mußte Leute einstellen.

Seit über fünfzehn Jahren war er ein Einzelgänger. Ein Revolverheld hatte keine Freunde. Vielleicht mußte man einen von ihnen eines Tages töten.

Wie Lobo. Sie hatten einige Male kurz davorgestanden, sich duellieren zu müssen. Am Ende jedoch hatte Lobo Marsh angeheuert, um ihm bei seinem Rückzug aus dem Geschäft zu helfen. Nachdem seine Hand verkrüppelt worden war, hatte Lobo mit Hilfe von ein paar Leuten in einer Stadt in Colorado seinen eigenen Tod vorgetäuscht. Er hatte Marsh zu seinem Erben ernannt, sein Testament vordatiert und den Namen Jess Martin angenommen. Marsh nahm sich seinen Anteil und überschrieb den Rest unter dessen neuem Namen wieder an seinen alten Gegenspieler.

Marsh mußte grinsen, als er an die verblüffende Wandlung von Lobo in Jess Martin, den ehrbaren Bürger, dachte.

Er bezweifelte, daß seine eigene Wandlung ebenso vollständig sein würde. Schließlich war er älter als Lobo, und er hatte erheblich mehr erlebt. Er hatte sich oft gefragt, wer von ihnen beiden wohl schneller war, und jetzt würde er es nie mehr herausfinden. Aber das tat ihm nicht leid. Er hatte die Professionalität, die kühle Beherrschung des Mannes respektiert. Sie waren die letzten ihrer Art gewesen, und als Lobo ausgestiegen war, hatte Marsh in seinem Inneren gewußt, daß es auch für ihn an der Zeit war aufzuhören.

Durch eins der neu eingesetzten Fenster blickte er hinüber zum *Silver Slipper.* Er sah Catalina Hilliard, die hinter ihrem Fenster stand. Ihre Haare waren offen, und ihr lockeres Nachthemd wehte um ihre große, schlanke Gestalt. Sie wirkte beinahe wie ein ätherisches Wesen. Der Gedanke ließ ihn traurig lächeln. Nein, sie war bestimmt kein Geist.

Cat fragte sich, wer es wagte, das *Glory Hole* wiederzueröffnen.

Sie reckte sich und beschloß, Teddy hinüberzuschicken, um Näheres herauszubekommen. Teddy war der einzige Mann, dem sie vertraute, dem sie außer Ben Abbott, der vor Jahren gestorben war, jemals vertraut hatte.

Dabei fiel ihr Molly wieder ein. Teddy versuchte, es zu verbergen, aber offensichtlich hatte er eine Schwäche für das Mädchen. Der große, brummige Teddy, der die Ordnung in ihrem Laden aufrechterhielt, war so sanft wie ein Kätzchen. Seine Grimmigkeit war rein äußerlich.

Sie warf einen letzten Blick auf die Eindringlinge auf der anderen Straßenseite, zog eilig eine steife weiße Bluse und einen grünen Rock an und ging hinunter.

Im Saloon war bereits saubergemacht worden, aber die Stühle standen immer noch auf den Tischen. Der Boden war noch feucht vom Wischen, und der Gestank des Alkohols wurde vom Geruch der Scheuerseife überdeckt.

Teddy trat aus dem Hinterzimmer, in dem Bierfässer und Whiskyflaschen gelagert wurden. Es überraschte ihn, sie so früh zu sehen.

»Der Krach«, erklärte sie.

Teddy sah sie vorsichtig an. Auch er hatte das Treiben gegenüber bemerkt, und er wußte, daß es Ärger geben würde. Und Veränderungen. Er mochte Veränderungen nicht. »Woll'n Sie, daß ich mal rübergehe und mich umsehe?« fragte er. Er hätte gar nicht erst fragen müssen. Er arbeitete für Cat Hilliard, seit sie den *Silver Slipper* eröffnet hatte, und wahrscheinlich kannte er sie besser als jeder andere. Also wußte er, daß sie jede Einzelheit über das *Glory Hole* wissen wollte.

Sie nickte.

Theodore Brown griff nach seiner Jacke, setzte eine Mütze auf seinen Lockenkopf und ging hinüber zur Tür. Er war ein großer, stämmiger Mann, und sein Schritt wirkte schleppend, aber er konnte überraschend schnell sein, wie Unruhestifter bereits mehrfach hatten feststellen können.

Cat ging in die Küche. Teddy – alle seine Freunde nannten ihn so, da es viel besser paßte als Theodore – hatte bereits den Ofen angemacht und eine Kanne Kaffee aufgesetzt. Er würde so schwarz sein wie die Augen des Fremden, dachte sie und fragte sich, weshalb sie dieses verdammt attraktive und zugleich entsetzlich kalte Gesicht nicht aus ihren Gedanken verbannen konnte. Sie hatte bereits mehr als genügend gutaussehende Männer gesehen – ihr Ehemann hatte ein entwaffnendes Äußeres gehabt –, und die meisten stießen sie ab. Sie hatte gelernt, daß sich unter einer schönen Hülle nur allzu häufig ein schlechter Charakter verbarg. Sie erschauderte, als sie sich an die Nacht erinnerte, in der sie herausgefunden hatte, daß ihr Mann, den sie als ihren Beschützer angesehen hatte, ihren Körper an einen Spieler verhökert hatte, gegen den er verloren hatte. Dieser erste Betrug hatte sie zunächst vollkommen gelähmt, doch später hatte sie dagegen aufbegehrt. Seitdem hatte sie in ihrem Leben nur noch zwei Männern vertraut – und auch das erst nach Jahren argwöhnischen Beobachtens.

Wahrscheinlich würde der Fremde nicht noch einmal in den *Silver Slipper* kommen. Er war neu in der Stadt; da war sie sich ganz sicher, denn schließlich hatte er mit einer solch großen Gelassenheit offen einen Revolver im Halfter getragen. Er war die Art Mann, die den Leuten auffiel, und wenn er schon länger in San Francisco wäre, hätte sie es bereits erfahren.

Was eine andere Frage aufwarf. Warum hatte sie nichts von der Wiedereröffnung des *Glory Hole* gehört? Bisher hatten ihre Lieferanten, irgendwelche Beamten der Stadt oder ihre Getränkehändler ihr stets lange im voraus von der drohenden Konkurrenz berichtet.

Es war einfach nicht genug Platz für zwei Saloons, zumindest nicht, wenn sie ihr Ziel erreichen wollte. Sie wollte nicht mit einem Lokal konkurrieren, in dem die Drinks verwässert wurden und in dem die männlichen Gäste mehr als nur weibliche Gesellschaft an den Tischen bekamen, so wie es beim letzten Mal gewesen war. Das brachte rauhere Kerle in die Gegend, beschmutzte ihren eigenen hart erarbeiteten guten Ruf, und außerdem schmälerte es ihre Einnahmen.

Sie schenkte sich einen Becher Kaffee ein, der, wie sie erwartet hatte, so stark war, daß der Löffel drin stehen blieb. Bald käme die Köchin, um das Mittagsbuffet vorzubereiten. Der *Silver Slipper* würde in zwei Stunden öffnen. Ein neuer Tag, neue Einnahmen. Ein weiterer Abend, an dem sie den Gästen gegenüber höflich und charmant sein mußte. Sie zuckte zusammen, als sie an die Qual dachte, nett zu Männern zu sein, denen die Begierde ins Gesicht geschrieben stand. Aber das war weit besser, als andere Dinge mit ihnen zu machen.

Sie ging zur Tür, blickte hinüber zum *Glory Hole* und erstarrte. Zwei Männer sprachen miteinander, einer in Arbeitskleidern, der andere in einem Paar enger Hosen und einem Hemd, das sich über seinen breiten Schultern spannte. In dem schwarzen Lederhalfter, das mit einem Lederband an seinen Schenkel gebunden war, steckte eine Pistole. Der Kerl schien sich der Tatsache nicht bewußt zu sein, daß ein solcher Aufzug in einer zivilisierten Stadt wie San Francisco fehl am Platz war.

Der Wind zerzauste sein dunkles Haar, und sie blickte auf sein unvergeßliches Profil. Selbst aus der Entfernung bemerkte sie die prägnante, geschmeidige Anmut seiner Bewegungen, die ihr bereits gestern abend aufgefallen war. Er wirkte hart und unnachgiebig, todbringend.

Der Fremde!

Gestern hatte er so mächtig gewirkt, so bedrohlich. War er etwa der neue Besitzer?

Cat konnte sich keinen ungeeigneteren Saloonbesitzer vorstellen.

Zur Hölle mit Teddys Erkundigungen.

Das Haus gegenüber zog sie plötzlich magisch an, und zwar mehr wegen des Fremden als wegen ihrer Neugier. Es fiel ihr schwer, das zuzugeben, aber wenn sie ehrlich war, ließ es sich einfach nicht leugnen. Und inzwischen war sie sich selbst gegenüber immer ehrlich. Sie hatte die Hälfte ihres Lebens damit verbracht, der Wahrheit auszuweichen, vor ihr davonzulaufen, und es war schwer gewesen, zu lernen, den Tatsachen ins Auge zu sehen.

Ihr eigenartiges Interesse an dem Fremden gefiel ihr nicht, aber es war nun einmal da, und es war wohl das beste, wenn sie gleich die Gründe dafür herausfand, statt es einfach weiter gären zu lassen.

Cat wußte, daß er ihr Näherkommen bemerkte, obwohl er von ihr abgewandt stand. Es war eine Veränderung seiner Haltung – nicht unbedingt ein Erstarren, eher eine gewisse Wachsamkeit. Sie fragte sich, ob er Augen im Hinterkopf hatte, was ihr durchaus im Bereich des Möglichen zu liegen schien, wenn er war, für was sie ihn hielt. Sie hatte letzte Nacht länger an ihn gedacht, als sie beabsichtigt hatte, hatte sich über das gegenseitige Erkennen, den Argwohn gewundert, der zwischen ihnen aufgeflackert war. Sie hatte versucht, ihn irgendwo einzuordnen, ihn in eine der Schubladen zu stecken, die sie für ihre männlichen Gäste eingerichtet hatte, aber er schien nirgendwo hineinzupassen. Und dann hatte sie sich an die Killer erinnert, die sie in den zahllosen Bergbaustädten gesehen hatte, durch die sie gekommen war. Sie hatten eine bestimmte Aura, die auch ihn umgab: die ungewohnte Wachsamkeit in den Augen, die Gefahr, die von ihnen ausging.

Aber was hatte er in San Francisco zu suchen? Und, was noch wichtiger war, was hatte er mit dem *Glory Hole* zu tun?

In diesem Augenblick wandte er sich um. Er hatte ein leichtes Lächeln aufgesetzt, musterte sie eingehend, und seine Augen blitzten bewundernd auf. Sein Lächeln blieb jedoch so kalt, wie sie es in Erinnerung hatte.

Er verbeugte sich leicht, auf dieselbe amüsierte Art wie am Vorabend. Bei jedem anderen hätte diese Geste lächerlich gewirkt, aber an diesem Mann war nichts lächerlich. Es war beinahe, als wolle er sie auf die Probe stellen, als wolle er sie mit dieser spöttischen Verbeugung ärgern.

»Miss Hilliard, nicht wahr?« fragte er gedehnt, und sie versuchte, seinen Akzent einzuordnen. Sie meinte, er könne aus den Südstaaten sein, war sich jedoch nicht ganz sicher. Ebensogut könnte es Texas oder einer der Grenzstaaten sein.

»Mr. ...?« Sie erinnerte sich sehr wohl an seinen Namen, aber das würde sie ihn nicht wissen lassen.

»Canton«, sagte er, wobei sein Grinsen breiter wurde, ganz so, als könne er ihre Gedanken lesen.

Sie bedachte ihn mit ihrem unehrlichsten Lächeln. »Sie sind heute morgen recht früh auf den Beinen.«

»Dasselbe kann ich von Ihnen behaupten.«

»Ah«, sagte sie sanft, während sie die Arbeit musterte, die bereits getan war. »Aber ich nehme an, daß Sie bereits ... sehr früh aufgestanden sein müssen.«

»Ich hoffe, ich – das heißt wir – haben Sie nicht in Ihrer Ruhe gestört«, entgegnete er. »Das wäre unverzeihlich.« Aber in seiner Stimme lag keine ehrliche Besorgnis, sondern einzig eine Herausforderung. Plötzlich wußte sie, daß er der neue Besitzer des *Glory Hole* war – und daß er nur allzu genau wußte, wie sie mit den vorherigen Besitzern umgesprungen war.

»Natürlich nicht«, sagte sie. »Höchst interessant, Mr. ... Stanton.«

»Ich hoffe, die Bauarbeiten werden nicht allzu lange dauern. Wir arbeiten extra in zwei Schichten, um unsere Nachbarn nicht allzu lange zu stören.«

»Sehr rücksichtsvoll«, pflichtete Cat ihm bei, wobei sie versuchte, ein Zischen zu unterdrücken. Es gefiel ihr nicht, wenn jemand versuchte, sie zu ködern.

»Ich versuche lediglich, ein guter Nachbar zu sein«, erklärte ihr Gegenspieler mit einem Grinsen, das nicht mehr ganz so kalt war wie zuvor. Es war jedoch nicht ehrlich, sondern eher amüsiert, was ihren schwelenden Ärger zu ausgeprägter Abneigung anschwellen ließ.

»Ich nehme an, Sie wissen, daß das *Glory Hole* bisher … nun … nicht besonders viel Glück hatte. Es wäre schade, wenn Sie Ihr Geld damit vergeuden würden.«

»Es ist sehr nett von Ihnen, sich meinetwegen Sorgen zu machen«, sagte er mit ernster Stimme. »Aber ich glaube nicht an Glück oder Pech, und ich kann es mir leisten, etwas Geld zu verlieren.«

Cat biß sich auf die Zunge, um nicht damit herauszuplatzen, daß sie die Absicht hatte, dafür zu sorgen, daß er nicht nur etwas, sondern alles verlieren würde. Statt dessen schenkte sie ihm ein Lächeln, das nicht im mindesten ehrlicher war als das seine. »Falls Sie irgend etwas brauchen sollten …«

»Dann weiß ich, an wen ich mich wenden kann«, beendete er ihren Satz. Seine Augen blitzten bösartig auf. »Ich bin sicher, daß Sie mich inspirieren werden. Ihr *Silver Slipper* hat einen hohen Standard gesetzt. Und nichts verbessert die Qualität eines Etablissements mehr als würdige Konkurrenz.«

Cat zählte bis zehn und sah ihn vollkommen ausdruckslos an. Ihr Blick war kühl und distanziert. Konkurrenz, in der Tat! Das *Glory Hole* war noch nie eine ernsthafte Konkurrenz gewesen, und so würde es auch bleiben. Zumindest unter der Leitung von diesem … arroganten Esel. »Werden Sie das Lokal selbst führen, Mr. Stanton?« fragte sie mit zuckersüßer Stimme.

»Canton, Miss Hilliard«, verbesserte er. »Miss ist doch richtig, oder?«

»Ja«, sagte sie mit ihrer einschmeichelndsten Stimme.

»Da wir schließlich Nachbarn sein werden, warum nennen Sie mich nicht einfach Taylor? Das kann man sich wahrscheinlich besser merken als Canton.« Er gab sich nicht die geringste Mühe, seine Amüsiertheit zu verbergen, ganz so, als habe er sie bei einem höchst kindischen Streich ertappt.

Cat fühlte sich schachmatt gesetzt, etwas, das ihr keineswegs gefiel. Sie war es gewohnt zu gewinnen. Und sie würde gewinnen, koste es, was es wolle! Sie begann erneut, sich zu überlegen, wie sie ihm einen Strich durch die Rechnung machen könnte, angefangen bei den Getränkehändlern bis hin zu etwas unehrenhafteren Methoden unter Einbeziehung von einigen von Teddys anrüchigen Freunden. Allein der Gedanke an den Ruin dieses arroganten Kerls zauberte ein ehrliches Lächeln auf ihr Gesicht.

»Stimmt«, pflichtete sie ihm bei und unternahm einen letzten Versuch, ein paar nützliche Informationen zu bekommen. »Ich nehme an, Sie haben bereits Erfahrung?«

»Ich habe eine Menge Erfahrung, Miss Hilliard«, erwiderte er. Die Worte waren durchaus vieldeutig, und das plötzliche Glitzern in seinen Augen verriet, daß seine Erfahrung nicht auf den geschäftlichen Bereich beschränkt war.

»Daran habe ich keinen Zweifel«, sagte sie. »Es wird interessant sein zu sehen, was Ihnen diese ... Erfahrung hier in San Francisco nützt.« Ihr Blick wanderte hinab zu seinem Pistolenhalfter, und als sie wieder aufsah, stellte sie fest, daß sie soeben einen Punkt gemacht hatte. Die Amüsiertheit war aus seinem Blick gewichen, und statt dessen entdeckte sie eine flüchtige Trostlosigkeit, die sie überraschte.

»Sie müssen unbedingt zur Eröffnung kommen«, sagte er.

»Und wann wird das sein?«

»In zwei Wochen, höchstens drei.«

Überrascht blickte sie auf. Sie hätte jede Summe gewettet, daß er mindestens einen Monat brauchen würde.

»Haben Sie vor, hier zu leben?«

Er zuckte mit den Schultern. »Die Wohnräume kommen zuletzt dran«, sagte er. »Im Moment lebe ich noch im *Pacific Palace.*«

»In Quinn Devereux' Hotel?« Ihre Stimme klang überrascht, als könne sie nicht glauben, daß er in einem derart respektablen – das heißt teuren – Hotel logierte.

»Sie kennen ihn?«

Cat zögerte. Sie hatte von Quinn und Meredith Devereux gehört, aber sie war ihnen noch nie begegnet. Sie verkehrten einfach nicht in denselben Kreisen, und Quinn Devereux war einer der wenigen Politiker der Stadt, die den *Silver Slipper* noch nie betreten hatten. Es gab zahlreiche Gerüchte über das Paar, wie sie in einer Untergrundbewegung gearbeitet hatten und um ein Haar erwischt worden wären. Meredith Devereux war eine bekannte Malerin, und ihr Mann war bekannt für seine zahlreichen Spenden an die Stadt sowie für seine Unterstützung der Bedürftigen. Ein Teil von ihr beneidete dieses »goldene Paar«, wie die beiden manchmal in den Zeitungen genannt wurden. Sie schienen alles zu haben, vor allem einen guten Ruf und Sicherheit. Um ihren Ruf scherte Cat sich seit Jahren nicht mehr, aber Sicherheit …

»Ich habe nur von ihnen gehört«, antwortete sie ehrlich.

»Ein schönes Hotel«, sagte er. »Eins der besten, in denen ich jemals gewohnt habe.«

»Und in wie vielen Hotels haben Sie bisher gewohnt?«

»In so vielen, daß ich mich nicht unbedingt an alle erinnern möchte«, sagte er, und zum ersten Mal hörte Cat etwas anderes als vollkommene Sicherheit in seiner Stimme. Für den Bruchteil einer Sekunde klang er müde, was ihn verwundbar machte, ihm ein Stück der eisigen Härte nahm. Etwas in ihrem Inneren wurde weicher. Auch sie kannte diese Müdigkeit. Plötzlich war er mehr der Mann als der unberührbare, gefallene Erzengel. Ihre Blicke trafen sich, und die geladene Spannung, die zwischen ihnen herrschte, nahm die Kraft eines führerlosen Zuges an, der einen Berg hinabraste.

Tief in ihrem Inneren verspürte Cat eine Sehnsucht, ein Verlangen, das sie niemals erlebt und für unmöglich gehalten hatte. Sie hatte bisher selbst die kleinste Berührung jedes Mannes gehaßt, und jetzt fühlte sie, wie ihr Körper sie mit Bedürfnissen betrog, die ihr vollkommen fremd waren. Und was noch schlimmer war, sie hatte das Gefühl, als könne sie sich vollkommen in diesen Fremden hineinversetzen.

Diese seelische Nähe störte sie ebenso wie jede körperliche

Berührung. Menschen belogen und betrogen einander. Männer logen und betrogen, und sie täte gut daran, das nicht zu vergessen. James Cahoon, der Mann, dem sie vertraut und den sie geheiratet hatte, war ebenfalls schön und charmant gewesen. Sie biß sich auf die Lippe und hatte den Geschmack von Blut im Mund. Das sollte als Warnung reichen.

Sie wandte den Blick von ihm ab, und als sie ihn erneut ansah, waren seine Augen wieder hart. Hart und kalt. Vielleicht hatte sie sich die Müdigkeit nur eingebildet. Sie musterte ihn erneut, die dunkle, straffe Haut, die sich über seinen hohen Wangenknochen spannte, die dunklen, dichten Augenbrauen. Er hatte ein kleines Grübchen im Kinn, das bei jedem anderen charmant gewirkt hätte, zu ihm aber nicht paßte. Jahre der Gewalt hatten seinen Zügen einen verächtlichen, spöttischen Ausdruck verliehen. Der Mund jedoch war sinnlich, allzu sinnlich.

Heiße Blitze durchzuckten sie. Sie hatte einen gewissen Frieden gefunden, den er zu zerstören drohte. Cat spürte, wie Ärger in ihr aufwallte. Dazu hatte er kein Recht. Er hatte nicht das Recht, hier zu sein, das *Glory Hole* zu eröffnen und durch seine bloße Anwesenheit Barrieren einzureißen, denen nie zuvor jemand hatte gefährlich werden können.

Je eher sie sein Geschäft zerstörte, um so eher würde sie ihren Frieden wiederfinden. Sie würde noch heute mit den Getränkehändlern sprechen und mit dem Polizeikapitän, dem sie regelmäßig eine beträchtliche Summe zukommen ließ. Vielleicht könnte sie dafür sorgen, daß Canton gar nicht erst eine Lizenz erhielt.

Sie spürte, daß es nicht so leicht werden würde wie in der Vergangenheit. Canton war anders als die vorherigen Besitzer. Er war anders als alle Männer, denen sie jemals begegnet war.

Er verzog langsam den Mund, und sie fragte sich, was ein ehrliches, echtes Lächeln aus diesem Gesicht machen würde.

Besser, sie wüßte es gar nicht erst. Ihn zu zerstören war nicht mehr nur eine geschäftliche Notwendigkeit, sondern eine Frage des Überlebens. Ihre Beine zitterten unmerklich. Sonst zitterte sie nie. Ihre Lippen bebten nur deshalb nicht, weil sie sich mit eisernem Willen zur Ruhe zwang. Eines Tages wäre sie vielleicht nicht mehr in der Lage, sich derart zu beherrschen, und sie spürte, daß ein Augenblick der Schwäche gegenüber Canton ihr Verderben wäre.

»Ein weiteres Beispiel bester Qualität«, brach er das Schweigen.

Sie versuchte verzweifelt herauszufinden, wovon er sprach. Ah, das Hotel von Devereux. Sie sprachen von dem Hotel. Eins der besten, in denen er jemals gewohnt hatte, hatte er gesagt, bevor seine Stimme diesen Anflug von Müdigkeit gehabt hatte.

»Brauchen Sie immer für alles ein Beispiel, Mr. Canton?«

»Sie haben sich an meinen Namen erinnert«, stellte er triumphierend fest. »Und die Antwort ist, nein, manchmal nicht. Aber vergessen Sie nicht, Miss Catalina, Nachahmung ist die ehrlichste Form der Schmeichelei.«

»Tatsächlich?« sagte Cat. »Ich würde es eher einen Mangel an Phantasie nennen, oder Diebstahl.«

»Oh, ich habe durchaus vor, meinem Saloon eine eigene Note zu geben«, sagte er leichthin.

Cat knirschte mit den Zähnen. Nur über ihre Leiche. Aber sie lächelte. »Dann lasse ich Sie jetzt wohl besser weiterarbeiten. Ich weiß, wieviel Sie noch zu tun haben.«

»Das ist sehr rücksichtsvoll«, sagte er trocken. »Es ist wirklich angenehm, freundliche Nachbarn zu haben. Und wie ich höre, ist Ihr Essen ausgezeichnet. Ich muß es unbedingt einmal probieren.«

Cat dachte daran, das Buffet zu vergiften, aber dann würde sie vielleicht zu viele von ihren anderen Gästen umbringen. »Ich nehme gern Ihr Geld«, sagte sie. »Und denken Sie dran, wenn Sie irgend etwas brauchen ...«

Wie zum Beispiel eine Kugel zwischen die Augen, dachte sie böse, während sie sich umdrehte, ohne eine Antwort abzuwarten. Sie war nur froh, daß ihre Beine noch normal funktionierten.

* * *

Marsh lehnte an der Theke des *Glory Hole* und sah sich um. Die Schwingtüren waren befestigt und die Tür mit einem neuen

Schloß versehen worden. Die Fenster wiesen neue Scheiben auf. Ein Teil des Staubs und des Drecks war vom Fußboden verschwunden, und statt dessen war Sägemehl gestreut. Der Geruch war angenehm. Er hatte so etwas Sauberes. Marsh blickte auf die Blasen an seinen Händen. Irgendwann am Nachmittag hatte er sich einen Hammer geschnappt und sich zu den Tischlern gestellt. Er hatte einfach keine Lust mehr gehabt, nur zuzusehen, und nach ein paar anfänglichen Schwierigkeiten hatte er sich an den Rhythmus gewöhnt. Verdammt, es hatte ihm sogar Spaß gemacht.

Himmel, wann hatte er zum letzten Mal etwas gebaut statt immer nur zu zerstören?

Als die Dunkelheit vor ein paar Minuten hereingebrochen war, waren die Arbeiter gegangen. Morgen würde er ein paar Lampen kaufen.

Der sanfte, matte Glanz der untergehenden Sonne kaschierte die vielen Mängel des Raums. Er sah inzwischen recht einladend aus und erfüllte ihn mit einem Gefühl von Zufriedenheit. Er war müde, aber es war eine entspanntere Erschöpfung als er sie kannte.

Seit Jahren hatte er einen sehr leichten Schlaf. Bestimmte Sinne waren immer wach, auch wenn sein Körper nach Ruhe schrie. Er hatte gejagt und war gejagt worden, und er hatte nur selten eine ruhige Nacht gehabt.

Heute nacht würde es anders sein.

Wenn er nicht wieder von einem Paar wachsamer grüner Augen heimgesucht würde.

Den bemerkenswertesten Augen, die er je gesehen hatte.

Er hatte, weiß Gott, genug grüne Augen gesehen. Und genug schöne Frauen. Killer schienen auf einen gewissen Frauentyp eine unwiderstehliche Anziehungskraft auszuüben. Er hatte nie verstanden, weshalb, aber er hatte festgestellt, daß das, was ihm an der Waffe half, auch bei Frauen wirkte. Übung. Bedachtsamkeit. Beherrschung. Er wußte immer instinktiv, wann er zum Höhepunkt kommen mußte, wann er sie beide zu höchster Leidenschaft brachte. Das geschah weniger aus Fürsorglichkeit heraus als aus der Erkenntnis, daß seine eigene körperliche Befriedigung größer war, wenn sie mit der der Frau übereinstimmte. Aber niemals ging er mit derselben Frau zweimal ins Bett.

Diese Regel hatte er kein einziges Mal gebrochen. Ebensowenig, wie er irgendeine andere seiner selbstauferlegten Regeln jemals gebrochen hatte: Er war nie lange an einem Ort geblieben, er hatte niemals eine Freundschaft entstehen lassen, er hatte sich niemals persönlich bei einem Auftrag engagiert, er hatte niemals einen Partner gehabt. Es war ein einsames Leben gewesen, aber die entsetzliche Trauer, die er während und nach dem Krieg verspürt hatte, war wesentlich schlimmer gewesen. Er hatte sich geschworen, daß er niemals wieder lieben, niemals wieder etwas für jemanden empfinden würde.

Und das hatte er auch nicht getan.

Der Hund war mit immer noch feindlichem Blick hereingekommen und betrachtete ihn nun argwöhnisch. Marsh stellte etwas von dem Essen, das er aus dem *Silver Slipper* mitgebracht hatte, auf den Boden. Er hatte sich nachmittags am Buffet gütlich getan und seinen erneuten Besuch sich selbst gegenüber damit gerechtfertigt, daß er nur aus geschäftlichem Interesse heraus erfolgte.

Das Buffet war kostenlos, und er wußte, daß auch eine Reihe anderer Bars und Saloons in San Francisco freies Essen boten. Er hatte sich genau umgesehen und amüsiert festgestellt, daß er im Kopf die Kosten berechnete. Marsh Canton sorgte sich um den Preis von Austern. Es war lächerlich oder würde zumindest auf eine ganze Reihe von Leuten lächerlich wirken, die ihn mit einem Gewehr in der Hand erlebt hatten.

Der Hund blickte auf das Essen und zog sich dann knurrend zurück, als wolle Marsh ihn vergiften. Marsh grinste. Er verstand das Mißtrauen des Tieres nur allzu gut. Er ging zu einem der Fenster hinüber und öffnete es, damit der Hund ein und aus gehen konnte. Er bezweifelte, daß ein Mensch versuchen würde, hereinzuklettern, solange der Hund da war. Und außerdem war er ja zuerst dagewesen.

Irgend jemand spielte im *Silver Slipper* Klavier. Catalina Hilliard hatte sich nicht blicken lassen, als er drüben gewesen war. Jetzt wäre sie bestimmt unten, überlegte er und erwog die Möglichkeit eines zweiten Besuchs.

Und dann dachte er erneut an diese grünen Augen und an die seltsame Wirkung, die sie auf ihn gehabt hatten. Am besten bliebe er hier ... wenn er überhaupt noch schlafen wollte.

KAPITEL 4

Cat ärgerte sich mehr und mehr über die Klopfgeräusche, die sie täglich in der Dämmerung weckten.

Und noch mehr ärgerte sie sich über Cantons nachmittägliche Besuche im *Silver Slipper.*

Sie mochte es nicht, daß sie zögerte, ehe sie in ihrem eigenen Lokal die Treppe hinunterging. Und noch weniger mochte sie die Gefühle, die der Anblick dieses Mannes in ihr wachriefen. Er saß immer allein an einem Tisch, immer der Tür zugewandt. Er legte eine natürliche Vorsicht an den Tag, die von Einsamkeit zeugte, und Cat haßte es, daß irgend etwas in ihrem Inneren darauf reagierte.

Cat hielt sich selbst nicht für einsam. Sie war unabhängig. Sie war erfolgreich. Sie brauchte niemanden. Diese drei Dinge erfüllten sie mit Zufriedenheit, gaben ihr das Gefühl, etwas erreicht zu haben, was wichtiger war als ihre mögliche Einsamkeit. Sie arbeitete hart und sank nachts häufig erschöpft ins Bett, aber sie war froh, daß sie ihrem Ziel immer näher kam.

Sie träumte von Sicherheit, von einem Haus mit Blick auf den Ozean, von Spaziergängen am Strand, von wo aus sie den Sonnenuntergang beobachten konnte. Das war alles, was sie vom Leben erwartete.

Aber jetzt erlebte sie eine Enttäuschung nach der anderen. Sie hatte mit dem Getränkehändler gesprochen, der den *Silver Slipper* belieferte, und ihn gebeten, mit dem Emporkömmling im *Glory Hole* keine Geschäfte zu machen. Er hatte sich verlegen geräuspert und schließlich zugegeben, daß Canton ihm durch Quinn Devereux vom *Pacific Palace Hotel* vorgestellt worden war und daß er es sich nicht leisten konnte, seinen besten Kunden zu verärgern.

Cat hatte sich zu einem Lächeln gezwungen und gesagt: »Natürlich nicht.« Zugleich hatte sie überlegt, zu welchem Getränkehändler sie selbst wechseln könnte.

Ihr nächster Versuch war erfolgreicher gewesen. Sie hatte den örtlichen Polizeikapitän Mike Delaney getroffen, den sie bereits seit drei Jahren für »besonderen Schutz« bezahlte.

»Er sieht nicht gerade ehrenwert aus«, hatte sie vorsichtig begonnen. Wer weiß, wie viele Scherereien er uns machen wird. Erinnern Sie sich noch an das letzte Mal?«

Und ob der Kapitän sich erinnert hatte. Es hatte einen Riesenaufruhr im *Glory Hole* gegeben, als jemand herausfand, daß die Gäste beim Kartenspiel betrogen wurden. Insgeheim hatte er sich gefragt, ob der ganze Zwischenfall vielleicht inszeniert worden war, als er unter den Festgenommenen eine ganze Reihe bekannter Gesichter entdeckt hatte, Gesichter von Männern, die normalerweise im *Silver Slipper* verkehrten. Catalina war nie knausrig, wohingegen der ehemalige Besitzer des *Glory Hole* alles andere als freigiebig gewesen war.

Delaney hatte gelächelt. Obgleich Catalina ihm gegenüber niemals irgendwelches romantisches Interesse gezeigt hatte, hegte er immer noch gewisse Hoffnungen ... und Träume.

»Ich werde versuchen, zu verhindern, daß er eine Lizenz bekommt«, hatte er gesagt und auf die weiche Haut oberhalb ihres Ausschnitts gestarrt.

Cat hatte ihm ein atemberaubendes, dankbares Lächeln geschenkt, und er hatte das Gefühl gehabt, als sei er soeben drei Meter gewachsen. Eines Tages ...

Achtundvierzig Stunden später hatte jedoch auch er einen Fehlschlag melden müssen. Mr. Cantons Anwalt hatte die Lizenz bereits eingeholt.

»Es muß doch irgendeine Möglichkeit geben«, hatte sie laut nachgedacht.

Der Kapitän hatte sie nachdenklich angesehen. Er legte großen Wert auf Catalinas Dankbarkeit. »Vielleicht gibt es wirklich einen Weg.«

Noch eine Woche! Marsh begutachtete den Innenraum des *Glory Hole* mit so etwas wie Besitzstolz, was ihn überraschte.

Um als Killer zu überleben, hatte er beständig das Verhalten seiner Mitmenschen studieren müssen, und jetzt war er amüsiert und erstaunt, als er seine eigene Besessenheit bemerkte. Für jemanden, der es so lange vermieden hatte, sich in irgendeiner Weise zu binden, hatte er sich mit einer Sturheit auf diesen Saloon gestürzt, die der eines einäugigen Maulesels, den man von einer Kleewiese zu zerren versuchte, in nichts nachstand.

Wenn er nicht gerade die Arbeiten am *Glory Hole* überwachte, erforschte er San Francisco. Er hatte herausgefunden, daß es eigentlich zwei Städte waren: die zivilisierte Stadt mit noblen Hotels und gepflegten Wohnhäusern, vor allem Nob Hill; und dann das andere San Francisco, rauher und korrupter als jeder andere Ort, an dem er bisher gewesen war.

Die Barbary Coast, ein Bezirk direkt am Meer, zog ihn ebenso an wie Chinatown. Er kannte so ziemlich jede Bergbau- und Viehzüchterstadt im Westen, von Mexiko bis Kanada, aber nie zuvor hatte er ein derart offenes ausschweifendes Leben kennengelernt wie in diesen Teilen der Stadt. Opiumhöhlen und billige Bordelle florierten überall. Und er hatte schnell gemerkt, daß ganz San Francisco durch Korruption regiert wurde. Das hatte er am eigenen Leib erfahren, als er versucht hatte, eine Lizenz für das *Glory Hole* zu bekommen. Normale Geschäftsausgaben, hatte der Anwalt ihm erklärt, als er beinahe zweitausend Dollar bezahlt hatte.

Sowohl Devereux als auch David Scott hatten ihn davor gewarnt, in einem der Saloons an der Barbary Coast etwas zu trinken, wenn er nicht betäubt und ausgeraubt oder gar als zwangsrekrutierter Matrose auf dem Weg nach China enden wollte. »Shanghaien« nannte man das, und diese Praxis gab es nur in San Francisco.

Aber eines späten Abends, nachdem die Arbeiter nach Hause gegangen waren, zögerte er auf dem Rückweg zum Hotel. Er war eigenartig ruhelos, verspürte einen seltsamen Drang, den er nicht näher beschreiben konnte – was vielleicht an dem neuen Klavier lag, das am Nachmittag geliefert worden war. Er hatte sich auf die Bank gesetzt und es ausprobiert, und nach ein paar zögernden Anschlägen war alles zurückgekehrt, die Freude, die er einst beim Spielen empfunden hatte, das Talent, das er von seiner Mutter geerbt hatte …

Und dann hatten seine Finger auf die Tasten gehämmert und zornige Mißklänge hervorgebracht. Diese Welt gab es nicht mehr, seit Jahren. Das verdammte Klavier. Aber er brauchte es in seinem Saloon. Er hatte die Absicht, ein Unterhaltungsprogramm zu bieten. Essen. Ehrliche Spiele. Alles, was der *Silver Slipper* hatte. Und mehr.

Aber jetzt rann ihm ein kalter Schauder den Rücken hinab. Und als wolle er sein Schicksal herausfordern, beschloß er, die berüchtigsten Absteigen der Barbary Coast zu besuchen: das *Moro,* das *Thunderbolt,* den *Dew-Drop-In,* wo angeblich viele Gäste hineingingen, ohne jemals wieder herauszukommen – zumindest nicht durch die Vordertür.

Er stellte einen Teller mit Essen für den Hund auf den Boden und öffnete das Fenster gerade weit genug, daß das Tier ein und aus gehen konnte. Der Hund fraß nie, solange Marsh da war. Das Essen verschwand einfach, und der Hund wirkte nicht mehr ganz so verhungert wie am Anfang, obgleich seine Laune sich nicht unbedingt gebessert hatte. Nun, dachte Marsh, seine eigene Stimmung war mit den Jahren auch nicht gerade besser geworden.

Seine Waffe steckte im Halfter, halb versteckt unter der schwarzen Jacke aus feinem Tuch, die er trug. Marsh verschloß die Tür und ging eilig die Straße entlang. Er entschloß sich, nicht die Straßenbahn zu benutzen, die ihm sehr gut gefiel, und statt dessen zu laufen. Er brauchte die Bewegung, um seine überschüssige Energie loszuwerden, um seine Rastlosigkeit zu mildern.

Er wußte, daß seine natürliche Vorsicht in der neuen Umgebung etwas nachgelassen hatte. Schließlich hatte er hier keine erklärten Feinde – obgleich er, weiß Gott, genug rachsüchtige Brüder, Cousins und andere Verwandte zurückgelassen hatte – also beschloß er, den Mann, der ihm zu folgen schien, einfach zu ignorieren. Der Kerl war recht klein und schmächtig, und Marshs scharfe Augen hatten sofort festgestellt, daß er anscheinend keine Waffe trug. Und dann verschwand der Mann, und Marsh sagte sich, daß er einfach zu mißtrauisch war, denn sonst hätte er den Typen wohl gar nicht erst bemerkt.

Als Marsh das *Thunderbolt* betrat, stellte er schnell fest, daß seine Pistole hier durchaus nicht fehl am Platz war, wie in so vielen anderen Teilen der Stadt. Die Taverne wurde fast ausschließlich von grimmig aussehenden Kerlen besucht, die mit Messern oder Knüppeln ausgerüstet waren.

Er erregte kaum Aufmerksamkeit in dem lauten, lärmenden Raum, was ihn richtiggehend amüsierte. Marsh fühlte sich zwischen all diesen Seemännern und Schlägertypen beinahe wie der Kleine Lord. Normalerweise verfiel bei seinem Eintreten immer jeder in Schweigen. Er erinnerte sich an Devereux' Warnung vor mit Drogen versetzten Getränken und bestellte deshalb eine noch verschlossene Flasche. Nachdem der Barmann sie ihm widerwillig über die Theke geschoben hatte, inspizierte er sie sorgfältig, ehe er sie öffnete und sich ein großes Glas einschenkte. Dann trug er die Flasche und das Glas zu einem leeren Tisch und setzte sich mit dem Rücken zur Wand.

Marsh lehnte sich in seinem Stuhl zurück und sah sich um. Er erblickte eine ganze Reihe von Prostituierten. Eine, deren Haar zerzaust und deren Kleid nur halb zugeknöpft war, erspähte ihn und kam direkt an seinen Tisch. Sie beugte sich vor, zog den Rock hoch, so daß ihre speckigen Beine sichtbar wurden, und fuhr ihm mit einer Hand durchs Haar. »Un', was macht 'n Gentleman wie Sie in so 'ner Spelunke?«

Er wußte es nicht. Es paßte einfach zu seiner düsteren Stimmung.

Er verzog die Lippen zu einem zynischen Lächeln, und sie zog die Hand zurück, als ob sie sich plötzlich verbrannt hätte. Er nahm an, daß es an seinen Augen lag. Es hieß, sein Blick könne eine Klapperschlange zum Erstarren bringen. Und heute abend war er wahrscheinlich noch kälter als gewöhnlich.

»Un', kaufen Sie 'ner Lady 'n Drink?« fragte sie, nachdem sie all ihren Mut zusammengenommen hatte.

Er erinnerte sich an das Mädchen, das ihm vor ein paar Tagen im *Silver Slipper* begegnet war, an ihre seltsame Furcht, ihre Unschuld, die ihn bei einem Barmädchen so überrascht hatte. Diese Frau hier hatte jedoch nichts Unschuldiges an sich, sie war offensichtlich gerade von einer kurzen geschäftlichen Verpflichtung im oberen Stockwerk zurückgekehrt.

Plötzlich wallte Ekel in ihm auf, eine Abneigung, die sich ebenso gegen ihn selbst wie gegen diese Frau richtete, und plötzlich wußte er, weshalb er gekommen war. Um unter seinesgleichen zu sein. Er erinnerte sich daran, wo er hingehörte. Nicht zu Leuten wie Quinn Devereux und David Scott, sondern zum Abschaum der Erde. Was nützte es zu versuchen, etwas anderes zu sein?

Er zuckte mit den Schultern. »Warum nicht? Ich habe eine Flasche hier.«

Sie sah ihn vorsichtig an. »Ich hätte lieber Champagner«, sagte sie mit einem Lächeln, das ebenso einstudiert und bedeutungslos war wie das seine. Wieder dachte er an Molly und ihre Bitte um Champagner.

»Wie du willst«, sagte er, ohne genau zu wissen, warum. Ihr dick bemaltes Gesicht, ihr allzu blondes Haar und ihre aufgedunsene Gestalt stießen ihn ab. Statt dessen sah er die ganze Zeit Catalinas beinahe aristokratischen Züge und ihre zornigen grünen Augen vor sich. Seine Finger schlossen sich fester um sein Glas, als er den Inhalt mit einem Zug leerte, um sich neu einzuschenken.

Die Frau beobachtete ihn argwöhnisch, als sei er eine Schlange, die sie zunächst für harmlos gehalten hatte, vor der sie sich jetzt jedoch fürchtete. Sein Lächeln wurde breiter, und er wußte, daß es sie nicht im geringsten beruhigte. Nun, er hatte, verdammt noch mal, auch nicht das Bedürfnis, irgend jemanden zu beruhigen. Zur Hölle mit ihr. Wie mit Molly.

Aber diese Frau war aus anderem Holz geschnitzt. »Nur dreißig Dollar«, sagte sie, »wenn du 'n bißchen Spaß haben willst, Süßer. Alles, was dein Herz begehrt.«

»Nein«, sagte er und schob seinen Stuhl zurück. Dann warf er ein paar Scheine auf den Tisch.

»Wohl zu gut für mich, was?« fragte die Frau wütend.

Er bedachte sie mit einem schiefen Grinsen. »Ganz im Gegenteil, meine Süße. Ganz im Gegenteil.«

Marsh schlenderte in Richtung der Schwingtüren, und dort sah er erneut den kleinen Mann, der mit einem Drink in der Hand an der Theke kauerte.

Zufall, sagte sich Marsh, während er nach draußen ging und tief die frische Luft einatmete. Himmel, in der Kaschemme hatte es vielleicht gestunken. Er schüttelte sich, um den Geruch von Rauch, billigem Parfüm, ungewaschenen Körpern und billigem Whisky loszuwerden. Dann dachte er an den *Silver Slipper,* seine ruhige, diskrete Eleganz, und dies brachte ihn erneut auf Catalina Hilliard.

Seine normale Wachsamkeit war von dem Whisky, den er zu schnell heruntergekippt hatte, und von den Gedanken an Catalina gedämpft. Er blieb einen Augenblick stehen. In seinem Nacken spürte er ein Kribbeln, und er wußte, daß er unvorsichtig gewesen war. Er lehnte sich gegen eine Wand und versuchte, sich möglichst unauffällig umzusehen. All seine Instinkte waren jetzt hellwach, aber es war zu spät. Drei, nein, vier Männer kamen auf ihn zu. Drei hatten Knüppel in den Händen, und der vierte brauchte keine andere Waffe als seine hünenhafte Gestalt und seine Hände, die aussahen wie die Pranken eines Grizzlys. Ihre Gesichter und ihre aggressiven Bewegungen ließen keinen Zweifel daran, daß sie es auf ihn abgesehen hatten. Er erinnerte sich an Devereux' Warnung vor der Gefahr des Shanghaiens. Und dann erinnerte er sich an das Männchen, das ihm vom *Glory Hole* hierher gefolgt zu sein schien.

Plötzlich wußte Marsh, daß dies kein planloser Überfall war, sondern ein Hinterhalt. Und er wußte auch genau, wer hinter dieser Sache steckte.

Seine Hand fuhr blitzschnell zu seiner Waffe, und er hörte zu gleicher Zeit die Explosion und den Schrei des Mannes zu seiner Rechten. Dann hörte er laute Rufe und Flüche und spürte, wie ihm jemand einen Knüpppel vor die Brust schlug.

Er stürzte und hielt verzweifelt die Pistole umklammert. Er rollte zur Seite, um einem zweiten Hieb auszuweichen, richtete die Waffe auf die herankommenden Männer und feuerte zum zweiten Mal. Einer der Kerle stürzte auf ihn, und Blut sickerte aus einer klaffenden Wunde. Marsh saß lange genug fest, so daß einer der Schläger ihm die Pistole aus der Hand treten konnte. Er schob den verletzten Kerl zur Seite und streckte den Arm aus, aber in diesem Augenblick erhielt er einen kräftigen Tritt in die Magengegend, und als er vornüberfiel, spürte er einen heftigen Schmerz in seinem Hinterkopf.

Teddy war dabei abzuschließen, und Catalina erklomm müde die Stufen zu ihrem Zimmer. Es war bereits nach drei, und sie hatte in den vergangenen Nächten nicht gerade viel Schlaf bekommen. Sie ging hinüber zum Fenster und sah hinaus. Anders als in den letzten Nächten lag das *Glory Hole* heute völlig im Dunkeln.

Sie löste ihr Haar, so daß es über ihren Rücken fiel, und begann, es sorgfältig zu bürsten. Sie dachte an die Musik, die drüben erklungen war, als sie sich für den Abend zurechtgemacht hatte; sie hatte sich über die Schönheit der Melodie gewundert, bis sie plötzlich in einem gräßlichen Mißklang geendet hatte.

Cat wußte nicht, wer gespielt hatte. Sie konnte nur annehmen, daß Canton einen Musiker engagiert hatte. Aber es war nicht die typische Saloonmusik gewesen. Es hatte ruhig und wunderbar und unendlich einsam geklungen. Sie wußte nicht viel von »guter« Musik, aber sie nahm an, daß es das war, was sie gehört hatte. Vielleicht würde sie eines Tages ein Konzert besuchen … Nein. Sie war eine Ausgestoßene.

Trotzdem ging ihr die Melodie einfach nicht aus dem Kopf, sie hörte sie wieder und wieder. Sie hatte sie sogar mehrmals heute abend vor sich hin gesummt.

Sie fragte sich, ob das Klavier bedeutete, daß das *Glory Hole* ein Unterhaltungsprogramm bieten würde. Sie hatte eine Zeitlang musikalische Unterhaltung geboten, aber festgestellt, daß sie die Gespräche der Gäste störte und ihren Getränkekonsum bremste. Ihre Kunden tranken mehr, wenn sie nicht abgelenkt waren. Aber vielleicht ...

Ach, zur Hölle mit ihm.

Sie hatte gerade angefangen, ihr Haar zu Zöpfen zu flechten, als Teddy klopfte und ihr Zimmer betrat. Seine für gewöhnlich ausdruckslose Miene zeigte ehrliche Besorgnis.

»Molly?« fragte sie, da sie wußte, daß Teddy sich ihretwegen große Gedanken machte.

»Nein«, erwiderte er. »Sie ist in ihrem Zimmer.«

Er zögerte, und sie legte fragend den Kopf schief.

»Käpt'n Delaney hat eine Nachricht geschickt, in der steht, daß Ihre Schwierigkeiten behoben sind.«

»Schwierigkeiten?«

»Das *Glory Hole.*«

»Wie?«

»Er hat veranlaßt, den Besitzer zu ... shanghaien. Er wollte, daß Sie wissen, daß Sie keine Probleme mehr mit ihm bekommen werden.«

»Wann?« fragte sie.

Er zuckte mit den Schultern. »Wahrscheinlich noch heute abend.«

»Weißt du, welche Schiffe morgen früh ablegen?«

Er schüttelte den Kopf.

Cat biß sich auf die Lippe. Die wenigsten Zwangsrekrutierten kehrten jemals an Land zurück. Die Kapitäne und Schiffsbesitzer konnten es sich nicht leisten zuzulassen, daß die Opfer ihre Geschichte erzählten. Kurz vor Ende der Reise wurden demnach häufig irgendwelche Unfälle arrangiert. Sie dachte an den großen Fremden, sein arrogantes Lächeln, seinen raubkatzenartigen Gang. Er würde die harte Disziplin an Bord eines Schiffes nicht lange überleben. Zur Hölle mit Delaney. Sie hatte niemals gewollt, daß er so weit ging. Ein Problem mit der Lizenz, vielleicht mit dem Gebäude. Wenn das nicht funktioniert hätte, hätte sie beobachtet, ob Canton Falschspiel duldete, und wenn ja, hätte sie ihn auf diese Weise aus dem Verkehr gezogen. Keine dieser Taktiken hätte ihr Gewissen im mindesten belastet.

Aber jemanden zu shanghaien war dasselbe wie ihn umzubringen. Sie hatte einmal getötet. Und sie spürte immer noch das Blut an ihren Händen, den Schock, der sie vollkommen gelähmt hatte. Sie hatte immer noch Alpträume deshalb. So etwas wollte sie nicht noch einmal erleben.

»Nein«, sagte sie plötzlich zu Teddy. »Sag Käpt'n Delaney, so nicht. Geh zur Not selbst zu ihm. Aber das lasse ich nicht zu. Nicht in meinem Namen.«

Teddy schenkte ihr ein seltenes Lächeln, das sein ganzes Preisboxergesicht zum Erstrahlen brachte. Unter seiner rauhen Schale verbarg sich wirklich ein weicher Kern, dachte Cat. Sie schloß die Tür hinter ihm, setzte sich auf den Stuhl vor ihrem Ankleidetisch und begann erneut, ihr Haar zu flechten. Sie sollte zufrieden sein, aber sie war es nicht. Sie fühlte sich leer. Vollkommen leer.

Marsh erwachte unter Schmerzen. Sein Kopf fühlte sich an, als sei er aus Brei, und in der Luft hing ein seltsam vertrauter stechender Geruch. Er versuchte herauszufinden, was es war. Es erschien ihm ratsam, seine Gedanken auf dieses Problem zu konzentrieren statt auf die Schmerzen, die er bei jeder noch so kleinen Bewegung verspürte.

Ein vertrauter Geruch. Dann wußte er es. Entsetzliches Stöhnen, gräßliche Schreie. Das Geräusch einer medizinischen Säge, die sich durch menschliche Knochen fraß. Feldlazarette. Chloroform. Er führte den Gedanken zu Ende und kam schließlich zu dem einzig logischen Schluß. Außer daß man ihn beinahe totgeschlagen hatte, hatte man ihn auch noch betäubt.

Langsam öffnete er die Augen. Das Licht war schwach, sehr schwach, und zunächst war er dankbar dafür. Er glaubte nicht, daß sein schmerzender Kopf grelles Tageslicht ertragen hätte. Dann erkannte er allmählich Einzelheiten seiner Umgebung, und er stellte fest, daß das Licht nur in Streifen durch das Loch in der schimmelüberzogenen Steinwand fiel. Vorsichtig bewegte er den

Kopf, aber trotzdem hatte er das Gefühl, als würde in seinem Inneren ein Hammer auf einen Amboß prallen.

Gitterstäbe! Eiserne Gitterstäbe waren vor dem Fenster angebracht, das so schmutzig war, daß es ihn wunderte, daß überhaupt noch Licht hindurchdrang. Er wandte erneut den Kopf und blickte auf die andere Seite des kleinen Raums, wo er weitere Gitterstäbe entdeckte; und dahinter noch mehr Gitterstäbe. Er war in irgendeinem Gefängnis.

Er blickte hinab auf seine Handgelenke. Obgleich sie nicht mehr zusammengebunden waren, hatten sich doch die Spuren der Stricke deutlich in die Haut eingebrannt. Er war also noch vor kurzem gefesselt gewesen.

Marsh versuchte, sich zu bewegen, aber er wußte, daß eine seiner Rippen entweder ganz oder teilweise gebrochen war, und jeder Zentimeter seines geschundenen Körpers schmerzte. Er brauchte seine ganze Willenskraft, um nicht laut aufzustöhnen, aber diese Schwäche erlaubte er sich nie. Nie.

Er fuhr sich vorsichtig mit der Hand über den Körper und zuckte jedesmal, wenn er einen lädierten Teil berührte, zusammen. Er erinnerte sich an die Hiebe, die Tritte. Und sie mußten noch weiter auf ihn eingeschlagen haben, als er schon längst das Bewußtsein verloren hatte.

Wo war er? Und warum?

Der kleine Mann. Der, der ausgesehen hatte wie eine Ratte. Himmel, er hatte sich wie in blutiger Anfänger in einen Hinterhalt locken lassen. Und dafür konnte nur eine Person verantwortlich sein. Jeder andere Feind hätte ihn einfach getötet.

Er fluchte, wobei er Worte benutzte, die einen Ausdruck des Entsetzens auf das Gesicht seiner sanften Mutter gebracht hätten.

Wenigstens war er nicht auf irgendeinem Schiff. Instinktiv wußte er, daß das das eigentliche Ziel des Angriffs gewesen sein mußte. Weshalb sonst die Fesseln und das Chloroform? Er blickte erneut auf seine Handgelenke. Sein Pistolenhalfter war verschwunden, sein Hemd blutverschmiert. Seine Jacke und seine Stiefel waren ebenfalls nicht mehr da.

Er fuhr sich mit der Hand durchs Haar und stellte fest, daß es blutverkrustet war.

Marsh sah sich in der nackten kleinen Zelle um. Es war kaum mehr als ein Käfig, gerade genug Platz für die Eisenpritsche, auf der er lag. In einer Ecke stand ein Eimer, der zusammen mit der Pritsche das einzige Mobiliar darstellte, wenn man die Einrichtung überhaupt so nennen konnte.

In den zwanzig Jahren, in denen er ein Leben voller Gewalt geführt hatte, war er nicht einmal im Gefängnis gewesen. Es war wirklich bemerkenswert, dachte er auf die objektive, distanzierte Art, mit der er sich selbst oft betrachtete. Aber schließlich hatte er Jura studiert, und wenn er nicht gerade jemanden getötet hatte, hatte er sich immer an die Gesetze gehalten. Außer einmal, und damals hatte er sichergestellt, daß es keine Zeugen gab.

Er versuchte aufzustehen, aber sein Körper rebellierte. Verdammt. Hatte er überhaupt noch einen heilen Knochen im Leib? Er brauchte medizinische Hilfe. Das wußte er. Seine Rippen mußten bandagiert, der Schnitt in seinem Unterarm genäht werden.

Und warum, in drei Teufels Namen, war er hier? Doch plötzlich verstand er. Die Korruption der Polizei. Catalina. Er war auf eine private Fehde eingestellt gewesen. Hatte sich sogar darauf gefreut, aber seine Nachbarin hatte ihm den Krieg erklärt, und er konnte mindestens ebenso hinterhältig und gemein sein wie sie.

Catalina Hilliard wußte es vielleicht nicht, aber sie hatte einen verwundeten Tiger aufgeschreckt. Marshall Taylor Canton vergaß nie etwas. Und noch weniger verzieh er jemals etwas. Eine ganze Reihe von Männern konnte das bezeugen.

Von der Hölle aus.

KAPITEL 5

Die Arbeiten am *Glory Hole* waren eingestellt worden. Ein vernarbter alter Hund stand wie ein Wachposten vor der Tür, als würde er auf irgend etwas oder irgend jemanden warten.

Cat hatte von Teddy erfahren, daß Canton nicht an Bord eines Schiffes verfrachtet, sondern ins Gefängnis gesteckt worden war mit dem Vorwurf des rechtswidrigen Angriffs und der Erregung öffentlichen Ärgernisses – ein absurder Vorwand. So etwas wie Erregung öffentlichen Ärgernisses gab es an der Barbary Coast bestimmt nicht.

Sie verspürte leichte Gewissensbisse. Aber wenigstens hatte sie ihn vor der Reise nach China bewahrt. Daß sie diejenige war, die die Dinge überhaupt erst ins Rollen gebracht hatte, verdrängte sie lieber; sie hatte Delaney niemals gebeten, so weit zu gehen, obgleich sie es wahrscheinlich hätte erwarten sollen.

Aber das konnte sie jetzt nicht mehr ändern. Zumindest *hatte* sie ihn aufgehalten. Vielleicht war er ja zur Vernunft gekommen, würde jetzt die Hände in den Schoß legen und dorthin zurückkehren, woher er gekommen war ... wenn er jemals wieder aus dem Gefängnis kam. Er hatte sich Käpt'n Delaney zum Feind gemacht, als er sich nicht widerstandslos hatte außer Gefecht setzen lassen. Delaney haßte Komplikationen, und genausowenig gefiel es ihm, den beiden zu Schaden gekommenen Schlägern mehr zahlen zu müssen. So etwas verletzte seinen Stolz.

Sie war nicht überrascht gewesen, als sie von den Einzelheiten der Auseinandersetzung erfuhr. Canton hätte es beinahe geschafft, vier der berüchtigsten Gangster der Stadt zu erledigen. Wenn es nicht einem von ihnen gelungen wäre, ihn k. o. zu schlagen ...

Verdammt. Warum gelang es ihr nicht wenigstens für zwei Minuten, an etwas anderes zu denken? Er war jetzt seit zehn Tagen verschwunden, und sie hielt immer noch Ausschau nach einem großen, tödlich geschmeidigen Mann, der allein durch seine Gegenwart jeden Raum beherrschte.

Zehn Tage. Zehn verfluchte, höllische Tage in einem verdammten Käfig, ehe es ihm endlich gelungen war, einen der Wachmänner davon zu überzeugen, daß er ihm mehr als genug bezahlen würde, wenn er nur endlich seinen Anwalt zu sehen bekäme.

Er hatte immer noch Schmerzen. Seine Rippen brannten, und

seine Haut wies gelbliche Flecken auf, wo einige der schlimmsten Hämatome endlich abschwollen. Die Schnittwunde in seinem Arm war nicht genäht worden, so daß sie eine große, häßliche Narbe hinterlassen würde, doch zumindest begann sie zu heilen.

Aber sein verletzter Stolz war geblieben.

Und seine Wut.

Und beide hatten in ihm gegärt. Er hatte jeden einzelnen dieser erniedrigenden Momente in seinem Gedächtnis gespeichert, um sich eines Tages dafür zu rächen.

Die ersten paar Tage waren wegen der Schmerzen weniger deutlich in seiner Erinnerung geblieben. Es war ihm beinahe egal gewesen, wo er war, und er war zu dem Schluß gekommen, daß das harte Bett angesichts der Ausmaße seiner Verletzungen ebenso gut war wie ein Federbett. In einem weichen Bett hätte er sich wahrscheinlich viel öfter bewegt. Und Bewegung bedeutete Schmerz.

Aber am dritten Tag wurde ihm bewußt, daß er tatsächlich ein Gefangener war. Das ungenießbare Essen, der Dreck, die fehlende Privatsphäre und vor allem die Ohnmacht, die er verspürte, weil er nicht einfach fortgehen konnte, waren entsetzlich. Er konnte kaum fünf Schritte tun, ohne gegen eine der Wände oder gegen irgendwelche Gitterstäbe zu stoßen, und seine Ruhelosigkeit nahm unerträgliche Ausmaße an.

Wiederholt forderte er vergeblich, daß man David Scott benachrichtigte. Mit zunehmender Hoffnungslosigkeit der Lage wuchs auch sein Zorn. Er dachte sich Dutzende von Möglichkeiten aus, um es Catalina Hilliard heimzuzahlen, von denen die vielversprechendste die war, mit ihr ins Bett zu gehen. Er wußte, wie man quälte, nicht durch rohen Schmerz, sondern durch herrlichste Versuchung. Er wußte, wie man eine Frau an den Rand des Wahnsinns trieb ... und sie dann in schmerzlicher Erwartung zurückließ.

Oder vielleicht sollte er sie finanziell ruinieren. Er war jetzt bereit, alles zu riskieren, um zu gewinnen.

Catalina Hilliard hatte die Regeln gemacht. Und er hatte nicht die Absicht, das Spiel zu verlieren.

David Schuyler Scott beäugte beklommen seinen bärtigen, blutverschmierten Klienten. Canton hatte schon vorher grimmig ausgesehen, aber das war nichts im Vergleich zu der Miene, die er jetzt aufgesetzt hatte.

»Sagen Sie bloß nichts«, schnauzte Marsh. »Ich weiß, Sie haben mich gewarnt. Nun, wie in aller Welt komme ich hier wieder raus?«

»Wollen Sie mir erzählen, was passiert ist?«

Marsh blickte ihn an. »Ich war an der Barbary Coast.«

»Sollte ich fragen, warum?«

Marsh zuckte mit den Schultern. »Nur so eine Laune.«

»Eine, die Sie teuer zu stehen kommt, und zwar in mehr als einer Hinsicht«, sagte Scott. »Ich habe mit einem Kapitän Delaney gesprochen, der die Vorwürfe gegen Sie erhoben hat, aber bei ihm habe ich nichts erreichen können. Also habe ich mich an seinen Vorgesetzten gewandt.« Er machte eine Pause. »Zum Glück sind die beiden Kerle, die Sie angeschossen haben, der Polizei bereits seit langem bekannt. Außerdem haben sie enge Beziehungen zu Delaney.« Er machte eine erneute Pause. »Und Delaney ist regelmäßiger Gast im *Silver Slipper.*«

»So etwas habe ich mir bereits gedacht«, sagte Marsh, ohne die Miene zu verziehen.

»Ich hätte nicht gedacht, daß Catalina Hilliard so weit gehen würde«, sagte David nachdenklich.

»Ich glaube, sie hatte sogar noch Schlimmeres im Sinn. Wie zum Beispiel mich shanghaien zu lassen. Wissen Sie, ich wurde mit Chloroform betäubt. Warum sollte man so was tun, nur um mich ins Gefängnis zu befördern?«

David starrte ihn verwirrt an. »Aber Sie *sind* doch hier!«

Marsh setzte sein humorloses Lächeln auf, während er sich umsah. »Das haben Sie gut beobachtet. Und was tun wir jetzt dagegen?«

»Ich habe bereits alles Erforderliche unternommen«, sagte David. »Sie haben der Stadt einen Dienst erwiesen, indem Sie diese Schläger außer Gefecht gesetzt haben. Ich habe lediglich erklärt, daß wohl niemand, und besonders Kapitän Delaney nicht, ein Interesse daran haben kann, daß die Zeitungen sich dieser Sache annehmen, was durchaus passieren könnte, wenn Ihr Fall vor Gericht käme.«

»Ich wußte gar nicht, daß ich einen solch gerissenen und einflußreichen Anwalt habe.«

»Haben Sie auch nicht«, sagte David. »Auch wenn ich gern das Lob für diese Tat einstreichen würde.«

»Aber wer …?«

»Der einzige Mann, den ich kenne, der über einen derartigen Einfluß verfügt, ist Quinn Devereux.«

Dies war einer der wenigen Augenblicke in Marshs Leben, in denen er ehrlich verblüfft war. »Aber warum?«

»Wenn ich das wüßte …«, sagte der Anwalt. »Er scheint Gefallen an seltsamen Fällen zu haben.«

Die Idee, ein Fall zu sein, gefiel Marsh ganz und gar nicht. Genausowenig wie der Gedanke, jemandem zu Dank verpflichtet zu sein. Er fragte sich, was Devereux wohl von ihm wollte.

Es war, als hätte David seine Gedanken gelesen. »Sie können auch gerne hierbleiben.«

Marsh bedachte ihn mit einem kalten Lächeln. »Meine Stiefel?«

David sah hinab auf die Füße seines Klienten, die nur noch in Socken steckten, und dann glitt sein Blick über das schmutzige Hemd und die zerrissene Hose. Sein Klient war sonst vielleicht nicht elegant, aber immer teuer und gepflegt gekleidet gewesen. Diese letzten zehn Tage mußten die Hölle für ihn gewesen sein. David blieb die Entschlossenheit in Cantons Blick nicht verborgen. Sie waren noch kälter als sonst, und er wußte, daß er nicht unbedingt in der Haut einer gewissen anderen Person stecken wollte. Außerdem fragte er sich, ob Quinn Devereux wohl wußte, was für einen Sturm er mit seinem Einsatz für Canton heraufbeschwor. »Ich werde sehen, was sich machen läßt.« Er wandte sich zum Gehen.

Marsh zögerte nicht eine Sekunde. »Zur Hölle mit meinen Stiefeln.«

David nickte und sah zu, wie Marsh sich langsam und mit schmerzverzerrtem Gesicht in Richtung der Tür bewegte. »Ich nehme an, Sie würden vielleicht gern einen Arzt aufsuchen.«

Marsh schüttelte den Kopf. »Ich habe wichtigere Dinge zu erledigen.«

David sah ihn besorgt an. »Wenn Sie das nächste Mal hier oder an der Barbary Coast landen, haben Sie vielleicht weniger Glück.«

»Ich habe nicht die Absicht, einen der beiden Orte nochmals aufzusuchen«, erklärte Marsh mit scharfer Stimme. Er mochte es nicht, sich jemand anderem gegenüber rechtfertigen zu müssen, aber er schuldete diesem Mann etwas für seine Freiheit. Genau wie Devereux. Nun, er nahm an, daß er schnell genug herausfinden würde, was der Hotelbesitzer von ihm wollte.

»Also –«

Marsh unterbrach David. »Ich kenne die Gesetze, Scott. Und ich werde sie nicht übertreten.« Ich werde sie höchstens hin und wieder etwas umgehen, fügte er im Geiste hinzu. Er hatte schließlich zehn Tage Zeit gehabt, um sich einen Racheplan zurechtzulegen.

»Ich habe eine Kutsche draußen. Zum Hotel?«

Marsh sah an sich hinab. Er roch nicht gerade gut, und auch sein Äußeres war nicht besonders ansprechend. Und das war noch milde ausgedrückt.

David verstand. Er hätte daran denken sollen, ein paar frische Kleider mitzubringen. Er kannte die Gefängnisse von San Francisco, wenn auch nicht gut. Normalerweise vertrat er Geschäftsleute und keine Kriminellen. Canton war also in mehr als einer Hinsicht eine interessante Abwechslung. »Ich werde Sie mit zu mir nach Hause nehmen«, sagte er. »Dort können Sie ein Bad nehmen und sich ein paar von meinen Kleidungsstücken ausleihen.«

»Ich werde dafür bezahlen«, sagte Marsh abrupt.

»Nicht nötig.«

»Doch«, sagte Marsh in einem Ton, der keine Widerrede duldete. Es war eine Sache, jemanden für Dienstleistungen zu bezahlen, und eine gänzlich andere, sich einfach Gefallen erweisen zu lassen. Er hatte in den letzten fünfzehn Jahren keine Gefälligkeit mehr angenommen, und nun war er innerhalb eines Tages gleich zweimal dazu gezwungen. Nun, zumindest eine der beiden könnte er mildern.

»Wenn Sie wollen.«

»Ich will«, sagte Marsh knapp und folgte dem Anwalt aus der verdreckten Zelle, einen verdreckten Gang entlang durch eine Tür hinaus in den Sonnenschein.

David Scotts Frau betrachtete Marsh mit Interesse, nicht mit Entsetzen, und er fragte sich, ob ihre Toleranz auf gutes Benehmen schließen ließ, auf ihre Erfahrung mit den Klienten ihres Mannes oder darauf, daß es in einer Stadt voller seltsamer Menschen wahrscheinlich nicht mehr allzu viele Überraschungen gab.

Was auch immer es war, er mochte sie, mochte ihr sanftes Lächeln und ihr freundliches Wesen. Auch die Bestimmtheit, mit der Scott ihm einen seiner besten Anzüge aufgedrängt hatte, hatte ihn verblüfft. Er war es nicht gewohnt, von Leuten aufgenommen und freundlich behandelt zu werden, und er mochte es nicht, daß diese Geste ihm anfangs so gut gefiel. Er konnte keine Risse in dem inneren Schutzwall gebrauchen, den er über die Jahre hinweg so mühevoll errichtet hatte.

Als nächstes war er zu Quinn Devereux gegangen. Marsh hatte bereits beschlossen, die Bequemlichkeit des *Pacific Palace* gegen die wesentlich weniger luxuriösen Räume des *Glory Hole* einzutauschen. Bei dem, was ihn die Renovierung des Gebäudes kostete, konnte er sich eine teure Unterkunft kaum leisten.

Devereux war in seinem Büro gewesen, das bemerkenswert eingerichtet war. Eine der Wände bestand nur aus Fenstern; an den anderen drei Wänden hingen ein paar wunderschöne Gemälde. Eins davon fiel ihm besonders auf – ein Regenbogen, der so echt aussah, daß Marsh das Gefühl hatte, er müßte nur die Hand ausstrecken, um ihn zu berühren.

»Das hat meine Frau gemalt«, sagte Devereux mit stolzer Stimme.

»Sie ist sehr gut.«

»Ja«, pflichtete Devereux ihm einfach bei. »Sie müssen mal zum Abendessen kommen. Dann werden Sie sie kennenlernen.«

Marsh verspürte denselben Stich wie bereits zuvor im Haus des Anwalts. Himmel, sehnte er sich wirklich so verzweifelt nach der Gesellschaft von anderen Menschen als Spielern oder Killern? Für den Bruchteil einer Sekunde tauchten Bilder aus einem anderen Leben vor ihm auf, von geselligen Abenden, fröhlichen Bällen, von Jagden oder Abenden, die er mit angenehmen Gesprächen über einem Glas feinstem Bourbon und mit einer duftenden Zigarre verbracht hatte. Er erstarrte. Er hatte ein bestimmtes Leben gewählt, das ihm die Vorzüge des zivilisierten Lebens vorenthielt, und jetzt war es zu spät, das zu bedauern.

Er nickte zögernd, und Devereux lächelte, als habe er irgendein geheimes Wissen über ihn.

Marsh fühlte sich ungemütlich. »Ich wollte Ihnen nur danken«, sagte er mit krächzender Stimme, die zeigte, daß er so etwas nicht gewohnt war. »Scott sagte mir, Sie seien derjenige gewesen, der meine Freilassung veranlaßt hat. Ich weiß zwar nicht, weshalb …«

Devereux zog seine dunklen Brauen hoch, die so gar nicht zu dem von grauem Haar eingerahmten Gesicht zu passen schienen. Sein Alter war schwer zu bestimmen, dachte Marsh, denn seine Miene und seine Augen waren sehr ausdrucksstark. Der Mann verströmte eine Energie, der die Zeit nichts anhaben konnte. Seine Augen waren von einem leuchtenden Blau, und er schien körperlich sehr gut in Form zu sein. Etwas an Devereux sagte Marsh, daß er kein normaler Geschäftsmann war und auch niemand, mit dem man sich anlegen sollte. Und doch hatte er einen humorvollen, ja sogar mitfühlenden Ausdruck.

»Ich mag keine Ungerechtigkeit«, erklärte Devereux leichthin. »Ich mag es nicht, wenn vier Männer einen einzelnen angreifen und wenn der dafür dann auch noch im Gefängnis landet.«

»Woher wußten Sie denn von der Sache?«

»Ich höre eine ganze Menge.«

»Es war kein einfacher Überfall.«

Devereux zögerte kurz. »Ich habe Gerüchte gehört.«

Marsh beschloß zu versuchen, etwas mehr aus ihm herauszubekommen. »Über die wunderbare Miss Hilliard?«

»Ich kenne die Dame nicht, aber ich habe von ihr gehört. Diese Sache paßt nicht zu ihr. Vielleicht irre ich mich, aber zumindest wissen Sie jetzt, was Sie erwartet. Sind Sie sicher, daß Sie weitermachen wollen?«

»Mehr als je zuvor«, sagte Marsh mit einem schwachen Lächeln.

»So etwas habe ich mir gedacht. Wenn ich irgend etwas für Sie tun kann –«

»Warum?« Die Frage kam scharf und voller Argwohn. »Warum sollten Sie mir helfen wollen? Warum sollten Sie sich meinetwegen Mühe machen?«

Devereux antwortete nicht sofort. Statt dessen ging er hinüber zum Schrank, öffnete ihn und nahm eine Karaffe heraus.

»Drink gefällig?«

Marsh winkte ab. »Warum?« wiederholte er.

»Ich nehme an, Sie erinnern mich ein wenig an mich selbst, als ich noch jünger war.«

Marsh starrte ihn ungläubig an. Quinn Devereux war einer der angesehensten Männer von San Francisco, ein Menschenfreund, hieß es. »Und Sie erwarten keine Gegenleistung?«

»Nicht die geringste.«

»Ich mag es nicht, wenn ich den Leuten zu Dank verpflichtet bin.«

»Ich auch nicht, und genausowenig mag ich es, wenn mir jemand zu Dank verpflichtet ist. Also machen Sie sich deswegen keine Sorgen. Es ist einfach so eine Laune von mir. Ich mag Käpt'n Delaney nicht. Es amüsiert mich, ihm Ärger zu machen.«

»Delaney?«

»Der Mann, der hinter Ihrer Verhaftung steckt. Nehmen Sie sich vor ihm in acht.«

Noch ein Gefallen. Marsh zuckte zusammen. »Das werde ich tun.« Er wandte sich zur Tür, drehte sich dann aber noch einmal um. »Ich bin Ihnen immer noch zu Dank verpflichtet.«

Ehe Devereux etwas erwidern konnte, hatte Marsh die Tür geöffnet und war verschwunden.

Cat hatte die eigenartige Melodie, die vor Tagen vom *Glory Hole* herübergeklungen war, immer noch nicht vergessen.

Sie starrte böse in den Spiegel, während sie ihr Haar für den Abend zu einem Knoten zusammensteckte. Würden diese Töne denn nie mehr aus ihrem Kopf verschwinden? Vielleicht, wenn sie den Namen des Liedes kannte, aber sie wußte nicht, wie sie den herausfinden sollte, obgleich die Melodie sie bis in den Schlaf verfolgte. Sie kannte Lieder wie »Skip to My Lou« und »The Yellow Rose of Texas« sowie ein paar derbe Trinklieder und rührselige Balladen; aber das war auch schon alles.

Sie runzelte die Stirn, als sie an ihren Mangel an Bildung dachte. Alles, was sie wußte, hatte sie als Erwachsene von Ben gelernt, und das war nicht besonders viel gewesen: Lesen, Schreiben und Rechnen. Ben hatte ihr ein paar gute Bücher gegeben, aber in den Lagern der Minenarbeiter hatte sie kaum jemals vernünftige Lektüre auftreiben können, und hier in San Francisco hatte sie kaum Zeit zum Lesen. Aber eines Tages …

Doch was das Wesen ihrer Mitmenschen anging, hatte sie weitreichende Erfahrung.

»Verschwinde«, flüsterte sie, als die Melodie erneut vor ihrem inneren Ohr erklang. Doch sie blieb, und plötzlich merkte Cat, daß sie sie nicht nur im Geiste hörte. Sie hörte wirklich das Klavier, die Töne, die durch die Abendluft zu ihr herüberwehten.

Er mußte zurück sein. Canton. Irgendwie war er aus dem Gefängnis herausgekommen. Canton spielte?

Das war unmöglich. Nicht mit einem so harten Gesicht und so toten Augen. Er konnte niemals etwas so Sanftes, Herrliches, Verführerisches spielen.

Er war wieder da. Entlassen. Sie spürte, wie ihr ein kalter Schauder den Rücken hinunterlief. Er konnte sich bestimmt denken, was passiert war. Und warum.

Wie war er bloß aus dem Gefängnis herausgekommen?

Und wie würde er sich an ihr rächen?

Die klagende Melodie verklang, und es ertönte ein dunkles, beinahe drohendes Stück. Sie zitterte bei dem Gedanken an die Drohung, die es enthielt.

Und dann schob sie das seltsame Gefühl beiseite. Sie hatte gelernt zu kämpfen. Und es machte ihr nichts aus, sich mit allen Mitteln für das einzusetzen, was sie wollte.

Marsh saß an einem der hinteren Tische des *Silver Slipper.* Cat war überrascht, als sie merkte, daß der Anblick der verblassenden blauen Flecken und der starren Haltung, die seine Schmerzen verriet, ein schlechtes Gewissen in ihr weckte.

Aber sie wußte, wie man bluffte. Und ebenso wußte sie, daß man einer Begegnung mit dem Feind niemals ausweichen sollte. Vor allem, wenn man sich auf seinem eigenen Territorium befand.

Sie ging auf ihn zu. »Mr. ...«

»Canton«, sagte Marsh mit einem leichen Lächeln. »Taylor Canton.«

Cat sah ihm mitten ins Gesicht. »Es war ziemlich ruhig in den letzten Tagen.«

Sein Blick verriet nichts. Ebensowenig wie sein Gesicht oder sein leichtes, rätselhaftes Lächeln. »Ich hatte ein paar geschäftliche Dinge zu erledigen«, sagte er leichthin. »Aber ich fürchte, Ihre Ruhe war nur von kurzer Dauer. Morgen früh machen wir weiter.«

Sie wandte den Blick nicht einmal von ihm ab. »Sie wollen bleiben?«

»Oh, ja«, sagte er. »Wenn ich einmal etwas anfange, dann führe ich es auch zu Ende.«

Zum ersten Mal war ein Zeichen von Gefühl in seiner kühlen Stimme, die Spur einer Drohung, einer Warnung, die so versteckt war, daß Cat sie beinahe überhört hätte. »Dann haben wir etwas gemeinsam«, sagte sie und setzte ihrerseits ein unechtes Lächeln auf.

»Ich nehme an, wir haben eine ganze Menge gemeinsam, Miss Catalina.«

»Wohl kaum.« Sie zuckte verächtlich mit den Schultern.

Sein Lächeln wurde breiter. »Also. Wir besitzen beide einen Saloon.« Er wandte den Blick von ihrem Gesicht und ließ ihn langsam ihren Körper hinabgleiten. Plötzlich errötete Cat, etwas, das ihr seit Jahren nicht mehr passiert war. Ohne Worte, aber mit seinen Augen hatte er sie an etwas anderes erinnert, das sie gemeinsam hatten: die beinahe schmerzliche körperliche Anziehungskraft, die sie unmöglich voreinander verstecken konnten. Sie war so stark, daß die Luft um sie herum zu flimmern schien.

Er ließ dieses Wissen unausgesprochen zwischen ihnen stehen, während seine Augen sie auf eine Weise auszuziehen schienen, wie sie es noch nie erlebt hatte – mit lässiger Sinnlichkeit, in dem Wissen, daß ihr Körper zwangsläufig darauf reagieren würde ... daß er plötzlich ein Verlangen verspüren würde, das die reinste Folter war.

In diesem Augenblick haßte sie ihn. Sie haßte ihn dafür, daß er ihr das Gefühl gab, eine Frau zu sein. Sie haßte die Schwäche, die dieses Gefühl in ihr hervorrief. Sie haßte die plötzlichen Zweifel, die sie fragen ließen, wer oder was sie überhaupt war.

Und er saß da, mit regloser Miene, und beobachtete sie mit Augen wie Spiegel, in denen sie nicht ihn, sondern sich selbst sah, die sich in ihr tiefstes Innerstes bohrten.

Das war das Bedrohlichste von allem. Viel schlimmer als offene Drohungen oder sichtbarer Zorn.

Sie dachte daran, ihm zu erklären, daß sie ihm keinen körperlichen Schaden hatte zufügen wollen, aber mit jeder Erklärung würde sie sich auf den Polizeikapitän beziehen müssen. Und am Ende würde es auch nichts ändern. Sie hatte den Stein ins Rollen gebracht, und sie bezweifelte, daß er ihr überhaupt glauben würde, vor allem, wenn sie behauptete, daß sie es war, die ihn vor der Reise nach Asien bewahrt hatte. Ohne ihr Zutun wäre er gar nicht erst in Bedrängnis geraten, so daß er ihr für ihr verspätetes Eingreifen wohl kaum noch dankbar wäre.

Und entschuldigen konnte sie sich nicht. Cat war keine Heuchlerin. Sie wußte, daß sie wahrscheinlich in einer ähnlichen Situation noch einmal genau dasselbe tun würde. Und beim nächsten Mal, dachte sie grimmig, würde sie ihm nicht so schnell zu Hilfe kommen. Die Vorstellung, wie er ein Deck schrubbte, war plötzlich durchaus angenehm. Auf jeden Fall, dachte sie selbstgerecht, hatte er es verdient. Jeder, der an die Barbary Coast ging, war ein

Narr. Jawohl, sagte sie sich. Denk an ihn als an einen Narren. Nicht als einen Menschen, dessen Männlichkeit heißes Verlangen in dir weckt.

»Und dann«, fügte Marsh leise hinzu, »scheinen wir noch etwas gemeinsam zu haben ...« Er schien nach den richtigen Worten zu suchen, aber Cat wußte, daß er das nur tat, um eine größere Wirkung zu erzielen. Instinktiv wußte sie eine ganze Menge über ihn.

»Einen Mangel an Nächstenliebe«, sagte er plötzlich mit einem wölfischen Grinsen. »Vielleicht stimmen Sie darin mit mir überein?«

»Vielleicht. Oder vielleicht ist auch einfach ›Skrupellosigkeit‹ das Wort, das Sie suchen«, sagte sie langsam. Sie würde sich der Herausforderung stellen.

»Das ist genauso gut«, stimmte er freundlich zu.

Sie sah ihm erneut ins Gesicht, musterte erneut die blauen Flecken und Kratzer, die er davongetragen hatte. Sie taten nichts, um die männliche Faszination seiner Züge, der harten Linien und Kanten, die sie auf so eigenartige Weise anzogen, zu mildern.

Und sie wußte, daß es nichts nützte, in ihm einen Narren zu sehen. Sie wußte nicht, warum er an die Barbary Coast gegangen war, aber bestimmt nicht, weil er ein Narr war.

Sie saß auf dem Tisch und strich mit der Hand über das blankpolierte Holz. Diese Berührung gab ihr neue Zuversicht. Dies hier war ihr Reich. Sie hatte den *Silver Slipper* aufgebaut und groß gemacht, und sie war die Eiskönigin von San Francisco, von vielen gefürchtet, wenn schon nicht geehrt. Sie verspürte den Wunsch, das lässige Grinsen aus seinem Gesicht zu wischen, obgleich sie annahm, daß das nicht ungefährlich wäre ... es wäre niemals ungefährlich, diesen Mann in irgendeiner Weise zu berühren.

Die Gefahr mischte sich mit der heißen Sinnlichkeit, die die beiden wie eine Wolke umgab. Es war berauschend. Erregend. Und furchteinflößend.

Sie war sich der Gefahr durchaus bewußt, konnte die Frage jedoch nicht zurückhalten: »Hatten Sie einen Unfall?«

»Ein kleines Mißgeschick«, sagte er beiläufig. »Eine Fehlkalkulation.« Er wartete einen Augenblick, ehe er hinzufügte: »Von anderen.«

»Oh?«

»Ich glaube, zwei von ihnen liegen im Krankenhaus. Vielleicht drei. Ich bin mir nicht ganz sicher.«

»Ah, San Francisco kann durchaus gefährlich sein. Sie müssen aufpassen, wohin Sie gehen.«

»Nett von Ihnen, mich zu warnen«, sagte Canton mit einem Glitzern in den Augen.

»Natürlich sind Sie ja gut bewaffnet«, sagte sie mit einem unschuldigen Blick auf die Waffe, die er trug.

Canton nickte. »Jetzt, wo ich die Gefahren kennengelernt habe, die in dieser Stadt auf einen lauern, werde ich besser auf der Hut sein.«

Cat wechselte das Thema. »Ich habe vorhin ein Klavier gehört ... im *Glory Hole*.«

Er verzog keine Miene. Er ignorierte ihre Frage, als sei sie keine Antwort wert, und nippte an seinem Whisky.

Dies war eine glatte Zurückweisung, aber sie mußte es wissen. *Denn man mußte seinen Feind kennen.* »Haben Sie gespielt?«

Canton blickte durch sie hindurch und gab immer noch keine Antwort. Er gehörte zu der Art von Männern, die einem nicht antworten mußten. Sie nahm an, daß er sich häufig so verhielt. Er starrte jemanden mit seinen dunkelgrauen Augen an, bis derjenige so eingeschüchtert war, daß die Frage einfach unterging. War er ihr Spiel leid? Die Warnung war ausgesprochen worden, sie war erwidert worden, und sie hatten einander den Krieg erklärt.

Plötzlich erhob er sich, geschmeidig und tödlich, die Waffe an seiner Hüfte allzu deutlich. »Es war ... aufschlußreich«, sagte er, während er ihre Hand ergriff und sie, ganz der Kavalier, an seine Lippen hob.

Cat verharrte vollkommen reglos. Ihre Hand brannte von seiner Berührung, und die Hitze weitete sich aus wie ein Buschfeuer, bis sie ihren ganzen Körper erfaßt hatte. Einen Augenblick dachte sie, er würde tatsächlich ihre Hand küssen, doch dann verzog er den Mund zu einem spöttischen Grinsen.

»Wir sehen uns wieder, Teuerste.« Er ließ ihre Hand fallen, warf ein paar Münzen auf den Tisch und schlenderte hinaus. Cat stand da und starrte ihm nach.

Der Hund knurrte drohend, als Marsh das *Glory Hole* betrat. Er zündete eine Öllampe an und betrachtete seinen Gefährten. »Wir müssen uns schon gegenseitig tolerieren«, erklärte er dem Tier.

Marsh beschloß, heute abend im Hauptsaal zu bleiben. Er rollte seine Matte direkt neben der Theke aus. Der Hund hielt sich in sicherer Entfernung und grollte jedesmal, wenn er meinte, Marsh dringe in sein Territorium ein.

Der Hund hatte bereits vor dem Saloon gesessen, als Marsh am Nachmittag zurückgekommen war, und Marsh hatte das seltsame Gefühl gehabt, als würde er von ihm begrüßt. Seit über zehn Jahren hatte ihn niemand mehr begrüßt. Wenigstens hatte er so beinahe das Gefühl gehabt, nach Hause zu kommen, nach zehn Tagen im Gefängnis.

Marsh streckte sich auf der Decke aus. Von der anderen Straßenseite drangen laute Geräusche zu ihm herüber. Im *Silver Slipper* herrschte reges Treiben. Er sah im Geiste Catalina vor sich, ihre blitzenden grünen Augen, als er sich über sie lustig gemacht hatte. Sie machte ihre Sache gut. Sehr gut.

Es würde ihm das größte Vergnügen bereiten, sie zu besiegen. Und das würde er. So oder so.

KAPITEL 6

Allmählich sah das *Glory Hole* wieder einladend aus.

Das war einfach nicht zu übersehen, auch wenn Cat sich die größte Mühe gab, es zu ignorieren.

Sie mußte sich sogar eingestehen, daß es wesentlich besser aussah, als sie es jemals für möglich gehalten hätte.

Cantons Arbeiter hatten die Außenwände in einer angenehmen Bronzefarbe gestrichen, die in der Nachmittagssonne glänzte wie pures Gold. Für einen Saloon mit diesem Namen einfach perfekt. Ein Teil von ihr bewunderte diesen Einfall; der andere, weniger großzügige Teil war wütend darüber.

Das *Glory Hole* war einfach schrill, sagte sie sich, während der *Silver Slipper* durch seine Eleganz bestach.

Aber trotzdem bedeutete das *Glory Hole* Ärger, und sein Besitzer, mit seiner männlichen Arroganz und seinem amüsierten Blick, bedeutete noch Schlimmeres. Das spürte sie in ihrem tiefsten Inneren.

Und an anderen Körperstellen, über die sie jedoch lieber nicht nachdachte.

Sie schwelte vor Zorn und wartete nur darauf, daß ihre Wut sich zu einer glühend weißen Flamme entwickelte, die alles andere verzehren würde. Dies hier war *ihre* Ecke. Sie hatte sich ihren Saloon durch verdammt harte Arbeit aufgebaut. Er hatte kein Recht, ihren Erfolg auszunutzen. Warum in aller Welt hatte sie nicht einfach zugelassen, daß er auf irgendein verdammtes Schiff verschleppt wurde?

Die Vorstellung von Canton, wie er einen Mast erklomm oder Schlimmeres, bereitete ihr durchaus Vergnügen. Nun, wenigstens hatte sie noch eine mächtige Geheimwaffe: einen Spion im feindlichen Lager. Es hatte sich herumgesprochen, daß das *Glory Hole* nach einem Barkeeper/Manager suchte, und Teddy hatte seinen Cousin aufgefordert, sich zu bewerben. Es hatte keiner großen Überredung bedurft, da Hugh O'Connell keine Arbeit hatte und zu Hause fünf Kinder und seine schwangere Frau darauf warteten, daß er ihnen Essen und Kleider kaufte.

Cat blickte durch ihr Schlafzimmerfenster zum *Glory Hole* hinüber, obwohl sie sich dafür haßte. Es war beinahe, als hätte sie gespürt, daß er dort stehen würde. Und das tat er! Er lehnte am Geländer und beobachtete, wie die frisch gestrichenen Fensterläden angebracht wurden. Als er sich umdrehte, machte Cat einen Schritt zurück, damit er sie nicht entdeckte.

Sie verfluchte sich selbst ebenso wie ihn, während sie etwas

Farbe auf ihre Wangen auflegte und sich fertigmachte, um hinunterzugehen. Als sie sich in ihrem Zimmer umsah – der kleine Schreibtisch, an dem sie die Bücher führte, das Himmelbett, die kleine Sitzgruppe mit den zierlichen Stühlen –, mußte sie zugeben, daß es wesentlich wärmer und gemütlicher aussah mit den neuen Kissen und der farbenfrohen Tischdecke. Sie hatte endlich etwas gefunden, was Molly gut konnte – Nähen –, und insgeheim versuchte sie bereits, dem Mädchen eine Zukunft zu sichern für den Fall, daß Teddy nicht eines Tages seine Schüchternheit und Molly ihre Furcht vor Männern überwand. Daß die beiden einander mochten, war nicht zu übersehen. Molly wirkte in seiner Gegenwart viel entspannter, und Teddy ... nun, er betete sie an.

Was die anderen Mädchen betraf, von denen drei sich zwei Zimmer über dem *Silver Slipper* teilten und vier woanders lebten, war sie durchaus zufrieden. Eine hatte verkündet, daß sie in einem Monat heiraten und dann aufhören würde zu arbeiten. Wilhelmina, die seit drei Jahren bei ihr arbeitete, und ein anderes Mädchen wurden von zwei Gästen hofiert.

In San Francisco herrschte immer noch akuter Frauenmangel, und ihre Gesellschafterinnen, wie sie sie nannte, waren allesamt hübsch und umgänglich. Sie stellte niemals Mädchen ein, von denen sie annahm, daß sie eventuell noch Nebengeschäfte betreiben würden. Der *Silver Slipper* hatte seine allgemeine Beliebtheit nicht zuletzt seiner Anständigkeit zu verdanken, wenn ein Saloon jemals wirklich anständig genannt werden konnte. Er wurde von Politikern und Geschäftsmännern besucht, die einen privaten Ort brauchten, an dem sie zugleich über Geschäfte sprechen, etwas trinken und vielleicht eine Runde pokern konnten. Ein hübsches Gesicht war ihnen immer willkommen, aber mehr wollten sie nicht.

Sie fragte sich, was ihr Nachbar wohl vorhatte. Seine harten grauen Augen waren erbarmungslos, und dennoch hatte Molly ihm trotz längerer Befragung nichts Konkretes vorwerfen können. Es war nur seine Waffe gewesen, hatte sie gesagt, die Waffe und die Härte in seinem Blick, die sie derart in Schrecken versetzt hatte.

Die erschreckte auch Cat, aber auf eine andere Art. Zum ersten Mal in ihrem Leben fühlte sie sich wie eine Frau. Eine Frau mit gewissen Wünschen. Sie hatte gedacht, daß jede derartige Regung bereits vor langer Zeit in ihr erstorben war in dem Haus, in dem ihre Mutter sie verkauft hatte, und später in den zahllosen Hotelzimmern, in denen ihr Mann dasselbe getan hatte.

Was sie noch mehr erschreckte, war die Tatsache, daß sie ihren Wortwechsel mit Canton am Vortag genossen hatte, daß die Herausforderung in seinem Blick sie belebt hatte, daß jeder einzelne Nerv auf ihn reagiert hatte. Sie fürchtete sich nicht vor ihm selbst, sondern vor der Art, wie sie sich von ihm angezogen fühlte.

Gleich und gleich gesellt sich gern. Wenn das stimmte, würde sie himmlischen Beistand brauchen.

Auch wenn sie nicht an den Himmel glaubte. Nur an die Hölle.

Und an gefallene Engel.

Hugh O'Connell war der fünfte Bewerber, den David Scott befragte.

Marsh hatte den gesamten Nachmittag damit verbracht, irgendwelchen Leuten in Davids Büro zuzuhören, und er hatte nur selten selbst eine Frage gestellt. Bis O'Connell aufgetaucht war, hatte ihm keiner der Männer gefallen. Sie alle hatten ihn argwöhnisch angesehen und waren unruhig auf ihrem Stuhl hin und her gerutscht, nachdem sie erfahren hatten, daß Marsh ihr Arbeitgeber wäre, um anschließend förmlich aus der Tür zu stürzen, obgleich Scott sie mit ruhiger Stimme befragte.

Hugh O'Connell tat nichts dergleichen. Er war nicht gerade groß, aber er strahlte ein gesundes Selbstbewußtsein aus. Es schien ihn nicht weiter zu erschüttern, als er hörte, daß der Mann mit den eisigen Augen sein Boss sein würde.

»Ich brauche diesen Job«, sagte er.

»Warum?« fragte Scott.

»Ich habe fünf Kinder, und meine Frau erwartet gerade das sechste«, sagte er. »Ich war Barkeeper im *Cairo* an der Barbary Coast, bevor es vor einem Monat abbrannte, und seitdem habe ich keine Arbeit mehr.«

»Sie werden lange Arbeitszeiten haben«, sagte Marsh.

Der Mann nickte. »Daran bin ich gewöhnt.«

David blickte erst Marsh und dann den Bewerber an. »Es könnte auch hin und wieder Ärger geben. Mr. Canton wurde schon einmal überfallen, und wir glauben, daß es daran liegt, daß er das *Glory Hole* wiedereröffnet.«

O'Connell blickte ihm ins Gesicht. »Ich bin Ärger gewohnt. Schließlich habe ich an der Barbary Coast gearbeitet.«

Jetzt mischte Marsh sich ein. »Ich will ein sauberes Lokal. Keine Betrügereien an den Spieltischen. Keine Prostitution.«

O'Connell sah erleichtert aus. »Gut, ich habe das *Cairo* gehaßt«, sagte er. »Es würde mir wirklich gefallen, zur Abwechslung mal in einem ordentlichen Lokal zu arbeiten.«

»Sie würden für mich arbeiten.«

O'Connell zuckte nicht mit der Wimper.

»Trauen Sie sich zu, geeignetes Personal zu finden?«

O'Connell grinste. »Ich kenne ein paar verdammt gute Männer.«

»Können Sie morgen anfangen?«

»Heute nachmittag, wenn Sie wollen«, sagte O'Connell.

Marsh blickte hinüber zu Scott, der hilflos mit den Schultern zuckte. Er wußte, daß Marsh seine Entscheidung bereits getroffen hatte. »Natürlich muß ich Ihre Referenzen überprüfen«, sagte der Anwalt.

O'Connell nickte.

»In der Zwischenzeit können Sie schon mal anfangen«, sagte Marsh. Er mochte keine Feilscherei, vor allem nicht, wenn er sich bereits entschieden hatte.

»Wann wollen Sie eröffnen?«

»In drei Wochen«, sagte Marsh mit einem Lächeln. »Ich hatte gehofft, es würde früher klappen, aber es gab leichte Komplikationen.« Er erhob sich lässig. »Sie wissen, wo das *Glory Hole* ist?«

»Jeder weiß, wo das *Glory Hole* ist. Es hat eine ... interessante Geschichte.« O'Connell verkniff sich den Zusatz »unglücklich«, aber die Bedeutung seiner Bemerkung war ohnehin klar.

»Und sie wird noch interessanter werden«, sagte Marsh

trocken. »Oh, wir haben einen Hund. Ignorieren Sie ihn ganz einfach, dann wird auch er Sie in Ruhe lassen.«

»Ich mag Tiere. Hat er auch einen Namen?«

Marsh erinnerte sich an den Gedanken, der ihm gekommen war, als er das Tier zum ersten Mal gesehen hatte: so häßlich wie das falsche Ende einer Winchester.

»Winchester«, sagte er und fügte mit einem leichten Lächeln hinzu: »Win genügt.«

Miss Lotta Crabtree, eine von San Franciscos beliebtesten Entertainerinnen, wird am Samstag abend das Glory Hole, *San Franciscos neusten Vergnügungspalast, eröffnen.*

Miss Crabtree ist bereits in New York, Philadelphia und Boston aufgetreten und ist jetzt aufgrund eines einmonatigen Engagements an Maguires Opernhaus *nach Hause zurückgekehrt. Zunächst wird sie jedoch als erste Künstlerin im neu renovierten* Glory Hole *singen.*

Viele unserer Leser erinnern sich wahrscheinlich daran, daß das Glory Hole *vor zwei Jahren geschlossen wurde. Der neue Besitzer, Taylor Canton, ein distinguierter Geschäftsmann aus Texas, hat versprochen, daß das in neuem Glanz erstrahlende Lokal eine feste Größe in der glitzernden Unterhaltungsszene der Stadt werden wird.*

Die Ankündigung, daß Lotta Crabtree dort auftreten wird, unterstützt diese Behauptung. Wir heißen Mr. Canton in San Francisco herzlich willkommen.

Catalina zerknüllte die Zeitung. In den anderen Blättern hatte sie ähnliche Artikel gelesen. Zur Hölle mit ihm. Wie, in Luzifers Namen, war es ihm gelungen, Lotta Crabtree zu engagieren?

Und »distinguierter Geschäftsmann« – daß sie nicht lachte. Er war ja wohl eher ein … ein Bandit. Eine Plage. Sie fragte sich, wieviel er wohl für diese Voranzeigen bezahlt hatte.

Sie fluchte. Lotta Crabtree war eine Legende in San Francisco. Die Tochter eines einfachen Minenarbeiters hatte bereits als Kind in den Bergarbeiterlagern gesungen, und dann war sie zum Star der Musikhallen von San Francisco aufgestiegen, ehe sie nach

Osten gegangen war, wo sie es den Gerüchten zufolge zur bestbezahlten Schauspielerin von ganz Amerika gebracht hatte.

Gelegentlich kehrte sie noch nach San Francisco zurück, obwohl sie inzwischen selten in der Stadt auftrat, auf keinen Fall jedoch in irgendwelchen Saloons. Was Cat auf ihre erste Frage zurückbrachte. Wie war es Canton gelungen, Lotta Crabtree dazu zu bewegen, in einem einfachen Saloon aufzutreten? Noch dazu in dem berüchtigten *Glory Hole?*

Und warum hatte Cat erst aus der Zeitung davon erfahren und nicht schon viel früher durch Teddys Cousin?

Sie warf die Zeitung quer durchs Zimmer. Die Eröffnung des *Glory Hole,* des anrüchigen *Glory Hole* würde ganze Menschenmassen anlocken. Dieses Ereignis würde genügen, um alles Negative wettzumachen, was jemals über das Lokal gesagt worden war.

Wie machte er das nur?

Er schien nicht die Art von Mann zu sein, die viele Freunde hatte. Er war immer allein, und sie nahm an, daß er selbst in Gesellschaft anderer Leute immer noch allein war.

Sie war es immer, und sie erkannte dieselbe Einsamkeit in ihm.

Sie wußte von David Scott, weil Teddy das Einstellungsgespräch seines Cousins beschrieben hatte. Sie hatte ein paar von ihren Gästen nach dem Anwalt gefragt und hatte nur sehr wenig über ihn erfahren, außer daß er ehrlich war, eine Tugend, die viele ihrer Kunden bei einem Anwalt nicht gerade zu schätzen wußten. Quinn Devereux, den Canton ihr gegenüber einmal erwähnt hatte, konnte hinter dem Coup stecken, aber warum sollte er einem Mann helfen, der so vollkommen skrupellos zu sein schien?

Es ergab einfach keinen Sinn, und Cat mochte Dinge nicht, die keinen Sinn ergaben.

Und noch weniger mochte sie es, wenn man sie schachmatt setzte.

Bedeutete die Ankündigung etwa, daß Canton auch nach der Eröffnung ein Unterhaltungsprogramm bieten wollte? Wenn ja, würde Cat dasselbe tun müssen.

Aber wie in aller Welt sollte sie Lotta Crabtree überbieten? Sie mußte es, wenn sie nicht ihr Gesicht ... und ihr Geschäft verlieren wollte. Jeder in San Francisco wußte oder nahm an, daß sie zumindest teilweise für die früheren Schwierigkeiten des *Glory Hole* verantwortlich war. Ihr Einfluß und ihr Ruf als Gastgeberin der Mächtigen in San Francisco war durch die Aura der Unbesiegbarkeit noch gefestigt worden. Es war eine Aura, die sie auch persönlich schützte. Sie hatte das Gerücht verbreitet, ihre große Liebe sei im Krieg gefallen, ihre ewig währende Liebe, die sie niemals vergessen würde. Sie hatte sogar ein altes Ölgemälde von einem hübschen Mann in Uniform aufgetrieben, das nun an einem gut sichtbaren Platz im Saloon hing.

Aber sie wußte, daß das erste Anzeichen von Schwäche die Wand zum Einsturz bringen würde, die sie so mühsam zwischen sich und ihren Kunden errichtet hatte.

Zur Hölle mit Canton.

Sie hob die Zeitung wieder auf und strich sie glatt, wobei sie den Artikel, der sie so verärgert hatte, ignorierte. Sie suchte jetzt nach etwas anderem, nach etwas, das sie auf einen zündenden Gedanken bringen würde.

Auf Seite sechs fand sie es.

Teddy machte einen Spaziergang mit ihr. Molly blickte unter dem Rand ihres breiten Strohhuts zu ihm auf. Nur seine beständige Nähe brachte ihre Beine dazu, sich halbwegs normal vorwärts zu bewegen. Es war das erste Mal seit ihrem Einzug vor sechs Wochen, daß sie sich mehr als einen Steinwurf vom *Silver Slipper* fort wagte.

Ihre Hand zitterte. Offenbar merkte es Teddy, denn er tätschelte ihr beruhigend den Arm.

Was, wenn sie *ihm* begegnete?

Der Gedanke ließ sie erschauern, obwohl es ein milder Vormittag war. Sie war bereits Risiken eingegangen, von denen das größte gewesen war, als Gesellschafterin im *Silver Slipper* zu arbeiten. Dort würde *er* sie nicht finden, das wußte sie. *Er* prangerte alkoholische Getränke als ein Werk des Teufels an. Die Heuchelei, die sich hinter diesen Behauptungen verbarg, müßte sie eigentlich zum Lachen bringen, wenn sie noch lachen könnte. Doch sie spürte nichts als blankes Entsetzen.

Sie war bei ihrer Ankunft in San Francisco so verzweifelt gewesen, daß sie ihre Angst vor Männern heruntergewürgt hatte.

Als sie fortgelaufen war, hatte sie nur ein einfaches Kleid getragen. Sie hatte kein Geld gehabt, so daß sie sich in einem Heuwagen versteckt hatte, der nach San Francisco fuhr, und dort angekommen, war sie zunächst vollkommen verloren gewesen. Hungrig und verängstigt hatte sie sich in eine dunkle Ecke gekauert und dort die Nacht verbracht, und am nächsten Tag hatte sie sich auf die Suche nach Arbeit gemacht. Aber die Besitzer der Geschäfte, die sie angesprochen hatte, hatten ihre zerzauste Gestalt gemustert, ihre stotternde, zögernde Stimme gehört und sie schnell wieder fortgeschickt.

Wenn sie gefragt worden war, was sie konnte, hatte sie keine Antwort gewußt. Sie hatte nicht an die Sticktücher gedacht, die sie gefertigt hatte, seit sie zum ersten Mal eine Nadel in der Hand gehalten hatte, weil sie sie zu sehr haßte. Sie standen für zu viele Dinge, die sie verabscheute. Also hatte sie nicht gesagt, daß sie nähen konnte.

Die nächsten Tage waren von Hunger und schrecklicher Angst erfüllt gewesen. Angst, daß sie entdeckt würde, Angst vor den Straßen, Angst vor den dunklen Nächten, die so lange Zeit einen ganz eigenen Schrecken gehabt hatten. Und dann hatte sie zufällig gehört, daß im *Silver Slipper* eine Köchin gesucht wurde. Sie hatte zwar keine Ahnung vom Kochen, aber sie war so verzweifelt auf der Suche nach etwas zu essen und einem Dach über dem Kopf, daß sie beschlossen hatte, es zu versuchen. Es konnte schließlich nicht so schwierig sein. Sie hatte Inez häufig beim Kochen zugesehen, bis sie verschwunden und durch eine Frau ersetzt worden war, die sie niemals zu sich in die Küche ließ.

Molly hatte versucht, mit hochaufgerichtetem Kopf durch die Hintertür des *Silver Slipper* zu treten, und dort war sie Teddy begegnet, der sie mit neugierigem und zugleich mitleidigem Blick gemustert hatte. Und dann war Miss Catalina aufgetaucht. Zuerst hatte Molly in Gegenwart dieser eleganten Erscheinung mit den kalten grünen Augen, die direkt in sie hineinzusehen schienen, keinen Ton herausgebracht.

Die Fragen waren kurz und knapp gewesen. Wo hatte sie bisher gearbeitet? Was für Kochkenntnisse hatte sie? Molly hatte gelogen, hatte sich verschiedene Arbeitsstellen ausgedacht, und sie hatte den Zweifel im Blick der Frau gesehen. Aber die kalten grünen Augen schienen plötzlich etwas weicher zu werden, und sie war probeweise eingestellt worden. Catalina hatte ihr ein Zimmer gegeben und mit einem kritischen Blick festgestellt, daß sie sich erst einmal ein paar Tage ausruhen müsse, ehe sie mit der Arbeit beginnen könne. Außerdem würde sie andere Kleider brauchen. Mollys Dankbarkeit hatte keine Grenzen gekannt.

Aber dann hatte sie unglücklicherweise gleich am ersten Tag das Brot anbrennen lassen, das sie hatte backen wollen, und damit beinahe den ganzen Saloon in Brand gesetzt.

Sie war in ihr Zimmer gegangen, hatte das Kleid ausgezogen, das Miss Catalina ihr gegeben hatte, und ihr einfaches Wollkleid angezogen. Sie hatte das schöne Kleid auf das Bett gelegt und noch einmal traurig darauf geblickt. Es war ein schöner blauer Baumwollstoff, leuchtender als alles, was sie je besessen hatte, wenn auch nicht annähernd so teuer, aber jetzt wies einer der Ärmel einen großen Brandflecken auf. Sie hätte das Kleid trotzdem weiter angezogen, aber es gehörte ihr nicht, und sie konnte nicht jemanden bestehlen, der so gut zu ihr gewesen war.

Miss Catalinas Stimme hatte sie aufgehalten, gerade als sie die Tür hinter sich geschlossen hatte. »Molly?«

Ihre Hand war auf dem Türknauf erstarrt. Sie hatte das Zittern nicht verbergen können, das ihren Körper erschütterte; sie war Bestrafung gewöhnt, sowohl verbal als auch körperlich.

Miss Catalinas Miene war ebenso unergründlich gewesen wie immer, aber in ihren Augen hatte eine Art trauriges Verständnis gelegen, das Mollys Zittern schwächer werden ließ. Manchmal hatte Molly den Eindruck, daß diese wunderschöne Frau nicht wirklich existierte, sondern direkt aus einem Bild herausgestiegen war. Doch jetzt hatte sie sie fragend angeblickt.

»Willst du irgendwo hin?«

»Ich dachte ... es tut mir leid.«

»Weil du mich belogen hast, was deine Kochkünste betrifft, oder weil du um ein Haar den *Silver Slipper* zerstört hättest?«

Molly hatte das Gefühl gehabt zu schrumpfen, aber ihre Angst war weniger geworden. »Beides«, hatte sie gesagt.

»Wo willst du hin?«

Molly hatte nur hilflos mit den Schultern zucken können.

Miss Catalina hatte geseufzt. »Und das Kleid ...« Sie hatte den Kopf geschüttelt.

»Ich hatte nicht das Gefühl, daß ich lüge«, hatte Molly gestottert. »Ich dachte wirklich, ich könnte es.«

»Aber du hast vorher noch nie gekocht?«

»Nein, Ma'am.«

Miss Catalina hatte gelächelt. »Nun, was kannst du denn?«

Molly hatte genug gehabt vom Lügen. Sie hatte den Kopf hängen lassen. »Ich fürchte, nichts.«

Catalina hatte sie aufmerksam angesehen. »Das stimmt ja wohl auch nicht. Du könntest sehr hübsch sein, wenn du dein Haar offen tragen würdest. Hättest du Lust, es einmal als Gesellschafterin zu versuchen?«

Molly hatte vollkommen reglos dagestanden. Eine Chance. Eine zweite Chance. Eine Chance, sich zu verstecken und vielleicht genug Geld zu verdienen, um in den Osten zu gehen, weit genug, daß er sie niemals finden würde. Aber was sollte sie zu den Männern sagen? Könnte sie überhaupt mit ihnen sprechen? Sie wußte vom Barkeeper, daß niemand die Gesellschafterinnen auch nur anrühren durfte, daß von ihnen nicht mehr erwartet wurde, als hübsch auszusehen und Tee zu trinken. Sie wußte zum Beispiel, daß ein aufsässiger Kunde, der etwas anderes gefordert hatte, am Vorabend aus dem Lokal geworfen worden war. Das hatten die beiden Mädchen erzählt, mit denen sie das Zimmer teilte.

Aber trotzdem ...

Sie erinnerte sich an Hände, Hände, die sich nach ihr ausstreckten und nicht aufhörten, und sie war sich nicht sicher, ob sie so problemlos wie die anderen Mädchen mit den Männern sprechen könnte.

Aber sie wußte nicht, wo sie hingehen sollte. Sie konnte sich nirgends verstecken. Hier wenigstens war sie relativ sicher. Sie würde es versuchen. Und sie hatte es versucht.

Sie zitterte trotz der Wärme, schob sich näher an Teddy und beschleunigte ihr Tempo. Sie blickte auf, und ihre Blicke trafen sich. Es war lange her, daß sie zum letzten Mal einen Freund gehabt hatte, und noch länger, daß jemand sie beschützt hatte. Es war ein gutes Gefühl, beides zu haben.

Wenn sie sich nur sicher fühlen könnte.

KAPITEL 7

Vor dem Eingang des *Glory Hole* herrschte dichtes Gedränge. Selbst Ladies, die nicht im Traum daran gedacht hätten, jemals einen der Saloons von San Francisco zu betreten, waren gekommen, um Lotta Crabtree zu hören.

Catalina hatte gar nicht erst versucht, an diesem Abend etwas Besonderes zu bieten, denn nichts hätte dem Vergleich mit der berühmten Sängerin standhalten können. Aber ihre Zeit würde kommen. Bald. Sehr bald.

Sie konnte sich nicht helfen – sie empfand eine gewisse Bewunderung für Cantons Einfallsreichtum. Sie stand vor ihrem Ankleidetisch und machte sich zurecht, um ins *Glory Hole* hinüberzugehen. Die Eröffnung des Saloons würde für sie bestimmt nicht besonders amüsant, aber er hatte sie eingeladen, und sie wollte auf keinen Fall, daß er sie für feige hielt oder annahm, er hätte sie besiegt. Sie würde ihr feinstes Kleid tragen – einen Traum aus schwarzem Samt, der die Ebenholzfarbe ihres Haars besonders gut zur Geltung brachte –, und sie würde ihr strahlendstes Lächeln aufsetzen.

Cat ließ sich Zeit. Sie bürstete ihr Haar, bis es seidig glänzte, dann flocht sie es zu einem Knoten und steckte es mit perlenbesetzten Nadeln fest. Sie verwendete nur so viel Rouge und Lippenstift, daß ihre Wangen und ihr Mund rosig schimmerten.

Dann machte sie einen Schritt zurück und betrachtete sich im Spiegel. Sie sah einfach hinreißend aus. Sie hüllte sich in einen Umhang und machte sich auf den Weg in die Höhle des Löwen.

Catalina Hilliard würde kommen. Das wußte Marsh mit derselben Gewißheit, mit der er wußte, daß das Leben unweigerlich zum Tod führte. Sie würde kommen, weil sie es nicht ertragen würde, ihm die Genugtuung zu verschaffen, daß sie nicht kam.

Er hatte den besten Tisch für sie reserviert. Für sie beide. Der zweitbeste Tisch war für Christopher Buckley bestimmt, den »blinden Chris«, wie ihn alle nannten. Buckley war der Besitzer des *Snug Café* in der Nähe der Stadthalle, und es hieß, er habe sämtliche Politiker von San Francisco in der Tasche. Er war ein Mann, um den man sich bemühen mußte, wenn man im Geschäft bleiben wollte. Buckley hatte Marsh mitteilen lassen, daß er kommen würde, und jetzt erwartete er natürlich den besten Tisch im *Glory Hole.* Nun, er bekam zumindest den zweitbesten.

Marsh gab sich die größte Mühe, sympathisch zu wirken. Himmel, nachdem er jahrelang eine drohende Miene aufgesetzt hatte, fiel ihm das nicht gerade leicht. Hugh O'Connell hatte diverse Vorschläge gemacht, aber am Ende mit einem entnervten Stöhnen aufgegeben. »Es muß eben so gehen«, hatte er gemurmelt und war frustriert davongestapft.

Dies war das erste Mal seit dem Ende des Krieges, daß Marsh festliche Garderobe trug, und sie brachte seine Gedanken zurück in eine Zeit und an Orte, die er niemals wiedersehen wollte. Auch die schwarze Farbe seiner Kleider war er leid. Seit Jahren hatte er kein einziges andersfarbiges Kleidungsstück getragen – das Schwarz war inzwischen Teil der Legende, die sich um ihn rankte. Je großartiger der Ruf, um so mehr Aufträge gab es; je furchterregender man wirkte, um so geringer wurde der Widerstand. Der schwarze Anzug ließ ihn erneut an all die Pistolenduelle denken. An all die Grenzkriege. An die Verdrängung aller Gefühle.

Als er heute abend in den Spiegel gesehen hatte, hatte er sich einen Augenblick gefragt, wen er da vor sich sah. Er war bei einem Friseur gewesen, der ihm die Haare geschnitten hatte, und jetzt entdeckte er feine graue Strähnen an den ebenholzfarbenen Schläfen. Die eleganten Kleider taten nichts, um die harten Linien in seinem Gesicht zu mildern, aber in gewisser Weise wirkte er distinguiert.

Er sah keinen Killer vor sich, wie es ihm sonst immer passierte, wenn er in einen Spiegel blickte.

Konnten Kleider wirklich so viel verändern? Oder lag es an etwas anderem?

Oder bildete er sich die Veränderung einfach nur ein? Wollte er einfach nur, daß es so war?

Er hatte sich angewidert abgewandt und sich gewünscht, daß der Abend bereits vorüber war, daß er niemals angefangen hätte, so viele Dinge in Frage zu stellen, daß er allein wäre, allein mit dem Hund. Der Hund war am Morgen noch dagewesen, aber als im Verlauf des Tages immer mehr Barkeeper und Kellner eingetroffen waren, hatte er sich irgendwohin verkrochen. Marsh wünschte sich, er könnte dasselbe tun.

Mit einem letzten angeekelten Blick hatte er sich umgedreht und war in Richtung der Treppe gegangen, deren Stufen ihn vielleicht in ein neues Leben führen würden. Oder ihm die Erkenntnis brächten, daß das nicht mehr möglich war.

Catalina Hilliards Auftritt war ein voller Erfolg. Vielleicht war es Absicht, vielleicht versetzte ihre Anwesenheit die Leute aber auch immer in Aufregung.

Für Marsh hatten Frauen bereits vor langer Zeit ihren Reiz verloren, aber selbst er atmete tief ein, als Catalina das *Glory Hole* betrat.

Er hatte ihre Schönheit seit dem ersten Tag bewundert, aber heute abend sah sie einfach hinreißend aus. Sie trug ein schwarzes Samtkleid, das eng an einem äußerst begehrenswerten Körper anlag und dessen Rock elegant auf den Boden fiel. Es war keiner dieser modischen Fetzen; es hatte keine Tournüre, keine Rüschen oder Schleifen. Seine Einfachheit betonte noch die dunkle Schönheit der Trägerin. Sie trug lange schwarze Seidenhandschuhe; einziger Schmuck waren eine Goldkette mit einem kleinen Smaragd, der genau die Farbe ihrer Augen hatte, und perlenbesetzte Nadeln in ihrem Haar. Ihre schlichte Eleganz ließ die Aufmachung jeder anderen Frau im Raum viel zu vornehm und überladen erscheinen. Er war wirklich beeindruckt, obgleich er sich daran erinnerte, daß dies die Frau war, die wahrscheinlich veranlaßt hatte, daß er zusammengeschlagen, ins Gefängnis gesteckt und um ein Haar zwangsrekrutiert worden war.

Niemand blickte mehr auf ihn, auf die Bühne, wo die Musiker ihre Instrumente für Lotta Crabtrees Auftritt stimmten, oder zur Tür, durch die immer mehr berühmte Bürger der Stadt traten, um einem der interessantesten Ereignisse der letzten Zeit beizuwohnen. Alle sahen auf die elegante Frau, die sich so selbstsicher und herausfordernd auf Marsh zubewegte.

Marsh war ihr auf halbem Weg entgegengekommen, als sich im Raum lautes Getuschel erhob. Es hatte bereits die wildesten Gerüchte über eine Fehde zwischen den beiden Konkurrenten gegeben. Tatsächlich hatte er das Gerede sogar noch forciert, da er wußte, daß so etwas das Interesse der Leute steigerte.

Und Interesse steigerte den Umsatz.

Außerdem war ihm klar, daß er und Catalina mit ihrem dunklen Haar und ihrer förmlichen Kleidung zusammen einfach hinreißend aussahen.

Marsh verbeugte sich höflich. »Willkommen im *Glory Hole*«, sagte er. »Es ist wirklich nett von Ihnen, daß Sie gekommen sind.«

»Ah«, erwiderte sie mit zuckersüßer Stimme. »Ich denke nicht, daß ›nett‹ das richtige Wort ist. Sagen wir lieber, daß ich neugierig war. Ich mag Neueröffnungen – fast so wie Schließungen.«

»Entdecke ich da etwa eine gewisse Gereiztheit, Miss Catalina?«

»Keinesfalls, Mr. Canton. Ich gratuliere Ihnen, daß es Ihnen gelungen ist, Lotta Crabtree zu engagieren. Und außerdem möchte ich eine Gegeneinladung aussprechen. Ich hoffe, Sie werden die Zeit finden, herüberzukommen, wenn ich der Stadt mein ... kleines Geschenk mache.«

Er zog fragend die Brauen hoch. »Und wann findet das Ereignis statt?«

Sie bedachte ihn mit einem glückstrahlenden Lächeln. »Das können Sie morgen aus der Zeitung erfahren.«

Marshs Lächeln wurde breiter, ohne daß er sich dieses Mal extra Mühe geben mußte. Die Heiterkeit, die er bereits zuvor in ihrer Gegenwart verspürt hatte, wallte erneut in ihm auf. Es war ein wildes und berauschendes und unvorhersehbares Gefühl. Und vollkommen neu.

Er sah, wie ihre Augen kampflustig aufblitzten und ein unglaublich tiefes Grün annahmen, und er verbeugte sich ein zweites Mal. Der Duft frischer Blumen hüllte sie ein, nicht süß, sondern mit dem scharfen, verführerischen Aroma eines Feldes voller Wildblumen. »Ich freue mich schon jetzt darauf, Miss Catalina«, sagte er und schob ihre Hand unter seinen Arm. »Ich hoffe doch, Sie nehmen an meinem Tisch Platz.«

Sie nickte nur, da sie unmöglich ihre Hand befreien konnte, ohne allgemeines Aufsehen zu erregen. Und diese Genugtuung würde sie ihm nicht zuteil werden lassen. Trotzdem überraschte es sie, welchen Schock ihr die Berührung seines weißen Handschuhs auf ihrem schwarzen versetzte. Der Stoff hätte sie schützen sollen, aber er tat es nicht. Seine Körperwärme drang durch ihn hindurch und brannte sich direkt in ihre Haut.

Er spürte, daß sie zögerte, sich unmerklich zurückzog, aber sie zeigte keinen Widerwillen, nur Vorsicht. Ihre Blicke trafen sich, duellierten sich, und sie schaute als erste zu Boden – nicht, weil er gewonnen hätte, sondern einfach, weil sie Aufsehen vermeiden wollte. Innerlich mußte er ihr applaudieren. Sie stahl ihm völlig mühelos die Show.

Doch dann verstummten die Musiker, und alle Augen wandten sich der Bühne und Lotta Crabtree zu.

Marsh führte seine widerstrebende Partnerin an den Tisch und rückte ihr umständlich den Stuhl zurecht. Aber niemand schenkte ihnen mehr Beachtung, und er verstand, weshalb David Scott darauf bestanden hatte, eine solche Summe für die berühmte Miss Crabtree auszugeben.

Von der Sekunde an, in der sie die Bühne betrat, nahm Lotta jede einzelne Person im Publikum gefangen. Als junges Mädchen war sie mit Lola Montez befreundet gewesen, einer anderen kalifornischen Legende, die sie stets gefördert hatte. Lotta hatte ein ansteckendes Lachen, leuchtendrotes Haar und glänzende schwarze Augen, und wenn sie tanzte und ausgelassen herumsprang, fühlte sich jeder in das Vergnügen miteinbezogen.

Das *Glory Hole* war von Lachen erfüllt, und Marsh verspürte einen ungewohnten Stolz bei dem Gedanken, daß er es gewesen war, der innerhalb weniger Wochen aus einer heruntergekommenen Kaschemme ein derart ansehnliches Etablissement gemacht hatte. Dies war eine Leistung, die nichts mit seinen Fähigkeiten als Killer zu tun hatte und die ihn deshalb wirklich mit Freude erfüllte.

Ebenso wie die Frau neben ihm, die während der Vorführung ein gelegentliches Lächeln nicht verbergen konnte, ein ansteckendes Lächeln, von dem er instinktiv wußte, daß es ebenso selten zutage trat wie sein eigenes. Einmal hatte sie sich zu ihm hinübergebeugt, um ihm etwas Lustiges zu erzählen, aber sie hatte sich gerade noch rechtzeitig dabei ertappt und sich eilig von ihm abgewandt. Plötzlich hatte er das unerklärliche Gefühl, als habe er etwas verloren.

Als das erste Stück geendet hatte, fragte sie: »Und was wollen Sie dann mit dem *Glory Hole* machen?«

»Mir fällt bestimmt etwas ein«, sagte er selbstgefällig. »Aber zumindest ist der Ruf des *Glory Hole* jetzt wieder intakt.«

»Und wie lange?« Ihre Stimme klang wieder zuckersüß.

»Oh, ich habe die Absicht, ein tadelloses Lokal zu führen«, sagte er trocken. »Ich habe den allergrößten Respekt vor dem Gesetz.«

»Das hätte ich niemals für möglich gehalten, Mr. Canton.«

»Taylor«, verbesserte er. Beinahe hätte er »Marsh« gesagt, aber dann hatte er sich daran erinnert, daß er gerade dabei war, von Marsh Canton, dem Pistolenhelden, Abschied zu nehmen. Irgendwie hatte er plötzlich das Gefühl, als liege dieses Leben Jahrhunderte zurück. Aber er wußte zugleich, daß die Schatten dieser Zeit immer auf ihm lasten würden.

Sie legte den Kopf schief. »Sie sehen gar nicht aus wie jemand, der Taylor heißt.«

Marsh fragte sich, ob der Name aus seinem Mund fremd geklungen hatte. Er mußte vorsichtig sein. Wenn sie hinter den Angriffen auf ihn steckte, dann würde sie wahrscheinlich auch mit dem größten Vergnügen Nutzen daraus ziehen, wenn sie wüßte, wer er wirklich war. Dann wäre die neugewonnene Ehrbarkeit des *Glory Hole* sofort wieder dahin. Er zuckte mit den Schultern. »Sie sehen auch nicht aus wie eine Catalina.«

»Und was würde Ihrer Meinung nach zu mir passen?«

»Vielleicht eine Abkürzung ... wie zum Beispiel Cat.«

»Cat – Katze. Katzen haben Krallen.«

»Darum paßt es ja so gut zu Ihnen.« Er lächelte, und sie erkannte an seinem Blick, daß er nur allzu gut Bescheid wußte über ihren Versuch, ihn loszuwerden. »Außerdem haben mich Katzen schon immer fasziniert wegen ihrer ... Cleverness. Ich habe mich immer gefragt, ob sie sich wohl zähmen lassen würden – durch den richtigen Herrn natürlich.«

»So etwas wie den richtigen Herrn gibt es nicht, Mr. Canton.«

»Keine Ausnahme?«

»Nein.«

»Mit welcher Bestimmtheit Sie das sagen«, stellte er amüsiert fest. »Es gibt immer Ausnahmen.«

»Eine derartige ... Flexibilität ... hätte ich von einem Mann wie Ihnen nicht erwartet.«

»Und was für ein Mann bin ich?«

»Kompromißlos. Gefährlich.«

»Aus Ihrem Mund ist das ein Kompliment«, sagte er. »Sie scheinen in mir einige Ihrer eigenen Qualitäten wiederzuentdecken.«

»Genau, Mr. Canton.«

Da war sie wieder, die Herausforderung, und es gefiel ihm sogar. Nie zuvor hatte er sich derartige Gefechte mit einer Frau geliefert, aber es machte wirklich Spaß. Er wandte den Blick nicht ein einziges Mal von ihr ab, als er seine Hand nach dem Champagnerglas ausstreckte, das vor ihm auf dem Tisch stand. Die grünen Augen waren wirklich die einer Katze, glitzernd und erhaben und sinnlich – und starr auf ihn gerichtet.

Marsh spürte ein Ziehen in der Lendengegend. Er hatte das schmerzliche Bedürfnis, die elfenbeinfarbene Haut oberhalb der tiefen Schwärze ihres Samtkleides zu berühren, mit seiner Zunge über ihren Hals zu gleiten, seinen Kopf auf das dunkle Haar zu legen, das aussah, als sei es aus Seide.

Himmel, er lechzte nach ihr wie ein Hund.

Nach einer Frau, die seine erklärte Feindin war.

Aber gerade das machte die ganze Sache so aufregend. Zumindest meinte er, das sei einer der Gründe. Er weigerte sich, die Möglichkeit in Betracht zu ziehen, das es an etwas anderem liegen könnte.

Er hörte kaum den tosenden Beifall, unter dem Lotta Crabtree erneut die Bühne betrat. Er spürte nur die Hitze, die zwischen Catalina Hilliard und ihm aufwallte und von der er wußte, daß auch sie sie spürte, denn ihre Wangen hatten eine rosige Farbe angenommen.

Sie blinzelte.

Also hatte auch die Eiskönigin Gefühle!

Er strich sanft mit seiner Hand über ihre Finger. Ihre Wangen wurden noch rosiger, und sie zog ihre Hand zurück, als habe sie sich verbrannt.

»Champagner?« Selbst er hörte, daß seine Stimme heiserer klang als sonst.

»Ich möchte Sie doch nicht zu schnell in den Ruin stürzen«, erwiderte sie, aber auch in ihrer Stimme lag eine neue Sinnlichkeit. Diese offensichtlich bissig gemeinte Bemerkung klang eher wie ein aufforderndes Schnurren.

Ruin war ein schönes Wort, wenn sie es mit dieser warmen, verführerischen Stimme aussprach.

Dann verstummten sie und lauschten Lotta Crabtree, aber er wandte kaum einmal den Blick von Cat. Trotz ihres Schweigens kommunizierten sie immer noch miteinander, auf eine gänzlich andere Art. Sie führten eine tonlose Unterhaltung, herausfordernd und voller Erwartung, und die Spannung steigerte sich mit jedem Augenblick.

Er wünschte sich, daß dieser Moment niemals enden würde.

Himmel, es war überraschend angenehm, derart persönliche, private Gefühle mit jemandem zu teilen. Er bemerkte kaum, daß Lotta Crabtree den zweiten Liederzyklus beendet hatte, daß erneut Beifall aufbrandete und daß Hugh O'Connell die Bühne betrat, um zu verkünden, daß das *Glory Hole* von nun an jeden Abend Unterhaltung bieten würde.

Danach begannen die Leute, sich lautstark zu unterhalten. Zahlreiche Gäste kamen an Marshs Tisch, um ihm zu gratulieren und um ihre offensichtliche Neugierde zu stillen.

Der einzigartige Stolz, den er noch kurz zuvor empfunden hatte, verschwand, als er feststellte, daß das einzige, was er in diesem Augenblick wollte, was er in diesem Augenblick brauchte, die Frau war, die ihm gegenüber saß. Aber noch während er die Glückwünsche entgegennahm, sah er, daß sie sich von ihrem Stuhl erhob und in Richtung der Tür entschwand, ohne daß er etwas dagegen unternehmen konnte. Nicht jetzt. Nicht, ohne daß es den Eindruck erwecken würde, daß er ihr hinterherlief.

Aber das Verlangen seines Körpers legte sich nicht, während er sich zwischen seinen Gästen bewegte und versuchte, freundlich auszusehen, ohne recht zu wissen, ob ihm das auch gelang. Himmel, er war wirklich aus der Übung, was auch nur die einfachsten Regeln der Höflichkeit betraf, er, der einst die gesellschaftlichen Konventionen meisterlich beherrscht hatte, der einst einer der meistbegehrten Kavaliere von ganz Georgia gewesen war. Schließlich nickte er Hugh zu und verschwand durch die Hintertür hinaus auf die Straße, an die frische Luft, fort von dem Wildblumenduft, der immer noch im Saloon hing.

Im *Silver Slipper* drängten sich all die Leute, die nicht mehr ins *Glory Hole* hineingepaßt hatten. Cat spendierte den Gästen kostenlose Drinks, und die zuvor etwas gereizte Atmosphäre wurde schlagartig besser.

Und sie mischte sich unter das Publikum, etwas, was sie nur selten tat, bis sich jeder Besucher durch ihre Anwesenheit so geehrt fühlte, daß es ihm nichts mehr ausmachte, Lotta Crabtree nicht gehört zu haben.

Sie redete über Politik, fragte nach den Familien der Männer und gab den jeweils Angesprochenen das Gefühl, besonders auserwählt zu sein, ohne jedoch auch nur einmal die gefühlsmäßige Distanz zu ihren Kunden zu überwinden. Als einer der Neuankömmlinge die Hand nach ihr ausstreckte, mußte sie sich zusammennehmen, um ihre Abscheu nicht allzu deutlich zu zeigen, aber noch während sie sich eilig zurückzog, gelang es ihr zumindest, ihm ein höfliches Lächeln zu schenken.

Warum störte sie Cantons Berührung nicht, warum rief sie nicht den bekannten Widerwillen hervor, warum weckte sie nicht die Erinnerungen, die sie all die Jahre geschützt hatten? Warum weckte seine Berührung statt dessen ein Verlangen in ihr, das so schmerzlich war, daß sie es kaum ertrug? Sie wußte noch nicht einmal, an welcher Stelle dieser Schmerz entstanden war; sie fühlte ihn an jeder Stelle ihres Körpers und ihrer Seele.

Diese Gefühle erschreckten sie noch mehr als die gefürchteten nächtlichen Besuche vor so vielen Jahren. Ein einziges Mal hatte sie einem Mann ihr Herz geschenkt, hatte sie ihre Hoffnungen in einen anderen Menschen gesetzt und war bitter enttäuscht worden. Sie wußte, daß sie so etwas nicht noch einmal ertragen würde.

Sie mußte Canton loswerden. Sie weigerte sich, jemals anders an ihn zu denken. Auf keinen Fall als Taylor. Er war viel zu ... derb für einen solch zivilisierten Namen. Etwas anderes als »Canton« paßte nicht zu ihm. Ein harter Name. Für einen harten Mann.

Irgendwie überstand sie den Abend, indem sie jedem einzelnen ihrer Gäste mehr Aufmerksamkeit schenkte als je zuvor. Aber in Wahrheit galt ihre Aufmerksamkeit einem großen, schwarzhaarigen Mann in Abendgarderobe, der viel zu gut aussah, dessen Augen viel zu anziehend waren, auch wenn sie die Menschen erstarren ließen. Manche Menschen. Aber nicht sie. Wenn sie es doch nur täten, statt eine derart gefährliche Hitze in ihr zu erzeugen.

Sie fragte sich, ob er Lotta Crabtrees Auftritt verfolgte, ob er vielleicht sogar anschließend noch ein intimes Abendessen mit ihr einnehmen würde. Und sie verspürte eine nie gekannte Eifersucht.

Lotta Crabtree bedachte ihren Gastgeber mit einem nachdenklichen Blick, während sie an einer dicken schwarzen Zigarre sog.

Er hatte ihr einen riesengroßen Blumenstrauß und eine Schachtel Zigarren geschickt, da das Gerücht kursierte, daß sie sie mochte. Das gefiel ihr. Die meisten Männer hätten an die Rauchwaren bestimmt nicht gedacht.

Sie saß ihm gegenüber in ihrer Garderobe, trank ein Glas Champagner und fragte sich, ob sie es wagen sollte, etwas anderes mit Taylor Canton zu tun.

Sie wagte alles.

Aber er war anders. Sie hatte dieses Angebot angenommen, weil David Scott sie darum gebeten hatte und weil er ihr einmal einen großen Gefallen getan hatte. Morgen abend war die Premiere ihres neuen Stücks in San Francisco, und obgleich ihr Manager Zeter und Mordio geschrien hatte wegen des Engagements im *Glory Hole*, hatte sie sich nicht davon abbringen lassen. Ein Auftritt in einem Saloon würde ihrem Ruf schaden, hatte er gesagt, aber Lotta machte immer, was sie wollte, und sie war den Menschen gegenüber stets loyal, die ihr am Anfang geholfen hatten ... als sie noch in den Lagern der Bergarbeiter aufgetreten war.

Taylor Canton faszinierte sie seit dem Augenblick, in dem sie ihm zum ersten Mal begegnet war. Er war alles andere als der typische Saloonbesitzer, und sie fragte sich kurz, was David Scott mit einem solchen Mann zu tun haben konnte. In den Bergarbeitercamps hatte sie Männer wie Canton getroffen, die Wölfe unter den Schafen.

Und trotzdem hatte er das Benehmen eines Gentleman, auch wenn seine Augen etwas anderes verrieten. Er war bestimmt alles andere als ein harmloser Galan.

»Höre ich da einen Südstaatenakzent?« fragte sie.

Er lächelte. »Ich dachte, er hätte sich seit langem gelegt«, sagte er. »Aber es stimmt, Georgia.« Sie stellte fest, daß sein Lächeln die Augen nicht erreichte.

»Nur eine Spur, aber ich habe ein Ohr für Akzente«, sagte sie selbstzufrieden, während sie ihn musterte. »Eine wohlhabende Familie?«

»Früher einmal.«

»Vor dem Krieg?«

»Vor dem Krieg«, bestätigte er.

»Und wie kommt es, daß Sie jetzt Saloonbesitzer sind?« Sie zog erneut an ihrer Zigarre und stellte fest, daß sie im Verlauf der Unterhaltung ausgegangen war. Sie blickte angewidert auf den kalten Stumpen. Marsh beugte sich zu ihr hinüber, um sie erneut anzuzünden, wobei seine Augen amüsiert aufblitzten. Amüsiert, doch ohne jede Wärme.

»Ich habe ihn gewonnen.«

»Sie sind also ein Spieler?«

»Teilweise.«

»Und sonst?«

Er lehnte sich wieder zurück und zündete sich selbst eine Zigarre an. Sein Schweigen sprach für sich.

»Sie finden bestimmt, daß ich zu viele Fragen stelle«, sagte sie. »Das tue ich auch. So wird man eine gute Schauspielerin ... indem man die Leute kennenlernt. Indem man sie versteht.«

»Und Sie verstehen mich?«

»Ich bezweifle, daß irgend jemand Sie versteht, wahrscheinlich nicht einmal Sie selbst.«

Dieses Mal lächelten sogar seine Augen. Er beugte sich vor und legte seinen Mund auf ihre Lippen. Aber die Erregung, die er vorhin verspürt hatte, das rohe Verlangen, stellte sich nicht ein. Er versuchte, wenigstens einen Bruchteil dieser Gefühle, dieses Drängens, zu verspüren, aber er war innerlich vollkommen tot.

Er fluchte stumm. Lotta Crabtree war eine schöne, eine faszinierende Frau, die von sämtlichen Männern begehrt wurde, und er verspürte nicht das Geringste, außer vielleicht einem harmlosen, angenehmen Prickeln.

Lotta Crabtree erwiderte seinen Kuß, doch dann machte sie sich von ihm frei. »Das war eine wirkliche Schönheit, neben der Sie vorhin gesessen haben«, bemerkte sie leicht hin.

Er nickte schwach.

»Sie ist gegangen«, sagte sie.

»Sie ist die Besitzerin des Saloons auf der anderen Straßenseite.«

»Eine Freundin?«

Er schüttelte den Kopf. »Sie hat versucht, mich shanghaien zu lassen.«

Lotta Crabtree lehnte sich zurück und kicherte. »Selbst auf der Bühne konnte ich förmlich die Hitze spüren, die zwischen Ihnen beiden aufgewallt ist. Ich hatte nicht gerade das Gefühl, als handele es sich dabei um gegenseitige Abneigung.«

Er grinste. »Etwas ... scheint mit uns zu passieren, wenn wir zusammen sind. Es ist wie ein Feuerwerk.«

»Zu schade«, sagte sie mit ehrlichem Bedauern, während sie ihn mit einem gewissen Verlangen anblickte. »Es wäre bestimmt interessant gewesen ...«

Sie mußte nicht erklären, was sie meinte. Für den Bruchteil einer Sekunde wünschte Marsh, er wäre Catalina Hilliard niemals begegnet. »Das könnte es immer noch werden«, sagte er.

Lotta schüttelte den Kopf. »Ich gebe mich niemals mit dem zweiten Platz zufrieden.«

»Nein«, stimmte er ihr zu. »Das tun Sie bestimmt nicht.«

»Könnten Sie mich jetzt vielleicht in mein Hotel fahren?«

»Mit Vergnügen, Miss Crabtree.«

Cat bürstete sich gerade das Haar, als sie draußen das Rattern von Rädern hörte. Es war kurz vor Tagesanbruch, und die beiden Saloons hatten bereits lange geschlossen.

Sie ging hinüber zum Fenster. Canton half Lotta Crabtree gerade in eine Kutsche. Sie wartete, bis er neben ihr Platz nahm und der Kutscher mit der Peitsche knallte. Canton hatte sich dicht neben die Schauspielerin gesetzt, und im ersten Grau der Dämmerung sah Cat, daß Lotta sich mit einem Lachen an Canton wandte.

Cat spürte, wie sich ihre Brust zusammenzog, beinahe als schnüre ihr jemand die Luft ab.

Mit einem Fluch, der eines Matrosen würdig gewesen wäre, schleuderte sie ihre Bürste quer durch den Raum und beobachtete, wie sie gegen ein Glas Portwein flog. Das Glas zerbrach, und die dunkle Flüssigkeit ergoß sich über die Seidendecke auf ihrem Bett.

Flecken. Großer Gott, die Flecken.

KAPITEL 8

Flecken.

Lizzie Jones hatte auf die schmutzigen Laken gestarrt, auf die unübersehbaren, riesigen, roten Flecken. Das Blut. Ihr Blut.

Sie hatte sich übergeben. Ihr Magen hatte genauso geschmerzt wie der Rest ihres Körpers. Sie hatte das Gefühl gehabt, auseinandergerissen zu werden.

Sie hatte fast die ganze Zeit die Augen geschlossen und sich eingebildet, sie sei an einem anderen Ort. Aber der Schmerz war unerträglich gewesen, als hätte man ihr ein Schwert in den Körper gerammt, und er hatte sie immer an die entsetzliche Realität erinnert.

Sie war heute wahrscheinlich dreizehn geworden, das genaue Datum ihrer Geburt wußte ihre Mutter nicht. Nie zuvor hatte sie Geburtstag gefeiert. Und nun war dies hier das erste und einzige Geburtstagsgeschenk, das sie jemals bekommen hatte.

Sie hatte gewußt, daß es kommen würde. Sie hatte bemerkt, daß die Männer sie anstarrten, hatte gefühlt, wie sie verschiedene Stellen ihres Körpers begrabscht hatten, während sie die Drinks servierte. Und sie hatte gehört, daß verschiedene Angebote für sie gemacht worden waren. Sie hatte versucht davonzulaufen, aber der Sheriff, der von der Chefin bezahlt wurde, hatte sie zurückgebracht. Man hatte sie in ihr Zimmer eingesperrt und das einzige Fenster mit Brettern zugenagelt.

Sie hatte jeden Versuch, ihre Geburt zu verhindern, und auch die vollkommene Vernachlässigung als Kind überlebt. Nur hin und wieder hatte eine weichherzige Hure ihr ein wenig Zuneigung geschenkt, ehe sie wieder verschwand. Aber nie war es ihre Ma gewesen.

Lizzie war in ihrer Kindheit kaum mehr als eine Sklavin gewesen. Sie hatte niemals die Schule besucht, niemals gewußt, daß es noch ein anderes Leben gab als das voller lärmender Geschlechtsakte, betrunkener Faustkämpfe und kreischender Auseinandersetzungen zwischen den Frauen. Sie hatte nur deshalb überlebt, weil sie zu hart war zum Sterben.

Und dann hatte sie sich zu einer richtiggehenden kleinen Schönheit entwickelt, und ihre Ma schenkte ihr auf einmal Beachtung.

Nachdem sie das erste Mal mit einem Mann zusammengewesen war, hatte sie ein eigenes Zimmer bekommen, aber Geld hatte sie nie gesehen. Ihre Ma nahm es immer an sich, und Lizzie hatte gelernt, ihre Gedanken und Gefühle auszuschalten, wenn die Männer kamen. Sie hatte daran gedacht, noch einmal davonzulaufen, aber dann erinnerte sie sich daran, wie der Sheriff sie wieder zurückgeschleppt hatte und sie in ihrem Zimmer eingeschlossen worden war. Und was sollte sie auch alleine anfangen? Ihre Ma hatte ihr immer erzählt, wie nutzlos sie sei, daß sie zu nichts zu gebrauchen war außer für die Hurerei.

Also hatte sie sich eingebildet, sie sei an einem anderen Ort, ihr Körper gehöre einer anderen. Sie hatte einmal ein Bild vom Meer gesehen, und dessen klare Reinheit hatte sie immer vor Augen gehabt. Die ganze Zeit, wenn ein Mann auf ihr gelegen hatte, hatte sie an den Ozean gedacht.

Und dann hatte James Cahoon angefangen, sie regelmäßig zu besuchen. Er schien Geld zu haben, zumindest genug Geld, um mehrmals pro Woche zu kommen, und er hatte versucht, freundlich zu ihr zu sein. Sie war etwa fünfzehn gewesen, als er sie gebeten hatte, mit ihm durchzubrennen und ihn zu heiraten. Er hatte gesagt, er würde sich um sie kümmern.

Er hatte sie geliebt.

Zum ersten Mal in ihrem Leben hatte sie so etwas wie Hoffnung gespürt. Doch das hatte ein jähes Ende gehabt …

Cat schüttelte sich. Zur Hölle mit der Vergangenheit! Sie weigerte sich, daran zu denken, daß sie ihr Leben als Lizzie Jones begonnen hatte, erst eine elende kleine Flußratte, dann eine Hure.

Marsh erwachte vom Knurren des Hundes und griff instinktiv nach seiner Waffe, die im Halfter am Bettpfosten hing. Er fühlte sich wie ein verdammter Narr, als das Licht von draußen auf den vierbeinigen Eindringling fiel.

Außerdem kam ihm ein erschreckender Gedanke. Er war wohl inzwischen älter als, er sich eingestand. Früher war er vom kleinsten Geräusch geweckt worden, vom Knacken eines Astes, vom gedämpften Hufschlag auf Tannennadeln, vom Knarren eines Dielenbretts.

Marsh starrte böse auf den Hund, der ihn seinerseits böse anstarrte. Es war offensichtlich, daß der Köter schlechte Laune hatte, wahrscheinlich wegen der Menschenmassen, die sich gestern abend im *Glory Hole* gedrängt hatten. »Daran wirst du dich gewöhnen müssen«, murmelte Marsh und fragte sich, ob er noch ganz bei Trost war, mit einem Hund zu sprechen.

Er spürte eine nagende Ungewißheit. Er nahm die Pistole in die Hand, wog sie, befühlte sie, streichelte sie beinahe, suchte die Vertrautheit, die die Waffe einst zu einem Teil von ihm gemacht hatte. Er konnte sich eine derartige Sorglosigkeit nicht leisten. Egal, wie weit er reiste, immer würde es Menschen geben, die ihn mit ihrem Haß verfolgten. Oder Menschen, die sich durch ein Duell mit ihm einen Namen machen wollten. Sie könnten ihn auch hier ausfindig machen.

Wo war sein Schneid geblieben, seine Wachsamkeit, die es ihm immer ermöglicht hatte, innerhalb eines Bruchteils einer Sekunde seine ganze Umgebung zu sondieren? Wo waren seine Fähigkeiten geblieben, die er in den drei Jahren entwickelt hatte, während derer er mit General Mosby hinter den feindlichen Linien spioniert hatte, und die er später als käuflicher Killer perfektioniert hatte?

Er reckte sich, befühlte seine straffen Muskeln und sprang auf. Er war nackt, und er genoß die Freiheit dieser Nacktheit. Seit seiner Studentenzeit hatte er nicht mehr so geschlafen, nicht, bis er nach San Francisco gekommen war. Er hatte nie gewußt, wann er vielleicht einmal schnell hatte aufspringen müssen, und oft hatte er sich völlig bekleidet schlafen gelegt. Und nun genoß er dieses kleine Stückchen Freiheit. Aber er mußte vorsichtig sein, er durfte sich nicht in einem falschen Gefühl der Sicherheit wiegen. So etwas wie Sicherheit gab es für ihn nicht. Und würde es nie geben. Deshalb ängstigte ihn der ungewohnt tiefe Schlaf.

Nachdem er abgeschlossen und sich vergewissert hatte, daß nur noch ein Fenster für Winchester offenstand, war er in sein Zimmer gegangen und erschöpft auf die harte Matratze gesunken.

Aber jetzt fielen Sonnenstrahlen auf den Fußboden, was hieß, daß bereits hellichter Tag sein mußte. Hugh würde bald kommen und die Vorbereitungen für den Abend treffen. Marsh hörte ein dunkles Grollen und blickte hinüber zu dem Hund.

Er hatte das Tier immer noch nicht berührt, aber er hatte mit ihm gesprochen. Winchester hielt immer einen sicheren Abstand zu ihm, obgleich er nur noch kurz wartete, ehe er sich auf das Fressen stürzte, das Marsh ihm hinstellte. »Du wirst allmählich ganz schön gierig«, sagte Marsh jetzt. Er wußte, daß das Tier sich nicht unbedingt nach seiner Gesellschaft sehnte. Der Gedanke amüsierte ihn. Wie lange war es her, daß irgend jemand seine Gesellschaft gewünscht hatte?

Lange.

Vor fünfzehn Jahren hatte er über einem unbewaffneten Mann gestanden und ihn getötet. Er hatte ihm eine schmerzhafte Kugel nach der anderen in den Körper gejagt und dabei ein schauriges Vergnügen empfunden. Er hatte seine Gründe gehabt, aber zugleich hatte er in diesen Minuten gewußt, daß er damit seine Seele verloren hatte. Dies war der Akt gewesen, mit dem er sich endgültig aus der menschlichen Gesellschaft ausgeschlossen hatte.

Marsh hatte danach nie wieder zugelassen, daß er sein Herz an etwas hängte. Weder an einen Menschen noch an einen Ort, noch nicht einmal an ein Tier. Er hatte keinem seiner Pferde einen Namen gegeben und sie häufig eingetauscht, um sich gar nicht erst an sie zu gewöhnen. Die wenigen Vergnügungen, die er sich gestattet hatte, waren eher oberflächlicher Natur gewesen, die momentane Freude an einem guten Essen oder einem erlesenen Wein oder eine Stunde mit einer ausgelassenen, hemmungslosen Frau.

Wann war ihm das nicht mehr genug gewesen?

Der Hund knurrte erneut. Himmel, dachte Marsh, er mußte aufhören, alles in Frage zu stellen. Er ging ans Fenster, immer noch nackt, und sah hinüber zum *Silver Slipper*, zu dem Fenster, von dem er wußte, daß es zu Catalinas Zimmer gehörte. Und lächelte. Verdammt, sie war wirklich schön gewesen gestern abend. Schön und gefährlich. Sein Körper erinnerte sich mit einer Hitze daran, die jeden Nerv zum Erbeben brachte. Keine Frau hatte je zuvor etwas Ähnliches bei ihm bewirkt.

Zu schade, daß sie ihn ruinieren wollte. Es wäre interessant, zu erforschen, wie heiß das Feuer werden könnte. Vielleicht würden die Flammen ja stark genug, daß sie sich am Ende selbst verzehrten.

Und dann könnte er den Gedanken an sie ein für allemal beiseite schieben.

Langsam stieg er in seine Arbeitskleider, zögerte kurz und legte dann das Pistolenhalfter an. Er brauchte es heute. Er brauchte es, um zu wissen, wer er war.

Als er zur Tür ging, folgte ihm Winchester in sicherem Abstand.

Ein Becher Kaffee und etwas zu essen. Vielleicht am Nachmittag ein langer Ausritt.

Und vielleicht am Abend eine Verführung. Darin war er immer ein Meister gewesen.

Wie immer betrat Teddy Hugh O'Connells Wohnung, ohne anzuklopfen. Er und Hugh waren zusammen aufgewachsen, nachdem Hughs Eltern jung gestorben waren und Teddys Mutter ihren Neffen bei sich aufgenommen hatte.

Hugh war Teddys Manager gewesen, als dieser als Boxer gearbeitet hatte, aber Teddy war nie wirklich erfolgreich gewesen. Er hatte einfach nicht den nötigen Killerinstinkt, und nach ein paar Jahren hatte er gewußt, daß er zwar hin und wieder gewinnen konnte, aber niemals einer der Besten würde. Zu diesem Zeitpunkt hatte Hugh sich verliebt, und er hatte ein festes Einkommen gebraucht, so daß Teddy widerstrebend aufgehört hatte zu kämpfen, weil Hugh ihn niemals im Stich gelassen hätte.

Teddy war Hughs Trauzeuge gewesen, und er war der Pate seines ältesten Sohnes. Er betete Elizabeth an, die ihm immer das Gefühl gab, ein Teil der Familie zu sein, und die permanent versuchte, ihn mit irgendeinem anständigen katholischen Mädchen zusammenzubringen. Aber Teddy war Frauen gegenüber immer schüchtern, da er wußte, daß seine massige Gestalt und sein zerschundenes Gesicht nicht gerade den Träumen eines jungen Mädchens entsprach.

Catalina Hilliard, die ihn zunächst als Rausschmeißer angeheuert hatte, war einer der wenigen Menschen, die hinter die Muskelpakete gesehen und ihm einen verantwortungsvollen Job gegeben hatten, die ihm das Gefühl gaben, mehr als nur ein ehemaliger Schläger zu sein. Er hatte Selbstvertrauen entwickelt, obwohl er wußte, daß seine rauhe Schale junge Frauen immer noch abstieß, aber das war ihm egal. Die meisten Mädchen waren jung und dumm und oberflächlich, und besaßen nicht mal einen Bruchteil der Stärke, die er bei seiner Arbeitgeberin sah und bewunderte. Er war ihr treu ergeben, denn er wußte, daß er ohne ihr Vertrauen wahrscheinlich inzwischen irgendwo in der Gosse gelandet wäre, um sich im Suff an die wenigen glorreichen Augenblicke im Ring zu erinnern. Jetzt aber wurde ihm Respekt er führte ein Leben, das ihm gefiel, er hatte das Gefühl, etwas wert zu sein.

Und er war in einen Menschen verliebt, dem sein eingeschlagenes Gesicht und seine bullige Gestalt nichts auszumachen schienen. Er war voller Hoffnung ... und Dankbarkeit, auch wenn er wußte, daß es wahrscheinlich ewig dauern würde, bis er mit seinem Werben Erfolg hätte. Molly hatte vor irgend etwas Angst, und er wußte, daß er sich ihr nur vorsichtig nähern durfte. Aber sie vertraute ihm, und das allein reichte, um ihm das Gefühl zu geben, als sei er ein ... König.

Der Lärm in O'Connells Haus hatte etwas Tröstliches, selbst das Geschrei des Jüngsten. Die fünf Kinder im Alter zwischen eins und zehn machten immer einen ziemlichen Radau. Zwei waren in der Schule, aber die beiden Mittleren, Betsy und Terrence, warfen sich ihm in die Arme, als Elizabeth mit dem Kleinsten im Arm in den Raum kam.

Sie bedachte ihn mit einem strahlenden Lächeln. »Danke, daß du Hugh von dem Job erzählt hast«, sagte sie. »Das war ein Gottesgeschenk.«

Dann kam Hugh aus dem Schlafzimmer. Sein neuer Anzug deutete darauf hin, daß er zur Arbeit wollte. Teddy war wirklich neugierig.

»Mr. Canton«, erklärte Hugh zögernd. »Das mit den Kleidern war seine Idee.«

Teddy schämte sich für seinen Cousin. Er wußte, wie dringend Hugh und seine Frau Geld brauchten; er selbst hatte ein paarmal versucht, ihnen etwas zu leihen, aber sie hatten immer abgelehnt. »Er hat von dir verlangt, neue Kleider zu kaufen?«

Hugh schüttelte den Kopf. »Nein, er hat sie bezahlt. Er sagt, sie geben dem Lokal …« – er suchte nach dem passenden Wort – »Stil.«

»Ich möchte gern unter vier Augen mit dir sprechen«, sagte Teddy.

Hugh sah ihn unbehaglich an, aber er nickte, als Elizabeth die beiden Kinder rief und mit ihnen in der Küche verschwand, um die Männer ungestört miteinander reden zu lassen.

Teddy zwängte seine massige Gestalt auf einen viel zu kleinen Stuhl und thronte über seinem Cousin. »Und, was hat Canton vor?«

Hugh zögerte. Als er Mr. Canton zum ersten Mal begegnet war, hatte er keinen Gedanken darauf verwandt, daß er vielleicht einmal ein Loyalitätsproblem bekommen könnte. Der Mann war eiskalt gewesen, aber in den letzten Tagen hatte Hughs Gewissen begonnen, sich zu regen. Er war es gewohnt, seinem jeweiligen Arbeitgeber gegenüber loyal zu sein, und außerdem hatte Canton ihm überraschenderweise einen Vorschuß angeboten, als er erfahren hatte, daß Hughs Frau in anderen Umständen war. Oder vielleicht lag es auch daran, daß Canton ihn anständig behandelte, nachdem er zuvor an der Barbary Coast jahrelang herumkommandiert worden war. Aber Teddy, der ihm näherstand als ein Bruder, saß da und blickte ihn erwartungsvoll an.

Was machte es schon?

»Er hat eine neue Sängerin, die regelmäßig auftreten soll. Mr. Devereux vom *Pacific Palace* hat sie ihm empfohlen.« Hugh zögerte. Großer Gott, er fühlte sich wie ein Verräter, aber Teddy blickte ihn immer noch auffordernd an. Ihre jahrelange Freundschaft und die Blutsverwandtschaft waren stärker als seine Skrupel, aber er fühlte sich nicht wohl bei der Sache, und das ließ er Teddy spüren. »Er hat noch mehr Spieltische bestellt«, sagte er schließlich. »Fast doppelt so viele wie der *Silver Slipper* hat, und er heuert ein paar wirklich hübsche Mädchen als Geberinnen an.«

»Frauen?« fragte Teddy verblüfft.

Hugh nickte zögernd. Er war mit dieser Entscheidung seines neuen Arbeitgebers nicht einverstanden gewesen. Mädchen wurden normalerweise nur eingestellt, um Getränke zu servieren und um mit den Gästen zu tanzen, nicht aber als Geberinnen. Doch Canton hatte ihm deutlich zu verstehen gegeben, daß er etwas brauchte, was der *Silver Slipper* nicht zu bieten hatte, und er hatte verkündet, daß er die Mädchen persönlich einweisen würde.

Teddy schwieg einen Moment. Catalina hatte den *Silver Slipper* zu einem Lokal gemacht, in dem die Leute sich unterhielten und Geschäfte machten. Man konnte dort zwar spielen, aber das war eher nebensächlich. Das würde sich jedoch ändern, wenn sie das *Glory Hole* wie geplant mit allen Mitteln bekämpfen wollte. Seiner Meinung nach war das nicht notwendig: Der *Silver Slipper* hatte einen guten Ruf und viele Stammkunden. Das Problem mit der Konkurrenz würde sich mit der Zeit von selbst lösen. Aber seine Chefin war besessen von der Idee, den Neuankömmling zu vertreiben, und Teddy wußte, wie es war, wenn sie sich etwas in den Kopf gesetzt hatte. Dann ließ sie sich durch nichts davon abbringen. Dies war wahrscheinlich einer der Gründe dafür, daß sie es so weit gebracht hatte. Sie folgte immer ihrem Instinkt.

»Falschspiel?« fragte er jetzt seinen Cousin.

Hugh schüttelte den Kopf. »Da ist Mr. Canton eisern. Jeder, der beim Falschspielen erwischt wird, fliegt raus.«

Diese Neuigkeiten waren alles andere als erbaulich. Teddy hatte gehofft, daß sie sich das *Glory Hole* auf die übliche Art und Weise vom Hals schaffen könnten ... ohne sich dabei irgend etwas zuschulden kommen zu lassen. Außerdem mißfiel ihm Hughs offensichtlicher Widerwille, seinen Arbeitgeber auszuspionieren.

»Es muß doch irgend etwas geben ...«

Hugh schüttelte den Kopf. »Nicht daß ich wüßte. Vielleicht«, setzte er zögernd an, »vielleicht könnten die beiden Saloons ja nebeneinander existieren.«

»Du kennst Miss Catalina nicht.«

»Ich glaube, er ist anders als die anderen. Er wird nicht so leicht aufgeben.«

Betrübt sahen die beiden Männer sich an. Hugh hatte sich um die Stelle bemüht, weil er das Geld brauchte und weil er seinem Cousin hatte helfen wollen. Er hatte gedacht, es sei nur für kurze Zeit, da er die Geschichte des *Glory Hole* kannte, aber jetzt hatte er das Gefühl, als böte sich ihm hier die Chance auf einen guten Job unter einem Chef, den er zwar vielleicht nicht besonders mochte, aber zumindest respektierte.

Teddy spürte, wie sich sein Magen zusammenzog. Ein sicheres Zeichen für drohende Schwierigkeiten. Er sah den ersten Bruch in einer lebenslangen Freundschaft. Er stand auf und trat ungemütlich von einem Bein aufs andere. »Tja, dann werde ich mich mal von Elizabeth und den Kindern verabschieden.«

KAPITEL 9

Catalina Hilliard, die Besitzerin des Silver Slipper, hat angekündigt, daß sie den Cancan nach San Francisco bringen will.

Der Tanz, der in Frankreich entwickelt wurde und der welt-

weit Aufsehen erregt hat, wird von einer Truppe französischer Tänzerinnen aufgeführt, die momentan auf einer Tournee in den Vereinigten Staaten sind. Es wird die erste Cancan-Aufführung an der Westküste sein.

Das Ereignis wird als Antwort auf den Auftritt von Lotta Crabtree anläßlich der gestrigen Wiedereröffnung des Glory Hole *gesehen, das dem* Silver Slipper *direkt gegenüber liegt.*

Die Fehde zwischen den Besitzern der beiden Lokale kommt dem Nachtleben von San Francisco sicherlich zugute.

Wir freuen uns bereits auf weitere aufregende Ereignisse in den kommenden Wochen.

Marsh las den Artikel im *San Francisco Chronicle* mehrere Male. Eine ähnliche Ankündigung war in den anderen Zeitungen erschienen. Er hatte die Blätter gekauft, als er hörte, wie ein Zeitungsjunge »Der Cancan kommt nach San Fran« sang. Die Worte hatten seine Aufmerksamkeit erregt.

Er war verschwitzt, aber zugleich erfrischt von einem langen Ritt an der Küste zurückgekehrt. Himmel, allmählich fand er Gefallen an Kalifornien, besonders an der frischen Brise, die beständig vom Meer herüberwehte.

Es war beinahe, als erwache er aus einem langen Schlaf, als würden Teile seines Körpers und seiner Seele wieder lebendig, während er die kleinen Vergnügungen genoß, die er sich so lange verwehrt hatte. Sein Hirn funktionierte wieder vollständig, nicht nur seine Sinne und seine Schußhand.

Und jetzt war der nächste Zug gemacht worden in dem Schachspiel, das er und die faszinierende Miss Hilliard austrugen. Ein Spiel, das er auf keinen Fall verlieren wollte. Er wollte, daß sie sich geschlagen gab. Und daß sie Wiedergutmachung leistete für den Versuch, ihn entführen zu lassen, und für seinen Aufenthalt im Gefängnis – und er wußte genau, in welcher Form diese Wiedergutmachung erfolgen sollte.

Er zerknüllte die Zeitung und betrat das *Glory Hole.* Für einen Spätnachmittag waren recht viele Besucher da; Marsh nahm an, daß die Leute nach all der Publicity neugierig waren. Das freute ihn. Er mußte dafür sorgen, daß sie auch weiterhin kamen, vor allem in den zwei Wochen, in denen bei der Konkurrenz der Cancan aufgeführt wurde.

Seine weiblichen Croupiers würden helfen. Morgen würde er die Bewerbungsgespräche führen, und das Training würde unmittelbar danach beginnen. Weibliche Geberinnen waren eine Neuheit, das hieß, sie würden mehr Gäste anlocken und sie anregen, mehr zu spielen. Außerdem hatte er eine neue Sängerin, eine Frau, die ihm von Quinn Devereux wärmstens empfohlen worden war.

Hugh arbeitete hinter der Theke mit einem anderen Barkeeper, den er angeheuert hatte. Er wirkte niedergeschlagen, und Marsh blieb kurz stehen, um ein paar Worte mit ihm zu wechseln, ehe er in sein Zimmer ging, um sich umzuziehen. »Alles in Ordnung?«

»Der Begleiter der neuen Sängerin ist krank. Sie sagt, sie kann ohne ihn nicht singen.«

Marsh fluchte leise. Sie hatten in der ganzen Stadt Handzettel verteilen lassen. Jenny Davis, eine beliebte junge Sängerin, hatte eine große Anhängerschaft. Wenn sie nach Lotta Crabtrees Erfolg jetzt nicht aufträte, würde das dem *Glory Hole* unabsehbaren Schaden zufügen. Während eines flüchtigen Augenblicks fragte er sich, ob Cat etwas damit zu tun haben könnte. »Wo ist sie?«

»In ihrer Garderobe. Sie erwartet Sie. Sie wollte es Ihnen selbst sagen. Uh, haben Sie schon einen Blick in die Zeitungen geworfen?«

Marsh nickte. »Der Cancan?«

Hugh spielte nervös mit dem Glas in seiner Hand. »Ich dachte nur, Sie sollten es wissen.«

»Ich weiß es«, erwiderte Marsh trocken. »Aber wenn ich meine Geberinnen rechtzeitig kriege und wenn Jenny auftritt, gelingt es uns vielleicht, den Schaden zu begrenzen – es sei denn, Miss Catalina heuert ebenfalls weibliche Croupiers an.«

Das Glas fiel zu Boden und zerbrach, und Hugh bückte sich eilig, um die Scherben aufzusammeln, wobei er das Gesicht abwandte. »Tut mir leid, Mr. Canton.«

Plötzlich hatte Marsh das Gefühl, als habe ihm jemand in den Bauch getreten. Er war Loyalität nicht gewohnt, und er hatte keine Veranlassung, sie zu erwarten. Hugh arbeitete erst seit drei Wochen für ihn. Marsh hatte also keinen Grund, *irgend etwas* von ihm zu erwarten. Aber das tat er, und in diesem Augenblick wußte er, daß Hugh nicht auf seiner Seite stand.

Die gute Laune vom Vormittag verschwand und wurde durch den vertrauten Zynismus ersetzt. Sein erster Impuls war, den Mann zu feuern; der zweite war, ihn seinerseits zu benutzen.

Seine Wangenmuskeln spannten sich an. »Schon gut. Wir haben genügend Gläser. Sorgen Sie nur dafür, daß Sie die jungen Damen rechtzeitig zu den Bewerbungsgesprächen einladen.«

Hugh nickte, wobei sein Blick immer noch auf den Scherben verharrte.

»Ich glaube nicht, daß wir uns noch länger auf Hugh verlassen können«, erklärte Teddy Cat.

Sie blickte von ihren Büchern auf. Die Cancan-Truppe kostete sie ein Vermögen. Es war eine Investition, sagte sie sich, eine gefühlsmäßige und eine geschäftliche Investition. Sie mußte den lästigen Nachbarn von gegenüber loswerden.

Ohne Geld ist kein Geld zu machen.

Geld bedeutet Macht und Schutz.

Wie gut sie sich an Ben Abbots Worte erinnerte. Dies war eine der ersten Lektionen gewesen, die er ihr erteilt hatte.

Sie versuchte, sich auf Teddys Worte zu konzentrieren. »Was sagst du, Teddy?«

»Ich glaube nicht, daß wir von Hugh noch irgendwelche Informationen bekommen werden. Er will seinem Arbeitgeber nicht in den Rücken fallen.«

»Und wie steht's mit seiner Loyalität dir gegenüber?«.

»Das ist das Problem, Miss Cat. Er fühlt sich in seiner Rolle einfach nicht wohl.«

»Er *mag* diesen ... diesen Mann?«

»Ich weiß nicht, was er von Canton hält, aber zumindest nimmt er sein Geld.«

Cat murmelte etwas von verdammten Prinzipien.

»Er hat mir erzählt, daß Canton weibliche Croupiers anheuert.«

Cat spürte das inzwischen bekannte Ziehen in der Magengegend, als sie darüber nachdachte. Es war eine gute Idee. Eine sehr gute Idee. Warum war sie nicht selbst darauf gekommen?

Sie könnte dasselbe tun, aber das hieße, daß sie in gewisser Weise ihre Niederlage eingestehen würde. Sie hatte es nicht nötig, ihn zu imitieren. Sie konnte es besser, das hatte sie bewiesen, indem sie die Cancan-Tänzerinnen angeheuert hatte. Sie hatte nur nicht gedacht, daß er so ... einfallsreich sein würde.

»Außerdem sagt Hugh, daß Canton kein Falschspiel duldet.«

»Süßer Luzifer«, sagte Cat. »Er ist doch kein Heiliger. Ich weiß, daß er kein Heiliger ist.«

»Es ist offensichtlich, daß die normalen Methoden bei ihm nicht funktionieren.«

»Wir könnten es noch mal mit Käpt'n Delaney versuchen«, schlug Cat hoffnungsvoll vor.

Teddy schüttelte den Kopf. »Jetzt nicht. Er ist immer noch sauer, weil Sie ihn davon abgehalten haben, Canton shanghaien zu lassen.«

Wieder etwas, das gegen Canton sprach. Wegen ihm hatte sie einen wertvollen Helfer wie Delaney verärgert.

»Der Cancan wird uns neue Gäste bringen«, sagte Teddy. »Ganz San Francisco spricht davon.«

»Wir werden den Mädchen neue Kleider besorgen, die so aussehen wie die der Tänzerinnen. Vielleicht können sie ja auch den Tanz lernen, so daß wir damit weitermachen können.«

Teddy grinste. »Nackte Beine sind allemal besser als weibliche Croupiers.«

Cat lächelte noch nicht einmal. »Ich mochte den *Silver Slipper* so, wie er war.«

»Wir können jederzeit so weitermachen ... unsere Stammkunden werden immer weiter kommen.«

»Ach ja?« fragte sie. »Die Leute sind immer auf der Suche nach etwas Neuem, etwas anderem.«

»Wir sind doch gut zurechtgekommen.«

Vielleicht. Cat wußte es nicht mehr. Sie wußte nur, daß sich alles verändert hatte. Und Taylor Canton war der Grund.

Was würde sie nur ohne Teddy machen? Er war ihr einziger wirklicher Freund, die einzige Person, mit der sie sprechen konnte, die einzige Person, die wußte, daß das Bild ihres angeblichen Ehemanns eine Täuschung war, die einzige Person, die wußte, wie dringend sie den Erfolg brauchte. Er hatte sie eines Nachts gehört, als sie einen Alptraum gehabt hatte, und obwohl er sie niemals gefragt hatte, hatte sie seinem Blick angesehen, daß er viel gehört hatte – doch zugleich hatte sie gewußt, daß er nie darüber sprechen würde. Jetzt sah er sie besorgt an, und sie fragte sich, ob sie oder Molly der Grund dafür war. »Hat Molly dir noch was erzählt?« fragte Cat.

Teddy schüttelte den Kopf. »Aber ich weiß, daß sie vor irgendwas fürchterliche Angst hat.«

Cat nickte. »Ich wünschte nur, sie würde darüber sprechen.« Doch sie wußte, daß das Mädchen das nicht tun würde, ebensowenig, wie Lizzie Jones gesprochen hatte. Lange Jahre hatte Cat Freund und Feind nicht unterscheiden können; allzu häufig war sie auf die schmerzlichste Art betrogen worden.

»Ich werde in ihrer Nähe bleiben«, versprach Teddy.

Das bezweifelte Cat nicht eine Sekunde. »Laß dich nicht zu sehr in die Sache hineinziehen«, warnte sie, obgleich sie wußte, daß das wahrscheinlich schon geschehen war.

Teddy sah sie nur schüchtern an. In seinem Schlägergesicht wirkte dieser Blick irgendwie lächerlich, und Cat spürte, wie eine Welle der Zuneigung in ihr aufstieg. Sie wollte nicht, daß er verletzt wurde, und sie wußte, daß sich unter seiner rauhen Schale ein weiches Herz verbarg, das er ebenso versteckte wie sie ihre Vergangenheit. Doch in diesem Augenblick schien er so verwundbar zu sein wie sie.

Er machte sich um sie ebensolche Sorgen wie sie sich um ihn. »Warum gehen Sie nicht ein bißchen spazieren?« fragte er, während er sich im Zimmer umsah. »Ein bißchen frische Luft schnappen.« Im Saloon war gerade nicht viel los, es war die Zeit zwischen dem Mittagssturm und dem nachmittäglichen Andrang.

Der Gedanke war verlockend. Frische Luft. Das war es, was sie brauchte, ebenso wie ein wenig Abstand vom *Silver Slipper* und vom *Glory Hole.*

Sie lächelte und nickte. Die Idee gefiel ihr wirklich. »Ja, das mache ich.« Cat griff nach einem Umhängetuch. Sie wünschte sich, sie hätte genug Zeit, um den Einspänner zu nehmen und an den Strand zu fahren, aber sie wußte, daß ihre Gäste auf ihre Anwesenheit Wert legten und daß sie im Augenblick auf die Loyalität der Kunden angewiesen war.

Draußen überquerte sie die Straße, obwohl sie es nicht gemußt hätte. Sie ging am *Glory Hole* vorbei, obwohl es nicht nötig war. Irgend etwas zog sie dorthin. Sie sagte sich, daß sie nur feststellen wollte, was er so trieb.

Cat verlangsamte ihre Schritte und spähte in den Saloon – nur um zu sehen, wie viele Gäste da waren. Dann hörte sie ein Klavier und trat näher. Sie erkannte die Melodie von »The Girl I Left Behind Me«. Es klang, als würden die Tasten nicht angeschlagen, sondern gestreichelt. Sie hatte genug Klavierspieler gehört, um zu wissen, daß dieser hier besonders gut war, und sie erinnerte sich an die traurige Melodie, die ein paar Abende zuvor zu ihr herübergedrungen war.

Und dann sah sie den Rücken des Klavierspielers, den dichten, dunklen Haarschopf, der einem hübschen Mädchen zugewandt war, das neben dem Instrument stand. Ihr stockte der Atem, und sie verharrte vollkommen reglos.

Canton saß vor dem Klavier, und seine Finger glitten mühelos über die Tasten. Die Kunden, die Kellner – er schien nichts von alldem zu bemerken.

Er hatte die Ärmel seines Hemdes aufgerollt, und sein Rücken wirkte noch breiter als sonst. Seine Bewegungen hatten die gwöhnliche lässige Geschmeidigkeit, aber es war, als würde ein Engel spielen und nicht der Mann, der alles andere als ein Engel war.

Wie von unsichtbarer Hand gelenkt, betrat sie den Saloon.

Canton – sie brachte es einfach nicht über sich, ihn anders zu nennen – hielt inne und blickte zu dem Mädchen auf, das neben ihm stand und ein paar Takte summte. Seine Finger fielen zurück auf die Tasten, und die Musik erklang mit einer Leichtigkeit und Eleganz, die Cat verblüffte.

Sie sah das Spiel der Muskeln in seinen Armen, in seinem Rücken. Sie spürte eine kaum gezügelte Energie und erinnerte sich an die Leidenschaft der Musik, die sie zuvor gehört hatte. Ob es wohl schwer für ihn war, sich zu zügeln, um das Mädchen dezent zu begleiten?

Er blickte auf. »Meinen Sie, es geht mit mir?«

Die Sängerin grinste. »Ich wünschte, ich könnte Sie überallhin mitnehmen. Sie haben sicher keine Lust, immer für mich zu arbeiten, oder?«

Cat sah, wie sich ein Lächeln auf seinem Gesicht ausbreitete, und sie verspürte einen eigenartigen Schmerz.

»Ich fürchte, ich habe schon einen Job. Aber ich werde Ihr Angebot nicht vergessen.«

Das Mädchen lachte. »Spielen Sie auch andere Sachen?«

Er erhob sich langsam und lässig. »Ich spiele nur nach dem Gehör«, sagte er, während er sich umwandte. Sein Blick verriet keinerlei Überraschung, als er Cat entdeckte. Während er sie einen Augenblick lang musterte, kehrte die vorsichtige Amüsiertheit, die sie inzwischen so gut kannte, in seine Augen zurück. Sie wußte, daß seine Worte gelogen waren, und fragte sich, weshalb er das, was selbst sie als außergewöhnliches Talent erkannte, derart herunterspielte. Er konnte viel besser spielen als nur nach dem Gehör. Niemand war ohne Übung so gut wie er. Sie wußte nur nicht, warum er es nicht zugab.

»Miss Cat«, sagte er, während sein Blick über ihr Kleid und ihr Umhängetuch wanderte. »Was für eine angenehme Überraschung, Sie schon wieder hier zu sehen. Sie können sich wohl nicht zurückhalten?« Seine Stimme klang leise und spöttisch.

Sie dachte eilig nach. »Ich möchte lediglich Ihre Höflichkeit erwidern«, improvisierte sie mit lieblicher Stimme. »Ich möchte Sie einladen, am Abend der Cancan-Premiere mit mir den Tisch zu teilen.« Und dann fuhr sie gnadenlos fort: »Es war wirklich interessant festzustellen, daß Sie ein … Talent haben. Können Sie noch irgendwelche anderen Dinge, von denen ich etwas wissen sollte?« Sie wußte, daß er sein musikalisches Können am liebsten geheimgehalten hätte.

In seinen Augen blitzte etwas auf. Vielleicht Ärger. Oder etwas noch Stärkeres.

»Sind Sie sicher, daß Sie das wirklich wissen wollen, Miss Cat?« Er schnurrte beinahe, aber anders als jedes Haustier, das sie je gesehen hatte. Seine Stimme enthielt eine sinnliche Aufforderung, die ihr einen prickelnden Schauder den Rücken hinunterjagte. Sie hatte das Gefühl, daß er sie mit seinem verdammten Blick langsam, Stück für Stück, auszog. Der Schauder verwandelte sich in rohe, wilde Hitze, die ihr Innerstes zu versengen drohte.

Das Mädchen neben ihm sah verwirrt aus. Die Luft bebte angesichts der Herausforderung. Die Hitze, die in Cat aufwallte, war die reinste Höllenqual. Sie breitete sich aus. Hüllte auch ihn ein. Das erkannte sie daran, daß sein Lächeln plötzlich verschwand und daß seine Hose plötzlich sehr eng wirkte.

Wie sie zufrieden feststellte, zuckte einer seiner Wangenmuskeln. Er war also bei weitem nicht so gleichgültig, wie er tat. Aber dann wurde seine Miene wieder vollkommen reglos, und er setzte ein grimmiges Lächeln auf. »Ich fürchte, ich habe meine gute Erziehung vergessen«, sagte er mit einer natürlichen Gelassenheit, die auf eine wirklich gute Erziehung schließen ließ. »Catalina, dies ist Miss Jenny Davis, die hier auftreten wird, und Jenny, dies ist Catalina Hilliard, unsere ehrenwerte Konkurrentin vom *Silver Slipper.*«

Jenny errötete, und Cat fragte sich, warum. Sie hatte die Blicke gesehen, die das Mädchen Canton zugeworfen hatte, und die Eifersucht, die sie bereits bei dem Gedanken an Lotta Crabtree verspürt hatte, brach sich erneut Bahn. Zur Hölle mit dem Kerl. Lechzte denn jede Frau in der Stadt nach ihm?

Er jedoch schien nichts zu bemerken, als er dem Mädchen zunickte. »Ich sehe dich dann heute abend, Jenny. Ich habe mit Miss Catalina noch etwas Geschäftliches zu besprechen.« Dies war eine abrupte Entlassung, aber ein leichtes, geübtes Lächeln milderte die Wirkung, und das Mädchen nickte, obgleich seine Miene Neugierde verriet.

Er hatte die Augen auf Cat gerichtet, und sein Blick enthielt etwas sehr Gefährliches. Es überraschte sie nicht, als er ihren Arm ergriff und sie in Richtung der Tür dirigierte. Seine Finger gruben sich besitzergreifend in ihren Arm, mit einer Heftigkeit, die anzeigte, daß er sie nicht einfach wieder gehen lassen würde. »Begleiten Sie mich auf eine kurze Kutschfahrt?« Dies war keine Frage, sondern ein Befehl, und Cat wurde wütend. Sie dachte daran, ihm ihren Arm zu entziehen – zum Teufel mit den Konsequenzen einer solchen Szene –, aber er beugte sich zu ihr herab, und sein warmer Atem strich in einer Weise über ihr Ohr, die ihre Entschlossenheit und ihren Verstand schmelzen ließ und andere, erregbare Regionen ihres Körpers auf den Plan rief.

Sie versuchte nein zu sagen, aber sein Griff war so zwingend wie ein Paar Handschellen. »Natürlich werden Sie das«, flüsterte er, als habe sie bereits abgelehnt. »Wir müssen über ein paar äußerst wichtige Dinge sprechen … zum Beispiel über einen gewissen Polizeikäpt'n.«

»Ich weiß nicht, was Sie meinen«, sagte Cat mit einer Gelassenheit, die sie viele Jahre geübt hatte.

Canton lächelte. »Wissen Sie, Sie sind wirklich sehr gut. Sie wären ein verdammt erfolgreicher Killer.«

Sie sprang sofort darauf an. »Sind Sie einer, Mr. Canton?«

Sein Lächeln wurde breiter, und Cat wußte, daß diese Bemerkung kein Ausrutscher gewesen war. Um seine Einladung – oder seinen Befehl – zu versüßen, stellte er ihr in Aussicht, etwas über sich selbst zu enthüllen.

»Das habe ich nicht gesagt. Ich habe nur festgestellt, daß Sie es mit einer Waffe wahrscheinlich weit gebracht hätten.«

»Und warum?«

»Sie geben kaum etwas von sich preis, Miss Cat. Und außerdem sind Sie ziemlich skrupellos.«

»Sie beschreiben sich selbst, Mr. Canton.«

»Ich dachte, das *Mr.* Canton hätten wir hinter uns gelassen.«

Dieses höllische Amüsement in seiner Stimme, diese rauhe Sinnlichkeit war halb Einladung, halb Herausforderung. Zumindest war es tödlich. Ihr unberechenbarer Körper erwiderte das Verlangen, das in seiner Stimme lag, die reine Lust, die sie zugleich überraschte und entsetzte.

Sie riß sich zusammen und versuchte, sich seinem Griff zu entwinden, aber seine Hand lag wie Stahl auf ihrem Arm. »Ich muß zurück.«

»Dann muß ich Sie wohl entführen«, sagte er mit so leiser Stimme, daß ihn niemand außer ihr hören konnte. »Aber ich werde versuchen, Ihre Entführung wesentlich angenehmer zu gestalten als Sie die meine.«

»Ich habe keine Ahnung, wovon Sie sprechen.«

»Natürlich können wir das Ganze auch hier ausdiskutieren.« Sie hatten die Tür erreicht, fort von Jenny Davis und den Gästen, aber alle Augen ruhten auf ihnen.

Sie reckte das Kinn. Die Art, in der er sie Cat nannte, gefiel ihr nicht. Niemand nannte sie Cat, obgleich es einige Männer versucht hatten, bis sie sie mit einem Blick bedachte, von dem Teddy sagte, daß er jeden Mann zu einem stotternden, verlegenen Narren machte. Sie beherrschte diesen Blick perfekt, aber bei diesem Kerl funktionierte er nicht. Er schien davon nur amüsiert zu sein, als ob er all die Unsicherheit und den Schmerz erkannte, der sich dahinter verbarg, als wisse er, daß sie ihre Umwelt damit nur täuschen wollte.

»Ich wüßte nicht, was wir zu besprechen hätten«, sagte sie kalt, während sie sich verzweifelt bemühte, nicht zu zittern. All ihre Gedanken waren in wildem Aufruhr. Er hatte ein verdammtes Talent, in ihr Innerstes zu blicken. Sein strahlender, lüsterner Blick brannte sich direkt in ihr Herz.

Fünfzehn Jahre. Es war beinahe fünfzehn Jahre her, daß ein Mann sie derart intim berührt hatte. Und er berührte sie nur mit seinen Augen!

Und, gütiger Luzifer, sie reagierte darauf.

Sie hatte immer angenommen, daß sie immun gegen jegliches Verlangen sei. Wenn sie jemals so etwas verspürt hatte, dann war es vor langer Zeit durch Brutalität und Scham und Ekel vor einem Akt zerstört worden, der den Männern die Macht gab und der sie selbst zu einem Gegenstand machte, der nach Belieben benutzt und verletzt werden konnte. Nie zuvor hatte sie diese sprudelnde, kochende Hitze in ihrem Inneren verspürt, diese Sehnsucht, die mehr war als körperliche Begierde.

Das ängstigte sie mehr als alles andere.

Aber sie würde ihre Angst nicht zeigen. Niemals! Sie mochte Canton noch nicht einmal, zur Hölle mit ihm. Sie mochte nichts an ihm. Und sie würde ihn dorthin zurückschicken, woher er gekommen war. Mit eingekniffenem Schwanz. Koste es, was es wolle. Und nie wieder würde sie Verlangen spüren.

Aber im Augenblick hatte sie keine Wahl, es sei denn, sie wollte den ganzen Nachmittag hier stehen und fühlen, wie sich seine Hand in ihre Haut brannte. Er würde sie nicht gehen lassen, und vielleicht war es wirklich an der Zeit, die Karten auf den Tisch zu legen. Sie führte lieber einen offenen Krieg, als irgendwelche Guerillataktiken anzuwenden. Der Überfall und die Entführung hatten ihr nicht gefallen – auch wenn sie oft genug ihr kurzfristiges Mitleid bereute, das sie dazu gebracht hatte, ihm zu helfen.

Sie zuckte mit den Schultern, und sein Griff wurde etwas lockerer. Sie traten vor die Tür, und er winkte eine Kutsche herbei. Als er ihr mit einer Eleganz, die eines Königs würdig gewesen wäre, in die Kutsche half, wunderte sie sich erneut über sein gutes Benehmen.

Dann verließ er sie kurz, um mit dem Kutscher zu sprechen und ihm ein paar Scheine in die Hand zu drücken, ehe er zu ihr zurückkehrte und sich neben sie setzte. Sein harter, muskulöser Schenkel preßte sich gegen ihr Bein; sein sonnengebräunter Arm berührte den ihren, wobei die drahtigen Männerhaare über ihre Haut strichen und tausend kleine Flammen auflodern ließen. Sein Geruch, eine Mischung aus Lorbeer und Seife, erregte ihre Sinne. Alles an ihm – die Stärke und die Kraft und die rohe Männlichkeit, die er gar nicht erst zu verbergen versuchte – weckte in ihr das Gefühl, schwach und zerbrechlich zu sein.

Aber nicht verwundbar, sagte sie sich. Nie wieder würde sie

verwundbar sein. Sie würde dagegen ankämpfen, indem sie die Kontrolle über die Situation gewann.

Sie richtete sich gerade auf und setzte ein Lächeln auf. Ein verführerisches Lächeln. Ein Lächeln, das die Männer seit zehn Jahren bezauberte. Ein geübtes Lächeln, das genau wußte, wie weit sie gehen durfte. Ein versprechendes Lächeln, das ihr alle Türen öffnete und ihr zugleich jederzeit den Rückzug ermöglichte. Es war ein Lächeln, das die Männer immer wieder in den *Silver Slipper* kommen ließ, obgleich sie genau wußten, daß sie keinerlei Chance hatten, ihren Traum jemals zu verwirklichen.

Canton zog eine Braue hoch. »Sie sind wirklich sehr gut«, stellte er bewundernd fest.

Sie zuckte mit den Schultern. »Normalerweise funktioniert es.«

»Das glaube ich«, sagte er. »Obwohl ich bezweifle, daß die meisten Männer, denen Sie ein solches Lächeln schenken, Ihre stachligen Seiten kennen.«

»Die meisten Männer ärgern mich auch nicht so, wie Sie es tun.«

»Ärgern, Miss Cat?«

»Nennen Sie mich nicht Cat. Ich heiße Catalina.«

»Ach, tatsächlich?«

»Heißen Sie wirklich Taylor Canton?«

Die letzten beiden Fragen kamen leise, gefährlich. Sie sollten die Schwäche des jeweils anderen erforschen, seine Taktik ergründen.

»Das schwöre ich auf die Bibel«, sagte Marsh und verzog den Mund zu einem Grinsen.

»Es überrascht mich, daß Sie eine haben und daß Sie überhaupt wissen, was eine Bibel ist.«

»Ich habe eine sehr gute Erziehung genossen, Miss Cat.« Die Betonung lag auf den letzten beiden Wörtern.

»Und was ist dann passiert?« fragte sie mit beißender Stimme.

Das boshafte Grinsen legte sich. »Eine ganze Menge. Und wie steht's mit Ihnen?«

Großer Gott, seine Stimme war einfach bezaubernd. Ein intimer Gesang, der nichts verriet, aber alles verlangte. Leise und tief und provozierend. Zwingend. Und unwiderstehlich. Beinahe.

»Ich habe so gut wie keine Erziehung genossen«, sagte sie, »und dann ist eine ganze Menge passiert.«

Zum ersten Mal, seit sie ihn kannte, entdeckte sie ehrliches Amüsement in seinem Blick. Nicht nur den Spott und Zynismus, der ihr häufig das Gefühl gab, als sei er jemand Besonderes, der auf eine Welt voller dummer Kinder herabblickte. »Sie sind die erste Frau, die ich jemals getroffen habe, die weniger Skrupel hat als ich selbst«, sagte er in bewunderndem Ton.

Sie riß die Augen auf. »Sie haben welche?«

»Wie ich bereits am ersten Abend zu Ihnen gesagt habe, mißhandele ich zum Beispiel für gewöhnlich keine Frauen.«

»Für gewöhnlich?«

»Es sei denn, ich werde provoziert.«

»Soll das eine Drohung sein, Mr. Canton?«

»Ich drohe nie, Miss Cat. Und genausowenig weiche ich jemals einer Herausforderung aus.«

»Und für gewöhnlich gewinnen Sie?«

»Nicht für gewöhnlich, Miss Cat. Immer.« Er sprach mit ausdrucksloser Stimme. Mit einer Sicherheit, die beinahe abstoßend war.

»Das tue ich auch«, sagte sie selbstgefällig.

Ihre Stimmen hatten sich zu einem heiseren Flüstern gesenkt. Die Luft in der geschlossenen Kutsche flimmerte, zischte, krachte. Sie drohte zu explodieren. Er hob die Hand und strich mit seinen Fingern langsam über ihren Arm. Jede einzelne Bewegung zog eine sinnliche Spur auf ihrer Haut.

Und dann war die Hitze, die sie umgab, so brennend wie im Herzen eines Vulkans. Cat fragte sich kurz, ob dies eine Version der Hölle war. Gerade als sie zu diesem Schluß gekommen war, beugte er sich vor und strich mit seinen Lippen über ihren Mund.

Und Himmel und Hölle stießen zusammen.

KAPITEL 10

Der Kuß hatte sich ebenso unweigerlich ergeben, wie der Tag auf die Nacht folgte.

Das hatte Marsh von dem Augenblick an gewußt, in dem er sie im *Glory Hole* entdeckt hatte.

Es war der einzige Weg, um sie endlich aus seinen Gedanken zu verbannen, und er war bis zum Äußersten entschlossen, dies zu erreichen. Er hatte gehofft, daß sich dabei herausstellen würde, daß das Feuerwerk, das sie beständig umgab, nichts weiter war als das kurze, bedeutungslose Aufflackern schnell erkaltender Leidenschaft.

Dieser Gedanke hatte ihm geholfen, einen Teil seines inneren Gleichgewichts wiederzufinden.

Bis sich ihre Lippen berührten.

Er hatte nicht genau gewußt, was er erwarten sollte. Eis, das die verdammte Hitze linderte, die ihn von innen her verbrannte? Leere, die sein unerwartetes und störendes Verlangen verschluckte?

Aber da war kein Eis. Keine Leere.

Er wußte, daß Cat die gegenseitige Anziehungskraft, die sie beide wie ein leidenschaftlicher Orkan erfaßt hatte, ebenso verfluchte wie er. Sie war explosiv, erfüllt mit der heißen Erwartung eines drohenden, tödlichen Sturms. Ihre Lippen zögerten zuerst, doch dann gaben sie widerwillig nach, obgleich er wußte, daß sie sich ihm niemals unterwerfen würde. Er nahm an, daß die Gefühle, die in ihnen beiden aufwallten, sie derart verblüfften, daß sie ihnen in gewisser Weise nachgab. Er seinerseits wollte sie erforschen, schmecken, testen. Wollte die Wogen heißer Leidenschaft genießen, die in ihm aufwallten.

Er fühlte, wie sie die Arme um seinen Nacken legte, während er sie fest umschlungen hielt. Zunächst vorsichtig. Zögernd, doch unvermeidlich, als würde sie gegen ihren Willen von einer unsichtbaren Kraft getrieben. Er spürte jede Bewegung ihres Körpers, jedes Zittern, jedes argwöhnische Erstarren, als er sein erregtes Glied an ihren Schenkel preßte. Wie lange war es her, daß er sich zum letzten Mal so lebendig gefühlt hatte? Hatte er je zuvor etwas Derartiges empfunden ... vielleicht vor dem Krieg, ehe Haß und Rachegedanken ihn jedes Gefühls beraubt hatten?

Ein tiefes Stöhnen drang aus seiner Kehle, als sein Mund ihre Lippen mit einer unerklärlichen Zärtlichkeit umfing, die er seit Jahren nicht mehr hatte geben können. Diese eigenartige Sanftheit war neu, so neu und so verführerisch. Er verstand nicht, woher sie kam, wo sie sich versteckt gehalten hatte, um zu diesem verdammt ungünstigen Zeitpunkt wiederaufzutauchen. Aber zumindest war es ... angenehm. Mehr als angenehm, dieses überraschende Gefühl zu erforschen. Irgendein Instinkt sagte ihm, daß es für sie ebenso neu und fremd war wie für ihn.

Ihr Mund öffnete sich zögernd unter seinen Lippen, begrüßte sie mit einem unerwarteten Verlangen, das bis tief in sein Herz drang, und seine Zunge fuhr wissend über ihren Mund. Er hob leicht den Kopf, sah ihr in die Augen, und obgleich er immer noch einen Rest von Feindseligkeit spürte, hatte er das Gefühl, in ihrem schwelenden Grün verlorenzugehen.

Er schloß die Augen vor dem verwirrenden und doch heißen Gefühl, das in ihrem Blick lag, und preßte seine Lippen fester auf ihren Mund. Er zwang sich dazu, wütend zu werden, weil er nicht wußte, wie er mit dieser Zärtlichkeit umgehen sollte. Er zwang sich dazu, weil er *wirklich* wütend war, wütend, weil sie Gefühle in ihm weckte, die er besser nicht empfand, und weil er wußte, daß er ihr nicht vertrauen konnte. Sie war die Frau, die ihn hatte zusammenschlagen lassen, die ihn beinahe hätte zwangsrekrutieren lassen, die dafür verantwortlich war, daß er in einem Dreckloch von Gefängnis gesessen hatte. Sein Kuß wurde hart und verbittert. Strafend.

Als er sie erneut ansah, stellte er fest, daß sie die Augen weit aufgerissen hatte, als sie seine Absicht erkannte. Er vertiefte den Kuß, forderte mehr von ihrem Körper. Sie reagierte unwillig, und plötzlich empfand er ein grausames Vergnügen bei dem Gedanken, daß sie seiner gottverdammten erotischen Ausstrahlung ebenso wenig entgegenzusetzen hatte wie er der ihren.

Als die Kutsche schwankend um eine Ecke bog, wurde er hart gegen sie geworfen, und er nahm erneut den schwachen Wildblumenduft wahr, den er bereits am Vorabend bemerkt hatte. Sie war eine der wenigen Frauen, die sich nicht zu stark parfümierten, die zuließen, daß der Duft, den sie verwendeten, die Männer lockte statt sie zu überwältigen.

Weiß Gott, sie war wirklich schön. Und weich. So verdammt weich.

Seine Lust erreichte gewaltige Ausmaße, als er spürte, wie die in ihm aufwallende Hitze seine Lenden erreichte. Himmel, das hatte er nicht beabsichtigt. Er hatte sie irgendwie für die zehn entwürdigenden Tage im Gefängnis und für den erlittenen Schmerz bestrafen wollen. Er hatte erkannt, daß sie sich körperlich zu ihm hingezogen fühlte, und hatte sie dazu bringen wollen, nach mehr zu flehen. Aber nun war er derjenige, der bald nach mehr betteln würde, verdammt. Seine Lippen umschlossen ihren Mund auf beinahe brutale Weise, während er versuchte, die Kontrolle über sich wiederzuerlangen. Aber die beabsichtigte Bestrafung schien nicht die geringste Bestrafung zu sein, da sie das Feuer, das in ihnen beiden loderte, nur noch mehr entfachte.

Als sei das noch nötig. Sie waren zusammen wie Streichholz und Zunder. Nein, eher wie Feuer und Dynamit.

Als seine Finger über ihr Gesicht strichen, um die glatte, samtene Haut ihrer Wangen zu berühren, um unter ihre Maske zu dringen, spürte er, daß sie zitterte.

Schmerz wallte in ihm auf. Ein Schmerz, den er seit Jahren nicht mehr gespürt hatte. Irgend etwas an dieser Berührung weckte etwas in ihm, das mehr war als körperliches Verlangen, eine quälende Sehnsucht.

Himmel, was war nur mit ihm los?

Du magst sie noch nicht einmal, sagte er sich.

Aber seine Hände wollten zärtlich zu ihr sein, und er konnte sich nur mit größer Mühe zurückhalten. Er durfte ihr diese Schwäche nicht zeigen. Sie würde sie ausnutzen ... ebenso wie er ihre Schwäche ausnutzen würde.

Das eine Mal, als er die Kontrolle über sich verloren hatte, hatte dazu geführt, daß er sich für den Rest seines Lebens in Selbstbeherrschung geübt hatte. Er war immer in der Lage gewesen, sich von allem zu distanzieren; selbst wenn ihn eine Sache unmittelbar betraf, hatte er immer einen gewissen Abstand, so als stünde er neben sich und sei nur ein unbeteiligter Beobachter.

Aber jetzt stand er nicht neben sich. All seine Sinne waren auf die Frau an seiner Seite ausgerichtet, jeder einzelne der Nerven, die so lange taub gewesen waren, bebte.

Seine Hand glitt hinab zu ihrer Brust und liebkoste sie durch den Stoff und das Korsett hindurch. Seine Finger fuhren hinauf zu der Stelle, an der ihre Haut nur durch die gestärkte Baumwolle ihrer Bluse geschützt war. Hitze drang durch den Stoff, und er begann, ihre Schultern zu streicheln. Seine Finger schoben sich unter den Stoff, während seine Lippen sich von ihrem Mund lösten, um ihren weichen, verletzlichen Hals zu küssen. Er spürte, wie sie erschauerte. Er selbst wurde von einem ähnlichen Zittern gepackt, und seine Hand wurde mutiger, begann, die Bluse in ihrem Rücken aufzuknöpfen.

Seine andere Hand glitt tiefer unter den Stoff, unter das Korsett, bis seine Finger das weiche Fleisch ihrer Brust berührten. Es war fest, so fest, und ihre Brustwarze war vor Erregung hart.

Plötzlich entwand sie sich ihm mit einem leisen Aufschrei. Ihr entsetzter Blick ließ ihn reglos verharren. Die Angst und die Verletzlichkeit in ihren Augen traf ihn wie ein Fausthieb.

Er war es gewohnt, Angst in den Augen von Männern und auch Frauen zu sehen. Himmel, er hatte praktisch sein ganzes Leben damit verbracht, diese Angst zu schüren. Aber nie bei einer Frau, die er küßte. Und die letzte Person, bei der er ein solches Entsetzen erwartet hätte, war die Eiskönigin von San Francisco. Er hatte Verlangen in ihr wecken wollen; er hatte ihre kühle, distanzierte Perfektion erschüttern wollen.

Aber das hier hatte er nicht gewollt.

Er beobachtete, wie sie verzweifelt um Beherrschung rang. Er sollte zufrieden sein, aber das war er nicht. Statt dessen verspürte er eine vollkommene schwarze Leere bei dem Gedanken, daß er bei einem Menschen ein derartiges Entsetzen hervorrufen konnte. Verdammt, er wußte genau, daß sie auf ihn reagierte, daß sie sich ihrer gegenseitigen körperlichen Anziehungskraft ebenso bewußt war wie er.

Während er sie mit zusammengekniffenen Augen ansah, fragte er sich, ob sie wieder irgendein Spiel mit ihm trieb, obgleich sein Gefühl ihm sagte, daß es nicht so war. Niemand könnte einen derart gedemütigten Blick vortäuschen, und niemand würde sich so verzweifelt bemühen, dieses Gefühl zu verstecken. Er erwartete beinahe, daß sie anfangen würde, ihn zu beschimpfen oder wüste Anschuldigugnen gegen ihn zu erheben, doch es kam nichts. Aber schließlich tat sie nur selten, was man von ihr erwartete; das war Teil ihrer faszinierenden Ausstrahlung.

Sie setzte eine beherrschte Miene auf. Er mußte ihr stillschweigend gratulieren, da er spürte, daß es alles andere als einfach für sie sein mußte. Schließlich blieb ihm der Schmerz in ihrem Blick nicht verborgen. Sie hatte eine Schwäche gezeigt, und er wußte, daß er wahrscheinlich der letzte Mensch auf Erden war, dem gegenüber sie sich freiwillig irgendeine Blöße geben würde.

»Das war ein Fehler«, sagte sie.

»Ihrer oder meiner?« Seine Frage klang kühl. Sie war ebenso emotionslos wie ihr Gesichtsausdruck, obgleich sein Körper immer noch vor Verlangen schmerzte.

»Meiner. Ich hätte niemals mitkommen sollen.«

»Ich habe Ihnen keine Wahl gelassen.«

»Ich habe immer eine Wahl, Mr. Canton.«

Er lehnte sich zurück und musterte sie gnadenlos. »Ich möchte annehmen, daß es eine Zeit gab, in der Sie keine Wahl hatten.«

»Sie wissen überhaupt nichts, Mr. Canton.«

»Ich weiß, daß Sie auf meine Berührung reagiert haben. Eine solche Leidenschaft hätte ich nicht erwartet. Ich bin nur nicht ganz sicher, weshalb Sie plötzlich –«

»Ah, Sie sind sich mal einer Sache nicht sicher. Was für eine Überraschung.«

Sie versuchte, ihn abzulenken. Er wußte es, doch er hatte nicht die Absicht, sich ablenken zu lassen, nicht, solange sein Körper immer noch von Flammen der Leidenschaft verzehrt wurde.

»Die eisige Miss Catalina«, sagte er mit sanfter Stimme. »Feuer und Eis. Was von beidem ist in Ihnen?«

»Nichts, was Sie etwas anginge.«

»Das war aber noch vor wenigen Minuten ganz anders. Sie haben mich ebenso begehrt wie ich Sie.«

»Männliche Arroganz«, sagte sie herablassend. »Sie sind nicht annähernd so ... interessant, wie Sie anscheinend denken.«

Er zog fragend eine Braue hoch. »Nein? Dann versuchen wir es am besten noch einmal.«

Marsh ließ ihr gar nicht erst die Möglichkeit zu protestieren. Er zog sie in seine Arme und ignorierte ihre verzweifelte Gegenwehr, als seine Lippen ihr Gesicht mit federleichten Küßen bedeckten, ehe sie ihren Mund fanden und ihn zwangen, sich ihm zu öffnen.

Sie wehrte sich länger als zuvor, aber innerhalb weniger Augenblicke gab sie auf. Sie versuchte, kalt und abweisend zu sein, doch sein Mund wurde sanft, und die schwellende Glut flammte erneut auf, so daß sie nicht anders konnte, als sich ihm zu ergeben.

Er wartete nur auf diesen Augenblick, um sich dann unter Aufbietung aller Kräfte von ihr loszumachen. Das wilde Pochen in seinem Körper versuchte er zu ignorieren.

»Zur Hölle mit Ihnen«, sagte sie.

»Hat dir noch nie jemand erzählt, was mit kleinen Mädchen passiert, die lügen?«

»Hat Ihnen noch nie jemand erzählt, was mit großen Jungen passiert, die sich wie arrogante Tyrannen aufführen?«

Er lachte freudlos. »Ich nehme an, sie werden auf eins der Überseeschiffe verschleppt.«

Sie zuckte nicht mit der Wimper. »Das ist ein netter Gedanke.«

»Ich an Ihrer Stelle würde es nicht versuchen«, warnte er leise. »Nicht noch einmal.«

»Wenn ich die Absicht gehabt hätte, Sie shanghaien zu lassen, wären Sie jetzt ja wohl bereits auf dem Weg nach China.«

»Dann reicht es also, mich zusammenschlagen und ins Gefängnis stecken zu lassen?«

»Sprechen Sie immer in Rätseln, Mr. Canton?«

Er wünschte sich, sie sähe nicht so verdammt gut aus, wenn sie wütend war. »Wir könnten einen Waffenstillstand schließen, Miss Cat.« Er hatte nicht die Absicht gehabt, ein solches Angebot zu machen. Schließlich hatte sie diesen Krieg begonnen; er hatte nur ein einziges Mal in seinem Leben verloren – und selbst da hatte nicht er, sondern hatten andere verloren. Auf jeden Fall hatte er sich nicht ergeben.

»Nein«, sagte sie mit flacher Stimme. »Ich habe zu hart gearbeitet, um den *Silver Slipper* zu dem zu machen, was er jetzt ist.«

»Also geht der Krieg weiter.«

Sie zuckte mit den Schultern. »Nennen Sie es, wie Sie wollen.«

»Aber keine Angriffe aus dem Hinterhalt mehr, Miss Cat.«

»Wer war es, der gesagt hat, daß der Krieg die Hölle ist?«

Mit einer sanften Berührung seiner Finger hob er ihr Kinn an. »Ein General des Nordens, glaube ich. Aber Sie haben keine Ahnung von der Hölle, Miss Cat.«

»Aber Sie, was?« Wieder sprühten die Funken zwischen ihnen, ähnlich den Hitzegewittern an einem Augusttag in Texas. Die Luft war spannungsgeladen. Herausforderung und Gegenherausforderung. Hieb und Gegenhieb. Jeder suchte die Schwäche des anderen. Er strich mit dem Finger über ihr Gesicht und beobachtete, wie ihre Haut einen zarten Rosaton annahm.

»Rühren Sie mich nicht an«, sagte sie und zuckte zurück.

»Warum nicht, Miss Cat? Bringe ich Sie durcheinander? Verbrenne ich Sie?«

Das tat er, aber das würde Cat niemals zugeben. Sie fühlte sich wie ein Kaninchen, das vom reglosen Starren der Schlange hypnotisiert wurde. Wenn nur ihr Körper nicht auf eine so seltsame Art auf ihn reagieren würde. Wenn sie nur nicht das schmerzliche Bedürfnis verspüren würde, die Hand auszustrecken und ihn zu berühren. Wenn sie sich nur nicht an den süßen Augenblick erinnern würde, in dem seine Lippen die ihren zum ersten Mal berührt hatten. Dieser Moment war so voller Zärtlichkeit und Sanftheit gewesen. Und sie hatte in einer Weise reagiert, wie sie es sich niemals hätte träumen lassen.

»Ich mag Sie nicht, Mr. Canton.«

»Ich glaube, ich habe nicht gefragt, ob Sie mich mögen.«

»Bringen Sie mich zurück in die Stadt.«

»Noch nicht.«

»Was genau wollen Sie von mir?«

Er lehnte sich zurück und nahm einen Stumpen aus der Hemdtasche und ein paar Streichhölzer aus der Hosentasche. Ohne sie um Erlaubnis zu fragen, zündete er die Zigarre an und inhalierte tief. »Haben Sie eine Vorstellung davon, wie eine Gefängniszelle aussieht?«

Seine Augen hatten nichts mehr von dem schwelenden Verlangen. Statt dessen glichen sie wieder zwei Spiegeln, in denen Cat eher sich selbst als ihn sah. Sein Mund war eine grimmige Linie, und Cat verspürte den plötzlichen Drang, mit dem Finger über seine Lippen zu streichen.

»Nein«, sagte sie, »aber ich nehme an, Sie haben genügend Erfahrung.«

»Ich habe nur ein einziges Mal im Gefängnis gesessen, Miss Catalina. Die Zelle war nicht viel größer als diese Kutsche und bei weitem nicht so bequem. Normalerweise zahle ich immer alles zurück, was andere mir antun, aber dieses eine Mal will ich eine Ausnahme machen.«

»Soll das eine Warnung sein?«

»Ein Versprechen.«

Cat wurde wütend. Sie hatte sich seit Jahren bei niemandem mehr entschuldigt. »Sie gehören nicht hierher, Mr. Canton.«

Er zog eine Braue hoch. »Und wo gehöre ich Ihrer Meinung nach hin?« Das wüßte er wirklich gern.

Cat schluckte. In seiner Stimme hatte eine Spur von Wehmut gelegen. Nicht genug, um ihr Mitgefühl, aber genug, um ihr Interesse zu wecken. Wieder erinnerte sie sich an den kurzen Augenblick der Zärtlichkeit. Hatte sie ihn sich vielleicht nur eingebildet? So mußte es sein.

»Wo kommen Sie her?« Sie erwartete keine Antwort.

Er zuckte gleichgültig mit den Schultern. »Von einem Ort, den es nicht mehr gibt.«

Sie wußte, sie hätte diese Frage nicht stellen sollen. Sie wollte es gar nicht wissen. Die Unterhaltung wurde viel zu persönlich. Sie wollte ihn nicht mögen, wollte nicht das geringste Interesse verspüren. Sie wollte nur, daß er verschwand. Sie wollte den *Silver Slipper* in seiner alten Form zurück. Und sie wollte ihr altes Leben zurück. Ohne Komplikationen. Sie wollte, daß man sie respektierte. Sie wollte Reichtum. Sie wollte ... Sicherheit. Was hieß, allein zu sein.

Allein. Das Wort hatte ihr niemals weh getan. Es hatte für sie einen paradiesischen Klang gehabt. Warum jetzt nicht mehr?

Du kannst ihm nicht trauen. Du kannst keinem Mann trauen, flüsterte ihre innere Stimme. Außer vielleicht Teddy.

»Ich will zurück«, sagte sie erneut und verabscheute das Stocken ihrer Stimme.

»Feigling.«

»Mir gefällt lediglich die Gesellschaft nicht.«

»Aber mir, und im Augenblick habe ich hier das Sagen.«

»Ich lasse Sie wegen Entführung verhaften.«

Seine Finger strichen über ihre Arme. »Dann kann ich ebensogut zusehen, daß ich möglichst viel davon habe.«

Die Wärme seiner Berührung sandte ein Prickeln über ihre Haut, weckte ein schmerzliches Verlangen in ihrem Inneren. Aus einem Reflex heraus schlug sie ihm mitten ins Gesicht. Sie hielt den Atem an. Großer Gott, sie hatte getan, was sie sich geschworen hatte, nie wieder zu tun: Sie hatte einen anderen Menschen angegriffen. Als sie sein verblüfftes Gesicht sah, erinnerte sie sich an ein anderes Gesicht. Das ganze Geschehen tauchte bruchstückhaft vor ihr auf, wie Papierfetzen, die der Wind zu ihr herüberwehte ...

Und sie war wieder in einem kalten, schmutzigen, kleinen Zimmer.

Auf das wutverzerrte Gesicht ihres Mannes trat ungläubiges Erstaunen, als sich der Gegenstand in ihrer Hand in seinen Körper bohrte. »Lizzie ...«, sagte er, während er zurücktaumelte und sich mit einer Hand an den Tisch klammerte.

»Nie wieder«, hörte sie sich flüstern. »Ich werde es nie wieder tun. Nie wieder.«

Als er auf die Knie sank, streckte er die Hand nach ihr aus. »Du entkommst mir nicht, Lizzie. Niemals ... du kleine Hure.«

Sie wich vor ihm zurück, vor dem Blut, das den Boden des billigen Hotelzimmers bedeckte. Er kroch auf sie zu und streckte immer noch die Hand wie die ekelhafte Kralle eines Aasgeiers nach ihr aus. Sie machte einen Schritt zurück, bis sie mit dem Rücken zur Wand stand und ihm nicht weiter ausweichen konnte.

Seine verblüffte Miene wich einem Ausdruck reinsten Hasses, ja einer gewissen Schadenfreude.

Nur noch ein paar Zentimeter. Mehr hatte sie nicht. Sie sah sich verzweifelt nach einer Fluchtmöglichkeit um. Seine Hand packte den Saum ihres Kleides und dann ihren Knöchel. Verzweifelt holte sie aus und vergrub ihre Fingernägel in seinem Gesicht. Er fluchte und fuhr mit der Hand nach oben, und dann schien er das Gleichgewicht zu verlieren. Er fiel vornüber auf den Boden und rammte sich dabei das Messer noch tiefer in die Brust ...

Marshs erste Reaktion auf die Ohrfeige war gewesen, ihr Handgelenk zu packen. Am liebsten hätte er sie geschüttelt. Wenn sie keine Frau gewesen wäre, hätte er das auch getan. Doch dann sah er ihr Gesicht. Es war leichenblaß geworden. Ihre Augen, diese herrlichen Augen, waren starr vor Entsetzen. Er bezweifelte, daß sie überhaupt wußte, daß er neben ihr saß. Sie war irgendwo anders, an einem Ort, an dem er sie nicht erreichen konnte.

Sein Ärger wich plötzlicher Verzweiflung. »Catalina«, sagte er leise, aber sie schien ihn nicht zu hören.

»Catalina«, wiederholte er etwas lauter, und ihre Augen bewegten sich, als versuchten sie, sich auf etwas zu konzentrieren.

»Cat!« Seine Stimme war immer noch leise, aber jetzt war sie drängend, befehlend, und er beobachtete, wie sie den Kopf schüttelte, als wolle sie irgendwelche Dämonen vertreiben.

Er wollte sie irgendwie beruhigen, aber er wußte nicht, wie. Himmel, es war zwanzig Jahre her, daß er zum letzten Mal jemanden getröstet hatte. Vielleicht sogar noch länger. Als seine Schwester von einem verletzten Waschbären gebissen worden war, den sie aus einer Falle hatte befreien wollen. Er hatte das Tier töten müssen, weil es zu verletzt gewesen war, als daß man es noch hätte retten können. Sie hatte ihn angesehen, als sei er ein Monster. Sie hatte einen rohen Schmerz empfunden, denn sie hatte ihn immer angebetet und gedacht, er könne niemals etwas Böses tun. Es hatte Wochen gedauert, bis ihr Vater sie hatte davon überzeugen können, daß es ein Gnadenakt gewesen war, den Waschbären zu töten.

Und jetzt fühlte er sich erneut wie ein Monster. Himmel, was er bei ihrer ersten Begegnung gesagt hatte, war die Wahrheit. Niemals würde er absichtlich eine Frau verletzen. Es war ein Wettkampf zwischen ihnen beiden gewesen, und sie hatte bereitwillig mitgemacht. Mit zusammengeschnürter Kehle versuchte er noch einmal, sie in die Wirklichkeit zurückzurufen.

»Catalina.« Dieses Mal klang seine Stimme sanft und zärtlich, und er sah, daß sie blinzelte. Ihre Lippen zitterten leicht, als sie versuchte, zu sich zu kommen. Sie hatte sich in der Ecke der Kutsche zusammengekauert, doch jetzt begann sie langsam, sich zu entspannen. Ihr Gesicht nahm wieder Farbe an, und sie fragte sich voller Sorge, was er wohl alles mitbekommen hatte.

Die Kutsche hielt, und so hatten sie beide einen Grund, eine Entschuldigung dafür, daß sie schwiegen. Die Stille war jedoch voller unausgesprochener Gefühle, die auf ihnen beiden lasteten.

Marsh zwang sich, den Blick von ihr abzuwenden und die Tür zu öffnen. Er trat hinaus und atmete tief ein. Dann streckte er eine Hand nach ihr aus. Sie starrte auf den roten Flecken in seinem Gesicht, den ihre Hand dort hinterlassen hatte.

Plötzlich grinste er, und dieses Lächeln war echter als alles, was sie zuvor gesehen hatte, so daß sie beinahe dahinschmolz. »Sie haben eine sehr gute Rechte.«

Sie fragte sich, ob ihr Gesicht ihm irgend etwas verraten hatte. Die Erinnerung konnte nur einen kurzen Augenblick in ihr aufgewallt sein. Er gehörte schließlich zu der Art von Männern, die jede Schwäche gnadenlos ausnutzen, sich wie ein Geier daraufstürzen würden. Aber das tat er nicht. Offensichtlich hatte er nichts bemerkt.

Sie ignorierte seine Hand und trat aus der Kutsche. Sie kannte den Platz. Es war eine Klippe direkt über dem Ozean, die sie schon oft besucht hatte. Tief unten brachen sich die Wellen an den Felsen, und die verschiedensten Blautöne des Wassers wurden von weißem Schaum gekrönt. Der Himmel leuchtete sanft in den Pastellfarben des beginnenden Sonnenuntergangs. Innerhalb von Minuten würde er sich verdunkeln, würde er lebendige violette, rote und goldene Töne annehmen, die so strahlend waren, daß einem das Herz weh tat, wenn sie sich im Meer brachen.

Diese Schönheit war zu überwältigend, um nicht zu schmerzen. Und sie wußte, daß sie sie nicht mit Canton teilen wollte. Sie konnte sie mit niemandem teilen.

Sie hatte schon zuviel mit diesem Mann geteilt. Die Welt, die sie sich geschaffen hatte, hatte schon so viele Risse bekommen. Sie konnte sich keine Vertraulichkeit mehr leisten. Nie wieder würde sie sich von einem Mann abhängig machen, nie wieder würde sie einem Mann oder sich selbst wirklich vertrauen. Sie konnte auf einer unpersönlichen Ebene Vertrauen entwickeln, wie Teddy oder ihrem zweiten Mann Ben Abbott gegenüber. Aber nie wieder auf eine intensive, gefühlsmäßige Art. Sie konnte sich einfach nicht auf ihr Urteil verlassen.

Und Canton war gefährlicher als alle anderen. Seine Skrupellosigkeit stand der ihren in nichts nach; seine Anziehungskraft war bedrohlich. Er sah nicht länger sie an, sondern hatte den Blick aufs Meer gerichtet.

Sie wünschte, sie wüßte, was er dachte, aber seine Miene war so unergründlich wie immer.

»Ich muß zurück«, sagte sie erneut.

Als er sich umdrehte und sie ansah, formten die letzten Sonnenstrahlen eine Art Heiligenschein um seinen Kopf. Ihre Beine zitterten, als sie an ihren ersten Eindruck von ihm dachte … er hatte gewirkt wie ein gefallener Engel, wie Gottes in Ungnade gefallener Liebling. Wie Luzifer, der Rebell. Sie hatte von den Wanderpredigern in den Minenstädten genug Geschichten von der Verdammnis gehört, um biblische Vergleiche anstellen zu können, und sie hatte »süßer Luzifer« zu ihrem Lieblingsfluch erkoren, anstelle von weniger akzeptablen Verwünschungen, die sie in ihrer Kindheit gelernt hatte. Aber niemals hätte sie sich träumen lassen, ihrem »Fluch« jemals zu begegnen.

»Ich bin nicht sicher, daß *ich* schon zurück möchte«, sagte er schließlich.

»Dann werde ich zu Fuß gehen«, sagte sie.

»Wenn ich das zulassen würde, wäre ich kein Gentleman.«

Sie wandte sich erneut um. »Ich würde Sie als vieles bezeichnen, aber nicht unbedingt als einen Gentleman.«

Seine weißen Zähne blitzten in seinem sonnengebräunten Gesicht. »In Anbetracht der Umstände war ich ja wohl der Inbegriff an Zurückhaltung und guten Manieren.«

Er ignorierte ihren zornigen Blick und griff nach ihrem Arm. »Also, gehen wir?«

Cat kochte vor Wut, aber da sie spürte, daß sie diesen einen Kampf unmöglich gewinnen konnte, zuckte sie mit den Schultern, entwand sich seinem Griff und kletterte zurück in die Kutsche.

Canton lächelte. »Da ist etwas, was Sie sich merken sollten, Miss Cat. Ich führe immer alles zu Ende, was ich einmal begonnen habe.«

»Ich auch«, erwiderte sie leise. »Ich auch.«

KAPITEL 11

Marsh hatte seit langem nicht mehr geträumt. Manchmal fragte er sich, ob er die Träume vielleicht durch bloße Willenskraft vertrieb oder ob er einfach innerlich zu leer war, um überhaupt noch träumen zu können.

Aber als er am Morgen nach der Kutschfahrt mit Catalina erwachte, stellte er fest, daß er gleich mehrere Träume gehabt hatte, und er erinnerte sich haargenau an jede Einzelheit.

Er war wieder auf Rosewood, der Cantonschen Plantage in Georgia, und es herrschte noch kein Krieg. Er erinnerte sich sogar an den Anlaß, einen Weihnachtsball, eins der vielen Feste, die seine Eltern ausrichteten in der Hoffnung, daß ihre beiden Söhne und ihre Tochter, die alle im heiratsfähigen Alter waren, bei diesen Gelegenheiten passende Ehekandidatinnen beziehungsweise -kandidaten fänden. Marsh war gerade von der Universität von Georgia zurück, wo er Jura studierte. Sein älterer Bruder kümmerte sich um den Betrieb der Plantage, da er Rosewood eines Tages übernehmen würde.

In den Bäumen entlang der Auffahrt zum Haupthaus hingen zahlreiche Laternen, und im Haus hing der Duft von Tannennadeln und Gewürzen. Trotz des drohenden Krieges waren die Räume erfüllt von den Gesprächen und vom Lachen der Gäste. Marsh hatte immer ein schamloses Vergnügen an diesem Lebensstil empfunden. Liebe war ein ebenso natürlicher Bestandteil seines Lebens wie die Luft, die er atmete.

Er und seine Mutter spielten auf Drängen der Besucher Klavier, und einmal begleiteten sie gemeinsam seine Schwester Melissa, die mit ihrer süßen, reinen Stimme sang. Und dann lieferten er und seine Mutter sich zum großen Vergnügen der Zuhörer ein regelrechtes Duell am Klavier. Sie spielte eine Melodie, und er baute sie weiter aus, und dann tauschten sie die Rollen. Jeder übernahm die Töne des anderen, malte sie aus, verschönerte sie. Die Fähigkeit, nach dem Gehör zu spielen, hatte er als einziges der Kinder von ihr geerbt. Außerdem hatte sie ihm beigebracht, vom Blatt zu spielen, und er kannte viele der klassischen Stücke auswendig.

Er dachte oft, daß seine Mutter durchaus eine Karriere als Konzertpianistin hätte machen können. Sie hatte ihn einst in dieser Richtung ermutigt, aber er hatte einfach zu viele verschiedene Interessen, um sich ganz auf die Musik zu konzentrieren. Doch er spielte gern, und er empfand großes Vergnügen daran, das seltene Talent, das er hatte, zu nutzen.

Der Ball in jenem Jahr war noch vergnügter als sonst. Das lag an dem drohenden Krieg. Seine Mutter hatte verboten, daß irgendwer über den möglichen Konflikt sprach, aber jeder dachte daran. Jedes Gespräch, jeder harmlose Flirt war geprägt von der Furcht und der Aufregung, die alle insgeheim empfanden.

Selbst er wurde von einer gewissen Erregung gepackt. Er war einundzwanzig, und er würde ewig leben. Aber die Aussicht auf den Krieg gab ihm Gelegenheit, verbotene Küsse zu erheischen und die Mädchen intimer zu liebkosen, als es allgemein statthaft war. Jeder Zurückweisung begegnete er mit einem tragischen Gesichtsausdruck …

Margaret. Annie Laurie. Wie viele andere? Wie viele Namen hatte er vergessen?

Und seine Schwester Melissa war mit ihren sechzehn Jahren ein wirklich hübsches Mädchen. So erwartungsvoll und quicklebendig. Er hatte sie immer beschützt, hatte sich immer in der Rolle des großen Bruders gesonnt.

Dann schienen die Gestalten schwächer zu werden in seinem Traum. Sie waren kaum mehr als undeutliche Nebelschwaden. Er streckte die Hand aus, um sie festzuhalten, aber dort, wo sie alle einst gelacht und getanzt hatten, war nichts als kalte Luft.

Das Leben hatte damals so viel versprochen. Es war kultiviert und bequem und so verdammt gut gewesen. Er hatte jeden Gedanken daran vor langer Zeit begraben. Und damit auch das musikalische Talent, das seine Mutter so gefördert hatte. Seit dem Krieg hatte er kein Klavier mehr angefaßt, nicht, bis er das *Glory Hole* betreten hatte.

Er wußte auch genau, warum. Wer und was er heute war, hatte nichts zu tun mit seinem früheren Leben. Er erkannte den Jungen, der so gut gespielt hatte, nicht mehr wieder. Und seine Mutter, mit all ihrer Freundlichkeit und Güte, wäre entsetzt über den Sohn, den sie dazu erzogen hatte, daß er die besten Dinge der Welt zu würdigen wußte: Musik und Bücher und Menschlichkeit. Nun, seine Menschlichkeit hatte er vor langer Zeit durch kalte, harte Rachegedanken ersetzt.

Marsh schloß die Augen und fluchte. Er spürte warmen Atem an seiner Hand und blickte hinab. Winchester saß neben seinem Bett; offensichtlich hatte ihn die Ruhelosigkeit seines Gefährten geweckt. Er wackelte mit einem seiner vernarbten Schlappohren und starrte ihn mit ernsten braunen Augen an. Doch als Marsh die Hand ausstreckte, wich er zurück.

»Du bist wirklich ein verdammt mißtrauisches Biest. Hast vollkommen recht.«

Aber trotzdem war er dem Tier für seine Anwesenheit dankbar. Zumindest für den Augenblick hatte der Hund die Geister der Vergangenheit vertrieben. »Du hast bestimmt Hunger, he? Ich glaube, irgendwo habe ich noch etwas Rindfleisch.«

Dankbarkeit war offensichtlich keine von Winchesters Stärken. Er starrte Marsh einfach weiter an.

»Bilde dir ja nicht zuviel ein«, warnte Marsh. »Dies ist nur ein zeitweiliges Arrangement. Wir sitzen einfach im Moment im selben Boot, das ist alles.«

Diese Sichtweise schien dem Hund durchaus zu passen. Er erhob sich, trottete zur geschlossenen Tür und wartete.

Marsh versuchte sich daran zu erinnern, daß er den Hund hereingelassen hatte. Aber das konnte er nicht. Doch dann erinnerte er sich an die schweigsame Rückfahrt mit Cat, daran, daß er Jenny gestern abend auf dem Klavier begleitet und sich schließlich sinnlos betrunken hatte. Er betrank sich sonst *nie*.

Sein Blick wanderte zu dem Tisch, auf dem eine fast leere Flasche stand. Wenigstens war er so vernünftig gewesen, allein zu trinken, so daß niemand diese Schwäche mitbekommen hatte.

Teufel noch einmal. Ein verfluchter Hund. Alkohol. Träume. Er mochte nichts davon.

Verdammt. Daran war einzig und allein *sie* schuld.

Sein gestriger Versuch, sie zu verführen, war gescheitert. Aber vielleicht nicht ganz. Sie hatte seinen Kuß erwidert. Sie *fühlte* etwas, auch wenn sie sich vehement dagegen wehrte. Er hatte einfach zu überstürzt gehandelt.

Langsam und vorsichtig, sagte er sich. Ganz langsam und ganz vorsichtig. Und dann verbannst du sie aus deinen Gedanken. Er war überzeugt davon, daß ihm das gelänge, wenn er sie erst einmal im Bett gehabt hätte. Niemals hatte eine Frau sein Interesse länger als eine Nacht gehalten. Niemals.

Teddy blickte auf das Flugblatt in seiner Hand. Die Frau, die darauf abgebildet war, war eindeutig Molly.

Eintausend Dollar Belohnung waren für Informationen über Mary Beth Adams, die Tochter von Edwin Adams aus Oakland, ausgesetzt. Dem Flugblatt zufolge war das Mädchen unter geheimnisvollen Umständen verschwunden, vielleicht war es sogar entführt worden.

Er hatte den Zettel in der Gemischtwarenhandlung entdeckt, und der Besitzer hatte ihm erklärt, daß ein Mann, der behauptete, er sei Privatdetektiv, ihn dort hinterlassen hatte. Er war im *Jefferson Hotel* zu erreichen.

Die Zeichnung war schlecht. Teddy zerknüllte das Blatt in seiner Hand und wünschte, er wüßte, wovor sie auf der Flucht war. Eintausend Dollar. Das war eine Menge Geld. Ihre Familie machte sich anscheinend wirklich Sorgen um sie. Aber warum versteckte sie sich dann vor ihnen?

Es gab verschiedene Möglichkeiten. Vielleicht ein Baby. Oder sogar ein Liebhaber, der sie verlassen hatte. Aber nichts davon erklärte die furchtbare Angst, die er manchmal in ihren Augen sah. Und wenn sie in anderen Umständen wäre, würde man es inzwischen deutlich sehen.

Sollte er ihr das Flugblatt zeigen? Sie warnen? Cat würde wissen, was zu tun war. Das tat sie immer. Und dann blieb er plötzlich stehen. Tat sie das wirklich? Sie war in letzter Zeit nicht mehr sie selbst. Er wollte sie nicht mit seinen Problemen belasten, solange sie so verzweifelt darum kämpfte, den *Silver Slipper* konkurrenzfähig zu halten.

Sein Blick fiel erneut auf das Blatt Papier in seiner Hand. Molly. Der Name war ihm immer unpassend erschienen. Aber Mary Beth paßte. Es hatte einen so süßen Klang. Sanft. Verletzlich. Zu verletzlich.

Er würde Catalina nicht mit dem Flugblatt belästigen. Vielleicht würde er selbst nach Oakland fahren und Nachforschungen über diesen Edwin Adams anstellen.

»Oakland?« Catalina starrte Teddy an. Nie zuvor hatte er um ein paar freie Tage gebeten, nie zuvor war ihr der Gedanke gekommen, daß er neben dem *Silver Slipper* auch noch ein Privatleben haben könnte. Darüber hatte sie noch nie nachgedacht. Sie hatte sich daran gewöhnt, seine Zuverlässigkeit und Loyalität als selbstverständlich zu betrachten.

Doch jetzt hegte sie gewisse Schuldgefühle. Hatte sie sich wirklich derart verschlossen, daß sie die Gefühle der Menschen in ihrer Umgebung nicht mehr wahrnahm? Sie hatte versucht, eine gute Chefin zu sein, angemessene Löhne zu zahlen, aber weiter hatte sie nicht gehen wollen.

Sie konzentrierte sich wieder auf Teddy. »Natürlich«, sagte sie. »Gibt es irgendwas, was ich für dich tun kann?«

Er schüttelte den Kopf. »Eine rein persönliche Angelegenheit.«

Seine Antwort schmerzte sie, obwohl sie wußte, daß sie das nicht sollte. Sie hatte ihn niemals ermutigt, ihr persönliche Dinge zu erzählen, und auch sie hatte sich ihm niemals anvertraut. Sie nickte. »Nimm dir so lange frei wie nötig.«

»Ich bin bestimmt zurück, bevor die Französinnen kommen«, sagte er mit einem verschmitzten Lächeln.

»Brauchst du Geld?«

Er schüttelte den Kopf und blickte in Richtung der Treppe. »Aber paß bitte auf Molly auf. Laß sie nicht allein fortgehen.«

»Gibt es vielleicht etwas, das ich wissen sollte?«

»Nur, daß sie vor irgend etwas panische Angst hat. Oder vor irgend jemandem.«

»Ich werde dafür sorgen, daß immer jemand in ihrer Nähe ist«, sagte sie. »Wilhelmina mag sie wirklich. Ich werde sie bitten, bei Molly zu bleiben. Hier ist sie in Sicherheit.«

Er nickte. »Ich komme so schnell wie möglich zurück.« Er zögerte. »Ich habe gesehen, wie Sie gestern mit dem Besitzer vom *Glory Hole* zurückgekommen sind.« Als er gestern die Blitze in ihren Augen und die geröteten Flecken auf ihren Wangen gesehen hatte, hatte er nichts gesagt. »Er hat doch nicht etwa –«

»Natürlich nicht«, sagte Cat. »Er wollte nur mit mir ... sprechen. Und ich habe ihm erklärt, daß es zwischen uns nichts zu besprechen gibt.«

»Sie wissen, daß unser Geschäft besser läuft, seit er eröffnet hat ...«

Ihre grünen Augen sprühten erneut Funken. »So wird es nicht bleiben«, sagte sie knapp. »Du weißt, wie es war, als zum ersten Mal jemand das *Glory Hole* eröffnet hat.«

Das wußte er. Der Besitzer hatte die Preise so weit gesenkt, daß Cat den *Silver Slipper* in dem Versuch, die alten Gäste zurückzuholen, beinahe verloren hätte. Es war Teddy, der herausgefunden hatte, daß gegenüber falsch gespielt wurde, und er hatte ein paar Schlägertypen angeheuert, die im *Glory Hole* deswegen einen Aufruhr angezettelt hatten. Das Lokal war bald darauf geschlossen geworden, aber Cat hatte diese Lektion niemals vergessen. Sie hatte selbst Spieltische angeschafft und dafür gesorgt, daß immer ehrlich gespielt wurde. Und sie hatte sich damals geschworen, daß sie ihre Zukunft nie wieder aufs Spiel setzen würde, egal, was sie dafür tun mußte. Niemand anders hatte eine Chance neben ihr. Sie sorgte dafür, daß sich alle Welt an die alten Geschichten erinnerte. Jedesmal, wenn das *Glory Hole* wiederaufgemacht worden war, hatte sie der Polizei eine Unsumme dafür bezahlt, daß regelmäßige Razzien dort stattfanden oder daß Lizenzen gar nicht erst erteilt oder entzogen wurden.

Und jetzt ging es nicht nur um ihr Geschäft, sondern um ihren Seelenfrieden. Den hatte niemand je so gestört wie Taylor Canton.

Teddys Miene war undurchdringlich, aber sie hatte das dumpfe Gefühl, daß er die Sache anders sah.

»Laß mich wissen, wenn du etwas brauchst«, sagte sie mit einer Stimme, die das Ende des Gesprächs anzeigte.

Er ging, da er sie gut genug kannte, um zu wissen, daß jede Widerrede ihre Entschlossenheit nur verstärken würde.

San Francisco liebte den Cancan. Auch Marsh.

Er gab es nur ungern zu, aber es war ein brillanter Schachzug von Miss Catalina Hilliard gewesen, die Truppe zu engagieren. Die Ausgelassenheit des Tanzes und die leuchtenden Farben der Kleider waren einfach hinreißend. Die nackten Beine, die die Tänzerinnen in die Luft reckten, waren wirklich anziehend.

Aber neben Catalinas Beinen würden sie wahrscheinlich verblassen. Marsh wußte immer noch nicht, wie alt sie war, aber die Informationen, die er in den letzten Tagen bekommen hatte, verrieten ihm, daß sie Ende Dreißig sein mußte. Quinn Devereux hatte ihm erzählt, daß sie vor beinahe siebzehn Jahren nach San Francisco gekommen war, kurz nachdem auch die Devereux' sich in der Stadt niedergelassen hatten.

Doch weder Quinn noch sein Anwalt wußte etwas Genaueres. San Francisco war offenbar eine Stadt, in der die Vergangenheit der Menschen unwichtig war; zu viele der Bewohner hatten einen Hintergrund, den sie lieber für sich behalten wollten. Dafür war er dankbar, nur im Fall von Miss Catalina Hilliard ärgerte ihn diese Toleranz. Cat war ihm immer noch ein Rätsel.

Marsh war nie zuvor in einer Stadt wie San Francisco gewesen. Während in den meisten Städten pausenlos irgendwelche Skandalgeschichten kursierten und diejenigen, die den allgemeinen Verhaltenskodex übertraten, geächtet wurden, respektierte man hier das Privatleben und die Eigenarten jedes Menschen. Je exzentrischer jemand war, um so mehr wurde er geschätzt. Kaiser Norton war ein gutes Beispiel dafür; bei jeder Theateraufführung waren drei Plätze in der ersten Reihe für den »Kaiser« und seine zwei Mischlingshunde reserviert. Der selbsternannte Kaiser, dessen privat gedruckte »kaiserliche Währung« in der ganzen Stadt akzeptiert wurde, war leicht verrückt. Einmal hatte er sogar ein Telegramm an Präsident Lincoln geschickt und ihm befohlen, die verwitwete Königin Victoria zu heiraten, um einer Nation, die kurz vor einem Krieg stand, den Frieden zu bringen. Aber alles, was er in seinem Kaiserreich der Phantasie unternahm, war gut gemeint. Die Menschen in San Francisco tolerierten ihn deswegen nicht nur, sondern sie übernahmen die Rolle seiner Untertanen.

Am Abend der Cancan-Premiere nahm Marsh Cats Einladung an und erschien in seiner extra für diesen Anlaß geschneiderten Abendgarderobe. Da er wußte, daß Reporter von sämtlichen Zeitungen der Stadt anwesend sein würden, hatte er die Absicht, einen ebenso triumphalen Auftritt zu inszenieren wie sie. Ihre öffentliche Fehde und die Konkurrenz hatten das Geschäft in beiden Saloons belebt. Er fühlte sich relativ sicher als Taylor Canton und in weiter Entfernung von den Orten, an denen er wegen des Groschenromans »Duell in der Abenddämmerung« berühmt-berüchtigt war, und er stellte fest, daß es ihm Spaß machte, ein blühendes Geschäft zu betreiben – und Miss Hilliard damit zu ärgern.

Als sie ihn begrüßte, machte er eine elegante Verbeugung, ergriff ihre Hand und führte sie an seinen Mund. »Sie sehen heute abend bezaubernd aus«, stellte er ehrlich fest.

Als sie ihn argwöhnisch ansah, lächelte er zufrieden, obgleich ihm das nicht leichtfiel. Er hatte sie nicht mehr gesehen, seit er ihr vor einer Woche nach ihrer Spazierfahrt vor dem *Silver Slipper* aus der Kutsche geholfen hatte und sie mit einem verächtlichen Schnauben verschwunden war.

Jeden Abend, wenn die letzten Gäste und die Angestellten verschwunden waren und er dachte, daß ihn niemand mehr hörte, hatte er Klavier gespielt. Sein einziger Zuhörer war Winchester gewesen; die Promenadenmischung hatte sich immer neben das Klavier gesetzt, den Kopf schräg gestellt und das halbe Ohr umgeknickt. Marsh war sich nie ganz sicher, ob der Hund wegen der Musik oder wegen der Aussicht auf Futter bei ihm saß. Aber die Gesellschaft des Tieres hatte ihm gutgetan.

Marsh hatte sich von Cat ferngehalten, damit ihr Ärger sich legte, ehe er einen neuen Versuch unternahm. Und wenn er ehrlich war, mußte er zugeben, daß er selbst auch ein wenig Zeit brauchte, um seine Verteidigungsstrategie neu zu überdenken. Sie hatte an dem Tag auf der Klippe eine außergewöhnliche Wirkung auf ihn gehabt. Und er hatte nicht die Absicht, so etwas noch einmal zuzulassen.

Als sie ihn an einen Tisch führte, war er sich der Aufmerksamkeit bewußt, die sie beide erregten. Als die Musik einsetzte, rückte er ihr umständlich den Stuhl zurecht. Die Truppe hatte ihr eigenes kleines Orchester, und die Begeisterung der Musiker machte die bescheidene Besetzung mehr als wett. Marsh merkte, daß er mit dem Fuß auf den Boden klopfte, als sechs sehr hübsche Frauen in roten Rüschenkleidern auf die Bühne rannten. Die Gäste des *Silver Slipper* brachen in Jubel aus, klatschten in die

Hände, stapften mit den Füßen auf und pfiffen vor Begeisterung. Die Spieltische waren weggeräumt worden; die Gesellschafterinnen trugen ähnliche Kleider wie die Tänzerinnen. Das Publikum bestand nur aus Männern – offensichtlich galt der Cancan für Damen als unschicklich.

Marsh versuchte, sich auf die Tänzerinnen zu konzentrieren, aber sein Blick wanderte immer wieder zu Cat. Als er in ihr Gesicht sah, das vor Freude über den Triumph gerötet war, begehrte er sie mehr als je zuvor. Ihr Erfolg war plötzlich auch sein Erfolg, ihre Aufregung auch die seine.

Was war er doch für ein Idiot!

Sie wollte ihn vernichten.

Als die Tänzerinnen von der Bühne rannten und der Applaus langsam verebbte, bewegte er sich auf seinem Stuhl und stieß mit seinem Knie gegen ihr Bein. Sie schreckte zurück, warf dabei ihr Champagnerglas um, und der gesamte Inhalt ergoß sich auf Marshs Kleider.

Cat errötete und begann, mit ihrer Serviette an ihm herumzutupfen.

»Sie sollten aufpassen, wo Sie Ihre Beine hinstellen«, flüsterte sie.

»Das war ein Versehen«, sagte Marsh mit einem Schulterzucken. »Aber ich nehme an, Sie schulden mir einen neuen Anzug.«

»Unsinn«, erwiderte sie. »Ein paar Tropfen Wasser sollten genügen, um den Schaden zu beheben.«

»Ich hätte gedacht, daß Sie Ihre Gäste etwas zuvorkommender behandeln.«

Sie blitzte ihn wütend an. »Ich ... werde mich darum kümmern.«

»Jetzt!« forderte er mit einem schiefen Grinsen. »Feuchte Kleider sind wirklich ziemlich unangenehm.«

»Sie können jederzeit gehen.«

»Ihre Gastfreundschaft kennt wirklich keine Grenzen«, tadelte er sie. »Sie würden doch sicher nicht zulassen, daß ein Gast in einem solchen Zustand Ihr Lokal verläßt. Nicht vor allen Leuten, nicht, ohne daß Sie in irgendeiner Form Wiedergutmachung leisten.«

»Also gut«, sagte sie. »Sobald die Musik wieder anfängt.« Sie hatten bereits genug Aufmerksamkeit erregt, und sie versuchte, ein besorgtes und zugleich freundliches Lächeln aufzusetzen.

»Oben?« Er bedachte sie mit einem Blick, der eindeutig zweideutig war.

Sie biß sich auf die Lippe, und er genoß dieses kleine Zeichen von Unsicherheit.

Einer der Ober kehrte mit ein paar Handtüchern zurück, und sie reichte sie Marsh, damit er den Champagner von seiner Hose wischen konnte.

Er grinste erneut. »Ich glaube, das sollten *Sie* machen.«

Sie warf ihm erneut einen bösen Blick zu. »Gehen Sie lieber nicht zu weit, Mr. Canton«, warnte sie mit leiser Stimme. »Sonst könnte es Ihnen passieren, daß Sie eine ganze Flasche Champagner über den Schoß geschüttet kriegen.«

Die Musik setzte wieder ein, und die Tänzerinnen kamen zurück, so daß das Publikum sich wieder der Bühne zuwandte.

Mit einem huldvollen Lächeln erhob sich Cat. »Kommen Sie mit«, sagte sie, während sie innerlich fluchte. Die neue Show hätte die Attraktion des Abends sein sollen, und nicht sie und dieser Emporkömmling von gegenüber.

Obwohl Teddy ihr versichert hatte, daß er rechtzeitig für den Cancan zurück sei, war er immer noch nicht wieder da. Er hatte ihr ein Telegramm geschickt, in dem stand, daß er morgen zurückkommen würde. Jetzt führte sie ihren Gegner in Teddys Zimmer gegenüber der Küche.

Sie zündete die Öllampe an und beobachtete, wie Canton den Raum musterte. Er war einfach und männlich eingerichtet. Ein Bett, ein Tisch, eine Truhe. Eine kleine Kommode und ein Spiegel.

»Ich nehme an, hier wohnt Ihr Wachhund«, sagte Canton fröhlich.

Catalina blitzte ihn wütend an. »Teddy ist viel mehr als das.«

Canton zog eine Braue hoch, und Catalina hatte das eigenartige Gefühl, als müsse sie sich rechtfertigen. »Er ist der Manager des *Silver Slipper*«, sagte sie scharf. »Genau wie Hugh ...« Sie bemerkte sofort ihren Ausrutscher und hoffte nur, daß Canton die letzte Bemerkung überhört hatte. »Ich werde etwas Wasser holen.«

Aber ehe sie den Raum verlassen konnte, packte Canton sie am Handgelenk. »Genau wie Hugh ... Beenden Sie ruhig Ihren Satz, Miss Catalina. Ich wußte nicht, daß Sie Hugh O'Connell kennen.«

»Ich kenne eine Menge Leute in San Francisco«, sagte sie mit eisiger Stimme. »Schließlich kommen viele von ihnen in den *Silver Slipper.*«

»Irgendwie wirkt Hugh aber nicht wie Ihre gewöhnlichen Gäste.«

»Ich habe keine *gewöhnlichen* Gäste. Der *Silver Slipper* gefällt allen möglichen Leuten.«

»Ach, tatsächlich?« knurrte er, ärgerlich, daß sein Verdacht gegen Hugh richtig gewesen war. Er war jedoch nicht wütend auf Cat, sondern auf sich selbst. Er hatte angefangen, Hugh zu mögen, und hatte gehofft, daß er sich irrte.

Sie versuchte, seine Hand abzuschütteln, und blickte ihn herausfordernd an. Sollte er doch irgendeine Anschuldigung gegen sie erheben. Er spürte, wie schmal ihr Handgelenk war, schmal und doch kräftig. Er wollte sie nicht loslassen.

Cat versuchte noch einmal, sich loszumachen. »Wenn Sie wollen, daß ich etwas gegen die Flecken unternehme, ehe sie eintrocknen, lassen Sie mich besser los.«

Er ließ von ihr ab und musterte sie kühl. »Kommen Sie schnell zurück, Miss Cat.«

Sie knallte die Tür hinter sich zu. Der Champagner hatte Flecken auf seinem Dinnerjackett, seinem Leinenhemd und seiner Krawatte hinterlassen. Es würde schwierig werden, seine Kleider zu reinigen, wenn er sie am Körper hatte. Und was die Hose betraf ...

Mit einem bösen Grinsen begann er, sich auszuziehen.

KAPITEL 12

Cat balancierte vorsichtig die Wasserschüssel in den Händen und stieß mit der Schulter die Tür auf. Doch dann ließ sie die Schüssel beinahe fallen. Sie hatte in ihrem Leben schon genug Männer ohne Hemd gesehen. Aber ihr Herz schien stehenzubleiben, und ihr Blick fiel unweigerlich auf seine nackte Brust und verharrte dort. Er hatte einen herrlichen ... und zerschundenen Oberkörper.

Sie entdeckte mindestens drei Narben, eine lang und zackig, die beiden anderen klein und runzlig, offenbar von Pistolenkugeln verursacht.

Canton folgte ihrem Blick. »Ein Säbel«, sagte er. »Im Krieg.«

»Und die anderen?«

Er zuckte mit den Schultern. »Schußverletzungen.«

»Auch im Krieg?«

»Nein«, sagte er mit ausdrucksloser Stimme, wobei seine dunklen Augen offensichtlich auf irgendeine Reaktion ihrerseits lauerten.

»Sollte ich fragen, auf welcher Seite Sie gekämpft haben?«

Er grinste unerwartet. »Nein, auf der richtigen, wo sonst?«

»War das die Gewinner- oder die Verliererseite?«

»Ich nehme an, es kommt ganz darauf an, von wo aus man es betrachtet.«

»Sie sprechen gerne in Rätseln, nicht wahr? Ist das Ihre Art, sich zu schützen?« fragte sie boshaft.

Das Grinsen verschwand. »Vielleicht. So wie Sie sich hinter der Maske der Eiskönigin verschanzen, wenn ich mich nicht irre.« Er kam auf sie zu, geschmeidig, tödlich, männlich. »Wir beide wissen schließlich, daß Sie alles andere als kalt sind.«

Das stimmte. Niemand wußte besser als sie, daß die Temperatur im Raum mit jedem Schritt, den er machte, um mindestens zehn Grad anstieg. Sie hatte weder sich noch den Mann, der sich ihr näherte, unter Kontrolle.

Aber so schnell gab sie nicht auf. »Wo ist Ihr Hemd?« Die

Barschheit ihrer Frage entsprach so gar nicht ihren Empfindungen. Sie gratulierte sich, daß es ihr gelungen war, ihrer Stimme einen ruhigen Klang zu verleihen.

»Auf dem Bett«, sagte er. Sie hatte nicht gewußt, daß drei Worte derart einladend klingen konnten. Er grinste. »Ich war gerade dabei zu überlegen, ob ich vielleicht auch die Hose ausziehen sollte.«

Sie wußte, daß er sie ködern wollte, und ignorierte die Bemerkung – wenn es ihr schon nicht gelang, ihn zu ignorieren.

Sie versuchte an ihm vorbeizuschlüpfen, und zu ihrer Überraschung stellte er sich ihr nicht in den Weg. Er ging sogar ein wenig zur Seite, aber trotzdem ließ es sich nicht vermeiden, daß sie ihn leicht berührte. Beinahe wäre sie mit ihrem Kinn gegen seine Brust gestoßen, und sie stellte fest, daß sein Brusthaar seltsamerweise sandfarben war und nicht schwarz wie das Haar auf seinem Kopf. Verführerische kleine Löckchen kräuselten sich auf einer Brust, die hart wie ein Waschbrett wirkte – aber wesentlich einladender. Seine dunkle Hose war eng geschnitten, so daß seine schlanken Hüften und die muskulösen Schenkel deutlich zu erkennen waren. Ihr Blick wanderte höher und hielt bei der zerklüfteten Narbe an. Sie merkte, daß sie sich danach sehnte, die Wunde zu berühren, einen Teil der Schmerzen fortzunehmen, die er dort einst empfunden haben mußte.

Wahnsinn! Sie umklammerte die Schüssel fester, ehe sie sie auf den Tisch stellte und das Handtuch, das sie ebenfalls mitgebracht hatte, in die Hand nahm. Sie ignorierte ihn, tauchte das Handtuch ins Wasser und griff nach seinem Hemd. Es roch nach ihm, nach Moschus und Seife und Gefahr. Sie versuchte immer noch, ihn einfach nicht zur Kenntnis zu nehmen, setzte sich an den Tisch und rieb wütend an dem Leinenstoff herum, ohne daß die schwachen goldfarbenen Flecken verschwanden.

Sie biß sich auf die Lippe. Sie wollte, daß er endlich verschwand. Aus diesem Zimmer, aus dem *Silver Slipper*, aus San Francisco. Aus ihren Gedanken und Gefühlen.

Aber er war viel zu wirklich, um einfach zu verschwinden. Viel zu lebendig.

Sie rieb fester.

»Ihre Bemühungen erscheinen mir recht sinnlos. Würden Sie es vielleicht lieber einmal mit der Hose probieren?« Er begann seelenruhig, den Schlitz aufzuknöpfen.

Cat schleuderte ihm das Hemd an den Kopf. »Nicht nötig. Der *Silver Slipper* wird Ihnen einen neuen Anzug bezahlen.«

»Das ist nicht erforderlich«, sagte er, da er plötzlich beschloß, daß er weit genug gegangen war. Er wollte sie nicht noch einmal vertreiben. Er ließ die Hände sinken. »Es ist Entschädigung genug, Ihnen zuzusehen, wie Sie an dem Stoff herumreiben. Ich bin nur froh, daß ich nicht dieses Hemd bin.«

Aus dem Lokal drangen begeisterte Rufe und donnernder Beifall zu ihnen herüber.

Er lächelte. »Ihr Cancan ist ein großer Erfolg.«

Das Lächeln schien ihn attraktiver ... menschlicher zu machen. Sie war sich nicht sicher, daß sie seine menschliche Seite sehen wollte. »Es war ganz schön teuer«, gestand sie plötzlich zu ihrer eigenen Überraschung. Aber das hatte er sich wahrscheinlich bereits denken können.

Er streckte seine Hand nach ihr aus, und sie hob das Hemd auf und legte es hinein. Das war nicht das, was er wollte, aber sie war nicht bereit, ihm mehr zu geben. Als er das Kleidungsstück entgegennahm, bemerkte sie plötzlich ein Grübchen in seiner Wange. »Es ist naß«, bemerkte er. »Ich glaube nicht, daß ich es so wieder anziehen möchte.«

Sie zog fragend eine Braue hoch. »Wollen sie etwa so hinausgehen?«

»Nicht, wenn Sie einen besseren Vorschlag haben.«

»Es gibt eine Hintertür«, sagte sie hilfsbereit.

»Das ist kein besserer Vorschlag«, erwiderte er, und sein Lächeln breitete sich zu einem Grinsen aus.

Cat war klar, daß sie sich auf kein Wortgefecht mit ihm einlassen sollte. Dafür war er viel zu gefährlich. Sie wußte genau, wie gefährlich, als er das Hemd einfach fallen ließ, die Hand nach ihr ausstreckte und sie an sich zog. Fordernd.

Und dann preßte er sie an seine Brust. Ihre Wange lag an seiner nackten Haut, und ihr Samtkleid knisterte, als es sich mit der Elektrizität auflud, die sein Körper ausstrahlte. Wie gut er sich anfühlte. Wie gut er roch.

Sie hatte so viele Körper gesehen, aber nie zuvor hatte sie sich von einem angezogen gefühlt. Sein Körper war heiß wie ein Backofen, und sein Herz klopfte wie eine der großen Blechtrommeln, die sie bei verschiedenen Umzügen gesehen hatte. Stark und beständig und hypnotisierend.

Cat war vollkommen benebelt. »Ich werde Ihnen eins von Teddys Hemden geben«, gelang es ihr schließlich zu sagen. Aber sie konnte sich einfach nicht von ihm losmachen, wie sie es hätte tun sollen.

Direkt vor der Tür waren Hunderte von Leuten. Und es war ihr egal. All die Furcht, all der Widerwille, all das Entsetzen, das Männer in ihr weckten, die ihr zu nahe kamen, war plötzlich verschwunden. In diesem Augenblick gab es nichts außer seinem Kopf, der sich zu ihr hinabbeugte, außer seinen sinnlichen Lippen, die ihren Mund mit einer wilden Zärtlichkeit umfingen – auch wenn sie, ehe sie diesem Mann begegnet war, niemals geglaubt hätte, daß Wildheit und Sanftmut zueinander passen konnten.

Aber noch während er offenbar versuchte, seinem Kuß die Wildheit zu nehmen und diese durch Zärtlichkeit zu ersetzen, spürte sie den rohen Schauder, der seinen Körper durchzog. Der Kuß wurde tiefer, als ihrer beider Lippen im leidenschaftlichen Wettstreit verschmolzen. Sie unterwarf sich ihm nicht. Sie wußte instinktiv, daß sie sich diesem Mann niemals unterwerfen durfte, da er sie sonst überwältigen würde. Und zerquetschen. Wie er jeden zerquetschen würde, der sich ihm in den Weg stellte.

Aber gütiger Luzifer, was für Gefühle er in ihr weckte!

Cat merkte, daß sie auf eine Weise auf ihn reagierte, die sie niemals für möglich gehalten hätte, daß ihre Hände sich um seinen Nacken legten, ihr Körper sich an ihn drängte, ihre Lippen sich suchend auf die seinen preßten. Sie spürte seine geschwollene Männlichkeit an ihrer Hüfte, und das seltsame Verlangen, das sie quälte, wurde stärker.

Sie fühlte sich zugleich schwach und stark. Glücklich und unendlich traurig. So also war es, wenn man lebte! Aber es war zu spät. Es war viel zu spät, und auf jeden Fall war er der falsche Mann.

Aber sie wollte nicht aufgeben. Noch nicht. Was konnte so falsch sein an ... diesen wenigen Augenblicken?

Seine Lippen lösten sich von ihrem Mund, und ihr Kopf fiel entspannt gegen seine Brust. Sie spürte, daß sein Kopf auf ihrem Haar lag, hörte sein leises Seufzen, fühlte seine Arme, die sie mit einer Sanftheit streichelten, die sie nicht erwartet hätte.

Er war heimtückisch. Er war ein Meister der Verführung.

Aber es war so angenehm. So unglaublich warm und angenehm. Sie schluckte und versuchte verzweifelt, sich gegen ein Verlangen zu wehren, das nichts mit der körperlichen Begierde zu tun hatte, die sie empfand. Zum ersten Mal in ihrem Leben fühlte sie sich beschützt.

Sie wußte, daß es eine trügerische Sicherheit war. Daß er genau das Gegenteil von Sicherheit bot. Aber trotzdem konnte sie sich nicht von ihm lösen, konnte sie diesen magischen Moment nicht zerstören.

Ihre Blicke trafen sich, und die Dunkelheit seiner Augen, der spiegelblanke Glanz, der sie so undurchdringlich machte, wies leichte Risse auf. Sie entdeckte eine gewisse Hoffnungslosigkeit, einen Schmerz, der so stark war, daß sie das Gefühl hatte, davon in Stücke gerissen zu werden.

Sie spürte, daß er zitterte, während er sie an sich preßte, und sah, daß er den Blick abwandte, um das, was darin geschrieben stand, zu verbergen. Aber es war zu spät.

Er küßte sie noch einmal, und die Zärtlichkeit steigerte sich erneut zu der Wildheit, die jeden körperlichen Kontakt zwischen ihnen prägte. Cat war immer noch verblüfft von der Art, in der sie auf ihn reagierte. Sie sollte nichts empfinden ... nicht nach all den Zusammenstößen mit diesem Mann, der ihre geordnete Welt derart durcheinanderbrachte. Sie merkte, daß sie das Undenkbare tat, daß sie mit den Fingern über seinen Rücken fuhr, als könne sie nicht genug von ihm bekommen, während er seine

Hände in ihrem Haar vergrub und den Knoten löste, den sie so mühevoll zusammengesteckt hatte. Sie merkte, wie ihr Haar in seidigen Wellen über die nackte Haut seiner Arme floß.

Sie schlossen beide die Augen, und zwischen ihnen gab es nichts mehr außer dem verzweifelten Bedürfnis, zu Ende zu führen, was sie begonnen hatten.

Plötzlich erstarrte er, und langsam tauchte sie aus dem süßen Taumel auf. Jetzt hörte sie es auch.

Irgend jemand klopfte laut an die Tür.

»Miss Catalina. Miss Catalina. Ist alles in Ordnung?« Es war die Stimme von Harry, dem zweiten Barkeeper, der offensichtlich Teddys Funktion als Wachhund übernommen hatte.

Cat schluckte. Nichts war in Ordnung. Sie fragte sich, ob ihr Leben jemals wieder in Ordnung sein würde. Wie die Büchse der Pandora hatte Canton etwas in ihr ausgelöst, das besser für immer verschlossen geblieben wäre.

Ein ironisches Lächeln trat an die Stelle der Sinnlichkeit in Cantons Miene. »Sie sollten vielleicht antworten. Es sei denn, Sie möchten, daß gleich der ganze Saloon im Zimmer steht.«

Plötzlich wurde Cat klar, wie sie aussehen mußte. Ihr Haar hing in wirren Strähnen herab, und ihr Kleid war in Unordnung. Es klopfte erneut.

»Alles in Ordnung«, sagte sie durch die geschlossene Tür. »Ich komme sofort.«

»Der Bürgermeister ist da«, rief Harry.

»Süßer Luzifer!«

»Ich werde Ihnen helfen«, sagte Marsh völlig unerwartet. »Schließlich ist das alles *meine* Schuld.«

»Ziehen Sie sich einfach schnell an«, sagte sie mit eisiger Stimme.

»Ich habe kein trockenes Hemd«, bemerkte er. »Und auch keine trockene Hose.«

Sie ging hinüber zur Kommode und zog eine der Schubladen auf. Die ganze Zeit über hatte sie das Gefühl, als würde sein Blick ein Loch in ihren Rücken bohren. Sie fand ein weißes Hemd, das Teddy bei besonderen Anlässen trug, und zog es hervor. Es war nicht von derselben Qualität wie das von Canton, und außerdem war es viel zu weit. Auch wenn er ein großer Mann war, hatte er doch nicht Teddys stämmige Figur.

Sie warf ihm das Hemd hinüber, und noch ehe er das Angebot ablehnen konnte, drehte sie sich um und blickte in den Spiegel, nur um ihre schlimmsten Befürchtungen bestätigt zu sehen. Sie sah aus wie ein Schulmädchen, das draußen im Heuschober überrascht worden war. Frustriert suchte sie nach einem Kamm, aber sie fand keinen. Teddy mußte seinen mitgenommen haben.

»Sind Sie sicher, daß ich Ihre Frisur nicht in Ordnung bringen soll?« fragte Canton mit sanfter Stimme. »*Ich* habe einen Kamm, und außerdem wartet der Bürgermeister auf Sie.«

»Sie können mir den Kamm geben.«

»Oh, nein«, sagte er. »Aber Sie können ja so in Ihr Zimmer hinaufgehen.«

Cat knirschte mit den Zähnen. »Also gut«, sagte sie schließlich. Zum zweiten Mal nach der verfluchten Kutschfahrt hatte er eine Notsituation schamlos ausgenutzt. Aber schließlich konnte sie nicht ewig hierbleiben, und genausowenig konnte sie mit dieser Frisur hinausgehen.

Sie würde sich schon eine geeignete Form der Vergeltung einfallen lassen. Eine kleine Schlägerei im *Glory Hole* wäre zum Beispiel sehr nett.

Sie starrte ihn böse an, während er Teddys Hemd anzog und die Ärmel aufrollte. Er ließ die Knöpfe auf und sah verführerischer aus als je zuvor.

Dann bedachte er sie mit einem zufriedenen Grinsen. »Setzen Sie sich.«

Sie gehorchte. Alles, nur um ihn nicht länger ansehen zu müssen. Sie spürte, wie er erst mit dem Kamm durch ihr Haar fuhr und dann mit seinen Fingern – jede einzelne Berührung unendlich langsam und von sinnlicher Zärtlichkeit.

Wissend.

Süßer Luzifer!

Er hielt in der Bewegung inne, und dann fühlte sie, wie er ihr Haar anhob, verdrehte und wieder fallen ließ. Schweigen.

Sie wandte sich zu ihm um und stellte fest, daß er sie leicht verlegen ansah, ein Ausdruck, der ihn unerwartet sympathisch machte.

Er zuckte mit den Schultern. »Ich kann zwar kämmen«, sagte er, »und der Rest sah ganz einfach aus, aber ...«

Cat unterdrückte nur mühsam ein Lächeln. Sie fühlte sich unerwartet wohl. Er konnte also auch nicht alles. Und außerdem mußte sie sich eingestehen, daß es ihr besonders gut gefiel, daß er nicht wußte, wie man das Haar einer Frau richtete. Sie streckte die Hand aus, und er gab ihr den Kamm.

Dann erhob sie sich von ihrem Stuhl und ging hinüber zum Spiegel. Sie sah, daß er beobachtete, wie sie ihr Haar zusammendrehte. Die Nadeln fehlten! Und dann sah sie, daß er sich bückte und ihr die Nadeln mit diesem leichten Lächeln reichte, das sie allmählich richtiggehend mochte.

Sie würde die Frisur nicht mehr so gut hinbekommen wie vorher, aber schließlich hatte sie jetzt auch keine Stunde Zeit. Nun, zumindest sah sie nicht mehr aus wie ... wie ...

Langsam drehte sie sich zu ihm um und sah zu, wie er das Hemd zuknöpfte. Es war wirklich viel zu groß, aber selbst in einem Sack wirkte er durchaus elegant.

Cat hatte erwartet, daß er sie zurück an den Tisch begleiten würde, und sie hatte sich schon verschiedene Ausreden zurechtgelegt, um ihn davon abzuhalten. Aber er überraschte sie.

»Ich werde die Hintertür nehmen«, sagte er. Ohne seine Krawatte umzubinden, zog er seine Jacke über das am Hals offene Hemd. Er sah angenehm unordentlich aus. Dunkle Bartstoppeln bedeckten seine Haut, und eine Strähne schwarzen Haars fiel ihm in die Stirn, als er ihre Hand an seine Lippen hob. »Ich danke Ihnen für einen faszinierenden Abend.«

Dann glitt er aus der Tür. Sie stand reglos da und starrte ihm nach, halb erleichtert, halb bedauernd.

Du kannst Canton nicht vertrauen.

Das wußte Catalina. Das einzige Mal, als sie jemandem vertraut hatte, hatte es mit einer Katastrophe geendet. Mit Mord.

Catalina hatte nicht lange gebraucht, um herauszufinden, daß ihr angeblicher Retter vor so vielen Jahren derjenige gewesen war, der sie am grausamsten betrogen hatte. Wenn sie sich daran erinnern wollte, mußte sie nur die Narben betrachten, die James Cahoons Gürtel auf ihrem Rücken hinterlassen hatte, als sie sich geweigert hatte, den Männern zu Diensten zu sein, gegen die er beim Pokern verloren hatte.

Ob Teddy morgen wohl zurückkäme? Oder vielleicht schon heute? Sie vermißte ihn. Brauchte ihn. Vielleicht würde er wieder etwas Ordnung in ihr Leben bringen.

Cat stand im Hauptraum des *Silver Slipper.* Der letzte Kunde war gegangen, das letzte Glas war gespült. Die Mädchen hatten sich in ihre Zimmer zurückgezogen. Auch Molly, die hinuntergekommen war, um auszuhelfen. Auch Molly vermißte Teddy.

Cat blickte sich in dem leeren Raum um und suchte den Trost, den sie oft in dem Wissen fand, daß das alles ihr gehörte. Die Stühle waren auf die Tische gestellt worden, damit der Fußboden gewischt werden konnte. Im Schein der einen Öllampe, die noch brannte, sahen sie aus wie Skelette, die einen makabren Tanz aufführten. Sie klammerte sich an der Tischkante fest.

Denk nicht daran. Denk nicht an die entsetzlichen Monate, nachdem James in das Messer gestürzt war. Mord. Mörderin. Sie war um ihr Leben gerannt ... hatte häufig den Namen gewechselt ... war von einem Saloon in den anderen gezogen, weil sie nicht gewußt hatte, wo sie sonst hätte hingehen sollen. Sie konnte ja noch nicht einmal lesen und schreiben. Aber sie hatte überall Schwierigkeiten gehabt. Ein betrunkener Minenarbeiter oder Kuhtreiber, der ein Nein als Antwort nicht hinnehmen wollte, hatte immer gereicht, und schon war es zu einem Kampf gekommen. In der Folge war sie aufgefordert worden, die Stadt zu verlassen, oder man hatte sie direkt in eine Kutsche verfrachtet.

Bis sie in einer Silbermine in Utah gelandet war ... und bei Ben Abbott. Ben war bereits Jahre zuvor wegen seiner kranken Lunge in den Westen gekommen, und außerdem hatte ihn das Gold gelockt. Er hatte jedoch bald festgestellt, daß seine schwache Gesundheit es ihm unmöglich machte, als Minenarbeiter zu arbeiten. Er hatte einfach nicht genügend Kraft, um Gold zu waschen, um stundenlang in der beißenden Kälte auszuharren. Also hatte er einen Saloon eröffnet und war den Minenarbeitern von einem Ort zum nächsten gefolgt, wobei er mehr Geld verdient hatte als die Goldsucher.

Als Cat im *Silver Slipper* in Alta, Utah, aufgetaucht war, einer Station, an der eine der Postkutschen hielt, in die sie verfrachtet worden war, hatte er ihr einen Job angeboten, obgleich sie von vornherein klarstellte, daß sie keinesfalls als Prostituierte arbeiten würde. Damals hatte sie sich Selina genannt. Ben war erst vierzig gewesen, aber er hatte mindestens zehn Jahre älter gewirkt mit seinem traurigen Blick und seinem heiseren Husten. Er hatte sie unter seine Fittiche genommen, ohne irgendeine Gegenleistung zu erwarten, und sie hatte erst ein Jahr später verstanden, warum, als er ihr erzählt hatte, daß sie dem Mädchen ähnelte, das er in Boston zurückgelassen hatte. Dem Mädchen, das gestorben war, während es darauf gewartet hatte, daß er es nachkommen ließ.

Er hatte ihr lesen und schreiben und, da sie ein gewisses Talent für Zahlen zeigte, auch Buchführung beigebracht. Er war ein gebildeter Mann gewesen, mit einem Diplom der Universität von Harvard, und sie merkte, daß es ihm Spaß machte, den Rohdiamanten, wie er es nannte, zu einem wahren Schmuckstück zu schleifen.

Aber sein Gesundheitszustand war zusehends schlechter geworden, trotz der kühlen, trockenen Bergluft. Aus Dankbarkeit für alles, was er ihr beigebracht hatte, hatte Cat ihn gepflegt und ihn schließlich auf seine Bitte hin geheiratet. Er wollte ihr seinen Besitz problemlos hinterlassen können.

Ben hatte von ihrer Vergangenheit und von ihrer Aversion gegen die körperlichen Aspekte des Ehelebens gewußt, und sie hatten die Ehe niemals vollzogen. Er war für solche Dinge auch viel zu krank gewesen. Er hatte in seinen letzten Tagen nur Gesellschaft und die Gewißheit haben wollen, daß nach seinem Tod für sie gesorgt war. Er hatte ihr den Saloon und etwas Geld hinterlassen, aber ohne ihn hatte sie keinen Schutz mehr gehabt in der

Minenstadt, die für ihre hohe Zahl von Morden und anderen Gewalttaten berüchtigt war. Also hatte sie beschlossen, den *Silver Slipper* zu verkaufen und an einen Ort zu ziehen, an dem sie niemand kannte.

Endstation der Postkutsche war San Francisco gewesen, und sie hatte ein altes Gebäude gefunden, in dem sie einen neuen Saloon eröffnen konnte. Ein anderes Metier beherrschte sie schließlich nicht. Sie hatte erneut ihren Namen geändert, dieses Mal in Catalina, weil ihr der Klang gefiel. Doch den Saloon hatte sie im Gedenken an Ben *Silver Slipper* getauft ...

Sie hatte schon damals gewußt, was sie wollte: Sie wollte das Lokal zu einem der beliebtesten Treffpunkte von San Francisco machen, es dann wieder verkaufen und sich an irgendeinen abgelegenen, schönen Ort zurückziehen. Einen sicheren Ort, an dem sie sich den Respekt verdienen könnte, den sie seit ihrer Kindheit suchte. Es war nicht leicht gewesen, aber sie hatte es geschafft.

Cat starrte hinüber zu den dunklen Fenstern des *Glory Hole.* Warum erschienen ihr Sicherheit und der Respekt der Leute nicht mehr so wichtig wie noch vor einem Monat?

Warum?

Ein Mann lehnte an der Wand des Gebäudes und beobachtete, wie hinter dem letzten Fenster des *Silver Slipper* das Licht verlosch.

Er hatte bereits vor langer Zeit gelernt, geduldig zu sein. Das war in seinem Beruf als Privatdetektiv unerläßlich.

Seine Finger schlossen sich um eins der Flugblätter, die er verteilt hatte. Jemand hatte ihm erzählt, daß das Mädchen, Mary Beth Adams, gesehen worden war, als es den Saloon betrat. Das machte in seinen Augen zwar keinen Sinn, aber er mußte der Spur trotzdem nachgehen.

Also war er heute abend in den *Silver Slipper* gegangen, hatte sich inmitten der zahlreichen anderen Männer an die Wand gelehnt und alle Mädchen, einschließlich der Tänzerinnen, eingehend gemustert. Auf keine von ihnen hatte die Beschreibung gepaßt.

Aber es war der erste Hinweis, den er überhaupt erhalten hatte.

Also würde er sich noch ein paar Tage hier herumdrücken. Er wurde schließlich nicht gerade schlecht bezahlt, und wenn er das Mädchen fand ... nun, die Prämie war beachtlich – sehr beachtlich.

KAPITEL 13

Die Unstimmigkeiten zwischen den Besitzern der beiden benachbarten Saloons, von denen bisher nur gerüchteweise die Rede war, traten bei der Cancan-Premiere im Silver Slipper *offen zutage.*

Taylor Canton und Catalina Hilliard brachen in einen Streit aus, in dessen Verlauf sogar mit einem Weinglas geworfen wurde. Anschließend verschwanden die beiden, und Mr. Canton verließ offensichtlich das Gebäude.

Die Auseinandersetzung fand während der Cancan-Aufführung statt. Der gewagte Tanz, der in Paris verboten ist, lockte ein großes Publikum an, von dem er begeistert aufgenommen wurde. Die französische Tanztruppe von Barnard Duvier hat ein zweiwöchiges Engagement im Silver Slipper, *während dessen sie allabendlich in Miss Hilliards Saloon auftreten wird.*

Mr. Canton hat vor kurzem das Glory Hole *wiedereröffnet, das dem berühmten* Silver Slipper *direkt gegenüberliegt. Das Lokal hatte seit seiner Gründung 1865 viermal den Besitzer gewechselt, bis es vor zwei Jahren, wie es schien, endgültig aufgegeben wurde. Mr. Canton hat jedoch versprochen, daß er den Saloon wieder ebenso beliebt machen will wie in seiner Glanzzeit Mitte der sechziger Jahre, und als Beweis seiner Entschlossenheit engagierte er Lotta Crabtree, um anläßlich der Wiedereröffnung des Lokals zu singen. Miss Hilliard ließ uns wissen, daß sie die Absicht hat, ihrem Konkurrenten in nichts nachzustehen, ihn vielmehr in allem, was er San Francisco an kultureller Unterhaltung zuteil werden läßt, zu überbieten.*

Ich glaube, es ist keine Übertreibung, wenn ich feststelle, daß ganz San Francisco das Duell der beiden mit größtem Interesse verfolgt.

Nachdem er den Artikel im *Globe* gelesen hatte, lehnte Marsh sich so weit auf seinem Stuhl zurück, daß dieser gefährlich auf den beiden hinteren Beinen schwankte. Die Leute sollten sich für das *Glory Hole* interessieren und nicht für ihn.

Himmel, er hoffte nur, daß niemand Marsh Canton, den Revolverhelden aus Colorado, mit Taylor Canton, dem Saloonbesitzer, in Verbindung brachte. Aber wer sollte das schon tun? Wer konnte das? Es sei denn, dieser verdammte Groschenroman tauchte irgendwo auf. Auf der Titelseite war eine Zeichnung von ihm, wenn auch keine besonders gute.

Er versuchte, sich zu entspannen. Die Geschichte war vor einem Jahr veröffentlicht worden. *Duell bei Sonnenuntergang.* Angeblich war es eine »wahre Geschichte« von einer bewaffneten Auseinandersetzung zwischen Lobo, dem Killer, der von Apachen aufgezogen worden war, und ihm selbst. Kein Wort davon stimmte. Es hatte zwar eine Schießerei gegeben, aber nicht zwischen Lobo und ihm. Und Lobo war auch nicht gestorben. Aber trotzdem war die Geschichte inzwischen zu einer regelrechten Legende geworden.

Marsh fragte sich, ob es seinem ehemaligen Konkurrenten wirklich gelungen war, die Waffe ganz abzulegen. Aber schließlich hatte Lobo keine andere Wahl gehabt; seine rechte Hand war inzwischen steif.

Er blickte auf seine eigene rechte Hand – auf die langen Finger. Die Hände eines Musikers, hatte seine Mutter gesagt. Die Hände eines Killers, hatten so viele andere behauptet.

Marsh entspannte sich und ließ den Stuhl wieder nach vorne kippen, während er die Zeitung zusammenlegte. Er hörte, wie die Tür aufgeschlossen wurde. Hugh. Es mußte also kurz vor elf sein. Das Küchenpersonal würde bald kommen, um das Mittagessen vorzubereiten. Er erinnerte sich an Catalinas Ausrutscher, als sie gestern abend Hugh erwähnt hatte. Verdammt, er erinnerte sich an zu viele Dinge, vor allem daran, wie sie sich angefühlt hatte, als sie in seinen Armen lag.

Aber jetzt mußte er sich erst einmal über Hugh Gedanken machen. Er merkte, wie sich seine Miene anspannte, als erneut die Enttäuschung über den Mann in ihm aufwallte. Wie sollte er es anstellen, um Hugh O'Connell für seine Zwecke zu benutzen?

Als Hugh den Raum betrat, nickte Marsh ihm zu.

»Hugh«, sagte er. »Pünktlich wie immer.« Seine Stimme klang herzlich. Dafür sorgte er.

»Mr. Canton. Wir hatten einen guten Umsatz gestern abend, trotz –«

»Ich weiß«, sagte Marsh. »Ich habe die Belege durchgesehen. Vielleicht machen wir diesen Monat sogar ein Plus.«

Hugh lächelte. »Miss Jenny ist wirklich gut, aber sie hat gesagt, daß sie Sie vermißt hat.«

»Ich hätte angenommen, daß sie froh ist, ihren alten Begleiter wiederzuhaben.«

»Sie meinte, niemand ist so gut wie Sie, Sir.«

Hugh nahm seinen Hut ab. »Und das denke ich auch, Mr. Canton.«

Marsh zuckte mit den Schultern und schob ihm die Zeitung hinüber. »Wir stehen mal wieder in der Zeitung.«

Hugh las den Artikel, und sein Lächeln legte sich. Er sah besorgt aus.

Marsh beobachtete ihn genau. »Ganz so war es nicht«, sagte er. »Miss Hilliard hat zufällig ein Glas umgestoßen und sich freundlicherweise bereit erklärt, meine Kleider zu reinigen.«

Hugh schwieg.

»Interessante Frau«, sagte Marsh. »Kennen Sie sie?«

Hugh erstarrte. Wenigstens war er kein guter Lügner, dachte Marsh.

»Ich war schon mal im *Silver Slipper*«, sagte Hugh schließlich.

»Sie ist wunderbar, nicht wahr? Vielleicht nicht ganz ehrlich, aber trotzdem …«

Hugh trat von einem Bein aufs andere. »Ich weiß nicht besonders viel über sie.«

»Das tut anscheinend niemand«, erwiderte Marsh lakonisch. »Doch ich habe vor, sie etwas besser kennenzulernen.«

Teddy ging zur Oakland Bank für Farmer und Kaufleute. Es war an der Zeit, den Mann kennenzulernen, der die Frau namens Mary Beth suchen ließ. Er hatte fünf Tage in der Stadt verbracht und so gut wie nichts herausbekommen.

Er wußte, daß Edwin Adams seit sieben Jahren Witwer war und daß er als Präsident einer der erfolgreichsten Banken Oaklands fungierte. Soweit Teddy wußte, war er ein prüder, aufrechter Familienvater, ein Stützpfeiler der Kirche.

Wann immer er nach Adams gefragt hatte, war von den Tragödien die Rede gewesen, die dieser erlitten hatte: eine Frau, die jahrelang bettlägerig gewesen war, eine Tochter, die verschwunden war, von der aber ansonsten niemand etwas Genaueres zu wissen schien.

Das Ganze ergab keinen Sinn. Warum sollte Molly – Mary Beth – ein schönes Zuhause verlassen? Warum war sie so verängstigt? Warum konnte sie nicht zu ihrem Vater zurückkehren?

Teddy hatte eine gute Menschenkenntnis. Die bekam man in einem Saloon. Ein guter Barkeeper erkannte die Unruhestifter, die Gäste, die aggressiv wurden, wenn sie tranken, diejenigen, die ihre Rechnung nicht bezahlten, sofort. Er wußte, daß sein Äußeres täuschte, daß die Leute ihm keine große Beachtung schenkten; das gab ihm die Möglichkeit, sie unauffällig zu beobachten. Er hatte überlegt, wie er es am besten anstellen sollte, Edwin Adams kennenzulernen, um sich ein Bild von ihm zu machen.

Jetzt straffte er die Schultern und betrat die Bank.

Der Mann hinter dem Schalter beäugte ihn durch dicke Brillengläser. »Kann ich etwas für Sie tun, Sir?«

Teddy ging zu ihm hinüber. »Ich denke daran, eine Farm hier in der Gegend zu kaufen«, sagte er. »Auf dem Schild vor Ihrer Bank steht, daß Sie für Farmer da sind, und ich frage mich, ob man bei Ihnen einen Kredit für den Kauf einer Farm kriegen kann.«

Der Mann musterte sein Gegenüber, das zerschundene Gesicht, die kräftige Statur, den schlechtsitzenden Anzug. »Haben sie irgendwelche Sicherheiten?« Er bedachte Teddy mit einem herablassenden Blick, der verriet, daß er bezweifelte, daß er überhaupt wußte, was das Wort bedeutete.

»Sicherheiten?« wiederholte Teddy, obwohl er genau wußte, wovon die Rede war. Er hatte bei Miss Catalina eine Menge gelernt. »Ich hab' was beiseite gelegt, wenn Sie das meinen. Hab' mal als Goldsucher gearbeitet. Aber dann war da nichts mehr zu holen, und jetzt will ich wieder als Farmer arbeiten. Ich hab' genug, um das Grundstück zu kaufen, aber ich weiß nich', ob es noch für Saatgut und Tiere reicht.«

Die Haltung des Bankangestellten veränderte sich leicht, er zog fragend die Braue hoch. »Wo ist die Farm, die Sie im Auge haben?«

»Zehn Meilen nördlich von hier. Die Alvin Becker Farm«, sagte Teddy. Er hatte die Verkaufsanzeige in der Lokalzeitung entdeckt.

Der Mann schien immer noch zu zweifeln. Die Becker Farm war ziemlich groß. Teddy konnte beinahe sehen, wie es in dem Kerl arbeitete, wie er rechnete, wie er seinen ersten Eindruck von ihm korrigierte.

»Ich möchte mit dem Bankpräsidenten sprechen«, sagte Teddy und reckte entschlossen das Kinn.

»Ich bin sein Stellvertreter, Frank Reed. Ich kann Ihnen auch helfen, Sir«, sagte der Mann plötzlich viel freundlicher.

Jetzt war die Reihe an Teddy, sein Gegenüber arrogant zu mustern. »Ich spreche nur mit dem Präsidenten selbst«, sagte er.

Der Angestellte wiegte den Kopf. »Ich werde sehen, was sich machen läßt«, sagte er und erhob sich. Er ging nach hinten, klopfte an die Tür eines Büros und sprach kurz mit jemandem, ehe er zurückkam und auf seine Taschenuhr blickte. »Mr. Adams hat kurz Zeit für Sie. Aber um zwölf hat er eine Verabredung.«

Teddy ging schwerfällig hinüber in das Büro. Überrascht stellte er fest, daß der Bankpräsident sich höflich erhob und ihn mit einem freundlichen Lächeln bedachte, als er den Raum betrat. »Wie ich höre, haben Sie die Absicht, die Becker Farm zu kaufen. Ein gutes Stück Land, Mr. ...«

»Stanton«, sagte Teddy. »Theodore Stanton.«

»Nehmen sie Platz, Mr. Stanton«, sagte der Mann. »Ich fürchte, ich habe gleich noch einen Termin, aber ein paar Minuten kann ich für Sie erübrigen.«

Überrascht setzte Teddy sich. Der Mann war die Herzlichkeit in Person, er hatte ein breites Lächeln aufgesetzt, und sein Bart war ordentlich gestutzt, aber seine blassen blaugrauen Augen ließen Teddy erschauern.

So, wie er sich einen Goldsucher oder einen Farmer in Gegenwart eines Bankbeamten vorstellte, saß Teddy gekrümmt auf seinem Stuhl. »Ich habe mich gefragt … wenn ich die Becker Farm kaufe … kann ich dann bei Ihnen einen Kredit kriegen? Ich hab' schon von Banken gehört, die plötzlich Pleite machen.«

»Über was für eine Summe sprechen wir, Mr. Stanton?« Adams' Augen glänzten jetzt.

Teddy zuckte zusammen wie jemand, der nur ungern mit einem Menschen, den er nicht kannte, über persönliche Dinge sprach. »Genug«, sagte er zögernd.

»Natürlich ist es bei uns in guten Händen. Wir sind die sicherste Bank in ganz Oakland.« Die Behauptung klang selbstgefällig, nicht stolz, und Teddy bemerkte den Unterschied. »Wir sind sehr stabil. Fragen Sie, wen Sie wollen.«

»Ich will einfach wissen, mit wem ich es zu tun habe.«

Das Lächeln des Mannes wurde etwas schwächer. »Was möchten Sie wissen, Mr. Stanton?«

»Nun, sind Sie verantwortungsbewußt? Haben Sie zum Beispiel eine Familie? Ich selbst hab' eine ziemlich große«, log Teddy.

»Tja, nun,« sagte der Bankier. »Ich habe eine Tochter. Meine Frau ist vor sieben Jahren gestorben, und ich habe es nicht über mich gebracht, noch einmal zu heiraten.«

»Eine Tochter? Ich hab' auch eine. Sie is' jetzt achtzehn. Mein ganzer Stolz.«

Adams versuchte zu lächeln, aber Teddy erschauerte noch mehr als zuvor. Irgend etwas Seltsames blitzte in den Augen des Mannes auf, ein Glitzern, das an einen Verrückten erinnerte. Dies war nicht der Blick eines Mannes, der den Verlust seiner Tochter betrauerte. Dies war der Blick eines Besessenen.

Der Bankier spielte nervös mit seiner goldenen Taschenuhr. »Wenn Sie mich jetzt bitte entschuldigen wollen, Mr. Stanton. Termine, Sie verstehen.«

Teddy erhob sich und ergriff die ausgestreckte Hand des Mannes. Sie war eigenartig schlaff. »Ich komme wieder, Mr. Adams.«

Marsh verbrachte vier Tage damit, seine weiblichen Croupiers anzuheuern und einzuweisen. Er stellte insgesamt acht Mädchen ein, so daß täglich vom frühen Nachmittag bis Geschäftsschluß sechs von ihnen arbeiten konnten. Er traf eine sorgfältige Auswahl, wobei das Aussehen der Bewerberinnen nicht so wichtig war wie ihre Intelligenz und ihr Charakter. Er wollte kein Falschspiel. Aber seine Geberinnen waren alle durchaus attraktiv, und er machte ihnen klar, daß jede Übertretung der Regeln die umgehende Entlassung zur Folge hätte. Hugh, der ein paar von seinen irischen Freunden überzeugt hatte, daß ihre Töchter im *Glory Hole* gut aufgehoben waren, war derjenige, der meinte, die Kleider der jungen Damen sollten nicht so aufreizend sein.

Marsh zahlte gut. Die Einnahmen waren erheblich höher als erwartet. Als das *Glory Hole* geöffnet hatte, waren seine finanziellen Möglichkeiten so gut wie erschöpft gewesen, aber jetzt sah es trotz der hohen Unkosten wieder wesentlich besser aus. Endlich kreisten seine Gedanken einmal um etwas anderes als den Tod.

Es war alles andere als einfach, den acht Frauen Roulette, Blackjack und Poker beizubringen. Marsh stellte fest, daß diese Aufgabe eine gänzlich andere Art von Geduld erforderte als das stundenlange einsame Warten auf einen gegnerischen Killer.

Wenn sein Blick hin und wieder zur Tür und zum *Silver Slipper* hinüberwanderte, rief er sich schleunigst zur Ordnung. Die gegenseitige Anziehungskraft, die er und seine Nachbarin aufeinander ausübten, konnte einfach nichts Gutes bewirken. Nach dem Abend der Cancan-Premiere hatte er angefangen, seine ursprüngliche Vorstellung, daß es ausreichen würde, mit Catalina ins Bett zu gehen, um seiner wachsenden Besessenheit von dieser Frau ein Ende zu machen, in Frage zu stellen.

Es wäre wohl das beste, vorsichtige Distanz zu wahren, zumindest, bis das *Glory Hole,* die zweite Sache, von der er besessen war, sich vollkommen etabliert hatte.

Also hatte er seine gesamte Energie auf das Anheuern und Anlernen der Mädchen und auf die Bücher verwendet. Er hatte schon immer ein Talent für Zahlen gehabt, und er stellte fest, daß ihm die geistige Anforderung der Buchführung Spaß machte. Es war lange her, daß er zum letzten Mal irgendeine andere Fähigkeit als seinen Instinkt angewandt hatte, und jetzt verspürte er wieder das eigenartige Verlustgefühl, das ihn in letzter Zeit regelmäßig plagte. Er erinnerte sich an die juristische Fakultät, an die geistige Herausforderung und welches Vergnügen er beim Lösen kniffliger Fälle empfunden hatte. In den Jahren danach hatte er so viel von sich verdrängt, doch jetzt bekam der innere Schutzwall Risse, und er entdeckte darunter Teile seiner selbst.

Wie um jede Veränderung zu leugnen, nahm er sich jedoch allmorgendlich ein paar Stunden Zeit, in denen er in die Berge ritt, mit dem Colt trainierte und sich daran erinnerte, daß die Waffe immer noch Teil von ihm war, daß sie ihn zu dem gemacht hatte, was er geworden war. Das zu vergessen hätte geheißen, die letzten zwanzig Jahre zu verleugnen, und das konnte er nicht. Ebensowenig wie er niemals die Gefahr vergessen durfte, die wegen dieser zwanzig Jahre auf ihn lauerte.

Eins der Mädchen, das gerade einen Stapel Karten mischte, fing seinen Blick auf, und die Karten flogen in zweiundfünfzig verschiedene Richtungen. Sie errötete, und er bedachte sie mit einem beruhigenden Lächeln. »Es wird schon werden«, versicherte er ihr. Versetzte er junge Mädchen wirklich derart in Angst und Schrecken?

Er stand auf. Er brauchte frische Luft, brauchte Abstand von den schmachtenden Blicken seiner Schülerinnen. Er hatte versucht, ihnen klarzumachen, daß sein einziges Interesse an ihnen darin bestand, sie als Geberinnen auszubilden. Aber es ließ sich nicht leugnen, daß einige von ihnen sich anscheinend mehr erhofften. Und die Lady auf der anderen Straßenseite hatte auf jeden Fall bewirkt, daß seine männliche Ausstrahlung noch stärker geworden war.

Als Marsh die Tür erreichte, sah er den Mann, der an der Wand des Gebäudes lehnte. Der Kerl trieb sich bereits seit mehreren Tagen hier herum. Sein Blick wanderte beständig hinüber zum *Silver Slipper,* und jedesmal, wenn er in das *Glory Hole* kam, um etwas zu trinken, suchte er sich einen Tisch am Fenster.

Irgend etwas an dem Mann machte Marsh stutzig. Er hatte etwas Verstohlenes an sich. Marsh sah sich den Typen etwas genauer an. Dunkelbraunes, glatt zurückgekämmtes Haar. Koteletten, die geschnitten werden müßten. Braun-gelb karierter Anzug, der die Einfachheit und den schlechten Sitz von billiger Konfektionsware hatte.

Marsh sagte sich, daß ihn die Sache nichts anging. Der Mann spionierte offensichtlich den *Silver Slipper* aus, und nicht das *Glory Hole.* Alles, was für seine Nachbarin schlecht war, war gut für ihn. Das wollte er schließlich, oder nicht? Catalina Hilliard hatte es nicht anders verdient. Wem hatte er es denn zu verdanken, daß er ins Gefängnis geworfen worden war?

Trotzdem ... einen gewissen Beschützerinstinkt ihr gegenüber konnte er einfach nicht leugnen. Außerdem war das hier *sein* Kampf. *Seine* Rache. Das ging niemanden etwas an, verdammt.

Er wollte nicht, daß irgend jemand etwas zerstörte, das ihm gehörte.

Er ging hinüber in den *Silver Slipper.*

* * *

Der stämmige Mann, der normalerweise hinter der Theke stand, war immer noch nicht zurück. Aber Catalina war da.

Marsh ging an den Tresen, stellte seinen Fuß auf die lange Messingfußleiste und musterte sie eingehend. Sie war bei Tageslicht genauso hübsch wie beim Schein einer Öllampe. Nie zuvor hatte er derart leuchtende Augen gesehen. Und wenn er es nicht besser gewußt hätte, hätte er sich direkt einbilden können, daß sie ihn freundlich grüßten.

»Whisky«, sagte er gebieterisch.

»Ist unser Whisky besser als Ihrer?« Sie bedachte ihn mit einem spöttischen Lächeln.

»Höre ich da bei aller Gastfreundschaft vielleicht einen gewissen ... Sarkasmus?«

»Sarkasmus?«

»Scharf ... schmerzhaft«, erklärte er mit einem leichten Lächeln.

»Warum kommen Sie dann herüber und tun sich das an?«

»Das frage ich mich auch gerade.«

»Was sollen nur Ihre Kunden denken, wenn selbst Sie dem *Silver Slipper* den Vorzug geben?«

»Soll das heißen, daß ich besser wieder gehe?«

»Oh, nein, ich nehme gerne Ihr Geld.«

Marsh warf eine Münze auf den Tresen. »Ich versuche lediglich, ein guter Nachbar zu sein.«

»Sie?« fragte sie ungläubig.

»Ich dachte, Sie wüßten vielleicht gern, daß da drüben jemand steht, der ein ungewöhnliches Interesse am *Silver Slipper* zeigt.«

Catalinas Blick wanderte eilig zur Tür und dann wieder zu Marsh. »Und weshalb sollte *Ihnen* das etwas ausmachen?«

»Ich habe meine eigenen Pläne mit dem *Silver Slipper*«, sagte er. »Und es gefällt mir nicht, wenn mir jemand dabei in die Quere kommt.«

»Wie nett von Ihnen«, sagte sie spitz, aber sie ging trotzdem zum Fenster hinüber und sah sich den Mann an, der an der Wand des *Glory Hole* lehnte. »Ist das einer von Ihren Schlägern?«

»*Ich* heuere keine Schläger an.«

Catalina verkniff sich eine Bemerkung. Sie musterte den Mann eingehender. Jetzt, da Canton es sagte, fiel ihr ein, daß sie den Kerl vorher schon einmal gesehen hatte. Sie hätte merken sollen, daß er immer noch in der Gegend herumlungerte, aber im Augenblick war sie einfach zu sehr mit anderen Dingen beschäftigt. Sie wandte sich wieder an Canton. »Seit wann?«

»Seit wann was?« fragte er unschuldig.

»Seit wann steht er da?«

»Ich habe ihn gestern abend bemerkt, als ich abgeschlossen habe, und dann wieder heute morgen. Vorhin hat er auch etwas bei mir getrunken.«

Sie nagte an ihrer Unterlippe. Eine liebenswerte Eigenschaft, dachte Marsh. Und so vollkommen untypisch. Er wußte, daß sie es haßte, auch nur die geringste Unsicherheit zu zeigen – der Welt oder ihm.

Sie ging zurück hinter die Theke und schob ihm seine Münze wieder zu. »Der Drink geht aufs Haus«, sagte sie, als habe sie gerade einen Entschluß gefaßt. Einen anderen Dank würde Marsh wohl kaum bekommen. Er nickte.

»Und schicken Sie mir die Rechnung für den Anzug«, sagte sie, als sei ihr das gerade noch eingefallen.

Er zuckte mit den Schultern. »Nicht nötig. Ihr Cancan hat mir schließlich auch zahlende Gäste beschert.«

Cat zögerte. Sie war sich nicht sicher, daß sie seinen Aufenthalt in ihrem Lokal noch verlängern wollte, aber genausowenig wollte sie, daß er ging. Er hatte noch irgendeinen Trumpf im Ärmel. Das wußte sie. Weshalb hätte er sie sonst vor dem Fremden warnen sollen?

»Wie ich höre, haben Sie weibliche Croupiers.«

»In dieser Stadt bleibt wirklich nichts geheim.«

»Ja, nicht wahr?«

Ihre Blicke trafen sich. Sie verspürte erneut die Unruhe, die jedesmal in seiner Gegenwart in ihr aufkam.

Sein Blick wanderte durch den Raum. »Ich habe Ihren Barkeeper gar nicht gesehen … den großen Kerl.«

Merkte er denn immer alles? Sie nahm es an. »Er ist für ein paar Tage … geschäftlich … unterwegs.« Und als Marsh die Schultern straffte, fügte sie eilig hinzu: »Es hat nichts mit Ihnen zu tun.«

»Wie nett von Ihnen, mich zu beruhigen«, sagte er mit beißender Stimme.

»Ja, nicht wahr?« schnurrte sie. »Wenn Sie mich jetzt bitte entschuldigen. Ich habe noch zu tun. Wir erwarten heute abend zahlreiche Gäste.«

»Ah, genau wie das *Glory Hole.* Die Leute spielen gern ein bißchen, ehe sie sich den Cancan ansehen. Erinnern Sie mich daran, Ihnen eines Tages entsprechend dafür zu danken.«

»Man hilft seinen Nachbarn doch immer gern«, flötete sie.

»Sehen Sie, genau deshalb werde ich auch unseren neugierigen Freund da draußen ein wenig im Auge behalten.«

Sie zuckte mit den Schultern und hoffte, gleichgültig zu erscheinen, obwohl sie sich viel größere Sorgen machte, als er wissen konnte. Sie hatte schließlich eine Vergangenheit. Sie war schließlich eine Mörderin. Und ein Teil ihrer selbst lebte in ständiger Angst vor der Entdeckung.

»Wie Sie wollen«, sagte sie und wandte sich ab. Dies war eine abrupte und wirksame Beendigung ihres Gesprächs.

Er grinste. Sie beherrschte das Timing ihrer Auftritte besser als jeder andere. Doch sein Grinsen legte sich, als er sah, wie sie verstohlen die Faust ballte. Miss Catalina Hilliard war also bei weitem nicht so gleichgültig, wie sie erscheinen wollte.

Er fragte sich, ob das an dem Mann draußen lag. Oder an ihm.

Auf jeden Fall war es interessant. Er grüßte knapp und verließ das Lokal. Vielleicht sollte er selbst ein paar Nachforschungen anstellen.

KAPITEL 14

Später sah Cat den Mann in dem karierten Anzug noch einmal. Er kam in den *Silver Slipper,* setzte sich an einen Tisch in der Nähe der Tür und bestellte ein Bier. Sein Blick durchstreifte den Raum, als suche er jemanden.

Sie stellte das Bier auf den Tisch und blieb kurz stehen. »Sie sind neu hier«, sagte sie so freundlich sie konnte.

Er zuckte mit den Schultern, setzte das Glas an die Lippen und nippte daran.

»Sind Sie hier aus der Gegend?« Cat ließ nicht locker. Sie zwang ihrer Stimme eine gewisse Hitze auf, eine tiefe Heiserkeit, die normalerweise alle Männer dazu brachte, ihr jeden Wunsch zu erfüllen.

»Oakland.«

»Und, geschäftlich unterwegs?«

»Hören Sie, Miss, wenn es Ihnen nichts ausmacht, würde ich gern in Ruhe mein Bier trinken.«

Cat zuckte mit den Schultern. »Wie Sie woll'n, Mister. Falls Sie irgend etwas brauchen, ich bin Catalina Hilliard. Mir gehört der *Silver Slipper.*«

»Sie sind die Besitzerin?« fragte er. Sein Blick wanderte hinab, und Cat entdeckte ein zusammengefaltetes Stück Papier, das aus seiner Jackentasche ragte. Einen Augenblick wirkte er unentschlossen, doch dann schüttelte er den Kopf. »Nur das Bier.«

Cat ging zurück an die Theke. »Behalt den Kerl ein bißchen im Auge«, sagte sie dem Barkeeper. »Und sag mir Bescheid, wenn er geht.«

Sie beschloß, nach oben zu gehen und die Abrechnungen zu machen. Das Auftauchen des Mannes hatte ihr einen leichten Schrecken eingejagt, und sie hatte das Gefühl, als müsse sie sich jetzt auf etwas Sauberes und Ordentliches konzentrieren, etwas, bei dem sie eindeutige Ergebnisse und Antworten bekam. Unterwegs blieb sie spontan vor Mollys Tür stehen und klopfte an.

»Ich bin's, Catalina.«

Die Tür wurde geöffnet, und vor ihr stand das Mädchen. Ihre langen hellbraunen Haare fielen ihr lose über die Schultern, und sie sah unglaublich jung aus. Das zögernde Lächeln, das sie Catalina schenkte, schmerzte richtiggehend. Cat fühlte sich plötzlich uralt.

Sie sah sich in dem Zimmer um, das Molly so gut wie nie verließ, und fragte sich, ob es ihr nicht wie ein Gefängnis vorkam.

»Ist Teddy zurück?« kam die schüchterne Frage des Mädchens.

Cat schüttelte den Kopf. Allmählich begann sie, sich Sorgen zu machen.

Sie sah, wie die Hoffnung im Gesicht des Mädchens verflog, und hatte selbst das Gefühl, als fehle ihr etwas. Sie wünschte, Molly würde mit ihr sprechen, aber sie schien nur Teddy zu vertrauen. Vielleicht erkannte auch Molly seine angeborene Sanftheit, die Cat bereits vor Jahren an ihm bemerkt hatte.

»Ich wollte mich gerade an die Bücher machen«, sagte sie, »aber es ist so ein herrlicher Tag, daß ich vielleicht lieber eine Kutschfahrt zu den Klippen mache und die Robben beobachte. Hättest du Lust, mich zu begleiten?«

Molly lächelte und nickte.

»Dann werde ich also eine Kutsche bestellen«, sagte Cat, die sich über Mollys Lächeln freute. Cat brauchte selbst ein bißchen Abstand von allem, sie sehnte sich danach, die kühle Brise des Meeres zu spüren und das Spiel der Wellen zu beobachten. Auf geheimnisvolle Weise schien ihr das immer wieder neue Kraft zu geben. Und die brauchte sie im Augenblick. Sie mußte Canton vergessen, mußte dem Wissen für eine Weile entfliehen, daß er immer nur wenige Schritte von ihr entfernt war.

Ein Teil von ihr wäre am liebsten fortgelaufen. Wieder einmal.

Aber sie hatte es aufgegeben zu fliehen.

Der letzte Gedanke gab ihr plötzlich das Gefühl, frei zu sein. Frei und jung. Sie hüpfte beinahe, als sie die Treppe hinunterging und Harry sagte, daß er jemanden nach einer Kutsche schicken sollte. Als sie sah, daß der Kerl in dem karierten Anzug sein Bier austrank und zur Tür ging, verspürte sie eine gewisse Erleichterung.

Nachdem sie für sich ein Umhängetuch und für Molly einen Umhang geholt hatte, klopfte sie an die Tür des Mädchens. Dann gingen sie beide durch die Vordertür des *Silver Slipper* und bestiegen die wartende Kutsche.

Als sie Molly gegenüber Platz nahm, fiel ihr eine andere Spazierfahrt ein, die sie erst vor wenigen Tagen unternommen hatte. Der Gedanke dämpfte ihre Begeisterung ein wenig. Sie sehnte sich nach Cantons überwältigender, männlicher Gegenwart, doch dann verbannte sie diesen Gedanken und warf Molly ein Lächeln zu.

Schließlich blieb das Gefährt stehen, und der Kutscher sprang ab, um ihnen hinauszuhelfen. Catalina führte Molly an den Rand der Klippe. Auf den darunterliegenden Felsen lebte eine Robbenkolonie. Es war nicht derselbe Platz wie der, an den Canton sie geführt hatte; sie hatte Angst vor den Gefühlen, die die Erinnerung daran in ihr wachrufen würde.

Molly entspannte sich, als sie das Spiel der Tiere beobachtete, die von den Felsen glitten, um einen Fisch zu jagen, oder sich einfach die Sonne auf den Pelz scheinen ließen und träge mit den

Flossen klatschten. Sie waren so frei. Sie wußten nichts von den Gefahren, die sie umgaben. Plötzlich zitterte sie trotz der Sonne.

»Kalt?« fragte Cat.

Molly schüttelte den Kopf.

Cat seufzte. Sie hatte gehofft, daß Molly mit ihr sprechen würde, daß sie ihr sagen würde, wovor sie solche Angst hatte. Aber sie wußte auch, wie schwierig es war, sich einem anderen Menschen anzuvertrauen, und daß man Vertrauen nicht erzwingen konnte. Cat hatte nur einem Menschen jemals einen kleinen Teil ihrer Vergangenheit gebeichtet, und das erst nach Jahren. »Ich habe gedacht«, begann sie vorsichtig, »da du doch so gut nähen kannst, solltest du vielleicht eine kleine Näherei aufmachen.«

Molly riß die Augen auf. »Aber ich kann nicht ... ich ... ich habe doch gar kein Geld.«

»Meine Schneiderin sagt, daß sie jemanden braucht, der ihr hilft. Vielleicht könntest du ja zunächst für sie arbeiten, um alles Erforderliche zu lernen. Der *Silver Slipper* ist nicht der richtige Ort für dich.«

Mollys Lippen zitterten. »Ich ... ich will nicht weg.«

»Dann mußt du auch nicht gehen. Aber denk drüber nach.« Mit einer für sie ungewohnten Spontaneität legte sie dem Mädchen den Arm um die Schulter und führte sie zurück zur Kutsche. Und zum *Silver Slipper.*

Marsh murmelte etwas Unverständliches. Es ging ihn schließlich nichts an.

Er war zur Tür gegangen, als Cat und das junge Mädchen, das er am ersten Abend im *Silver Slipper* getroffen hatte, heimlich in die Kutsche gestiegen waren. Der Mann in dem karierten Anzug lungerte wie gewöhnlich irgendwo im Halbschatten herum.

Das Murmeln wurde zu einem Fluch. Himmel, er war schließlich kein bezahlter Killer mehr. Er brauchte niemanden zu beschützen. Und er hatte Catalina Hilliard gewarnt, obgleich er annahm, daß sie seine Warnung nicht ernst nahm. Zur Hölle mit der ganzen Sache. Sie paßte offensichtlich bereits seit langer Zeit auf sich selbst auf. Und zwar gut.

Zumindest folgte der Kerl der Kutsche nicht.

Marsh ging hinter den Tresen, schenkte sich ein Glas Whisky ein und leerte es in einem einzigen Zug. Verdammt, das Zeug schmeckte wie Gift.

Im *Glory Hole* herrschte reger Betrieb, vor allem an den Spieltischen. Er sollte zufrieden sein, aber alles, was er empfand, war eine nagende Besorgnis, die er nicht verstand.

Zu seiner Linken ertönte ein tiefes Knurren, und er sah, daß Win die Zähne bleckte, als einer der Gäste ihm zu nahe kam. Es wäre besser, den verdammten Hund tagsüber rauszuwerfen, aber das brachte er einfach nicht über sich. Winchester war so etwas wie sein ständiger Begleiter geworden, obgleich er sich immer noch nicht von ihm anfassen ließ.

Wie Catalina.

Nun, nicht ganz wie sie. Catalina tolerierte seine Berührungen durchaus bis zu einem bestimmten Punkt.

Sie tolerierte sie. Nun, vielleicht mehr als das, aber schließlich ...

Seine Gedanken kehrten zu dem Fremden zurück. Sollte er Cat erzählen, daß der Mann sich immer noch für den *Silver Slipper* interessierte?

Er beschloß, nichts zu sagen. Sie hatte ihm ja schon beim ersten Mal nicht geglaubt. Warum sollte sie es dann jetzt tun?

Aber es würde nichts schaden, wenn er den Kerl im Auge behielt. Vielleicht könnte er ihm ja sogar ein paar Informationen über seine Gegenspielerin geben ...

Dieser Gedanke freute ihn nicht so, wie er es hätte tun sollen.

Was, in aller Welt, war nur mit ihm los?

Er würde noch einmal ausreiten, und er würde noch einmal Schießen üben. Das war das einzig Sichere in seinem Leben. Die einzige Sache, die er besser konnte als irgend jemand anders.

Er verließ den Saloon, ging hinüber zum Stall, sattelte sein Pferd und ritt los. Als er vielleicht fünfzehn Minuten unterwegs war, merkte er, daß er nicht in die Berge ritt, wo er für gewöhnlich seine Schießübungen machte; er ritt in Richtung der Stelle, die er mit Catalina besucht hatte – die Stelle, an der er seiner zunehmenden Einsamkeit vielleicht entfliehen konnte, der Isolation, die ihn zuvor nie gestört hatte, die ihn jetzt jedoch aufzufressen drohte.

Geh nicht dorthin, sagte er sich.

Aber er ritt weiter, getrieben von einem Gefühl, das er nicht erklären konnte.

Calvin Tucker befühlte die Scheine. Er hatte Adams gerade erzählt, wo seine Tochter war.

»Haben Sie mit ihr gesprochen?«

Calvin schüttelte den Kopf. »Ich wußte nicht, ob Sie das wollten. Sie haben nur etwas von Informationen gesagt.«

»Sie haben Ihre Sache gut gemacht, Tucker. Und ich möchte, daß Sie noch etwas für mich tun.«

Calvin gefiel der Ausdruck in den Augen von Edwin Adams nicht. Aber ihm gefiel das Geld des Mannes. Das gefiel ihm sogar sehr gut.

»Stets zu Ihren Diensten, Mr. Adams«, sagte er und versuchte, nicht allzusehr wie der ehemalige Polizist zu klingen, der er war. Er war gefeuert worden, als seine Vorgesetzten von den Schmiergeldern erfahren hatten, die er angenommen hatte, ohne ihnen einen entsprechenden Anteil abzugeben.

»Ich will, daß Sie sie zu mir zurückbringen.«

Calvin wippte auf den Fußspitzen. »Sie wird offenbar nicht gegen ihren Willen dort festgehalten«, sagte er. »Was, wenn sie nicht mitkommen will?« Insgeheim hatte er sich bereits gefragt, weshalb das Mädchen wohl ihr reiches Zuhause gegen einen Saloon eingetauscht hatte, mochte das Lokal auch noch so renommiert sein.

»Sie ist immer noch meine Tochter«, sagte Adams mit eisiger Stimme. »Es ist vollkommen egal, was sie will.« Er machte eine bedeutungsvolle Pause. »Sie kriegen von mir fünftausend Dollar, wenn Sie sie nach Hause bringen.«

Calvin zögerte. »Vielleicht muß ich ein paar Helfer anheuern.«

Der Bankier fuhr mit einem Drehstuhl herum und beugte sich hinunter zu einem Safe. Seine Finger drehten an dem Zahlenschloß, griffen hinein und zogen einen weiteren Stapel an Scheinen hervor. Er zählte einen Betrag ab, schob den Rest wieder in den Safe und schloß die Tür.

Dann richtete er sich wieder auf und hielt Calvin die Scheine hin. »Plus zweihundert für irgendwelche Helfer. Und ich erwarte Ergebnisse.«

»Ja, Sir«, sagte Calvin. Er hatte das Gefühl, als hätte er soeben das große Los gezogen. Ein paar Schlägertypen würde er für weniger als fünfzig Dollar finden. Er begann, im Geiste alles zusammenzuzählen: eintausend für die Information, fünftausend für das Mädchen und jetzt noch mal hundertfünfzig extra.

»Und ich erwarte Diskretion«, fügte der Bankier hinzu. »Niemand darf irgend etwas davon erfahren.«

Calvin nickte. Er würde die anderen Typen nur benutzen, um sich das Mädchen zu schnappen, und dann würde er sie höchstpersönlich zurückbringen.

»Also, machen Sie sich an die Arbeit«, sagte Adams. »Ich erwarte Sie noch diese Woche.«

Calvin tippte sich an den Hut. »Ich werde sie Ihnen bringen«, sagte er selbstbewußt, ehe er hocherhobenen Hauptes den Raum verließ.

Teddy kam am Tag nach der Spazierfahrt zurück. Er betrat die Küche, als Cat, Molly, Wilhelmina und zwei andere Mädchen gerade das Mittagessen vorbereiteten.

Er wirkte erleichtert, als er sie alle wohlbehalten vor sich sah, und dann blieb sein Blick an Molly hängen. Der Ausdruck der Erleichterung wich einem Lächeln – einem süßen, beschützenden Lächeln.

Cat sah ihn fragend an. »Ich bin froh, daß du wieder da bist.«

Teddy ließ Molly nicht einen Moment aus den Augen. »Irgendwelche Probleme?«

Ein ganz großes auf der anderen Straßenseite, hätte Cat am liebsten gesagt, aber dann verkniff sie sich die Bemerkung. Canton war schließlich *ihr* Problem.

Sie schüttelte den Kopf.

»Und der Cancan?«

»Ein Riesenerfolg. Das Lokal ist jeden Abend zum Bersten voll.«

»Und das *Glory Hole?*«

Sie zuckte mit den Schultern. »Steht noch.«

»Das habe ich bemerkt«, sagte Teddy mit einem fast unmerklichen, vergnügten Blitzen in den Augen. »Wie ich sehe, macht er ganz gute Geschäfte.«

»Noch«, murmelte Cat.

»Sonst keine Probleme?«

»Es gibt immer irgendwelche Probleme.« Sie fragte sich, ob sie den Mann in dem karierten Anzug erwähnen sollte, aber dann entschied sie sich dagegen. Es bestand immerhin durchaus die Möglichkeit, daß Canton ihn angeheuert hatte, um ihr einen Schrecken einzujagen. Tatsächlich war sie sich nach dem Gespräch mit dem Fremden nahezu sicher, daß es so war. Dem Mann schien weder ihr Gesicht noch ihr Name etwas zu sagen.

Mollys Blick war zwischen ihnen beiden hin- und hergeflackert. Da sie spürte, daß sie eine Menge zu besprechen hatten, zog sie ihr Umhängetuch fester und wandte sich zum Gehen: »Ich gehe nach oben.« Doch dann drehte sie sich noch einmal um und schenkte Teddy ein zögerndes Lächeln. »Ich bin froh, daß du wieder da bist.«

Cat erhob sich, ging hinüber zu Teddy und zog ihn ein wenig beiseite, während er dem Mädchen nachblickte, das eben durch die Tür verschwand. Er hatte einen seltsam verletzlichen Gesichtsausdruck.

»War deine Reise erfolgreich?«

Teddy errötete. Er griff in seine Jackentasche und zog das zusammengefaltete Flugblatt heraus. Dann gab er es Cat, die es eilig überflog. »Laß uns in mein Zimmer gehen«, sagte sie. Ohne seine Antwort abzuwarten, führte sie ihn in den Raum, der zugleich ihr Privatgemach und ihr Arbeitszimmer war.

Nachdem sie die Tür hinter sich geschlossen hatte, fragte sie: »Seit wann hast du das?«

»Seit kurz vor meiner Abfahrt.«

»Hast du Molly etwas davon erzählt?«

Er sah sie unglücklich an. »Nein. Ich dachte, ich sollte lieber erst soviel wie möglich über diesen Mann herausfinden.«

»Und?«

»Er ist Präsident einer Bank in Oakland. Von allen respektiert. Ich ... habe ihn getroffen und ...«

Cat wartete geduldig ab.

»Ich mochte ihn nicht«, sagte Teddy mit gepreßter Stimme. »Ich weiß nicht, warum.«

Cat ging im Zimmer auf und ab. Sie erinnerte sich daran, wie Molly gewirkt hatte, als sie im *Silver Slipper* angekommen war. Hungrig. Müde. Verzweifelt. Weshalb hätte sie vor ihrem Vater davonlaufen sollen?

Es sei denn ... er wäre wie Cats erster Mann. Oder sie wäre schwanger, aber das hätte Cat sicher gemerkt.

»Wohlhabend?«

Teddy nickte.

Das erklärte, daß sie von so vielen Dingen keine Ahnung hatte. Und warum sie nähen konnte. Die meisten jungen Mädchen lernten nähen, selbst die aus reicheren Familien. Cat dachte kurz nach. »Canton ist ein Mann aufgefallen, der sich seit ein paar Tagen hier herumtreibt.«

»Canton?« fragte Teddy überrascht. »Und er hat es Ihnen erzählt?«

»Ich dachte, er hätte das Ganze vielleicht inszeniert, um mich zu erschrecken«, sagte Cat und zuckte mit den Schultern. »Der Kerl, den Canton mir beschrieben hat, war vorhin hier. Ich habe versucht, mit ihm ins Gespräch zu kommen, aber er schien kein besonderes Interesse an einer Unterhaltung zu haben. Er ging, nachdem er ein Bier getrunken hatte.«

»Ist es möglich, daß er Molly gesehen hat?«

»Ich glaube nicht«, beruhigte ihn Cat. »Sie war die ganze Zeit oben, außer, als wir eine Spazierfahrt gemacht haben. Und da war der Kerl bereits verschwunden.«

Teddy runzelte die Stirn. »Sollen wir Molly ... Mary Beth etwas davon erzählen?«

»Wir müssen sie zumindest warnen«, sagte Cat, während sie das Flugblatt glattstrich. Eintausend Dollar. Wieviel Leute den Steckbrief wohl gesehen hatten? Süßer Luzifer. Canton. Canton würde die Situation schamlos ausnutzen. Aber dann dachte sie an seine Warnung und fragte sich, ob sie ihm gegenüber vielleicht unfair war. Aber das war im Augenblick egal. Jetzt ging es um Molly.

Cat nickte. »Ich werde es ihr sagen.«

»Und sie kann hierbleiben?«

»Natürlich.«

Teddy wandte sich zum Gehen, drehte sich dann aber noch einmal um. »Und der Cancan ist wirklich ein Erfolg?«

»Die Gäste finden noch nicht einmal alle einen Sitzplatz«, sagte Cat. »Und die Tänzerinnen bringen ein paar von den Mädchen die Grundschritte bei. Dann können wir weitermachen, wenn die Truppe wieder abreist.«

»Es tut mir leid, daß ich so lange fort war.«

Cats grüne Augen wurden sanft. »Ich habe dich vermißt, Teddy, aber du bist für mich Familie. Wann immer du etwas brauchst ...«

Teddy wirkte verlegen. »Ich gehe besser erst mal runter. Schließlich muß ich mich wieder ums Geschäft kümmern.«

Sie nickte, und als er ging, fragte sie sich, was sie Molly sagen sollte. Sie hatte keine Erfahrung als Beschützerin und Mutter. Rauhe Strenge? Sanftes Mitgefühl? Aber sie hatte keine Ahnung, wie man Mitgefühl zeigte. Also Strenge.

Molly hörte einen Teil des Gesprächs zwischen Teddy und Cat, und sie wußte, daß sie gehen mußte. Sofort. Sie würde laufen, bis sie nicht mehr laufen könnte.

Sie schlich in ihr Zimmer und packte die wenigen Dinge, die sie besaß, und das Geld, das Miss Cat ihr für ein paar Näharbeiten bezahlt hatte. Wenigstens hatte sie dieses Mal etwas. Und das verdankte sie der Besitzerin des *Silver Slipper.*

Jetzt mußte es ihr nur noch gelingen, unbemerkt aus dem Haus zu kommen.

Der Gedanke war unerträglich. Teddy und Miss Cat waren die ersten wahren Freunde, die sie jemals gehabt hatte. Und Teddy mit seinen freundlichen Augen und seiner angeborenen Sanftheit hatte ihr so viel Hoffnung gegeben. Aber sie mußte die beiden ebenso schützen wie sich selbst. Sie hatten keine Ahnung, zu was ihr Vater in der Lage war, wie weit er ging, um Menschen zu zerstören, die sich mit ihr anfreundeten.

Molly ging lautlos zur Hintertür und stieg die Stufen zu der schmalen Gasse hinab.

Es war niemand zu sehen. Sie bog eilig in die Straße ein, die vor dem *Silver Slipper* entlangführte, doch dann zögerte sie. Wo sollte sie nur hin? Ein paar Blöcke weiter nördlich konnte man vor einem Hotel Kutschen mieten.

Molly blickte sich um. Vor dem *Silver Slipper* trieben sich zwei Männer herum. Keinen der beiden hatte sie je zuvor gesehen. Als sie in ihre Richtung kamen, riet ihr eine innere Stimme zur Flucht. Sie wollte gerade in den *Silver Slipper* zurück, als sie gepackt und ihr der Mund zugehalten wurde.

Ihr Schrei erstarb ungehört, als ihr ein Stück Stoff auf Mund und Nase gepreßt wurde. Noch während sie sich verzweifelt wehrte, nahm sie einen Übelkeit erregenden, süßlichen Geruch wahr.

KAPITEL 15

Marsh blickte hinaus auf die inzwischen fast menschenleere Straße. Er hatte immer wieder zum *Silver Slipper* hinübergesehen, und eben hatte er eine geschlossene Kutsche bemerkt, die in der Nähe hielt. Die beiden Männer, die auf das Gefährt zugingen, schienen sich mit einem großen Sack abzuplagen. Er trat vor die Tür und stellte fest, daß der »Sack« eine Frau war. Und dann sah er, daß der Kerl in dem karierten Anzug aus der Kutsche stieg und zu den beiden Männern ging, die die Frau schleppten.

Marsh war plötzlich hellwach. Die Bewegungen der Männer

hatten etwas Verstohlenes an sich, das nichts Gutes verhieß. Und der Schnüffler hatte Marshs Mißtrauen bereits in dem Augenblick geweckt, in dem er angefangen hatte, den *Silver Slipper* zu beobachten. Und wer war die Frau? Catalina? Marsh wußte es nicht, da ihr Haar und ihr Gesicht von einem Umhängetuch verdeckt waren.

Seine Hand fuhr automatisch zu der Waffe, die er trug. Catalina gehörte ihm, bei Gott, er allein durfte sie peinigen. Sie ruinieren, wenn es ihm gefiel. Niemand sonst hatte das Recht, ihr auch nur ein Haar zu krümmen.

Die Hand am Kolben der Pistole, überquerte er eilig die Straße, als die Männer versuchten, die Frau in die Kutsche zu schieben.

»Ich glaube nicht, daß sie mitkommen möchte«, sagte er mit tödlich leiser Stimme.

Die Männer fuhren herum. Der Typ in dem karierten Anzug fuhr mit der Hand in die Innenseite seiner Jacke, aber Marsh war schneller. Er hatte seine Waffe gezogen, noch ehe einer der drei auch nur blinzeln konnte.

»Das geht Sie überhaupt nichts an, Mister. Das ist meine ... Schwester, und ich nehme sie mit nach Hause.«

»Zeigen Sie mir ihr Gesicht.«

»Ich sage doch, die Sache geht Sie nichts an.«

Plötzlich ließ einer der Männer die Frau los, und der andere stieß sie in Richtung von Marsh. Sie fiel ihm entgegen, und er hatte die Wahl, entweder seine Waffe fallen zu lassen und sie aufzufangen oder zur Seite zu treten und zuzusehen, wie sie auf den Boden stürzte. Er machte einen Schritt zurück. Es war immer noch besser, wenn sie fiel, als wenn die Kerle sie beide erwischten.

Im gleichen Moment machte einer der Männer einen Satz in seine Richtung, und der andere versuchte, ihn von hinten anzugreifen. Er fuhr mit der Waffe herum, schlug dem einen den Knauf der Pistole auf den Kopf und rammte dem anderen das Knie in die Leistengegend.

Die Frau fiel der Länge lang hin, und das Tuch rutschte von ihrem Kopf. Marsh entdeckte das hellbraune, fast blonde Haar. Es war also nicht Cat, sondern das schüchterne Mädchen, das er an seinem ersten Abend im *Silver Slipper* kennengelernt hatte. In diesem Augenblick sah er aus dem Augenwinkel, daß der Kerl in dem karierten Anzug eine Derringer aus der Tasche gezogen hatte und auf ihn zielte.

Marsh reagierte instinktiv. Ohne nachzudenken betätigte er den Abzug seiner Waffe. Der Knall hallte in der leeren Straße wider, als der Mann vornüberfiel. Er hatte ihn mitten in die Brust getroffen. Marsh hörte etwas hinter sich und fuhr herum. Aus dem *Silver Slipper* kamen zahlreiche Leute auf die Straße gestürzt. Der hünenhafte Barkeeper. Cat. Gäste.

Die beiden Männer, die das Mädchen überfallen hatten, wurden auf der Straße eingeholt; der Schnüffler lag reglos in einer Blutlache.

Catalina eilte hinüber zu dem Mädchen, während der mit einem Knüppel bewaffnete Barkeeper sich mit finsterer Miene an Marsh wandte: »Was ist passiert?«

»Diese drei ... Gentlemen haben versucht, das Mädchen in die Kutsche zu verfrachten«, sagte Marsh.

»Und Sie haben sie daran gehindert?« Die Stimme des Barkeepers verriet Zweifel.

In diesem Moment kam ein Polizist angelaufen, der in eine Trillerpfeife blies, während mehr und mehr Leute zusammenströmten. Inzwischen hatten sich die Spieler aus dem *Glory Hole* zu den Gästen aus dem *Silver Slipper* gesellt.

Der Polizist zwängte sich durch die Menge und kniete sich neben den Mann in dem karierten Anzug. »Er ist tot.« Marsh hatte seine Waffe bereits wieder weggesteckt.

Cat mischte sich ein. »Ich glaube, er hat eins meiner Mädchen betäubt und versucht, sie zu entführen.« Sie sah Marsh an. »Dieser Mann hat es verhindert.«

Der Polizist blickte zu den beiden Schlägern, die immer noch auf dem Boden lagen. »Was haben Sie dazu zu sagen?«

Einer der beiden stöhnte und hielt sich die Hände schützend vor die Genitalien. »Wir wollten das Mädchen nur zu seiner Familie zurückbringen ... wo sie hingehört ... das hat er zu uns gesagt.«

»Und dazu mußten Sie sie betäuben?« Der Polizist glaubte dem Kerl nicht. Er sah sich um, und sein Blick fiel auf Marsh, der deutlich aus der Menge herausragte. Seine Augen wanderten zu dem Pistolenhalfter. »Sie haben geschossen?«

Marsh nickte. »Notwehr. Er hat mit der Derringer auf mich gezielt.« Er nickte in Richtung der Waffe, die im Rinnstein lag.

Als der Polizist seine Hand ausstreckte, reichte Marsh ihm seine Pistole, deren Lauf noch warm war. Der Ordnungshüter musterte den handgeschnitzten Griff und wandte sich dann an die beiden Schläger und an Marsh. »Sie drei werden mich auf die Wache begleiten und dort bleiben, bis wir die Sache geklärt haben.«

Offensichtlich durch die Trillerpfeife angelockt, tauchten zwei weitere Polizisten auf. Einer von ihnen starrte auf den toten Mann. »Das ist Calvin Tucker. Er war mal einer von uns«, sagte er. »Soweit ich weiß, hat er dann auf Privatdetektiv umgesattelt.«

»Sergeant«, wandte Cat sich an den ersten Polizisten, der sie offenbar kannte. Ganz San Francisco schien diese Frau zu kennen. »Können wir sie mit reinnehmen?«

Der Beamte errötete vor Freude, und Marsh wußte genau, wie er sich fühlte. Cat benutzte ihre unglaublich grünen Augen, um ihrer Bitte Nachdruck zu verleihen. Er selbst war jedoch alles andere als begeistert. Schon wieder Gefängnis. Und Miss Catalina Hilliard schien vollkommen egal zu sein, was aus ihm wurde.

Er und der Polizist beobachteten, wie der stämmige Barkeeper das nach wie vor bewußtlose Mädchen in die Arme nahm und hinüber zum *Silver Slipper* trug. Cat wartete, bis die beiden verschwunden waren, ehe sie erst Marsh und dann den Beamten ansah. »Ich verstehe nicht, weshalb Sie Mr. Canton mitnehmen müssen. Dieser Mann« – sie zeigte mit der Hand auf den Toten – »hat sich bereits seit ein paar Tagen hier herumgetrieben. Offensichtlich hat er Gefallen an einem meiner Mädchen gefunden. Mr. Canton hat sie und auch sich selbst lediglich verteidigt. Ich habe gesehen, wie der Kerl seine Waffe gezogen hat, und auch mein Barkeeper kann das bezeugen.«

Der Polizist sah sie zweifelnd an, und dann bedachte er Marsh mit einem skeptischen Blick. Etwas an diesem Kerl gefiel ihm nicht. »Sie heißen?«

»Taylor Canton«, sagte Marsh so gelassen wie möglich, während er versuchte, den Aufruhr, der in seinem Inneren tobte, zu unterdrücken. Er hatte gedacht, er würde nie wieder töten, aber es fiel ihm immer noch verdammt leicht. Plötzlich bemerkte er, daß er die rechte Hand zur Faust geballt hatte, doch es gelang ihm nicht, sich zu entspannen. Er rang verzweifelt um Beherrschung. »Ich bin der Besitzer des *Glory Hole.*«

Die Miene des Beamten hellte sich plötzlich auf, als mache der Besitz des Saloons Marsh zu einem ehrenwerten Bürger. Er zog ein Notizbuch hervor und schrieb den Namen auf. »Sie haben doch nicht die Absicht, die Stadt in Kürze zu verlassen?«

Marsh schüttelte den Kopf.

Dann wandte sich der Polizist an Cat. »Sind Sie bereit, Ihre Aussage auch vor Gericht zu wiederholen?«

»Ja«, murmelte sie.

»Ich muß noch mit dem Mädchen sprechen.«

»Morgen?« fragte Cat.

Der Polizist seufzte. Es war einfach unmöglich, Cats blitzenden grünen Augen zu widerstehen. »In Ordnung, Miss Catalina, aber dann muß ich sie befragen.«

Cat nickte.

»Auch mit Ihnen werde ich noch einmal sprechen müssen«, sagte er zu Marsh, ehe er sich an seine Kollegen wandte. »Ihr wartet hier auf den Wagen, der die Leiche abholt. Ich nehme die beiden Kerle schon mal mit.« Dann legte er den beiden Schlägern Handschellen an und führte sie ab.

Cat ging hinüber zu Marsh. »Hätten Sie vielleicht Lust auf einen Drink, Mr. Canton? Ich lade Sie ein.«

Er zog die Brauen hoch. »Schon wieder?«

»Ich begleiche lediglich meine Schulden«, sagte sie knapp.

Er verzog den Mund. »Die junge Dame scheint Ihnen nicht besonders viel wert zu sein.«

»Sie ist mir sehr viel wert«, erwiderte Cat. »Was wollen Sie?« Die Frage kam so leise, daß nur er sie verstand.

»Ich werde es Sie wissen lassen«, sagte er ebenso leise. »Nach reiflicher Überlegung.«

Er spürte ihre Verärgerung, ihren Zorn, ihm etwas schuldig zu sein, und er nutzte die Situation schamlos aus, indem er einen Arm um ihre Taille legte und sie zum *Silver Slipper* hinüberführte. Er wußte, daß sie diese besitzergreifende Geste hassen mußte. Es war zwar nicht seine Absicht gwesen, sie erneut in Bedrängnis zu bringen, aber die Möglichkeit, ihr nahe zu sein, würde er nicht ungenutzt verstreichen lassen.

Als sie den Saloon betraten, war ihnen bewußt, daß die Leute ihnen folgten. Marsh kannte sich gut genug, um zu wissen, daß seine zur Schau gestellte Gleichgültigkeit nichts als Fassade war. Er hatte versucht, sich einzureden, daß er nur eingegriffen hatte, weil er dachte, das Opfer der geplanten Entführung könnte Cat sein. Aber er hätte sich in jedem Fall eingemischt, denn ...

Denn ...

Die Bilder tauchten wieder auf, die sich auf ewig in seinem Herzen eingegraben hatten, als er die Wahrheit über das Schicksal seiner Schwester und seiner Mutter erfahren hatte, oder zumindest einen Teil der Wahrheit. Ein Yankeetrupp, der auf der Suche nach Sherman gewesen war. Vergewaltigung. Feuer. Mord. Er hatte nichts daran ändern können, obgleich er Jahre damit verbracht hatte, den Tod seiner Verwandten zu rächen. Und jetzt würde er bestimmt nicht dastehen und zusehen, wie etwas Ähnliches noch einmal passierte.

Marsh wußte, daß seine Hand sich erneut zur Faust geballt hatte, als sie die Theke erreichten, und er versuchte, sich zu entspannen. Er sagte sich wieder und wieder, daß die nur knapp verhinderte Entführung der Grund dafür war. Es war nicht der Akt des Tötens gewesen, die Tatsache, daß er erneut den Abzug betätigt hatte – oder vielleicht doch? Aber egal wie sehr er sich bemühte, seine Gedanken auf Catalina zu lenken, sah er doch immer wieder die Augen des Mannes vor sich, den er gerade erschossen hatte. Irgendwie hatte er die Distanz verloren, die harte Schale, die ihn so lange vor seinen eigenen Taten geschützt hatte.

Cats Stimme unterbrach seine Gedanken. »Was möchten Sie?«

»Whisky.«

Ein kleines Glas wurde gefüllt, und er leerte es in einem Zug. Die Flüssigkeit brannte angenehm in seiner Kehle.

Cat beobachtete ihn aufmerksam. Irgend etwas quälte ihn.

Sie schenkte ihm noch mal ein, doch er hielt das Glas umklammert, ohne es an die Lippen zu setzen. Statt dessen blickte er sie an. »Warum haben Sie für mich gelogen?«

»Ich habe nicht gelogen«, sagte sie einfach. »Teddy und ich wurden von einem Gast alarmiert und hatten gerade das Fenster erreicht, als der Mann auf Sie zielte.« Sie zögerte und fügte dann hinzu: »Süßer Luzifer, Sie waren wirklich schnell. Und Sie haben ... gut gezielt.«

Sie sah, daß er sich anspannte, doch dann zuckte er mit den Schultern. »Dieses Talent habe ich bei meiner Arbeit in Texas entwickelt.«

»Sie haben eine ganze Reihe von Talenten, Mr. Canton. Sie spielen Klavier. Sie können mit einer Waffe umgehen. Und wie ich höre, sind Sie auch ein recht guter Kartenspieler. Was können Sie sonst noch alles?«

Er wollte das Thema wechseln, und er wußte auch genau, wie ihm das am besten gelang. »Ich habe noch ein Talent, das ich Ihnen gerne zeige. Wann immer Sie wollen.«

»Männer pflegen sich meistens selbst zu überschätzen«, erwiderte Cat eilig.

»Ach, tun sie das, Teuerste?« fragte er gedehnt. Die unausgesprochene Frage, die dahintersteckte, war allzu deutlich: Wieviel Erfahrung hatte sie wohl auf dem Gebiet?

Sie errötete bis in die Haarwurzeln. Das hatte sie früher nie getan.

Dann tat Cat etwas, das sie nur selten tat: Sie schenkte sich selbst ein Glas ein und leerte es in einem Zug.

Das reichte, damit sie ihre Fassung wiederfand. Sie stellte das Glas ab. »Ich muß jetzt nach oben und sehen, wie es Molly geht.«

Seine Miene war jetzt nicht mehr spöttisch, sondern unerklärlich sanft. »Können Sie sich diese ganze Sache erklären?«

»Nein«, sagte sie und zögerte. »Aber ich danke Ihnen.«

»Heißt das, unser Kleinkrieg ist … beendet?«

Sie schüttelte den Kopf. »Nein. Ich bin seit Jahren hier. Ich habe diesen Saloon aus dem Nichts aufgebaut.«

»Und Sie wollen keine Konkurrenz?«

»Es reicht nicht für uns beide.«

»Da irren Sie sich, meine Liebe«, sagte er. »Ich nehme an, Ihre Geschäfte sind noch nie besser gelaufen.«

»So wird es nicht bleiben.«

»Also werden Sie alles tun, um mich loszuwerden?«

»Ja«, sagte sie trotzig. Sie wußte, daß ihre Stimme angespannt klang, und sie fragte sich, ob sie gerade versuchte, ihn oder sich selbst von ihrer Entschlossenheit zu überzeugen.

Ihre Blicke trafen sich, und Cat hatte das Gefühl, daß seine dunklen Augen sie wie der schwarze Nachthimmel anzogen. Grenzenlos. Unergründlich. Sie wußte, sie sollte den Blick abwenden, aber sie konnte es nicht. Und zu ihrer Überraschung stellte sie fest, daß auch er nicht fortblicken konnte. Trotz seiner kühnen Worte hatte er seit der Schießerei etwas Unsicheres an sich. Er war so schnell gewesen, daß sie seinen Bewegungen kaum hatte folgen können. Süßer Luzifer. Es war offensichtlich, daß er ein erfahrener Schütze war.

Der dunkle, geheimnisvolle Taylor Canton. Canton. Und dann fiel ihr endlich ein, woran sie sich die ganze Zeit seit ihrer ersten Begegnung zu erinnern versucht hatte.

Sie hatte Revolverhelden in Colorado gesehen, und in Utah. Jetzt wußte sie, was ihr an Canton bekannt vorgekommen war. Der schleichende und zugleich behende Gang. Die Art, in der er sich immer so setzte, daß er den ganzen Raum überblicken konnte. Die Selbstverständlichkeit, mit der er eine Waffe trug. Die kalten Augen. Die tödliche Gefahr, die sie gleich bei ihrer ersten Begegnung verspürt hatte. Canton. Sie zermarterte ihr Gehirn auf der Suche nach Namen, aber sie war inzwischen zu lange in San Francisco. Aber irgendwo hatte sie den Namen gelesen. Gehört. Sie war nur nicht eher auf den Gedanken gekommen, weil sie ihn schließlich in der Rolle des Saloonbesitzers kannte.

Aber schließlich war auch sie nicht die, als die sie sich ausgab.

Auch sie war auf der Flucht vor einer gefährlichen Vergangenheit. Canton. Weshalb kam ihr der Name nur so bekannt vor? Es würde ihr bestimmt wieder einfallen. Und dann?

Sie wandte sich an Harry, den zweiten Barkeeper. »Sorg dafür, daß er alles bekommt, was er möchte.«

Der Mann nickte.

Canton verzog den Mund, als frage er sich, ob sie wirklich nach Molly sehen wollte oder ob sie vielleicht einfach vor ihm flüchtete. »Sagen Sie mir Bescheid, wie es ihr geht?«

Cat zögerte. »Möchten Sie vielleicht raufgehen und selber nach ihr sehen?« Sie war selbst von ihrer Frage überrascht, aber seine offensichtliche Besorgnis brachte sie ebenso aus dem Gleichgewicht wie sein schmerzlicher Gesichtsausdruck vorhin.

»Nein. Ich muß wieder zurück.«

»Begleiten Sie immer noch die Sängerin?«

Erneut flackerte etwas in seinem Blick auf. »Nein.«

Dann wandte er sich abrupt um und schlenderte mit dem ihm eigenen mühelosen, anmutigen Gang zur Tür.

Molly schlief den ganzen Nachmittag. Der Arzt, der gerufen worden war, schnüffelte kurz. »Chloroform.« Dann prüfte er ihre Atmung und ihren Herzschlag. »Ich könnte versuchen, sie aufzuwecken, aber dazu besteht eigentlich keine Veranlassung. Am besten warten wir einfach ab, bis sie von selbst wach wird. Das müßte so in einer Stunde sein.« Dann gab er Cat eine Flasche mit Pillen. »Falls sie Kopfschmerzen hat, geben Sie ihr eine davon.«

Cat nahm die Flasche. »Schicken Sie die Rechnung an mich.«

Der Doktor, der sich immer um alle Krankheitsfälle im *Silver Slipper* kümmerte, nickte.

Teddy stapfte nervös im Zimmer auf und ab, und Cat warf ihm einen mitfühlenden Blick zu, als der Doktor ging. »Warum hilfst du Harry nicht ein bißchen? Ich rufe dich, wenn sie wach wird.«

»Was ist, wenn sie es noch mal versuchen?«

Cat lächelte. »Ich denke, es wird etwas dauern, bis derjenige, der sie geschickt hat, erfährt, was passiert ist. Ich werde versuchen, dafür zu sorgen, daß die beiden Kerle erst mal für eine Weile aus dem Verkehr gezogen werden.«

Teddy ging zur Tür und drehte sich noch einmal um. »Warum, denken Sie, hat er ihr geholfen?«

»Ich glaube, er hat gar nicht darüber nachgedacht. Er hat einfach reagiert.«

»Er war wirklich schnell.«

»Zu schnell«, knurrte Cat.

»Wenn er nicht gewesen wäre ...«

»Er wird schon eine angemessene Bezahlung für seine Dienste fordern«, sagte Cat trocken.

»Vielleicht haben wir uns ja in ihm getäuscht.«

»Nein«, sagte Cat mit flacher Stimme.

»Aber –«

»Nein«, sagte sie erneut. Der Mann war wirklich Luzifer. Jetzt schaffte er es sogar, Teddy auf seine Seite zu ziehen.

Teddy sagte nichts mehr, aber er schloß die Tür mit einer Sanftheit, die, wie Cantons Schnelligkeit mit der Waffe, für sich selbst sprach.

Cat zog die Vorhänge zu und setzte sich im Halbdunkel neben Mollys Bett. Ihre Gedanken sprangen zwischen Molly und dem Mann, der sie gerettet hatte, hin und her. Vor was hatte er sie gerettet? Solange sie das nicht herausfand, war es unmöglich, das Mädchen zu beschützen.

Sie fragte sich, wie alt Molly war. Sie mußte mindestens achtzehn sein.

In dem Alter war Cat bereits eine Prostituierte gewesen, hatte ein Kind verloren und einen Mann getötet. Aber sie hatte niemals unschuldig ausgesehen. Sie war so hart gewesen wie die Rinde einer Eiche. Sonst hätte sie nicht überlebt.

Aber Molly? Mary Beth. Plötzlich fühlte Cat sich sehr, sehr alt.

Sie streckte die Hand aus und strich dem Mädchen sanft über die Stirn. Wie es wohl gewesen wäre, selbst eine Tochter zu haben? Sie hätte sie beschützt, und wenn es sie das eigene Leben gekostet hätte. Sie hatte es versucht. Als sie noch Lizzie gewesen war, hatte sie festgestellt – oder besser, hatten die anderen Frauen festgestellt –, daß sie ein Kind erwartete. Sie hatte sich nicht genug ausgekannt, um zu wissen, was mit ihrem Körper passierte, aber als sie es erst einmal gewußt hatte, hatte sie das Kind gewollt. Verzweifelt gewollt. Jemanden, den sie hätte lieben können. Jemanden, der sie geliebt hätte. Aber ihre Mutter hatte eine Frau bestellt, die das Kind wegmachen sollte. Lizzie hatte sich geweigert, aber in ihrer Unwissenheit hatte sie der Frau direkt in die Hände gespielt. Sie hatte Tee getrunken. Dann hatte sie alles verschwommen gesehen, und das Zimmer hatte angefangen, sich um sie zu drehen. Als sie Stunden später wieder aufgewacht war, hatte sie gewußt, daß das Baby fort war. Statt dessen hatte sie entsetzliche Schmerzen gehabt.

Sie war nie wieder schwanger geworden, obwohl sie noch zwei Jahre in dem Bordell in Natchez Under the Hill gewesen war und trotz der schrecklichen Zeit mit James. Was auch immer in den schwarzen Stunden der Ohnmacht mit ihr geschehen war, auf jeden Fall konnte sie anscheinend seither keine Kinder mehr bekommen.

In den folgenden Jahren hatte sie sich gesagt, daß es egal sei. Aber sie war so allein. Vielleicht hatte erst Canton kommen müssen, um ihr zu zeigen, wie allein sie war. Die Einsamkeit hüllte ihn ein wie dichter Nebel, ohne sich jemals zu lichten. Er versteckte sich dahinter. Genau wie sie.

KAPITEL 16

Marsh blickte noch einmal auf die Einladung. Er wurde morgen nachmittag um vier von Meredith und Quinn Devereux zum Tee erwartet. Im *Pacific Palace.*

Der Mann in der Hoteluniform, der ihm die Einladung überbracht hatte, hatte geduldig auf eine Antwort gewartet.

Verdammt, Marsh konnte genausogut gleich herausfinden, was die Leute über die Schießerei gestern sagten. Heute morgen hatte zwar nichts in der Zeitung gestanden, aber er wußte nicht, wie lange die Sache noch geheim bleiben würde.

Er wandte sich an den Boten. »Sagen Sie Mr. Devereux, ich nehme seine Einladung an.«

»Sehr wohl, Sir«, erwiderte dieser, drehte sich um und ging zur Tür.

Marsh beobachtete, wie er das Lokal verließ, und dann wandte er sich erneut der Einladung zu. Er fragte sich, ob sie wohl von Devereux' Frau geschrieben worden war. Einer Künstlerin, wie er sich erinnerte. Ob sie wohl eine Vorstellung davon hatte, wen sie da eingeladen hatte? Wenn sie es wüßte, hätte sie die Einladung wahrscheinlich gar nicht erst ausgesprochen.

Er warf einen Blick auf seine Taschenuhr. Fast elf. Die Köchin war schon da. Und Hugh würde gleich kommen.

Winchester saß knurrend in der Ecke, und Marsh ging in die Küche, um ihm etwas zu Fressen zu holen. Er versuchte jetzt immer, den Hund im Haus zu halten, da wegen der unzähligen herrenlosen Tiere ein Gesetz erlassen worden war, demzufolge jeder Streuner erschossen werden sollte. Unglücklicherweise hatte Winchester von dieser Vorschrift keine Ahnung, so daß er immer wieder stundenlang verschwand. Und, verdammt, Marsh machte sich wirklich Sorgen um das Biest.

Er wurde einfach zu zivilisiert.

Und jetzt auch noch eine Einladung zum Tee.

Himmel, er war nicht bereit, vollkommen zivilisiert zu leben. Noch nicht.

Trotzdem freute er sich auf den Besuch bei den Devereux. Er fragte sich, ob eine Einladung zum Tee wirklich bedeutete, daß es dort Tee gäbe. Solche Feinheiten hatte er in den letzten zwanzig Jahren vergessen. Tee bei anderen Leuten und Bälle und harmlose Konversation. Wieder einmal verspürte er eine eigenartige Wehmut. Gelächter. Zuneigung. Wärme.

Eine der Nachmittagszeitungen widmete der Schießerei die ganze erste Seite. Sämtliche Gerüchte über die Fehde zwischen dem Besitzer des *Glory Hole* und der Inhaberin des *Silver Slip-*

per wurden wieder aufgewärmt, und Taylor Canton, der texanische Geschäftsmann, der sich als Saloonbesitzer in San Francisco niedergelassen hatte, wurde als wahrer Held verklärt. Es gab auch eine Zeichnung von Cat. Gott sei Dank war er selbst nicht abgebildet, aber in dem Artikel wurde angedeutet, daß sich auch um seine Person einige Geheimnisse rankten.

Marsh warf die Zeitung auf den Tisch. Es fehlte ihm gerade noch, daß irgend jemand Taylor Canton mit dem Marsh Canton aus dem Groschenroman *Duell bei Sonnenuntergang* in Verbindung brachte. Die bisherigen Artikel hatten ihn nicht sonderlich beunruhigt, da in ihnen immer nur von Canton, dem Saloonbesitzer, die Rede gewesen war. Aber jetzt wurde durch die Schießerei der Zusammenhang für jedermann sichtbar.

Er wußte aus Erfahrung, daß wohl noch mehr Reporter auftauchen würden. Am besten verschwand er für ein paar Tage, bis sich die Aufregung gelegt hatte. Außerdem würde Hugh Überstunden machen müssen, da Berühmtheit das Geschäft immer zu beleben schien.

Marsh fluchte laut und vernehmlich. Er wußte immer noch nicht genau, wie weit er seinem Manager vertrauen konnte, und diese Unsicherheit störte ihn mehr, als er zugeben wollte.

Wie, in aller Welt, hatte er jemals glauben können, daß die Sache funktionieren würde?

Aber es machte ihm Spaß. Zum ersten Mal seit dem Krieg hatte er angefangen, den Geruch des Todes zu vergessen. Er hatte eine Lebensweise entdeckt, die er vollkommen vergessen hatte.

Himmel, es gefiel ihm wirklich zu sehen, wie sich das *Glory Hole* mit Gästen füllte. Zu hören, wie Jenny sang. Und vor allem zu beobachten, wie Cats Augen vor Zorn blitzten – und vor Leidenschaft. Zum ersten Mal sah er eine Zukunft vor sich, die nichts mit dem Tod zu tun hatte.

Er starrte immer noch auf die zerknüllte Zeitung, als er das interessierte Murmeln seiner Gäste hörte. Als er sich umdrehte, sah er, daß Catalina direkt auf die Theke zukam, an der er lehnte.

Sie wirkte elegant und bezaubernd wie immer in ihrem grünen

Taftkleid, das das Grün ihrer Augen noch betonte – so lieblich, daß ihr Anblick ihn schmerzte.

»Miss Cat«, sagte er freundlich, und seine Stimme enthielt nur eine Spur von Ironie.

»Mr. Canton«, sagte sie ebenfalls leicht spöttisch, aber mit einem Blitzen in den Augen. Er hatte schon immer gedacht, daß sie schön war, aber jetzt sah sie einfach hinreißend aus.

»Ich dachte, es würde Sie vielleicht interessieren zu erfahren, wie es Molly geht.«

Er zog vielsagend die Brauen hoch; vielleicht interessierte es ihn, vielleicht aber auch nicht; weshalb sollte es ihn interessieren?

Diese Reaktion brachte sie in eine schlechtere Position. Genau, wie er es beabsichtigt hatte.

Aber dieses Mal schien es ihr nicht das Geringste auszumachen. Als wisse sie genau, was er beabsichtigte, und als amüsiere er sie eher als sie zu ärgern. Sie brachte ihn wirklich aus der Fassung.

»Es geht ihr gut. Im Augenblick.«

Er sagte nichts, verharrte so ruhig und reglos wie möglich. Abwartend. Immer abwartend. Cat verspürte wieder den inzwischen vertrauten warmen Schauder, der ihren Rücken und die Beine hinunterrieselte, um dann durch ihr tiefstes Inneres wieder hinaufzulaufen. Wie machte er das nur? Durch seine intensive Männlichkeit? Oder durch seine gefährliche Ausstrahlung? Oder durch seine Tüchtigkeit. Durch die kühle Distanz, hinter der sich heiße Leidenschaft verbarg. Das wußte sie inzwischen. Durch seine Musik. Das allabendliche Klavierspiel hatte ihr eine Liebe zur Schönheit offenbart, die sie bei einem Mann, der vom Gebrauch seiner Waffe lebte, überraschte.

Sie war sich inzwischen sicher, daß er als Killer gearbeitet hatte. Daß er vielleicht immer noch einer war.

Süßer Luzifer, sie sehnte sich danach, ihn zu berühren.

Doch zunächst würde sie ihn um einen Gefallen bitten. Großer Gott, was würde er wohl als Gegenleistung verlangen?

Um ihn nicht weiter anzustarren, blickte sie auf die Zeitung, wo sie die Zeichnung entdeckte. Sie spürte, wie ihr alle Farbe aus dem Gesicht wich. Wer hatte dieses Bild von ihr angefertigt?

Er folgte ihrem Blick und sah ihr dann interessiert ins Gesicht. Eine Waffe. Sie gab ihm eine Waffe gegen sich in die Hand, und sie wußte es.

Cat zwang sich zur Ruhe. Eine Zeichnung. Würde irgend jemand von früher sie sehen? Würde irgend jemand von früher sich an sie erinnern? Aber es war inzwischen so viele Jahre her. Niemand würde sich dafür interessieren, die Mörderin eines Spielers zu finden, dessen Leiche in einem billigen Hotelzimmer am Mississippi gelegen hatte.

Sie wandte sich erneut an Canton. »Molly macht sich Sorgen um Sie. Sie sagt, ich soll Sie warnen.«

Zum ersten Mal, seit Cat ihn kannte, wirkte Canton verblüfft. Wirklich erstaunt. Sie spürte, wie der warme Schauder zu flüssigem Honig wurde, der durch ihre Adern strömte. Sie wußte nicht, ob sein Erstaunen daher rührte, daß jemand meinte, er könne ernsthaft in Gefahr sein, oder daß jemand sich tatsächlich Sorgen um ihn machte. Aber was auch immer es war, es brachte seine für gewöhnlich unerschütterliche Haltung ins Wanken und ließ ihn weniger wie den gefallenen Erzengel erscheinen, für den sie ihn immer hielt.

»Mich?«

Cat mußte lächeln, als sie die ungläubige Frage hörte. »Sie«, wiederholte sie.

»Warum?«

Cat blickte sich um. Die Gäste des *Glory Hole* starrten sie an. Viele Gäste. Faszinierte Gäste. »Könnten wir vielleicht irgendwo unter vier Augen sprechen?«

Er zuckte mit den Schultern. »Warum nicht?« Seine Überraschung hatte sich inzwischen gelegt, und er sah sie nachdenklich an. »Mein Zimmer ist der einzig ruhige Ort.«

Cat zuckte zusammen. Mit ihm allein in einem Zimmer zu sein brauchte sie in etwa ebenso dringend wie ein Messer im Bauch. *Um Mollys willen, sagte sie sich. Nur um Mollys willen.* Oder stimmte das vielleicht nicht?

Er nahm ihren Arm, sanft und mit derselben altmodischen Höflichkeit, die sie bereits zuvor an ihm bemerkt hatte, und ehe sie sich's versah, waren sie vor seinem Zimmer angelangt, und er öffnete die Tür. Der Mischlingshund, den sie bereits ein paarmal gesehen hatte, folgte ihnen in sicherem Abstand.

»Winchester«, sagte er im Plauderton zu dem Biest. »Du mußt leider draußen warten.«

»Winchester?«

Canton zuckte mit den Schultern und sah ein wenig verlegen aus. »Er ist häßlich wie die Hölle«, fügte er erklärend hinzu. Dann trat er zurück und ließ ihr den Vortritt, ehe er hinter sich die Tür schloß.

Und dann waren sie alleine. Noch nicht einmal der Hund war da, um sie voneinander abzulenken.

Cat blickte sich nervös um. Der Raum war noch spartanischer eingerichtet als der von Teddy. Ein Bett. Eine alte, verkratzte Kommode. Ein Spiegel. Stühle gab es nicht.

Canton verbeugte sich und nickte in Richtung des Bettes. »Würden Sie sich vielleicht gerne setzen?«

Nein! Doch sie unterdrückte den Aufschrei und schüttelte stumm den Kopf.

Er grinste. Wie eine Spinne, die eine Fliege in ihr Netz gelockt hatte. Cat wußte plötzlich ganz genau, wie eine Fliege sich fühlen mußte.

Geh.

Aber ihr Körper gehorchte ihr nicht. Weder ihr Mund noch ihr Hirn noch ihre Beine. Catalina Hilliard, die Eiskönigin, schwieg vor Verblüffung. *Kämpf. Kämpf um dein Leben. Das hast du doch schon oft genug getan.*

Er trat etwas näher. Sie spürte seinen warmen Atem, die Hitze seines Körpers, der dieselbe Erregung empfand wie sie.

Sie machte einen Schritt zurück. Einen kleinen Schritt. Aber es erforderte eine enorme Willenskraft. »Wegen Molly ...«

»Wegen Molly ...?« fragte er mit der leisen, spöttischen Stimme, die tief in sie eindrang und den warmen Honig in ihren Adern in Wogen der heißen Begierde verwandelte.

»Sie ... sie ...«

Er trat noch näher an sie heran. Sein Gesicht war dem ihren so nahe, daß sein Mund fast ihre Lippen berührte, und seine Hand lag wie glühendes Eisen auf ihrem Arm.

»Meine Liebe, du redest einfach zuviel«, flüsterte er, und ehe sie widersprechen konnte, daß sie schließlich gar nichts gesagt hatte, versiegelte er ihre Lippen mit einem Kuß.

Es hatte so kommen müssen. Die Welt um sie herum schien zu explodieren, schien vollkommen aus den Fugen zu geraten, als sich ihre Lippen trafen, forschend, liebkosend.

Cat hatte das Gefühl, als würde sie in dem Gefühl ertrinken, das die natürliche Reaktion ihres Körpers auf seine Berührung in ihr auslöste.

Sie hätte ihm wahrscheinlich widerstehen können, wenn seine Lippen nicht ebenso sanft geworden wären wie damals auf der Spazierfahrt. Und er hatte die Augen geschlossen. Er war ein Mann, der die Augen immer offenhielt – also schien er ihr in irgendeiner Weise zu vertrauen. Dieser Gedanke erfüllte sie mit einer eigenartigen Zufriedenheit.

Sie öffnete ihre Lippen, und seine Zunge schob sich in ihren Mund, quälend und suchend, doch zugleich mit einer Zärtlichkeit, die ihren normalen Schutzwall durchbrach. Er nahm sie in die Arme und zog sie eng an sich, während ihre Zungen eigene Liebesspiele spielten.

Sie strich ihm durch das dichte schwarze Haar, das sich leicht um ihre Finger schlang. Zu ihrer eigenen Überraschung stellte sie fest, daß ihre andere Hand seinen Nacken massierte und daß die kreisende Bewegung immer schneller wurde, während ihr Körper sich ihm entgegenstreckte.

Er riß überrascht die Augen auf, und für den Bruchteil einer Sekunde entdeckte sie eine rohe, schmerzliche Sehnsucht in seinem Blick, die nur zum Teil mit seiner Leidenschaft zusammenhing. Sie spürte es in der Berührung seiner Hand, seiner Lippen, seiner Arme. Dann schloß er erneut die Augen, als merke er, daß er ihr etwas von sich selbst gezeigt hatte, und sie gab sich ebenfalls ganz dem magischen Gefühl von Nähe hin, das sie teilten, ohne es benennen zu können.

Cat hatte nicht gewußt, daß ein Mensch so empfinden konnte.

Sie spürte, wie eine bittersüße Sehnsucht in ihr aufwallte nach dem, was sie und auch Canton bisher nicht gekannt hatten. Diese Sehnsucht entstand aus einem Gefühl der Einsamkeit heraus, das so stark wurde, daß sie innerlich schluchzte. Dieser Schmerz saß so tief, daß er sich noch nicht einmal durch Tränen lindern ließ.

Sie verstärkte den Druck ihrer Lippen und suchte Vergessen von den unerträglichen Gedanken. Er erschauderte. Dann löste er sich sanft von ihrem Mund und fuhr zärtlich über ihr Gesicht. Die Tränen, die sie so mühsam zurückhielt, schien er zu spüren, denn er verharrte reglos auf ihrem Lid, eher er ihre Wange mit federleichten Küßen bedeckte, bis ihre Haut in Flammen stand.

Während seine Lippen sanft zu ihrem Ohr wanderten, um ihr Ohrläppchen zu liebkosen, spürte sie ein Verlangen, das die alten Ängste und den alten Ekel überwand, das stärker war als alles andere. Seine Hände streichelten sie zaghaft, ohne die Sicherheit, mit der er sich normalerweise bewegte, als hätte er Angst, daß sie sich von ihm losreißen würde, wie sie es bereits zuvor getan hatte.

Aber sie konnte sich nicht von ihm losreißen, um nichts in der Welt. Die Vergangenheit war vergessen ob der Gefühle, die er in ihr weckte, ob der unglaublichen Süße des Augenblicks.

»Liebling«, flüsterte er rauh und ohne jede Spur von Ironie. »Geliebte Cat.« Sie hörte ihr eigenes rohes Verlangen in seiner Stimme, ihre eigene Verwunderung. Ihre eigene Sehnsucht. Und sie spürte, wie sie vor Erwartung erschauderte. Ihre Hände strichen mit einer leidenschaftlichen Zärtlichkeit über seinen Hals, als könne sie sich auf diese Weise einen kleinen Teil von ihm zu eigen machen.

Sie atmete zitternd ein und versuchte, ihren tosenden Körper zur Ruhe zu zwingen, doch er preßte seine Lippen erneut auf ihren Mund und küßte sie langsam und anhaltend. Ihre Hände verharrten mitten in der Bewegung, schlangen sich fester um seinen Hals und zogen ihn näher, bis ihre Körper sich berührten, bis sie sein erregtes Glied spürte und sein leises Stöhnen hörte.

Als er seinen Mund von ihren Lippen löste, verspürte sie einen schrecklichen Verlust, doch dann küßte er leicht ihre Wange, und sie wußte, daß er an die anderen Male dachte, die Male, als sie sich ihm entzogen hatte.

Als sie zu ihm aufblickte, wußte sie, daß ihre Augen hell und leuchtend waren, daß sie seine unausgesprochene Frage eindeutig beantworteten. Wenn sie noch irgendwelche Zweifel gehabt hätte, hätte diese Frage sie ihr genommen. Er ließ ihr die Wahl, obwohl er sie schmerzlich begehrte.

»Ich werde dir nicht weh tun«, flüsterte er, und sie fragte sich, woher er wußte, daß sie Angst vor Schmerzen hatte – aber schließlich wußten sie beide eine Menge voneinander, ohne daß sie darüber sprechen mußten. So war es seit dem Moment, in dem sie sich zum ersten Mal begegnet waren.

Sie hatte immer noch Angst, nicht körperlich, sondern vor der Gewalt der Gefühle, die ihre Prinzipien verrieten, die ihren Körper verrieten, die alles verrieten, was sie je gelernt und an was sie je geglaubt hatte. Am schlimmsten war die Zärtlichkeit, die sie empfand. Das drängende Bedürfnis, ihn zu berühren, über die Linien in seinem Gesicht zu fahren.

Er hob sie hoch und trug sie hinüber zum Bett, wobei er nicht einmal den Mund von ihren Lippen nahm. Sie hörte auf zu denken, verloren in der Schönheit und Magie des Kusses.

Marsh versuchte, das Feuer zu zähmen, das in seinen Lenden tobte, die rauhe Zärtlichkeit zu dämpfen, die nach all den Jahren in ihm erwacht war. Es war schließlich nicht so, daß er wirklich etwas für sie empfand. Er konnte nichts für sie empfinden. Er durfte nichts für sie empfinden. Es war alles nur Teil der geplanten Verführung, die einzige Möglichkeit, sich von einer Besessenheit zu befreien, die ihn ansonsten ruinieren würde.

Warum konnte er nur selbst nicht glauben, daß es so war? Er sah auf sie hinab, auf das Gesicht, das ihn seit Wochen quälte und in dem nun so viele Fragen geschrieben standen, die er niemals würde beantworten können. Sie hatte ihm immer das Gefühl gegeben, lebendig zu sein, hatte Empfindungen in ihm geweckt, die er lange vergessen geglaubt hatte. Die Sonne schien wärmer, der Wind wehte erfrischender, die Sterne strahlten heller.

Er wurde von Hochstimmung erfaßt; kleine Freudenblitze

durchzuckten ihn, als er ihr fragendes Lächeln und ihre blitzenden Augen sah. Er war glücklich – wie sonst sollte er die plötzliche Ausgelassenheit erklären, die er empfand, das Lächeln, das irgendwo tief in seinem Inneren entstanden war, als er das Vertrauen in ihrem Blick gesehen hatte?

Als er sich auf das Bett setzte, schmiegte Cat sich immer noch in seine Arme, als gehöre sie dorthin. Er streckte seine Finger nach den Knöpfen auf der Rückseite ihres Kleides aus, wobei er halbwegs erwartete, daß sie etwas dagegen sagen würde. Doch sie schwieg. Dann schob er seine Hand in ihr Kleid, bis er auf das Korsett stieß. Plötzlich waren seine Bewegungen so unbeholfen wie die eines Schuljungen.

Es würde einfach nicht gehen, solange sie auf seinem Schoß saß und ihn mit einem derart unverfrorenen Interesse ansah, als habe sie etwas vollkommen Unerwartetes entdeckt. Sie strahlte eine Sanftheit aus, die er nie zuvor gesehen hatte.

Marsh spürte, wie er unsicher wurde. Was, wenn die Dinge nicht nach Plan verliefen? Was, wenn sie sich damit nur noch tiefer in sein Leben schlich? Das konnte er sich nicht leisten. Das konnte auch sie sich nicht leisten.

Er schloß kurz die Augen und dachte daran, wie es gewesen war, als er zum letzten Mal etwas für jemanden empfunden hatte. An die Zeit danach. Die Menschen, die er geliebt hatte, waren gestorben. So war es. Also hatte er aufgehört zu lieben.

Aber bei Catalina Hilliard funktionierte es nicht. Er liebte sie schließlich nicht. Das war unmöglich.

Doch irgendwas hämmerte gegen seine Rippen, als er sie ansah, und er hatte das Gefühl, als bleibe sein Herz bei ihrem Anblick stehen. Sie war einfach atemberaubend. Er verspürte ein so verzweifeltes Verlangen nach ihr, daß er Angst davor hatte, sie zu nehmen, weil das die Abhängigkeit nur noch verstärken würde.

Plötzlich streckte sie die Hände aus und strich ihm sanft über das Gesicht. Es war eine Ewigkeit her, daß er zum letzten Mal derart zärtlich berührt worden war. Es war mächtig. Überwältigend.

Zur Hölle mit den Folgen.

Dieses Mal schob er sie leicht zur Seite, so daß er mehr Bewegungsfreiheit hatte, als er ihr das Kleid auszog und sich an die Bänder ihres Korsetts machte. Sie erstarrte, doch als seine Hände sanft über ihre Arme strichen, entspannte sie sich langsam. Wie bereits zuvor im *Silver Slipper* spürte er auch jetzt, daß sie irgend etwas erlebt haben mußte, das sie ängstlich machte. Vielleicht eine Vergewaltigung.

Seine Hände wurden noch zärtlicher, obgleich der Gedanke heftige Wut in ihm entfachte. Am liebsten hätte er denjenigen, der sie verletzt hatte, der ihr Angst eingeflößt hatte, umgebracht.

Er schluckte seinen Zorn hinunter, aber ein leichter Ärger blieb und verstärkte noch das heiße, hungrige Feuer, das in seinem Inneren tobte. Er beugte sich hinab und küßte sie mit kaum gezügelter Leidenschaft.

Dieses Mal reagierte sie unerschrocken, wenn auch ihre Lippen leicht zitterten. Er löste ihr Haar, beobachtete, wie es in schwarzen Wellen über ihr Gesicht und ihren Rücken fiel, und fuhr mit der Hand durch die seidigen Strähnen.

Marsh wünschte sich, er wüßte, was sie dachte. Er löste sich von ihr und öffnete die Knöpfe seines Hemds und seiner Hose, während sie an seiner Brust lehnte. Er spürte ihre Anspannung, aber in ihren Augen entdeckte er keine Angst. Nur Erwartung. Und Hoffnung? Er wollte ihr mehr als ein flüchtiges Vergnügen geben. Mehr als Leidenschaft ... obgleich er nicht genau wußte, weshalb.

Doch dann wußte er es. Er wollte sie lachen hören. Er wollte sie lächeln sehen. Mit ihm. Für ihn.

Er spürte ihren Blick, als er sich auszog. Sie war so ruhig. So ernst.

Doch als seine Hände sie besitzergreifend streichelten, erst die Schultern, dann den Rücken und schließlich die Brüste, merkte er, daß sie zitterte. Ihre Hand fuhr zögernd über die rauhe Narbe und berührte sie mit einer Sanftheit, die schmerzte.

»Catalina«, flüsterte er heiser. »Oh, Catalina.«

Da lächelte sie, ein verwundertes Lächeln, das ihn noch mehr schmerzte, das seine Erregung ins Unerträgliche steigerte. Er drückte sie gegen die Kissen, und dann streckte er sich neben ihr aus und beugte sich über sie, um ihre Brüste zu küssen. Ihr Körper war herrlich, schlank und fest. Sie brauchte dieses Korsett nicht, dachte er, während er mit der Hand über ihre Taille und ihre Hüfte strich. Nie zuvor war er so geduldig gewesen, so vorsichtig und sanft, doch ihre Reglosigkeit war beinahe unheimlich, wie die eines Rehs, das im Licht der Laterne des Jägers erstarrt. Er spürte, daß die Reaktion ihres Körpers auf seine Berührung instinktiv war, aber sie schien sich nicht dagegen zu wehren. Er wußte, daß sie ihn wollte; doch zugleich wußte er, daß irgend etwas sie davon abhielt, sich ihm ganz hinzugeben.

Himmel, am liebsten hätte er denjenigen, der dafür verantwortlich war, umgebracht.

Sein plötzlicher Zorn war auch in seiner Berührung spürbar. Er streichelte sie mit einer Heftigkeit, als könne er dadurch die Erinnerung, die Berührung eines anderen fortwischen.

Cat rührte sich nicht. Sie fühlte sich in ihrer eigenen Schwäche gefangen. Das Verlangen, das er in ihr weckte, konnte sie nicht leugnen, aber sie hatte Angst, daß die Leidenschaft von Abscheu gefolgt sein könnte.

Trotzdem begehrte sie ihn. Zwischen ihnen herrschte eine nie gekannte Magie, sie entdeckte ungeahnte Gefühle, wollte ihn berühren, ihn küssen, wollte noch mehr von ihm. *Wollte ihm noch mehr geben.* Sie erschauderte, als seine Hände über ihren Körper strichen. Es war, als entfache er überall kleine Flammen. Der Druck hinter ihren Augen wuchs ebenso wie der Druck in ihrem Inneren.

Sein Mund berührte ihre Brust. Seine Zunge streichelte und zuckte und kreiste. Jeder Nerv in ihrem Körper brannte. Ihr Körper reckte sich ihm entgegen. Seine Hand glitt hinab zu dem haarigen Dreieck zwischen ihren Schenkeln, und seine Finger sandten heiße Wellen durch ihr Innerstes, während er sie küßte. Sie spannte sich an, all ihre Ängste waren vergessen, all ihre Vorbehalte verwehten wie Sandkörper im Wind.

Er schob seinen harten Körper auf sie und legte seine geschwollene Männlichkeit zurecht, ohne in sie einzudringen. Er wartete auf sie; sie spürte seine Anspannung, die Selbstbeherrschung, die er brauchte, um sich zurückzuhalten. Wieder ließ er ihr die Wahl. Er nahm sie nicht einfach.

Nie zuvor hatte ihr jemand die Wahl gelassen. Der Druck in ihrem Kopf und ihrem Körper stieg. Sie spürte, wie ihr Tränen auf die Wangen tropften, die ersten Tränen seit Jahren. Sie schlang die Arme um ihn und zog ihn zu sich herab. Sie suchte die Wärme seines Körpers und noch etwas anderes; sie wußte nicht, was es war, aber sie verspürte ein Verlangen so weit wie der kalifornische Himmel.

Sein Blick fiel auf ihre Tränen, und seine rauchgrauen Augen sahen sie erst fragend und dann mit einem schmerzlichen Verstehen an, das sie erschaudern ließ. Er begann, sich vorsichtig zurückzuziehen, doch als sie ihn festhielt und den Kopf schüttelte, schloß er die Augen und küßte ihr die Tränen von der Wange. Cat spürte seine pochende Männlichkeit und wußte, was ihn dieser Augenblick kostete, welch schmerzliches Drängen er empfinden mußte.

Und plötzlich empfand sie dasselbe. Sie schlang die Arme fester um ihn, er hob den Kopf und sah sie an. »Bist du dir sicher?«

Sie war sich sicher. Endlich war sie sich sicher. Sie nickte und sah in sein wunderbares Erzengelgesicht.

Er bewegte sich leicht, und sie fühlte, wie er langsam in sie eindrang – und dann spürte sie zu ihrer Überraschung einen Schauder der Erregung. Triumph, gemischt mit Wogen herrlichster Empfindungen, wallte in ihr auf.

Marsh zwang sich, vorsichtig und langsam zu sein, obwohl er brannte wie alle Feuer der Hölle zusammen. Er hatte das schmerzliche Verlangen, sich Erleichterung zu verschaffen. Aber Jahre der Selbstsucht und der Gleichgültigkeit gegenüber anderen waren wie abgefallen, und er wollte nur noch heilen und Freude bereiten. Er wollte alles richtig machen. Er wollte die unerträgliche Trauer aus diesem Gesicht wischen, das zum Lachen geschaffen war. Er wollte seine lebhafte, reizbare Cat zurück.

Seine. In diesem Moment gehörte sie ihm. Und er hatte vor, den Augenblick so schön wie möglich zu machen. Er streichelte ihr Haar und ihr Gesicht, ehe er weitermachte, ehe sich ihre Körper in liebender Geduld vereinigten, er hielt sich zurück, bis er spürte, daß sie reagierte, bis er fühlte, daß sie sich mit ihm bewegte, daß sie ihn willkommen hieß, daß sie mit ihm tanzte, mit zögernden, doch stärker werdenden Bewegungen.

Und dann konnte er nicht länger warten. Er drängte in sie, spürte ihre Enge und wußte, daß es lange her war, seit sie zum letzten Mal mit einem Mann geschlafen hatte.

Sie schlang ihre Arme noch fester um ihn, und plötzlich fühlte er sich ihrer würdig. Wunderbar. Er hörte ihr leises Keuchen und sein eigenes Stöhnen, als die ersten Wogen herrlichen Vergnügens in ihm aufwallten. Er spürte, wie ihr Körper als Reaktion auf seinen schneller werdenden Rhythmus erschauderte, wie sie ihn fest umschloß, wie sie sich ihm entgegenreckte.

Nie zuvor hatte er derart geliebt, nie zuvor waren seine Gedanken und seine Gefühle in der gleichen Weise wie sein Körper an dem Akt beteiligt gewesen, und jetzt merkte er, was er vermißt hatte. Seine Leidenschaft war hell und leuchtend, sie erfüllte ihn mit einer Befriedigung und Zufriedenheit, die zuvor immer gefehlt hatte. »O Gott«, flüsterte er beinahe ehrerbietig, als er ihre innere Explosion spürte, ihr Erzittern, das gleichzeitig mit dem seinen einsetzte.

Cat konnte einfach nicht glauben, was passiert war. Während sie noch sanft glühte von der eben erlebten körperlichen Liebe, fühlte sie sich wie verwandelt, auf geheimnisvolle Weise wie neugeboren. Nicht länger beschmutzt. Nicht länger als halbe Frau.

Sie kaute auf ihrer Unterlippe, als er einen Arm unter ihren Kopf schob und sie an sich zog. Er hatte sie nicht einfach benutzt, um sich anschließend mit einem Fluch auf die Seite zu rollen. Er wollte bleiben. Und sie wollte, daß er blieb.

Es war so tröstlich, jemanden im Arm zu halten, von jemandem im Arm gehalten zu werden.

Sie drehte den Kopf und strich mit ihren Lippen über die Narben auf seiner Brust, als könne sie ihm die Schmerzen nehmen, die er einst gespürt hatte.

»Taylor«, murmelte sie und sah die Überraschung in seinem Gesicht. Der Name war ihm also nicht vertraut.

Wer war er?

In diesem Augenblick war es ihr egal. Alles, was zählte, war das Geschenk, das er ihr gemacht hatte, das Geschenk der Erweckung ihrer eigenen Gefühle.

Es würde nicht von Dauer sein. Das wußte sie. Aber es würde eine dauerhafte Wirkung haben. Sie würde nicht mehr denken, daß körperliche Liebe etwas Häßliches, etwas Gewaltsames war. Jetzt wußte sie, was es hieß zu fliegen, mit den leuchtendsten Sternen zu tanzen, die Kraft eines rasenden Kometen zu spüren.

Er war ruhig, so ruhig, und sie fragte sich, ob er ihre Begegnung bereits bedauerte. Sie sah in sein Gesicht. Es war so wachsam. Selbst jetzt. Sie entdeckte Fragen, aber sie wollte Fragen stellen und nicht beantworten. Sie konnte sie nicht beantworten. Niemals könnte sie ihre Vergangenheit beschreiben, das Verbrechen, daß sie zu einer Flüchtenden gemacht hatte. Damit bliebe sie immer allein.

Sie hatte ihm einen Teil ihrer Seele gegeben, und sie war sich nicht sicher, wie er damit umgehen würde. Wehmütig legte sie einen Finger auf seine Lippen und zeichnete sie nach, malte sich jede einzelne Linie ins Gedächtnis.

Er fing ihren Finger mit dem Mund und saugte daran. »Sie schmecken gut, Miss Catalina«, murmelte er.

Cat starrte ihn an. Sie begehrte ihn auf eine Weise, wie sie nie zuvor einen Mann begehrt hatte. Sie wollte zärtliche Belanglosigkeiten. Sie wollte Berührungen. Sie wollte – süßer Luzifer, sie wußte nicht, was sie wollte. Nicht, wenn sie ihm so nahe war. Sie schloß die Augen und fragte sich, ob das alles nicht vielleicht nur ein Traum war, ein süßer Alptraum, der sie quälen sollte. Eine Hölle, in der man auf besonders raffinierte Weise gefoltert wurde.

Sie versuchte, sich ebenso locker zu geben wie er. »Sie schmecken auch gut, Canton.«

»Was ist mit Taylor passiert?«

»Irgendwie paßt der Name nicht zu Ihnen.«

»Was paßt denn dann zu mir?«

»Canton«, sagte sie. »Einfach Canton.« *Oder Luzifer. Der Verführer. Der Seelendieb.*

Seine Hand fuhr über ihren Rücken, und sie spürte, wie erneut Hitze in ihr aufwallte. Tief in ihrer Seele. Sie begann bereits, auf seine Berührung zu reagieren, die Enden ihrer Nerven bebten, ihre Haut brannte, ihr Innerstes war voller Erwartung, angespannt und sehnsüchtig.

Sie sah seine dunklen Augen, während seine Hände über ihren Körper strichen, bis sie vor Verlangen zitterte.

Dann schob er sich erneut auf sie, dieses Mal ohne die Vorsicht, ohne die Süße, die er beim ersten Mal hatte walten lassen.

Und dieses Mal wollte sie es auch nicht.

Ihr Verlangen war ebenso heftig wie das seine. Ihr Appetit aufeinander steigerte sich zu einem wilden Hunger. Cat wußte jetzt, was sie tun mußte, was sie zu erwarten hatte, und dieses Mal nahm sie voll und ganz teil am Akt ihrer Liebe, dieses Mal begegnete sie seinem Vertrauen mit Vertrauen. Am liebsten wäre sie ebenso tief in seine Gedanken eingedrungen, wie sie ihn in sich aufnahm.

»Oh, Cat«, sagte er mit einer Stimme, die eher wie ein Stöhnen klang.

Sie hörte, wie ihr selbst ein ähnliches Stöhnen entfuhr, oder war es eher ein Wimmern? Er bewegte sich in ihr, hart und fordernd.

Sie schlang ihre Beine um seine Hüfte, eine instinktive Bewegung, die sie beide überraschte. Seine Bewegungen wurden drängender, als er merkte, daß sie sich ihm willig anbot.

Marsh freute sich über die Verwandlung, darüber, daß sie ihr Verlangen, das er bisher nur gespürt hatte, so offen zeigte. Sie gab sich ihm ohne Fragen hin, ohne Vorbehalte, und er fühlte, daß sie ihm damit das größtmögliche Geschenk machte. Es gab so vieles, was er nicht von ihr wußte. Sein Verlangen, sie zu kennen, alles über sie zu wissen, überraschte ihn. Verdammt. Verdammt. Die stummen Flüche hatten denselben Rhythmus wie sein Körper, der tiefer und tiefer in sie eindrang. Ihr Körper bewegte sich im gleichen Takt, reckte sich ihm entgegen, herausfordernd, drängend. Und dann spürte er, wie sie erschauderte, und mit einem letzten Stoß explodierte er. Ihr Aufschrei verriet ihm, daß auch sie explodierte.

Er hielt sie fest und rollte auf den Rücken, so daß sie auf ihm lag und er in ihr Gesicht blicken konnte. Aber sie legte den Kopf an seine Schulter, und diese Geste des Vertrauens verwandelte die Erregung, die er verspürt hatte, in Trauer. Er war der letzte Mensch auf Erden, dem irgend jemand vertrauen sollte.

So lagen sie da, einander so nah und doch ... durch das Schweigen getrennt. Er dachte an die Geheimnisse, die sie voreinander hatten.

Die Geheimnisse. Cat spürte sie wie eine bleischwere Last. Ihre Hand glitt sanft über die Narben auf seiner Brust. Es gab so vieles, was sie wissen wollte. Aber wenn sie ihn fragte, würde er vielleicht auch Fragen stellen. Fragen, die sie niemals beantworten könnte. Sie vertraute ihm zwar ihren Körper an, nicht aber ihr Leben.

Also schmiegte sie sich einfach an seinen Körper und sog die Hitze auf, die immer noch von ihm ausging. Sie fühlte sich jung, lebendig. Sie würde nicht zulassen, daß ihre Vergangenheit diesen Augenblick zerstörte.

Die Schatten des Spätnachmittags wanderten weiter und tauchten das Bett in angenehmes Halbdunkel. Sie hörte seinen Herzschlag, spürte seinen warmen Atem, fühlte seine Hände, die sie sanft umfaßten. Und sie wußte, daß sie nie genug von ihm bekommen würde. Plötzlich stieg Panik in ihr auf. Sie mußte etwas Abstand von ihm bekommen. Cat rollte sich von seinem Körper und setzte sich auf, aber seine Hand hielt sie fest.

»Geh nicht«, flüsterte er heiser.

Sie wollte nicht gehen. Aber sie mußte. Ehe er alles nahm, was sie war.

»Ich ... ich muß gehen. Ich bin wirklich nur gekommen, um dich zu warnen. Molly hat mich darum gebeten ...«

Er legte einen Finger auf ihre Lippen. *»Du* hast dir Sorgen um mich gemacht.« Es war eine amüsierte Feststellung, und sie fragte sich, ob er bezweifelte, daß sie sich Sorgen um ihn machte.

»Molly hat sich Sorgen um dich gemacht.«

»Du kannst ihr sagen, daß ich eine besondere Fähigkeit habe«, sagte er lässig. »Und das ist mein ausgeprägter Selbsterhaltungstrieb.«

Ihr Blick wanderte zu den Narben auf seinem Körper und dann zu seinen Augen.

Als er den Zweifel in ihrem Gesicht sah, grinste er. »Auch wenn es nicht den Anschein hat«, gab er zu. Seine Hand grub sich in ihr Haar. »Weißt du, du bist wirklich schön.«

Cat versuchte, das Verlangen, die Hitze, die erneut in ihr aufwallte, zu ignorieren. »Du lenkst vom Thema ab.«

»Im Moment kann ich ja wohl sowieso nichts tun«, bemerkte er. Insgeheim jedoch freute ihn ihre Besorgnis.

»Canton …«

Ihm gefiel die Art, wie sie seinen Namen sagte. Er hätte gern seinen richtigen Vornamen aus ihrem Mund gehört. Marsh. Aber das wäre zu gefährlich. In vielerlei Hinsicht. Er nahm ihre Finger und küßte sie. »Hmmmm?«

»Du hast gar nicht danach gefragt, wer überhaupt hinter Molly her war.«

Er zuckte mit den Schultern. »Irgendein abgewiesener Verehrer?«

»Ich wünschte, so wäre es«, sagte sie und versuchte, sich nicht noch einmal von ihm ablenken zu lassen. Aber die Hitze breitete sich von ihren Fingern im ganzen Arm aus. Sie mußte sich dazu zwingen, sitzen zu bleiben, ein Mindestmaß an Würde zu behalten. Obgleich das nicht gerade einfach war – schließlich war sie splitternackt. Und er lag ebenso nackt neben ihr.

»Wer war es dann?« fragte er, als wolle er ein aufgeregtes Kind besänftigen. Plötzlich hatte er ein ungutes Gefühl.

»Ihr Vater«, sagte sie und erinnerte sich an die angestrengte Unterhaltung, die sie vor ein paar Stunden mit dem Mädchen geführt hatte. »Ein Bankier aus Oakland.«

Marsh erstarrte.

»Ich glaube, sie hat entsetzliche Angst vor ihm. Sie sagt, daß er mindestens einen Menschen umgebracht hat, der versucht hat, ihr zu helfen, und daß er anderen schweren Schaden zugefügt hat.«

Er sah sie an. »Und was willst du dagegen unternehmen?«

»Ich weiß nicht. Teddy dachte, du könntest vielleicht ...«

Marsh lief ein eiskalter Schauder den Rücken hinab. Deshalb also war sie gekommen. Was für ein Narr war er doch gewesen zu denken, daß sie vielleicht etwas für ihn empfand.

Er ließ ihre Hand los, setzte sich auf und streckte sich mit gespielter Nonchalance. »Ich? Was soll ich denn bitte dagegen unternehmen?«

Cat hörte eine leichte Warnung in seiner Stimme, sah, wie sich sein Blick verfinsterte. Sie erschauderte ob der plötzlichen Kälte im Raum. »Nichts«, sagte sie, aber sie wußte, es war zu spät. Was auch immer noch vor wenigen Minuten zwischen ihnen gewesen war, war jetzt zerstört.

»Sprich weiter, Teuerste«, sagte er mit seidiger Stimme. »Ich bezahle die Leute immer für ihre Dienste.«

Diese Worte schmerzten sie mehr als alles, was man ihr bisher angetan hatte. Die Wärme, die wunderbare Wärme, die sie eben noch verspürt hatte, wich aus ihrem Körper. Bezahlen? Dienste? Sie warf ihm einen haßerfüllten Blick zu und griff so würdevoll wie möglich nach ihren Kleidern. Am liebsten hätte sie ihn geschlagen, um den plötzlichen Haß in seinem Gesicht auszuradieren. Aber dann erinnerte sie sich daran, wie sie vor Jahren schon einmal Gewalt angewendet hatte.

Nein!

Sie zog sich eilig an, ohne ihn noch einmal anzusehen. Sie hätte seinen Anblick nicht ertragen. Übelkeit stieg in ihr auf. Sie hatte sich wieder einmal täuschen lassen, hatte sich eingebildet, er empfände wirklich etwas für sie. Dabei war es ganz einfach eine raffinierte Verführung gewesen. Sie hatte immer angenommen, daß er sich darauf verstand. Aber sie hatte nicht gewußt, *wie gut* er sich darauf verstand. Und dann hatte er sie angeblickt, als sei sie ein Stück Dreck. Eine Hure.

Du bist nichts weiter als eine Hure. Alles, was sie in ihrem Leben erreicht hatte, schien auf einmal zusammenzustürzen. *Nichts als eine Hure. Nichts … nichts.* Sie hörte die Stimme ihres Mannes, die diese Worte wieder und wieder hervorstieß. Und jetzt Canton. Tränen brannten in ihren Augen, und ihre Übelkeit verstärkte sich. Aber sie würde ihn nicht merken lassen, wie sehr seine spitze Bemerkung sie verletzt hatte.

Sie haßte ihn. Großer Gott, wie sehr sie ihn in diesem Moment haßte.

Sie schloß den letzten Knopf ihres Kleides, griff nach ihren Schuhen, schlüpfte hinein und wandte sich zur Tür.

Cat hatte sie beinahe erreicht, war beinahe in Sicherheit, als er ihren Arm packte und sie zu sich herumdrehte. Zur Hölle mit ihm. Sie biß die Zähne zusammen und zwang sich, ihn anzusehen. Sie würde ihm nicht die Genugtuung verschaffen, seinem Blick auszuweichen.

»Lassen Sie mich los«, sagte sie mit eisiger Stimme.

»Wie gesagt, ich bezahle immer meine Schulden«, sagte er ebenso kalt. »Also, was willst du?«

»Daß du auf der Stelle tot umfällst.«

»Vor ein paar Minuten hast du aber etwas ganz anderes gewollt.« Der alte Spott war in seine Stimme zurückgekehrt, und sie fragte sich, ob sie sich das heisere Flüstern, die sanften Lippen, seine Art, ihre Tränen fortzuküssen, vielleicht nur eingebildet hatte.

»Aber jetzt will ich es«, sagte sie.

Er lächelte zwischen zusammengebissenen Zähnen. Es sah eher aus wie das Zähnefletschen seines Hundes. »Mit diesem Wunsch stehst du nicht allein da, Teuerste.«

Wenn sie der Gewalt nicht abgeschworen hätte, hätte sie ihn wahrscheinlich an Ort und Stelle erwürgt. Ihr Blick wanderte zu dem Pistolenhalfter, das er achtlos auf die Kommode geworfen hatte.

Er folgte ihrem Blick. Seine Hände strichen erneut verführerisch über ihre Arme, und wieder spürte sie, wie Hitze in ihrem Inneren aufwallte. Doch dieses Mal ignorierte sie ihren Körper.

»Wenn du mich noch einmal anrührst, bringe ich dich um.«

»Das kannst du gerne versuchen«, sagte er mit harter Stimme. Aber er ließ sie los und blieb reglos vor ihr stehen. Sie konnte nicht anders – ein paar Sekunden lang starrte sie ihn an. Sie haßte die Perfektion dieses Mannes, die nur durch die sichtbaren Spuren von Gewalt gestört wurde. Gütiger Luzifer, am liebsten hätte sie ihn in diesem Moment noch viel mehr verstümmelt.

Sie reckte das Kinn und wandte sich ab. Dieses Mal ging sie schneller, obwohl sie wußte, daß er ihr nicht folgen würde. Sie öffnete die Tür, verließ erhobenen Hauptes den Raum und widerstand dem Drang, einfach davonzurennen. Sie schaffte es durch den Saloon bis zum Ausgang. Dann lehnte sie sich kurz an die Wand des *Glory Hole* und blickte hinüber zum *Silver Slipper.* Ihrem *Silver Slipper.* Ihrem Leben.

Ihr war übel, und sie fühlte sich einsam, einsamer als je zuvor. Wie hatte sie sich nur derart hingeben können? Einem Mann wie Canton.

Mehr als je zuvor war er nun ihr Feind. Sie würde ihn aus San Francisco vertreiben. Und wenn sie selbst daran zugrunde ging.

Marsh beobachtete, wie Cat über die Straße ging. Ihre Schultern waren gestrafft wie die eines Soldaten, der in die Schlacht zog. Entschlossen. Trotzig. Stolz.

Er sah, wie sie den *Silver Slipper* betrat, und dann stapfte er, immer noch nackt, hinüber zum Bett, dessen Laken immer noch zerwühlt waren. Er schloß kurz die Augen. Er hatte sich so frei gefühlt. Und so verdammt gut. Er hatte wirklich gedacht, daß sie *ihn* wollte.

Er erinnerte sich daran, wie sie die Augen aufgerissen hatte, als er den Mann erschossen hatte, der ihre junge Schutzbefohlene entführen wollte. Sie hatte den Killer in ihm erkannt.

Und heute nachmittag hatte sie diese Erkenntnis ausgenutzt. Und etwas in ihm war gestorben. Sie hatte einen Killer gewollt und nicht den Mann, der er versuchte zu werden.

Er rieb sich den Nacken und dachte an ihren entsetzten Blick, als er gesagt hatte, er würde sie für ihre Dienste bezahlen. Vielleicht ... vielleicht zog er einfach voreilige Schlüsse.

Er stöhnte auf wie ein verletztes Tier. Er zog keine voreiligen Schlüsse. Das wußte er. Was sonst sollte sie von ihm wollen? Er durfte nicht vergessen, daß sie diejenige war, die ihn hatte zusammenschlagen und ins Gefängnis werfen lassen.

Himmel, die Vergangenheit ließ sich eben nicht abschütteln. Er konnte sich nicht ändern – und selbst sie hatte das gemerkt.

Er war ein verdammter Narr gewesen, sich einzubilden, es könnte ihm gelingen.

Ein verdammter Narr.

TEIL II

Ungewisses Erwachen

KAPITEL 17

Cat benutzte die Außentreppe zum oberen Stockwerk, die tagsüber geöffnet war, damit die Mädchen ungehindert ein und aus gehen konnten.

Sie sah wahrscheinlich verheerend aus. Ihr Haar hing ihr in wirren Strähnen ins Gesicht, und ihre Wangen waren wahrscheinlich immer noch vor Zorn gerötet. Sie brauchte die Sicherheit ihres Zimmers, wo sie sich vor aller Welt verstecken konnte. Für immer. Aber sie wußte, daß sie sich nicht dauerhaft von der Außenwelt abschotten würde.

Die Zeiten, in denen sie das getan hatte, waren vorbei. Aber ihr glühender Zorn würde sich nicht so schnell legen. Canton hätte sie nicht tiefer treffen können, selbst wenn er es versucht hätte. Und sie haßte ihn dafür, daß er ihre größte Schwäche erwischt hatte – ihre Vergangenheit.

Die Tatsache, daß sie aus größter Glückseligkeit in die Hölle zurückgestürzt war, die sie so verzweifelt zu vergessen versuchte, vergrößerte ihre Wut nur noch. Stärkte ihre Entschlossenheit, es ihm heimzuzahlen. Sie würde ihn ebenso verletzen, wie er sie verletzt hatte.

Cat wußte, daß sie es nicht ertragen würde, ihn jeden Tag zu sehen, an die Süße ihrer Begegnung und den erneuten Betrug erinnert zu werden. Am tiefsten würde sie ihn treffen, wenn es um seine Finanzen ging.

Die französische Truppe würde nur noch ein paar Tage bleiben, aber Wilhelmina und ein paar andere Mädchen hatten den Cancan gelernt, und sie würde Musiker einstellen – und die Preise für die Getränke reduzieren.

Und sie würde die Leute zum Spielen animieren. Bei Luzifer, wenn sie dazu weibliche Croupiers brauchte, würde sie sie eben besorgen.

Luzifer. Sie würde sich einen neuen Fluch suchen müssen. Dieser erinnerte sie zu sehr an Canton. Sie schloß die Augen, als eine neue Woge des Schmerzes über ihr zusammenschlug.

Aber erst einmal mußte sie sich um Molly kümmern. Bei ihrem Gespräch mit dem Mädchen hatte Cat eine Menge beängstigender Informationen bekommen. Wie sollte sie sie nur schützen?

Canton fiel als möglicher Helfer weg. Cat würde ihn noch nicht einmal um einen Schluck Wasser bitten, selbst wenn sie am Verdursten wäre.

Sie kämmte ihr Haar, steckte es zu einem Knoten zusammen und blickte in den Spiegel. Ihr Gesicht war immer noch gerötet, ihre Lippen immer noch geschwollen. Ihr Körper fühlte sich ... seltsam an. Unter anderen Umständen wäre es ein angenehmes Gefühl gewesen, aber jetzt haßte sie jede Erinnerung an Canton. Sie haßte ihren Körper dafür, daß er immer noch erschauderte. Sie haßte ihn dafür, daß er ihren Feind begehrte.

Cat spritzte sich Wasser ins Gesicht. Am liebsten hätte sie gebadet. Ein Bad hätte diesen Nachmittag von ihr abgewaschen. Aber sie wußte, daß sie diese Begegnung niemals würde abstreifen können. Die Erinnerung an die Reaktion ihres Körpers, an ihre Hingabe und an das bittere Nachspiel, an den kalten, verächtlichen Blick des Erzengels.

Die Erinnerung ließ sie erzittern. Was für eine Erniedrigung. Dann versuchte sie, diese Gedanken ebenso zu verdrängen, wie sie schon andere Gedanken verdrängt hatte. Sie konnte es. Sie hatte es schon vorher getan. Er war für sie nichts weiter als ein Rivale, den es auszuschalten galt.

Mit einem letzten flüchtigen Blick in den Spiegel wandte sie sich um und machte sich auf die Suche nach Teddy.

Er stand hinter der Theke und starrte zur Treppe hinüber, die zu ihrem Zimmer führte. Sie wußte, daß er gesehen haben mußte, wie sie über die Straße gekommen war.

Die Eiskönigin. Sie würde es schaffen. Sie setzte ein Lächeln auf, schlenderte hinüber zur Bar und suchte sich einen freien Platz.

Teddy eilte zu ihr. »Alles in Ordnung?«

Sie nickte. »Aber Canton kann uns nicht helfen.«

»Er hat sich geweigert?«

Cat wandte den Blick ab. Sie log Teddy nicht gerne an. »Er hat zuviel dafür verlangt.«

»Zuviel verlangt?«

Cat äußerte sich nicht wieder dazu, und das war auch nicht nötig. Teddys Miene verfinsterte sich, und er sah aus, als sei er bereit, dem Kerl gegenüber an die Gurgel zu gehen. »Ich werde ...«

»Du wirst nichts tun«, sagte Cat. »Ich werde mich selbst darum kümmern. Aber erst mal müssen wir einen sicheren Platz für Molly finden.«

»Ich werde Hugh fragen«, sagte Teddy. »Vielleicht kann sie eine Weile bei ihm und seiner Familie bleiben. Elizabeth könnte wirklich Hilfe brauchen.«

Cat nickte. Es war das Beste, was sie im Moment tun konnten. Aber langfristig müßten sie sich etwas Besseres überlegen.

Er nickte. »Oh, das hier ist für Sie abgegeben worden.«

Cat blickte neugierig auf den eleganten Umschlag, ehe sie ihn langsam öffnete. Sie überflog eilig den Inhalt, und dann las sie den Brief ein zweites Mal, langsamer. Der Zorn in ihrem Gesicht legte sich, und sie sah Teddy überrascht an. »Eine Einladung zum Tee von Mr. und Mrs. Quinn Devereux.«

Auch Teddy wirkte verblüfft. Viele der bedeutendsten Politiker und Geschäftsmänner von San Francisco besuchten den *Silver Slipper,* aber noch nie war Cat von einem von ihnen nach Hause eingeladen worden. Eine solche Einladung hatte Cat sich jahrelang gewünscht, da sie geglaubt hatte, sie verschaffe ihr die gewünschte Respektabilität. Normalerweise wäre sie also hocherfreut gewesen, aber jetzt fragte sie sich, ob sie sich überhaupt jemals wieder über etwas freuen würde.

Die Devereux. Das goldene Paar von San Francisco. Warum?

Canton hatte im *Pacific Palace* gewohnt, aber das hatte nichts zu sagen. Eine Menge Leute wohnten dort. Und die Devereux hatten sicher nichts mit einem Mann wie Canton zu tun.

Schließlich siegte ihre Neugierde über ihren Argwohn. Sie würde die Einladung annehmen.

Tee im *Pacific Palace!*

Sie wandte sich erneut an Teddy. »Dann sprichst du also mit Hugh.«

Er nickte. »Bis dahin wird immer einer von uns in Mollys Nähe bleiben. Im Augenblick ist Wilhelmina bei ihr.«

Cat zögerte. »Vom Gesetz her ist ihr Vater ihr rechtmäßiger Vormund, und er kann verlangen, daß sie zu ihm zurückkehrt. Wir müssen also so schnell wie möglich handeln für den Fall, daß er sich an die Behörden wendet.«

Teddy wich ihrem Blick aus, während er mit einem Glas herumhantierte. »Warum, glauben Sie, hat sie solche Angst?«

Cat dachte, daß sie genug von Molly erfahren hatte, um zu wissen, worüber das Mädchen nicht sprechen würde, nicht sprechen konnte. Sie hatte, weiß Gott, schon die schlimmsten Männer gesehen und erlebt, und die Angst in Mollys Augen, die Erniedrigung, die sie dort sah, kamen bestimmt nicht einfach von einer normalen strengen Erziehung. Cat war von ihrer eigenen Mutter verkauft worden. Sie erschauderte bei dem Gedanken an das, was Mollys Vater getan haben könnte.

Zur Hölle mit Canton. Ihr war zuvor nicht klar gewesen, welche Hoffnung sie in ihn gesetzt hatte. Ohne jeden Grund, einfach nur aus dem Gefühl heraus. Und ihr Gefühl hatte getrogen. Erneut spürte sie einen kalten Schauder.

Teddy bedachte sie mit einem seltsamen Blick. »Ich frage mich, weshalb Mollys Vater sich nicht schon am Anfang an die Behörden gewandt hat. Warum läßt er sie statt dessen von irgendwelchen Halunken entführen?«

»Seltsam, nicht wahr?« erwiderte Cat. »Vielleicht hat er Angst, daß irgend etwas an die Öffentlichkeit dringen könnte, was er lieber für sich behalten möchte. Wir müssen Molly einfach dazu bringen, uns mehr über diesen Mann zu erzählen.«

»Vielleicht kann Elizabeth uns helfen. Alle Welt vertraut sich ihr an«, sagte Teddy.

Das wagte Cat zu bezweifeln. Sie wußte, daß sie selbst niemals in der Lage gewesen war, über ihre Vergangenheit zu sprechen – nicht einmal mit Ben, der sie geheiratet hatte. Sie hatte ihn gewarnt, als er ihr einen Antrag gemacht hatte. Sie hatte ihm gegenüber ehrlich sein wollen, hatte ihm sagen wollen, daß sie jemanden getötet hatte. Aber sie war einfach nicht in der Lage gewesen, darüber zu sprechen, nicht einmal mit ihm. Die Scham und das Schuldgefühl hatten einfach zu tief gesessen. Bis heute nachmittag hatte sie nicht gewußt, wie tief, bis Canton – ach, zur Hölle mit Canton.

»Warum sprichst du nicht gleich jetzt mit Hugh?« fragte sie, obwohl sie die Vorstellung, daß Teddy dazu ins *Glory Hole* gehen müßte, entsetzlich fand. Doch je eher Molly in Sicherheit war, um so besser. Das wußte Cat aus eigener Erfahrung. Schließlich war sie selbst lange genug auf der Flucht gewesen. Und die oberste Regel war immer die gewesen, niemals zu lange an einem Ort zu verweilen.

»Und, Teddy«, fügte sie hinzu, als er sich zum Gehen wandte. »Versuch doch, ein paar weibliche Croupiers zu finden.«

»Warum denn das?«

»Weil Canton uns mit seinen Geberinnen Gäste wegschnappt.«

»Aber bei uns haben die Leute noch nie viel gespielt.«

»Es ist Zeit für eine Veränderung.«

Er war offensichtlich anderer Meinung, und sie sah, wie er innerlich mit sich rang. Er widersprach ihr niemals offen. Sie wußte, daß seine Loyalität ihr gegenüber grenzenlos war, doch manchmal störte es sie, daß er sich ihr nie widersetzte. Offensichtlich war Widerspruch für ihn ein Zeichen von Untreue. Für sie nicht.

»Nun rück schon raus mit der Sprache, Teddy«, befahl sie.

»Der *Silver Slipper* ist deswegen so erfolgreich, weil er ein bestimmtes Publikum anzieht«, sagte er schließlich. Vor lauter Ernst stotterte er beinahe. »Die Leute kommen hierher, um über Geschäfte zu sprechen und um sich bei einem Glas zu entspannen.«

»Aber«, erwiderte Cat, »unsere Einnahmen haben sich seit der Einführung des Cancan erheblich verbessert, und das *Glory Hole* profitiert bestimmt von seinen weiblichen Croupiers.«

»Aber Sie werden langfristig nichts dadurch gewinnen, wenn

Sie ihn imitieren«, sagte er. »Wenn sich die Aufregung über das Neue erst mal gelegt hat, werden unsere neuen Kunden sich etwas anderes suchen, und die Stammgäste sind vielleicht schon weg.«

»Ich werde nicht zulassen, daß er gewinnt«, entgegnete Cat trotzig.

»Sie finden es also besser, wenn beide Seiten verlieren?« Er sah sie fragend an.

»Für etwas anderes ist es zu spät«, flüsterte sie. »Er ist einfach zu weit gegangen.«

»Wie weit?«

»Beeil dich lieber. Ich brauche dich nachher.«

»Catalina?«

Sie blieb stehen, ohne sich umzudrehen.

Kurzes Schweigen. »Wenn er Ihnen weh getan hat ...« Teddys Stimme hatte etwas Drohendes und zugleich etwas Zögerndes. Schließlich hatte Canton erst gestern Molly gerettet.

Cat schüttelte den Kopf. Niemand hatte ihr weh getan. Sie hatte sich alles selbst zuzuschreiben. »Er ist einfach ... verdammt arrogant«, sagte sie steif. »Und er ist mir lästig.«

Geistesabwesend griff der Spieler nach der San Franciscoer Zeitung, die neben ihm auf dem Tisch in dem Hotel in Sacramento lag. Er wollte entspannt wirken, wohlhabend. Seine Rechnung war noch nicht bezahlt, und der Manager hatte ihn bereits mehrmals argwöhnisch angesehen. Heute abend würde er sich heimlich aus dem Staub machen.

Er hatte wirklich Pech gehabt in letzter Zeit. Aber schließlich war es ihm noch nie besonders gutgegangen. In letzter Zeit hatte er nur gewonnen, wenn er falsch gespielt hatte, und seit er vor einem Monat dabei erwischt und verprügelt worden war, hatte er sich nicht mehr getraut, zu betrügen. Er hatte nur noch zehn Dollar. Wenn er einen neuen Einsatz hätte, würde sich sein Schicksal wenden. Da war er ganz sicher.

Ohne großes Interesse überflog er die Schlagzeilen. Doch dann entdeckte er das Bild der Frau, und sein Herz machte einen Satz.

Während er eilig den Artikel las, strich er sich gedankenverloren mit der Hand über die kaum sichtbare Narbe in seinem Gesicht. War es möglich? Lizzie?

Er hatte Jahre damit verbracht, sie zu suchen, hatte sämtliche Städte und Camps entlang des Mississippi abgeklappert. Doch er hatte ihre Spur bereits vor Jahren verloren und angenommen, sie sei tot.

Er sah noch einmal auf die Zeichnung. Es war zwanzig Jahre her, aber dieses Gesicht würde er niemals vergessen.

Catalina Hilliard. Ein bemerkenswerter Name. Saloonbesitzerin. Bekannt genug, daß ihr Bild in der Zeitung erschien. Sicher hatte sie eine Menge Geld.

Vielleicht sogar genug, um ihn seinen Schwur vergessen zu lassen, sie zu töten.

Vielleicht.

Er fragte sich, ob er mit zehn Dollar bis nach San Francisco kam. Irgendwie würde er es schaffen.

Er schob die Zeitung unter den Arm. Seine Pechsträhne hatte ein Ende.

Meredith Devereux hatte alles mit ihrer Haushälterin besprochen. Natürlich würde es Tee geben. Für die Männer Brandy. Normalerweise zogen sie etwas Alkoholisches vor. Zumindestens tat das ihr Mann, und nach allem, was sie über den geheimnisvollen Mr. Canton gehört hatte, dieser wohl auch.

Bei Miss Hilliard war sie sich nicht ganz sicher. Sie wußte nicht einmal genau, weshalb ihr Mann diese nachmittägliche Einladung ausgesprochen hatte, obgleich ihr das wohlbekannte Glitzern in seinen Augen nicht verborgen geblieben war. Ein Glitzern, das normalerweise ihren Argwohn weckte – ihren Argwohn und zugleich häufig ihre Begeisterung.

Er fand großen Gefallen daran, irgendwelche Dummheiten zu machen, und bis zu einem gewissen Punkt ging es ihr nicht anders. Aber sie wußte gern, was auf sie zukam. Sie sagte sich, daß sie im Untergrund genug Abenteuer erlebt hatte, obwohl sie die Zeit manchmal vermißte, vor allem die wunderbaren, quälenden

Momente, in denen sie und Quinn sich begegnet waren und einander bekämpft hatten, da jeder den anderen für einen Feind hielt. Sie liebte ihn heute mehr denn je, aber die Tage damals waren unglaublich aufregend gewesen.

Was also hatte er nun schon wieder im Sinn? Auf jeden Fall führte er etwas im Schilde.

Auf ihr Fragen hatte er lediglich geantwortet, daß Mr. Canton Interesse daran hätte, ein ehrbarer Bürger ihrer Stadt zu werden, und daß er vielleicht einige ihrer gemeinnützigen Projekte fördern würde.

»Und Miss Hilliard?« hatte sie gefragt.

Er hatte nur gegrinst.

Sie las die Zeitungen – also wußte sie von der angeblichen Fehde zwischen den beiden Saloonbesitzern –, und sie hatte ihn argwöhnisch angeblickt.

Aber er hatte sich geweigert, noch irgend etwas zu sagen.

Nicht zum ersten Mal hatte sie den Wunsch verspürt, ihn zu erwürgen. Das hatte sie bereits an dem Tag gewollt, als sie ihn zum ersten Mal gesehen hatte, als seine überraschend blauen Augen hinter die Fassade der affektierten Schönheit auf der Jagd nach einem Ehemann hindurchgeblickt hatten, die sie errichtet hatte. Er war immer noch attraktiv, obgleich die weißen Strähnen, die sein Haar früher durchzogen hatten, inzwischen die Oberhand gewonnen hatten. Er sah gut zehn Jahre jünger aus als fünfundfünfzig. Er war schlank und geschmeidig wie immer, vital und erfolgreich und hatte so vielfältige Interessen, daß sie sich gar nicht alle merken konnte. Mit Quinn Devereux war das Leben niemals langweilig. Die acht höllischen Jahre, die er als englischer Gefangener in Australien verbracht hatte, hatten ihm so vieles genommen, daß er immer noch versuchte, alles aufzuholen – genau wie er versuchte, jedes Unrecht zu beheben, das er irgendwo bemerkte. Ihr Quinn war der mitfühlendste Mann, dem sie jemals begegnet war, wenn auch manchmal etwas spitzbübisch. So wie jetzt.

Sie war fasziniert von der Legende der Eiskönigin, und sie freute sich darauf, die Frau persönlich kennenzulernen. Schließlich war Meredith selbst jahrelang auf der Flucht vor dem Arm des Gesetzes gewesen, hatte Nächte in einem Bordell verbracht und war Sklavenjägern entkommen. Ihre Halbschwester war eine entflohene Sklavin, und der beste Freund ihres Mannes war ein entflohener Sklave, der inzwischen ein eigenes florierendes Geschäft betrieb. Sie hatte also bereits vor langer Zeit gelernt, einen Menschen nach seinem Charakter zu beurteilen und nicht nach seinem Äußeren.

Aber da gab es dieses Gerücht über eine Fehde. Sie schenkte noch etwas mehr Brandy in die Karaffe. Vielleicht würde sie selbst welchen brauchen.

Meredith sah sich in der Wohnung über dem *Pacific Palace* um. Man hatte einen herrlichen Ausblick auf das Meer, weshalb sie und Quinn hier eingezogen waren, nachdem ihre beiden Söhne das Haus verlassen hatten, erst wegen des Colleges und dann der eine, um für die Eisenbahn zu arbeiten, und der andere als Teilhaber der Pinkerton Privatdetektei. Die Abenteuerlust schien einfach in der Familie zu liegen. Beide Jungen hatten ihren eigenen Weg gehen wollen statt einfach die Geschäfte des Vaters zu übernehmen.

Es klopfte, und May Ling, die Haushälterin, eilte zur Tür. Meredith folgte ihr. Wo in aller Welt steckte nur Quinn?

Im Eingang stand eine wunderhübsche Frau in einem modischen grünen Kleid, deren leuchtendgrüne Augen interessiert – und zugleich etwas unsicher – aufblitzten. Instinktiv streckte Meredith ihre Hände aus.

»Miss Hilliard. Ich bin Meredith Devereux, und ich freue mich sehr, daß Sie gekommen sind. Treten Sie doch ein. Mein Mann kommt mal wieder etwas zu spät, aber er müßte jeden Moment hier sein.«

Cat zögerte, doch dann erlag sie Merediths Charme. Sie lächelte und folgte ihrer Gastgeberin ins Wohnzimmer, wo ihr sofort ein Platz angeboten wurde. Meredith Devereux hatte etwas Offenes an sich, das sie dazu bewegte zu sagen, was sie dachte. »Ich weiß gar nicht, weshalb ich von Ihnen eingeladen worden bin.«

Meredith lachte, ein klares, fröhliches Lachen, bei dem Cat ebenfalls lächelte. »Ich will Ihnen die Wahrheit sagen, Miss Hilliard. Es war die Idee meines Mannes, doch ich habe mich der Einladung mit dem größten Vergnügen angeschlossen. Aber ich warne Sie, er führt bestimmt etwas im Schilde. Er kann … unberechenbar sein. Ich nehme an, es hat etwas mit den Wohltätigkeitsorganisationen zu tun, denen wir angehören.«

Cat entspannte sich. Es handelte sich also nicht um irgendeinen bösen Scherz. Und ihre Gastgeberin mochte sie. Sie hatte keinerlei Vorbehalte, keinerlei Vorurteile. Sie schien sich im Gegenteil ehrlich zu freuen, Cats Bekanntschaft zu machen.

Im Schloß der Eingangstür wurde ein Schlüssel herumgedreht. »Das muß mein Mann sein«, sagte Meredith. »Nehmen Sie sich vor ihm in acht. Er ist unglaublich charmant und höchst skrupellos, wenn es ihm darum geht, Geld für einen guten Zweck einzutreiben.«

Cat blieb die Zuneigung in der Stimme der Frau nicht verborgen. Es war offensichtlich, daß Meredith Devereux ihren Mann immer noch sehr liebte.

Cat verspürte erneut das stechende, schmerzliche Verlustgefühl, die Einsamkeit, die sie immer verdrängt hatte, bis sie Canton vor ein paar Wochen begegnet war. Sie fühlte eine zitternde Schwäche in ihrem Inneren, eine überwältigende Leere, die sie verzweifelt zu verbergen versuchte. Sie sehnte sich nach Canton. Und zugleich verachtete sie ihn. Ebenso wie er sie offensichtlich verachtete.

Aber das Gefühl war immer noch da, als ein großer, gutaussehender Mann mit selbstsicheren Schritten den Raum betrat. Sie hatte ihn natürlich schon öfter gesehen. Aber sie war ihm niemals vorgestellt worden, und er hatte auch noch nie den *Silver Slipper* besucht.

Er verbeugte sich vor ihr. »Miss Hilliard. Es ist wirklich sehr freundlich von Ihnen, daß Sie unserer Einladung so kurzfristig gefolgt sind.« Und Cat verstand genau, was Meredith ihr hatte erklären wollen. Er war tatsächlich äußerst charmant, und er verströmte ein angenehme menschliche Wärme.

Weshalb nur erinnerte er sie an Canton? Dieser Mann strahlte eine natürliche Herzlichkeit aus. Er hatte vergnügte Falten um die Augen. Aber zugleich hatte er eine Spur dessen, was Canton von anderen Menschen trennte. Als hätten sie beide eine Feuerprobe bestanden und seien vollkommen verändert daraus hervorgekommen. Gestählt. Außer daß Cantons stählerne Hülle Risse aufwies.

Hör auf, an Canton zu denken, warnte sie sich. Diese beiden Männer hatten nichts gemeinsam. Canton könnte niemals so freundlich lächeln.

Und ob er es konnte. Während einiger weniger Minuten hatte er es getan. Aber es war nicht echt gewesen.

Es klopfte, und mit wenigen Schritten war ihr Gastgeber an der Tür, öffnete, und sie hatte das Gefühl, als habe sie selbst Canton durch ihre Gedanken herbeigerufen. Gütiger Luzifer, er war der letzte, den sie hier sehen wollte. Er war der letzte, den sie jemals sehen wollte. Sie ballte die Hand zur Faust und gab sich die größte Mühe, ihr Gesicht unter Kontrolle zu behalten, freundlich zu lächeln.

Für eine Sekunde glaubte sie, er habe ihr Zusammentreffen arrangiert, aber dann sah sie seine Überraschung, sein Mißvergnügen, ehe sein Gesicht zu einer eisigen Maske wurde, während er ein geübtes Lächeln aufsetzte.

Plötzlich war der Raum spannungsgeladen. Die Spannung war so groß, daß Cat wußte, daß auch ihre Gastgeber sie spüren mußten. Feindseligkeit flackerte zwischen ihnen beiden auf, Feindseligkeit und die vertraute Hitze. Warum mußte er nur so gut aussehen? Er trug enganliegende, hervorragend geschneiderte rehbraune Reithosen, ein Leinenhemd und eine herrlich sitzende Jacke. Ihr Blick wanderte zu seiner Hüfte; seine Waffe trug er nicht.

Er folgte ihrem Blick, und seine Miene wurde noch kälter. Seine Augen wurden zu zwei schmalen Schlitzen, und er preßte die Kiefer aufeinander. Dann wandte er sich an Quinn.

Obgleich ihr Gastgeber vollkommen entspannt wirkte, hatte Cat erneut den Eindruck, daß die beiden Männer etwas gemeinsam hatten, daß sie sich erkannten, obgleich Quinn ehrlich amüsiert wirkte, während Canton zwar nicht wütend, aber angespannt aussah.

»Sie kennen Miss Hilliard?« fragte Quinn mit ruhiger Stimme.

Cat hätte ihn am liebsten umgebracht. Ganz San Francisco wußte, daß sie sich kannten.

»Ich hatte bereits das ... höchst interessante Erlebnis, ihre Bekanntschaft zu machen«, sagte Canton mit einem leicht spöttischen Lächeln.

Cat sah, wie Meredith zusammenfuhr und ihrem Ehemann einen zornigen Blick zuwarf, doch der schien nichts zu bemerken.

Es war gut, daß Cat nichts in den Händen hatte, ansonsten wäre Meredith Devereux' kostbares Porzellan wahrscheinlich an Cantons Kopf geflogen.

»In der Tat«, sagte sie mit seidiger Stimme. »Ich habe versucht, ihn ... willkommen zu heißen. Ihn für die ersten etwas unglücklichen Wochen zu entschädigen. Es hätte ihn jemand vor der Barbary Coast warnen sollen. Schrecklich, daß so etwas in unserer Stadt passieren konnte.« Sie wandte sich an Marsh. »Sagen Sie, Mr. Canton, ist es im Gefängnis wirklich so ... traurig, wie man erzählt?«

»Man sollte alles einmal ausprobiert haben, Ma'am«, sagte er. »Es gibt da einen Polizeikäpt'n, der Ihnen wahrscheinlich zu einer Führung verhelfen könnte.«

Sie zuckte mit den Schultern, aber sie konnte sich einfach nicht zurückhalten. »Ich glaube, es gibt Erfahrungen, auf die ich bereitwillig verzichte, und ich glaube kaum, daß ich die Gesellschaft an einem solchen Ort besonders angenehm finden würde.« Es war deutlich zu verstehen, welche Gesellschaft sie meinte.

»Tee?« flötete Meredith.

»Brandy?« fragte Quinn mit einem leichten Lächeln. Er schien die Spannung im Raum nicht zu bemerken, aber das war unmöglich. Cat hätte am liebsten auch ihm etwas an den Kopf geworfen. Bei Gott, ihm machte die ganze Sache auch noch Spaß.

»Brandy«, sagte Marsh knapp.

»Brandy«, echote Cat, die es haßte, in irgendeiner Sache mit

Canton übereinzustimmen, aber die den Alkohol jetzt unbedingt brauchte.

»Brandy«, sagte auch Meredith zur Überraschung ihres Gatten.

Er ignorierte ihren fragenden Blick und schenkte grinsend ein. Keiner von ihnen nahm eins der Sandwiches, die auf einem Tischchen in der Nähe standen. Cat starrte Marsh herausfordernd an, und er musterte sie mit undurchdringlicher Miene. Meredith beobachtete ihren Mann und fragte sich, was er mit diesen beiden Menschen, die sich offenbar gegenseitig verabscheuten, wohl vorhatte. Der gesamte Raum schien vor Spannung zu beben.

Quinn reichte seinen Gästen und seiner Frau die Gläser. Dann setzte er sich mit seinem eigenen Glas in einen Sessel und schlug lässig die langen Beine übereinander. Es hatte beinahe den Anschein, als fühle er sich in Gesellschaft seiner Gäste wohl. Dann wandte er sich an Marsh. »Wie ich höre, hatten Sie vorgestern leichte Unannehmlichkeiten.«

Marsh bedachte ihn mit einem feindseligen Blick. Er hatte sich von Quinn in diese Falle locken lassen, und das gefiel ihm ganz und gar nicht. Er fragte sich, ob Cat wohl etwas damit zu tun hatte, doch dann entschied er sich dagegen. Sie wirkte, verdammt noch mal, viel zu erbost, aber andererseits hatte sie schließlich ein gewisses schauspielerisches Talent.

»Nicht der Rede wert«, erwiderte er ebenso kurz angebunden, wie er zuvor den Brandy geordert hatte.

Quinns Grinsen wurde noch breiter. »Nicht nur ein Held, sondern noch dazu bescheiden. Es heißt, Sie hätten eine junge Dame davor bewahrt, entführt zu werden.«

Marsh zuckte zusammen, und sein Blick wurde noch eine Spur eisiger.

Cat nahm einen großen Schluck Brandy und spürte, wie er in ihrer Kehle brannte. Sie hustete. Canton besaß wirklich nicht einmal die Spur von Anstand!

Quinn wandte sich an sie. »Und auch über Sie habe ich viel Gutes gehört, Miss Hilliard. Es heißt, Sie kümmern sich rührend um die Mädchen, die bei Ihnen arbeiten.«

Cat nippte erneut an ihrem Brandy.

»Aus diesem Grund haben Merry und ich Sie heute eingeladen«, sagte er und ignorierte den fragenden Blick seiner Gattin. »Wir beide unterstützen ein Heim für junge Damen, die Hilfe benötigen, und wir dachten, Sie hätten vielleicht Interesse, uns ein wenig zu helfen.«

Marsh starrte seinen Gastgeber verblüfft an. Cat goß den letzten Rest ihres Brandys hinunter.

»Weiße Sklavinnen sind an der Barbary Coast nichts Ungewöhnliches«, erläuterte Quinn. »Sowohl Chinesinnen als auch weiße Mädchen. Unsere Haushälterin May Ling hat uns erst vor wenigen Tagen von einem solchen Fall berichtet. Wir wollen den Mädchen einen sicheren Ort bieten, an dem sie leben und einen Beruf, oder wenn nötig, erst einmal lesen und schreiben lernen können. Im Augenblick sind wir noch dabei, das erforderliche Geld zu sammeln, aber wir hoffen, daß wir in ein paar Monaten eröffnen können.«

Schweigen. Cat spürte eine gewisse Erregung. Wenn sie vor Jahren von einem solchen Ort gewußt hätte ... und wenn Molly einen solchen Platz gehabt hätte ...

Cat hatte in den letzten Jahren neben dem Aufbau des *Silver Slipper* nicht viel geleistet; nun bekam sie die Gelegenheit, Mädchen zu helfen, die kein sicheres Zuhause hatten. Aber sie hatte Vorbehalte.

»Wäre es ... den anderen Beteiligten ... denn recht, wenn ich mich an der Sache beteilige?« fragte sie zögernd.

Meredith lächelte. »Natürlich wäre es ihnen recht«, sagte sie sanft. Sie wußte genau, wie es war, eine Außenseiterin zu sein. »Es würde uns sehr freuen, wenn Sie mitmachen würden.« Sie zögerte kurz, ehe sie eilig hinzufügte: »Und natürlich Mr. Canton.«

Cat verzog das Gesicht. »Sie können auf mich zählen.«

»Taylor?« fragte Quinn.

Marsh hätte beinahe nicht reagiert. Himmel, es wurde wirklich Zeit, daß er sich an den Namen gewöhnte. Aber schließlich sah er gerade Cat an, und in diesem Augenblick hätte sie wohl jeden Mann abgelenkt. Ihre grünen Augen wirkten sanft, beinahe wehmütig. Und verletzlich. Sehr, sehr verletzlich. Er spürte eine bohrende Unsicherheit, als er sich an ihre Tränen erinnerte und an die plötzliche Freude in ihrem Gesicht, ehe er mit seinen Worten alles zunichte gemacht hatte.

Er war es einfach nicht gewohnt zu vertrauen, jemand anderem Glauben zu schenken. In den letzten zwanzig Jahren hatte er immer das Schlimmste erwartet; das war nötig gewesen, um am Leben zu bleiben.

Doch jetzt fragte er sich, ob er sich vielleicht geirrt hatte. Aber ... er konnte sein Mißtrauen einfach nicht ablegen. Plötzlich merkte er, daß Quinn Devereux ihn ansah, daß er immer noch auf eine Antwort wartete.

Marsh dachte eilig nach. Er dachte an seine eigene Schwester und seine Mutter. Sie waren beide vergewaltigt worden, ehe man sie getötet hatte. Er dachte an Molly. Dann zuckte er mit den Schultern. »Wenn Miss Hilliard denkt, daß es eine gute Sache ist, wie sollte ich ihr da widersprechen?« sagte er in leicht bissigem Ton. »Mein Besuch bei Ihnen war wirklich interessant«, fuhr er fort, »aber ich fürchte, daß ich heute nachmittag noch eine Menge zu erledigen habe, vor allem, da ja nun noch zusätzliche Ausgaben auf mich zukommen.« Er leerte sein Glas, erhob sich mit der ihm eigenen lässigen Eleganz und verbeugte sich vor Meredith und Cat. »Meine Damen.«

»Ich werde Sie zur Tür begleiten«, sagte Quinn, und die beiden wandten sich zum Gehen.

»Eine wunderbare Frau, diese Miss Hilliard«, sagte Quinn, während er die Tür öffnete.

»Ach ja?« fragte Marsh mit beißender Stimme. »Sie scheinen Krallen zu mögen.«

»Sie machen das Leben interessant«, sagte Quinn. »Das weiß ich aus Erfahrung.«

Marsh warf ihm einen kalten Blick zu, drehte sich um und verschwand in der Eingangshalle.

Cat ging wenige Minuten später, nachdem sie noch einige Fragen zu dem geplanten Heim gestellt hatte.

Als sich die Tür hinter ihr schloß, wandte Meredith sich an ihren Mann. »Was sollte das Ganze?«

Er beugte sich zu ihr herab und küßte sie. »Mr. Canton hat mich vor ein paar Wochen aufgesucht und sich nach Miss Hilliard erkundigt. Sein Interesse war« – er zwinkerte – »höchst interessant.«

»Aber die beiden verabscheuen sich.«

»Ach ja?« Seine Lippen berührten sanft ihren Hals, und er dachte, daß sie immer noch genauso wunderbar war wie vor Jahren. Vielleicht sogar noch bezaubernder. »Erinnerst du dich noch daran, wie es war, als wir uns zum ersten Mal begegnet sind?«

Sie errötete. Es war die reinste Schlacht gewesen, und nun, da sie daran dachte … die Funken, die zwischen ihren beiden Gästen stoben, kamen ihr irgendwie bekannt vor.

KAPITEL 18

Zögernd zog Molly an diesem Abend zu Hugh und Elizabeth. Sie fürchtete, daß ihre Anwesenheit die Familie in Gefahr bringen könnte, aber Cat und Teddy versicherten ihr, daß niemand außer ihnen wußte, wo sie war. Molly war jedoch erst wirklich beruhigt, als Cat sagte, sie würde Elizabeth, die in anderen Umständen war, eine große Hilfe sein. Und auch Teddy hatte betont, daß Molly gebraucht wurde, da sonst niemand da sei, der sich um die Kinder kümmern konnte.

Bei diesen Worten hatte Molly angefangen zu strahlen. Sie liebte Kinder.

Und vielleicht, so hatte Cat gesagt, könnte Molly anschließend in dem Heim helfen, das die Devereux eröffnen wollten. Bis sie einen Weg fänden, um sie dauerhaft zu schützen.

Teddy hatte vorgeschlagen, daß sie ihrerseits einen Privatdetektiv anheuern sollten, um etwas mehr über Mollys Vater in Erfahrung zu bringen. Wenn er auch nur für ein paar der Dinge verantwortlich war, die Molly ihm zuschrieb – wie zum Beispiel das

Verschwinden eines Dienstmädchens –, dann gab es vielleicht eine Spur.

Molly hatte Bedenken geäußert. Ein Privatdetektiv war teuer, und Catalina und Teddy hatten bereits so viel für sie getan, sie hatten sich ihretwegen sogar in Gefahr begeben.

Teddy hatte ihre Hand ergriffen. Sie hatte so klein und zerbrechlich gewirkt in seiner großen Pranke, daß Cat hatte lächeln müssen. Molly vertraute ihm blind. Und außerdem hatte in ihrem für gewöhnlich schüchternen Blick noch etwas anderes gelegen, Freude und Zuneigung.

Vielleicht würde sie Teddy bald verlieren, dachte Cat. Nicht ganz natürlich, aber einen Teil von ihm. Meredith und Quinn Devereux fielen ihr wieder ein, die Art, in der sie sich angelächelt hatten – nach mindestens zwanzig Ehejahren. Sie hätte nie gedacht, daß Liebe etwas so Dauerhaftes sein konnte. Eigentlich hatte sie gedacht, so etwas wie Liebe gebe es überhaupt nicht.

Eine unerklärliche Sehnsucht wallte in ihr auf und hinterließ ein bitteres Gefühl von Einsamkeit. Bitter wegen der letzten paar Tage. Sie hatte einen Augenblick des Glücks erlebt, hatte erkannt, was Glück bedeutete, nur, um es einen Moment später auf die brutalste Weise wieder zu verlieren. Nicht zu wissen, was Glück bedeutete, war eine Sache. Es zu wissen und es nicht zu haben, war jedoch fast unerträglich.

Wenn doch nur …

Sie seufzte. »Und Hugh wird seinem Arbeitgeber bestimmt nichts verraten?« fragte sie Teddy.

Er schüttelte den Kopf. »Außer uns vier – Ihnen, mir, Hugh und Elizabeth – weiß niemand etwas. Elizabeth wird den Kindern erzählen, daß Molly eine Cousine aus dem Osten ist.«

Molly wurde aus dem *Silver Slipper* geschmuggelt, als gerade Hochbetrieb herrschte, weil zahllose Männer das Lokal nach der Cancan-Aufführung verließen. Das Mädchen, das Männerkleider trug, wurde eilig in eine Kutsche verfrachtet; es schien zwar niemand ein besonderes Interesse an den Vorgängen im *Silver Slipper* zu haben, aber Cat und Teddy hielten es für vernünftig, größte Vorsicht und Geheimhaltung walten zu lassen.

Am nächsten Tag würde Cat sich bei Quinn Devereux nach einem vertrauenswürdigen Privatdetektiv erkundigen; er schien sich in derartigen Dingen auszukennen. Genau wie Canton, aber eher würde die Hölle gefrieren, als daß sie ihn noch einmal um einen Gefallen bäte.

Nachdem der letzte Gast gegangen war und sich die Mädchen auf ihre Zimmer zurückgezogen hatten, schloß Cat die Tür ab und ging nach oben. Sie legte ihre Kleider ab, zog ein Nachthemd und einen Morgenmantel an und bürstete ihr Haar. Im Spiegel sah sie, daß es noch genauso glänzend und dunkel war wie früher, aber um die Augen herum entdeckte sie kleine Fältchen. Sie war beinahe vierzig ... Wenn sie auch ihr genaues Alter nicht kannte, war sie doch auf jeden Fall zu alt für die schwindelerregenden Gefühle, die ihr Leben in letzter Zeit derart aus den Fugen brachten.

Cat ging ans offene Fenster, und ihr Blick wanderte unweigerlich hinüber zum *Glory Hole.* Im Hauptraum flackerte noch eine einsame Kerze. Wieder hörte sie das Klavier, die Melodie, die sie seit Tagen verfolgte. Sie lehnte sich an die Wand und hörte zu. Ihr war bewußt, daß sie etwas ganz Privates, etwas Intimes belauschte, aber sie hatte die Musik vermißt. Die kraftvolle und zugleich traurige Melodie berührte sie auf eine eigenartige Weise, machte ihr ihre Einsamkeit auf bittersüße Art bewußt. Der Gedanke war schmerzlich, aber plötzlich wußte sie, daß Schmerzen besser waren als gar keine Gefühle. Sie sehnte sich danach zu leben, nicht nach dem lebendigen Tod, den sie seit Jahren kannte. Zumindest dafür sollte sie Canton dankbar sein.

Die Musik schwoll an, wurde stärker, kraftvoller – und zorniger. Cat hörte den Zorn. Die Leidenschaft. Die Leidenschaft, die sie mit ihm erlebt hatte.

Warum? Warum nur hatte er sich so plötzlich verändert? Warum war sein warmer Blick auf einmal so kalt geworden? Sie hatte gedacht, er habe sie nur benutzt, doch jetzt fragte sie sich, ob sie sich nicht vielleicht geirrt hatte. Die Musik weckte Zweifel in ihr. Sie war nicht kalt. Nicht gleichgültig. Nicht grausam. Aber sie war zornig.

Cat stand lange Zeit am Fenster. Das Stück endete, und sie hörte etwas anderes: eine wehmütige, traurige Melodie, voller Verlorenheit. Am liebsten hätte Cat geweint, aber sie hatte ihre Tränen bereits vor Jahren in ihrem Inneren verschlossen. Bei ihrer Begegnung mit Canton gestern nachmittag hatte sie geweint, aber das würde sie nie wieder tun. Nicht nach allem, was zwischen ihnen vorgefallen war.

Die Musik erstarb, und es wurde still. Nur das einsame Rattern einer Kutsche war zu hören. Jemand auf dem Weg nach Hause. Sie sah, daß Canton auf die Straße trat. Er hatte den Hund bei sich, den sie bereits ein paarmal gesehen hatte, wie immer wirkte er irgendwie einsam.

Er trug einen Ledermantel, und sie bemerkte die vertraute Ausbuchtung. Die Pistole. Die Pistole, die er so geschickt benutzt hatte. Cat dachte erneut an die Musik und fragte sich, wie es diesem Mann gelang, Schönheit und Tod derart in sich zu vereinen.

Plötzlich wandte er sich um und warf einen Blick hinauf zu ihrem Fenster. Zunächst wollte sie beiseite treten, doch dann entschied sie sich dagegen. Sie würde sich weder vor ihm noch vor sich selbst verstecken. Sie würde nicht noch einmal davonlaufen.

Das Licht der Gaslaterne fiel auf seine schlanke Gestalt, aber sein Gesicht lag im Dunkeln. Ganz offensichtlich sah er sie, denn er verharrte einen Augenblick reglos auf der Straße. Sie spürte, daß er nach ihr rief, doch dann erinnerte sie sich an seine höhnischen Bemerkungen. Sie schüttelte den Kopf, drehte sich um und ging zum Tisch, um den Docht der Lampe tiefer zu drehen. Dann legte sie ihren Morgenmantel ab und setzte sich aufs Bett. Heute nacht würde sie bestimmt nicht schlafen.

Marsh wandte den Blick vom Fenster. Heftige Gefühle wallten in ihm auf, hervorgerufen durch die Musik … und durch Cat. Er hatte gedacht, er habe seinen Zorn überwunden, den abgrundtiefen Zorn, der ihn dazu gebracht hatte, das Unverzeihliche zu tun, den Zorn, der ihn derart verletzt hatte, daß er zum Mörder geworden war. Aber er war immer noch da, brodelte tief in seinem Inneren, wiedererweckt durch die anderen Gefühle, die ebenfalls an die Oberfläche drängten. Keine Frau hatte ihn je so berührt wie Cat. Er fragte sich, ob es ihre Schönheit war, ihr herausforderndes Verhalten oder ihre Stärke. Als sie gestern bei ihm gewesen war, hatte sie so viele Gefühle in ihm geweckt, Gefühle, die er zuletzt als junger Mann empfunden hatte ... idealistisch und liebend, als gebe es wirklich noch eine andere Welt als die voller Kälte und Mißtrauen, in der er die Hälfte seines Lebens verbracht hatte. Bis sie ihm vorgeschlagen hatte ...

Was hatte sie ihm denn vorgeschlagen?

Himmel, er ertrug es nicht, daran zu denken, wie sich ihre Miene bei seinen Worten verändert hatte. Er ballte die Fäuste. Er hatte sich nicht geirrt. Er konnte sich nicht geirrt haben. Er brauchte sich nur daran zu erinnern, wie sie sich heute nachmittag von ihm abgewandt hatte. Und heute abend.

Er bog um die Ecke und ging in Richtung des Meeres. Winchester trottete hinter ihm her. Der Hund begleitete ihn inzwischen häufig, obwohl er ihm immer noch nicht zu nahe kam.

Himmel, über kurz oder lang würde die Welt, die er sich aufzubauen versuchte, wieder zusammenstürzen. Er hatte einen Angestellten, auf den er sich nicht zu verlassen wagte; er konnte Cat nicht aus seinen Gedanken vertreiben; und selbst die Geschichte mit der kleinen Molly ging ihm nahe. Was hatte Cat ihm nur sagen wollen, als er ihr ins Wort gefallen war?

Marsh konnte inzwischen das Wasser riechen, die würzige Mischung von Meer und Wind, die anders war als jeder andere Geruch. In der Bucht wehte eine kalte Brise. Als er seinen Mantel enger um sich schlang, spürte er die Waffe, die so sehr ein Teil von ihm war. Zu seiner Linken, auf der anderen Seite der Bucht, lag Alcatraz, unerträglich düster und einsam hinter den schaumbedeckten Wellen.

Dann kam Nebel auf und verdeckte die Sicht auf die Insel. Würde er doch auch andere Dinge einfach verdecken. Auslöschen.

Michael Callahan. Marsh wußte, daß er immer Michael Callahan vor sich sehen würde. Einen Farmer aus Georgia, dessen kleines Stück Land an Rosewood angegrenzt hatte und den es verbittert hatte, daß seine Familie niemals so wohlhabend gewesen war wie die Cantons. Stück für Stück hatte er sein Land durch Mißwirtschaft und Faulheit verloren. Marsh hatte keinen Grund gehabt, die Behauptung in Frage zu stellen, daß Callahan an dem Mord an seiner Mutter und seiner Schwester beteiligt gewesen war. Daß er sie verraten hatte, um seine eigene kleine Farm zu retten. Daß er eine kleine Gruppe von Deserteuren von Shermans Armee zur Plantage der Cantons geführt hatte in der Hoffnung, dafür einen Teil des Goldes zu bekommen, das angeblich dort versteckt gewesen war.

Die Anschuldigungen gegen Callahan waren von Cantons Aufseher erhoben worden, der es, wie Marsh später herausgefunden hatte, auf seine Schwester abgesehen hatte und der sich an ihr hatte rächen wollen, nachdem sie ihn abgewiesen hatte.

Marsh hatte sofort sein Urteil über den vermeintlichen Schuldigen gefällt. Nachdem er erfahren hatte, daß seine Mutter und seine Schwester vergewaltigt und anschließend in ihrem eigenen Haus verbrannt worden waren, war er außer sich vor Zorn gewesen. Die Jahre des Krieges hatten ihn hart gemacht, und er war vor Schmerz und Erschöpfung wie von Sinnen gewesen, als er Michael Callahan aufgesucht und kaltblütig getötet hatte. Aber Michael Callahan war unschuldig gewesen. Marsh hatte die Deserteure verfolgt, einen nach dem anderen, und dabei hatte er herausgefunden, daß der Aufseher gelogen hatte, daß er derjenige gewesen war, der sie zu dem Haus geführt hatte, daß er selbst Marshs Schwester vergewaltigt hatte.

Als ihm sein Fehler klargeworden war, war das Töten bereits ein Teil seines Lebens geworden. Das einzige, was er noch kannte. Das Wissen, einen Unschuldigen getötet zu haben, hätte einen anderen Mann vielleicht davon abgehalten, weiter zu morden, aber nicht ihn. Es war, als habe er in dem Augenblick, in dem er Callahan getötet hatte, seine Seele verloren; das Bedürfnis, Rache zu nehmen, war immer stärker, dunkler, drängender geworden.

Marsh war zurückgekehrt und hatte den Aufseher gefunden. Er hatte ihm gnadenlos in die Lenden geschossen und zugehört, wie der Mann vor Schmerzen schrie, bevor er ihn endgültig erledigt hatte.

Der Gedanke an den Aufseher quälte ihn nicht. Aber der an Michael Callahan.

Leere war an die Stelle getreten, an der er einst ein Herz gehabt hatte, ein Herz, das gestorben war, als seine Familie starb, das er begraben hatte, als die Rache zu einem Alptraum wurde, aus dem er nicht mehr erwachte.

Es hatte zwei Jahre gedauert, bis er alle Beteiligten erwischt hatte. Doch nachdem er sie alle fertiggemacht hatte, hatte er keinerlei Befriedigung verspürt. Es hatte nicht aufgehört. Die Leere in seinem Inneren hatte ihn dazu getrieben, die einzige Fähigkeit, die er perfektioniert hatte, weiter zu nutzen. Und da ihm sein eigenes Leben egal gewesen war, war er unbesiegbar geworden. Er hatte keine Angst verspürt, und das hatte man in seinen Augen gesehen. Diese Gleichgültigkeit hatte ihm immer einen Vorteil gegenüber den Männern beschert, die am Leben hingen. *Seine* Hand hatte niemals gezittert.

In all den Jahren, in denen er seinen Lebensunterhalt mit der Waffe verdient hatte, war er zweimal getroffen worden, beide Male aus dem Hinterhalt heraus. Beide Male hatte er überlebt und die Täter gestellt.

Es war ein makabrer Witz Gottes, hatte er sich oft genug gesagt. Er starb nicht, weil es ihm egal war, ob er starb. Diejenigen, die leben wollten, starben. Sie machten Fehler.

Doch jetzt wollte er plötzlich leben. Er wollte den Wind spüren, das Meer kosten, eine Frau lieben. Er wollte alles, was er sich einst als privilegierter junger Mann vor dem Krieg erträumt hatte. Er hatte eine Tür geöffnet, nur einen Spalt breit, aber jetzt verspürte er den unwiderstehlichen Drang, sie ganz aufzumachen.

Was wahrscheinlich bedeutete, daß seine Lebenserwartung sank.

Winchester knurrte, als verstünde er diese Gedanken.

»Wir beide sind ganz schöne Narren«, sagte er zu dem Hund. »Es ist zu spät, um sich derart zu verändern.«

Das Tier winselte. Das hatte Marsh nie zuvor gehört. Er beugte sich hinab und streckte die Hand nach ihm aus. Und dieses Mal zog sich der Hund nicht zurück. Statt dessen sah er Marsh direkt in die Augen.

»Glaubst du nicht?« fragte Marsh. Der Hund winselte erneut. »Und Miss Cat? Was hältst du von der?«

Der Hund blickte ihn ernst an. »Ich weiß auch nicht, was ich von ihr halten soll, Winchester«, beantwortete Marsh seine eigene Frage. »Himmel, ich weiß überhaupt nicht mehr, was ich denken soll.«

Er richtete sich wieder auf. »Laß uns nach Hause gehen, Win«, sagte er. Bei diesen Worten merkte er, daß er zum ersten Mal seit zwanzig Jahren so etwas wie ein Zuhause hatte.

Quinn Devereux blickte überrascht auf, als einer seiner Angestellten eine gewisse Miss Hilliard meldete.

»Sie sagt, sie hat keinen Termin«, erklärte der junge Mann, »und sie will Sie nicht stören, falls Sie zu beschäftigt sind.«

Quinn war nicht zu beschäftigt. Catalina Hilliard war nicht nur Meredith, sondern auch ihm sympathisch gewesen. Die Frau strahlte eine unglaubliche Stärke aus und zugleich eine besondere Verletzlichkeit, die seiner Vorstellung von einer Saloonbesitzerin so gar nicht entsprach. Offensichtlich hatte sie sich bei ihnen fehl am Platz gefühlt, und er hatte gespürt, daß es sie einige Überwindung gekostet hatte, die Einladung überhaupt anzunehmen. Außerdem hatte ihn die Spannung, die zwischen ihr und Canton herrschte, berührt und amüsiert. Die beiden erinnerten ihn an ihn selbst und Meredith, als sie sich zum ersten Mal begegnet waren.

Er verzog den Mund zu einem Lächeln, als er an jene Zeit dachte. Manchmal sehnte er sich direkt danach zurück. Er hatte sich einmal nach Frieden gesehnt, aber jetzt vermißte er manchmal die Aufregung von früher. Oder zumindest dachte er, daß er sie vermißte. Wahrscheinlich wurde er einfach alt, dachte er, weshalb sollte er sonst voller Wehmut an schreckliche Zeiten denken.

»Führen Sie sie herein«, sagte er zu dem Angestellten, während er sich aus seinem Sessel erhob.

Cat betrat sein Arbeitszimmer mit derselben eleganten Anmut, die er bereits zuvor an ihr bemerkt hatte. Sie war wirklich eine Schönheit, und das etwas reifere Alter stand ihr wirklich gut. Sie mußte in etwa so alt sein wie Meredith. Das schloß er daraus, daß sie seit Anfang der sechziger Jahre in San Francisco war. Und genau wie Meredith war sie eine der wenigen Frauen, die mit zunehmendem Alter noch an Attraktivität gewannen.

»Miss Hilliard«, sagte er, während er ihr einen Platz anbot. »Was kann ich für Sie tun?«

»Catalina«, sagte sie. »Bitte nennen Sie mich Catalina.«

Er nickte.

»Ich ... ich brauche einen Privatdetektiv«, sagte sie. »Und ich hatte gehofft, daß Sie mir vielleicht einen empfehlen könnten. Jemand Vertrauenswürdigen.«

»Nun, das ist nicht so einfach«, sagte er. »Können Sie mir vielleicht sagen, worum es geht?«

Sie zögerte. Schließlich war es nicht ihre, sondern Mollys Angelegenheit. Aber sie vertraute diesem Mann. Und sie brauchte seine Hilfe. »Das Mädchen, von dem Sie gehört haben«, sagte sie langsam. »Es ging nicht nur um eine Entführung.«

Seine wachen blauen Augen blickten sie interessiert an.

»Es hatte etwas mit ihrem Vater zu tun. Sie hat entsetzliche Angst vor ihm. Sie denkt, daß er sogar dazu fähig ist, jeden umzubringen, von dem er annimmt, daß er ihr hilft.«

»Und Sie können mir nicht sagen, wer dieser Mann ist?«

Sie schüttelte den Kopf. So viel Vertrauen hatte sie nun doch nicht in Devereux.

»Aber jetzt ist sie in Sicherheit?«

»Im Augenblick, ja.«

Er beugte sich vor und schrieb einen Namen auf ein Stück Papier. »Dieser Mann arbeitet bei Pinkerton. Er ist durch und durch vertrauenswürdig. Und diskret.« Dann gab er Cat den Zettel. »Weiß Taylor Canton von der Sache?«

Cat erstarrte, wie sie es immer tat, wenn sie den Namen hörte. »Ich habe es ihm gesagt«, erklärte sie knapp.

»Und er ist nicht bereit, Ihnen zu helfen?«

»Es besteht keinerlei Notwendigkeit, ihn auch noch in die Sache hineinzuziehen.«

»Ich glaube, er steckt bereits mittendrin ... wenn der Mann, um den es geht, tatsächlich so gefährlich ist.«

Sie zuckte mit den Schultern. »Er ist durchaus in der Lage, auf sich aufzupassen.«

Quinn lächelte. »Höchstwahrscheinlich. Aber trotzdem ...«

»Mr. Devereux, ich weiß Ihre Hilfe wirklich zu schätzen, aber ich hege keine besondere Sympathie für Mr. Canton, ebensowenig, wie er eine besondere Sympathie für mich empfindet.«

Ihr Gegenüber runzelte die Stirn, als könne er ihr nicht so recht glauben. Doch dann zuckte er mit den Schultern. »Wenn Sie noch etwas brauchen, wenden Sie sich bitte erneut an mich.«

Cat erhob sich, da sie spürte, daß für ihn das Gespräch beendet war. »Vielen Dank«, sagte sie. »Und auch nochmals vielen Dank für die Einladung zum Tee.«

»Obwohl Ihnen die Gesellschaft nicht gefallen hat?« Seine Augen blitzten amüsiert auf, und Cat mußte lächeln.

»Es war ein ... interessanter Nachmittag.«

»Und zugleich ein wenig ungemütlich?«

»Ein wenig«, gab sie zu.

Er grinste und erhob sich ebenfalls. »Ich glaube, das ist eine glatte Untertreibung. Ich habe zwischen zwei Menschen keine derartigen Funken mehr sprühen sehen, seit meine Frau und ich uns kennengelernt haben.«

Sie starrte ihn an. Nie zuvor hatte sie eine derartige Harmonie zwischen einem Mann und einer Frau erlebt wie bei den Devereux.

»Nun, zumindest am Anfang«, sagte er, »und noch ein paar Monate danach. Vielleicht würden Sie gerne eines Tages einmal die ganze Geschichte hören.«

Das würde sie. Liebend gerne. Sie mochte Geschichten mit einem glücklichen Ende. Und sie mochte Quinn Devereux und seine Frau. Es wäre nett, die beiden als Freunde zu haben, aber das war vollkommen unmöglich. Sie gehörten einfach nicht zur selben Schicht. Und sie würde sich nicht noch einmal ungerechtfertigte Hoffnungen machen wie bei Canton. Quinn Devereux war eben einfach nur höflich.

T. J. Simmons saß in seinem spärlich möblierten Hotelzimmer in Denver und starrte auf den Brief in seiner Hand.

Schon wieder eine Absage. Aber wenigstens hatte der Verleger Interesse an einer weiteren Geschichte über Marsh Canton bekundet, einer Fortsetzung von Simmon einzigem großen Erfolg, *Duell bei Sonnenuntergang.*

Doch Marsh Canton war verschwunden T. J. Simmons hatte so seine Quellen: Gesetzeshüter, die ihren Namen gern einmal in einem Roman wiederfinden würden; Zeitungsleute, die er bei seiner Suche nach Westerngeschichten kennenlernte. Alles, was er brauchte, war irgendeine Idee, die er dann zu einer Geschichte ausbauen konnte. Es war ihm nicht so wichtig, ob er die Wahrheit schrieb oder nicht. Hauptsache, es ging um einen echten, lebenden Westernhelden.

Er hatte schon mehrere Geschichten veröffentlicht, aber keine war so erfolgreich gewesen wie *Duell bei Sonnenuntergang.* Und der Erfolg dieses Romans hatte ihn praktisch ruiniert. Alle Welt erwartete jetzt eine ähnlich aufregende Geschichte. Aber wie oft gehen schon zwei so berühmte Revolverhelden wie Canton und Lobo aufeinander los?

Die Tatsache, daß die beiden sich eigentlich gar nicht duelliert hatten, übersah er geflissentlich. Schließlich hätten sie sich durchaus duellieren können. Einer hatte überlebt. Der andere war gestorben. Das reichte, um eine wunderbare Geschichte daraus zu machen. Und es war eine wunderbare Geschichte geworden. Er hatte sogar jemanden gefunden, der Canton kannte und der einem Zeichner genug Informationen hatte geben können, um ein Bild von ihm anzufertigen.

Später war Simmons von einem Kerl aufgesucht worden, der es auf Canton abgesehen hatte, einem gewissen Tom Bailey, der sich selbst für einen guten Schützen hielt und dessen Bruder vor Jahren im Verlauf einer Auseinandersetzung von Marsh getötet worden war. Bailey hatte geschworen, daß er den Mörder seines

Bruders umbringen würde, und Simmons hatte sich bereit erklärt, ihn gegen entsprechendes Entgelt zu informieren, wenn er herausbekommen würde, wo Canton sich aufhielt.

Und Simmons hatte noch weiter gehende Pläne. Er würde Bailey begleiten, wenn dieser Canton herausforderte, dann würde er das Duell aus nächster Nähe mitbekommen. Dieser Gedanke gefiel ihm, und auch Tom Bailey war damit einverstanden, da er hoffte, durch diese Schießerei nicht nur seine Rachegelüste zu befriedigen, sondern auch noch eine gewisse Berühmtheit zu erlangen.

Der Brief in seiner Hand machte diese Sache noch dringlicher. Er brauchte einen neuen Erfolg – einen großen –, und Canton war ein Garant für einen Riesenerfolg.

Er würde es noch mal bei der *Denver Post* versuchen. Manchmal bekamen sie Zeitungen aus anderen Staaten. Und vielleicht stand ja in einer davon etwas über Canton. Der Mann konnte sich schließlich nicht einfach in Luft auflösen. Er war eine lebende Legende, und sein Ruf folgte ihm, wohin er auch ging.

Vielleicht wären ein paar Nachforschungen hinsichtlich seiner Vergangenheit ganz nützlich. Simmons hatte bei einer Zeitung gearbeitet, ehe er angefangen hatte, Groschenromane zu schreiben. Er wußte, wie man in der Vergangenheit eines Menschen herumwühlte.

Er würde beim Kriegsministerium anfangen. Canton war in einem Alter, in dem er durchaus im Bürgerkrieg hätte dienen können. Das wäre schon mal ein Anfang.

Vielleicht könnte er sogar ein richtiges Buch schreiben: *Das Leben eines Killers.*

Er wurde von Erregung gepackt.

Mit einem Eifer, den er seit Jahren nicht mehr gekannt hatte, warf er sich in seine besten Westernkleider und eilte hinüber zum Telegraphenamt.

Drei Tage nach der Einladung bei den Devereux wurden die Geschäfte im *Glory Hole* schlagartig schlechter.

Marsh brauchte nur aus dem Fenster zu blicken, um zu wissen, woran es lag. Auf der gegenüberliegenden Straßenseite verkündeten große Schilder, daß der *Silver Slipper* aus Anlaß seines siebzehnjährigen Bestehens alle Preise um die Hälfte gesenkt hatte. Wie lange dieses Jubiläumsangebot bestehen würde, stand nicht da.

Hugh hatte berichtet, daß die französischen Tänzerinnen zwar bald abreisen würden, daß Cat jedoch die Absicht habe, ebenfalls weibliche Croupiers einzustellen. Und der Cancan würde weiterhin an den Wochenenden von einheimischen Mädchen vorgeführt. Marsh fragte nicht, woher Hugh all diese Informationen hatte. Er wollte es nicht wissen, denn er war sich der Loyalität seines Managers immer noch nicht sicher.

Marsh schüttelte den Kopf. Ob er es wollte oder nicht, er mußte Cat einfach für ihre beständigen Attacken gegen das *Glory Hole* bewundern. Er nahm an, daß er selbst den Krieg begonnen hatte. Der Gedanke, daß er Catalina Hilliard vielleicht unrecht getan hatte, beschäftigte ihn bereits seit ein paar Tagen. Niemand konnte die einfache – oder eher alles andere als einfache – Glückseligkeit vortäuschen, die sie an jenem Nachmittag in seinem Zimmer geteilt hatten.

Ich bin wirklich nur gekommen, um Sie zu warnen. Er erinnerte sich daran, daß ihre Worte ihn amüsiert und zugleich überrascht hatten. Er erinnerte sich daran, wie gut es ihm getan hatte, daß sich einmal jemand um ihn Sorgen machte. Wenn auch nur für einige wenige Augenblicke.

Ehe sein Mißtrauen alles kaputtgemacht hatte.

Er hatte Molly schon seit ein paar Tagen nicht mehr gesehen, aber das war nicht weiter verwunderlich. Er hatte sich mehr oder weniger in seinen Saloon zurückgezogen und seinem Ärger freien Lauf gelassen, bis er im Laufe der Zeit verraucht war. Wenn er es recht bedachte, hatte er schließlich keinerlei Veranlassung, verärgert zu sein. Er konzentrierte sich ganz auf die Leistung des *Glory Hole* und versuchte sich einzureden, daß sein Geschäft das einzig Wichtige war. Er sah die Bücher durch, heuerte mehrere neue Geberinnen und Ober an und sah sich sogar nach einer neuen Köchin um, wobei er sich die ganze Zeit über fragte, was seine Angestellten wohl dächten, wenn sie wüßten, daß sie für einen berüchtigten Revolverhelden arbeiteten.

Aber inzwischen wußte er, daß das *Glory Hole* allein nicht reichte. Er stellte fest, daß er immer ruheloser, immer unzufriedener wurde, und er gab einen Großteil der Schuld Catalina Hilliard.

Er hatte in den letzten Tagen nicht mehr Klavier gespielt, da es zu viele Erinnerungen in ihm weckte. Außerdem war er auch nicht mehr ans Fenster gegangen, vor allem in den frühen Morgenstunden. Er wollte nicht das Licht in ihrem Zimmer sehen, wollte nicht wissen, daß sie da war, wollte nicht daran denken, wie sie sich an jenem Nachmittag angefühlt hatte.

Er dachte daran, in den *Silver Slipper* zu gehen und zu versuchen, sich irgendwie mit ihr zu versöhnen, aber dann dachte er an die wohlkalkulierte Grausamkeit seiner Worte und wußte, daß der Versuch zwecklos war.

Molly. Vielleicht konnte er anbieten, Molly zu helfen – ohne die Gehässigkeit, mit der er dieses Angebot zum ersten Mal gemacht hatte.

Cat würde ihn wahrscheinlich noch nicht mal einer Antwort würdigen. Vielleicht dächte sie, er käme nur wegen ihres letzten Coups, wegen des sogenannten Jubiläums. Vielleicht dächte sie sogar, sie hätte die Schlacht gewonnen, und er war sich nicht sicher, daß er das wollte.

Verdammt. Er hatte sich selbst schachmatt gesetzt. Also versuchte er, sich irgendwie abzulenken. Er schickte Quinn Devereux eine beachtliche Summe, wahrscheinlich mehr, als er sich leisten konnte, zum Teil, weil der Mann ihm geholfen hatte, aus dem Gefängnis zu kommen, zum Teil, weil er nicht wollte, daß Cat ihn überbot, und zum Teil, weil er an seine eigene Schwester dachte. Das waren sowohl ehrenhafte als auch unehrenhafte Gründe, wie er sich eingestand.

Aber nichts half. Nichts vertrieb Cats Gesicht aus seinen Gedanken, nichts löschte die Gefühle, die der Nachmittag mit ihr in seinem Zimmer in ihm geweckt hatte.

Er mußte sich eingestehen, daß er immer noch von dieser Frau besessen war. Also ging er vor die Tür, marschierte über die Straße und betrat den *Silver Slipper.*

Cat machte Verluste. Sie wußte, daß sie Verluste machte. Aber das war es ihr wert, solange sie dadurch Canton los wurde.

Er hatte ihre Gedanken und ihr Herz genommen und so verbogen, daß sie sie nicht wiedererkannte. Sie hatte gelernt, ihre Gefühle unter Kontrolle zu halten, aber jetzt war alles anders. Sie wollte ihn, fast jeden Augenblick jedes einzelnen Tages.

Wie kam es nur, daß er sie derart beherrschte?

Sie schüttelte den Kopf, als könne sie damit die Gedanken an den Mann abschütteln. Sie band ihren Hut fest, einen sehr hübschen, sehr eleganten Hut, dessen Chic von der guten Qualität des feinen grünen Samtstoffes und der Einfachheit des Schnitts herrührte statt von dem reichen Blumendekor, das so viele Frauen verwendeten. Sie war auf dem Weg zur Pinkerton Detektei, und sie wollte einen guten Eindruck machen. Mollys Vater war wahrscheinlich ein äußerst einflußreicher Mann, an den sich einige Leute bestimmt nicht heranwagen würden.

Cat sah in den Spiegel. Die Falten um ihre Augen herum schienen in den letzten Wochen tiefer geworden zu sein. Schlafmangel? Oder vielleicht war sie einfach kritischer geworden. Aber ihr Haar glänzte wie immer, und sie bedachte sich mit einem schnellen, geübten Lächeln.

Dann ging sie die Treppe hinunter. Im *Silver Slipper* herrschte ungewöhnlich viel Betrieb für einen Nachmittag. Die Männer standen an der Theke Schlange. Sie blickte sich um. War unter den Gästen vielleicht irgend jemand, der nicht hierher gehörte, der nach Molly suchte?

Ihr Blick wanderte über die Tische, die Männer an der Bar, und dann blieb er an fünf Pokerspielern hängen. Irgend etwas kam ihr bekannt vor. Sie sah noch einmal hin, und ihr stockte der Atem.

Das war vollkommen unmöglich!

Er war tot! Sie wußte, daß er tot war. Schließlich sah sie fast jede Nacht das Messer vor sich, das in seinem Bauch steckte.

Er blickte auf seine Karten. Lieber Gott, mach, daß er es nicht ist, betete sie inbrünstig.

Sie lehnte sich an die Wand, schloß die Augen und öffnete sie wieder in der Hoffnung, daß sie sich getäuscht hatte.

Aber er saß immer noch da. Sein schütteres blondes Haar wirkte im Licht der Kronleuchter beinahe weiß, und das Gesicht, das sie einmal für hübsch gehalten hatte, war von tiefen Falten zerfurcht, die von einem ausschweifenden Leben zeugten.

Um Gottes willen, wie war das möglich?

Ein Doppelgänger?

Aber dieses Gesicht würde sie niemals vergessen, ebensowenig seine Art, die Karten zu mischen, wobei er sich jedesmal beim Geben den Zeigefinger leckte. Niemals würde sie diese Geste vergessen. Sie bedeutete, daß er nervös war. Früher hatte sie bedeutet, daß er am Abend einen Mann in ihr Zimmer schicken würde.

Lautlos schlich sie die Treppe hinauf, wo sie sich in den Flur zurückzog. In ihr Zimmer. In Sicherheit. Aber wie lange wäre sie dort sicher?

Wie hatte er sie nur gefunden? Wußte er überhaupt, daß sie die Besitzerin des *Silver Slipper* war?

Cat glaubte nicht an Zufall.

Sie rang nach Luft.

Was wollte er hier?

Sie schloß die Augen und dachte darüber nach, was diese Begegnung bedeutete. Es hieß, daß sie keine Mörderin war.

Außerdem wußte sie, daß sie ihm jetzt gewachsen war. Sie war kein junges Mädchen mehr. Sie fürchtete sich nicht mehr vor ihm. Er konnte ihr keine Angst mehr machen. Sie hatte Jahre gebraucht, bis sie verstanden hatte, daß er ein Feigling war. Nur ein Feigling benutzte eine Frau, wie er es tat. Nur ein Feigling schlug eine Frau. Nur Abschaum lebte von einer Frau.

Und mit einem solchen Kerl war sie verheiratet! Diese entsetzliche Erkenntnis ließ sie erstarren.

Die Zeichnung in der Zeitung! Cat seufzte. Das mußte es sein. Canton und ihre Fehde. Wenn Canton nicht gewesen wäre ... Selbst sie wußte, daß das ungerecht war. Wenn Canton nicht gewesen wäre, wäre Molly jetzt wer weiß wo. Und sie, Cat, war in einer erheblich besseren Position, um sich zu schützen, als Molly es war. Doch die Ironie der Situation entging ihr keineswegs.

Ihr Ehemann. Sie hatte genug gelesen, um etwas über die Rechte von Ehemännern zu wissen. Über die Rechte von Ehemännern am Besitz ihrer Frauen. Ob er ihr den *Silver Slipper* nehmen konnte?

Gütiger Luzifer. Der *Silver Slipper* war alles, was sie besaß. Alles, was sie sich erarbeitet hatte. Durch jahrelange Schufterei. Er bot ihr Sicherheit. Schutz. Er war ihr ganzer Stolz.

Sie spürte, daß sie zitterte. Und sie wußte, daß zumindest ein Teil davon von ihrem Haß herrührte. Ihrem reinen, abgrundtiefen Haß auf diesen Mann, der ihr so viel angetan hatte und der sie nun erneut verfolgte.

Warum war er bloß nicht gestorben? Wie hatte er nur überlebt?

Aber das war jetzt nicht wichtig. Jetzt ging es darum, ihren Besitz zu schützen. Sie würde nicht zulassen, daß er ihr den *Silver Slipper* nahm.

Er konnte ihr nicht nehmen, was sie nicht besaß. Cat hatte nicht so lange in diesem schwierigen Metier überlebt und all ihre Konkurrenten ausgeschaltet, ohne die Gesetze zu nutzen – oder hin und wieder zu mißbrauchen. Eine kleine Bestechung hier. Ein kleines Geschenk dort. Aber sie brauchte Zeit.

Und sie hatte keine Zeit. Sie kannte James Cahoon. Sie kannte seine Spielleidenschaft. Und sie wußte, daß er ein sehr schlechter Spieler war. Er würde den *Silver Slipper* innerhalb weniger Wochen verlieren, wenn nicht sogar noch schneller.

Es sei denn, sie würde jemandem das Lokal überschreiben.

Vor ihren Augen drehte sich alles. Sie versuchte, sich genau daran zu erinnern, was in der Zeitung gestanden hatte. Hatte es in dem Artikel geheißen, sie sei die Besitzerin des *Silver Slipper*?

Sie mußte den Saloon jemand anderem überschreiben, ehe James Cahoon etwas unternehmen konnte.

Cat setzte den Hut wieder ab und griff nach einem Umhängetuch, hinter dem sie sorgsam ihr Gesicht verbarg. Sie dachte fieberhaft nach, erwog verschiedene Möglichkeiten und verwarf sie wieder.

Jeder Gedanke führte sie zu Canton. Er würde den *Silver Slipper* wahrscheinlich mit dem größten Vergnügen erwerben. Wenn der Verkauf schnell genug über die Bühne ginge, könnte sie das Geld nehmen, Teddy einen Teil davon geben und erneut davonlaufen, ehe James wußte, was geschah. Sie würde den *Silver Slipper* verlieren, aber zumindest hätte sie noch ihre Freiheit. Und Canton konnte, weiß Gott, gut genug auf sich aufpassen – und auf James.

Aber wie konnte sie Canton um einen solchen Gefallen bitten? Nun, eigentlich war es kein Gefallen. Es war ein Geschäft. Mehr nicht. Der Gedanke daran war unerträglich, doch die Vorstellung, daß James ihr alles nähme, was sie sich erarbeitet hatte, war noch viel unerträglicher. Auf diese Weise bliebe ihr wenigstens noch etwas.

Cat war übel, so übel, daß sie sich zusammenkrümmte. Der Privatdetektiv von Pinkerton. Wahrscheinlich wartete er schon auf sie. Aber er könnte in dieser Sache auch nicht helfen.

Das konnte nur Canton. Doch sie vertraute ihm nicht. Nicht mehr als ihrem Mann. Aber Vertrauen spielte in diesem Fall keine Rolle. Sie brauchte nur sein Geld. Es war ein reines Tauschgeschäft. Er bekam etwas, das er wollte, und gab ihr dafür etwas, das sie wollte. Sie machte sich auf harte Verhandlungen gefaßt. Wegen ihrer Eile würde er wissen, daß sie in Bedrängnis war. Und das würde er ausnutzen. Sie mußte so normal wie möglich auftreten. Sie mußte den Anschein erwecken, daß es ein plötzlicher Einfall war und daß er den Moment nutzen mußte.

Gütiger Luzifer, sie konnte kaum noch vernünftig denken. *Brich bloß nicht in Panik aus. Laß dir bloß nicht anmerken, wie verzweifelt du bist.* Du hast keine Zeit.

Sie wollte noch einmal in den Saloon blicken. Ihre Kreation. Ihr Werk. Ihr Leben. Sie wurde von Zorn gepackt, doch sie unterdrückte diese Regung. Zorn oder Selbstmitleid konnte sie sich jetzt nicht leisten. Sie war zäh. Sie würde retten, was zu retten war. Sie würde Canton nicht merken lassen, daß sie verzweifelt war, zumindest nicht, wie verzweifelt sie war. Sie brauchte einen Grund für ihren überstürzten Verkauf. Vielleicht einen Krankheitsfall in der Familie. Von ihrem Ehemann, von James Cahoon, konnte er nichts wissen.

Der bloße Gedanke an ihren Mann verursachte ihr erneut Übelkeit.

Sie ging zurück zum Spiegel und kniff sich in die Wangen, damit sie etwas Farbe bekamen. Außerdem legte sie Lippenstift auf. Schließlich sollte Canton nicht denken, daß …

Wie sollte sie es bloß anstellen? Vor allem, nachdem sie ihn zuvor derart beleidigt hatte.

Aber er war ihre einzige Hoffnung. Ihr Feind war zugleich der einzige Mensch, der ihr jetzt helfen konnte. Sie ging hinüber zu dem kleinen Safe in ihrem Zimmer, öffnete ihn und nahm die Besitzurkunde des *Silver Slipper* heraus. Dann zog sie das Umhängetuch dichter vor ihr Gesicht, glitt zur Tür hinaus und schlich sich durch den Flur zur Hintertür. Sie eilte die Treppe hinunter und blieb immer dicht am Haus. Sie wußte, daß man sie vom *Silver Slipper* aus nur allzu gut sehen konnte.

Das *Glory Hole* war beinahe leer, und sie schluckte, während sie sich fragte, ob die Tatsache, daß sie ihrem Konkurrenten die meisten Gäste weggeschnappt hatte, bei ihren Verhandlungen von Bedeutung sein würde.

Gütiger Himmel, wie sie es haßte, schon wieder davonzulaufen. Aber sie hatte keine Wahl. Sie sah sich um und versuchte, ihre Erregung so gut es ging zu verbergen. Trotzdem spürte sie, wie sich ihre Faust in der Tasche um die Besitzurkunde ballte.

Sie wandte sich an Hugh, der hinter der Theke stand und sie mit großen Augen ansah.

»Wo ist Mr. Canton?«

Hugh starrte sie immer noch unverwandt an, und Cat fragte sich, ob er ihr die Nervosität vielleicht trotz ihrer Bemühung, ruhig zu wirken, anmerkte.

»Ist irgend etwas los? Sucht wieder jemand nach Molly?«

Sie schüttelte den Kopf. »Ich habe nur etwas … Geschäftliches mit ihm zu besprechen.«

Hugh musterte sie einen Augenblick. »Er ist eben in den *Silver Slipper* hinübergegangen.«

Cat sank das Herz in die Knie. Auf keinen Fall konnte sie jetzt dorthin zurück. Und was war, wenn ihm irgend etwas zu Ohren kam? Was, wenn James lautstark verkündete, daß er mit ihr verheiratet war? Das wäre ihm durchaus zuzutrauen. Er war nicht nur ein schlechter Pokerspieler, sondern noch dazu ziemlich geschwätzig, sobald er etwas getrunken hatte.

»Könnten Sie vielleicht jemanden rüberschicken, um ihn zu holen?« fragte sie schließlich und spürte, wie ihr Stolz immer mehr in sich zusammenfiel. Sie konnte noch nicht einmal mehr ihr eigenes Lokal betreten.

Lauf weg. Alles, was sie tun konnte, war dazustehen und so zu tun, als sei alles in Ordnung, während sie sich nichts sehnlicher wünschte, als einfach davonzulaufen.

Hugh stand einen Augenblick einfach da und sah sie neugierig an, ehe er einen der Kellner heranwinkte. »Geh und hol Mr. Canton. Ich glaube, er ist im *Silver Slipper.*«

Cat spürte, daß ihre Beine zitterten. »Vielen Dank. Gibt es hier vielleicht irgendeinen ruhigen Platz, an dem ich warten kann?«

Hugh dachte an alles, was sie für Molly getan hatte, die er inzwischen sehr mochte. Und für Teddy. Doch zugleich konnte ihn zuviel Freundlichkeit ihr gegenüber die Stelle kosten, die er so dringend benötigte. Er wußte einfach nicht, was Mr. Canton für Catalina Hilliard empfand. Er wußte nur, daß sein Arbeitgeber seit dem Nachmittag, an dem er sich mit ihr in sein Zimmer zurückgezogen hatten, unerträglich war. Und seine Laune war noch schlechter geworden, als er die neuen Schilder vor dem *Silver Slipper* entdeckt hatte.

Doch Catalina blickte ihn derart verzweifelt an, daß er Mitleid mit ihr hatte. Er nickte. »Warum warten Sie nicht in Mr. Cantons Zimmer?«

Cat nickte.

»Vorsicht. Der Hund ist da drin«, warnte Hugh.

Cat lächelte. Der Hund war wirklich ihre geringste Sorge.

Sie ging um die Theke herum und folgte dem Flur, bis sie vor

Marshs Zimmer stand, das ihr nur allzugut in Erinnerung war. Als sie die Tür einen Spalt öffnete, knurrte der Hund, und sie zögerte. Doch dann gab sie sich einen Ruck und betrat den Raum. Sie erinnerte sich daran, daß Canton das Tier Win genannt hatte.

»Schon gut, Win«, sagte sie. »Ich tue dir nichts.«

Der Hund hatte offenbar geschlafen. Jetzt erhob er sich und streckte sich, immer noch knurrend, aber er verharrte an seinem Platz.

Das Zimmer war immer noch lächerlich spartanisch eingerichtet. Alles war sauber, zu sauber. Es gab keine persönlichen Gegenstände, nur den Hund, und selbst der schien ihr feindlich gesonnen zu sein. Ihr Blick fiel auf das Bett, das als einziges Möbelstück nicht vollkommen ordentlich wirkte. Die Decke war zurückgeworfen, und es sah aus, als hätte dort eine Schlacht stattgefunden. Unweigerlich dachte sie an den Nachmittag, an dem sie beide ... doch zugleich dachte sie an seine verbitterten Abschiedsworte, und am liebsten wäre sie erneut davongelaufen.

Sie wandte sich ab, lehnte sich gegen die Wand und blickte aus dem Fenster. Es gab nicht viel zu sehen außer einer engen Gasse, und ihr Blick wanderte zurück zum Bett. Vor ihrem inneren Auge sah sie Dinge, die sich dort vor ein paar Tagen ereignet hatten, und in ihrem Körper erwachten Gefühle, die sie besser vergessen hätte.

Um sich abzulenken, wandte sie sich an den Hund. Er war das häßlichste Biest, das sie jemals gesehen hatte. Seine Pfoten waren zu groß, sein Körper zu lang, sein Schwanz zu kurz. Nichts paßte zusammen. Und er starrte sie mit einer Feindseligkeit an, mit der sonst wohl nur ein armer Sünder dem Teufel gegenübertrat.

Sie streckte eine Hand aus, um zu sehen, wie er reagierte, und der Hund fuhr zurück, als erwarte er einen Schlag. Genauso hatte Cat vor Jahren reagiert. Genauso reagierte sie jetzt. Sie hatte einfach keine Kraft mehr, und sie vergrub ihren Kopf zwischen beiden Händen.

Plötzlich spürte sie, wie der Hund sie anstieß, und sie blickte zu ihm hinab. Sein Blick war immer noch wachsam, aber irgendwie schien er zu verstehen.

Sie streckte erneut die Hand aus, und dieses Mal ließ Win sich von ihr streicheln, als fühle und verstehe er ihr Unglück und als wolle er sie trösten.

In diesem Augenblick ertönten laute Schritte im Flur, und die Tür wurde aufgerissen.

Canton blickte erst sie, dann der Hund und dann wieder sie an.

»Was für eine angenehme Überraschung«, sagte er gedehnt. »Willkommen in meinem Salon.«

KAPITEL 19

Nur wenige Dinge im Leben überraschten Marsh Canton. Und ebenso selten passierte es ihm, daß er sich von einem Gegner überraschen ließ oder daß er ihn unterschätzte. Er verstand die Menschen, auch wenn er sie – sich selbst eingeschlossen – nicht besonders mochte.

Allerdings hatte es ihn verblüfft, als einer seiner Kellner in den *Silver Slipper* gekommen war, um ihm flüsternd mitzuteilen, daß er im *Glory Hole* von jemandem erwartet wurde. Und als er dann noch erfahren hatte, daß es sich bei der besagten Person um Cat Hilliard handelte, war er wirklich sprachlos gewesen.

Als sie ihn jetzt mit ihren großen grünen Augen ansah, bedauerte er, daß er sie nicht ein wenig freundlicher begrüßt hatte. Er bedauerte es wirklich.

Wie erwartet, war ihre Miene vollkommen reglos. Und auch ihre Augen blitzten bei seinen unhöflichen Worten nicht auf, sondern sahen ihn ausdruckslos an. Nie zuvor war er einer Frau begegnet, die ihre Gefühle so gut zu verbergen wußte. Ebenso gut wie er. Er wußte, welche Disziplin und Selbstbeherrschung dafür erforderlich war, und er bewunderte sie dafür.

Dennoch blieb ihm ihre Anspannung nicht verborgen. Ihre starre Körperhaltung war ungewöhnlich – nicht nur ungewöhnlich, sondern in gewisser Weise beunruhigend. Denn wenn sie etwas dringend genug benötigte, um zu ihm zu kommen, dann schien es wirklich äußerst dringend zu sein.

»Ist etwas mit Molly?« fragte er ohne jeden Sarkasmus, während er sie ansah.

Es überraschte Cat, daß er wußte, daß etwas nicht in Ordnung war, obgleich sie sich so große Mühe gegeben hatte, ihre Besorgnis vor ihm zu verbergen. Normalerweise gelang es ihr so gut, die Leute zu täuschen. Aber Canton und sie hatten schon immer hinter die Fassade des anderen blicken können. Das war eines dieser seltsamen Dinge, die sie zugleich zu ihm hinzogen und von ihm abstießen.

Sie schüttelte den Kopf. »Nein.«

»Es würde mich freuen, wenn Sie nur wegen meines Charmes herübergekommen wären, aber irgendwie kann ich das nicht glauben«, sagte er, während er sie immer noch musterte.

»Stimmt«, erwiderte sie mit kalter Stimme. »Ich habe etwas Geschäftliches mit Ihnen zu besprechen.«

Marsh ließ sich seine Überraschung nicht anmerken. Er trat näher und blickte auf sie hinab. »Etwas Geschäftliches?«

»Ich muß die Stadt verlassen, und deshalb habe ich beschlossen, den *Silver Slipper* zu verkaufen«, sagte sie mit ruhiger Stimme. »Ich dachte, Sie hätten vielleicht Interesse.«

Marsh war viel zu verblüfft, um auch nur zu blinzeln. Er versuchte nachzudenken. Warum? Soweit er wußte, besaß sie den *Silver Slipper* seit beinahe zwanzig Jahren. Lag es an ihm? Das glaubte er nicht eine Sekunde lang. Er hatte gespürt, daß ihr der Kampf genauso gefiel wie ihm, bis zu jenem Nachmittag in seinem Zimmer. Doch der hatte sie bestimmt nicht dazu bewegt, einfach aufzugeben. Wenn überhaupt, hatte er ihren Widerstand gegen ihn nur noch mehr entfacht, wie ihr überraschendes »Jubiläumsangebot« zeigte.

»Nun?« unterbrach sie abrupt seine Gedanken.

»Haben Sie es denn so eilig?«

»Ich muß morgen fahren«, sagte sie. »Und ich will die Sache vorher über die Bühne bringen.«

»Warum?«

»Das geht Sie nichts an.«

»Das glaube ich doch.« Er blickte sie argwöhnisch an. »Stimmt vielleicht etwas mit der Besitzurkunde nicht?«

Cat starrte ihn böse an und griff in ihre Tasche. »Hier ist die Urkunde«, sagte sie und hielt ihm das Papier entgegen. »Wenn Sie kein Interesse haben, dann sagen Sie es, damit ich mich an jemand anderen wenden kann.«

»Und warum sind Sie zuerst zu mir gekommen?« Er konnte seinen Argwohn nicht verbergen.

»Ich dachte, Sie würden mir vielleicht den besten Preis zahlen. Schließlich hätten Sie dann keine Konkurrenz mehr.«

»Das klingt wie die Catalina Hilliard, die ich kenne«, sagte Marsh halbwegs zufrieden. »Aber der *Silver Slipper* ist wertlos ohne die Eiskönigin.«

Cat sank das Herz in die Knie. Nur die Ruhe bewahren. »Es ist eins der besten Lokale in der Stadt.«

Marsh hörte eine gewisse Verzweiflung in ihrer Stimme, trotz ihres kühlen Auftretens. Er fragte sich, warum. Und er fragte sich noch mehr, warum es ihn interessierte. Aber das tat es.

»Was haben Sie, Catalina?« fragte er sanft.

Cat war von seiner Stimme, seinen Augen wie verzaubert. Sie hatte angenommen, er würde sich diese einmalige Gelegenheit nicht entgehen lassen, aber statt dessen zeigte er ehrliche Besorgnis. Neugierde, ja, die hatte sie erwartet. Aber Besorgnis? Sie war wirklich verwirrt.

»Wie gesagt, ich muß verreisen. Ein ... Krankheitsfall in der Familie.«

»Die liebe alte Mutter?« fragte er sarkastisch. Er ärgerte sich über seine Anteilnahme. Schließlich konnte es ihm egal sein, aus welchem Grund sie verkaufen wollte.

»Wenn Sie es unbedingt wissen müssen, ja.«

»Wie kommt es nur, daß ich das nicht glauben kann?«

Cat erhob sich. »Er ist mir egal, was Sie glauben. Machen Sie ein Angebot, oder lassen Sie es sein. Ich kenne genug andere Leute, die Interesse an dem Saloon haben. Ich dachte nur, ich sollte Ihnen als erstem die Gelegenheit geben, das Lokal zu kaufen.«

»Ich wußte gar nicht, daß Sie so gutherzig sind.«

»Da sehen Sie mal.«

»Sie sind eine Lügnerin.«

»Und Sie sind ein widerlicher Schuft.«

»Tja, gleich und gleich gesellt sich gern«, schnauzte er. »Darum entfacht ja wohl jede Begegnung zwischen uns ein regelrechtes Feuerwerk.«

»Zwischen uns ist gar nichts.«

»Belügen Sie sich nicht selbst, Miss Cat«, sagte er, während er sich zu ihr hinabbeugte und sie sanft küßte. Sie versuchte, sich ihm zu entwinden, und ihre Augen blitzten zornig auf.

Aber seine Hand lag auf ihrem Arm, und sie konnte nicht weiter zurück. Er küßte sie erneut, dieses Mal leidenschaftlicher. Er spürte ihre Anspannung, die Starrheit ihres Körpers, die entschiedene Weigerung, auf seine Berührung zu reagieren. Doch zugleich spürte er, daß sie leicht zitterte, und er wünschte sich, er wüßte, weshalb. Verlangen. Abneigung. Oder Angst.

Seine Hand strich zärtlich über ihre Wange. »Was ist los, Catalina?« Seine Stimme war sanft, unwiderstehlich.

Nein. Trotz allem, was zwischen ihnen vorgefallen war, hatte Cat plötzlich das Bedürfnis, ihm alles zu erzählen. Doch ihr Argwohn hielt sie davon ab. Er *würde* die Situation schamlos ausnutzen. Männer waren nun einmal so. Außer Ben Abbott, der, genaugenommen, niemals wirklich mit ihr verheiratet gewesen war. Sie zuckte unwillkürlich zusammen.

Plötzlich zog Canton sich zurück. Die Besorgnis in seinem Blick verwandelte sich in etwas Hartes, Finsteres.

Er war wieder ein Fremder. Hart. Kalt. Distanziert. Und Cat spürte eine Verzweiflung, die sie seit Jahren nicht mehr empfunden hatte. Warum war sie nur hierhergekommen?

Sie versuchte, sich zu bewegen, aber ihre Beine zitterten, so daß sie stehenblieb, um ihr Gleichgewicht wiederzufinden. »Es tut mir leid, daß ich sie belästigt habe«, sagte sie und haßte das Stocken in ihrer Stimme.

Er sah sie einen Augenblick lang an. »Und was wollen Sie jetzt machen?«

»Einen anderen Käufer suchen.«

»Es ist Ihnen wirklich ernst?«

»Nein«, sagte sie böse. »Ich bin nur gekommen, um mich mal wieder beleidigen zu lassen.«

»Cat ...«

»Für Sie immer noch Miss Hilliard.«

»Miss Hilliard«, sagte er, um sie zu beruhigen. »Was, in aller Welt, ist eigentlich los?«

Sie warf ihm einen kühlen Blick zu. »Das habe ich bereits gesagt.«

»Sie haben mir gar nichts gesagt.«

»Ich habe Ihnen alles gesagt, was Sie wissen müssen.«

Er seufzte. »Wieviel wollen sie für den *Silver Slipper?*«

»Zehntausend.« In ihrer Stimme schwang so viel Hoffnung mit, daß er sich erneut Sorgen machte. Das war ein lächerlich niedriger Preis. In der Tat wäre es der reinste Diebstahl, wenn er auf dieses Angebot einginge, und jetzt wußte er mit aller Gewißheit, daß etwas nicht stimmte.

»Soviel Geld habe ich nicht«, sagte er ehrlich. »Ich habe alles, was ich besitze, in das *Glory Hole* gesteckt.«

Der Hoffnungsschimmer in ihren Augen erstarb. Sie zuckte mit den Schultern. Es war eine heldenhafte Geste, doch er glaubte nicht, daß sie so gleichgültig war, wie sie tat.

»Aber vielleicht kriege ich die Summe zusammen«, hörte er sich zu seiner eigenen Überraschung sagen.

»Wann?« Die Schärfe in ihrer Stimme strafte ihre gleichgültige Haltung Lügen.

»Das kann ich Ihnen heute nachmittag sagen.«

Cat zögerte, doch dann sagte sie ruhig: »Ich komme zurück.«

»Wie geht es Molly?« Er hatte sie überraschen wollen, um herauszufinden, ob das Ganze irgend etwas mit dem Mädchen zu tun hatte. Wurde Cat etwa bedroht? Wer auch immer sie bedrohte, er würde denjenigen in Stücke reißen. Sein plötzlich erwachter Beschützerinstinkt überraschte ihn noch nicht einmal.

»Gut«, sagte Cat, während sie erneut versuchte, ihre Beine zu bewegen. Sie zögerte kurz. Er sollte es wissen, nur für den Fall, daß ihr irgend etwas zustieß. »Sie ist bei Ihrem Hugh.«

Er spürte, wie er sich anspannte. »Also arbeitet er für Sie?«

Sie schüttelte den Kopf. »So war es am Anfang geplant, aber ... er hat es sich anders überlegt.« Sie legte den Kopf schief. »Er ist Ihnen gegenüber vollkommen loyal.« Ein kurzes Zögern. »Bitte werfen Sie ihn nicht raus.«

Normalerweise hätte er sie ein wenig zappeln lassen, obgleich er nicht die Absicht hatte, Hugh zu feuern. Hugh war viel zu wertvoll, das war er bereits gewesen, als Marsh seine Loyalität noch in Frage gestellt hatte. Außerdem mochte er seinen Manager, und er vertraute ihm. Bis zu einem gewissen Punkt. Doch jetzt blickte er Cat an. »Das tue ich nicht.«

Seltsamerweise glaubte sie ihm. Vielleicht vertraute sie ihm inzwischen doch in gewisser Weise. Vielleicht war sie deshalb hierhergekommen. Sie mochte ihn nicht. Sie mochte ihn nicht im geringsten, aber sie glaubte nicht, daß er log. Das hatte er nicht nötig. Er regte sie schon genug auf, ohne daß er log. Sie schloß die Augen und versuchte kurz, die gegenseitige Anziehungskraft, die immer zwischen ihnen herrschte, zu unterdrücken, die übermächtige sexuelle Spannung, die sich niemals legte, egal was er sagte oder tat.

Cat spürte erneut seine Hand an ihrer Wange, und sie erinnerte sie an den kurzen Moment der Zärtlichkeit vor ein paar Tagen. Am liebsten hätte sie ihr Gesicht in seiner Hand vergraben, um die Panik zu vergessen, die in ihrem Inneren aufwallte, die Verzweiflung, die sie zu überwältigen drohte.

Und dann küßte er sie mit einer Leichtigkeit, einer Zärtlichkeit, die sie all ihren Groll vergessen ließ. Ihre Lippen erwiderten die Berührung mit einer wilden Verzweiflung, einem Drängen, das so stark war, daß es sich nicht länger verbergen ließ. Sie war im Begriff, alles zu verlieren, und sie brauchte einen Teil der unerklärlichen Stärke dieses Mannes. Die Besorgnis in seinem Blick, die ruhige Sicherheit, die er ausstrahlte, war einfach unwiderstehlich.

Sein Kuß wurde leidenschaftlicher, und die Hitze zwischen ihnen wurde zu blauer Glut, wie im tiefsten Inneren einer Flamme. Sie spürte, wie sie erschauderte, und sie haßte sich dafür, daß sie sich ihm ohne jeden Widerstand ergab, daß sie seine Nähe so sehr ersehnte. Am liebsten hätte sie seinen Namen geflüstert, aber diese Genugtuung würde sie ihm nicht geben. Sie würde ihn nicht wissen lassen, wie sehr sie ihn brauchte.

Er nahm das Tuch von ihren Schultern, ließ es auf den Boden fallen und löste den Knoten in ihrem Haar. Seine Lippen wanderten zu ihrem Ohr, und der Schauder, den sie zuvor verspürt hatte, steigerte sich zu einem begehrlichen Zucken. Sie kämpfte verzweifelt dagegen an, und schließlich gelang es ihr, sich ihm so weit zu entwinden, daß er von ihr abließ. Er musterte sie und bat sanft: »Geh nicht.«

Sie konnte ihn einfach nicht ansehen. Wenn sie es täte, würde sie erneut dahinschmelzen. Und das durfte sie nicht. Aber sie lehnte ihren Kopf an seine Brust und hatte das Gefühl, zu Hause zu sein. Etwas, das sie ihr Leben lang vermißt hatte.

Er verharrte vollkommen reglos, und sein Atem strich sanft über ihr Haar. Marsh hatte Angst, sich zu bewegen, Angst, diesen kostbaren Augenblick zu zerstören. Er hielt sie fest, aber nicht zu fest. Er wußte instinktiv, daß sie einen Wendepunkt erreicht hatte, und er hatte das Gefühl, daß sie ihn wollte, ihm vertraute – auch wenn das Vertrauen noch nicht ausreichte.

Aber weshalb sollte sie ihm auch vertrauen? Er zuckte zusammen, schlang seine Arme enger um sie und legte seinen Kopf auf ihr dunkles Haar. »Ah, Cat, ich werde nicht zulassen, daß dir irgend jemand weh tut.«

Außer mir. Seine Gedanken kehrten noch einmal zu jenem Nachmittag zurück. Es war ihm wirklich gelungen, ihr weh zu tun, und nun konnte er ihr wohl kaum verübeln, daß sie ihm nicht vertraute. Plötzlich wußte er, daß er das Geld auftreiben würde, um den *Silver Slipper* zu kaufen.

Es war Marsh, der sich schließich sanft von ihr zurückzog und ihr in die Augen sah. »Ich werde das Geld zusammenbekommen«, sagte er. »Wirst du dann bleiben? Als Geschäftsführerin des *Silver Slipper*? Und ihn zurückkaufen, wenn du kannst?«

Vor Überraschung starrte sie ihn reglos an. »Warum sollten Sie so etwas für mich tun?«

Er grinste. »Es reizt mich einfach, dich als Konkurrentin zu haben.«

Cat zögerte, doch plötzlich gefiel ihr die Vorstellung sehr gut. Ihr gefiel der Gedanke, nicht noch einmal davonzulaufen, James Cahoon zu überlisten. Er dachte, daß der Saloon ihr gehörte, und sie freute sich schon jetzt darauf, sein Gesicht zu sehen, wenn sie ihm erzählte, daß sie nicht die Besitzerin des *Silver Slipper* war, sondern nur die Geschäftsführerin. Sie konnte das Geld, das sie verdiente, vor ihm verstecken und behaupten, sie hätte es beim Kartenspiel verloren. Aber konnte sie Canton vertrauen?

Sie blickte in sein Gesicht und versuchte, dort die Antwort auf ihre Frage zu finden. Sie hatte seit ihrer ersten Begegnung mit Cahoon nur sehr wenigen Menschen vertraut. Ben, erst nach Jahren. Teddy, und auch ihm erst nach langer Zeit. Großer Gott, Teddy. Wenn sie den *Silver Slipper* verließ, was würde dann aus ihm?

Canton sah sie ruhig an, während er auf eine Antwort wartete. Vielleicht war es sein Schweigen, vielleicht lag es daran, daß er keine Fragen stelle, daß er ihr in gewisser Weise vertraute, trotz all ihrer Auseinandersetzungen.

Außerdem war sie eine Spielernatur. Sie hatte auf ihr Glück vertraut, als sie nach San Francisco gekommen war. Und jetzt bot er ihr die Chance, das zu behalten, was sie sich erarbeitet hatte. Wenn er sie belog, wenn er ihr den *Silver Slipper* nicht zurückgab, ginge es ihr auch nicht schlechter als jetzt. Aber sie glaubte ihm. In dieser Sache glaubte sie ihm. Sie wußte zwar immer noch nicht, weshalb, aber sie spürte, daß er ein Mann war, der sein Wort hielt, egal was er sonst tat. Und auf diese Weise konnte sie sich weiterhin um Teddy kümmern.

»In Ordnung.«

»Also ist es abgemacht?«

Sie lächelte. Ein verhaltenes Lächeln, aber immerhin ein Lächeln. »Abgemacht.«

Er hatte das Gefühl, als habe er nie zuvor etwas Herrlicheres gesehen als dieses Lächeln. Es war lange her, daß ihn jemand derart angelächelt hatte.

Marsh beugte sich zu ihr hinab und küßte sie sanft. »Willst du hierbleiben und warten, bis ich herausgefunden habe, wie ich das Geld bekomme?«

Sie schüttelte den Kopf. Sie mußte sich schließlich noch um Molly kümmern. Den Privatdetektiv aufsuchen. Gütiger Himmel, es war wirklich Zeit. Höchste Zeit. Und dann mußte sie noch zur Bank. Sie mußte ihr gesamtes Geld abheben und unter einem anderen Namen anlegen.

»Ich habe noch ein paar Dinge zu erledigen«, sagte sie. »Aber ich komme zurück.«

»Kann ich dir in irgendeiner Weise behilflich sein?«

Wieder überraschte er sie. Offensichtlich spürte er, daß irgend etwas nicht in Ordnung war, aber trotzdem stellte er ihr keine Fragen. Sie hob den Kopf. »Nein, danke.«

Er ging hinüber zu der Kommode, zog eine der Schubladen auf und nahm eine kleine Pistole heraus. »Das hier ist eine Derringer. Weißt du, wie man damit umgeht?«

Sie nickte. »Ich habe eine im *Silver Slipper.*«

»Das merke ich mir«, sagte er mit einem schiefen Grinsen.

»War es das, was Sie herausfinden wollten?«

Er zuckte mit den Schultern ohne zu antworten. Aber sie wußte, daß er vor einer Waffe bestimmt keine Angst hatte.

»Trotzdem danke.«

Marsh zögerte. Er hätte am liebsten noch mehr Fragen gestellt, aber das würde sie wahrscheinlich nur abschrecken. Himmel, was war nur los mit ihr? Er spürte die Angst eines Menschen ebenso wie den Tod. »Möchtest du, daß ich dich begleite?«

Cat zögerte, doch dann schüttelte sie den Kopf. Sie mußte fort von Canton. Er war ihr bereits viel zu nahe. Er machte sie mutiger, als im Augenblick gut für sie war.

Sie wandte sich ab und ging hinüber zum Spiegel, wo sie ihr Haar in Ordnung brachte und das Tuch vors Gesicht zog. Er beobachtete sie und sagte dann ruhig: »Laß uns gemeinsam eine Kutsche nehmen. Ich muß auch in die Stadt.«

Cat fragte sich, woher er wußte, daß sie nur ungern hinaus auf die Straße ging. Aber schließlich überraschte er sie mit allem, was er tat.

Sie traten schweigend auf die Straße und winkten eine Kutsche herbei. Er half ihr hinein, fragte nach ihrem Ziel und schwieg, als sie ihre Bank nannte. Seine Gegenwart war zugleich tröstlich und beunruhigend. Irgend etwas hatte sich zwischen ihnen verändert. Eine Spur von Vertrauen. Zögernd. Zerbrechlich. Zu früh, um durch Versprechungen und Fragen auf die Probe gestellt zu werden.

Cat lehnte sich in den Kissen zurück, spürte sein Knie an ihrem Bein, fühlte dasselbe schmerzliche Verlangen, das sie immer nach ihm hatte, doch dieses Mal war es anders, dieses Mal war sie eigenartig schüchtern und unsicher. Er hatte ihr seine Hilfe angeboten, ohne etwas dafür zu verlangen. Und sie weigerte sich, ihm irgend etwas als Gegenleistung zu bieten, da sie fürchtete, er könne eine solche Geste mißverstehen.

»Es ist eine rein geschäftliche Abmachung«, sagte er plötzlich, als könne er ihre Gedanken lesen. »Sonst nichts, Miss Cat.«

Sie spürte erneut den inzwischen vertrauten Schauder, einen Schauder, der häufig der Vorbote eines Erdbebens war. Einer Katastrophe. Würde es zwischen ihnen jemals so etwas wie eine rein geschäftliche Abmachung geben?

»Ich verstehe immer noch nicht, warum –«

»Ich verspreche mir von der Sache einen gewissen Profit.« Er grinste. »Keine Sorge, Miss Hilliard.«

»Sind Sie sicher, daß Sie das Geld auftreiben können?«

»Ich bin mir niemals bei irgend etwas sicher, Miss Cat«, sagte er in spöttischem Ton. »Vor allem, wenn ich in Ihrer Nähe bin. Aber ich nehme an, es sollte möglich sein.« Er wünschte nur, er wäre sich so sicher, wie er tat. Er hatte nur noch verdammt wenig Geld. Alles was er hatte, war das *Glory Hole.* Als Sicherheit.

Himmel, er begann sowieso, sich zu langweilen. Er war einfach nicht dafür geschaffen, das friedliche Leben eines Geschäftsmannes zu führen.

Cat hob ihr gesamtes Vermögen bis auf hundert Dollar ab. Sie wußte bereits, was sie als nächstes tun würde. Eine andere Bank, bei der man sie nicht kannte, einen anderen Namen. Sie wagte es nicht, das ganze Bargeld bei sich zu behalten.

Dieses verfluchte Bild in der Zeitung.

Vielleicht konnte der Privatdetektiv ihr helfen … wenn er sie überhaupt noch empfing.

Es waren nur noch ein paar Häuserblocks bis zu seinem Büro, und sie beschleunigte ihre Schritte. Sie hatte sich lauter große Scheine geben lassen, und ihre Handtasche war bis zum Rand damit vollgestopft.

Das Büro lag im zweiten Stock eines unscheinbaren Gebäudes in einer Seitenstraße. Recht bescheiden für eine Agentur, die Quinn Devereux zufolge einen so guten Ruf genoß, dachte sie. *Vollkommen vertrauenswürdig. Diskret.*

Sie öffnete die Tür und trat ein. Der junge Mann, der hinter einem der Schreibtische saß, blickte auf. »Kann ich Ihnen helfen?«

»Ich möchte zu Mr. Templeton«, sagte sie. »Ich habe einen Termin … Ich weiß, ich bin sehr spät dran, aber …«

Er nickte. »Mr. Templeton ist noch da.« Dann erhob er sich, klopfte an die Tür des Nebenzimmers, trat ein und kam kurze Zeit später wieder heraus. »Miss Hilliard?«

Cat nickte.

Als Cat das Nebenzimmer betrat, erhob sich der Mann, der hinter dem Schreibtisch saß, und kam ihr entgegen. »Ich bin Booth Templeton. Ich habe schon viel von Ihnen gehört, Miss Hilliard«, sagte er, und als er sah, wie Cat zusammenzuckte, fügte er mit einem Augenzwinkern hinzu: »Von Mr. Devereux. Nur interessante und äußerst angenehme Dinge. Nun, was kann ich für Sie tun?«

Cat zögerte. »Es tut mir leid, daß ich so spät komme … mir ist noch etwas dazwischengekommen.«

»Schon gut«, sagte der Detektiv und nahm wieder hinter seinem Schreibtisch Platz. »Bitte setzen Sie sich.«

Cat wollte sich nicht setzen. Sie war viel zu ruhelos, aber trotzdem zwang sie sich, Platz zu nehmen. »Mr. Devereux sagte mir,

Sie seien sehr … zuverlässig«, sagte sie, während sie versuchte, sich selbst ein Bild zu machen. Ihr erster Eindruck war, daß sie zu diesem Mann Vertrauen haben konnte. Er wirkte solide. Seine intelligenten braunen Augen musterten sie aufmerksam, ohne ihr allzuviel von ihm zu verraten. Sie waren nicht verschlossen wie die von Canton, hinter ihnen schien sich kein Geheimnis zu verbergen, sondern nur eine gewisse Reserviertheit. Augen, die beobachteten, ohne vorschnell zu urteilen.

»Ich … wir waren ein paarmal in Mr. Devereux' Auftrag tätig«, sagte Templeton.

Cat zögerte. »Haben Sie vor ein paar Tagen in der Zeitung die Geschichte von der Schießerei vor dem *Silver Slipper* gelesen?«

Er nickte.

»Die junge Dame, um die es dabei ging … glaubt, daß ihr Vater hinter der Sache steckt. Sie hat furchtbare Angst vor ihm, und obwohl sie mir nicht gesagt hat, weshalb, kann ich mir den Grund dafür zumindest teilweise denken.« Sie zögerte erneut, da sie sich fragte, ob er wohl verstand, was sie sagen wollte.

»Wie alt ist sie?«

»Neunzehn.«

»Er ist also immer noch ihr gesetzlicher Vormund?«

Cat nickte.

»Nun, was können wir in der Sache tun?«

»Sie … Molly … glaubt, daß er all ihre Freunde vertreibt, ja vielleicht sogar umbringt. Zum Beispiel ein Hausmädchen namens Glynneth, das versucht hat, ihr zu helfen. Sie ist eines Tages einfach verschwunden.«

»Warum meint Molly, daß ihr etwas passiert sein könnte?«

»Das Mädchen, Glynneth, war verlobt und sehr verliebt. Sie hat ihrem Verlobten kein Sterbenswörtchen gesagt, ehe sie verschwand. Andere sind … zusammengeschlagen worden.«

»Und Sie wollen, daß ich dieses Hausmädchen finde? Oder daß ich zumindest herausfinde, was mit ihr passiert ist?«

Cat nickte. »Und bitte finden Sie so viel wie möglich über … den Vater meiner Freundin heraus.«

»Um wen handelt es sich?«

Cat zögerte. »Werden Sie den Fall übernehmen?«

Er musterte sie einen Augenblick. »Ein einflußreicher Mann?«

Cat nickte erneut. »Ein Bankier aus Oakland.«

»Wollen Sie mir vielleicht sagen, was Sie vermuten?«

»Ich glaube, er hat sie ... in einer Weise mißbraucht, wie ein Vater es nicht tun sollte.«

»Das ist verdammt schwer zu beweisen. Bitte entschuldigen Sie, Miss Hilliard.«

»Ich weiß«, sagte Cat. »Deshalb müssen Sie mit Glynneth anfangen. Und ihn vielleicht beschatten. Wenn ich mit meinem Verdacht recht habe, ist Molly sicher nicht das einzige junge Mädchen, das er mißbraucht hat.«

Der Blick des Detektivs wurde härter. »Ich fürchte, da haben Sie recht.« Er sah sie aufmerksam an. »Ich werde mit dem Mädchen sprechen müssen.«

Das hatte Cat erwartet. »Ich werde ein Treffen arrangieren, aber ich bezweifle, daß sie Ihnen viel erzählen wird. Sie ... nun, es ist sehr schwierig.«

Templetons Miene wurde sanfter. »Ich verstehe.«

Cat mochte seinen Gesichtsausdruck. Er würde vorsichtig sein, und er zeigte ein gewisses Mitgefühl. Er war der richtige Mann für sie. »Nun, wieviel ...«

»Für den Anfang einhundert.«

»Abgemacht«, sagte Cat. »Übrigens, da wäre noch etwas.«

Er sah sie fragend an.

»Mr. Devereux sagte, ich könnte Ihnen voll vertrauen.«

Templeton wartete ab.

»Ich möchte ein Konto unter einem anderen Namen einrichten und dort eine beachtliche Summe einzahlen. Ich bin jedoch zu ... bekannt. Könnten Sie das vielleicht für mich tun?«

»Verstoßen Sie damit gegen irgendein Gesetz?«

Sie zuckte mit den Schultern. »Ich glaube nicht. Es ist mein Geld. Aber ein ... Verwandter, den ich für tot gehalten hatte, ist plötzlich wieder aufgetaucht.«

»Ihr Mann?« riet er.

Cat zuckte zusammen. Sie wollte an Cahoon nicht als an ihren

Ehemann denken. Der Gedanke verursachte ihr Übelkeit. »Er ist ein Spieler. Er wird alles nehmen und verlieren.«

»Vertrauen Sie mir?«

»Ich vertraue Mr. Devereux.«

»Sie sind eine clevere Frau.« Er zögerte, doch dann schien er eine Entscheidung zu treffen. »Ich werde das Geld für Sie anlegen. Auf den Namen ... Kelly Edwards. Das könnte sowohl ein Mann als auch eine Frau sein. Ich stelle Ihnen eine Quittung aus. In der anderen Sache melde ich mich bei Ihnen, sobald ich etwas herausgefunden habe.«

Cat verbrachte fast eine Stunde in seinem Büro, gab ihm eine genaue Beschreibung von Molly und sagte ihm, daß er sich an Teddy wenden sollte, falls er sie nicht erreichte. Und schließlich gab sie ihm das Geld, das sie von der Bank abgehoben hatte.

Sie fühlte sich besser, als sie ging, obwohl ihr klar war, daß sie plötzlich ziemlich vielen Leuten recht großes Vertrauen schenkte. Das erstaunte sie, denn in den letzten Jahren hatte sie niemandem jemals wirklich vertraut.

Und es erschreckte sie.

»Sie wollen *was* tun?«

David Schuyler Scott erinnerte sich daran, daß er mit diesem Klienten schon einmal ein ähnliches Gespräch geführt hatte. Aber schließlich gelang es Marsh Taylor Canton immer wieder, ihn zu überraschen.

»Ich werde den *Silver Slipper* kaufen«, erklärte Marsh noch einmal. »Aber ich will es schriftlich festlegen, daß ich ihn zurückverkaufe.«

»Für denselben Preis?«

Marsh zuckte mit den Schultern.

»Was ist mit der Fehde zwischen Ihnen beiden?«

»Ich glaube nicht, daß sich daran etwas geändert hat«, sagte Marsh mit einem leichten Grinsen.

»Und Sie wollen mir nicht erzählen, was los ist?«

»Nein.«

David gab auf. Schließlich war das Ganze nicht seine Sache. Er konnte seinem Klienten lediglich mit Rat und Tat beiseite stehen. Und an ersterem hatte Canton offensichtlich keinerlei Interesse.

»In einer Stunde haben Sie den Vertrag.«

Als nächstes ging Marsh zur Bank. Er brauchte nur Quinn Devereux' Namen zu nennen, und schon geleitete man ihn in das Büro des Vizepräsidenten, dem er das *Glory Hole* als Sicherheit für ein Darlehen über zehntausend Dollar bot. Der Bankier schien darüber leicht verwundert zu sein, aber schließlich hatte Devereux den Mann zu ihm geschickt, und Devereux war einer der besten Kunden der Bank. Außerdem war der Bankier recht beeindruckt von dem, was Marsh innerhalb so kurzer Zeit aus dem *Glory Hole* gemacht hatte. Also versprach er ihm das Geld für den folgenden Tag.

Als Marsh zu Scotts Büro zurückging, wurde ihm klar, daß dies das erste Mal seit dem Krieg war, daß er etwas für jemand anderen tat – ohne dafür bezahlt zu werden.

* * *

Zum ersten Mal in ihrem Leben war Molly glücklich. Sie liebte Kinder. Sie liebte es, sich um sie zu kümmern. Und vor allem liebte sie Hughs und Elizabeths wilde Rangen.

Als sie vor einer Woche bei den O'Connells angekommen war, war sie noch recht schüchtern gewesen, aber es war einfach unmöglich, nicht aufzublühen, wenn die Kinder auf ihren Schoß kletterten und ihr Gesicht mit feuchten Küssen bedeckten. Hugh und Elizabeth hatten fünf, bald sechs, von der Sorte, und sie alle waren vollkommen ungehemmt, da sie es offenbar gewohnt waren, daß ihre Eltern und »Onkel Teddy« sie abgöttisch liebten. Wenn sie nebeneinanderstanden, sahen sie aus wie die Orgelpfeifen, aber das passierte nur selten, da sie viel zuviel Energie besaßen, um lange genug stillzustehen.

Sie hatten sie vorbehaltlos akzeptiert. Sie war »Tante Molly, die Freundin von Onkel Teddy«.

Und es war nicht nur die Liebe in dieser Familie, die sie hatte auftauen lassen. Zum ersten Mal in ihrem Leben hatte sie wirklich das Gefühl, gebraucht zu werden. Der Geburtstermin des sechsten Kindes rückte immer näher, und obwohl Elizabeth O'Connell sich weigerte, es zuzugeben, sah Molly doch, daß sie schnell ermüdete. Molly hatte sämtliche Aufgaben übernommen, als hätte sie ihr Leben lang nichts anderes getan. Sie paßte auf die Kinder auf, zog sie an, spielte mit ihnen, brachte sie ins Bett, betete mit ihnen. Sie lernte sogar ein wenig Kochen.

Beim Frühstück ließ Hugh sich immer Zeit und erzählte vom Vorabend im *Glory Hole.* Er sprach über Politik, erzählte den neuesten Klatsch und berichtete, wer Bankrott gemacht hatte. Das passierte oft in San Francisco, einer Stadt, in der die Menschen über Nacht ein Vermögen machten und es ebenso schnell wieder verloren. Hugh kümmerte sich rührend um seine Frau. Nie zuvor hatte Molly zwei Menschen gesehen, die einander wirklich etwas bedeuteten; eigentlich hatte sie gedacht, daß es so etwas wie Liebe gar nicht gab.

Teddy hatte sie ein paarmal besucht. Anfangs hatte es gewisse Spannungen zwischen den beiden Männern gegeben, doch mit der Zeit schienen sie sich zu legen. Es machte Molly Spaß, Teddy beim Essen zuzusehen und zu beobachten, wie er anschließend seine Pfeife anzündete. Sie freute sich, wenn er ihr zuzwinkerte, sobald eins der Kinder auf ihr herumkletterte, und sie fühlte sich in seiner Nähe sicher und geborgen.

Dann hatte Teddy sie vor ein paar Tagen, am Sonntag, als Hugh und er frei gehabt hatten, gebeten, mit ihm spazierenzugehen ...

Die Art, in der er vorsichtig ihren Arm genommen hatte, war schön gewesen, ebenso wie der leichte Schauder, den diese Berührung in ihrem Innersten weckte. Sie hätte niemals gedacht, daß ihr die Berührung eines Mannes gefallen könnte, aber Teddys Hand war so warm und zärtlich gewesen, daß ihr Herz vor Freude einen Satz gemacht hatte. Sie merkte, daß sie sich auf seine Besuche freute, nicht nur, weil er ein guter Freund war, sondern weil sie gern mit ihm zusammen war.

Sie hatte immer noch Angst, aber inzwischen gelang es ihr, die Furcht tagsüber, wenn sie beschäftigt war, zu verdrängen. Nachts jedoch war alles wieder da. Denn es war immer Nacht gewesen, wenn *es* passiert war, wenn *er* in ihr Schlafzimmer gekommen war. Sie fragte sich, ob sie jemals aufhören würde, sich vor den Nächten zu ängstigen.

Teddy hatte versucht, sie zu beruhigen. Miss Catalina würde dafür sorgen, daß ihr Vater sie nicht fand. Er hatte ihr zwar nicht gesagt, wie sie das machen würde, aber sie hatte großes Vertrauen in Miss Catalina. Sie war so stark. *Sie* hatte niemals Angst. Molly erinnerte sich daran, wie Miss Catalina mit ihr gesprochen hatte, wie sie ihr erzählt hatte, daß sie in einem Bordell geboren wurde ... daß ihre Mutter sie im Alter von dreizehn Jahren verkauft hatte.

Diese Worte hatten ihr geholfen. Wenn Miss Cat mit so etwas fertig geworden war, dann würde auch sie es schaffen. Sie fühlte sich nicht mehr wie Mary Beth. Sie war Molly, die die Stärke besessen hatte, davonzulaufen, die sich ihrem Vater widersetzt hatte, die Freunde gefunden hatte. Und die jetzt das Gefühl hatte, gebraucht zu werden. Und etwas zu leisten. Und willkommen zu sein.

Und sie freute sich auf Teddys Besuche, auf die gemeinsamen Spaziergänge.

Sie hatte zu ihm aufgeblickt, da sie spürte, daß er sie ansah. Mit seinen warmen, braunen Augen. Er ging immer so behutsam mit ihr um, als sei sie ein Stück leicht zerbrechliches Kristall.

»Molly«, hatte er sanft gesagt, »Catalina wird mit einem Detektiv von Pinkerton über deinen Vater sprechen. Wahrscheinlich wirst auch du dich mit ihm unterhalten müssen.«

Molly hatte gefühlt, wie ihr bei dem Gedanken an ihren Vater übel wurde. Teddy hatte sie ruhig und abwartend angeblickt, und lieber wäre sie gestorben, als ihn zu enttäuschen. Wenn er und Catalina bereit waren, sich ihretwegen in Gefahr zu begeben, ihrem Vater zu trotzen, dann war das mindeste, was sie tun konnte, es ihnen gleichzutun, auch wenn sie über das, was geschehen war, reden mußte.

Sie hatte genickt, und er hatte ihr ein zufriedenes Lächeln geschenkt. Plötzlich hatte sie festgestellt, daß sie mehr von ihm wollte als ein Lächeln. Sie hatte gemerkt, daß er schluckte, daß ein Muskel in seiner Wange zuckte – eine Geste, die sie inzwischen liebgewonnen hatte –, daß er den Kopf neigte und ...

Innehielt, als seine Lippen dicht über ihrem Mund waren. Innehielt. Zögerte. Sich zurückzog. Den Kopf schüttelte, als wundere er sich über sich selbst.

»Teddy …«

Er hatte kurz die Augen geschlossen, als ringe er mit sich selbst, und dann hatte er sie erneut angesehen und mit stockender Stimme gesagt: »Schau mich nicht so an.«

»Warum?«

»Verdammt«, hatte er ärgerlich gesagt. »Ich bin viel zu alt für dich.«

Molly hatte bemerkt, daß seine Wange erneut zuckte. »Manchmal«, hatte sie bemerkt, »habe ich das Gefühl, als sei ich mindestens hundert Jahre alt.«

Eine seiner großen Hände hatte ihr Kinn berührt und sanft gestreichelt. »Du hast noch das ganze Leben vor dir.«

»Nur wegen dir und Miss Catalina.«

»Dankbarkeit«, hatte er gemurmelt. »Das ist es, was du empfindest. Das ist alles, was du empfindest.«

Sie hatte den Kopf geschüttelt. »Ich glaube nicht.«

»Ich bin alt genug, um dein Vater zu sein«, hatte er mit rauher Stimme gesagt und gesehen, wie sie bleich geworden war. Er hätte sich am liebsten selbst in den Hintern getreten. Oder Schlimmeres. Am liebsten hätte er seinen dicken Kopf gegen eine Backsteinmauer gerammt.

Seine Miene mußte seinen Ärger über sich selbst verraten haben, denn sie hatte eine ihrer kleinen Hände in seine geballte Faust geschoben. »Du bist überhaupt nicht wie er«, hatte sie heftig erwidert.

Er hatte die kleine Hand gespürt, die sich so vertrauensvoll in die seine gelegt hatte, hatte sie festgehalten, und sein Ärger hatte sich gelegt. Er hatte das Gefühl gehabt, als habe ihm jemand das größte Geschenk auf Erden gemacht, doch er konnte dieses Geschenk nicht annehmen. Sie hatte etwas Besseres verdient als einen heruntergekommenen Ex-Boxer.

Er hatte beobachtet, wie sie mit den Kindern lachte, wie der traurige, wehmütige Blick für kurze Zeit aus ihren Augen gewichen war, während ihr perlendes Lachen den Raum erfüllte. Er hatte beobachtet, wie sie Elizabeth beim Kochen half, wobei sie vor lauter Konzentration die Stirn runzelte. Er hatte beobachtet, wie sie einen Schnitt in Bettys kleiner Hand verbunden hatte mit einem Mitgefühl, als habe sie sich selbst verletzt. Sie war ein so sanftes Geschöpf, viel zu sanft für einen Riesenochsen wie ihn. Viel zu sanft, viel zu zerbrechlich und viel zu verwundbar.

Aber er mußte einfach daran denken, wie es wäre, mit ihr zusammenzuleben. Alles mit ihr zu teilen. Sie über den Tisch hinweg anzublicken. Bei dem Gedanken spürte er jedesmal einen schmerzlichen Stich. Er wußte, daß er nicht weiter darüber nachdenken sollte. Andernfalls würde er eines Tages verrückt.

»Ich bringe dich jetzt besser wieder nach Hause«, hatte er mit rauher Stimme gesagt.

Nach Hause, hatte Molly gedacht. Nie hatte sie sich irgendwo mehr zu Hause gefühlt als bei Hugh und Elizabeth. Ehe sie zu ihnen gekommen war, hatte sie nie genau gewußt, was das Wort bedeutete. Einen Ort der Wärme und der Liebe. Einen Ort, an dem man lachte und sich umeinander kümmerte. An dem sich Menschen um sie kümmerten.

Menschen wie Teddy. Sie bewunderte ihn so sehr. Seine rauhe Zärtlichkeit im Umgang mit Hughs Kindern. Seine Fähigkeiten als Manager des *Silver Slipper.* Seine beschützende Art. Seinen scharfen Verstand, obgleich ihr klar war, daß dieser unter seiner rauhen Schale nur von wenigen erkannt wurde. Er schien es nicht anders zu wollen, aber sie hatte oft genug erlebt, daß Miss Catalina ihn um Rat gebeten hatte.

Doch sie wußte nicht, wie sie zu ihm durchdringen sollte, wie sie ihm klarmachen sollte, wie sehr sie ihn mochte und bewunderte. Und mehr.

Cat wurde bereits von Canton erwartet. Wie er so an der Theke des *Glory Hole* lehnte, wirkte er durch und durch entspannt, aber er hatte sein Pistolenhalfter angelegt, und wie immer spürte Cat die Vorsicht des Gesetzlosen hinter der lässigen Pose. Er wandte sich an den Barkeeper, sagte etwas zu ihm und kam dann mit einem leichten, fast unmerklichen Lächeln auf den Lippen zu ihr hinüber. »Ich glaube, wir haben noch einiges zu besprechen.«

Hoffnung wallte in ihr auf. Hoffnung und zugleich eine gewisse Verzweiflung. Sie spürte seine Hand auf ihrem Arm. Stark. Fest. Und sie ließ sich widerstandslos von ihm in sein Zimmer führen. Der Hund war immer noch da, und er knurrte, weil man ihn schon wieder störte. »Es gibt da dieses neue Gesetz über streunende Hunde ... ich versuche, ihn soviel wie möglich im Haus zu behalten.«

Cat, die froh war über den kurzen Aufschub, über ein Thema, das nichts mit ihren Schwierigkeiten zu tun hatte, ging hinüber zu Win, beugte sich zu ihm hinab und sah ihn ebenso starr an wie er sie. Plötzlich legte sich Win auf den Rücken, streckte ihr den Bauch entgegen, und sie streichelte ihn sanft. Er knurrte, aber nicht unbedingt bedrohlich. Er wußte einfach nicht, daß ein Hund auch noch andere Laute von sich geben konnte.

»Hol mich doch der Teufel«, entfuhr es Marsh, und Cat wandte den Kopf. »Das verdammte Vieh hat sich von mir noch nicht ein einziges Mal berühren lassen.« Beim Anblick seiner traurigen Miene mußte Cat lächeln, obgleich sie wußte, daß es wahrscheinlich ein recht schiefes Lächeln war. Sie fühlte sich im Augenblick so zerbrechlich, so angespannt. Wenn jemand sie berührt hätte, wäre sie wahrscheinlich in tausend Teile zersprungen. Sie hatte alles Erforderliche erledigt, ganz automatisch, als wäre nicht sie diejenige, die das alles machte. Aber wenigstens hatten die Besorgungen sie davor bewahrt, ins *Glory Hole* und dann in den *Silver Slipper* zurückzukehren und sich dort der Sache zu stellen, der sie sich irgendwann stellen mußte: ihrer Vergangenheit.

Doch zunächst mußte sie sich einer anderen Sache stellen. Canton und seinem Vorschlag. Canton, der ihr Blut in Wallung brachte und sie vor Zorn erbeben ließ.

Sie richtete sich auf und blickte ihn an. »Und, werden Sie mein Angebot annehmen?«

»Ja.«

»Haben Sie das Geld?«

»Morgen.«

Cat versuchte, ihre Enttäuschung nicht allzu offen zu zeigen. Ihre Hand umklammerte die Besitzurkunde in ihrer Tasche. Sie konnte sie nicht mit zurück in den *Silver Slipper* nehmen. Sie wollte, daß Canton sie bereits heute abend hatte, damit es keinen Beweis dafür gab, daß sie zum Zeitpunkt des Verkaufs gewußt hatte, daß ihr Mann noch lebte. Aber konnte sie Canton vertrauen?

Seine dunklen Augen blitzten im Licht der Spätnachmittagssonne, das durch das Fenster fiel. »Sie wollen es auf der Stelle?« Seine Stimme war eigenartig sanft, und der Südstaatenakzent, den sie bei ihrer ersten Begegnung herausgehört hatte, fiel ihr stärker auf als je zuvor.

Sie nickte.

»Sie dachten, ich hätte so viel Geld sofort zur Verfügung?«

Sie nickte erneut.

»Tut mir leid, daß ich Sie enttäuschen muß, meine Liebe. Aber ich mußte mir die Summe leihen.« Er wußte nicht, warum er ihr überhaupt eine Erklärung gab. Jetzt würde sie wahrscheinlich annehmen, daß er das *Glory Hole* als Sicherheit gegeben hatte. Aber er hatte ihre Enttäuschung gesehen, den Anflug von Panik in ihrem Blick.

Cat war schockiert. »Das *Glory Hole?*«

Nun war er derjenige, der nickte, und sie glaubte ihm. Er riskierte das *Glory Hole* für sie. Sie stand da und starrte ihn an. »Warum?« Die Frage klang ziemlich gepreßt.

Er wandte sich von ihr ab, ging zum Fenster und blickte hinaus.

»Warum?« wiederholte sie.

»Es ist eine gute Investition.«

»Sie wissen noch nicht einmal, warum ich verkaufen will.«

Er wandte sich abrupt um. Sein Gesicht war so grimmig, wie sie es noch nie gesehen hatte. Sonst hatte er immer dieses leichte Lächeln auf den Lippen, hinter dem er seine wahren Gedanken verbarg. »Wenn Sie es mir erzählen wollen, dann tun Sie's. Oder lassen Sie's bleiben. Morgen habe ich das Geld. Soweit müssen Sie mir schon vertrauen. Auf jeden Fall hat mein Anwalt bereits einen Vertrag aufgesetzt.« Er ging hinüber zu seinem Schreibtisch, griff nach einem Blatt Papier, das dort lag, und gab es ihr.

Cat überflog eilig den Inhalt, las noch einmal langsamer und starrte ihn dann mit weit aufgerissenen Augen an. »Das ... das war nicht nötig.«

»Ich dachte, Sie würden sich dann vielleicht besser fühlen.«

»Warum interessiert es Sie, wie ich mich fühle?« Statt einer Antwort erhielt sie einen weiteren grimmigen Blick. »Canton ...?«

»Was?«

»Warum ... warum interessiert es Sie, wie ich mich fühle?«

»Sie machen mein Leben interessant, meine Liebe«, sagte er und versuchte, seiner Stimme einen spöttischen Klang zu geben.

Doch es klappte nicht ganz. Er konnte eine gewisse Besorgnis nicht verbergen, und Cat spürte, daß er davon ebenso überrascht war wie sie. Sie versuchte, sich an den Nachmittag zu erinnern, an dem er sie so erfolgreich aus der Reserve gelockt hatte.

»Wen soll ich denn noch besiegen, wenn Sie weg sind?«

»Das haben Sie noch nicht geschafft«, erwiderte sie, aber ihre Stimme klang nicht besonders unfreundlich.

»Sehen Sie«, sagte er, »genau das ist der Grund.«

Cat blickte erneut auf den Vertrag. Er war ganz einfach. Sie erkannte den Namen des Anwalts und erinnerte sich an ihre erste Reaktion, als sie festgestellt hatte, daß David Scott für Canton arbeitete. Einer der wenigen ehrlichen Anwälte in der Stadt. Das Abkommen, das M. Taylor Canton bereits unterzeichnet hatte, besagte, daß Canton den *Silver Slipper* für zehntausend Dollar kaufte und daß er oder jeder andere Besitzer sich bereit erklärte, Catalina Hilliard das Lokal innerhalb der nächsten drei Jahre ebenfalls zum Preis von zehntausend Dollar zurückzuverkaufen, wenn sie es so wollte.

Des weiteren wurde festgelegt, daß Catalina Hilliard als Geschäftsführerin des *Silver Slipper* arbeiten würde und daß ihr als Entgelt neunzig Prozent des Gewinns zustanden.

Der Vertrag, der in Gegenwart des Anwalts unterzeichnet worden war, war äußerst großzügig. Er bedeutete, daß Canton den *Silver Slipper* nur verkaufen konnte, wenn der neue Besitzer sich ebenfalls drei Jahre lang an die Vertragsbedingungen hielt. Sie wußte, daß niemand den Saloon jemals unter solchen Umständen erwerben würde.

»Das hätten Sie nicht tun müssen«, sagte sie. »Ich hätte Ihnen den *Silver Slipper* auch so verkauft.«

Nun war er derjenige, der erstarrte. Ihm mißfiel ihre Reaktion. Er erwartete keinesfalls ihre Dankbarkeit. Er hatte ihr nur einen Teil der Verzweiflung nehmen wollen, die er gespürt hatte. Außerdem würde er schließlich nichts verlieren. Die zehn Prozent, die ihm zustanden, würden ihn mehr als genug für alles entschädigen.

Aber er wußte, daß er nicht nur aus materiellem Interesse gehandelt hatte. Er wollte einfach nicht, daß sie ging. Daß sie San Francisco verließ. Den *Silver Slipper.* Dieses Zimmer.

Plötzlich erschien ihm der Raum viel kleiner als sonst. Er streckte die Hand nach ihr aus und drehte sanft ihren Kopf zu sich herum. Ihre verblüffend grünen Augen blickten ihn ruhig an, ruhig, abwartend, offensichtlich immer noch nicht wissend, ob sie ihm trauen konnte.

Himmel, es war so lange her, daß er sich zum letzten Mal nach dem Vertrauen eines Menschen gesehnt hatte. Doch jetzt tat er es. Und er hatte Angst, es zuzugeben, weil er fürchtete, daß sie ihn ebenso abweisen würde, wie er sie noch vor wenigen Tagen in ebendiesem Raum abgewiesen hatte.

Diese Erkenntnis ließ ihn schmerzlich zusammenfahren. Er wollte sie. Und dieses Verlangen war zu einer Besessenheit geworden. Einer herrlichen, strahlenden Besessenheit, bis etwas Häßliches in seinem Inneren sich geweigert hatte, diese Tatsache zu akzeptieren, sie verdreht und verbogen hatte, bis sie seinen bisherigen bitteren Erfahrungen entsprach.

Die Angst, die sie vorhin gezeigt hatte, und der wilde, entschlossene Stolz, mit dem sie tat, was sie tun mußte, hatten ihn berührt wie nichts anderes seit dem Krieg. Hatten seinen Beschützerinstinkt geweckt. Hatten ihn die einzige Sache riskieren lassen, die ihm wieder etwas Achtung vor sich selbst gegeben hatte. Aber was nützte ihm das *Glory Hole,* wenn Catalina Hilliard ging?

Er hatte das Bedürfnis, sie zu küssen, sie in seine Arme zu nehmen. Aber wie sollte er? Wieso sollte sie ihn dieses Mal nicht mißverstehen, nicht denken, daß er nur eine Bezahlung seiner Dienste forderte? Er war in seiner eigenen Falle gefangen, und jeder Teil seines Körpers, seiner Gedanken bezahlte teuer dafür.

Marsh beugte sich vor und küßte sie sanft. Er legte seine Hand auf ihre Schulter und merkte, daß seine Finger zitterten. Zitterten, weil er sich nur mit Mühe beherrschen konnte, sie auf sein Bett zu ziehen, sie eng an sich zu pressen.

Nie zuvor in seinem Leben hatte er etwas so sehr gewollt.

Seine Hand glitt hinauf, und seine Finger strichen sanft über die feinen Linien in ihrem Gesicht. Sie verharrte vollkommen reglos, und er wußte nicht, was sie dachte. Sie war verdammt gut darin, ihre Gefühle zu verbergen, ebenso wie er. Warum nur? Warum war sie immer so beherrscht? Warum war sie so voller Gegensätze?

»Cat«, sagte er mit leiser Stimme. »Es tut mir leid ... das, was ich an dem Nachmittag gesagt habe.« Und das tat es ihm wirklich. Wenn er seine Worte hätte zurücknehmen können – selbst wenn er für jedes der bösen Worte einen Stich mit einem Messer bekommen hätte –, er würde es tun. Aber er hatte sich noch nie bei jemandem entschuldigt, und seine Stimme klang rauh. Heiser. Als würde er ersticken.

Er merkte, wie unbeholfen seine Worte klangen, und heftiger Schmerz wallte in ihm auf. Aufgrund dessen, was er gewesen war. Aufgrund dessen, was er geworden war. Aufgrund dessen, was er jetzt sein wollte, da er nicht wußte, ob es möglich war, sich derart zu verändern. Er spürte ein Verlangen, das nichts mit körperlicher Leidenschaft zu tun hatte und das so vollkommen war, daß es ihn zu zerreißen drohte. Wie brachte man die Zeit dazu, stehenzubleiben? Wie nahm man unverzeihliche Worte zurück? Wie erweckte man eine Seele zum Leben, die seit langem tot war, weil sie die Dinge, die man getan hatte, nicht ertrug?

Erfüllt von einem Schmerz, den er nicht zu lindern vermochte, wandte er sich abrupt von ihr ab.

Er wollte so viel für sie tun. Er wollte losstürzen und jeden Drachen, der ihr gefährlich wurde, besiegen. Das war wirklich etwas Neues. Etwas Ungewohntes. Aber er wußte, daß sie ihm nicht verraten würde, welcher Drache sie bedrohte. Also wartete er ab. Wartete, daß sie den Vertrag akzeptierte. Wartete, daß sie sich zu seiner rauhen Entschuldigung äußerte, aber sie schien ebenso erstarrt zu sein wie er.

»Es ist nicht wichtig«, erwiderte sie schließlich, offensichtlich als Antwort auf seine letzten Worte.

Er drehte sich wieder zu ihr um. »Doch, das ist es. Mir ist es wichtig.«

»Ihre ... Bemerkung traf teilweise zu«, sagte sie mit einem gleichgültigen Schulterzucken, aber in ihren Augen blitzte eine entsetzliche Trauer auf, die ihm etwas von ihrer inneren Qual verriet. Marsh fühlte sich noch erbärmlicher als zuvor, als ihm klar wurde, daß er sie an jenem Nachmittag viel tiefer getroffen hatte, als er beabsichtigt hatte.

Er streckte die Hand aus und berührte sanft ihren Arm. »Ah, Cat, ich weiß nicht, ob wir uns gegenseitig ins Verderben stürzen werden oder ob wir einander eines Tages retten werden. Oder ob es vielleicht für uns beide zu spät ist. Ich weiß nur, daß niemand mich jemals so berührt hat wie du. Du erschütterst mein tiefstes Inneres. Irgendwie weiß ich nicht mehr recht, was ich mit mir anfangen soll.«

»Der große Canton auf einmal so unsicher?«

Bei ihren Worten zuckte er zusammen. Er haßte die Vorstellung von Unsicherheit. Er haßte die Gewißheit von Unsicherheit. Vor allem haßte er es, wenn er derjenige war, um den es dabei ging. Trotzdem beschloß er, ehrlich zu sein. Wenn überhaupt etwas bei ihr wirkte, dann Ehrlichkeit. »Vielleicht. Ein bißchen.«

Cat schenkte ihm ein strahlendes, atemberaubendes Lächeln, wie er es noch nie zuvor gesehen hatte. Vielleicht, dachte er, war Ehrlichkeit doch der richtige Weg.

Marsh schluckte. Nie war sie ihm begehrenswerter erschienen.

Und sie war schon immer begehrenswert gewesen. Er beugte sich vor und strich sanft mit seinen Lippen über ihren Mund in der Hoffnung auf die Einladung.

Nichts. Er konnte eine gewisse Enttäuschung nicht verbergen. Und Frustration. Nun, nach seinem letzten Auftritt hier in diesem Zimmer konnte er es ihr nicht verübeln. Doch er wußte, daß sein Kuß sie nicht unberührt gelassen hatte. Sie erstarrte, doch es gelang ihr nicht, das leichte Zittern ihrer Hand und das plötzliche Glitzern in ihren Augen zu verbergen.

Er bewunderte ihre Selbstbeherrschung, auch wenn sie ihn quälte. Aber schließlich bewunderte er eine ganze Menge an ihr. Seine Bewunderung wurde täglich größer, und heute war sie grenzenlos.

Marsh trat einen Schritt zurück, da er nicht wollte, daß sie dachte, ihre Reaktion – oder das Ausbleiben einer Reaktion – habe irgend etwas mit dem Angebot zu tun. Selten war ihm etwas so schwergefallen, aber er hatte diese Strafe verdient. »Nehmen Sie's«, sagte er mit einem Blick auf den Vertrag.

Cat starrte einen Augenblick auf das Papier, als versuche sie, sich daran zu erinnern, was es war, und dann faltete sie es sorgfältig zusammen und steckte es ihn die Tasche.

Es war schwer gewesen, verdammt schwer, nicht auf seinen Kuß zu reagieren, auf seine federleichte Berührung ihrer Wangen, ihrer Augenlider. Er hatte auf eine Reaktion gewartet, das wußte sie, doch genauso hatte sie gewußt, daß sie nicht reagieren würde. Nie wieder würde sie sich in eine ähnliche Situation bringen wie vor ein paar Tagen. Sie würde ihm nicht mit ihrem Körper danken, würde nicht den Eindruck erwecken, daß sie so leicht zu kaufen war.

Aber, gütiger Luzifer, wie sehr sie ihn begehrte.

Cat hatte bereits beschlossen, daß sie James Cahoon heute abend gegenübertreten würde. Sie würde, konnte es nicht länger hinausschieben. Aber sie würde den Ort und den Zeitpunkt der Begegnung wählen.

Mit plötzlicher Entschlossenheit zog sie die Besitzurkunde des *Silver Slipper* aus der Tasche. Dann blickte sie in ein Paar dunkelgrauer Augen, die sie verwirrt ansahen. »Morgen haben Sie das Geld?«

Er nickte.

Cat atmete tief ein. Sie würde immer noch eher Canton den *Silver Slipper* geben als James Cahoon. »Falls mir irgend etwas zustoßen sollte, sorgen Sie bitte dafür, daß Teddy das Geld bekommt«, sagte sie. »Kann ich mich darauf verlassen?«

Er ergriff erneut ihren Arm. »Was sollte dir zustoßen, Cat?«

Sie zuckte mit den Schultern. »Wahrscheinlich nichts. Haben Sie Feder und Tinte?«

Er nickte, nahm beides aus einer Schublade seines Schreibtischs und blickte sie fragend an, als sie die Besitzurkunde aus der Tasche ihres Kleides zog und eilig unterschrieb. »Hugh kann als Zeuge fungieren«, sagte sie.

Marsh nahm ihr das Blatt ab und starrte überrascht darauf. Sie hatte den *Silver Slipper* auf M. Taylor Canton überschrieben. »Bist du dir ... sicher?«

»Nein«, sagte sie ehrlich. »Aber mir bleibt im Augenblick nichts anderes übrig.«

»Cat?«

Sie erstarrte, als sie die Besorgnis in seiner Stimme höre. »Ich erwarte das Geld morgen.«

»Was ist los, Cat?« fragte er rauh.

»Meine Vergangenheit hat mich eingeholt«, erwiderte sie einfach. »Aber ich werde schon damit fertig.«

Marsh wurde übel. Wenn er nicht ein solcher Schuft gewesen wäre ... Aber als er sie ansah, wußte er, daß sie ihm nicht mehr erzählen würde. »Falls ich irgend etwas für dich tun kann ...«

»Nichts«, sagte sie knapp. »Außer daß Sie mir Ihr Wort geben, daß Teddy das Geld bekommt.«

»Das verspreche ich.«

Cat zwang sich, zur Tür zu gehen, obwohl sie sich am liebsten direkt in seine Arme geworfen hätte. Sie wollte seine Stärke aufsaugen. Sie wollte die Zärtlichkeit spüren, die sie schon kurz erlebt hatte. Sie wollte so vieles, aber nicht genug, um sich selbst dafür zu zerstören.

Erst einmal mußte sie sich um James kümmern. Und dann um Canton.

Als sie sich zum Gehen wandte, hörte sie ein leises Knurren hinter sich. Sie blickte sich um. Der Hund hatte sich erhoben und fletschte die Zähne. »Du bist nicht kleinzukriegen, he?« flüsterte sie. »Vielleicht kann ich noch von dir lernen.«

»Das hast du bereits«, sagte Canton. Seine Stimme klang leise und vertraut … und sie war voller Bewunderung. Cat bedachte ihn mit einem argwöhnischen Blick, aber dann änderte sich ihr Ausdruck, wurde verhalten. »Danke«, sagte sie steif.

Ihr Dank klang ebenso unbeholfen wie seine Entschuldigung.

»Paß auf dich auf, meine Liebe«, sagte er. Am liebsten hätte er noch viel mehr gesagt, aber es war nicht der richtige Zeitpunkt.

»Ich passe immer auf mich auf.« *Außer, wenn es um dich geht.*

Er nickte. Es schmerzte ihn zuzusehen, wie sie ging, aber ihm blieb keine andere Wahl. Sie hatte ihm deutlich zu verstehen gegeben, was sie wollte, und er respektierte ihren Wunsch.

Trotzdem würde er die Vorgänge im *Silver Slipper* heute abend im Auge behalten. Und zwar sehr genau.

KAPITEL 20

Es klopfte, und sie ging langsam zur Tür. Es war spät, und sie hatte die letzten Stunden allein in ihrem Zimmer verbracht und nachgedacht. Sie nahm an, daß es Teddy war, der sie holen kam, also öffnete sie.

»Gütiger Himmel«, sagte er. »Ich bin froh, daß Sie hier sind. Ich hatte mir schon Sorgen gemacht.«

»Sind noch Gäste da?«

»Ein paar. Aber ich wollte gerade schließen.«

»Ein blonder Mann? Ein Spieler?«

Teddy sah sie fragend an. »Ja. Er hat nach Ihnen gefragt.«

Cat griff in ihre Tasche und fühlte die Derringer. »Ich komme gleich runter. Sag ihm das.«

Teddys Blick verriet ihr, daß sie sich seiner Meinung nach seltsam verhielt, daß er sich Sorgen machte. »Alles in Ordnung. Ich glaube, ich kenne ihn von früher. Aber außer ihm wirf bitte alle Leute raus.«

Er nickte.

»Und, Teddy.« Er blieb stehen. »Sag den Mädchen, daß sie nach oben gehen können. Wir werden morgen früh aufräumen.«

»Catalina, gibt es irgendwelche Schwierigkeiten?«

»Vielleicht. Ich weiß noch nicht.«

»Ich werde in der Nähe bleiben.«

»Teddy ...« Cat zögerte. »Ich habe heute mit dem Detektiv gesprochen. Booth Templeton. Ich habe ihm deinen Namen gegeben. Er ist bereit, Nachforschungen über Mollys Vater anzustellen. Ich habe ihn bereits bezahlt.« Sie hielt inne und zuckte dann mit den Schultern. »Ich dachte nur, es würde dich interessieren.«

Er nickte.

»Wenn du irgend etwas brauchst, wende dich an Canton.«

»Canton?« Teddy versuchte noch nicht einmal, seine Überraschung zu verbergen.

Sie nickte, und ehe er noch etwas sagen konnte, wandte sie ihm den Rücken zu. Langsam schloß er die Tür.

Cat nahm die zwei wertvollen Schriftstücke, die Quittung über das Geld und den Vertrag mit Canton über den Kauf des *Silver Slipper*, und hielt sie einen Augenblick fest. Dann nahm sie Nadel und Faden, riß den Saum eines ihrer Kleider auf, nähte die Papiere hinein und hängte das Kleid wieder auf. Dann warf sie einen flüchtigen Blick in den Spiegel, verließ den Raum und ging hinunter in den Saloon.

Ihr Blick wanderte direkt zu dem Mann, der an einem der Pokertische saß, ein halbvolles Whiskyglas in der Hand. Er blickte ihr entgegen, und sie sah, daß er die Augen aufriß – erst erkennend, dann in lüsterner Bewunderung.

Als er versuchte aufzustehen, fiel er beinahe über einen Stuhl, so daß er sich eilig wieder setzte und ihre Bewegungen mit den Augen verfolgte. Als sie seinen Tisch erreichte, stützte er die Ellbogen auf und beugte sich vor.

»Du siehst besser aus als je zuvor, Lizzie.«

»Was man von dir nicht gerade behaupten kann«, erwiderte sie verächtlich.

Er fuhr sich über die kaum sichtbare Narbe auf seiner Wange, die ihre Fingernägel vor Jahren dort hinterlassen hatten. »Das ist allein deine Schuld, Lizzie, aber ich bin durchaus bereit, dir zu verzeihen. Gegen eine entsprechende Entschädigung natürlich.«

Er streckte die Hand aus und versuchte, sie zu sich hinüberzuziehen, aber sie war schneller und setzte sich auf einen Stuhl auf der anderen Seite des Tisches. Als sie sich umblickte, stellte sie fest, daß Teddy gerade dabei war, den letzten Kunden hinauszukomplimentieren. Sie sah zu Wilhelmina und zwei anderen Mädchen hinüber, die in ihrer Nähe herumlungerten.

»Ich kümmere mich schon um diesen Gast«, sagte sie. »Geht nur schon ins Bett.«

Wilhelmina zögerte. »Sind Sie sicher, daß wir nicht bleiben sollen, Miss Catalina?«

Cat nickte.

»Miss Catalina«, sagte der Mann ihr gegenüber mit einem verächtlichen Schnauben. »Was für ein phantasievoller Name. Was würden die Leute wohl denken, wenn sie wüßten, daß du in Wirklichkeit Lizzie heißt? Lizzie Cahoon?«

»Wahrscheinlich würde ihnen bei dem Gedanken ebenso übel wie mir«, sagte sie unfreundlich. Sie hatte das Gefühl, daß er eine andere Sprache nicht verstand, und sie wollte sichergehen, daß sie sich klar genug ausdrückte.

Er versuchte erneut aufzustehen, aber er fiel auf seinen Stuhl zurück. Zu viel Whisky. Er hatte schon immer zuviel Whisky konsumiert. »Sie sind nichts anderes als eine Hure, Mrs. Cahoon.« Seine Worte kamen gedehnt, zweideutig und gehässig.

»Lieber eine Hure als deine Frau«, sagte Cat mit kalter Stimme.

»Zu schade, daß du daran nichts ändern kannst«, erwiderte er mit einem drohenden Grinsen. »Obwohl du dir die größte Mühe gegeben hast. Ich frage mich, was deine Kunden wohl denken würden, wenn sie wüßten, daß du versucht hast, deinen Ehemann zu erstechen.«

Cat zwang sich, ruhig zu bleiben.

»Dafür könntest du im Gefängnis landen«, fuhr er fort. »Aber natürlich könnte ich mich auch versöhnlich zeigen.« Er sah sich im *Silver Slipper* um, und Cat folgte seinem Blick. Teddy stand hinter der Theke am anderen Ende des Raums, zu weit entfernt, um zu verstehen, worüber sie sprachen. Aber sie wußte, daß ihm klar war, daß irgend etwas nicht stimmte. Er könnte jeden Augenblick mit einem Knüppel in der Hand neben ihnen stehen.

»Sieht mir ganz nach einer Goldmine aus«, sagte James mit gierigem Blick. »Wie ich höre, gehört dir das Ding. Die Leute nennen dich die Eiskönigin. Guter Witz. Was würden all die anständigen Menschen in San Francisco wohl denken, wenn sie wüßten, wie heiß du sein kannst.«

Cat spürte, wie Zorn in ihr aufwallte. Glühender Zorn, der sie innerlich zu verbrennen drohte. Abgrundtiefer Ekel. Aber sie würde ihn nicht zeigen. Verdammt, sie würde sich nicht anmerken lassen, daß er sie traf.

Sie lächelte. Ein cantonsches Lächeln. Ein spöttisches Lächeln, das nichts verriet.

»Der Schuppen bringt bestimmt 'ne Menge ein«, sagte er.

»Ja«, bestätigte sie. »Zu schade, daß er mir nicht gehört.«

»In der Zeitung stand ...«, setzte er an, und sein Feixen wurde durch eine Grimasse ersetzt, die er wahrscheinlich für drohend hielt. Aber mit Canton konnte er einfach nicht mithalten. Das Lächeln, das dieser Gedanke Cat entlockte, machte James nur noch wütender.

Sie zuckte mit den Schultern. »Ich kann nichts dafür, daß so etwas in der Zeitung stand. Ich bin hier nur die Geschäftsführerin.«

»Das glaube ich dir nicht.«

»Mir egal, was du glaubst.«

James' Augen waren von einem wäßrigen Blau. Cat hatte nicht mehr gewußt, wie ausdruckslos sie waren, wie unruhig. Jetzt kniff er sie zu schmalen Schlitzen zusammen. »Du verlogenes Miststück.«

Cat wollte sich erheben, aber er packte ihre Hand. »Du stehst erst auf, wenn ich es sage, Weib.«

Obwohl oder vielleicht gerade weil er getrunken hatte, war sein Griff fest und – anders als der von Canton – ekelerregend. Teddy wollte schon hinter der Bar hervorkommen, als sie unmerklich den Kopf schüttelte und ihm bedeutete, sich herauszuhalten. Sie würde mit diesem Kerl alleine fertig. Das wußte sie.

»Laß mich los«, sagte sie mit der kalten, befehlenden Stimme, mit der sie normalerweise ungebärdige Gäste in ihre Schranken wies. Und zu ihrer Überraschung ließ er wirklich von ihr ab.

»Du bist immer noch meine Frau«, sagte er, während er ihr teures Kleid musterte. »Selbst wenn ich dir glaube, daß dir der Laden nicht gehört, verdienst du bestimmt immer noch 'ne ganze Menge. Ich will das Geld.«

Sie zuckte mit den Schultern. »Tja, dummerweise habe ich eine schlechte Gewohnheit von dir übernommen. Ich spiele. Und rein zufällig habe ich fast alles verloren.«

»Dann besorg dir irgendwoher Geld«, sagte er. »Wenn nicht, erzähle ich in ganz San Francisco herum, wer die Eiskönigin in Wirklichkeit ist.«

»Meinetwegen«, sagte sie. »Klatsch fördert nur das Geschäft. Der Besitzer des *Silver Slipper* wird sich freuen. Die Leute in San Francisco bewundern jeden, der irgendwie berühmt ist.«

»Ich werde dafür sorgen, daß du so berühmt wirst, daß du im Gefängnis landest«, zischte er außer sich vor Zorn. »Vergiß nicht, daß du versucht hast, mich umzubringen.«

»Das mußt du erst mal beweisen.«

Sein Gesicht lief puterrot an. Sie wußte, daß er sich ihre Begegnung gänzlich anders vorgestellt hatte, daß er vielleicht sogar angenommen hatte, sie sei immer noch das verängstigte, ungebildete Mädchen von früher.

»Und außerdem«, fügte sie hinzu, »mußt du erst mal beweisen, daß wir überhaupt miteinander verheiratet sind.«

In seinen Augen blitzte Panik auf, und plötzlich fragte sie sich, ob sie wirklich miteinander verheiratet waren. Sie versuchte, sich an die Zeremonie vor so vielen Jahren zu erinnern. Es war mitten in der Nacht in irgendeiner Stadt am Ufer des Mississippi gewesen. Der Priester war so betrunken gewesen, daß er kaum ein

Wort herausgebracht hatte, aber Cat – Lizzie – war so verzweifelt darauf aus gewesen, dem Bordell ihrer Mutter zu entkommen, daß sie alles akzeptiert hatte.

»Beweise es«, wiederholte sie.

»Das brauche ich nicht zu beweisen. Du weißt es. Wir haben wie Mann und Frau zusammengelebt. Ich könnte bestimmt Leute auftreiben, die sich daran erinnern.«

»Ich weiß von nichts. Nur zu, versuch, irgendeinen Zeugen aufzutreiben. Wir werden ja sehen, an was er sich erinnert. Vielleicht daran, daß du immer irgendwelche Kerle auf mein Zimmer geschickt hast. Das machen Ehemänner normalerweise nicht«, erwiderte sie mit leiser, verbitterter Stimme.

»Bei Gott, ich werde es beweisen.«

Sie erhob sich erneut. »Ich habe einflußreiche Freunde in San Francisco. Anwälte. Polizeibeamte. Den Bürgermeister.« Sie bedachte ihn mit einem verächtlichen Blick. »Wem werden sie wohl deiner Meinung nach glauben?«

Er sprang auf, und sein Stuhl fiel krachend nach hinten. »Ach, du meinst wohl plötzlich, daß du zu gut für mich bist, Lizzie. Nun, du bist immer noch meine Frau, und was dir gehört, gehört auch mir. Ich denke, ich werfe erst mal einen Blick in die Kasse.«

»Du wirst nichts dergleichen tun. Du wirst auf der Stelle das Lokal verlassen.«

Er stand reglos da. »Ich habe dich jahrelang gesucht, Lizzie. Du wirst für das, was du mir angetan hast, bezahlen, so oder so. Also können wir genausogut heute abend damit anfangen. Erst das Geld und dann du, Lizzie.«

»Das einzige, was du von mir bekommst, sind die Drinks, die du heute abend hattest.« Sie lachte. »Sie gehen auf Kosten des Hauses, im Gedenken an die alten Zeiten. Und jetzt verschwinde.«

»O nein, Lizzie Mädchen.« Er machte einen Schritt in ihre Richtung, und sie sah, daß Teddy den Knüppel nahm und auf sie zukam. Sie wollte nicht, daß er sich einmischte. Dies war *ihr* Kampf.

Sie griff in die Tasche ihres Kleides, zog die Derringer hervor und richtete sie direkt auf James.

»Raus.«

»Du wirst die Pistole nicht benutzen. Das wagst du nicht in Gegenwart eines Zeugen.«

»Und ob ich das wage«, sagte sie mit eisiger Stimme. »Es würde mir sogar Spaß machen. Der Barkeeper würde schwören, daß du versucht hast, mich auszurauben.«

Verzweifelt versuchte er es mit einer anderen Taktik: »Ah, Lizzie, Süße. Erinnerst du dich noch daran, wie ich dir geholfen habe, vor deiner Ma davonzulaufen? Du bist mir etwas schuldig.«

Cat haßte ihn so sehr, daß ihre Hand zitterte. Am liebsten hätte sie ihn umgebracht. Erinnerungen wallten in ihr auf: an die Männer, die auf ihr Zimmer kamen, an die Schläge, wenn sie protestiert hatte. Sie hatte sich geschworen, daß sie nie wieder Gewalt anwenden würde, aber jetzt wünschte sie sich, sie hätte diesen Schwur niemals geleistet.

Ihr Finger legte sich um den Abzug, und in seinen blaßblauen Augen flackerte Panik auf. »Also hör mal, Lizzie ...«

»Mein Name ist Miss Hilliard.«

Er starrte sie böse an.

»Sag es.«

»Mi ... Miss Hilliard.«

»Weißt du, wie gerne ich dich umbringen würde?« Ihr gleichgültiger Ton war viel bedrohlicher, als wenn sie zornig gesprochen hätte. Auch das hatte Cat von ihrem Nachbarn gelernt. Der Gedanke war unerträglich. Sie wollte nicht sein wie er.

Ihr Gegenüber war sichtbar in sich zusammengesunken, aber sein Haß war noch derselbe. Das sah sie an seinem Blick.

»Raus.«

»Du bist meine Frau ... Jedes Gericht wird mir recht geben.«

»Noch ein Grund, um dich umzubringen.«

Er wandte sich zur Tür, doch dann drehte er sich noch einmal um. »Die Sache ist noch nicht vorbei, Lizzie.«

»Miss Hilliard.«

»Zur Hölle mit dir.«

»Mein Finger wird allmählich müde.«

James stolperte in Richtung der Schwingtür, versetzte ihr einen wütenden Stoß und stürzte hinaus.

Cat sank auf ihren Stuhl und ließ die Derringer zur Boden gleiten. Sie hatte das Gefühl, als habe jemand sie in die Mangel genommen, als sei ihr Innerstes nach außen gekehrt.

Sie spürte eher als daß sie es sah, wie Teddy zur Tür ging, abschloß und dann die Fenster verriegelte. Dann kam er zu ihr herüber und setzte sich neben sie, wobei er darauf achtete, nicht den Stuhl zu nehmen, auf dem ihr letzter Gast gesessen hatte.

»Cat ...?«

Dies war das erste Mal, daß er sie so nannte. Sie wußte, daß es ein Zeichen seiner Besorgnis war, und sie blickte zu ihm auf. In ihren Augen blitzten keine Tränen – nie wieder würde sie weinen, und schon gar nicht wegen James –, sondern Zorn, Enttäuschung und all die anderen Gefühle, die dieser Geist aus ihrer Vergangenheit in ihr erweckt hatte.

Sie fühlte Teddys große Hand auf der ihren, und sie dankte ihm für den stummen Trost, den er ihr bot. Zum Glück stellte er keine Fragen. Sie könnte weder ihm noch irgend jemand anderem jemals erklären, wie sie sich einst hatte ausnutzen lassen.

»Hast du irgend etwas ... verstanden?«

Er schüttelte den Kopf. »Wird er wiederkommen?«

Sie zuckte müde mit den Schultern. »Ich weiß nicht. Wahrscheinlich.«

»Hat es irgendwas mit ... Molly zu tun?«

Cat lächelte. Sie wußte, es war wahrscheinlich ein äußerst schwaches Lächeln, aber die Frage freute sie. Es war schön zu wissen, daß es jemanden gab, der sich um einen anderen Menschen Sorgen machte.

»Nein. Er ist jemand, den ich von früher kenne. Aber er ist ein Feigling. Er erscheint mir jetzt so klein.« Das letzte sagte sie mehr zu sich selbst.

»Ich werde aufpassen, falls er noch mal wiederkommt«, sagte er.

Sie nickte, da sie zu erschöpft war, um sich zu streiten. Sie hob die Derringer auf, schob sie zurück in ihre Tasche, stützte sich auf den Tisch und stand auf. Ihre Beine zitterten.

Sie hatte sich dem Drachen gestellt und ihn erledigt – zumindest im Augenblick. Aber es hatte sie einiges gekostet. Sie fragte sich, ob sie jemals den Haß und die Wut in diesen blaßblauen Augen vergessen würde. Ob sie jemals ihren eigenen Zorn und den Drang zu töten vergessen würde. Sie hätte ihn beinahe umgebracht.

Sie erinnerte sich an den kalten, unpersönlichen Blick von Canton, nachdem er den Mann erschossen hatte, der Molly hatte entführen wollen. Sie erschauderte. Und dennoch wollte sie ihn. Sie wollte Canton mit jeder Faser ihres Körpers, ihrer Seele. Sie wollte, daß er sie festhielt, daß er seine langen Finger über ihren Körper gleiten ließ, als sei er etwas Schönes.

Geh zu ihm.

Aber das konnte sie nicht. Was, wenn James seine Geschichte in ganz San Francisco verbreitete? Canton würde wissen, daß sie genau das war, was er an jenem Nachmittag behauptet hatte. Er würde sie nicht mehr wollen. Nicht mehr so wie jetzt. Und seine Verachtung würde sie nicht ertragen.

»Catalina.«

Sie drehte sich zu Teddy um und sah seinen besorgten Blick. »Es ist alles in Ordnung, wirklich. Ich gehe jetzt ins Bett.«

Sie hörte, daß er leise fluchte, während sie die Treppe hinaufging und sich in das Zimmer schleppte, das einst ihre sichere Zufluchtsstätte gewesen war. Doch sie wußte, das würde es nie wieder sein.

Marsh hatte den ganzen Abend über ein ungutes Gefühl. Es gefiel ihm nicht, daß er nicht wußte, was los war. Es gefiel ihm nicht, daß Cat heute abend alleine war. Es gefiel ihm nicht, wie sie die Schultern gestrafft hatte, als müsse sie irgendeine Feuerprobe bestehen.

Außerdem mißfiel ihm die leise Verzweiflung, die er gespürt hatte und die sie dazu gebracht hatte, etwas zu tun, von dem er wußte, daß sie es haßte: ihn um einen Gefallen zu bitten. Ihm ihren wertvollsten Besitz zu überschreiben. Ihm zu vertrauen, obgleich es keinen Grund dafür gab. Ganz im Gegenteil.

Himmel, jetzt wußte er, weshalb er sich so lange um niemanden mehr gesorgt hatte. Es schmerzte. Mehr als das, es brach die Schutzhülle auf, die er um seine Seele errichtet hatte, und weckte in ihm das Bedürfnis nach mehr. Nach viel mehr.

Sie hatte so verdammt tapfer ausgesehen. Er konnte sich einfach nicht vorstellen, was eine Frau mit ihrer Stärke beunruhigen konnte.

Er versuchte, sich abzulenken, indem er die verschiedenen Spieltische beobachtete, hinter der Theke half, die Kunden begrüßte. Das fiel ihm inzwischen leichter; selbst Hugh hatte zugegeben, daß er etwas lockerer geworden war. Zumindest starrte er die Gäste nicht mehr so an, als wolle er sie für einen Sarg vermessen, hatte Hugh leichtfertig hinzugefügt, ohne zu wissen, wie richtig er damit lag. Aber trotzdem warf Marsh alle paar Minuten einen Blick über die Straße.

Alles schien vollkommen normal zu sein. Er mußte sich beherrschen, um nicht einfach hinüberzugehen. Schließlich hatte Cat ihm deutlich zu verstehen gegeben, daß er sich nicht einmischen sollte, und er respektierte ihren Wunsch. Trotzdem ...

Er trug immer noch das Pistolenhalfter, und die Leute schienen es inzwischen sogar zu erwarten. Es gehörte zum Image des *Glory Hole,* wie Hugh sagte.

Ein paarmal hatte er die Hand nach der Waffe ausgestreckt, als wolle er sich dadurch beruhigen. Schließlich war sie sein ständiger Begleiter. Der einzige Freund, den er in mehr Jahren, als ihm lieb war, gehabt hatte. Er kannte seine Waffe. Er brauchte sie.

Es waren nur noch wenige Gäste im Lokal. Er ging erneut zum Fenster und blickte hinüber zum *Silver Slipper.* Ein paar der Lichter waren schon gelöscht, aber die Tür war noch offen. Durch ein Fenster sah er Cat, die mit einem Mann sprach. Allein die Art, wie sie saß, verriet ihm, daß sie wütend war. Ihr ganzer Körper war angespannt.

Das geht Sie nichts an.

Und ob es ihn etwas anging.

Er war gespannt wie eine überdrehte Feder. Hugh warf ihm einen neugierigen Blick zu, genau wie Jenny, deren Auftritt zwar beendet war, die aber noch etwas blieb. Das tat sie immer häufiger, und er wußte auch, warum, doch er hatte kein Interesse an ihr.

Himmel, wer war der Kerl bei Cat?

Als Cat sich erhob, sah er, daß sie etwas in der Hand hielt. Es war so klein, daß er es nicht genau erkennen konnte. Vielleicht die Derringer, von der sie gesprochen hatte? Der Mann schien sehr wütend zu sein. Er schwankte leicht, als er aufstand, beugte sich über den Tisch und stolperte dann mit betrunkenen, zornigen Schritten zur Tür.

Nach kurzem Zögern verließ er den Saloon, und direkt hinter ihm wurde abgeschlossen. Auf der Straße blieb er erneut stehen und blickte zurück zum *Silver Slipper.* Er wartete, bis im zweiten Stock ein Licht anging. Cats Zimmer. Marshs Anspannung wuchs.

Aber der Mann wandte sich ab, überquerte die Straße und betrat in dem Augenblick das *Glory Hole,* als Marsh hinter die Theke zurückkehrte. Es waren nur noch fünf Gäste da. Die Geberinnen und die meisten anderen Angestellten waren bereits gegangen.

Er schickte auch Jenny und Hugh nach Hause. Der Mann, der aus dem *Silver Slipper* gekommen war, torkelte in Richtung der Bar.

»Whisky«, sagte er mit gedehnter Stimme.

Marsh schenkte ihm ein. »Macht zwanzig Cent.«

Der Mann fluchte, aber er griff in die Tasche seiner abgetragenen Jacke, zog ein paar Münzen hervor und warf sie auf die Theke.

Marsh sah sich den Kerl genauer an. Er hatte früher wahrscheinlich einmal gut ausgesehen, aber jetzt war sein Gesicht vom übermäßigen Alkoholgenuß formlos und aufgedunsen und unnatürlich gerötet. Die Haut hing schlaff herab, und seine blauen Augen hatten rosafarbene Ränder. Er hatte einen verschlagenen Blick, so verschlagen wie all die Revolverhelden, denen Marsh in den letzten Jahren begegnet war und denen es richtiggehend Spaß machte, anderen Menschen weh zu tun, ehe sie sie töteten. Sie waren diejenigen, die die Aufträge annahmen, die Marsh ablehnte. Sein Argwohn wurde immer größer.

»Neu hier in San Francisco?« Marsh hatte noch nie ein besonderes Talent für Small talk besessen. Normalerweise begnügte er sich damit, seinen Kunden zuzunicken. Und etwas anderes schienen sie auch nicht von ihm zu erwarten. Hugh war der Freundliche, Offene, mit dem jeder gerne sprach. Er, Marsh, hatte die Rolle des geheimnisvollen Fremden.

Der Mann starrte ihn an, während er seinen Whisky hinunterkippte und das Glas auf den Tresen knallte, um sich noch einmal einschenken zu lassen.

»Hure«, murmelte er kaum hörbar.

Marsh sagte nichts. Er beugte sich lediglich vor und füllte das Glas.

»Sie wird's schon noch kapieren«, fuhr er fort, »was es heißt, verheiratet zu sein.«

Marsh gefiel ganz und gar nicht, was er da hörte. Das war unmöglich. Nicht die Eiskönigin.

»Sie schuldet mir etwas.« Die Augen des Mannes trafen auf Marshs harten Blick, er leerte sein Glas und schnappte sich eine der Münzen, die immer noch auf der Theke lagen. Dann drehte er sich um und schwankte zur Tür.

Marsh erklärte den letzten Gästen, daß das *Glory Hole* zumachte, und schloß hinter ihnen ab. Ein Spaziergang. Das war es, was er jetzt brauchte. Frische Luft. Er hatte Win vorhin in seinem Zimmer eingesperrt, und der verdammte Köter brauchte auch ein bißchen frische Luft. Marsh haßte es, ihn einzuschließen, aber immer mehr streunende Hunde wurden von der Polizei erschossen.

Er glaubte nicht, daß Cat von dem Fremden heute nacht noch irgendeine Gefahr drohte. Er war viel zu betrunken, um etwas anderes zu tun, als seinen Rausch auszuschlafen. Aber Marsh hatte den Haß in den Augen des anderen gesehen. Das, die Verschlagenheit im Blick des Kerls und Cats eigenartiges Verhalten zusammen sagten ihm, daß er den *Silver Slipper* nicht aus den Augen lassen durfte.

Wenn sie sich ihm doch nur anvertrauen würde. Aber sie hatte keinen Grund dazu. Zumindest hatte er ihr keine Veranlassung gegeben. Es verblüffte ihn immer noch ein wenig, daß sie ihm die Besitzurkunde anvertraut hatte, aber das lag wohl nur daran, daß sie sonst niemanden hatte, an den sie sich hätte wenden können. Bestimmt nicht an einem Übermaß an Vertrauen ihm gegenüber.

Verheiratet.

Im Verlauf all der Nachforschungen, die er über Cat angestellt hatte, war nie die Rede von einem Ehemann gewesen, immer nur von einer verlorenen Liebe, die im Krieg gefallen war. Er hatte das Bild über der Bar gesehen. Ein gutaussehender junger Mann mit dunklem Haar. Der Mann, der aus dem *Silver Slipper* gekommen war, hatte blondes Haar. Inzwischen recht schütter und leicht grau, aber trotzdem blond.

Allein der Gedanke an diesen Kerl zusammen mit Cat verursachte ihm Übelkeit. Weckte in ihm das Bedürfnis, in irgendeiner Form Gewalt anzuwenden.

Canton befreite Win aus seinem Schlafzimmer. Der Hund erhob sich gnädig von seinem Schlafplatz in der Ecke, an den er sich beleidigt zurückgezogen hatte, und marschierte zur Tür. Sein Schwanz, den er normalerweise sicher zwischen den Hinterbeinen eingeklemmt hatte, als habe er Angst, ihn sonst zu verlieren, hob sich einen knappen Zentimeter, ehe er ihn eilig wieder versteckte.

Marsh dachte dran, wie zutraulich der Hund Cat gegenüber gewesen war, und schüttelte den Kopf.

Draußen war es neblig, und von der Bucht wehte ein kalter Wind herüber. Der *Silver Slipper* lag jetzt vollkommen im Dunkeln – auch in Cats Zimmer waren die Lichter gelöscht –, und alles wirkte friedlich. Eine Kutsche rumpelte die Straße hinab und verschwand um die Ecke, so daß er und der Hund ganz alleine waren. Von dem blonden Fremden keine Spur.

Trotzdem blickte Marsh sich argwöhnisch um, und der Hund hielt sich ganz in seiner Nähe, als wisse er, daß er bei ihm in Sicherheit war. Marsh trug nur die edle schwarze Jacke, die er im *Glory Hole* getragen hatte, und jetzt spürte er die beißende Kälte. Nun, wenigstens weckte sie seine Lebensgeister.

Verheiratet.

Er ergab durchaus einen Sinn. Weshalb sonst hätte sie den *Silver Slipper* auf jemand anderen überschreiben sollen? Sie mußte den Fremden bereits zuvor in ihrem Saloon gesehen haben.

Er konnte sich keinen ungeeigneteren Partner für Catalina Hilliard vorstellen. Sie war immer tadellos gekleidet. Sie drückte sich hervorragend aus. Sie war unabhängig. Dieser Kerl war schlampig, er hatte ein Doppelkinn, und sein Gesicht war vom übermäßigen Alkoholkonsum gerötet.

Diese späten Spaziergänge waren inzwischen Routine. Normalerweise genoß Marsh die kühle Brise, die vom Meer herüberwehte, den Nebel, der sich oft um seine Beine schlang. Aber jetzt wollte er nicht weit gehen, wollte er in der Nähe des *Silver Slipper* bleiben, auch wenn er spürte, daß der Mann heute nacht keine Gefahr mehr darstellte. Aber schließlich war da auch noch Mollys Feind. Wie kam es nur, daß er sich plötzlich über so viele Menschen Gedanken machte? Er sorgte sich sogar um Hughs Frau Elizabeth, jetzt, da der Termin der Geburt immer näher rückte.

Er hatte gemerkt, daß er Hugh immer früher nach Hause schickte. Er hatte sogar das Gehalt des Mannes erhöht. Und das, obwohl er ihm immer noch nicht vollkommen vertraute.

Es war wirklich seltsam.

Aber sein Leben war schöner geworden, er freute sich auf jeden neuen Tag. Früher war ein neuer Tag etwas gewesen, das er ertragen und überleben mußte. Und er freute sich darauf, daß Winchester eines Tages vor Freude richtig mit dem Schwanz wedeln würde. Er wußte, wie sich der verdammte Köter fühlte. Es war schwierig, nach Jahren, in denen man niemals etwas erwartet hatte, plötzlich optimistisch zu sein.

Aber er hatte einen Anfang gemacht. Er schien seine Vergangenheit abgeschüttelt zu haben. Niemand hatte ihn bisher mit dem Revolverhelden in Verbindung gebracht, den er hinter sich gelassen hatte. Wenn da nicht die Sache mit Molly gewesen wäre, hätte er seine Waffe wahrscheinlich schon vor Tagen abgelegt. Er mußte sich nach ihr erkundigen, nach Molly, und sehen, was er für sie tun konnte.

Himmel, er entwickelte einen regelrechten Beschützerinstinkt.

Er machte kehrt, und der Hund folgte ihm.

Der *Silver Slipper* lag immer noch im Dunkeln. Niemand schlich auf der Straße herum. Trotzdem nahm er, als er wieder im *Glory Hole* war, einen Stuhl von einem der Tische und setzte sich so, daß er das Gebäude auf der anderen Straßenseite im Auge hatte. Er dachte an andere Nächte, in denen er nicht geschlafen hatte, in denen er Leute überwacht hatte, die es nicht wert gewesen waren, daß man sie schützte.

Dies hier war etwas anderes. Dieses Mal hatte er ein persönliches Interesse an der Sache. Schließlich war Cat Hilliard jetzt die Geschäftsführerin *seines* Saloons.

Sie stand unter seinem Schutz.

Gott stehe jedem bei, der versuchen sollte, ihr etwas anzutun.

Als James Cahoon erwachte, wallte erneut Zorn in ihm auf. Mehr als Zorn. Haß.

Die kleine Lizzie bildete sich tatsächlich ein, sie könne ihn übers Ohr hauen.

Nun, er war einfach nicht auf die neue Lizzie vorbereitet gewesen. Er mußte sich nur auf die neue Situation einstellen. Dann würde sie bald wieder so vor ihm zu Kreuze kriechen wie vor Jahren.

Er hatte schließlich alle Trümpfe in der Hand. Sie dachte, sie sei mit ihm verheiratet, auch wenn sie die Gültigkeit ihrer Ehe gestern abend kurz in Frage gestellt hatte. Eine Sekunde lang hatte er wirklich geglaubt, sie habe die Angelegenheit überprüft und tatsächlich herausgefunden, daß ihre Eheschließung eine Farce, daß der »Priester« nicht echt gewesen war.

Aber sie hatte das Thema wieder fallenlassen, und er wußte, daß sie sich nicht sicher war. Das war seine Waffe, und auch wenn sie behauptete, daß es ihr egal sei, was er sagte, wußte er doch, daß er sie zerstören konnte. Die Eiskönigin von San Francisco eine Prostituierte!

Er würde ihr ein, zwei Tage Zeit lassen, um sich die Sache zu überlegen, er würde sie schmoren lassen. Und dann würde er in ihrem Schlafzimmer auftauchen, wenn niemand da war, um sie zu schützen, um seine Rechte als Ehemann wahrzunehmen. Nein, die Sache war noch nicht erledigt.

James drehte sich auf der harten Matratze um. Dieses schäbige Zimmer war alles, was er sich leisten konnte, während sie den *Silver Slipper* hatte. Und sie hatte ihn vor die Tür gesetzt, als sei er ein Stück Dreck.

O ja, er würde sie wieder besuchen. Er wußte, welches ihr Zimmer war. Und er würde sein Messer mitnehmen. Er konnte verdammt gut damit umgehen. Es wäre durchaus in Ordnung, wenn er ihr ein paar harmlose Schnitte zufügen würde, wenn er ihr ein wenig Benehmen beibrächte. Zu schade, daß sie hübscher war als je zuvor, obgleich ihr verängstiger Blick sie früher sehr anziehend gemacht hatte. Es gab Männer, die verängstigte Frauen mochten. Es gab ihnen ein Gefühl von Stärke.

Sie hatte sich wirklich verändert, die kleine Lizzie, aber trotzdem war sie immer noch das Mädchen aus Natchez Under the Hill.

Vielleicht ginge er schon heute nachmittag in den Saloon. Nur, um sie wissen zu lassen, daß er nicht so schnell aufgab. Aber vielleicht ginge er auch nicht. Vielleicht würde er bis heute abend warten.

Gestern nacht war er zu betrunken gewesen, um etwas zu unternehmen. Selbst er hatte das eingesehen. Aber heute würde er nicht trinken. Nicht einen Tropfen, das schwor er sich, obgleich sein Kopf dröhnte und sein Körper bereits nach mehr verlangte.

Seine Hand fuhr über die Narbe auf seiner Brust. Zackig und häßlich erinnerte sie ihn an das eine Mal, als Lizzie sich damals gegen ihn aufgelehnt hatte. Als sie ihn halbtot zurückgelassen hatte.

Er wäre gestorben, wenn der Hotelbesitzer ihn nicht gefunden und den nicht allzu fähigen Arzt gerufen hätte, der James' letztes Geld genommen, ihn halbwegs zusammengeflickt und ihn nach einer Woche, als er kaum hatte laufen können, davongejagt hatte. Er war noch zwei Wochen im Hinterzimmer eines Saloons geblieben, den er häufig besucht hatte, aber dann war er auch dort rausgeflogen. Es hatte Monate gedauert, bis er genug Geld zusammenbekommen hatte, um wieder zu pokern. Er war kein schlechter Spieler, wenn er nicht zu gierig war und nicht allzu viel riskierte; und er hatte vorsichtig spielen müssen, nun, da er Lizzie nicht mehr hatte. Vorher hatte er immer noch auf sie zurückgreifen können. Eine Nacht mit der jungen Lizzie hatte normalerweise immer gereicht, um seine Mitspieler zufriedenzustellen, wenn er ihnen das Geld, das er ihnen schuldete, nicht hatte zahlen können.

In der Tat, er hatte die kleine Lizzie vermißt. Und er schuldete ihr nicht das Geringste. Sie schuldete ihm etwas für die häßliche Narbe und für all die schlechten Jahre.

Bestimmt hatte sie etwas Geld. Sie würde ihm schon verraten, wo, wenn sie erst einmal sein Messer in ihrem hübschen Gesicht hatte.

Sein Magen zog sich vor lauter Aufregung zusammen. Gott, er brauchte wirklich einen Drink. Aber er mußte trocken bleiben. Er brauchte eine ruhige Hand.

Heute.

Cat konnte nicht schlafen. Sie zitterte. Vor Wut. Einer Wut, an der sie zu ersticken drohte. James hatte all die Erinnerungen in ihr geweckt, die sie im hintersten Winkel ihres Hirns vergraben hatte. An die Männer. An die Erniedrigung, wenn sie ängstlich beobachtet hatte, wer sie gewinnen würde. An den Abend, an dem er einem seiner »Freunde« geholfen hatte, sie für ein bißchen »Extravergnügen« ans Bett zu fesseln.

Laß ihr genug Platz, um sich ein wenig hin und her zu winden. Ich mag es, wenn sie sich winden. Sie hörte immer noch die Worte.

Das war der Moment gewesen, in dem sie sich geschworen hatte, daß so etwas nie wieder passieren würde. Sie war seit zwei Jahren verheiratet gewesen, und sie hatte immer geglaubt, daß sie tun müsse, was ihr Mann von ihr verlangte. Er hatte ihr wiederholt gesagt, daß sie zu nichts nütze war, daß er sie finden würde, wenn sie vor ihm davonliefe, daß er sie töten würde. Und sie hatte ihm geglaubt. Sie hatte gesehen, wie er mit dem Messer umgehen konnte. Er hatte ein Talent dafür, zuzustechen, wenn der andere nicht hinsah.

Als James zwei Tage später zu ihr gekommen war und ihr befohlen hatte, sich anzuziehen und mit ihm in den Saloon zu kommen, hatte sie sich gewehrt, obwohl sie nicht die Absicht gehabt hatte, ihn umzubringen.

Sie hatte sich so wertlos gefühlt. Niemand, nicht einmal ihre eigene Mutter, hatte jemals etwas anderes von ihr gewollt als ihren Körper. Bis sie Ben getroffen hatte. Bis er ihr gezeigt hatte, daß Lizzie Jones noch etwas anderes zu bieten hatte.

Nein, sie hatte ihn damals nicht umbringen wollen. Sie hatte jahrelang unter der Vorstellung gelitten, daß sie ihn umgebracht hatte. Jetzt, da all die Erinnerungen zurückkehrten, die sie vergessen geglaubt hatte, wünschte sie, sie hätte ihn tatsächlich umgebracht. Lizzie hatte es nicht über sich gebracht, ihn zu töten; Cat hätte es getan.

Wie so oft in letzter Zeit ging sie hinüber zum Fenster. Sie erstarrte, als sie sah, daß James Cahoon das *Glory Hole* betrat.

An die Wand gepreßt beobachtete sie, daß Hugh den Saloon verließ und daß James immer noch da war.

Warum ging Hugh früher als sonst? War es wegen des Babys?

Aber warum war das Lokal noch nicht geschlossen?

Canton und James. Die wildesten Gedanken gingen ihr im Kopf herum. War James vielleicht nur zufällig ins *Glory Hole* gegangen? Aber warum war Hugh dann schon gegangen? Gab es vielleicht etwas, das er nicht wissen oder hören sollte?

Die Vorstellung verursachte ihr Übelkeit. Einen Moment lang weigerte sie sich, war sie nicht in der Lage, weiter darüber nachzudenken. Aber schließlich ...

Jahre des Mißtrauens nagten an ihr. Sie wollte einfach nicht das Schlimmste denken. Weiß Gott, sie wollte es wirklich nicht. Aber sie konnte sich einfach nicht selbst belügen. Sie hatte keinen Grund gehabt, Canton zu vertrauen, sie hatte es instinktiv getan. Hatte sich für das geringere Übel entschieden. Hatte sie damit vielleicht Canton direkt in die Hände gespielt? Sie traute es James durchaus zu, daß er herumschlich, um soviel wie möglich über sie herauszufinden, daß er – betrunken wie er war – zuviel erzählte.

Warum hatte sie nur nicht eher daran gedacht? Was wußte sie überhaupt über Canton? Hatte er vielleicht irgendwie etwas über ihre einzige schwache Stelle herausgefunden? Das war schließlich nicht weiter schwierig, wenn James mit ihm sprach.

Warum war Hugh schon gegangen? Diese Tatsache allein reichte schon, um sie aufs Äußerste zu beunruhigen.

Canton hatte die Besitzurkunde. Sie hatte sie ihm selbst gegeben. Ohne nachzudenken. Sie krümmte sich zusammen vor Übelkeit – sowohl wegen ihres eigenen Mißtrauens als auch wegen des Gedankens, daß man sie erneut betrog.

Das zerbrechliche, kaum erwachte Vertrauen, das sie am Nachmittag verspürt hatte, zerbarst in tausend Teile.

KAPITEL 21

Teddy besuchte Hugh, um bei ihm Kaffee zu trinken – und um ein paar Informationen zu bekommen.

Natürlich dachte er auch an Molly, doch dieses Mal kam er wegen Catalina. Irgend etwas stimmte nicht mit ihr, aber er wußte einfach nicht, was. Sie war gestern äußerst angespannt gewesen, und er wunderte sich über ihren Besuch im *Glory Hole* und über die eigenartigen Bemerkungen, die sie anschließend gemacht hatte. Vor allem aber verwirrte ihn die Episode mit dem Fremden im *Silver Slipper.* Nie zuvor hatte er sie so erregt gesehen.

Und heute morgen war es noch schlimmer gewesen. Catalina zeigte nur selten ihre Gefühle, und auch heute morgen hatte sie versucht, sich nichts anmerken zu lassen. Aber ihr Gesicht war kreidebleich gewesen, und die Ringe unter ihren Augen hatten ihm verraten, daß sie entweder nicht geschlafen oder aber geweint hatte. Sie hatte versucht, wie immer mit den Mädchen zu frühstücken, aber sie hatte nicht einen einzigen Bissen zu sich genommen, hatte mit einer Elendsmiene eine Entschuldigung gemurmelt und war aus der Küche geeilt.

Er wünschte sich, sie würde sich ihm anvertrauen. Nur ein einziges Mal hatte sie ihm etwas von sich erzählt, und das war in der Nacht gewesen, als sie den Alptraum gehabt hatte. Doch selbst da hatte sie sich nach kürzester Zeit wieder verschlossen und seine unbeholfenen Versuche, ihr zu helfen, zurückgewiesen.

Ehe Canton aufgetaucht war, hatte sie niemals auch nur einen Funken von Interesse an einem Mann gezeigt. Ihre Fairness gegenüber denjenigen, die zu ihr standen, war unerschütterlich – und nie zuvor hatte er einem Menschen größeren Respekt entgegengebracht als ihr. Doch bevor sie Canton begegnet war, hatte sie niemals jemanden auch nur ansatzweise an sich herangelassen.

Teddy wollte ihr helfen, aber er wußte nicht, wie. Vielleicht wußte Hugh etwas, obwohl er nicht gerade begeistert war, wenn Teddy ihn um Informationen bat. Er war Canton gegenüber inzwischen genauso loyal, wie Teddy es Catalina gegenüber war, und sie waren schweigend übereingekommen, nicht mehr miteinander über ihre Arbeitgeber zu sprechen. Doch Teddy wußte einfach nicht, an wen er sich sonst hätte wenden sollen.

Molly öffnete die Tür, und ihr Lächeln wirkte wie ein Sonnenstrahl an einem nebligen Tag. Er hatte sich seit ihrem gemeinsamen Spaziergang von ihr ferngehalten, aus Angst vor seinen eigenen Wünschen, aus Angst, er könne mehr nehmen, als sie ihm wirklich geben wollte. Er war einfach zu alt für sie. Sie stammte aus einer guten Familie, und er war lediglich ein heruntergekommener Ex-Boxer. Sie hatte eine gute Erziehung genossen, er nicht, obgleich Catalina ihm eine Menge beigebracht hatte.

Molly hatte etwas Besseres verdient als das, was er ihr bieten konnte.

Aber ihr Lächeln machte ihn für all diese Dinge blind. Es war etwas Besonderes. Es galt nur ihm. Beinahe hätte er vergessen, weshalb er gekommen war.

Doch dann kam Hugh an die Tür. Er stand hinter Molly und sah Teddy fragend an. »Ich hatte gehofft, ich würde bei euch vielleicht eine Tasse Kaffee bekommen.«

Hugh machte die Tür weit auf, aber der argwöhnische Blick, mit dem er seinen Cousin neuerdings häufig bedachte, blieb. »Schmeckt dir dein eigener Kaffee nicht mehr?«

»Er hat mir noch nie geschmeckt.«

Hugh grinste. »Das kann ich verstehen. Tja, Molly kocht einen großartigen Kaffee.«

Molly errötete, und Teddy meinte, nie etwas Hübscheres gesehen zu haben.

»Sie macht wirklich eine Menge hier im Haus, jetzt, wo der Geburtstermin immer näher rückt. Ich weiß wirklich nicht, was wir ohne sie machen würden.«

Molly errötete noch heftiger. »Ich werde noch ein Gedeck auflegen«, bot sie an. »Das Frühstück ist so gut wie fertig.«

Hugh blickte Teddy an. »Du bleibst doch, oder?«

Eigentlich hatte Teddy nur kurz vorbeischauen wollen. Er sollte so schnell wie möglich zurück in den *Silver Slipper* gehen, aber Molly ... »Ja, aber erst würde ich gern etwas mit dir besprechen.«

Hugh sah ihn scharf an. Er hatte seinem Cousin bereits deutlich zu verstehen gegeben, daß er seinen Arbeitgeber nicht länger ausspionieren würde.

»Es ist wirklich wichtig.«

Hugh nickte zögernd. »Wir kommen gleich«, sagte er zu Molly und folgte Teddy in den Garten.

Teddy starrte auf eine einzelne Rose, die dort blühte. »Molly scheint wirklich glücklich zu sein.«

»Sie ist Elizabeth eine große Hilfe, und die Kinder beten sie an. Unseretwegen kann sie so lange bleiben, wie sie will.«

»Dir ist niemand aufgefallen, der ... nicht hierher gehört?«

»Nein, aber deswegen bist du doch sicher nicht gekommen«, sagte Hugh.

Teddy zögerte. »Miss Catalina hat gestern zu mir gesagt, wenn ich irgend etwas brauchen sollte, dann soll ich mich an ... Mr. Canton wenden.«

Hugh blickte ihn nachdenklich an. »Sie haben sich gestern ein paarmal getroffen.«

»Ich glaube, sie ist in Schwierigkeiten, Hugh. Gestern abend kam ein Mann in unseren Saloon, der noch blieb, als alle anderen Gäste schon gegangen waren. Ich dachte, er würde sie jeden Augenblick angreifen. Und das hätte er auch getan, wenn sie nicht plötzlich eine Derringer gezogen hätte.«

»Glaubst du, das hat irgend etwas mit Molly zu tun?«

Teddy schüttelte den Kopf. »Er schien Miss Catalina zu kennen, und sie hat ihn offenbar erwartet. Das sagte sie, als sie meinte, ich sollte mich an Canton wenden, wenn ... wenn ich irgend etwas brauchen sollte. Ich hatte den Eindruck, als erwarte sie, daß ihr vielleicht irgendwas passieren könnte.«

»Und sie hat nicht gesagt, wer der Mann war?«

»Du kennst ja Miss Catalina. Sie spricht nie über persönliche Dinge. Aber ich habe sie noch nie so ... angespannt erlebt.«

Hugh zuckte mit den Schultern. »Mr. Canton ist genauso ... er spricht auch nicht gerade viel über sich. Aber gestern schienen sie recht gut miteinander auszukommen.«

»Das allein ist schon seltsam.«

»Stimmt, aber sie haben schließlich schon die ganze Zeit ein Auge aufeinander geworfen. Das merkt man, wenn man bloß in ihrer Nähe steht.«

Teddy runzelte die Stirn. »Die beiden hassen sich.«

»Das ist kein Haß, mein Lieber. Das ist das reinste Feuer, und es ist verdammt heiß.«

»Du bist ja verrückt.«

»Du warst einfach noch nie verliebt.«

Und ob er das gewesen war. Vielmehr, er *war* es. Und es war ganz anders als die königliche Schlacht, die ihre Arbeitgeber sich lieferten. Es war etwas Feines, etwas Zartes. Aber vielleicht gab es zwei Arten von Liebe. Wenn dem so war, gab er seiner Version auf jeden Fall den Vorzug.

Das Ganze ergab einfach keinen Sinn. Weshalb sollte Catalina sich an Canton wenden und nicht an ihn? Er konnte einfach nicht glauben, daß Hugh mit seiner Vermutung richtig lag. »Liebe? Catalina und Canton? Das ist einfach unmöglich.«

»Zwischen den beiden knistert es. Und zwar nicht aus Haß.

Vielleicht könnten wir den beiden ja einen kleinen Schubs geben?«

»Warum sollten wir das tun?«

»Damit wir uns keine Gedanken mehr darüber machen müssen, was wir einander erzählen.«

Aber Teddy mißfiel die Idee. Ihm mißfiel alles, was in letzter Zeit passierte. Cantons Ankunft hatte alles durcheinandergebracht und abgesehen von Mollys Rettung nur Ärger gemacht.

»Miss Catalina kann ihn nicht ausstehen«, sagte er stur.

»Und warum war sie dann gestern zweimal im *Glory Hole?«*

»Gütiger Himmel, woher soll ich das denn wissen«, sagte Teddy wütend. Er fühlte sich ausgeschlossen, ja sogar ausgestoßen. Er hatte Catalina näher als jeder andere gestanden, wenn auch nicht wirklich nahe. Er war verletzt, zornig, verärgert.

»Frag sie«, sagte Hugh mit einem Schulterzucken.

»Vielleicht tue ich das.«

»Aber jetzt laß uns erst einmal frühstücken.«

Teddy schüttelte den Kopf. »Ich glaube, es ist besser, wenn ich zurückgehe.« Egal, wie sehr er sich danach sehnte, etwas Zeit mit Molly zu verbringen, hatte er ein ungutes Gefühl, so wie er es jedesmal vor einem Boxkampf gehabt hatte.

Hugh versuchte nicht, ihn zurückzuhalten. Er fühlte sich immer noch hin und her gerissen, wußte nicht, ob er sich seinem Chef oder seinem Cousin gegenüber loyal verhalten sollte, und er haßte diese Unsicherheit. Wenn doch nur Canton und Miss Hilliard ...

Aber das mußten sie selbst ausmachen. Als er sich zum Haus wandte, wußte er, daß Molly enttäuscht sein würde, wenn er allein zum Frühstück kam. Teddy war wirklich nicht besonders clever, was die Liebe anging, dachte Hugh, aber er würde schon noch dahinterkommen, was Molly für ihn empfand.

Ehe er das Haus betrat, sah er sich noch einmal sorgfältig um, wie er es immer tat, seit Molly bei ihnen eingezogen war. Alles wirkte normal. Am Ende der Straße lungerte ein Fremder herum, aber er bog im selben Moment wie Teddy um die Ecke und verschwand aus seinem Blickfeld.

Wahrscheinlich nur der Besuch von jemandem. Hugh ging hinein.

Cat machte sich auf das Schlimmste gefaßt. Sie war bereits dumm genug gewesen, Canton den *Silver Slipper* zu überschreiben. Auch wenn sie sein Versprechen hatte, daß er ihr den Salon jederzeit zurückverkaufen würde, war dieses Versprechen wahrscheinlich noch nicht einmal das Papier wert, auf dem es festgehalten war, dachte sie verbittert

Sie würde den Privatdetektiv bitten, für sie zu überprüfen, ob ihre Ehe mit James tatsächlich gültig war.

Sie haßte es, zugeben zu müssen, daß sie eine solche Närrin gewesen war. Nicht nur einmal, sondern gleich zweimal. Erst in bezug auf James, und dann in bezug auf Canton. Warum hatte sie bloß beschlossen, Canton zu vertrauen? Nun, ein Teil von ihr klammerte sich immer noch an die Hoffnung, daß sie damit vielleicht recht gehabt haben könnte.

Der Gedanke an ihn und James zusammen im *Glory Hole* ging ihr einfach nicht aus dem Kopf. Schmiedeten die beiden etwa ein Komplott? Vielleicht hatte James etwas von ihrer Fehde erfahren und sich deshalb an Canton gewandt. Schließlich hatte groß in der Zeitung gestanden, daß sie erbitterte Konkurrenten waren.

Die Vorstellung verursachte ihr Übelkeit.

Wie hatte sie nur eine solche Närrin sein können? Canton konnte sogar behaupten, daß er ihr die zehntausend Dollar bereits bezahlt hätte. Sie war so verzweifelt darauf aus gewesen, die Besitzurkunde loszuwerden. Der Gedanke an James Cahoon hatte sie einfach in Panik ausbrechen lassen.

Wie Canton sich unschwer denken könnte, wenn er erst einmal wüßte, weshalb sie an ihn verkauft hatte.

Am liebsten hätte sie ihn sofort zur Rede gestellt, aber sie unterdrückte diesen Wunsch. Sie würde warten, die Gültigkeit des Dokuments, das er ihr gegeben hatte, überprüfen und sehen, ob er ihr die versprochenen zehntausend Dollar gab. Dann würde sie überlegen, was als nächstes zu tun war. Außerdem durfte sie James nicht vergessen. Sie wußte, er würde niemals aufgeben, ob er nun mit ihrem Nachbarn unter einer Decke steckte oder nicht. Er war ein gemeiner Schuft und jederzeit bereit, einem Menschen ein Messer oder eine Kugel in den Rücken zu jagen. Aus diesem Grund hatte sie Teddy aus der Sache herausgehalten.

Sie sah auf die Uhr. Der *Silver Slipper* öffnete in einer Stunde. Der *Silver Slipper,* der jetzt dem Mann gegenüber gehörte. Sie blickte aus dem Fenster. Wie jeden Tag herrschte reger Verkehr auf der Straße. Doch es war nicht wie jeden Tag.

Es gab viel zu tun. Sie mußte Vorsichtsmaßnahmen treffen. Aber der alte Kampfgeist war verschwunden, sie hatte das Gefühl, als sei sie bereits tot. Plötzlich stiegen Tränen in ihr auf, doch sie unterdrückte sie. Sie sah Canton vor sich. Die plötzliche Besorgnis in seinem Blick. Und sagte sich, daß es eine Lüge gewesen war. Sie fürchtete sich, etwas anderes zu denken, zu hoffen, zu vertrauen.

Gütiger Luzifer, was war nur mit ihr los? Sie konnte sich Selbstmitleid nicht leisten. Zu viele Menschen hingen von ihr ab, wie zum Beispiel Teddy und Molly, die noch größere Probleme hatten als sie. Sie nahm die Derringer und steckte sie zusammen mit Cantons Papier in die Tasche. Dann spritzte sie sich etwas Wasser ins Gesicht.

Sie würde die Sache überleben, wie sie immer alles überlebt hatte.

Sie würde überleben und gewinnen.

Irgendwie würde sie gewinnen.

Marsh zählte das Geld sorgsam nach, nickte dem Bankangestellten zu, stopfte die Scheine in die Westentasche und ging. Er bemerkte seinen beschwingten Gang und freute sich darüber. Er fühlte sich verdammt gut.

Zugleich fragte er sich, ob Cat ihm wirklich dankbar sein würde; doch selbst wenn, dann war sie zu vorsichtig, etwas zu sehr wie er selbst, um ihre Dankbarkeit offen zu zeigen. Aber er wußte, daß sich zwischen ihnen etwas Positives ereignete. Es erstaunte ihn, wie schön dieser Gedanke war, wie sehr er sich darauf freute, sie wiederzusehen.

Er beschloß, beim Friseur vorbeizugehen. Sich rasieren, sich die Haare schneiden zu lassen. Er fühlte sich wieder wie ein Junge, bereit für den ersten Ball, voll freudiger Erwartung. Wie lange war es her, daß er sich auf irgend etwas gefreut hatte?

Er entdeckte einen Laden an der Ecke, in dem nur wenige Männer warteten. Was für ein Glück. In San Francisco gab es nämlich zu wenig Friseure.

Einer der Angestellten nickte ihm zu und forderte ihn auf, Platz zu nehmen. Er setzte sich und sah auf den Stapel Zeitungen, der auf einem Stuhl neben ihm lag. Und dann fiel sein Blick auf eine alte, zerfledderte Ausgabe des verdammten Groschenromans *Duell bei Sonnenuntergang.*

Marsh starrte reglos auf das Buch. Himmel, er haßte es. Die ganze Geschichte war nicht nur erstunken und erlogen, sie hatte ihm obendrein noch jeden Möchtegern-Revolverhelden in Colorado auf den Hals gehetzt. Und das verdammte Ding tauchte überall auf. Gott sei Dank hatte das Bild auf dem Deckel von *Duell bei Sonnenuntergang, die wahre Geschichte des Kampfes zwischen Lobo und Marsh Canton* keinerlei Ähnlichkeit mit ihm. Nur die Kleider stimmten. Zumindest hatte das Buch dazu beigetragen, daß Lobo sich aus dem Geschäft hatte zurückziehen können. Aber in bezug auf ihn selbst hatte es das Gegenteil bewirkt. Es hatte ihn zu einem Gefangenen seines eigenen Rufs gemacht.

Die beiden Friseure waren beschäftigt, und die Gesichter der Kunden waren mit heißen Handtüchern bedeckt. Die beiden anderen Männer, die warteten, waren in eine Unterhaltung vertieft. Marsh ließ das Buch zwischen die Seiten einer Zeitung gleiten und überflog kurz die Nachrichten. Als ihn schließlich einer der Friseure aufrief, schob er die Zeitung samt Buch unter den Arm.

Jegliches Vergnügen, das er sich von der Rasur und dem Haarschnitt versprochen hatte, war verschwunden. Das Buch lastete tonnenschwer auf ihm. Vielleicht war er einfach ein Narr gewesen zu denken, daß er seiner Vergangenheit jemals würde entfliehen können. Er durfte sie niemals außer acht lassen, wenn er an seine Zukunft dachte. Und an Cat.

Sie war kein kleines Mädchen mehr. Sie hatte offensichtlich selbst genug erlebt, und wenn man ihr grundsätzliches Mißtrauen gegenüber ihren Mitmenschen betrachtete, hatte sie mit Männern wohl nicht gerade die besten Erfahrungen gemacht. Sie würde sich von kaum etwas abschrecken lassen. Aber ein bezahlter Killer? Nicht viele würden damit zurechtkommen. Verdammt, er kam ja selbst nicht mehr damit zurecht. Und wenn sein Aufenthaltsort erst einmal bekannt würde, wären sie alle wieder da. Jeder Halbwüchsige, der sich einen Namen machen wollte. Verwandte, die Rache nehmen wollten. Gott weiß, wer sonst noch alles.

Er schloß die Augen, als der Friseur mit dem Haareschneiden fertig war und ihm ein heißes Handtuch aufs Gesicht legte. Die Hitze, die durch das Handtuch drang, während der Friseur den Rasierpinsel einseifte und ihm irgend etwas erzählte, war angenehm. Marsh schloß auch die Ohren.

Das hatte er seit Jahren nicht mehr getan. Er wurde täglich unachtsamer, er lebte mehr und mehr wie ein gewöhnlicher Bürger. Gewöhnlich. Wollte er wirklich gewöhnlich sein?

Konnte er jemals gewöhnlich sein?

Aber dann dachte er an Quinn Devereux. Marsh hatte den Devereux eine beachtliche Summe für ihr Projekt zukommen lassen, wofür er ein Dankschreiben und eine Einladung, jederzeit bei ihnen vorbeizuschauen, erhalten hatte. Nach dem Fiasko an jenem Nachmittag, als er und Cat zum Tee dort gewesen waren, mußten sie einen gewissen Hang zum Masochismus haben, um ihn nochmals einzuladen, aber irgend etwas an Devereux war ihm vertraut. Eine gewisse Erfahrung im Umgang mit Gewalt. Das hatte Marsh deutlich gespürt. Wenn Devereux so problemlos ein zivilisiertes Leben führen konnte, dann würde es vielleicht auch ihm gelingen.

Wenn nur diese verdammten Bücher endlich verschwinden würden.

Und wenn Cat eine Vergangenheit wie die seine verstehen, akzeptieren könnte. Und eine immer noch gefährliche Gegenwart. Aber wenn irgend jemand dazu in der Lage war, dann Cat.

Himmel, er war es leid, immer am Rand des Abgrunds zu leben. Frieden. Verflucht, er wollte nur ein klein bißchen Frieden. Gemeinsam mit Catalina Hilliard.

Der Friseur war fertig, tupfte Marshs Gesicht noch einmal mit dem Handtuch ab und sah ihn erwartungsvoll an.

Marsh nickte, schob ihm zwei Silberdollar zu und erntete dafür ein Grinsen.

»Kommen Sie bald wieder, Sir.«

Marsh nickte. Er erklärte nicht, daß ein Teil des Geldes als Entschädigung für ein Buch gedacht war, das er soeben gestohlen hatte.

Die Zeitung unter den Arm geklemmt, ging er zurück zum *Glory Hole.* Sein Gang war beschwingt wie zuvor.

Cat ignorierte Teddys besorgte Blicke, als sie hinter der Bar half. Sie brauchte Beschäftigung. Der Morgen war vollkommen erfolglos verlaufen.

Booth Templeton, der Detektiv, war im Auftrag irgendeines Kunden unterwegs gewesen. Wahrscheinlich in ihrem Auftrag. Sie hinterließ den Vertrag, den sie mit Canton abgeschlossen hatte, und einen Zettel mit der Bitte, die Eheschließung zwischen Lizzie Jones und James Cahoon zu überprüfen, die 1857 in Natchez Under the Hill erfolgt war. Sie nahm an, daß ein Angestellter einer der zahlreichen, im ganzen Land verstreuten Pinkerton Agenturen diese Aufgabe übernehmen konnte.

Ihre Zweifel an Canton waren stärker als je zuvor. Der Gedanke an James, wie er das *Glory Hole* betreten hatte, ging ihr einfach nicht aus dem Kopf. Also versuchte sie, sich abzulenken. Sie würde sich nicht die Blöße geben und ins *Glory Hole* hinübergehen; falls er das Geld hatte, konnte er auch zu ihr kommen.

Schließlich gehörte der *Silver Slipper* jetzt ihm.

Aber wie sollte sie das nur Teddy beibringen?

Der Nachmittag war fast vorbei, als Canton endlich auftauchte. Cat hatte ihren Rücken der Theke zugewandt und zapfte gerade ein Bier, als sie ihn im Spiegel an der Wand über der Bar entdeckte.

Sie schloß die Augen, um die Wirkung, die er auch dieses Mal auf sie hatte, nicht ganz so deutlich zu spüren, schluckte und öffnete sie wieder, als er mit den ihm eigenen langen, gleichmäßigen Schritten an den Tresen kam.

Er verströmte einen berauschenden, würzigen Geruch, und ganz offensichtlich war er beim Friseur gewesen. Jeder andere Mann im Lokal verblaßte im Vergleich zu Canton, obgleich er im Augenblick außerordentlich vorsichtig wirkte.

»Miss Cat«, sagte er mit dem gewöhnlichen Spott in der Stimme, aber hinter dem oberflächlichen Lächeln entdeckte sie eine unausgesprochene Frage. Er sah sich langsam im Raum um, als suche er jemanden, und dann wandte er sich wieder an sie.

»Mr. Canton«, grüßte sie. »Welch eine Ehre für den *Silver Slipper.*«

Wieder waren sie in diesem ruhigen, doch angespannten Auge des Sturms gefangen, der sie einen Augenblick festhielt. Ihre Blicke trafen sich in dem Versuch, etwas zu erfahren, das der andere bewußt verschwieg. Aus Stolz und aus Argwohn.

Cat wünschte sich so sehr, daß sie ihm vertrauen könnte.

Marshs Herz klopfte schneller. Am liebsten hätte er sich über die Theke gebeugt und sie geküßt. Bei Gott, er wünschte sich sehnlichst, daß sie ihm vertraute, obwohl er selbst nicht sicher war, daß man ihm vertrauen konnte.

»Können wir uns irgendwo ungestört unterhalten?«

Cat dachte an ihr Zimmer, aber sie wußte, daß sie zuviel Aufmerksamkeit erregen würden, wenn sie gemeinsam nach oben gingen. Zum ersten Mal wünschte sie sich, sie hätte ein richtiges Büro, aber der einzige Raum, der unten zur Verfügung stand, wurde von Teddy benutzt.

»Sollen wir vielleicht ins *Glory Hole* gehen?« fragte er, da er ihre Gedanken zu erraten schien.

Sie zögerte. Da sie wußte, welche Wirkung er auf sie hatte, war sein Zimmer der letzte Ort, an den sie mit ihm gehen wollte. Aber genausowenig wollte sie einen erneuten Besuch von James riskieren, solange sie nicht ganz genau wußte, was er mit Canton zu tun hatte.

Also nickte sie.

Er bot ihr seinen Arm, aber sie tat so, als würde sie ihn nicht sehen, und wandte sich an Teddy. »Ich bin in ein paar Minuten wieder da.« Er nickte nur.

Im *Glory Hole* waren etwas mehr Gäste als im *Silver Slipper*, wahrscheinlich wegen der Spieltische. Ich werde auch weibliche Croupiers einstellen müssen, dachte sie flüchtig, ehe ihr einfiel, daß ihr der *Silver Slipper* nicht mehr gehörte.

Er ging direkt durch den Saloon in den Flur, der nach hinten führte, zu seinem Zimmer.

Sie folgte ihm, starr vor Entschlossenheit. Ihr Herz hämmerte wild in ihrer Brust, und sie hatte einen Kloß im Hals, teils aus Angst, teils aus Hoffnung. Und Argwohn.

Win knurrte, als sie den Raum betraten, und hörte auch nicht auf, als Cat zu ihm hinüberging und ihm den Kopf tätschelte. Der Argwohn des Hundes hatte etwas Ehrliches an sich. Sie wußte, wie es Winchester erging. Er war ganz auf sich gestellt in einer durch und durch feindlichen Welt. Wie sich der Mann fühlte, der allein durch seine Anwesenheit jeden Raum sofort beherrschte, wußte sie jedoch nicht so genau.

»Und er versucht nicht, davonzulaufen?«

»Ich nehme ihn hin und wieder mit raus, meistens nachts. Er scheint zu verstehen, daß er hier in Sicherheit ist.« Canton zuckte mit den Schultern, als sei ihm das Wohlergehen des Hundes ziemlich egal, aber Cat spürte, daß das nicht stimmte.

»Ist er das? In Sicherheit?«

Er bedachte sie mit einem fragenden Blick. »Du meinst, ob du hier in Sicherheit bist?« Wieder war da der leichte Akzent, der seine Stimme sanfter klingen ließ.

Gütiger Luzifer, nein!

»Ich glaube nicht, daß sich irgend jemand in Ihrer Nähe sicher fühlt«, sagte sie leise.

Sie sah, daß seine Augen aufblitzten. War er amüsiert? Enttäuscht? Sie wußte es nicht, aber sie trat einen Schritt zurück, nahm eine Zigarre aus der Schachtel auf der Kommode und spielte damit herum.

Canton warf ihr einen finsteren Blick zu, während er in die Innentasche seiner Jacke griff und einen Umschlag herauszog, den er ihr gab.

Cat nahm ihn und strich vorsichtig über das Papier. Sie zögerte. Es war, als wären sie beide von der Hitze, die diese kurze Berührung entfacht hatte, miteinander verschmolzen. Ihre Blicke trafen sich erneut, und jetzt sahen seine Augen nicht mehr wie Spiegel aus. Das Grau, dieses tiefe, undurchdringliche Grau, war jetzt eher wie die Farbe des Himmels kurz vor einem Unwetter. Die Gefühle, die in seinem Inneren tosten, veränderten den Ton seiner Augen, machten ihn dunkler, wie Gewitterwolken, die einander in der tosenden Unendlichkeit jagten.

Sein Blick war drohend. In ihm lag kein Frieden. Er versprach ihn auch nicht.

Sie ließ den Umschlag fallen, als er sich auf sie zubewegte. Sie sog den Geruch von Rasierseife und Gewürzen ein und stellte sich vor, wie es wäre, ein so offensichtlich frisch rasiertes Gesicht zu berühren. Sie spürte seinen Atem, warm und schnell, und sie erinnerte sich daran, wie es gewesen war, als er sich tief in ihr bewegt hatte.

Ihre Hand zitterte, und ihr Körper wurde von einem heftigen Schauder gepackt, während sie versuchte, seinem Zauber zu entfliehen.

Ich bezahle immer dafür, wenn mir jemand einen Dienst erweist, Teuerste.

War es das, was er jetzt von ihr erwartete? Eine Bezahlung für den Dienst, den er ihr erwiesen hatte?

Trotzdem streckte sie die Hand aus und berührte das weiche, geschmeidige Leder seiner Jacke. Am liebsten hätte sie etwas anderes berührt, aber im Augenblick begnügte sie sich mit dieser Geste. Gefühle wallten in ihr auf. So viele Gefühle.

Sie war darin verloren.

Er beugte den Kopf vor und küßte sie. Verlockend. Helfend. Verführerisch. Umgarnend. Sie wollte nicht reagieren. Sie wollte sich nicht fühlen wie das Kaninchen, das von der Schlange gefressen wurde, wie das Lamm, das dem Tiger gegenüberstand.

Sie wollte nicht ... sie vertraute ihm nicht ... sie ...

Plötzlich schwand all ihr Argwohn, als er seinen Kuß verstärkte und sie in eine gedankenlose Welt entführte, in der es nur Gefühle gab. Nur Gefühle.

Nur Verlangen.

Er legte seine Arme um sie und hielt sie fest, als ihre Lippen aufeinandertrafen. Sie fühlte sich so gut an. So verdammt gut.

Er hatte es nicht geplant, zumindest nicht so schnell. Aber in dem Augenblick, in dem er sie im *Silver Slipper* gesehen hatte, hatte er gewußt, daß irgend etwas ganz und gar nicht in Ordnung war. Sie hatte ihn mit der alten Feindseligkeit angeblickt, dem alten Mißtrauen, und er hatte sich verzweifelt gefragt, warum. Gestern hatte er gedacht, sie hätten zumindest einen Teil ihres gegenseitigen Mißtrauens abgelegt.

Aber die gegenseitige Anziehungskraft war immer noch da, das Sich-zueinander-hingezogen-Fühlen, egal wie feindselig sie einander gegenüberstanden.

Gott, diese Augen. Nie zuvor hatte er ein derart lebendiges Grün gesehen.

Er wünschte sich, sie würden ihn voller Vertrauen ansehen, doch zugleich fürchtete sich ein Teil von ihm vor diesem Vertrauen. Er wußte nicht, ob ihr Vertrauen gerechtfertigt wäre. Oder ob sie jemals seine Vergangenheit akzeptieren könnte.

Verdammt, er wußte nicht einmal, ob er selbst sie jemals würde akzeptieren können. Und Bücher wie das, das er bei dem Friseur entdeckt hatte, würden ihm niemals erlauben, diese Vergangenheit zu vergessen.

Sie öffnete leicht ihre Lippen, zögernd zwar, aber sie öffnete sie. Er spürte ihre Reaktion, spürte, daß sie seinem Kuß nachgab, daß sie ihn erwiderte. Doch ihre leicht starre Haltung blieb ihm nicht verborgen, und auch die stumme Frage in ihrem Blick – fast eine Anschuldigung – konnte er nicht vergessen.

Er wollte sie nicht auf diese Art. Er wollte sie ohne das geringste Zögern, ohne das Mißtrauen, von dem er wußte, daß sie es immer noch nicht abgelegt hatte.

Marsh richtete sich auf und löste seinen Mund von ihren Lippen, aber er hielt sie immer noch fest. Er versuchte, sie durch bloße Willenskraft dazu zu bewegen, ihn anzusehen, doch er mußte feststellen, daß sie sich nicht so leicht manipulieren ließ. Ihr Blick verharrte irgendwo auf seiner Jacke, schien sich ganz auf einen Knopf zu konzentrieren, aber er spürte, daß sie etwas vollkommen anderes sah.

Er hob eine Hand an ihr Kinn und zwang sie, ihn anzublicken. »Es wäre mir lieber, du würdest mir ins Gesicht schlagen.« Seine Stimme war betont lässig, beinahe spöttisch.

»Ich weiß nicht, was Sie meinen.«

»O doch, das wissen Sie, Miss Cat. Sie ziehen sich vor mir zurück. Ich gebe zu, daß Sie durchaus Grund dazu haben – mein unverzeihliches Benehmen an jenem Nachmittag –, aber schließlich versuche ich, mich zu bessern.«

Cat zögerte. Sie wußte, daß ihm dieses Geständnis schwerfiel. Es war eine hübsche Rede, eine, die von einer guten Erziehung zeugte. Aber sie hatte schon bei ihrer ersten Begegnung im *Silver Slipper* gewußt, daß er aus einer anderen Schicht kam als sie. Was auch immer seinen Blick zu Eis hatte werden lassen, er mußte aus einer guten Familie stammen. Besserung hin, Besserung her, ihr wurde einfach übel, wenn sie an ihre eigene Vergangenheit dachte. So wäre es jedem an ihrer Stelle gegangen.

Wußte er es vielleicht bereits? Hatte James ihm vielleicht gestern nacht irgend etwas erzählt?

Großer Gott, sie wünschte sich, sie könnte Canton vertrauen. Sie war es so leid, zu lügen, so leid, immer alles für sich zu behalten. Aber sie wußte nicht, ob sie es ertragen würde, noch einmal den Abscheu in seinen Augen zu sehen, den sie an jenem Nachmittag darin entdeckt hatte. Und wenn er wußte, daß …

Verdammt, es war ihr zuvor immer egal gewesen, was andere von ihr dachten. Sie hatte die Vergangenheit hinter sich gelassen, aber auf einmal war es ihr unendlich wichtig, was ein anderer Mensch von ihr hielt. Sie hatte sich seit Jahren niemandem mehr unterlegen gefühlt, aber plötzlich nagte Unsicherheit an allem, was sie sich aufgebaut hatte, wie ein Fluß, der sich langsam, aber sicher ins Ufer fraß.

»Cat?«

»Was wollen Sie von mir?« Ihre Stimme klang härter als beabsichtigt. »Sie haben für die Dienste bezahlt, die ich Ihnen erwiesen habe, das reicht.«

Er zuckte zusammen. »Kein Waffenstillstand?«

»Eine Feuerpause.«

»Ich habe es wohl nicht anders verdient«, sagte er.

Sie wußte, daß das nicht stimmte. Er hatte mehr als sich nur ein wenig gebessert. Der Umschlag lag ungeöffnet auf dem Boden, aber sie erkannte an seinem Umfang, was er enthielt. Sie hatte an ihm gezweifelt, und das, obwohl er sie noch nie belogen hatte, nicht ein einziges Mal. Warum auch immer James gestern nacht hierhergekommen war, sie wußte, daß er es nicht auf Cantons Veranlassung hin getan hatte.

»Verdammt«, flüsterte er mit vor Verzweiflung heiserer Stimme. Er wollte gerade erneut seine Lippen auf ihren Mund pressen, als es klopfte.

Canton erstarrte, ehe er mit einem Knurren antwortete. »Was ist los?«

»Vorne gibt's Ärger.«

Er wandte sich an Cat. »Ich bin gleich wieder da.«

Sie nickte erleichtert. Wenn sie einen Augenblick alleine wäre, gelänge es ihr vielleicht, ihre Fassung wiederzuerlangen. Er bedachte sie mit einem langen Blick, wirbelte herum und stapfte durch die Tür.

Normalerweise hätte Cat sich über die Schwierigkeiten im Saloon gefreut. Ärger für Canton war gut für den *Silver Slipper.* Aber die Dinge hatten sich verändert. Und sie hatte im Moment genug eigene Probleme. Sie zweifelte nicht eine Sekunde daran, daß Canton mit den Störenfrieden fertig wurde.

Der Raum erschien ihr plötzlich größer, jetzt, da Canton ihn nicht mehr füllte. Sie straffte die Schultern und versuchte, das Verlangen, das sie immer noch durchzog, zu ignorieren. Der Hund, Win, sah sie mißtrauisch an. Sie bückte sich, hob den Umschlag auf und sah hinein. Zehn große Scheine. Sie blickte einen Augenblick auf das Geld, fragte sich, was sie damit anfangen sollte, und legte es schließlich neben die Zigarrenschachtel auf die Kommode.

Ihr Blick fiel auf die Zeitung, die auf seinem Bett lag, und sie ging hinüber, um sich die Titelseite anzusehen. In San Francisco stieg die Zahl der Verbrechen, aber um das zu wissen, brauchte sie keine Zeitung. Geistesabwesend nahm sie das Blatt, und plötzlich fiel ein Taschenbuch auf den Boden. Sie bückte sich und hob es auf.

Duell bei Sonnenuntergang. Einer dieser Groschenromane. Sie hätte nicht gedacht, daß Canton so etwas las, aber schließlich entdeckte sie immer wieder Seiten an ihm, die sie nicht erwartet hätte. Sie sah sich das Buch etwas genauer an.

Das Titelbild zeigte zwei Männer, die einander mit gezogenen Waffen gegenüberstanden. Einer der Männer trug denselben schwarzen Anzug, den sie an Canton gesehen hatte, als er das erste Mal im *Silver Slipper* gewesen war.

Dann fiel ihr Blick auf den Untertitel: *Die berüchtigten Revolverhelden Marsh Canton und Lobo in … Duell bei Sonnenuntergang. Die wahre Geschichte.*

Canton. Wie viele Male schon hatte sie gedacht, daß sie den Namen kennen müßte? Marsh Canton. Jetzt erinnerte sie sich. Sie hatte den Namen in verschiedenen Saloons gehört. Vor Jahren.

Aber er hatte gesagt, sein Name sei Taylor Canton. Was natürlich nichts zu bedeuten hatte. Sie hatte gesagt, ihr Name sei Catalina Hilliard. Cat hatte keinen Zweifel daran, daß ihr Canton Marsh Canton war. Sie erinnerte sich an den ersten Eindruck, den sie von ihm gehabt hatte, an die Kälte, mit der er den Mann in dem karierten Anzug getötet hatte.

Sie legte das Buch wieder genauso in die Zeitung, wie sie es gefunden hatte.

Marsh. Das paßte viel besser zu ihm als Taylor.

Aus irgendeinem Grund hatte sie ihn niemals Taylor nennen können. Sie hatte sich gesagt, daß es daran lag, daß Canton viel unpersönlicher war. Aber das war es nicht gewesen.

Eine Waffe. Das Buch war eine Waffe, die sie nicht länger wollte. Eine, die sie nicht benutzen würde. Es war seine Sache, so wie ihre Vergangenheit ihre Sache war. Aber es beantwortete viele Fragen ... und warf viele neue Fragen auf.

Die Musik. Wie konnte ein Killer so spielen, wie er es tat? Und seine gute Erziehung ließ sich ebenfalls nicht leugnen.

Ein Killer. Sie schloß die Augen und versuchte, ihn sich als Killer vorzustellen. Vor ein paar Wochen wäre ihr das vielleicht noch gelungen. Aber dafür war es jetzt zu spät.

Die Tür wurde leise geöffnet, und sie erinnerte sich daran, daß er fast alles völlig lautlos tat. Er ging geräuschlos. Trank geräuschlos. Immer mit dem Rücken zur Wand. Immer beobachtend.

Und jetzt beobachtete er sie.

»Was war los?«

Er zuckte mit den Schultern. »Ein Kerl, der nicht verlieren konnte. Er ist weg.« Canton zögerte und fuhr dann fort: »Er war gestern abend schon einmal hier. Ziemlich spät.«

Cat spürte, wie sie sich anspannte. »Groß ... blond?«

Er zog eine Braue hoch. »Du kennst ihn?«

»Er war gestern abend im *Silver Slipper.*«

»Ich weiß«, sagte Canton leise.

Cat versuchte, das erneut in ihr aufsteigende Mißtrauen zu unterdrücken, und wartete darauf, daß er weitersprach.

»Ich habe ihn dort gesehen. Ich habe durchs Fenster beobachtet, daß du mit ihm gesprochen hast. Ist er der Grund, weshalb du meintest, du müßtest den *Silver Slipper* verkaufen?«

Cat schloß die Augen, lehnte sich an die Wand und versuchte nachzudenken. Wieviel wußte er? Wieviel hatte er erraten? Sie wußte, daß James eine Menge erzählte, wenn er betrunken war.

»Warum hast du den Saloon nicht einfach auf deinen Geschäftsführer überschrieben?« Seine Stimme verriet echte Neugier.

In diesem Moment wußte sie, daß James etwas über ihre Ehe gesagt hatte. Sie dachte daran, es zu leugnen, doch dann verwarf sie die Idee. Sie hatte Canton bis hierher vertraut, wenn auch zögernd und nicht uneingeschränkt. »Weil er versuchen wird, jeden umzubringen, der mir so nahe steht, der versucht, seine Pläne zu vereiteln.«

»Und ich bin entbehrlich?« Die Frage klang gequält, und sein Gesicht war vollkommen ausdruckslos.

Sie bedachte ihn mit einem angespannten Lächeln. »*Sie* können auf sich aufpassen.«

»Hättest du mir von der Sache erzählt?«

»Wenn ich es für erforderlich gehalten hätte. Er denkt, daß ich den *Silver Slipper* beim Kartenspiel verloren habe.«

Seine Fragen beunruhigten sie. Sie weckten Schuldgefühle in ihr.

Und sein starrer Blick tat nichts, um ihr Unbehagen zu mildern. Diese verdammten grauen Augen schienen in das Innerste ihrer Seele zu blicken. Dann schüttelte er den Kopf und begann zu grinsen.

»Es war also weniger Ihr Vertrauen zu mir als meine Entbehrlichkeit, die Sie dazu bewegt hat, mir den Saloon zu überschreiben, Miss Cat?«

»Ein wenig von beidem«, gab sie zu.

»Ein ganz klein wenig von ersterem und verdammt viel von letzterem.«

Seine Stimme war sinnlich. Sie hatte die Sanftheit, die sowohl verführen als auch drohen konnte. Sie drang in Cats Innerstes ein wie warmer Honig. »Und was hättest du gemacht, wenn ich dir das Geld nicht gegeben hätte? Ich bin sicher, daß du auch für diesen Fall vorgesorgt hattest.«

Cat stand einfach da. Sie war wie gelähmt von der Kraft seiner Augen, von seiner Anwesenheit, von der verdammten Wirkung, die er jedesmal auf sie hatte. In dem Versuch, diese Gelähmtheit abzuschütteln, sagte sie die Wahrheit. »Ich hätte den Saloon angesteckt.«

»So etwas habe ich mir gedacht«, sagte er mit einem vergnügten Blitzen in den Augen. »Dann hätte ich das *Glory Hole* wahrscheinlich auch verloren.«

»Wahrscheinlich, wenn Sie das Lokal als Sicherheit gegeben haben.«

»Soviel also zu gegenseitigem Vertrauen, Miss Cat.«

»Ich habe Ihnen nicht versprochen, daß ich Ihnen vertraue.«

»Nein, du hast gar nichts versprochen«, sagte er. »Aber ein wenig Vertrauen wäre doch sehr nett.«

»Sie scheinen mir nicht der Typ Mann zu sein, der das Vertrauen anderer Menschen nötig hat.«

»Natürlich nicht«, erwiderte er leichthin, aber in seine Augen kehrte die alte Düsterkeit zurück. Plötzlich und unerwartet. Verwundbarkeit. Cat spürte sie, und ihre Entschlossenheit schwand. Es war erstaunlich. Unglaublich. Er wollte ihr Vertrauen. Canton. Der Mann, den sie für den größten Einzelgänger aller Zeiten gehalten hatte.

Der Revolverheld.

Cat, die sich immer für weltgewandt und zynisch gehalten hatte, die immer gedacht hatte, mit allem fertig zu werden, kam mit dieser Seite dieses Mannes nicht zurecht. Selbst der rohe Schmerz, den sie seit jenem Nachmittag mit ihm in seinem Zimmer verspürt hatte, legte sich. Alles, was sie in jenem Augenblick empfunden hatte, wurde vollkommen unwichtig angesichts der Anziehungskraft, die er auf sie ausübte, und die sie nur durch ihren Zorn hatte in Schach halten können.

Aber jetzt war der Zorn verraucht, versunken in der Einsamkeit, die sie in seinem Blick gesehen hatte, einer Einsamkeit und einem Verlangen, das sie verstand. Und das sie, Gott stehe ihr bei, teilte.

Eine quälende Erregung bemächtigte sich ihrer elementarsten Sinne. Die Spannung zwischen ihnen beiden war mächtiger als je zuvor, und das, was sie einander wortlos sagten, machte sie noch mächtiger. Sie entdeckten eine Spur von gegenseitigem Vertrauen. Cat wußte, daß er ihr vertraute, weil er sie nicht weiter nach James fragte, und sie selbst hatte sich nicht nur aus Eigennutz an ihn gewandt. Und jetzt, da sie das Buch entdeckt hatte, vertraute sie ihm noch mehr, doch das wußte er nicht.

Dieses leise Vertrauen war es, das ihre Erregung noch steigerte. Cat wußte, daß die meisten Menschen so etwas noch nicht einmal bemerken würden, aber für sie … und nun wußte sie, daß es auch für ihn –

Plötzlich lag sie in seinen Armen, ohne genau zu wissen, wie sie dorthin gelangt war ... ob er sich bewegt hatte oder sie ... aber es war egal. Es war ihr egal, wer von ihnen beiden gewann oder verlor, ebenso egal wie die Vergangenheit. Sie wußte nur, daß sie auf diesen Augenblick gewartet hatte, daß sie Canton mehr als alles andere begehrte: Er war wichtiger als der *Silver Slipper*, wichtiger als ihre Sicherheit, wichtiger als ihr guter Ruf. Sicherheit.

Marsh Canton würde ihr niemals Sicherheit bieten. Das wußte sie, und es war ihr egal.

In ihrem Innersten detonierten süße Explosionen, als er seine Lippen auf ihren Mund preßte. Süß und gewaltig. Fordernd. Flehend. Alles auf einmal, und sie fühlte sich wie eine lebendige Fackel, deren Flamme so tief und heiß loderte, daß sie sich fragte, weshalb sie sie nicht von innen her verbrannte.

Sie hatte nichts vergessen, weder das Gefühl von seinem Körper, der sich an den ihren drängte, noch den Geschmack von seinen Lippen. Sie hatte sich eingeredet, daß seine Zärtlichkeit nur in ihrer Erinnerung so großartig gewesen war, aber jetzt wußte sie, daß das nicht stimmte. Sie spürte sie erneut, als seine Hände über ihren Rücken strichen, über ihren Hals.

Cat spürte, daß er ebenso empfand. Sein Mund glitt herab, um ihren Hals zu küssen, ihre Wange, ihr Ohr, bis jeder einzelne Nerv in ihrem Körper vor Verlangen bebte.

»Keine Vorbehalte mehr?« flüsterte er, während er an ihrem Ohrläppchen knabberte.

»Keine«, erwiderte sie mit einer atemlosen Sanftheit, die ihre Antwort bestätigte.

»Du und ich, Cat, wir sind wie Feuer und Schießpulver.« Sie verstand kaum, was er sagte. »Manchmal frage ich mich, ob wir uns nicht eines Tages gegenseitig zerstören.«

Genau das hatte sie sich auch oft gefragt. Aber die Zündschnur brannte bereits, und es gab kein Zurück mehr. Wenn es das jemals gegeben hatte. So wie das Feuer den Sauerstoff brauchte, brauchte sie ihn.

Sie wußte nicht einmal, wie oder wann es passiert war. Nur, daß es passiert war. Und selbst wenn sie es gewollt hätte, hätte sie nichts dagegen unternehmen können.

Aber das wollte sie auch nicht. Zumindest nicht jetzt. Sie war ganz in ihm verloren.

Sie rührte sich und spürte, wie seine Wange leicht über die ihre strich. Sein Atem wurde schneller, und ihre Körper preßten sich enger aneinander, in einem unausgesprochenen Einverständnis. Er reagierte auf Sie und sie reagierte auf ihn.

»Ah, Cat ... ich ... br... will ...«

Dieses Mal brachte sie ihn zum Schweigen. Er hatte gerade sagen wollen »brauche«. Das konnte er genausowenig wie sie, so daß sie dieser Versuch mehr berührte als alles andere. Sie waren wirklich wie Feuer und Schießpulver, aber ebenso waren sie einander schmerzlich ähnlich. Sie wußte, daß sie auch nicht sagen konnte, daß sie jemanden »brauchte«, auch wenn sie ihn mehr brauchte als alles andere.

Wollen und brauchen. Das eine Wort stand für etwas, das man unter Kontrolle hatte, das andere ... für etwas Unkontrollierbares.

Und was sich zwischen ihnen beiden ereignete, war ganz gewiß unkontrollierbar. Cat wußte, daß sie das niemals zugeben könnte, ebensowenig wie er. Das hieße, einen Teil von sich selbst preiszugeben.

Feuer und Schießpulver!

Nichts weiter.

Cat schloß die Augen. Sie hatte das Gefühl, mit ihm zu verschmelzen. Sie spürte seine Erregung, und ihr eigenes Verlangen wuchs. Wie konnte man nur so viel empfinden und immer noch mehr wollen?

Seine Lippen suchten erneut ihren Mund, dieses Mal hungrig und fordernd.

Cat verspürte denselben Hunger wie er, als er sie in die Arme nahm und zum Bett hinübertrug, ohne ein einziges Mal von ihren Lippen abzulassen. Sie fühlte, wie er sie mit sicheren Bewegungen auszog, während ihre eigenen Hände an seinen Knöpfen zerrten. Irgendwie gelang es ihnen, ihre Kleider eins nach dem anderen abzulegen, so daß sie schließlich nackt auf den Laken lag und er neben ihr saß. Seine Finger strichen unablässig über ihre Haut und entfachten neue Feuer in ihr, während seine dunklen, geheimnisvollen Augen tiefer in sie hineinblickten, als es ihr lieb war.

Sie wollte in diesem Augenblick nur fühlen, nicht denken, denn sie würde verrückt werden bei dem Gedanken, was hätte sein können oder was noch werden könnte. Sie wollte so viel mehr von ihm, als er zu geben bereit war oder als sie zu geben fähig war. Sie streckte die Hand aus, strich sanft über seine harte Brust und vergrub die Finger in dem dunklen Haar, das in einer geraden Linie bis zu seinem Bauch ging. Dann fuhr sie zögernd über die Narbe, als versuche sie, sie auszuwischen.

Sie schluckte. Sie wollte keine derartige Zärtlichkeit verspüren, keine derartige Zärtlichkeit, keine derartige Liebe. Sie wollte nicht, daß er wußte, wieviel sie für ihn empfand. Sie sollte nicht so empfinden. Sie sollte sich nicht schwach fühlen. Sollte nicht zittern, sollte keine solche Wärme in ihrem Inneren verspüren.

Aber dann glitt seine Hand zu dem Dreieck dunklen Haars zwischen ihren Beinen, zu ihrer empfindlichsten Stelle, streichelnd und lockend, bis ihr Körper sich wand, bis sie in einer Reihe herrlicher Explosionen erschauderte.

Er schob sich über sie und berührte sie sanft mit seiner Männlichkeit, bis sich ihm ihr Körper erneut entgegenreckte. Dann legte er sich vorsichtig auf sie und drang mit einer Langsamkeit in sie ein, die ein quälendes, schmerzliches Verlangen in ihr weckte, die sie dazu brachte, ihn mit instinktiven, kreisenden Bewegungen tiefer und tiefer in sich hineinzuziehen.

Sie wurde von Freude überwältigt, nicht nur wegen der unerwarteten körperlichen Reaktion, sondern wegen der herrlichen Glückseligkeit, die das Zusammensein mit ihm hervorrief, seine Nähe, seine Hände, die sie in verhaltener Bewunderung streichelten. Sie wünschte sich, dieser Augenblick würde niemals enden.

Aber dann wurden die Bewegungen seiner Hände rhythmischer und kräftiger, und sie merkte, daß sie noch mehr wollte. Ihr Körper bewegte sich unter ihm in einem sinnlichen Tanz, der immer leidenschaftlicher wurde, während sie auf einer unglaublichen Woge der Lust trieben, von einer unsichtbaren Kraft an ein unbekanntes Ziel gedrängt, das ihnen die Sinne raubte. Sie fühlte nur noch ihn, und dieses Gefühl war übermächtig.

»Oh, Cat«, murmelte er, während er ein letztes Mal in sie eintauchte und die Wogen der Leidenschaft über ihr zusammenschlugen. Sie fühlte, wie sie von seiner Wärme durchzogen wurde, und verspürte eine Zufriedenheit, wie sie sie noch niemals erlebt hatte, während ihr Körper im Nachbeben erzitterte.

Um sein Gewicht von ihr zu nehmen, rollte er auf den Rücken, ohne sie loszulassen. Ihr Kopf lag auf seiner Brust, und sie saugte an den schweißnassen Haaren. All ihre Sinne waren hellwach. Sie hörte sein Herzklopfen, spürte das leise Flüstern seines Atems. Sie liebte jedes einzelne dieser intimen Geräusche, und sie nahm an, das hieß, daß sie auch ihn liebte.

Am liebsten hätte sie ihm das gesagt, aber das konnte sie nicht. Sie war eine verheiratete Frau. Sie hatte eine Vergangenheit, die ihn abstoßen würde. Und er war ein Revolverheld, der wahrscheinlich niemals lange irgendwo blieb.

Cat berührte ihn sanft, strich mit ihren Fingern über seine Arme und seinen Hals, spielte mit den Haarbüscheln in seinem Nacken. Seine Augen wirkten jetzt heller, nicht mehr wie Spiegel. Cat entdeckte Zufriedenheit in seinem Blick, als er ihren Bewegungen folgte.

Schließlich nahm er ihre Hand, führte sie an seinen Mund und begann, an ihren Fingern zu saugen.

»Du bist einfach köstlich.«

»Bin ich das?« Sie lag immer noch ausgestreckt auf ihm, und sie spürte jede Ecke und Kante seines harten Körpers. Sie schob ihren Kopf ein wenig näher an sein Herz und dachte, wie herrlich es war, von diesem Mann besessen zu sein. Sie spürte jede einzelne seiner Bewegungen, jedes Zittern, jeden kleinsten Schauder, der ihn durchfuhr.

»Hmmm«, sagte er. »Willst du genau wissen, wie köstlich?«

Sie hob ihren Kopf, so daß sie ihn ansehen konnte. »Ich weiß nicht.«

Er lachte leise, und sie spürte jede noch so kleine Bewegung in seiner Brust. »Immer noch mißtrauisch?«

»Nein«, sagte sie ehrlich. »Ich denke nur daran, daß Feuer und Dynamit zusammen nicht besonders lange halten.«

»Du meinst also, wir könnten einander zerstören?« fragte er.

»Das ist durchaus möglich.«

»Wir mögen uns noch nicht einmal«, stellte sie verwundert fest.

»Nein?«

Sie ertrug seinen starren Blick nicht länger. Also legte sie ihren Kopf erneut auf seine Brust. »Du weißt nichts von mir.«

»Ich weiß alles, was ich wissen will. Du bist außerordentlich hübsch und clever und abgrundtief gemein.«

Sie kicherte, wahrscheinlich zum ersten Mal in ihrem Leben. Entsetzlich. Aber sie konnte es nicht ändern. Sie mußte einfach kichern. Lachen. Sticheln. Es bereitete ihr sogar ein besonderes Vergnügen. »Und köstlich. Vergiß nicht, köstlich.«

»Das würde ich niemals vergessen.«

Am liebsten hätte sie seinen Namen geflüstert. Aber »Canton« erschien ihr in diesem Augenblick unpassend. Ebenso wie Taylor, das noch nie zu ihm gepaßt hatte. Und Marsh? Es paßte so gut zu ihm, aber dann würde er annehmen, daß sie ihm hinterherspioniert hatte. Immer gab es Geheimnisse. Dinge, die man verstecken mußte, aber schließlich hatte sie noch nie gewußt, wie man mit einem Mann sprach. Liebesgeplänkel. Davon hatte sie keine Ahnung.

Aber plötzlich wollte sie wissen, wie man mit jemandem sprach, den man liebte. Sie wollte geistreich sein und amüsant.

Sie spürte, daß er erneut die Arme um sie legte, daß er ihren Rücken streichelte, und sie wußte, daß er einen Teil ihrer Verzweiflung spürte. »Abgrundtief gemein gefällt mir«, flüsterte er ihr ins Ohr, und aus seinem Mund klang die Bemerkung unbeschreiblich sinnlich.

Es war eine lächerliche Feststellung, aber ungemein liebenswert, vor allem, weil sie wahrscheinlich wahr war. Sie wußte, daß er niemals log.

»Das ist lächerlich«, erwiderte sie.

»Alles an uns beiden ist lächerlich«, stellte er trocken fest.

»Aber so ist es nun mal. Ich habe es, verdammt noch mal, wirklich versucht, aber anscheinend kann ich mich einfach nicht von dir fernhalten.«

Sie starrte ihn an. Das hätte sie niemals für möglich gehalten. Daß er es jemals zugeben würde. Ihre Finger spielten mit dem Haar auf seiner Brust, und sie wünschte sich, diese Vertrautheit zwischen ihnen hätte ewigen Bestand. »Ich auch«, gab sie zu und fragte sich, weshalb sie das tat. Aber sie fühlte sich träge und melancholisch und zufrieden. Und sicher. Wirklich sicher.

Er lächelte, und dieses Lächeln war das erste wirkliche, ehrliche Lächeln, das sie auf seinem Gesicht gesehen hatte.

»Und du vertraust mir ein wenig?«

»Ein wenig«, murmelte sie.

»Und das sagst du auch nicht nur, um mir für den kleinen Gefallen zu danken, den ich dir erwiesen habe?« In seiner Stimme schwang ein leichter Zweifel mit, und es war dieses Zögern, das erneut Zärtlichkeit in ihr aufwallen ließ.

»Ich danke den Leuten niemals auf so eine Art«, sagte sie. »In der Tat danke ich den Leuten überhaupt nie.«

»Warum?«

Sie schwieg einen Moment. Sie wußte nicht, weshalb sie das überhaupt gesagt hatte. Aber dies war der Augenblick für schmerzliche Ehrlichkeit zwischen ihnen, und sie wollte ihn nicht zerstören. »Weil ich niemals um etwas bitte.«

Bis jetzt. Aber selbst dieses Mal hatte sie ihr Angebot, ihm den *Silver Slipper* zu verkaufen, als geschäftlichen Vorschlag getarnt, von dem er ebenso profitieren würde wie sie. Schließlich würde er ihr etwas abkaufen, an dem er ihrer Meinung nach großes Interesse hatte; die Tatsache, daß er das Lokal nicht hatte haben wollen, war ihr egal. Und der Vorschlag, ihr den Saloon zurückzuverkaufen, war seine Idee gewesen; er hatte sie vor vollendete Tatsachen gestellt.

Er verstand ihre Antwort. Auch er bat niemals um etwas, aber irgendwie erfüllte ihn ihre Feststellung mit Schmerz. Er hatte sich seine Einsamkeit selbst ausgesucht, aber er spürte, daß sie das nicht getan, daß sie keine Wahl gehabt hatte, und am liebsten wäre er in ihre Vergangenheit zurückgekehrt, um jeden, der dafür verantwortlich war, umzubringen. Angefangen bei dem blonden Fremden.

Er verstand nicht, weshalb er ihr gegenüber einen derartigen Beschützerinstinkt entwickelt hatte nach all den Jahren, in denen er sich immer aus allem herausgehalten hatte. Aber jetzt empfand er etwas, tief in seinem Inneren. Er hielt sich nicht länger aus allem heraus, und er fragte sich, ob ihm das jemals wieder gelingen würde. Diese Erkenntnis verblüffte ihn.

Und erschreckte ihn. Würde er es noch einmal ertragen, einen Menschen zu verlieren? Einen Menschen, um den er sich sorgte? Er hatte dagegen angekämpft, aber er schien sein Herz nicht davon abhalten zu können, sich um jemanden zu sorgen. Sein Herz, von dem er angenommen hatte, daß es aus Stein sei.

Himmel!

»Du auch nicht«, sagte sie plötzlich, und er mußte kurz überlegen, ehe er wußte, was sie meinte.

»Du meinst, ich bitte auch niemals um etwas?« Aber das tat er. Er wußte, daß er jetzt um etwas bat. Er fürchtete sich vor der Antwort, und er merkte, daß dies das erste Mal seit Jahren war, daß er sich vor irgend etwas fürchtete.

Sie nickte, und ihre lebendigen grünen Augen schienen tief in sein Innerstes zu blicken. Er spürte, daß sie ebensolche Angst hatte wie er.

Er lachte erneut leise auf, doch dieses Mal klang es anders als zuvor. Zögernd, nicht amüsiert. Er strich ihr mit der Hand durchs Haar. »Wir wissen wirklich nicht, wie wir miteinander sprechen sollen, nicht wahr?« sagte er wehmütig.

Cat fühlte sich plötzlich unglaublich einsam. Nie zuvor hatte sie jemanden geliebt, und nun dachte sie, daß sie es tat, aber sie hatte Angst, ihrem Gefühl Ausdruck zu verleihen, so daß sie sich in Schweigen und banale Phrasen flüchtete. Sie wagte es nicht, jemandem ihr Herz zu geben, der es vielleicht zerstören würde. Ihre Beziehung hatte sich zwar verändert, aber sie glaubte nicht, daß sie sich derart verändert hatte. Sie war immer noch Lizzie Jones und er ... ein Mann, der durch ihr Leben ging.

Doch sie wußte, daß sie diese Minuten mit ihm niemals vergessen würde. Dieses Übermaß an Gefühl, an Verlangen, an Erfülltsein. Es war so stark, daß sie wußte, es würde vergehen. Nichts von dieser Stärke hatte ewig Bestand.

Es schmerzte, gütiger Luzifer, wie es schmerzte.

»Cat«, sagte er mit leiser Stimme, und plötzlich wußte sie, daß sie ihre Gefühle gezeigt hatte. Sie kämpfte verzweifelt darum, sie wieder zu unterdrücken, sie zu verstecken, wie sie es jahrelang getan hatte.

»Nicht«, befahl er. »Sieh mich an.«

Sie folgte seinem Befehl. Sie konnte gar nicht anders.

»Lauf jetzt nicht vor mir weg.«

»Warum nicht?« Der bittere Ton ihrer Frage war nicht beabsichtigt gewesen. Plötzlich war sie wütend. Wütend auf sich. Wütend auf ihn. Sie wollte nichts in Frage stellen. Sie wollte, daß alles so blieb, wie es war. Ein perfekter Augenblick, der etwas Großartiges war. Sie wollte ihn nicht mit falschen Hoffnungen oder Lügen oder leeren Versprechungen zerstören. Sie hatte nie viel erwartet, und sie wollte auch jetzt nichts erwarten.

Er lachte erneut, und wieder spürte sie jede einzelne Bewegung seines Körpers. Seltsame Dinge geschahen mit ihr; sie spürte ihre Erregung, erschauderte bis in die Zehenspitzen. Sie liebte es, ihn zu spüren, liebte die Art, in der ihre beiden Körper sich aneinanderschmiegten, als seien sie füreinander geschaffen.

»Weil du es nicht brauchst«, sagte er mit heiserer Stimme. »Ich werde dir nicht weh tun. Und ich werde nicht zulassen, daß irgend jemand anders dir weh tut.«

»Ich brauche deine Hilfe nicht«, sagte sie trotzig, aber sie wußte, daß sie nicht ihn, sondern sich selbst davon zu überzeugen versuchte. Ein Teil von ihr brauchte ihn, aber sie war fest entschlossen, dieses Verlangen zu unterdrücken. »Ich brauche niemanden.«

»Ach?« fragte er mit spöttischer Stimme, während seine Hände über die empfindlichsten Stellen ihres Körpers glitten. Sie spürte, wie er erneut anschwoll, und ihre Erregung, die sein Lachen bei ihr ausgelöst hatte, wuchs. Sie spürte, wie ihr Körper reagierte, als habe er nichts mit ihrem Hirn zu tun. Aber das Verlangen tief in ihrem Inneren ließ sich nicht leugnen.

Er führte sie, bis sie auf ihm saß, und zog ihre Beine nach oben. Sie wußte nicht genau, wie sie in diese Position gekommen war, aber sie merkte, daß sie instinktiv auf seine Bewegungen reagierte, während ihr Verlangen wuchs. Die Leidenschaft, die sie jetzt empfand, war noch herrlicher als das, was er in ihr erweckt hatte, als er sie vollständig ausgefüllt hatte, und sie begann, sich zu bewegen – erst langsam und zögernd, doch dann verstehend. Verblüfft registrierte sie die Bewegungen ihres Körpers, den Ritt auf seiner Brust, die Woge des Vergnügens, die über ihr zusammenschlug.

Sie hatte nicht gewußt, daß es so etwas gab, daß ein Mann auch geben konnte, daß ein Akt, den sie immer für brutal gehalten hatte, Freude machen konnte. Es war nichts Brutales an Canton, an seinen glühenden Augen, durch die sie hindurchsah und einen Teil seiner Seele erblickte, den er sonst immer verborgen hielt. Eine Leidenschaft, die sie in seiner Musik gehört hatte, aber nicht in seiner Stimme. Eine Einsamkeit, die er hinter seinem Spott verbarg. Eine Liebe, die er ebenso wie sie zu verstecken versuchte. Sie empfand viel zuviel für ihn. Das wußte sie, aber sie konnte es nicht ändern, ebensowenig wie sie die Reaktion ihres Körpers beeinflussen konnte.

Doch dann hörte sie auf zu denken. Sie wurde von Wogen der Leidenschaft erschüttert, hörte sein leises Stöhnen und ihr eigenes Wimmern. Er zog sie zu sich hinab und fuhr ihr mit der Zunge über das nasse Gesicht, während sich ihre schweißbedeckten Körper in einer verzweifelten Umarmung umschlangen, die das Band zwischen ihnen nur noch verstärkte.

Ich darf ihn nicht lieben, dachte Cat voller Verzweiflung.

Sie hörte sein leises Flüstern. »Du kannst nicht immer nur davonlaufen, Liebling.«

Doch sie wußte, daß sie das konnte. Das war ihre große Stärke.

Und genau das würde sie tun.

Sie würde um ihr Leben rennen.

KAPITEL 22

Marsh wußte, daß er sie wieder einmal verloren hatte.

Er wußte es in dem Augenblick, in dem sich erneut ein Schleier über die Verwunderung in ihrem Blick legte, ein Schleier, den er inzwischen allzugut kannte. Ein Schleier, hinter dem sie ihre Gefühle und sich selbst verbarg.

Er zog sie zu sich herab und hielt sie fest. »Laß mich dir helfen, Cat. Was auch immer dich bedrückt, laß mich dir helfen.«

»Du kannst mir nicht helfen«, sagte sie. »Es ist etwas, womit ich allein fertig werden muß.«

»Du mußt nicht immer allein mit allem fertig werden«, sagte er leicht enttäuscht.

»Ich ertrage es einfach nicht, von jemand abhängig zu sein.«

»Nicht einmal von Teddy.«

»Nein«, erwiderte sie trotzig.

»Wer ist dieser Mann?« Sie beide wußten, von wem er sprach.

»Er denkt, ich sei ihm etwas schuldig.«

»Und, bist du das?«

»Großer Gott, nein.«

»Wird er noch einmal zurückkommen?«

Sie nickte. »Ich glaube schon.«

»Bleib heute nacht bei mir.«

»Ich muß mich um den *Silver Slipper* kümmern.«

Er grinste. »Nein, das mußt du nicht. Schließlich bin ich jetzt dein Boss.«

»Aber ich werde trotzdem zurückgehen.«

Er schlang eine Strähne ihres Haars um seine Finger. Er zitterte immer noch innerlich von ihrer Liebe, ihrer Nähe, aber mehr als alles andere hatte er das Gefühl, daß sie zu ihm gehörte. Bis zu diesem Moment hatte er nie an etwas wie Schicksal geglaubt.

»Du gehörst zu mir, Cat, und das weißt du.«

»Ich weiß nichts dergleichen«, sagte sie. »Es ist reine ... Lust.«

»Lust ist doch ein wunderbarer Anfang«, erwiderte er leichthin.

Er wußte, daß er sich wie ein Narr benahm. Er konnte ihr schließlich nicht viel versprechen, nicht, solange dieser verdammte Groschenroman kursierte und solange er seinen eigenen Ruf nicht abschütteln konnte, der ihm wie ein Schatten folgte. Nicht, solange das Blut eines Unschuldigen an seinen Händen klebte. Diese Sache hatte einen dunklen Fleck auf seiner Seele hinterlassen.

Aber er war bereit, es zu versuchen. Würde sie ihn überhaupt wollen, wenn sie wüßte, wie er sein Geld verdient hatte? Wenn sie wüßte, wie viele Menschen er getötet hatte? Er selbst wußte nicht einmal mehr genau, wie viele es gewesen waren.

Er drehte sich leicht auf die Seite und zog sie neben sich. Dann hob er den Kopf und stützte ihn auf einer Hand ab, um sie besser ansehen zu können. Sie war so unglaublich schön, und trotz oder vielleicht gerade wegen ihrer Verletzlichkeit sah sie unglaublich tapfer aus mit ihrem trotzig vorgereckten Kinn.

Er selbst fühlte sich auch verletzlich. Vielleicht weil es so lange her war, daß er sich um jemand anderen gesorgt hatte – es war schmerzlich und schwierig. Er öffnete sich auf die Gefahr hin, abgewiesen, abgelehnt zu werden, erneut zu verlieren.

Aber sie hatte ein Recht darauf zu erfahren, wer und was er war.

»Cat, hast du jemals von Marsh Canton gehört?«

Cat versuchte, sich ihre Überraschung nicht anmerken zu lassen. Sie nickte vorsichtig.

»Mein Name ist Marsh Taylor Canton.« Er wartete auf ihre Reaktion, irgendeine Reaktion.

Sie verharrte vollkommen reglos in seinen Armen, und er beobachtete ihr Gesicht. Nur ihr Blick veränderte sich leicht, und er wußte nicht, was das zu bedeuten hatte. Vielleicht wurde er etwas wärmer. Das hatte er nicht erwartet. Aber schließlich hatte er nicht gewußt, was er erwarten sollte. Schließlich hatte er sich noch niemals jemandem anvertraut.

»Ein Revolverheld, Cat. Ein Berufskiller. Ich habe mein Geld mit Töten verdient.« Seine Stimme klang nüchtern, doch zugleich etwas gedehnt. Das tat sie nur, wenn er … durcheinander war.

Und das schien häufiger der Fall zu sein, seit er Cat zum ersten Mal begegnet war.

Er spürte, wie sich ihre Finger um seine Hand schlossen. Sie akzeptierte seine Vergangenheit, und das bedeutete ihm mehr als alles andere, was sie bisher geteilt hatten.

»Ich weiß«, sagte sie schließlich. »Ich habe es gleich beim ersten Mal gespürt, als ich dich im *Silver Slipper* gesehen habe, obwohl mir der Name nichts sagte. Und dann, als du den Entführer erschossen hast, war ich mir ganz sicher. Ich habe schon genug Revolverhelden gesehen. Sie haben etwas an sich –«

»Den Geruch des Todes?« Er hörte die Bitterkeit in seiner Stimme und wunderte sich darüber. Schließlich hatte er sich seinen Weg selbst ausgesucht.

»Nein«, sagte sie. »Das ist es nicht. Es ist die Vorsicht, mit der du dich in jedem Raum umsiehst und mit der du dich immer mit dem Rücken zur Wand setzt, um alles überblicken zu können. Es ist die Art, wie du diese Waffe trägst, als wäre sie ein Teil von dir.«

»Das ist sie auch, Miss Cat«, erwiderte er. »Sie ist ein Teil von mir, den ich anscheinend nicht loswerde.«

»Das hat Molly gerettet.«

»Stößt dich meine Vergangenheit denn nicht ab?« Marsh haßte die Rauheit seiner Stimme. Sie rührte von seiner Unsicherheit her, die er noch mehr haßte.

Cat antwortete nicht sofort. Es war zu wichtig. Alles, was sie jetzt sagte, war von größter Bedeutung. Er war schmerzlich ehrlich zu ihr, und er verdiente es, daß sie ebenfalls ehrlich war.

»Als du eben kurz draußen warst, habe ich das Buch auf deinem Bett gesehen. Einen Moment lang war ich vielleicht abgestoßen, aber dann ... wußte ich, daß es keinen Unterschied macht.«

»Dieses verdammte Buch«, sagte er. »Es wird mich mein Leben lang verfolgen.«

»Hast du dich ... aus dem Geschäft zurückgezogen, oder ist das *Glory Hole* nur eine kurzfristige Abwechslung?« Diese Frage beschäftigte sie bereits seit Wochen. Er war ihr nie wie ein normaler Saloonbesitzer vorgekommen.

»Ich versuche, mich aus dem Geschäft zurückzuziehen«, erwiderte er mit einem zögernden Lächeln. »Das ist allemal besser, als irgendwo auf einer staubigen Landstraße zu verrecken.«

»Und da hast du dir ausgerechnet das *Glory Hole* ausgesucht?«

»Das *Glory Hole* hat sich mich ausgesucht. Ich habe es beim Pokern gewonnen. Als ich das Lokal zum ersten Mal sah, habe ich mir direkt gewünscht, ich hätte verloren.«

»Und weshalb hast du dann deine Meinung geändert?«

»Das war deine Schuld. Man erzählte mir, du hättest jeden anderen Konkurrenten vertrieben, und ich hatte die Vorstellung, daß du ein richtiggehender Drachen sein müßtest. Als ich dich dann zum ersten Mal sah, wußte ich, daß ich bleiben mußte. Mir war nicht klar, daß du versuchen würdest, mich shanghaien zu lassen, aber das hat mich in meinem Entschluß nur bestärkt. Ich bin es nicht gewohnt zu verlieren.«

»Nein«, sagte sie. »Ich nehme an, das bist du nicht. Aber weißt du, ich hatte nicht die Absicht, dich auf ein Schiff verfrachten zu lassen.« Sie zögerte, da sie sich fragte, ob er ihr wohl glauben würde. »Ich habe dich sogar davor bewahrt. Ich hatte nur einem ... Freund, der bei der Polizei arbeitet, gesagt, daß ein bißchen Hilfe seinerseits sehr nett wäre. Ich dachte, er würde einen Weg finden, um dein Lokal zu schließen. Als ich dahinterkam, daß du zwangsrekrutiert werden solltest, habe ich ihn davon abgehalten.«

»Deshalb also bin ich im Gefängnis gelandet statt auf einem Schiff nach China?«

Die Frage klang so jämmerlich, daß sie lächeln mußte. »*Marsh*, das gefällt mir. ›Taylor‹ hat nie zu dir gepaßt, deshalb habe ich dich immer Canton genannt.«

»Mmmmm, es gefällt mir, wie du meinen Namen aussprichst.«

»Ist das die Abkürzung von Marshall?«

Er schüttelte den Kopf. »Der Familienname meiner Mutter war Marsh.«

Er hatte eine weitere Tür zu seiner Vergangenheit einen Spaltbreit geöffnet, und Cat verspürte den Wunsch, sie ganz aufzumachen. »Und woher kommst du?«

»Ich bin in Georgia geboren.«

»Und wo ist deine Familie jetzt?«

»Sie sind alle tot. Im Krieg umgekommen.«

In seiner Wange zuckte ein Muskel, und sie wußte, daß sie einen wunden Punkt getroffen hatte, aber sie mußte einfach weiterfragen. »Und was ist mit deiner Mutter passiert?«

»Meine Mutter und meine Schwester wurden von ein paar Deserteuren der Unionsarmee getötet. Sie haben sie vergewaltigt und in einem brennenden Haus zurückgelassen.« Seine Stimme klang hohl. »Ich habe erst acht Monate später davon erfahren, als ich nach Hause kam ... nach der Kapitulation von Lee.«

Das Wort »Mutter« hatte für Cat keine besondere Bedeutung, aber sie hörte den Schmerz in seiner Stimme, obgleich er sich bemühte, gleichgültig zu klingen. Daß ihm das nicht gelang, zeigte um so mehr, wieviel sie ihm bedeutet haben mußte.

»Es tut mir leid«, sagte Cat.

»Es ist Jahre her, meine Liebe.«

»Ihr hattet eine Plantage?«

Er nickte.

»Sklaven?«

»Ja. Mein älterer Bruder hätte alles geerbt, und ich sollte Rechtsanwalt werden.«

»Ich glaube nicht, daß es mir gefallen würde, jemand anderen zu besitzen.«

»Wohl kaum«, pflichtete er ihr bei. »Du bist viel zu unabhängig, aber wenn du mit der Sklaverei aufwächst, wenn man dir beibringt, daß es richtig ist, selbst in der Kirche, dann akzeptierst du es. Meine Familie war niemals grausam, wir haben niemals Menschen auseinandergerissen, aber ich weiß jetzt, daß es falsch war. Wahrscheinlich wußte ich es schon damals, weshalb ich es auch nie bedauert habe, daß ich Rosewood nicht erben würde. Ich brauchte mich mit den moralischen Problemen nicht auseinanderzusetzen; das war Sache meines Bruders.«

»Hast du dich denn ansonsten mit Fragen der Moral beschäftigt?« Cat war ehrlich fasziniert.

»Es gab einmal eine Zeit, in der ich das getan habe. Als junger

Mann habe ich Rechtswissenschaft studiert. Aber dann kam der Krieg, und jede Form der Zivilisation oder der Moral ging verloren in dem Versuch, am Leben zu bleiben. Es gibt verdammt wenig Ehrgefühl oder Moral im Krieg, meine Liebe, egal, was die Bücher sagen. Es geht ums Töten, das ist alles. Entweder du oder der junge Yankee auf der anderen Seite des Flusses, nahe genug, daß du ihm in die Augen blicken kannst. Du siehst die Angst in seinem Blick. Nach einer Weile reagierst du im Reflex. Du hörst auf, darüber nachzudenken, weil du ansonsten wahnsinnig wirst.«

Cat spürte, daß er erschauderte, und sie fühlte seinen Schmerz, den Schmerz des jungen Mannes, dessen Illusionen zerstört worden waren. Sie selbst hatte niemals irgendwelche Illusionen gehabt, und sie dachte nun, daß es so vielleicht besser war. Was man nicht besaß, konnte man auch nicht verlieren.

Bist du deshalb zum Killer geworden? Weil das Töten etwas Automatisches geworden war? Irgendwie konnte sie das nicht glauben. Sie hätte ihn am liebsten gefragt, aber das konnte sie nicht. Sie hatte bereits zu viele schmerzliche Erinnerungen in ihm geweckt.

Offenbar dachte er das auch, denn er beugte sich zu ihr hinüber und küßte sie mit einer Selbstverständlichkeit, als hätte das Gespräch gar nicht stattgefunden. Eigentlich hatte er sie dadurch vom Thema ablenken wollen, aber das funktionierte nicht. Nicht richtig. Denn in seinem Kuß lag eine Verzweiflung, als versuche er, etwas zu finden, das er vor langer Zeit verloren hatte.

Doch sie konnte ihm nicht geben, wonach er suchte. Sie konnte ihm weder die Vergangenheit zurückgeben noch die Illusionen. Sie erstarrte, und er löste seinen Mund von ihren Lippen.

»Cat?«

Am liebsten hätte sie geweint, doch sie wollte nicht, daß er sie weinen sah. Also verbarg sie ihr Elend hinter einer starren Maske. Ein Elend, das sie wegen seines Leids empfand. Und wegen ihres eigenen Leids. Sie wollte nicht zu einer weiteren verlorenen Illusion für ihn werden, also sagte sie mit zitternder Stimme: »Ich muß gehen.«

»Ich will, daß du hierbleibst.«

Sein autoritärer Ton hielt sie zurück. Sie wollte nicht gehen, aber sie war einfach zu durcheinander. Sie zwang sich, ihr Verlangen nach ihm, ihre Liebe zu ihm in Ärger umzuwandeln. »Du willst?« fragte sie mit einem gefährlichen Unterton.

»Cat ... Catalina ...«

Ich heiße nicht Cat! Am liebsten hätte sie ihm diese Worte entgegengeschleudert und die Maskerade ein für allemal beendet, aber sie konnte es einfach nicht. Also erstarrte sie, wie sie es vor Jahren gelernt hatte, und verschloß sich vor ihm und aller Welt.

Sie sah, wie sein Blick hart wurde, wie er mit den Schultern zuckte, ihre Hand losließ und sich erhob. »Natürlich. Ich mag zwar viele Fehler haben, aber zumindest habe ich noch niemals eine Frau gezwungen, mir gegen ihren Willen Gesellschaft zu leisten.«

Cat zuckte zusammen. Sie kannte ihn inzwischen gut genug, um zu wissen, daß sie ihn verletzt hatte. Aber sie würde ihn noch viel mehr verletzen, wenn sie nicht der ganzen Sache ein Ende machte und er schließlich herausfand, was es mit Catalina Hilliard und Lizzie Jones auf sich hatte.

Als sie sich anzogen, lastete ein bedrückendes Schweigen auf ihnen. Cat wußte, daß er wahrscheinlich gedacht oder gehofft hatte, sie würde auch über sich sprechen, und daß er sich nun wohl zurückgewiesen fühlte. Höchstwahrscheinlich würde er ihr nun auch nichts mehr von sich erzählen, und dieser Gedanke schmerzte sie. Sie kämpfte mit den Tränen. Es war besser so. Sie wußte, daß es so besser war.

Nachdem sie den letzten Knopf geschlossen hatte, wagte sie es erneut, ihn anzublicken. Er lehnte an der Wand und beobachtete jede ihrer Bewegungen mit der Aufmerksamkeit einer Katze, die eine Maus belauerte.

Als sie sich zur Tür wandte, nahm er etwas von der Kommode. Den Umschlag. »Ich glaube, der gehört dir.«

Cat sah das Päckchen an. »Kann ... kann ich ihn bis morgen hierlassen? Die Banken haben bereits geschlossen.«

»Sie bitten mich schon wieder um einen Gefallen, Miss Cat?«

Sein Ton war bissig, und sie wußte, daß er nur mit Mühe seinen Ärger unterdrückte.

Sie errötete. »Nein«, sagte sie und griff nach dem Umschlag.

Er packte ihre Hand. »Warte«, sagte er mit ruhiger Stimme, und sein Blick wurde etwas sanfter. »Laß ihn ruhig hier. Du kannst ihn morgen früh abholen.« Er entschuldigte sich nicht, aber das tat er schließlich höchst selten. Und außerdem hatte er dieses Mal keinen Grund.

Sie blickte ihn an. »Können wir nicht einfach Freunde sein?«

»Einfach Freunde«, wiederholte er spöttisch. »Nein, ich glaube nicht, daß wir das können.«

Sie wußte, daß er recht hatte. Es gab etwas zwischen ihnen, das so stark war, daß sie niemals einfach Freunde sein könnten. Feuer und Dynamit. Explodierende Sterne. Blitz und Donner und Regen. Tränen.

Wenn nur ...

Aber es gab kein *wenn nur* auf dieser Welt. Sie war, was sie war: abstoßend für jemanden mit seinem Hintergrund. Einer wohlhabenden Familie. Einer guten Erziehung. Egal, weshalb er zum Killer geworden war, er hatte immer noch die Vergangenheit und das Benehmen eines vornehmen Südstaatlers. Sie würden niemals zueinander passen. Irgendwann würde sie wieder jemandem von früher begegnen, so wie jetzt James. Und Marsh würde sich lächerlich machen, wenn er mit ihr zusammen wäre.

So war es.

Aber das konnte sie ihm unmöglich sagen.

Sie sah ihn an. »Dann kann es zwischen uns gar nichts geben.«

»Versuch einmal, das, was zwischen uns ist, zu beenden, meine Liebe«, sagte er spöttisch.

»Das werde ich. Ich kann es.«

»Das werden wir ja sehen.«

Bei diesen Worten fuhr sie herum und stürzte aus der Tür, ohne das Geld mitzunehmen. Sie ertrug es nicht, ihm ihre Reaktion auf diese Worte zu zeigen. Sie wußte, daß er recht hatte, daß sie nur dann jemals voneinander lassen könnten, wenn sie San Francisco verließe.

»Cat!« Sie hörte, wie er ihr hinterherrief, aber sie blieb nicht stehen, und sie wußte, daß er ihr nicht nachlaufen würde. Sie wußte so viel über ihn, aber trotzdem noch zu wenig.

Sie wußte nur, daß sie ihn liebte.

Und daß sie ihn niemals haben würde.

Cat erwartete, daß James im *Silver Slipper* auftauchen würde, vor allem, nachdem er aus dem *Glory Hole* geflogen war, aber Stunde um Stunde verging, ohne daß er kam. Ihre Nervosität wurde immer schlimmer, obgleich sie wußte, daß er wahrscheinlich genau das im Sinn hatte.

Sie wußte einfach nicht, wann und wo er zuschlagen würde. Würde er sich an die Zeitungen wenden? Ans Gericht? Würde er sie nachts überfallen? Es war alles möglich.

Sie ging in Gedanken sämtliche Möglichkeiten durch, während sie durch den gutbesuchten Saloon ging. Zumindest lenkte James sie von Canton ab. Von Marsh.

Als schließlich nur noch wenige Gäste da waren, wandte Teddy sich an sie. »Macht es Ihnen etwas aus, wenn ich heute abend mit Hugh weggehe?« Er errötete, und Cat mußte lächeln. Er wollte Molly sehen, das war offensichtlich. Gerade in letzter Zeit verstand sie dieses Bedürfnis nur allzu gut.

Sie schüttelte den Kopf. Die Mädchen würden da sein, und sie hatte ihre Derringer. Und wenn James sich nicht allzusehr verändert hatte, wäre er um diese Zeit bereits sturzbetrunken, genau wie gestern. Er hatte noch nie viel vertragen, das war einer der Gründe, weshalb er ein so schlechter Spieler war. Und sein aufgedunsenes, rotes Gesicht hatte ihr verraten, daß er inzwischen wohl noch mehr trank als früher.

Der *Silver Slipper* und das *Glory Hole* schlossen um dieselbe Zeit, und sie verriegelte direkt hinter Teddy die Tür. Dann nahm sie die Kasse mit nach oben und überprüfte die Einnahmen. Es war ein guter Abend gewesen. Aber schließlich lief das Geschäft fast immer gut.

Cat schenkte sich ein Glas Sherry ein und löschte das Licht, ehe sie ans Fenster ging. Als sie es öffnete, hörte sie wieder das

Klavier. Sie konnte sich vorstellen, wie er da saß und mit seinen langen, geschmeidigen Fingern mühelos über die Tasten glitt, während dieser schlechtgelaunte, häßliche Köter neben ihm saß. Sie wünschte sich, sie hätte ihn nach der Musik gefragt, aber sie hatte wirklich nicht das Recht, ihm überhaupt irgendeine Frage zu stellen. Sie ließ sich auf den Boden gleiten, so daß ihr Ohr gerade noch auf Höhe des Fensterbretts war, lehnte sich an die Wand und lauschte. Ein Killer, der wunderbare Musik machte und häßliche Hunde mochte. Bei diesem Gedanken mußte sie lächeln.

Sie horchte, bis die Musik verklang, und dann zog sie sich aus und strich mit den Händen über den Körper, den er so sanft berührt und geliebt hatte, als könne sie auf diese Art ein Stück von ihm bewahren.

Schließlich zog sie ihr Nachthemd an und stieg in ihr Bett, das ihr plötzlich unglaublich einsam vorkam. Es würde lange dauern, ehe sie einschliefe, das wußte sie.

James Cahoon hatte Durst. Großen Durst. Sein ganzer Körper sehnte sich nach etwas zu trinken.

Aber es gab etwas, wonach er sich noch mehr sehnte. Rache. Niemals würde er sich von einer kleinen Hure zum Narren halten lassen. Vor allem nicht von einer, die ihm ein Messer in den Bauch gerammt und ihn dann seinem Schicksal überlassen hatte.

Er hatte den Vormittag mit der Suche nach einem Anwalt verbracht. Aber sie wollten alle Geld sehen, ehe sie mit ihm sprechen würden. Nur ein einziger Rechtsverdreher hatte ein gewisses Interesse gezeigt, und auch er hatte sich abgewandt, als er herausgefunden hatte, daß James keinen Nachweis über die Gültigkeit der Ehe hatte. Der Mann hatte ihm erklärt, daß schon andere versucht hatten, Catalina Hilliard zu ruinieren, und daß sie alle daran zugrunde gegangen waren, alle, außer dem neuen Besitzer des *Glory Hole*.

Also hatte James beschlossen, ins *Glory Hole* zurückzukehren, um dort soviel wie möglich über den Kerl herauszufinden und sich vielleicht mit ihm zu verbünden. Statt dessen war er jedoch rausgeworfen worden, nachdem er das bißchen Geld, das er noch besessen hatte, verloren und die Geberin des Betrugs beschuldigt hatte. Als er verlangt hatte, den Besitzer zu sprechen, war der schwarzhaarige Mann mit dem tödlichen Blick aufgetaucht, und noch ehe James etwas hatte sagen können, hatte er ihm gesagt, er solle verschwinden und sich nie wieder blicken lassen, wenn er keinen Ärger haben wollte. James, der Typen wie diesen kannte, hatte keinen Zweifel daran gehabt, wie dieser Ärger aussehen würde. Diese kleine Hure hatte den verdammten Bastard wahrscheinlich bereits um den Finger gewickelt.

James hatte den Saloon verlassen und seine Wunden geleckt. Ohne Geld für weitere Drinks war er wieder nüchtern geworden, und wenn er nüchtern war, wurde er gemein. Er würde sich für den ganzen Ärger entschädigen lassen, so oder so.

Er war wirklich rachsüchtig gestimmt. Sie hatte auf ihn herabgesehen. Auf *ihn*! Nach allem, was er für sie getan hatte, nachdem er sie aus dem Bordell geholt hatte. Sie hatte es geschafft. Schöne Kleider. Ein erfolgreicher Saloon. Alle Leute schmeichelten ihr. Und sie wollte ihn nicht daran teilhaben lassen. Bei Gott, sie schuldete ihm etwas, sie schuldete ihm etwas für die Wunden, die sie ihm zugefügt hatte, für all die Monate, während der er sich von seiner Verletzung hatte erholen müssen.

James saß in seinem Zimmer und vertrieb sich die Zeit mit Überlegungen, was er alles mit ihr anstellen würde. Er konnte einfach nicht glauben, daß sie sich derart verändert hatte. Nun, sie war schon immer ziemlich hübsch gewesen. Zumindest waren die Männer immer bereit gewesen, entsprechend für sie zu bezahlen. Aber ihn hatte vor allem ihre Angst gereizt. Sie hatte ihm das Gefühl gegeben, stark und mächtig zu sein. Das hatte ihm gefallen. Die Kontrolle, die er über sie gehabt hatte. Es war schön gewesen, ihr Entsetzen zu sehen.

Aber gestern abend war sie nicht entsetzt gewesen. Und das ärgerte ihn am allermeisten. Er hatte Haß gespürt, Verachtung, aber keine Furcht. Die kleine Hure hatte auf *ihn* herabgesehen. Er griff nach dem Messer, das er meistens in seinem Stiefel trug. Es war scharf, und er hatte schon mehr als genug Kerle damit aufgeschlitzt. Das Messer war viel besser als jede Pistole. Und es tat viel mehr weh. Er wußte, wie weh es tat.

Und jetzt würde er ihr damit weh tun. Und die gesamten Einnahmen des Tages mitnehmen. Wenn genausoviel los gewesen war wie am Vorabend, dann wäre es bestimmt eine ganz nette Summe. Genug, um weiterzufahren und wieder zu spielen.

Es war beinahe zwei Uhr morgens, als er das Messer wieder in den Stiefel gleiten ließ, als zusätzliche Vorsichtsmaßnahme eine kleine Pistole einsteckte und seine abgetragene Jacke anzog. Bald könnte er sich eine neue leisten. Dieser Gedanke belebte ihn.

Aber er hatte immer noch Durst. Schrecklichen Durst.

Marsh fühlte sich unendlich erschöpft. Kurz nachdem Hugh mit Teddy gegangen war, hatte er den letzten Gästen eine gute Nacht gewünscht und das *Glory Hole* geschlossen.

Er ließ Winchester aus dem Zimmer, fütterte ihn mit ein paar Steakresten und beobachtete, wie der Hund das Essen achtlos herunterschlang. Es war ein bißchen, als würde er einem Alkoholiker zusehen, der ein Glas feinsten Portweins herunterkippte.

Dann ging er zum Klavier und ließ die Finger seiner rechten Hand über die Tasten gleiten. Als habe ihn sein eigenes zögerndes Handeln dazu verführt, setzte er sich und stimmte eine Sonate von Beethoven an.

Dann gingen seine Finger zu Chopins »Heroica« über. Seltsam, wie ihm plötzlich alles wieder einfiel. Die ganze Musik, die ganzen Noten, die ganzen Gefühle.

Der ganze Mann?

Seine Hände bewegten sich weiter, zunächst automatisch, dann voller Konzentration. Die Polonaise war ein anspruchsvolles Stück, voller Gefühl, voller Stolz, voller Trotz, und er merkte, wie er mehr und mehr von sich in die Musik legte, wie er seine Gedanken durch die Anforderungen der Komposition betäubte. Er war völlig ausgelaugt, als er fertig war, als habe er nicht nur die Polonaise beendet, sondern auf irgendeine Weise seine Seele gereinigt, sich Gefühle in Erinnerung gerufen, die so lange gefehlt hatten.

Dafür war Cat verantwortlich. Er hatte nicht die Absicht, sie so einfach davonkommen zu lassen. Vielleicht würde es eine Weile dauern, bis er sie davon überzeugt hätte, daß sie zu ihm gehörte, aber er war schon immer stur gewesen.

Jetzt blickte er zu Win hinab, der an der Wand saß und ihn mit seinen deprimierten braunen Augen ansah. Himmel, der verdammte Hund erinnerte ihn wirklich an ihn selbst. Es war erschreckend, in diese leeren, vorsichtigen Augen zu sehen und sich selbst darin zu erblicken.

»Los, Win«, sagte er. »Laß uns einen Spaziergang machen. Und dann werden wir auf Miss Cat aufpassen.«

Der Hund erhob sich. Er wahrte immer noch eine gewisse Distanz, aber zumindest folgte er bereitwillig.

»Wir gehen nicht weit«, warnte er das Tier vor, als er die Vordertür des Saloons öffnete und sie für Win aufhielt. Dann schloß er ab und tastete automatisch nach seiner Pistole.

Dieses Mal ging er nicht zur Bucht hinunter. Er blieb in Sichtweite des *Glory Hole* und des *Silver Slipper* und wandte kaum einmal den Blick von Cats Saloon. Auch wenn sie gesagt hatte, daß sie durchaus in der Lage sei, auf sich aufzupassen, so hatte Marsh schon genug Männer wie Cahoon gesehen. Feiglinge, die einem in den Rücken schossen, aus dem Hinterhalt heraus.

Und er hatte das ungute Gefühl, das er immer hatte, wenn Ärger bevorstand.

Als Win sein Geschäft erledigt hatte, machte er kehrt. Er war sich nicht sicher, daß der Hund ihm folgen würde, doch wider Erwarten tat er es. Vielleicht verstand er ihn inzwischen irgendwie.

Die kühle Nachtluft hatte ihm gutgetan, und als er wieder im *Glory Hole* war, stellte er einen Stuhl ans Fenster, schenkte sich ein Glas Whisky ein und nahm Platz. Mit einer gewissen Zufriedenheit bemerkte er, daß Win sich neben ihm ausstreckte und den Kopf auf die Pfoten legte, als wolle er ebenfalls Wache halten.

Marsh wußte nicht, wie lange er so dagesessen hatte, als er den Schatten eines Menschen entdeckte, der lautlos die Treppe zum zweiten Stock des *Silver Slipper* erklomm. In der Dunkelheit war nicht zu erkennen, ob derjenige dorthin gehörte oder nicht. Vielleicht eins der Mädchen? Der letzte Rest Müdigkeit verflog, und Marsh war plötzlich hellwach. Auch Win war jetzt auf den Beinen und knurrte leise, als spüre er Marshs Anspannung.

Marsh erhob sich von seinem Stuhl und ging näher ans Fenster. Die Gestalt gegenüber zögerte kurz, ehe sie sich vorbeugte, die Tür öffnete und das Haus betrat. Hatte die Person einen Schlüssel? Gehörte sie in den *Silver Slipper*? Es schien so.

Zur Hölle mit der Dunkelheit. Er wartete nicht länger. Er würde die Tür überprüfen und, wenn nötig, das ganze Haus aufwecken. Er ließ Win im *Glory Hole* zurück, überquerte eilig die Straße und nahm zwei Stufen auf einmal, als er die Treppe hinaufrannte. Er rüttelte leicht an der Tür, und sie öffnete sich. Irgend jemand hatte das Schloß aufgebrochen.

Der Flur lag im Dunkeln. Er sah niemanden. Wer auch immer eben hereingekommen war, schien sich auszukennen. Da er wußte, wo Cats Zimmer war, ging er lautlos hinüber und preßte sein Ohr gegen die Tür. Schließlich wollte er nicht einfach bei ihr hereinplatzen, falls …

Drinnen hörte er ein leises Schaben, gedämpfte Geräusche und dann die Stimme eines Mannes. »Du verdammte kleine Hure.«

Marsh drehte am Türknauf. Es war nicht abgeschlossen. Er zog die Pistole aus dem Halfter und öffnete lautlos die Tür. Dann blieb er wie angewurzelt stehen.

Cat erwachte und spürte sofort, daß etwas nicht stimmte. Sie hörte, wie der Türknauf herumgedreht wurde, und wußte, daß das Geräusch, das sie geweckt hatte, wahrscheinlich das Knarren eines der Dielenbretter im Flur gewesen war. Ihr erster Gedanke galt der Derringer. Die Pistole steckte unter ihrem Kissen, und sie streckte die Hand danach aus, doch in ihrer Eile entglitt ihr die Waffe und fiel krachend zu Boden.

Sie versuchte verzweifelt, die Pistole wiederzubekommen, als die Tür aufging, jemand hereingestürzt kam und ihr ein Messer an die Kehle preßte.

Trotz der Dunkelheit wußte sie sofort, wer es war. Der ganze Raum war vom Geruch eines Übelkeit erregenden, billigen, süßlichen Rasierwassers erfüllt.

»Nicht so eilig, Lizzie«, ertönte die verhaßte Stimme. »Rühr dich bloß nicht vom Fleck und sag ja keinen Ton, sonst könnte es passieren, daß mir das Messer ausrutscht.«

Cat spürte Zorn, bebenden Zorn angesichts dieses Überfalls. Keine Spur von Angst. Sie würde mit ihm fertig werden, sie brauchte nur ein wenig Zeit.

»Was willst du?«

»Was ich will? Nur das, was mir zusteht, liebste Gattin.«

»Dir steht überhaupt nichts zu«, sagte sie, und der Druck des Messers wurde stärker. Sie merkte, daß ihr das Blut in einem feinen Rinnsal den Hals hinabrann, noch ehe sie den brennenden Schmerz verspürte.

»Hat dir noch nie jemand gesagt, daß es gefährlich ist, die Türen aufzulassen, süße Lizzie?«

Nicht in ihrem eigenen Schlafzimmer, in ihrem eigenen Haus. Sie hatte die Tür jahrelang abgeschlossen und dann beschlossen, sich nicht länger von der Angst beherrschen zu lassen. Dies war schließlich ihr Zuhause. Sie biß die Zähne zusammen. Am liebsten hätte sie auf ihn eingeschlagen, ihn getreten, aber das Messer war zu dicht an ihrem Hals. Er brauchte nur ein wenig auszurutschen …

»Du verdammte kleine Hure«, knurrte er, als er ihren Widerstand spürte.

Er zwang sie aufzustehen und schob sie vor sich her, um die Tür abzuschließen, doch im gleichen Augenblick wurde sie von außen aufgestoßen. James erstarrte, und Cat spürte einen neuen Schnitt an ihrem Hals.

Trotz der Dunkelheit erkannte sie sofort die Umrisse von Canton.

»Lassen Sie sie los.« In seiner Stimme schwang vieles mit: Spott, Kälte, Wärme, Überlegenheit. Doch nie zuvor hatte sie so tödlich geklungen.

Sie spürte, wie James erzitterte, aber er ließ sie nicht los.

»Der Saloonbesitzer«, stellte er höhnisch fest. »Und die Hure. Wie passend. Oder weiß unser werter Geschäftsmann etwa nichts von der Vergangenheit unserer lieben Lizzie?«

»Lassen Sie sie los!«

»O nein. Und wenn es Ihnen einfallen sollte, auf mich zu schießen, könnte es durchaus passieren, daß mir das Messer ausrutscht.«

Cat hörte den Mut der Verzweiflung in seiner Stimme. Diese Verzweiflung erschreckte sie mehr als alles andere. Sie war sich nicht sicher, was er als nächstes tun würde.

Canton verharrte vollkommen reglos.

»Kommen Sie rein und machen Sie die Tür zu«, schnauzte James. »Oder ich schneide ihr die Kehle durch.«

Marsh zögerte. Er war offensichtlich nicht willens, dem Befehl des anderen zu folgen, doch dann trat er ein und schloß die Tür. Das Licht einer Straßenlaterne fiel in den Raum, so daß er einigermaßen sehen konnte, vor allem, da sich seine Augen bereits im Flur an die Dunkelheit gewöhnt hatten.

»Und jetzt legen Sie die Waffe ganz vorsichtig auf den Boden.«

Wieder zögerte Marsh, und Cat spürte, wie sich die Klinge des Messers erneut in ihren Hals grub.

Mit einer langsamen, geschmeidigen Bewegung legte Marsh die Waffe fort.

»Zu schade, daß sie sich in mein Treffen mit meiner Frau eingemischt haben«, sagte James. »Oder wußten Sie etwa nicht, daß sie verheiratet ist?«

Cat konnte aus dem Augenwinkel sehen, wie Canton erstarrte. Sie fragte sich, ob James eine Ahnung davon hatte, wie gefährlich er sein konnte. Aber offensichtlich dachte James überhaupt nicht nach.

»Wußten Sie es etwa nicht?«

Canton zuckte mit den Schultern, als wäre ihm diese Offenbarung höchst gleichgültig.

»Hat sie Ihnen erzählt, daß ich sie in einem Bordell aufgelesen habe, sie und ihre Mutter? Lizzie war keine fünfzehn und so gut wie jede andere. Ich wette, das hat sie Ihnen nicht erzählt.« James fand Vergnügen an der Situation, und wahrscheinlich dachte er, Canton würde angewidert den Raum verlassen.

Sie wußte, daß er das nicht täte. Doch ebensowenig wußte sie, was er später tun würde. Sie wußte nur, daß etwas in ihrem Inneren bei James' Worten erstarb.

»Tja, Natchez Under the Hill, da habe ich sie aufgelesen. Ein dummes kleines Ding. Sie konnte weder lesen noch schreiben. Ich habe sie mitgenommen und geheiratet, und dafür hat diese undankbare Hure versucht, mich umzubringen.«

»Zu schade, daß es ihr nicht gelungen ist.« Cantons Stimme war leise und hart.

James' Griff wurde fester. Diese Antwort hatte er nicht erwartet. Cat fragte sich, was Canton wirklich dachte, aber wie so oft war es ihr auch jetzt unmöglich, irgendeine Reaktion zu erkennen.

Und genausowenig wußte sie, was James als nächstes tun würde. Im Verlauf ihrer »Ehe« hatte er sie oft genug geschlagen. Es hatte nicht viel gefehlt und er hätte sie an jenem letzten Tag vor so vielen Jahren umgebracht; erst viel später war ihr der Gedanke gekommen, daß er im Grunde ein Feigling war.

Und jetzt saß er wie eine Ratte in der Falle, und Ratten reagierten nicht rational. Ihr Hals brannte bereits an verschiedenen Stellen, und ihr Nachthemd war blutgetränkt. Die Klinge des Messers war sehr, sehr scharf, und sie erinnerte sich daran, daß er seine Waffe immer mit größter Sorgfalt gepflegt hatte.

Sie fragte sich, was die Mädchen in ihren Zimmern machten. Bis jetzt hatten sie sehr leise gesprochen. Wenn nur nicht ...

James wechselte das Standbein, ohne den Druck des Messers an ihrer Kehle zu verringern. Canton hatte sich immer noch nicht bewegt. James wandte sich erneut an ihn. »Schieben Sie die Pistole mit dem Fuß unters Bett«, befahl er, während er ein paar Schritte rückwärts ging und Cat zwang, sich mit ihm aufs Bett zu setzen.

Canton schob die Waffe etwas nach vorne, doch nicht weit genug, als daß James sie hätte erreichen können. Cat hörte, wie ihr Peiniger wütend knurrte. Ihr wurde leicht schwindlig. Sie spürte, daß James seinen Griff etwas lockerte, aber die Erleichterung hielt nicht lange an. Er packte ihr Haar und zog ihren Kopf weiter zurück, so daß Canton ihren Hals und das Messer besser sah.

Und plötzlich wußte sie, daß James sich nach der Waffe bücken würde. Sie spürte, wie sich sein Körper anspannte. In der Sekunde würde er sie loslassen müssen. Zugleich jedoch wußte sie, daß Canton sie nicht gefährden würde, solange sie das Messer an der Kehle hatte. Also wäre es an ihr, etwas zu unternehmen.

Aber James überraschte sie erneut. »Du hebst die Pistole auf, Lizzie. Und sei bloß vorsichtig dabei.« Er preßte das Messer weiter an ihren Hals und zerrte ihren Kopf nach unten, bis sie an den Colt herankam.

»Faß das Ding am Lauf an«, befahl er. »Wir wollen doch nicht, daß es zu einem Unfall kommt, oder?«

Cat hob vorsichtig die Waffe auf. Er überraschte sie, aber schließlich hatte er schon immer ein gewisses Überlebenstalent besessen. Andernfalls wäre er schon lange tot.

»Und jetzt denke ich, daß unser Gast noch etwas über das Leben von Lizzie Jones erfahren sollte. Die Art, in der sie mir immer geholfen hat, beim Kartenspiel zu schummeln, oder wie sie hin und wieder meine Gegner unterhalten hat. Wissen Sie, sie hatte wirklich ein Talent dafür, die Leute abzulenken, so daß ihre Gedanken oft bei etwas ... Interessanterem ... waren als einem einfachen Pokerspiel.«

Nie zuvor hatte Cat ihn so gehaßt wie in diesem Moment. Er zerstörte das einzig Gute, das sie jemals im Leben besessen hatte, indem er ihr jede Minute dieser entsetzlichen Jahre in Erinnerung rief, das Gefühl der Hoffnungslosigkeit und der Erniedrigung.

Er zog an ihrem Haar. »Erzähl es ihm selbst, Lizzie«, sagte James mit der leisen, drohenden Stimme, an die sie sich so gut erinnerte. Offensichtlich erinnerte auch er sich daran, wie sie vor Angst wie gelähmt gewesen war, denn er richtete seine Aufmerksamkeit auf sie. Wie damals gefiel es ihm auch jetzt, sie zu quälen. »Erzähl ihm, wie du herumgehurt hast. Oder tust du das jetzt für ihn?«

»Fahr zur Hölle«, sagte sie. »Wenn du mich umbringst, wird er dich umbringen.«

»Vielleicht ist es das wert, Lizzie Mädchen. Hast du eine Vorstellung von dem, was ich deinetwegen durchgemacht habe, von den Schmerzen, von der Erniedrigung?« Erneut preßte er das Messer an ihre Kehle, und sie spürte einen weiteren Schnitt.

»Ich wünschte nur, ich hätte dich damals wirklich umgebracht«, erwiderte sie trotzig.

»Ah, die kleine Laus beißt zurück.« Seine Hand zitterte leicht. Cat wußte nicht, ob er müde wurde, ob er wütend war oder ob er Angst hatte. Sie wußte, daß sein Überfall nicht so verlief, wie er es geplant hatte. Diese Erkenntnis gab ihr neuen Mut, und sie kämpfte verzweifelt gegen die aufkommende Taubheit und den Schwindel.

Und dann spürte sie erneut das Zittern ihres Gegners, und sie wußte, daß es Angst war. Er wußte nicht mehr weiter. Dieses Wissen gab ihr Kraft.

Sie legte den Kopf leicht schief und spürte einen neuen Schnitt. Canton hatte sich immer noch nicht bewegt. Es war zu dunkel, als daß James Cantons Augen sehen konnte, so daß er nicht wußte, was in ihm vorging. Aber sie wußte es. Es gefiel Canton nicht, wenn er nicht alles unter Kontrolle hatte. Er wartete auf seine Chance, aber er würde geduldig warten, bis der richtige Zeitpunkt kam.

Cat mußte dafür sorgen, daß dieser Zeitpunkt kam. Nicht mehr lange, und James' Hand würde ausrutschen, wenn er ihr nicht absichtlich den Hals durchschnitt. Außerdem mußte sie verhindern, daß er die Waffe in die Hand bekam, da er sonst vielleicht auch Canton töten würde. Sie tat, als würde sie in Ohnmacht fallen, und ließ sich gegen ihren Peiniger sinken. Als dieser instinktiv zurückwich, machte Canton einen Satz in seine Richtung. Das Messer stach Cat in die Schulter, aber sie entwand sich James und glitt zur Seite, als Canton auf sein Opfer prallte. Die beiden Männer fielen zu Boden, und Cat wußte, daß sie beide verzweifelt versuchten, die Waffe in die Hand zu bekommen.

Canton war viel stärker, aber James hatte die Pistole eher erreicht, und sie sah, daß er versuchte, auf den anderen zu zielen. Canton war jedoch schnell genug, den Lauf der Waffe herumzudrehen, und Cat hörte den betäubenden Knall eines Schusses.

Der Schmerzensschrei, der folgte, stammte von James. Dann herrschte tödliche Stille. Canton verharrte einen Augenblick reglos auf dem Boden, ehe er sich müde erhob, zum Tisch hinüberging, die Öllampe anzündete und zu Cat hinüberging.

Während er die Wunde an ihrer Schulter untersuchte, klopfte es plötzlich heftig an der Tür, und Wilhelminas Stimme drang herein. »Miss Cat?«

»Sag ihnen, daß sie reinkommen sollen«, flüsterte sie. Sie wollte jetzt nicht mit ihm allein sein. Sie wollte, daß dieser Alptraum vorüberging. Ein für alle Male. Einschließlich all der Worte, die gefallen waren.

»Ist alles in Ordnung?«

O nein. Nie wieder würde alles in Ordnung sein. Sämtliche Lügen waren jetzt aufgedeckt. Die Welt, die sie sich geschaffen hatte, war auf Sand gebaut, und jetzt war eine Welle darüber hinweggefegt und hatte all die herrlichen Türme, Schutzwälle und Bollwerke eingerissen. Cat fühlte sich vollkommen nackt und schutzlos.

»Ja«, sagte sie mit dumpfer Stimme, doch in diesem Augenblick wurde bereits die Tür aufgerissen, und die Mädchen starrten erst Canton und den blutbedeckten Mann auf dem Boden an und dann Cat, die ebenfalls ziemlich mitgenommen wirkte.

Es war offensichtlich, daß sie nicht genau wußten, was sie tun sollten. Sie alle hatten irgendwelche Waffen in den Händen, einschließlich eines Gewehrs und eines Knüppels, den Wilhelmina drohend schwang.

Cat zwang sich, etwas zu sagen. »Es ist alles in Ordnung. Er ... Mr. Canton ... hat einen Einbrecher erschossen.«

Entsetzt blickten die Mädchen auf die Schnittwunden an Catalinas Hals und auf ihr blutverschmiertes Nachthemd. »Miss Catalina«, sagte eine von ihnen. »Sie sehen ...«

»... so aus, als würden Sie einen Arzt brauchen«, beendete Canton den Satz. Nein, nicht Canton – Marsh, wie Cat sich leicht benommen erinnerte, während neue Wogen des Schwindels über ihr zusammenschlugen. Aber der Gedanke war ebenfalls schmerzlich. Sie mußte weiterhin an ihn als Canton denken. Das war weniger persönlich. Weniger schmerzlich. Wenn es überhaupt jemals weniger schmerzlich sein konnte, an ihn zu denken.

»Ich gehe schon«, sagte eins der Mädchen, während sich die anderen um Cat drängten und Canton mehr oder weniger beiseite schoben.

Cat blickte zu ihm auf und versuchte, seine Gedanken zu lesen, etwas, was noch nie besonders einfach gewesen war. Und jetzt lag sein Gesicht im Dunkeln, und seine Haltung war starr. Sie sah zu Boden und entdeckte den leblosen Körper, von dem das Blut auf den Teppich floß. James' Gesicht wirkte alt, aber seine Augen schienen sie vorwurfsvoll anzusehen.

Sie spürte, daß Wilhelmina vorsichtig und liebevoll ein Handtuch auf ihre Wunden legte, aber alles, was sie wollte, war Cantons Berührung. Cantons Wärme. Cantons Sicherheit. Aber all das hatte er jemand anderem gegeben, der Person, für die er sie gehalten hatte.

Und jetzt wußte er fast alles. Sie schloß die Augen und wünschte sich weit fort von allem.

Wilhelmina schob sich zwischen sie und Canton, als wolle sie sie vor ihm abschirmen, und starrte den Besucher an, als sei alles seine Schuld. »Können Sie das da«, sie blickte auf die Leiche, »aus dem Zimmer schaffen?«

Cat versuchte verzweifelt nachzudenken. Alles war so schnell gegangen, und sie fühlte sich schwindlig und schwach. Ihre Schulter und die zahlreichen Schnittwunden an ihrem Hals taten weh und – schlimmer noch – sie fühlte sich schmutzig und bloßgestellt. James hatte ihr erneut dieses Gefühl gegeben, und jetzt lag er zum zweiten Mal leblos vor ihren Füßen. Dieses Mal war er wirklich tot. Sie wußte nicht, ob sie sich darüber freuen sollte. Ihre Hand zitterte in der von Wilhelmina. »Die Polizei …«

Wilhelmina verzog das Gesicht. »Lassen Sie ihr wenigstens etwas Ruhe«, sagte sie zu Marsh, der immer noch neben ihr stand. Der sie beobachtete. »Sie muß sich umziehen …«

Wenn Cat nicht so elend zumute gewesen wäre, hätte sie wahrscheinlich amüsiert gelächelt. Normalerweise war Wilhelmina nicht so durchsetzungsfreudig, besonders nicht gegenüber Menschen wie Canton. Es war ein Zeichen echter Besorgnis, die Cat nicht erwartet hätte. Vielleicht hätte sie sie erwartet, wenn sie sich gestattet hätte, dem Mädchen etwas näherzukommen. Aber sie hatte sich niemals erlaubt, einem anderen Menschen nahezukommen, bis sie Molly getroffen hatte … und Canton.

Wieder wanderte ihr Blick zu dem Mann, der schweigend neben ihr stand. Sein Gesicht zuckte unmerklich, als er Wilhelminas Befehl zögernd folgte. Er nickte.

Er wandte sich zur Tür, drehte sich noch einmal um und kam zu ihr zurück. Die Mädchen wichen vor ihm zurück, als sei er Moses, der das Meer teilte. Er ergriff ihr Kinn, beugte sich zu ihr hinab und küßte sie sanft. »Meine tapfere Cat«, flüsterte er. »Ich werde draußen warten.«

Cat war verblüfft. Sie schluckte, da sie nicht wußte, was sie sagen sollte. Es gab so vieles, was sie hätte sagen sollen, zuallererst einmal »danke«. Aber die Worte blieben ihr im Hals stecken, und sie war nicht in der Lage, die Gefühle, die in ihr aufwallten, zu unterdrücken. Sie konnte ihn nur anstarren und sich darüber wundern, daß er James' Worte einfach akzeptierte. Es sei denn, er hätte sie nicht geglaubt.

Widerwillig ließ er von ihr ab und verließ den Raum. Die Mädchen starrten ihm verwundert hinterher, und Wilhelmina schüttelte den Kopf, ehe sie sich entschlossen erhob. »Wie wär's mit einem frischen Nachthemd?«

Cat wollte sich umziehen, wollte wieder das Gefühl bekommen, alles unter Kontrolle zu haben, aber sie konnte es einfach nicht. Ihre Schulter schmerzte zu sehr. Der Schmerz war tief und stechend, nun, da er nicht mehr durch die Geschehnisse verdrängt wurde. »In der zweiten Schublade«, sagte sie.

Sie versuchte sich aufzurichten, aber es ging nicht, und sie lehnte sich erneut zurück. Sie wünschte sich, sie könnten James' Leiche aus dem Zimmer entfernen, damit diese verdammten Augen sie nicht mehr verfolgten. Was bedeutete es wohl für Canton, daß er erneut jemanden erschossen hatte? Vor allem, nachdem schon das Mal zuvor nicht geplant gewesen war?

Sie wünschte sich, sie könnte ihre Gedanken einfach abstellen, aber das war unmöglich. In ihrem Kopf drehte es sich, und sie begann, alles doppelt zu sehen. Dann wurde das Licht schwächer, und sie klammerte sich an die Bettkante. Sie begann zu fallen.

* * *

Cat wurde durch den ätzenden Geruch von Riechsalz geweckt.

Ihr tat alles weh.

Dr. MacLaren, der ein paar Tage zuvor Molly behandelt hatte, beugte sich über sie.

»Miss Hilliard«, sagte er mit lauter Stimme. »Hören Sie mich?«

Sie nickte.

»Gut.«

Er hielt zwei Finger in die Höhe. »Wie viele Finger sehen Sie?«

»Zwei«, sagte sie, während sie sich suchend in ihrem Zimmer umsah. Marsh Canton war nicht da. Ebensowenig wie James Cahoons Leiche. Statt dessen sah sie sich einem Polizisten gegenüber. Und Wilhelmina, die die anderen Mädchen hinausgeschickt hatte, aber selbst geblieben war.

Sie versuchte sich aufzurichten, aber ihr wurde schwindlig. »Sie müssen sich eine Weile schonen, Miss Hilliard«, sagte der Arzt. »Sie haben eine Menge Blut verloren.«

Der Polizist trat an ihr Bett. »Können Sie mir vielleicht erklären, was vorgefallen ist?«

»Ein ... Einbrecher. Er wollte die Tageseinnahmen. Und mehr«, sagte sie und erschauderte. »Mr. Canton hat offenbar etwas bemerkt, also ist er herübergekommen, um nach dem Rechten zu sehen. Er ... der Einbrecher ... hatte ein Messer. Wenn Mr. Canton nicht gewesen wäre, hätte er mir die Kehle durchgeschnitten.«

Der Polizeibeamte nickte. »Das ist so ziemlich dasselbe wie das, was er uns erzählt hat. Dieser Canton scheint ein vielbeschäftigter Mann zu sein.«

»Ich verdanke ihm mein Leben.«

»Nun, ich nehme an, wir können ihn gehen lassen.« Irgendwie schien er jedoch zu zögern. »Wir mußten erst überprüfen, ob er uns die Wahrheit gesagt hat. Zwei Tote in weniger als einem Monat.« Er schüttelte den Kopf. »Mitten ins Herz, genau wie der andere Kerl.« Wieder zögerte er. »Sie wissen nicht zufällig, wie der Einbrecher hieß, oder?«

Cat schüttelte den Kopf. »Er war gestern abend schon einmal im *Silver Slipper.* Das ist alles, was ich weiß.«

»Er hatte ein Papier in der Tasche, auf dem der Name James Cahoon stand.« Cat erstarrte. Sie weigerte sich, daran zu denken, daß möglicherweise auch ihr Name irgendwo gestanden haben könnte oder daß es irgendeinen anderen Hinweis auf eine Verbindung zwischen ihr und dem Kerl geben könnte.

Sie starrte den Polizisten verständnislos an, und er nickte. »Das ist dann alles. Vielleicht habe ich später noch ein paar Fragen.«

»Danke.« Sie bedachte ihn mit einem Blick, von dem sie hoffte, daß er zugleich mitleiderregend und dankbar war. Sie haßte sich dafür, aber sie wollte keine Fragen mehr beantworten.

»Dann überlasse ich Sie jetzt dem Doktor«, sagte er leicht verlegen und ging.

»Ich werde ein paar der Wunden nähen müssen«, sagte der Arzt, ohne den Polizeibeamten auch nur eines Blickes zu würdigen. »Vor allem die in der Schulter.« Erst in diesem Augenblick merkte Cat, daß sie beinahe nackt war. Das saubere Nachthemd, das Wilhelmina ihr anscheinend angezogen hatte, war ihr von der Schulter gezogen worden, und sie fühlte dicke Watteverbände auf ihrer Schulter und ihrem Hals. Als sie sich zu bewegen versuchte, schlug eine Woge des Schmerzes über ihr zusammen.

»Wo ist Mr. Canton?«

»Er ist draußen und spricht mit einem Polizisten«, sagte der Arzt und stellte amüsiert fest: »Ich dachte, Sie beide könnten einander nicht ausstehen. Dabei verhält er sich eher wie ein besorgter Ehemann.« Er untersuchte vorsichtig die Verletzung an ihrer Schulter und fuhr fort: »Ich werde Ihnen etwas Chloroform geben, ehe ich diesen Schnitt nähe. Dann werden Sie ein paar Stunden schlafen, und das wird Ihnen guttun.«

Cat versuchte zu protestieren. Sie wollte Canton sehen, sich vergewissern, daß es ihm gutging, daß er nicht von der Polizei festgehalten wurde. Das Bedürfnis, ihn zu sehen, war übermächtig, doch zugleich fürchtete sie sich vor der Begegnung, vor dem, was sie in seinen Augen entdecken könnte, nun, da er Zeit gehabt hatte, über James' Worte nachzudenken.

Aber vor allem mußte sie wissen, daß er in Sicherheit war.

»Nicht ehe ich Mar – Mr. Canton gesehen habe …«, verlangte sie. Gerade noch rechtzeitig hatte sie »Marsh« unterdrücken können.

Der Arzt hörte die Entschlossenheit in ihrer Stimme. Er hatte sich bereits in der Vergangenheit wegen anderer Dinge mit ihr auseinandergesetzt, und nun schüttelte er ergeben den Kopf. »Also gut, aber nur ein paar Minuten. Wilhelmina und ich warten solange draußen.«

Cat schloß die Augen, als sie hörte, wie die beiden sich zurückzogen, die Tür öffneten und sie dann wieder schlossen.

Als sie die Augen wieder öffnete, stand er neben ihrem Bett. Wie immer sah er aus wie ein gefallener Engel, aber jetzt war sein Gesicht von dunklen Bartstoppeln bedeckt. Trotzdem war es immer noch das schönste Gesicht, das sie jemals gesehen hatte. Sie wollte es berühren, sich vergewissern, daß es aus echtem Fleisch und Blut war und nicht irgendein Traumgebilde.

Sie wollte so viele Dinge tun, ihm danken, ihn fragen, ob er Schwierigkeiten mit der Polizei gehabt hatte, ihn anfassen. Stattdessen blickte sie ihn an und platzte mit dem, was in ihrer Seele brannte, heraus. »Alles, was er gesagt hat, ist wahr.« Sie mußte einfach wissen, was er empfand. Sie mußte es jetzt wissen. Sie starrte ihn unverwandt an, obwohl sie ein leichtes Zittern in ihrer Stimme nicht unterdrücken konnte.

An seiner Schläfe pochte eine Ader, aber seine Miene veränderte sich nicht, und er berührte sanft ihre Hand. Schließlich sagte er leise: »Meine süße Cat, ich wünschte, ich könnte dir die Schmerzen abnehmen, *alle.*«

In diesem Augenblick spürte Cat die Tränen. Zum ersten Mal, seit sie sich an jenem Nachmittag geliebt hatten, weinte sie. Sie versuchte, die Tränen zurückzuhalten, doch das war unmöglich. Das lag am Blutverlust, sagte sie sich, aber das stimmte nicht. Es lag an seiner Zärtlichkeit, an seiner Fähigkeit, das Inakzeptable zu akzeptieren.

Die Tränen kullerten über ihre Wangen, und sie versuchte, sie wie ein kleines Kind mit dem Handrücken fortzuwischen. Doch das war unmöglich. Es waren einfach zu viele. Es waren all die Tränen, die sie ein Leben lang zurückgehalten hatte.

»Es ... es ... tut mir leid«, flüsterte sie mit gebrochener Stimme. Sie wollte nicht, daß er sie so sah, aber ... zugleich sehnte sie sich nach seiner Gegenwart, nach seiner ruhigen Stärke, danach, daß er sie nicht verurteilte, sondern sie einfach durch seine Nähe tröstete. Durch seine Nähe, die sie liebte.

Aber wie konnte er ihr all das geben? Sie hatte ihm nichts als Schwierigkeiten gemacht. Erst war er ihretwegen zusammengeschlagen worden, dann hatte er ihretwegen Molly gerettet. Und nun diese Geschichte. Sie verstand einfach nicht, weshalb er soviel für sie tat, aber sie konnte ihn nicht danach fragen, da ihre Stimme versagte.

Er zog ein Taschentuch hervor und tupfte sanft die Tränen fort. Seine Augen waren keine Spiegel mehr, sondern zeigten tiefen Schmerz.

»Marsh ...« Sie hörte, daß ihre Stimme zitterte, und merkte, daß er seinen Finger auf ihre Lippen legte.

»Nicht jetzt, Liebling.« Das gedehnte »Liebling« klang ganz anders als zuvor. Nicht mehr spöttisch, nicht mehr leidenschaftlich oder fragend, sondern zärtlich und liebevoll. »Wir werden uns später unterhalten. Der Doktor hat mir nur ein paar Minuten gegeben.«

»Wirst du ...?«

»Ich werde da sein«, sagte er ruhig, und sie wußte, daß er da sein würde.

Erschöpft, doch zugleich gestärkt durch ihre Liebe, nickte sie und schloß die Augen, als er ging, doch sein Bild blieb in ihrem Herzen.

Sie merkte kaum, daß der Arzt zurückkam und sie das eklig

süße Chloroform einatmete, bis sie in eine andere Welt hinüberglitt, die ihr zum ersten Mal im Leben wirklich sicher erschien.

Marsh wachte an ihrem Bett, während sie schlief. Der Arzt war bereits lange fort, und er hatte Wilhelmina mit einer Stimme, die keinen Widerspruch duldete, erklärt, daß er bei Cat bleiben würde.

Nie zuvor hatte er einen derartigen Schmerz in den Augen eines Menschen gesehen wie den, den Cat bei Cahoons Worten gezeigt hatte. *Ich habe sie in einem Bordell aufgelesen, sie und ihre Mutter. Lizzie war keine fünfzehn Jahre alt und so gut wie jede andere.*

Fünfzehn. Ein Kind. Er erinnerte sich an seine Schwester in diesem Alter. An ihre süße Stimme. An ihr sanftes Wesen. Ein Kind, das immer noch gerne durchs nasse Gras gelaufen war und sich an Sonnenuntergängen erfreut hatte. Sie war es gewesen, die ihm die Schönheit eines Sonnenuntergangs gezeigt hatte. Er empfand schmerzliche Trauer beim Gedanken an sie beide, an Cat, die anscheinend nie ein Kind gewesen war, und an seine Schwester Melissa, die nie eine Erwachsene gewesen war.

Immer wieder hörte er James' Worte. *Sie und ihre Mutter.* Himmel, was für eine Chance hatte sie jemals gehabt? *Ein dummes kleines Ding. Konnte noch nicht mal lesen oder schreiben.* Was für eine Kraft mußte sie gehabt haben, um das zu werden, was sie heute war! Offenbar hatte sie lesen und schreiben gelernt, einen erfolgreichen Saloon aufgebaut und eine ganze Stadt allein durch ihre Persönlichkeit verzaubert.

Sie war an ihrer persönlichen Tragödie gewachsen. Marsh wußte, er hatte genau das Gegenteil getan, hatte seinen Zorn und seine Trauer benutzt, um zu zerstören. Von ihnen beiden war Cat die Stärkere, die Bessere.

Und dennoch hatte sie Angst gehabt, er könnte sich von ihr abwenden. Sie sollte diejenige sein, die sich von ihm abwandte, wenn sie auch nur einen Funken Verstand besaß.

Er erinnerte sich an die Worte, die er ihr achtlos entgegengeschleudert hatte, als sie sich das erste Mal geliebt hatten. *Ich be-*

zahle immer für Dienste, die man mir erweist. Himmel, genausogut hätte er ihr ins Gesicht schlagen können oder Schlimmeres.

Und der Kerl, der behauptet hatte, ihr Ehemann zu sein? Der sie offenbar auf die grausamste aller Arten mißbraucht hatte? Er hatte es verdient zu sterben. Aber die häßliche Befriedigung, die er empfunden hatte, als er die Mörder seiner Mutter und seiner Schwester getötet hatte, wollte sich nicht einstellen. Er war es so verdammt leid zu töten, im Angesicht des Todes zu leben.

Er beobachtete Cats friedliches Gesicht und fragte sich, ob er jemals seine Vergangenheit würde hinter sich lassen können. Oder ob sie ihn sein Leben lang verfolgen würde. Sie schien sich einfach nicht abschütteln zu lassen, egal, wohin er ging.

Marsh wußte nicht, wie lange er an Cats Bett gesessen hatte, bis sie sich rührte. Sie wimmerte leise, und er wußte, daß sie Schmerzen haben mußte unter den dicken Verbänden an Schulter und Hals.

Sie öffnete leicht die Augen, und Verzweiflung blitzte darin auf, ehe sie ihn entdeckte und sich entspannte. Dieses Zeichen von Vertrauen freute ihn. Er nahm ihre Hand. »Bleib ruhig liegen.«

»Du bist immer noch hier«, stellte sie verwundert fest.

Er nickte. Am liebsten hätte er gesagt, daß er immer bei ihr bleiben würde, aber er war sich nicht sicher, daß das möglich war.

»Du siehst aus wie ein Räuber«, sagte sie, um etwas abzulenken.

Er fuhr sich mit der Hand durchs Gesicht und spürte die Bartstoppeln. Er hatte vollkommen vergessen sich zu rasieren. Er hatte in den letzten Stunden vieles vergessen. »Ich war schon Schlimmeres, Liebling.«

Spontan legte sie ihre Finger auf seine Hand, und erneut wallte Freude in ihm auf. Er hielt sie fest.

»Erzähl mir davon.«

»Willst du es wirklich wissen?« fragte er.

»Ich weiß, daß du ein Killer warst«, war die einfache Antwort.

»Und ich war nicht nur das. Ich war auch Richter, Geschworener und Henker eines unschuldigen Mannes«, sagte er mit tonloser Stimme, ehe er ihr die ganze Geschichte erzählte.

Cat blickte ihn mitfühlend an, hob seine Hand an ihren Mund und küßte sie.

»Ich wünschte«, sagte sie mit denselben Worten, die er nur wenige Stunden zuvor gesagt hatte, »ich könnte dir die Schmerzen nehmen, *alle.*«

KAPITEL 23

Cat erholte sich innerhalb kürzester Zeit. Vielleicht, so dachte sie, förderte das Glück den Heilungsprozeß. Denn zum ersten Mal in ihrem Leben war sie wirklich glücklich. Lächerlich glücklich. Unbeschreiblich glücklich.

Sie merkte, daß sie bereits am frühen Morgen summte. Daß sie ohne ersichtlichen Grund lächelte.

Marsh Canton verbrachte fast den gesamten ersten Tag mit ihr, brachte ihr das Essen ans Bett, was nie zuvor jemand für sie getan hatte, und sprach mit ihr auf eine Weise, die auch für ihn neu sein mußte. Er sprach über seine Plantage, seine Familie. Er sprach ohne jeden Vorbehalt, manchmal schmerzerfüllt, doch zugleich voller Zuneigung und Wärme. Sie nahm an, daß er ebenfalls eine Art Heilungsprozeß durchmachte.

Ihre einzige Sorge galt Molly und den ausführlichen Zeitungsberichten über die jüngste Schießerei im *Silver Slipper.*

»Wir sind inzwischen berühmt-berüchtigt«, sagte sie zu Marsh nach der Lektüre eines Artikels, den Teddy ihr gegeben hatte. Sein Blick wurde undurchdringlich, und sie wünschte sich, sie hätte nichts gesagt. Irgend etwas quälte ihn, und auch wenn sie bereits weit gekommen waren, gab es doch immer noch ein paar Barrieren zwischen ihnen.

»Liebling, ich habe es verdammt satt, berühmt-berüchtigt zu sein.«

Sie zögerte. »Hat es irgendwas mit dem Buch zu tun?«

»Die Geschichte war erstunken und erlogen. Ich habe mich nie mit Lobo duelliert. In der Tat –« Plötzlich hielt er inne. Dieses

Geheimnis durfte er nicht lüften, »– war das Ganze reine Erfindung.«

»Es gibt also keinen Lobo?«

»O doch, es hat schon einen Lobo gegeben. Wir haben nur nie gegeneinander gekämpft. Wir sind uns ... ein paarmal über den Weg gelaufen.«

»Aber warum ...«

»Das verdammte Buch hat mir jeden Möchtegern-Revolverhelden, der darauf aus ist, sich einen Namen zu machen, auf den Hals gehetzt«, sagte Marsh. »Ich war gezwungen, Jungen zu töten, die kaum älter als zwanzig waren, nur, um am Leben zu bleiben.« Er schüttelte den Kopf. »Das ist einer der Gründe, weshalb ich das *Glory Hole* haben wollte. Ich dachte, San Francisco sei weit genug weg, so daß sich meine Spur hier verlieren würde.«

»Aber die Geschichten in den Zeitungen ...«

»Wenigstens wissen sie nicht, wer ich bin. Vielleicht bringt ja niemand Taylor Canton mit Marsh Canton in Verbindung.« Aber er klang alles andere als überzeugt. In den Zeitungsartikeln wurde besonders hervorgehoben, daß er beide Male die Angreifer mitten ins Herz getroffen hatte.

Und neben der Sorge um Marsh war da noch die Sorge um Molly. Booth Templeton, der Detektiv, den Cat angeheuert hatte, hatte einen Bericht geschickt. Er ließ das Haus von Mollys Vater rund um die Uhr überwachen, und außerdem hatte er persönlich jeden befragt, der irgendwann einmal Ärger mit Mollys Vater gehabt hatte oder von dem Molly gesagt hatte, daß er ihr hatte helfen wollen. Darüber hinaus versuchte er, den Verlobten des verschwundenen Hausmädchens zu finden.

Molly selbst ging es im Augenblick gut. Das hatte Teddy gesagt, als er gemeinsam mit Hugh zu Marsh Canton gegangen war, um ihm zu erklären, daß er seinen Cousin ursprünglich als Spion zu ihm geschickt hatte. Hugh hatte von sich aus angeboten zu kündigen, aber Marsh hatte offensichtlich beschlossen, Teddys Erklärung Glauben zu schenken, daß Hugh sich nach ein paar Wochen geweigert hatte, seinen Arbeitgeber und das *Glory Hole* weiter auszuspionieren. Außerdem standen sie inzwischen sowieso alle auf derselben Seite, auch wenn es hin und wieder noch leichte Spannungen gab. Es hatte einfach am Anfang zuviel Bitterkeit gegeben, als daß jetzt plötzlich alles hätte eitel Sonnenschein sein können.

Doch abgesehen von diesen Sorgen hatte Cat das Gefühl, als lebe sie in einer neuen Welt voller Hoffnung, in der die Vergangenheit endlich Vergangenheit war.

Am zweiten Tag verließ sie das Bett, aber sie ging noch nicht hinunter. Ihr Arm steckte in einer Schlinge, und ihre Schulter war dick verbunden. Wenn sie eine plötzliche Bewegung machte, mußte sie dafür heftige Schmerzen in Kauf nehmen, aber nichts konnte ihren neugewonnenen Frohsinn trüben.

Da sie nicht in den Saloon gehen wollte, solange ihre Blessuren so offen zu sehen waren, unternahm Marsh jeden Nachmittag eine lange Spazierfahrt mit ihr. Sie beobachteten mehr als einen Sonnenuntergang von dem Hügel aus, auf dem sie auch den ersten gemeinsamen Sonnenuntergang erlebt hatten.

Beim ersten Mal hatte Marsh ihr nicht erzählt, wohin sie fahren würden. Er hatte einen Picknickkorb mitgenommen und dem Kutscher das Ziel mit so leiser Stimme genannt, daß Cat ihn nicht verstand.

Immer noch brachen bei jeder ihrer Begegnungen Blitz und Donner los. So würde es immer zwischen ihnen sein, aber Cat spürte, daß die Spannung jetzt nicht mehr auf Ärger beruhte. Es war vielmehr ein belebender, erfrischender Sturm wie jene, die Cat gerne beobachtete, wenn sie selbst sicher und geborgen in einer warmen Stube saß. Und jetzt fühlte sie sich sicher und geborgen, jede Spur von Angst oder Furcht war verschwunden.

Dieses Mal bat Marsh den Kutscher, sie alleine zu lassen und sie in drei Stunden wieder abzuholen. Außer ihnen war keine Menschenseele auf dem Hügel, und die Sonne würde in Kürze untergehen.

Marsh strahlte eine neue Ruhe aus, obgleich seine alte Vorsicht immer noch nicht völlig gewichen war. Cat nahm an, daß er sie niemals ganz ablegen würde, ebenso wie sie die Alpträume niemals loswerden würde. Sie liebte es, ihn lächeln zu sehen, dieses langsame, echte Lächeln, das ihr zwar immer noch nicht all seine Gefühle verriet, das aber so viel offener war als zuvor. Es enthielt ein Versprechen.

Auch sie lächelte. Vor allem, weil es ihr so großes Vergnügen bereitete, ihn anzusehen. Und ihn zu berühren. Bereits während der Kutschfahrt hatten sie nicht die Hände voneinander lassen können, obgleich er sehr vorsichtig war, um ihre Schulter in keinster Weise zu reizen. Auch ihr Hals war immer noch verbunden. Er hatte ihre Hände gehalten, die sie im Schoß ihres blauen Rockes gefaltet hatte, und sein Bein fest gegen das ihre gepreßt.

Cat hatte eine der Melodien gesummt, die sie ihn hatte spielen hören.

Auf seinen fragenden Blick hin hatte sie es ihm erklärt. »Ich habe immer zugehört, wenn du Klavier gespielt hast.«

Er hatte sie überrascht angesehen, als sei ihm niemals auch nur der Gedanke gekommen, daß irgend jemand ihn hätte hören können.

»Und ich habe mich gefragt, wie ein solcher Schurke dazu kommt, so wunderbare Musik zu machen. Aber jetzt weiß ich es.«

»Was weißt du, Liebling?« Er war wirklich neugierig gewesen.

»Daß sich unter der Maske des gefallenen Engels ein gutes Herz verbirgt.«

Er hatte das Gesicht verzogen. »Gefallener Engel?«

»Ich habe an dich immer als Luzifer gedacht ... den gefallenen Engel.«

»Und jetzt?«

»Nicht ganz so gefallen.«

»Nur etwas?« hatte er gestichelt.

»Ich will schließlich nicht all meine Illusionen aufgeben.« Nie zuvor hatte sie derart neckisch mit jemandem herumgeplänkelt, und es hatte sie überrascht, daß sie ein solches Vergnügen dabei empfand. Vielleicht gehörte es einfach dazu, wenn man verliebt war. Und das war sie. Sie wußte es mit jeder Faser ihres Herzens.

»Gefallener Engel«, hatte er nachdenklich gesagt. »Ich glaube nicht, daß ich jemals ein Engel war.«

»Ich auch nicht«, hatte sie zugegeben.

Er hob die Hand an ihr Kinn, so daß sie ihn ansah. Eine inzwischen vertraute Geste. »Das bezweifle ich«, hatte er erklärt, und Cat hatte eine so schmerzliche Freude bei diesen Worten verspürt, daß sie sich hatte abwenden müssen.

Am Ziel angekommen, breitete Marsh die Decke auf dem Boden aus und verteilte den Inhalt des Picknickkorbs darauf. Brathühnchen, Käse, frisches Brot, Obst. Und eine Flasche teuren Champagner.

»Für den Sonnenuntergang.«

Sie wünschte sich, dieser Augenblick würde niemals enden. »Ich habe noch nie ein Picknick gemacht.«

Er zögerte, und in seinen Augen blitzte Wehmut auf.

»Wenn du willst, machen wir jede Woche eins. Um dich für das, was dir bisher entgangen ist, zu entschädigen.«

»Ich glaube«, sagte sie nachdenklich, »es ist mir lieber, wenn wir es nur bei besonderen Anlässen machen, damit es immer etwas ... Außergewöhnliches bleibt.«

Marsh beugte sich über die Champagnerflasche, um sie zu öffnen, wobei er das Gesicht leicht von ihr abwandte. Er wollte, daß jeder Tag etwas Besonderes für sie war. Bisher schien sie nicht viele »besondere Tage« erlebt zu haben. Und jetzt, da er hinter die Fassade blickte und das Kind entdeckte, das sie niemals gewesen war und das ihn jetzt mit einem schüchternen und zugleich glücklichen Lächeln ansah, verspürte er eine schmerzliche Zärtlichkeit, die sein Innerstes zu zerreißen drohte. Am liebsten hätte er ihr seine frühere Welt zu Füßen gelegt, die, die voller Sicherheit und Liebe gewesen war; er wollte sie für sie beide.

Es ist noch nicht zu spät.

Sie nagten an dem Hühnchen, und Marsh fütterte sie mit Brot und Käse, aber sie waren viel mehr aneinander interessiert als an dem Essen.

Die Sonne versank langsam über dem Meer, wurde zu einem riesigen Feuerball, der über dem friedlichen Ozean hing. Der dunkelblaue Himmel war bereits mit pastellfarbenen Klecksen übersät, von zartem Rosa bis hin zu dramatischem, gewaltigem Violett.

Marsh reichte ihr ein Glas Champagner und beobachtete, wie sie es nahm und daran nippte. Ihre Hand zitterte leicht, aber das tat seine auch. Er sah zu, wie sie sich genießerisch mit der Zunge über die Lippen fuhr. Es war eine unglaublich sinnliche Geste, und am liebsten hätte er sie erneut geküßt, aber er wußte, daß das leicht, fast sicher, zu etwas anderem führen könnte. Und er wollte ihrer Schulter nicht weh tun; er wußte aus Erfahrung, wie roh und empfindlich das Fleisch um die Wunde sein mußte, und er wünschte sich, er wäre derjenige gewesen, der das Messer abbekommen hatte.

Er nippte an seinem eigenen Glas und hatte das Gefühl, als habe ihm nie zuvor etwas so gut geschmeckt. Er sah auf sie herab, und ihre Blicke ruhten in stummem Einverständnis aufeinander.

Als er die Intensität ihres Blickes nicht mehr ertrug, rückte er näher an sie heran und legte vorsichtig einen Arm um ihre Taille. »Sie sind einfach wunderschön, Miss Cat.«

Das Zittern ihrer Hände wurde noch stärker, und es gelang ihr nur mit Mühe, das Glas nicht fallen zu lassen. Seine Nähe hatte sie schon immer verwirrt, aber jetzt war sie beinahe unerträglich. Sie wußte nicht, wie sie es aushalten sollte, ihm so nahe zu sein, so viel von ihm zu wollen.

Verlegen nippte sie erneut an ihrem Champagner und genoß die Wärme, die von seinem Körper ausging, den Trost, den seine Gegenwart spendete. Der Horizont war jetzt in leuchtende Farben getaucht. Der Himmel wurde von strahlenden goldenen Fäden durchzogen, die sich mit zinnoberroten Farbtönen mischten, und dann schien der Himmel für sie beide allein zu explodieren, als die Sonne im Meer versank und die schimmernden Farben mit sich zog.

»Meine Schwester hat mir gezeigt, wie herrlich Sonnenuntergänge sind«, flüsterte er ihr ins Ohr. »Sie wurde immer wütend, wenn ich einen Sonnenuntergang nicht entsprechend zu würdigen wußte. Und dann, nach ihrem Tod, konnte ich keinen Sonnenuntergang mehr beobachten, ohne an sie zu denken.«

»Und jetzt?«

»Denke ich immer noch an sie«, sagte er mit einer Wehmut im Blick, die seine Gefühle offenbarte. »Aber jetzt kann ich an die glücklichen Zeiten denken, die wir miteinander hatten. Sie hatte eine süße Stimme. Ich habe sie oft auf dem Klavier begleitet.«

»Wo hast du gelernt, so zu spielen?«

»Ich kann es einfach«, sagte er. »Meine Mutter konnte sehr gut spielen, und sie hat mir die klassischen Stücke beigebracht, als ich ein Junge war, aber ich konnte schon immer einfach nach dem Gehör spielen. Ich hatte seit Jahren kein Klavier mehr angerührt, ehe ich ins *Glory Hole* kam, aber dann kam alles zurück. Wie eine alte Wunde, die einfach wieder aufbrach.«

»Ich glaube nicht, daß es eine alte Wunde war«, sagte sie. »Es war etwas Schönes, etwas Wertvolles.«

Er beugte sich vor und küßte ihr Ohr. »Ich liebe dich, Cat.« Er hatte nicht gedacht, daß er diese Worte jemals zu einem Menschen sagen würde, aber jetzt platzten sie einfach aus ihm heraus, vollkommen ungeplant.

Trotz der hereinbrechenden Dunkelheit erkannte er, daß sich ein Schatten auf ihr Gesicht legte, daß ihre grünen Augen etwas Glanz verloren.

»Du mußt wissen …«

»Ich weiß alles, was ich wissen will.«

»Nein«, sagte sie und legte einen Finger auf seine Lippen. »Hör mir erst zu. Ich werde mich niemals sicher fühlen, ehe du nicht alles weißt.«

Er wußte, was sie meinte. Sie vertraute ihm noch nicht genug, um sicher zu sein, daß er alles akzeptieren würde, was sie ihm zu sagen hatte. Sie konnte ihm erst vollkommen vertrauen, wenn sie diese letzte Gewißheit hatte. Der Gedanke war schmerzlich, aber er verstand sie. Wie lange hatte er selbst sein dunkles Geheimnis mit sich herumgetragen und zugelassen, daß es immer weiter gärte, um ihn eines Tages zu zerstören?

»Ich bin in einem Bordell geboren«, sagte sie mit tonloser Stimme, und dann erzählte sie ihm *ihre* Geschichte mit *ihren* Worten. Schließlich kam sie zu Ben Abbott.

»Ben war wegen des Goldrausches in den Westen gekommen, weil er dachte, das Klima wäre gut für seine schwache Lunge. Aber bei seiner schlechten Verfassung konnte er nicht schürfen, also hat er einen Saloon eröffnet. Er hatte die Universität von Harvard besucht und im Osten selbst unterrichtet. Er war der freundlichste Mensch, der mir jemals begegnet ist.

Ich habe ihm lange Zeit nicht vertraut, aber er … kam dahinter, daß ich nicht lesen und nicht schreiben konnte, obwohl ich das immer recht gut zu verbergen wußte. Ich kannte mich mit Karten aus, wegen James, und alle Welt nahm immer an, daß ich auch die anderen Dinge beherrschte.« Sie zögerte. »Er hat mich dazu bewegt zu lernen. Er sagte, ich sei wie ein Schwamm, und das stimmte. Als ich erst einmal angefangen hatte zu lernen, wollte ich immer mehr wissen, und ihm machte es Spaß, mir etwas beizubringen. Lernen … Bücher … diese Dinge wurden der Schlüssel zur Freiheit für mich, sie gaben mir die Möglichkeit, etwas anderes zu machen, als in einem Saloon zu bedienen. Aber seine Lunge war wirklich schwach, und sein Gesundheitszustand wurde immer schlechter. Also fing ich an, den *Silver Slipper* für ihn zu leiten.

Ich war seit sechs Jahren bei ihm, als er wirklich krank wurde. Ich habe den Saloon gemanagt und versucht, ihn zu pflegen.« Ihre Stimme brach. »Er sagte, er wolle mir alles vererben. Und deswegen wolle er mich heiraten, weil er Geschwister an der Ostküste habe, die versuchen könnten, sein Testament anzufechten. Zuerst habe ich mich geweigert; es war, als würde ich dadurch zugeben, daß er sterben würde, aber er bestand darauf. Er starb sieben Monate nach der Hochzeit.« Sie biß sich auf die Lippe und blickte Marsh an. »Er war der erste gute Mensch, der mir jemals begegnet ist, und selbst diese Beziehung hat James nun in den Dreck gezogen. Ich nehme an, was ich getan habe, war Bigamie.«

Marsh streichelte ihren Arm. »Du wußtest doch nicht …«

»Daß ich keine Mörderin war, obwohl ich auf einen Mann eingestochen und ihn dann sterbend zurückgelassen habe«, sagte sie mit trauriger Stimme.

Marsh wechselte das Thema. »Wie bist du nach San Francisco gekommen?«

»Ich wußte, daß die Silbermine bald erschöpft sein würde, und die Stadt war ziemlich klein. Ich wollte neu anfangen, irgendwo, wo mich niemand kannte. Ich wußte, wie man einen Saloon betreibt, und ich hatte schon immer das Meer sehen wollen. Alle erzählten, daß San Francisco eine lebendige, aufstrebende Stadt sei, in der Geld wichtiger war als der familiäre Hintergrund.«

»Und so entstand die Eiskönigin«, sagte Marsh.

Sie zuckte mit den Schultern. »Ich habe ... eine verlorene Liebe erfunden. Das war äußerst wirksam.« Ihre Blicke trafen sich. »Ich kann ziemlich gut lügen.«

»Du hast nur getan, was du tun mußtest«, sagte er sanft. »Es muß eine unglaubliche Kraft gekostet haben, das, was du durchgemacht hast, zu überleben, und dann auch noch derart erfolgreich zu sein.«

»Bist du dir sicher, Marsh? Bist du dir sicher, daß du mich nicht eines Tages ansehen wirst und Lizzie Jones vor dir siehst?«

»Ich sehe Lizzie Jones schon jetzt vor mir«, sagte er. »Und ich bewundere sie mehr, als ich je zuvor jemanden bewundert habe.« Er betete, daß sie ihm glauben würde.

Sie schwieg einen Augenblick, hinterfragte seine Worte, wägte sie ab, wie sie so vieles abwog. Er wünschte sich, es käme einmal der Augenblick, in dem sie das nicht mehr tun müßte.

»Da ist ... noch etwas«, sagte sie stockend.

Er wartete ab.

»Ich habe einmal ein Kind erwartet. Meine Mutter hat mich betäubt, und als ich wieder wach wurde, war das Kind nicht mehr da. Ich war lange krank, und danach bin ich nie wieder schwanger geworden. Ich glaube nicht, daß ich ... jemals Kinder haben kann.«

Der Schmerz in ihrer Stimme verriet ihm, daß sie das Kind hatte haben wollen. Er haßte diese Frau ohne Gesicht, die sich selbst Mutter genannt hatte.

Marsh nahm Cats Hand und betrachtete sie. Sie war so stark. Sie hatte so viel Liebe zu geben. Jetzt verstand er, weshalb sie sich solche Sorgen um Molly gemacht hatte. Sie hatte angefangen, einen Teil der Liebe freizusetzen, die nur darauf wartete, den Damm zu durchbrechen, der sie umgab. Er spürte, daß Zärtlichkeit in ihm aufwallte, und fragte sich einen Augenblick, ob es ihm vielleicht genauso ging. Ein verblüffender Gedanke. »Liebling«, sagte er vorsichtig. »Ich glaube, es gibt ziemlich viele Menschen, die dich brauchen, angefangen mit denen in Quinn Devereux' Projekt.« Er zögerte, doch dann fuhr er mit rauher Stimme fort. »Und ... ich brauche dich auch.«

Cat drückte seine Hand und entspannte sich leicht. Da wußte er, daß er genau die richtigen Worte gesagt hatte. Er nahm sie in die Arme und hörte ihr leises, glückliches Seufzen, als sie den Kopf an seine Brust legte. Er hörte sein eigenes Herz klopfen, langsam und gleichmäßig, voll der Zärtlichkeit, die er für sie empfand. Zärtlichkeit und Stolz. Auf diese Frau, die niemals aufgab, die einem Schicksal getrotzt hatte, an dem viele andere zerbrochen wären.

Er sah zum Himmel hinauf. Der Mond war bleich, leuchtend und durchsichtig. Hie und da blitzten ein paar Sterne, und am liebsten hätte er die Hand ausgestreckt und ihr einen heruntergeholt. Eine ganze Handvoll.

Statt dessen beschränkte er sich darauf, ihr neuen Champagner einzuschenken und das Glas festzuhalten, während sie daraus trank. Er verschüttete ein wenig und leckte es von ihrer Wange. Sie wurden von einem Gefühl warmer Vertrautheit eingehüllt, einer Art Zauber, der alles außer diesem Augenblick von ihnen fernhielt, außer dem, was sie aneinander entdeckten.

Sie verharrten vollkommen reglos, bis sie das Rattern der Kutsche vernahmen.

T. J. Simmons blätterte die Zeitungen in der *Denver Post* durch. Er hatte schon den ganzen Vormittag gesucht und war kurz davor aufzugeben. Seit drei Wochen tat er nichts anderes, als auswärtige Zeitungen zu durchforsten. Die Suche nach einem Hinweis auf Marsh Canton glich der Suche nach der berühmten Stecknadel im Heuhaufen.

Beim Kriegsministerium hatte er etwas mehr Erfolg gehabt. Er hatte die Akte eines Colonel Marsh T. Canton gefunden, der unter Mosby auf der Seite der Konföderierten gekämpft hatte. Diese Entdeckung beruhte auf einem glücklichen Zufall. Der Beamte, der ihn empfangen hatte, hatte ein besonderes Interesse an General Mosby und seinen Guerillakämpfern, und es hatte ihm Spaß gemacht, alles, was er über Colonel Canton wußte, zu erzählen. Simmons wußte nicht, ob alles stimmte, was er sagte, aber das war ihm vollkommen egal, denn es war hervorragender Stoff für ein Buch.

Noch zwei Zeitungen, und dann würde er essen gehen. Es durfte allerdings nicht viel kosten, denn sein Geld wurde langsam knapp. Die ganzen Telegramme waren schließlich teuer. Genau wie der Kerl, den er bei der *Denver Post* bestochen hatte, um die ganzen Zeitungen lesen zu können.

Die letzte Zeitung stammte aus San Francisco. Beinahe hätte er sie beiseite gelegt, ohne hineinzublicken. San Francisco war einfach zu weit weg. Sein Blick wanderte achtlos über die Titelseite, und beinahe hätte er die Überschrift übersehen.

Saloonbesitzer erschießt Einbrecher.

Simmons wußte nicht genau, weshalb er weiterlas, aber alles, was mit Gewalt zu tun hatte, erregte seine Aufmerksamkeit. Er fuhr mit der Lektüre fort, und plötzlich war er hellwach.

Zum zweiten Mal innerhalb weniger als einem Monat hat Taylor Canton, der Besitzer des Glory Hole, *einen Mann erschossen, der in eine Gewalttat in Zusammenhang mit dem benachbarten* Silver Slipper *verwickelt war.*

Der jüngste Zwischenfall ereignete sich gestern nacht im Wohntrakt des Silver Slipper, *dessen Besitzerin die uns allen bekannte Catalina Hilliard ist. Wie beim ersten Mal wurde der Eindringling durch einen Schuß ins Herz getötet.*

Vor vier Wochen hatte Mr. Canton bereits den Versuch dreier Männer vereitelt, eine der Serviererinnen des Silver Slipper *zu entführen, wobei er einen der Angreifer erschoß. Die beiden anderen wurden verhaftet.*

Die jüngste Schießerei ereignete sich, als ein Einbrecher, der es offensichtlich auf die Kasse des Saloons abgesehen hatte, in Miss Hilliards Schlafzimmer eindrang. Mr. Canton erklärte der Polizei, er sei gerade im Begriff gewesen, seinen eigenen Saloon zu schließen, als er bemerkte, wie jemand die Treppe des Silver Slipper *hinaufschlich und die Tür zum oberen Stockwerk aufbrach. Als er hinüberging, sah er sich plötzlich dem Einbrecher, einem gewissen James Cahoon, gegenüber, der Miss Hilliard mit einem Messer bedrohte. In dem folgenden Handgemenge wurde der Einbrecher erschossen, und Miss Hilliard erlitt schwere Schnittverletzungen.*

Mr. Canton kam vor sechs Monaten nach San Francisco, um das Glory Hole *zu eröffnen. Die Gerüchte über eine angebliche Fehde zwischen den Besitzern der beiden benachbarten Saloons sind nach Meinung unseres Reporters stark übertrieben.*

Die Polizei gab sich mit den Aussagen der Beteiligten zufrieden und sah davon ab, Anklage gegen Mr. Canton zu erheben.

Canton! Taylor Canton. Und der Name von Mosbys Offizier war Marsh T. Canton. Zufall?

Eine Kugel mitten ins Herz. Das schaffte nur ein guter Schütze. Soviel wußte Simmons.

Er war sich sicher, daß der Saloonbesitzer und der Mann, hinter dem er her war, ein und dieselbe Person waren. Die Geschichte wurde immer besser. *Das Leben eines Killers* könnte ihm den Durchbruch verschaffen, den er so dringend brauchte, das Buch würde ihn berühmt machen. Und reich.

Aber erst einmal brauchte er Geld. Er mußte einen neuen Groschenroman verkaufen, und dafür hatte er jetzt den Stoff. Ein letztes Duell für Marsh Canton.

Er vergaß sein Essen und stürzte zum Telegraphenamt. Tom Bailey wartete nur darauf, daß er ihm Bescheid gab. Tom Bailey würde seine Chance bekommen, den berüchtigsten Revolverhelden des Westens zu erschießen.

Und T. J. Simmons würde dabeisein und die Geschichte für die Nachwelt festhalten.

Molly trat aus Hugh O'Connells Haus und blickte sich um. Seit sie hierhergekommen war, war sie nicht ein einziges Mal allein hinausgegangen. Das hatten ihr sowohl Hugh als auch Teddy verboten.

Aber jetzt mußte sie es tun. Sie mußte Elizabeth helfen.

Das Baby kam. Die Wehen hatten eingesetzt, kurz nachdem Hugh zur Arbeit gegangen war, und obgleich Elizabeth versuchte, ihre Schreie zu unterdrücken, wußte Molly doch, daß sie in immer kürzeren Abständen kamen. Molly hatte versucht, es ihr so bequem wie möglich zu machen, aber jetzt brauchte ihre Freundin mehr, als sie ihr geben konnte.

Die älteren Kinder waren in der Schule, und die anderen waren zu klein, um den Arzt zu holen.

Sie wußte, daß die letzte Geburt für Elizabeth schwierig gewesen war und daß Hugh darauf bestanden hatte, dieses Mal einen Arzt zu rufen statt einer Hebamme. Dank seiner neuen Stelle konnten sich die O'Connells dieses Mal einen guten Doktor leisten.

Molly sah sich ein letztes Mal um. Sie entdeckte nichts Ungewöhnliches. Wie immer lungerten ein paar Kerle auf der Straße herum, die meisten, weil sie keine Arbeit hatten. Sie hätte einen von ihnen geschickt, wenn sie angenommen hätte, daß sie ihm vertrauen konnte, aber die meisten von ihnen waren Trinker, und wahrscheinlich würden sie als erstes in einem Saloon haltmachen, wenn sie erst einmal eine Münze in der Tasche hatten.

Sie nahm ihr Umhängetuch und sagte dem fünfjährigen Terrence, er solle seiner Mutter ausrichten, daß sie den Arzt holen ging. Sie fürchtete, Elizabeth könne versuchen, sie aufzuhalten, wenn sie es ihr selbst sagte. Aber schließlich war es nicht weit, nur ein paar Blöcke entfernt. Sie war schon einmal mit Elizabeth und Hugh dort gewesen.

Sie hatte die Arztpraxis beinahe erreicht, als sie plötzlich Schritte hinter sich hörte.

Sie sah sich um. Kutschen ratterten über die Straße, Leute spazierten an den Schaufenstern vorbei. Sie war in Sicherheit, aber trotzdem verspürte sie eine nagende Angst. Sie beschleunigte ihre Schritte und warf einen Blick auf den Mann, der ihr folgte. Sie erkannte einen der Kerle, die vor ihrem Haus herumgelungert hatten, und ihre Angst wurde stärker.

Nur noch ein paar Meter, und sie hätte die Praxis erreicht. Sie begann zu rennen und bog um die Ecke. Zu spät erinnerte sie sich daran, daß man, um in die Praxis zu gelangen, einen langen, menschenleeren Flur entlanggehen mußte. Sie wandte sich wieder in Richtung der Straße, um Hilfe zu holen, aber der Mann hatte sie bereits eingeholt. Noch ehe sie schreien konnte, hatte er seine Hand auf ihren Mund gelegt und ihr die Arme auf den Rücken gedreht.

Sie setzte sich verzweifelt zur Wehr, doch er zog sie enger an sich und preßte ihr einen Ellbogen gegen die Brust, während er ihr Mund und Nase zuhielt, so daß sie beinahe erstickte. Sie rang verzweifelt nach Luft, und dann senkte sich Dunkelheit über sie.

Im *Glory Hole* herrschte Hochbetrieb. Die jüngsten Ereignisse hatten das Interesse der Leute an den beiden Saloons noch gesteigert.

Es war nicht nur von Nachteil, berühmt-berüchtigt zu sein, dachte Marsh. Genau wie der Zusammenstoß mit James Cahoon. Auf jeden Fall hatte er Cats Hemmschwelle ihm gegenüber herabgesetzt, hatte sie dazu bewegt, sich ihm gegenüber zu öffnen.

Aber auf das alles hätte er verzichtet, wenn sie dafür nicht soviel hätte durchmachen müssen. Er sah immer noch das Messer an ihrem Hals, die Angst in ihrem Blick. Er erinnerte sich immer noch an ihre Scham, als Cahoon versucht hatte, sie ihrer Würde zu berauben.

Jetzt ging es ihr besser. Die Sache lag eine Woche zurück, und in ihre Augen war wieder Leben eingekehrt. Er hatte sie seit dem Picknick täglich gesehen und hatte lange Spazierfahrten mit ihr unternommen. Er hatte ihr angeboten, mit ihr ein Konzert zu besuchen, aber sie hatte Bedenken geäußert, da sie wußte, welch einen Aufruhr ein gemeinsamer öffentlicher Auftritt zur Folge hätte. Es würde neue Zeitungsartikel geben, und das konnten sie beide nicht gebrauchen. Also fuhren sie normalerweise an ihren Platz an den Klippen, oder er mietete einen Einspänner und fuhr mit ihr am Strand entlang. An verschiedenen Abenden war er einfach bei ihr geblieben, und sie hatten sich unterhalten. Sich sanft berührt. Alles andere war wegen ihrer Verletzung unmöglich. An einem Abend war sie ins *Glory Hole* hinübergekommen, nachdem er geschlossen hatte, und er hatte Klavier gespielt, nur für sie.

Es war eine Zeit der Genesung für sie beide.

Marsh hörte, wie eine Flasche zu Boden fiel, und blickte hinüber zur Theke. Dort stand Hugh und starrte elend und besorgt auf die Flüssigkeit, die über den Boden lief.

»Hugh?«

Hugh fuhr zusammen und wandte sich um, um einen Lappen zu holen. »Es ist wegen ... Elizabeth. Der Geburtstermin rückt immer näher, und ich ...«

Langsam wußte Marsh, was es bedeutete, sich um jemand anderen zu sorgen. Was es bedeutete, jemand anderen zu lieben. »Warum gehen Sie nicht nach Hause und essen mit ihr zusammen Abendbrot?« fragte er. »Ich kümmere mich schon um die Theke.«

»Aber ...«

»Ich kann es mir nicht leisten, noch mehr Whiskyflaschen zu verlieren«, sagte Marsh mit gespielter Strenge. »Also gehen Sie schon. Ich sage jemand anderem, daß er den Boden wischt.«

Hugh blickte ihn an. »Danke.«

»Schon gut. Sie haben schließlich schon viel für mich getan.«

»Mr. Canton ...«

»Nun verschwinden Sie schon«, sagte Marsh, da er wußte, daß Hugh noch einmal die alte Geschichte aufwärmen wollte. Doch er wollte nichts mehr davon hören. Ohne Hugh hätte er das *Glory Hole* niemals so erfolgreich betreiben können, das wußte er ebenso, wie er wußte, daß Hugh ihm gegenüber vollkommen loyal war.

Hugh nickte, nahm seinen Mantel von einem Haken im Flur und verschwand mit einem letzten dankbaren Nicken.

Den ganzen Nachmittag über arbeitete Marsh hinter der Bar. Am frühen Abend hielt eine Kutsche vor der Tür, und der Fahrer gab einem der Kellner einen Zettel mit der Bitte, ihn Marsh auszuhändigen.

Die Nachricht kam von Hugh. *Elizabeth hat ihre Wehen. Molly ist verschwunden. Bitte sagen Sie Ted und Miss Catalina Bescheid.*

»Himmel«, fluchte Marsh. Molly. Inzwischen verstand er Cats Sorge um das Mädchen. Cat hatte schließlich selbst sehr viel mitmachen müssen. Er erinnerte sich immer noch an den Nachmittag, an dem Cat ihn um Hilfe hatte bitten wollen und er …

Er rief seinen zuverlässigsten Kellner zu sich und befahl ihm, sich um die Theke zu kümmern, bis der Barkeeper kam, der abends für ihn arbeitete. Also war Molly die ganze Zeit bei Hugh gewesen. Das hatte er nicht gewußt. Cat hatte ihm nur erzählt, daß das Mädchen in Sicherheit sei.

Marsh eilte über die Straße. Teddy stand hinter der Bar, doch Cat war nirgends zu sehen.

Er gab Teddy den Zettel, sah, wie dieser vor Zorn errötete, und verspürte ein gewisses Mitgefühl. Offenbar hing der Mann sehr an dem Mädchen. Das hatte Marsh schon an dem Tag bemerkt, als er die Entführung vereitelt hatte.

Teddy nahm die Schürze ab.

»Wo ist Cat?« fragte Marsh.

»Oben«, antwortete Teddy. »Gehen Sie rauf, um es ihr zu sagen?«

Marsh legte Teddy eine Hand auf die Schulter. »Was haben Sie vor?«

»Ich werde sie zurückholen«, knurrte der Barkeeper.

Marsh tastete automatisch nach seinem Pistolenhalfter. Es war nicht da. Er hatte es nach der Schießerei mit James Cahoon abgelegt, da er die Waffe nicht mehr öffentlich zur Schau stellen wollte, um die Leute nicht zu weiteren Spekulationen zu animieren.

»Wir sollten zuerst mit Cat sprechen«, sagte er. »Und dann werde ich Sie begleiten.«

Marsh sah, wie Teddy mit sich rang. Es war offensichtlich, daß er am liebsten sofort aufgebrochen wäre. Doch schließlich nickte der Ire.

Sie eilten die Treppe hinauf. Teddy klopfte heftig gegen die Tür, und Cat machte ihnen auf. Die aufgeschlagenen Bücher verrieten, daß sie offenbar gerade mit den Einnahmen und Ausgaben beschäftigt war. Sie sah Marsh an, und ihre Augen blitzten glücklich auf, bis sie seinen Gesichtsausdruck bemerkte. »Was ist los?«

»Molly ist verschwunden«, sagte Teddy.

Marsh beobachtete, wie Cat erstarrte. »Was ist passiert?«

»Keine Ahnung«, sagte Teddy. »Er ... Mr. Canton ... hat mir nur diese Nachricht hier gezeigt.«

Cat las den kurzen Brief. »Gütiger Luzifer.« Dann blickte sie Teddy an. »Die Detektive. Sie beobachten das Haus ihres Vaters rund um die Uhr. Wenn Molly dorthin gebracht worden ist, dann werden wir es erfahren.«

Marsh sah sie fragend an.

»Ich habe die Pinkerton Agentur damit beauftragt, soviel wie möglich über Mollys Vater herauszufinden«, erklärte Cat, als ihr einfiel, daß sie in letzter Zeit nicht über das Mädchen gesprochen hatten. Sie hatte schließlich angenommen, Molly sei bei Hugh zumindest zeitweilig in Sicherheit. »In ihrem letzten Bericht schreiben sie, daß sie vielleicht etwas herausgefunden haben.«

Teddy trat ungeduldig von einem Fuß auf den anderen. »Ich finde, wir sollten direkt zu Adams fahren.«

Marsh blickte hinüber zu Cat und beobachtete fasziniert, wieviel Gefühl in ihren Augen lag, wenn sie es zuließ.

»Wartest du so lange, bis ich bei der Pinkerton Agentur war?«

Teddy schüttelte den Kopf. »Ich weiß, wo dieser Bastard lebt. Und ich fahre sofort hin. Wenn sie dort nicht ist, werde ich herausfinden, wo er sie versteckt hat.«

Cat warf Marsh einen flehenden Blick zu. Sie erinnerte sich an die drei Kerle, die versucht hatten, Molly zu entführen. Wenn Adams Molly in seiner Gewalt hatte, wäre sie bestimmt gut bewacht. Und zwar von bewaffneten Männern.

Marsh zögerte. Er dachte an Molly, an die Angst in ihren Augen, als er sie zum ersten Mal gesehen hatte, und wie jung sie ausgesehen hatte. Er dachte an Cat, die als junges Mädchen ebenfalls eine Gefangene gewesen war. Cat hatte er nicht helfen können.

Aber für Molly konnte er etwas tun. »Die Detektive sind an die Gesetze gebunden.«

Marshs Stimme war so tonlos, daß Cat wußte, daß er selbst eine gewisse Erfahrung in solchen Dingen hatte. Aber dies war nicht die rechte Zeit für Fragen.

»Ich bin nicht an die Gesetze gebunden«, sagte Teddy. »Und ich werde nicht warten.« Er wandte sich zum Gehen.

Cat blickte hilflos zu Marsh hinüber. Sie konnte ihre rechte Schulter immer noch nicht richtig bewegen, so daß sie bezweifelte, ob sie auch nur eine kleine Derringer würde abfeuern können. »Geh mit«, sagte sie zu Marsh. Am liebsten wäre sie selbst mitgegangen, aber sie wußte, daß sie Teddy keine große Hilfe wäre. Und wenn Molly nicht in Adams' Haus war, bräuchten sie umgehend die Hilfe der Detektive, um sie zu finden. Sie mußte Booth Templeton Bescheid sagen. Sie ballte die Faust und versuchte, den Wunsch, Marsh zu begleiten, zu unterdrücken, vernünftig zu sein und das zu tun, was für Molly am besten war.

Er beugte sich vor und küßte sie. »Ich werde schon auf ihn aufpassen.«

»Und auf Molly.«

»Und auf Molly«, versicherte er ihr.

Er holte Teddy auf der Straße ein. »Warten Sie, ich hole nur noch meine Waffe.«

Verärgert, weil sie wegen ihres nutzlosen rechten Arms die beiden Männer nicht begleiten konnte, eilte Cat zur Pinkerton Agentur. Templeton war nicht da, aber sie erkannte den anderen Mann, der sie bei ihrem ersten Besuch empfangen hatte. Also erzählte sie ihm, was geschehen war.

Offenbar war er mit dem Fall vertraut. »Templeton hatte wirklich Glück«, sagte er. »Ich glaube, wir haben ein paar hieb- und stichfeste Beweise gegen Mr. Adams in der Hand. Templeton ist im Augenblick gerade in einer Bar an der Barbary Coast, in der Adams anscheinend regelmäßig verkehrt. Ziemlich peinlich für einen ehrenwerten Bürger, der regelmäßig in die Kirche geht.«

»Bringen Sie mich dorthin«, verlangte Cat.

»Das ist kein Ort für eine Lady.«

»Das ist mir egal«, erwiderte Cat. »Templeton muß wissen, was passiert ist. Vielleicht kann er uns weiterhelfen.«

»Ich glaube nicht –«

»Es ist mir egal, was Sie glauben. Ich bezahle Templeton.« Cat bedachte ihn mit dem eisigen Blick, der schon so viele Männer hatte verstummen lassen. Und auch der Detektiv schrumpfte merklich zusammen. »Also gut. Aber Sie werden in der Kutsche bleiben, wenn ich ihn hole.«

Sie nickte.

»Templeton wird mich umbringen dafür, daß ich Sie an die Barbary Coast bringe«, murmelte er.

»Und ich werde Sie umbringen, wenn Sie es nicht tun.«

Er murmelte noch etwas Unverständliches, aber er nahm seinen Hut, begleitete sie auf die Straße und winkte einer Kutsche. »Die geht auf Ihre Kosten«, sagte er böse.

Cat nickte erneut. »Was ist das für eine Bar?«

»Das *Green Den,* eins der berüchtigsten Bordelle von ganz San Francisco.« Er warf ihr einen prüfenden Blick zu, als sei er sich nicht sicher, daß sie ihn verstand.

Und ob ich dich verstehe, dachte sie.

Er errötete und wandte den Blick wieder ab. Offenbar wollte sie noch mehr Informationen. »Ich habe gehört ... Templeton hat gehört, daß sie ...« Er zögerte, doch auf ihren fragenden Blick hin fuhr er fort. »... ganz junge Mädchen haben.«

Cat schloß die Augen. Sie konnte kaum atmen. Sie spürte, wie es ihr die Kehle zuschnürte. All die Bilder tauchten wieder vor ihr auf, der erste schreckliche Schmerz, den sie vor so vielen Jahren verspürt hatte, die Angst. Die Verzweiflung.

»Miss Hilliard?«

Cat öffnete erneut die Augen und zwang sich, den Detektiv anzusehen. »Schon gut. Wieso wird ein solches Etablissement nicht zugemacht?«

Der Detektiv zuckte mit den Schultern. »Sie wissen doch, wie korrupt die meisten Beamten hier sind. Wenn irgendwas bekannt wird und die Polizei meint, sie müsse eingreifen, dann kriegt der

Besitzer garantiert rechtzeitig einen Tip, und die jungen Mädchen verschwinden. Sie werden einfach woanders hingebracht.«

Cat hatte schon immer gewußt, daß die Barbary Coast eine rauhe Gegend war. Ebenso wie einige Orte in Chinatown. Drogenhandel. Zwangsrekrutierungen. Prostitution. Sie war nur allzu bereit gewesen, Quinn Devereux' Projekt zu unterstützen, aber irgendwie hatte sie immer eine rosarote Brille aufgehabt, die sie davor bewahrt hatte zu sehen, daß ganz in ihrer Nähe Kinder derart mißbraucht wurden.

Sie ballte die Fäuste. Zuerst mußte sie sich um Molly kümmern. Und dann würde sie für all die anderen kämpfen. Das schwor sie sich. Zusammen mit Marsh, Quinn Devereux und seiner Frau würde sie einen Weg finden, jungen Mädchen zu helfen, denen es so ging, wie es ihr selbst einmal gegangen war. Das Geld, das sie Quinn geschickt hatte, war unwichtig; sie mußte mehr tun. Und sie *würde* mehr tun, selbst wenn sie diese Bars niederbrennen ... oder die Geschäfte ihrer Besitzer öffentlich anprangern mußte, so daß die Polizei gezwungen wäre einzuschreiten.

Die Kutsche hielt an, und der Detektiv sah sie warnend an. »Sie haben versprochen, hierzubleiben«, sagte er. »Ich werde sehen, ob Templeton noch da ist.«

»Wie?«

»Ich werde so tun, als sei ich ein Kunde«, erklärte er. »Was Sie wohl schwerlich machen können.«

Cat spähte hinaus. »Wo ist es?«

»Am unteren Ende des Häuserblocks. Sie können die Rausschmeißer sehen, die vor der Tür stehen«, sagte er.

Das Gebäude sah heruntergekommen aus. Es gab nicht ein einziges Fenster. »Warum ist Templeton da drin?«

»Einer unserer Männer ist Adams mehrmals hierher gefolgt. Wir nehmen an, wenn er Gefallen an seiner Tochter hat, dann findet er wahrscheinlich auch an anderen jungen Mädchen Gefallen. Booth wollte ein paar Nachforschungen anstellen ... und zur Not etwas mit Geld nachhelfen«, erklärte er trocken. »Sehen Sie zu, daß man Sie hier nicht entdeckt. Dies ist kein sicherer Ort für eine hübsche Frau.«

Cat nickte. Sie würde nichts tun, was Mollys Rettung verzögern könnte.

Die Minuten vergingen. Schließlich tauchte der Detektiv wieder auf, stieg in die Kutsche und rückte seinen Hut zurecht. »Er ist drin und handelt gerade den Preis für ein junges Mädchen aus. Anscheinend versucht er, sie zu kaufen. Höchstwahrscheinlich eins der Mädchen, die von Adams besucht wurden. Wir warten am besten hier auf ihn.«

Sein Atem stank nach billigen Whisky, und er sah sie verlegen an, als er merkte, daß sie es roch. »Ich habe gesagt, daß mir keins der Mädchen gefällt. Zu jung. Aber ich habe ein Vermögen für den Fusel bezahlt, nur um mit heiler Haut wieder rauszukommen. Ein wirklich schrecklicher Ort.«

Cat erschauderte. Sie konnte sich denken, wie schrecklich. Sie fragte sich, was für ein Mädchen Templeton wohl zu »kaufen« versuchte. Ob sie wohl etwas wußte, das Molly helfen würde? Wie alt sie wohl war? Cat versuchte, sich ihren Zorn nicht anmerken zu lassen. Am liebsten wäre sie schnurstracks in diese Spelunke marschiert und hätte sämtliche Mädchen herausgeholt. Aber sie drei alleine würden mit den Rausschmeißern niemals fertig werden, das wußte sie.

Sie wurde durch den Detektiv aus ihren Gedanken gerissen, der dem Kutscher zurief, er solle ein Stück weiter vorfahren. In diesem Moment wurde die Tür aufgerissen, und ein Mädchen wurde in die Kutsche gestoßen. Templeton kam hinterhergekletttert.

»Was in aller Welt ...«

»Molly ist verschwunden«, sagte Cat. »Wir glauben, daß ihr Vater sie geschnappt hat. Teddy – mein Manager – ließ sich einfach nicht davon abhalten, sie zu suchen. Er ist mit Taylor Canton nach Oakland gefahren, um sie zurückzuholen.«

Templeton rollte mit den Augen. »Der Canton, über den in letzter Zeit soviel in den Zeitungen stand?«

Cat nickte.

»Verdammt«, sagte Templeton. »Ich habe jetzt genug Informationen zusammen, um Mr. Adams in die Zange zu nehmen.«

Er blickte auf das Mädchen. »Er hat ein paar seltsame Vorlieben, von denen seine Bankkunden bestimmt mit großem Interesse hören würden.«

Das Mädchen, das neben Cat saß, zitterte, und seine Augen waren vor Angst weit aufgerissen. Sie war höchstens dreizehn, schätzte Cat. Blond wie Molly, mit braunen Augen. Genauso zerbrechlich. Cat spürte, wie sich ihre Kehle erneut zusammenschnürte, und sie streckte ihre Hand nach dem Mädchen aus, das sich in der hintersten Ecke der Kutsche zusammenkauerte. »Schon gut«, sagte sie sanft. »Hier bist du in Sicherheit.« Es brach ihr fast das Herz zu sehen, wie das Mädchen sie ungläubig anstarrte, und sie wußte, daß es bisher wahrscheinlich immer betrogen worden war. Sie selbst hatte das Gefühl gekannt. Gütiger Luzifer, sie kannte es immer noch.

Sie blickte Templeton an. »Können Sie nach Oakland fahren?«

Er nickte und sah den anderen Detektiv an. »Wir werden beide fahren. Und wenn wir nicht bereits zu spät kommen, werden wir sehen, ob Mr. Adams es wohl gerne sieht, wenn sein Doppelleben publik gemacht wird.« Er befahl dem Kutscher, zum Hafen zu fahren.

Dann wandte er sich erneut an Cat. »Und Sie, Miss?«

Am liebsten wäre sie mitgefahren. Aber sie konnte unmöglich das Mädchen mitnehmen, nicht nach allem, was es offenbar mitgemacht hatte. Wieder kämpfte sie gegen das Bedürfnis an, bei Marsh zu sein und mit dafür zu sorgen, daß Molly gerettet wurde. Aber dann spürte sie das Zittern des Mädchens neben sich. Sie konnte sie unmöglich alleine lassen. Es war nicht vorauszusehen, was sie dann täte. Oder wo sie dann hinginge. Und außerdem war das Mädchen wahrscheinlich Mollys Rettung. »Ich nehme sie mit in den *Silver Slipper* und werde mich dort um sie kümmern.«

»Sie heißt Sally. Zumindest hat man mir das gesagt.«

Cat nickte. Die Fahrt zum Hafen dauerte nur ein paar Minuten. Die beiden Detektive stiegen aus, und Cat und Sally fuhren alleine weiter. Das Mädchen entspannte sich ein wenig. Cat musterte das kurze, aufreizende rote Kleid, unter dem sich ein schlanker, kaum entwickelter Körper verbarg. Nun, sie würde schon etwas zum Anziehen für sie finden, wenn sie erst einmal im *Silver Slipper* waren.

Sie wußte nicht, wie man Fragen stellte – solange es kein Vertrauen gab. Also fing sie einfach an, mit leiser, beruhigender Stimme zu reden. »Ich bin Catalina«, sagte sie. »Und mir gehört ein Saloon.« Sie sah, wie das Mädchen zusammenfuhr.

»Nein, kein solcher Saloon«, fuhr sie fort. »Und du mußt dort auch nichts machen. Du bist dort in Sicherheit. Niemand wird dir etwas tun. Nie wieder. Denn weißt du, ich ... weiß, wie du dich fühlst. Ich ... bin auch an einem solchen Ort aufgewachsen.« Sie redete und redete, während die Kutsche durch die Straßen rollte. Es fiel ihr immer noch nicht leicht. Es würde ihr niemals leichtfallen. Jedes Mal, wenn sie darüber sprach, hatte sie das Gefühl, als reiße ihr jemand das Herz aus dem Leib. Aber sie sah, daß Sally sie etwas weniger ängstlich ansah und daß ihr Körper sich leicht entspannte, obwohl sie immer noch eine gewisse Distanz wahrte.

Zumindest würde sie die Sorge um das Mädchen von Oakland ablenken. Von Molly. Von Marsh.

Langsam kam Molly wieder zu Bewußtsein. Sie fühlte sich genauso wie nach dem ersten Entführungsversuch. Ihr Mund war wie ausgetrocknet, und ihr Körper war bleischwer. Sie wußte, daß man sie erneut betäubt hatte. Sie versuchte, sich an alles zu erinnern ... die Schritte, die schmutzige Hand auf ihrem Mund. Das Gefühl zu ersticken. Zu sterben.

Sie öffnete die Augen nur, um sie sofort wieder zu schließen. Ihr altes Zimmer. Es gab kein Licht, keine Helligkeit. Ihr Zimmer lag im hinteren Teil des Hauses, und vor den Fenstern waren bereits vor langer Zeit Gitter angebracht worden. Zu ihrem Schutz, hatte ihr Vater immer gesagt. Und jetzt ließen die geschlossenen Fensterläden noch nicht einmal mehr das Tageslicht herein. Die schmalen Lichtstrahlen, die durch die feinen Spalten im Holz drangen, zeigten ihr, daß immer noch Tag war, auch wenn ihr Raum im Dunkeln lag. Das Tageslicht war ein Segen. Sie kannte ihren Vater. Egal, was passierte, er würde in der Bank bleiben, bis der letzte Dollar gezählt war. Von dieser Routine wich er niemals ab. Niemals!

Sie war allein. Auch das war ein Segen. Als sie sich aufzusetzen versuchte, wurde ihr schwindlig. Sie schüttelte den Kopf. Elizabeth. Das Baby. Sie hatte Elizabeth im Stich gelassen. Sie ballte die Fäuste. Teddy. Ob er sie wohl suchen würde?

Molly wußte, daß er das tun würde, und dieses Wissen ängstigte sie. Er war viel zu anständig, um mit ihrem Vater fertig zu werden. Zu viele Menschen waren ihretwegen bereits zu Schaden gekommen. Dieses Mal mußte sie selbst etwas unternehmen.

Sie blieb ruhig sitzen, bis der Schwindel sich legte, und dann versuchte sie aufzustehen. Wieder wartete sie ein paar Sekunden, bis sie ihr Gleichgewicht gefunden hatte. Sie sah sich um. Eine Waffe. Sie brauchte eine Waffe. Ihr Zimmer war vollkommen unverändert, alles war an seinem alten Platz. Der silberne Kamm, die Bürste und der Spiegel lagen auf der Kommode. Neben dem Bett und auf der Kommode stand jeweils eine Öllampe. Sie dachte daran, den Spiegel zu zerbrechen, aber sie wußte, daß sie niemals in der Lage wäre, jemanden mit einer Scherbe anzugreifen, nicht einmal ihren Vater oder Simon Parker, den Butler, ihren Gefängniswärter.

Sie mußte etwas anderes finden. Wenn es ihr nur gelänge, Parker niederzuschlagen, wenn er käme, um nach ihr zu sehen. Oder ihren Vater. Dann könnte sie flüchten, ohne daß ihr jemand half.

Die Lampen kamen nicht in Frage. Sie waren viel zu klobig. Doch dann fiel ihr Blick auf einen Kerzenständer. Er war aus Messing. Er war schwer. Sie schluckte und fragte sich, ob sie jemals den Mut haben würde zuzuschlagen. Dann dachte sie an ihren Vater, seine falsche Herzlichkeit und daran, wie er seinen schweren Körper auf sie schob.

Sie nahm den Kerzenständer in beide Hände und versteckte sich hinter der Tür. Ihr war immer noch übel von dem Betäubungsmittel, also dachte sie an Teddy und Catalina und Elizabeth und Hugh. Sie betete, daß es Elizabeth gutging. Sie sah Teddys Gesicht vor sich. Sie sehnte sich so sehr nach ihm, nach seiner unbeholfenen Zärtlichkeit, die ihr immer das Gefühl gab, ganz und lebendig zu sein. Sogar rein. Er behandelte sie, als sei sie rein und unberührt.

Sie liebte ihn, liebte seine Güte, die ihn verletzlich machte trotz seiner Größe, seine Intelligenz, seine Loyalität gegenüber Miss Catalina, die rauhe Zärtlichkeit im Umgang mit Hughs Kindern. Er hatte so viele gute Seiten.

Molly zitterte. Der Kamin war aus, und es war kalt in ihrem Zimmer. Oder zitterte sie aus Angst?

Sie wußte nicht, wie lange sie hinter der Tür gekauert hatte, bis sie endlich Schritte hörte. Instinktiv wußte sie, daß es Parker war. Er schlurfte immer, während ihr Vater selbstbewußt auftrat. Wie lange es wohl noch dauerte, bis ihr Vater käme?

Sie stand auf und preßte sich gegen die Wand, so daß sie von der Tür aus nicht zu sehen war. Sie hörte, wie der Schlüssel herumgedreht wurde, und hob den Kerzenständer hoch in die Luft. Verzweifelt kämpfte sie dagegen an, die Waffe fallen zu lassen und sich in einer Ecke zusammenzukauern, wie sie es so viele Jahre getan hatte.

Die Tür wurde geöffnet, und sie schob sich noch weiter zurück. Hoffentlich schöpfte Parker keinen Verdacht. Er zögerte kurz. Offensichtlich mußten sich seine Augen erst an die Dunkelheit gewöhnen. Er machte einen Schritt vor, und Molly ließ den Kerzenständer auf seinen Kopf sausen. Parker stöhnte und ging in die Knie.

Molly wollte gar nicht sehen, was sie mit ihm gemacht hatte. Sie wirbelte herum und rannte die Treppe hinunter zur Haustür. Sie brauchte eine Weile, um sie aufzuschließen, und im selben Moment, als es ihr endlich gelang, hörte sie hinter sich ein Geräusch. Sie riß die Tür auf und rannte hinaus. In diesem Augenblick hielt eine Kutsche vor der Tür, und Teddy trat auf die Straße, gefolgt von Mr. Canton.

Molly flog direkt in Teddys Arme, spürte, wie er sie auffing, wie er mit ihr zusammen zitterte, wie seine Lippen ihr Gesicht liebkosten. »Gott sei Dank«, flüsterte er ihr ins Ohr. »Ist alles …?«

Sie nickte. Sie konnte nichts sagen, da ihr Gesicht an seiner Brust lag.

Er hielt sie noch fester und stieß mit heiserer Stimme hervor: »Ich werde ihn umbringen.«

Molly spürte, wie er erstarrte, und blickte sich um. Auf der Treppe stand Parker, und von seiner Schläfe tropfte Blut. Sein Gesicht war wutverzerrt, doch der Anblick der beiden Männer – einer schlank und entspannt, mit einem Pistolenhalfter, das schon recht abgenutzt wirkte, und der andere groß wie ein Bär – schien ihn abzuschrecken.

Teddy knurrte. Sie merkte, daß er sie losließ in der Absicht, sich auf Parker zu stürzen. Vielleicht brächte er ihn sogar um, und dann käme er ins Gefängnis. Sie sah ihn an. »Bitte ... laß uns einfach gehen.«

Sie spürte, daß er zögerte. »Bitte.«

Mr. Canton wandte sich an Teddy und nickte. »Geht schon mal vor.«

Teddy zögerte immer noch, so daß Marsh ihn sanft in Richtung der Kutsche schob. »Ich werde mich noch ein wenig mit unserem Freund hier unterhalten.«

»Das ist meine ...«

»Es ist Ihre Sache, sich um Molly zu kümmern«, sagte er mit dem eigenartigsten Lächeln, das sie jemals gesehen hatte. Es war richtig ... süß, aber eine Sekunde später blickte er drohend genug, um einen Löwen erstarren zu lassen. Sie lehnte sich an Teddy und ließ sich von ihm zur Kutsche führen. Dann wollte er zu Canton zurück. »Bitte geh nicht.«

Schließlich nickte er; sie hielt seine Hand so fest, daß er sich hätte losreißen müssen, und sie wußte, daß er das nicht täte. Also beobachteten sie gemeinsam, wie Canton sich an den Mann wandte, der versuchte, sich ins Haus zurückzuziehen. Sie wußte nicht, was Canton sagte, aber Parker sah ihn entsetzt an, glitt durch die Tür und warf sie ins Schloß.

Molly schmiegte sich an Teddy und genoß die tröstende Wärme seines Körpers, als Canton geschmeidig wie immer die Kutsche bestieg.

»Er hat geblutet. War das Ihr Werk, Miss Molly?« fragte er mit der Höflichkeit, die er ihr gegenüber immer an den Tag legte. Aber jetzt schwang zugleich Bewunderung in seiner Stimme mit, und Molly verspürte einen nie gekannten Stolz. Sie nickte, und Teddy strahlte über das ganze Gesicht, ehe er sich zu ihr hinabbeugte, um sie zu küssen.

Canton blickte aus dem Fenster und entdeckte einen Mann, der aus dem Schatten des Hauses trat und der Kutsche nachsah. Der Detektiv, der Adams' Haus beobachten sollte? Oder einer von Adams' Männern?

Vielleicht war es doch noch nicht vorbei. Noch nicht ganz.

KAPITEL 24

Edwin Adams wollte die Bank gerade zumachen, als ein letzter Kunde hereinkam. Beinahe hätte er den Mann fortgeschickt. Er hatte noch eine Stunde Arbeit vor sich, und er hatte es eilig, nach Hause zu kommen. Parker hatte ihm eine Nachricht zukommen lassen. Seine Tochter war wieder da! Sie erwartete ihn!

Der Mann kam direkt auf ihn zu.

»Ich würde mich gerne mit Ihnen unterhalten, Mr. Adams.« Er blickte auf die Bankangestellten, die hinter ihren Schreibtischen saßen. »Unter vier Augen.«

»Ich bin im Augenblick sehr beschäftigt«, sagte Edwin. »Vielleicht kann Ihnen ja einer meiner Angestellten helfen.«

»Es geht um Ihre Tochter.«

Edwin erstarrte.

»Und um das *Green Den.* Wir können natürlich auch hier vor allen Leuten darüber sprechen, wenn Ihnen das lieber ist.«

Edwin wurde bleich. Er ging in sein Büro, wartete, bis der Mann ihm gefolgt war, und schloß die Tür. »Was wollen Sie?«

»Mein Name ist Templeton. Booth Templeton. Ich arbeite für die Pinkerton Agentur. Ein paar Freunde von Mary Beth Adams haben mich angeheuert.«

»Sie ist meine Tochter. Ich bin ihr gesetzlicher Vormund«, platzte Edwin heraus.

Templeton nahm seelenruhig Platz. »Sie hat gewisse Anschuldigungen gegen Sie erhoben.«

»Was für Anschuldigungen?«

»Wollen Sie wirklich, daß ich Einzelheiten nenne?« Die Stimme des Detektivs klang beinahe freundlich, aber Edwin spürte, wie eine Woge der Furcht in ihm aufkam.

»Niemand wird ihr glauben.«

»Sie haben mich gar nicht gefragt, was sie überhaupt gesagt hat.«

»Das ist vollkommen egal. Ich habe nichts getan. Mary Beth hat manchmal eine sehr lebhafte ... Phantasie.«

Der Detektiv seufzte. »Ich frage mich, ob das auch auf einen Mr. ...«, Templeton zog langsam sein Notizbuch aus der Tasche. »Bones zutrifft. Der Name ist doch richtig, oder?« fügte er im Plauderton hinzu. »Gegen eine entsprechende Summe war er bereit, mir von Ihren Besuchen in seinem Etablissement zu erzählen. Und dann ist da noch Sally. Ich frage mich, was Ihre Kunden denken würden, wenn sie von Ihrer ... Vorliebe für junge Mädchen erführen.«

Edwin fühlte sich durch diese Information nicht sonderlich bedroht. Nun, da seine Tochter wieder zu Hause war, konnte er sie problemlos verschwinden lassen. Und was die anderen betraf – niemand würde einer Prostituierten und einem Bordellbesitzer glauben.

»Ihre Tochter ist nicht mehr in Ihrem Haus«, sagte Templeton, als könne er die Gedanken des Bankiers lesen. »Sie wurde vor ein paar Stunden ... gerettet. Einer meiner Männer hat alles beobachtet. Er hätte helfend eingegriffen, aber das war nicht nötig. Anscheinend hat Ihre Tochter eine Reihe einflußreicher Freunde in San Francisco. Freunde, die ihr glauben. Freunde mit Zugang zu sämtlichen größeren Zeitungen.«

Edwins Hände zitterten. »Was wollen Sie?«

»Daß Sie sich Ihrer Tochter nie wieder nähern und daß Sie auch nicht versuchen, ihr in irgendeiner Weise zu nahe zu treten oder auch nur Kontakt zu ihr aufzunehmen. Wenn Sie das tun, werden die Zeitungen gewisse Informationen über Sie bekommen. Und die Polizei.«

»Und wenn ich tue, was Sie von mir verlangen?«

Templeton zuckte mit den Schultern. »Ich würde vorschlagen, Sie halten sich von allen Kindern fern. Ich untersuche immer noch das Verschwinden eines Ihrer Hausmädchen und ein paar andere Dinge, die Freunden Ihrer Tochter zugestoßen sind.«

»Fahren Sie doch zur Hölle.«

»Oh, ich glaube nicht, Mr. Adams. Ich glaube, Sie sind derjenige, der verdammt ist.« Templeton erhob sich. »Ich finde schon alleine hinaus.« In der Tür wandte er sich noch einmal um. »Wenn Ihrer Tochter irgend etwas passiert, dann gibt es eine ganze Reihe von Leuten, die dieselben Informationen haben wie ich. An Ihrer Stelle würde ich also beten, daß sie lange gesund und wohlbehalten bleibt.« Dann ging er und schloß leise die Tür.

Edwin starrte ihm hinterher. Er beobachtete, wie einer seiner Angestellten die Außentür öffnete, um den Detektiv hinauszulassen. Er fühlte sich wie betäubt.

Die Angestellten wünschten ihm einen guten Abend und gingen ebenfalls. Für gewöhnlich war er der letzte, der die Bank verließ. Vollkommen mechanisch beendete er seine Arbeit und lehnte sich dann in seinem Stuhl zurück. Sein Geheimnis war nicht länger sicher. Selbst wenn er tat, was der Detektiv von ihm verlangte, wäre er nie wieder sicher. Offenbar wußten bereits zu viele Menschen Bescheid. Und wenn das Gerücht erst einmal in die Welt gesetzt war, dann wäre er ein Geächteter. Er würde die Bank verlieren, seinen Posten …

»Mary Beth«, flüsterte er. Seine Tochter. Seine Liebe. Für immer verschwunden.

Er nahm eine Pistole aus der Schublade seines Schreibtischs und hielt sie sich an den Kopf. Dann drückte er langsam auf den Abzug.

Bankier aus Oakland erschießt sich in seinem Büro.

Als Cat die Schlagzeile hörte, riß sie dem Zeitungsjungen die

Zeitung aus der Hand, warf ihm die erstbeste Münze zu, die sie fand, und ignorierte seinen Dank.

Blitzschnell überflog sie den Artikel. *Am Mittwoch morgen wurde Edwin Adams, der prominente Bankier aus Oakland, tot in seinem Büro in der Farmers and Merchants Bank, aufgefunden.*

Mr. Adams war der Präsident der Bank und er war allseits bekannt wegen seiner großzügigen Spenden für wohltätige Projekte der Stadt. Zum Zeitpunkt seines Todes war er einundfünfzig Jahre alt.

Einzige lebende Verwandte ist eine Tochter, Mary Beth, die jedoch nicht sofort ausfindig gemacht werden konnte.

Des weiteren hieß es, daß die anderen Vorstandsmitglieder der Bank eine Überprüfung der Bücher angeordnet hätten.

Also hatte Booth Templeton es wirklich getan. Sie faltete die Zeitung zusammen. Teddy sollte es Molly erzählen.

Sie war erleichtert. Endlich war die Sache für Molly ausgestanden.

Cat sehnte sich danach, Marsh zu sehen. Sie sehnte sich die ganze Zeit nach ihm – aber jetzt ganz besonders. Sie wollte ihm als erstem die gute Nachricht überbringen. Schließlich hatte er mehr als seinen Teil zu Mollys Rettung beigetragen.

Sie hob das Päckchen auf, das sie fallen gelassen hatte, um die Zeitung entgegenzunehmen. Es war wirklich furchtbar lästig, nur einen Arm bewegen zu können, vor allem, da ihr gerade jetzt so viele angenehme Dinge einfielen, die sie hätte tun können. Noch ein paar Tage, hatte der Arzt gesagt, dann könnte sie die Schlinge ablegen. Und dann würde sie das, was in dem Päckchen war, endlich benutzen – ein meergrünes Nachthemd ganz aus Spitze und Seide.

Am Abend von Mollys Rückkehr hatten sie ein Fest gegeben. Sie und Marsh und Teddy und Molly und die O'Connells. Sie hatten Mollys Rettung und die Geburt von Hughs und Elizabeths Tochter gefeiert. Molly würde noch eine Weile bei den O'Connells bleiben, aber nur, weil sowohl Hugh als auch Teddy dort sein würden, um sie zu beschützen.

Einer glücklichen Zukunft stand nun nichts mehr im Wege,

dachte Cat. Nicht das geringste. Noch ein paar Tage, und sie würde wieder in Marshs Armen liegen. Das würde sie schon jetzt, wenn er sich nicht weigern würde, solange ihre Schulter noch schmerzte. Sie versuchte, ihm einzureden, daß sie das überhaupt nicht tat, aber er schüttelte bloß den Kopf. »Ich war auch schon verwundet, und ich weiß, wie lange so etwas dauert.«

Also eilte sie durch die belebten Straßen, bis sie endlich das *Glory Hole* erreichte. Er arbeitete jetzt jeden Nachmittag und jeden Abend, da Hugh vorübergehend auf seinen Befehl hin zu Hause blieb, um sich um Elizabeth und Molly zu kümmern.

Marsh blickte von der Theke auf, als sie hereinkam, und bedachte sie mit einem freundlichen Lächeln voller Wärme. Er sah anders aus, umgänglicher, nun, da er das Pistolenhalfter gegen eine Schürze eingetauscht hatte. Er hatte ihr gestern abend erzählt, daß er das Halfter nie wieder tragen würde. Es war einfach zu leicht, zu töten. Es hatte ihn kurz in den Fingern gejuckt, den Kerl vor Adams' Haus zu erschießen, aber er hatte es nicht getan. Nie wieder. Jetzt würde er die Gesetze walten lassen.

Sie reichte ihm die Zeitung. Er las schweigend den Artikel, und dann gab er ihr das Blatt zurück.

»Marsh?«

»Ich bin froh, daß Molly jetzt in Sicherheit ist«, sagte er. Das war alles, und Cat fragte sich, welche Gefühle er hinter seinen dunklen Augen verbarg.

»Ich glaube, sie ist mehr als nur in Sicherheit«, sagte sie. »Ich glaube, sie liebt Teddy.«

»Ich glaube, daran besteht nicht der geringste Zweifel«, sagte er mit einem leichten Grinsen, und die alte Offenheit kehrte in sein Gesicht zurück.

»Er hat Angst, daß sie ihm nur dankbar ist.«

»Dann hat er ihr noch nie ins Gesicht geblickt. Sie strahlt bis über beide Ohren, sobald sie ihn sieht.«

»Hast du mir schon einmal ins Gesicht geblickt?« fragte sie leise.

Er verharrte einen Augenblick reglos, und seine dunkelgrauen Augen waren plötzlich vollkommen undurchdringlich. »Liebling«, sagte er gedehnt. »Ich sehe dein Gesicht den ganzen Tag vor mir. Himmel, du verfolgst mich sogar nachts.«

»Bleibst du heute nacht bei mir?« Es war eine schamlose Frage, aber sie und Marsh hatten die Phase der falschen Scham bereits hinter sich.

»Wenn ich das täte, würde ich nur deiner Schulter weh tun. Es ist die Hölle, edelmütig zu sein, aber laß es mich wenigstens einmal versuchen.«

»Der Arzt zieht morgen die Fäden.«

»Dann also morgen nacht«, sagte er mit leicht heiserer Stimme. »Wenn ...«

Sie lächelte. »Ich gehe wohl besser zurück in den *Silver Slipper.* Schließlich sind unsere beiden Geschäftsführer momentan anderweitig beschäftigt.«

»Kommst du nachher noch auf einen Schlummertrunk zu mir?«

»Wenn du Klavier spielst.«

»Hmmm ... du bist wirklich eine harte Frau.«

»Dann passe ich ja wohl hervorragend zu einem harten Mann.«

»Oh, Himmel«, murmelte er und dachte, wie gut diese Beschreibung im Augenblick paßte. Er war wirklich hart. Er war froh, daß die Theke zwischen ihnen war, daß die Kunden nicht unter seine Schürze blicken konnten. Eine Schürze. Um Himmels willen, er hatte seine Waffe gegen eine Schürze eingetauscht. Aber er fühlte sich sehr wohl dabei. Diese Schürze war richtig. Dieser Ort war richtig. Cat war richtig. Es war sein erstes Zuhause seit zwanzig Jahren. Der erste Ort, an den er wirklich gehörte. Zufrieden blickte er ihr nach, als sie ging. Er wußte, daß sie ihm gehörte, und er wußte, daß sie bald allein sein würden.

Widerwillig widmete er sich wieder seinen Gästen.

T. J. Simmons wählte seine Kleider sorgfältig aus. Dieses würde eins der bedeutendsten Ereignisse in seinem Leben sein.

Ein echtes Duell, und er würde dabeisein. Dieses Mal müßte er sich die Details nicht ausdenken.

Seine Hände zitterten vor Aufregung, als er eine Krawatte umband und einen Cowboyhut auf sein glatt zurückgekämmtes schwarzes Haar setzte. Er wünschte sich nur, er hätte eine dieser neumodischen Kameras.

T. J. warf einen Blick auf seine Taschenuhr. Fast Mitternacht. Er hatte Bailey angewiesen zu warten, bis die meisten Gäste das *Glory Hole* verlassen hatten. Er wollte nicht, daß ihm irgend jemand in die Quere kam. Außerdem wollte er sichergehen, daß kein anderer Reporter da war.

Dies hier war *seine* Story. Im Geiste hatte er bereits angefangen, das Buch zu schreiben.

Es war ihm herzlich egal, wer von den beiden gewann. Wenn Marsh Canton gewann, würde es eine großartige Fortsetzung von *Duell bei Sonnenuntergang* geben. Wenn Canton starb, würde T. J. Bailey berühmt machen als den Mann, der ihn getötet hatte. Nie wieder würde er in billigen Absteigen wie dieser hausen.

Er steckte ein paar Blatt Papier in die Tasche, vergewisserte sich, daß er Feder und Tinte hatte, und warf einen letzten Blick in den Spiegel. Nicht übel, dachte er zufrieden. Dieses Mal hatte er es wirklich gut getroffen.

T. J. rückte seinen Hut zurecht, bis er meinte, verwegen genug auszusehen, und verließ das Zimmer. Er klopfte an die Tür des Nebenraums, hörte ein barsches Brummen, und dann wurde der Schlüssel herumgedreht. Die Tür öffnete sich, und er stand Bailey gegenüber.

Bailey trug ein Pistolenhalfter, in das er auf jeder Seite eine Waffe stecken konnte. Er hatte immer noch das schmutzige Hemd an, in dem er angekommen war, und sein Gesicht war von Bartstoppeln übersät.

T. J. schüttelte sich angewidert. Bailey hatte den fiesesten Blick, den er je gesehen hatte, blaßblaue Augen, und er schien nie auch nur zu blinzeln. Sein Haar war dünn und fettig und fiel ihm wahrscheinlich nur deshalb nicht ins Gesicht, weil es vor Dreck starrte. Er bot einen unangenehmen Anblick, und es war ebenso unangenehm, mit ihm zusammenzusein. T. J. fragte sich, ob wohl alle Revolverhelden so waren. Er hatte noch nie einen getroffen.

Und Bailey stank nach Whisky.

»Sie haben getrunken«, hielt T. J. ihm vor.

»Da ham Sie, verdammt noch mal, recht«, knurrte Bailey.

»Aber ...«

Bailey streckte seine Hand aus. Es war die ruhigste Hand, die T. J. jemals gesehen hatte. »Whisky macht mir nichts aus«, sagte er, und dann schnaubte er verächtlich. »Sin' Sie sich sicher, daß Sie nich' umfallen werden?«

T. J. blickte ihn zornig an. »Vergessen Sie nicht, wer ihn ausfindig gemacht hat.«

»Dafür hab' ich Ihnen ja auch nich' gerade wenig bezahlt.«

»Ich werde Sie berühmt machen.«

Bailey zuckte mit den Schultern. »Wenn ich Canton erledige, brauche ich niemanden mehr, der mich berühmt macht. Das werde ich dann von ganz alleine. Aber das is' nich' der einzige Grund, weshalb ich ihn erschießen will. Er hat meinen Bruder umgebracht.«

»*Wenn* Sie ihn erschießen«, stichelte T. J.

Bailey starrte ihn an. »Ich bin der Beste, den es gibt.«

T. J. hatte genug von dem schlechten Benehmen und der Arroganz dieses Kerls. »Das werden wir ja bald sehen.« Dann wandte er sich um und ging die Treppe hinunter. Er wußte, daß Bailey ihm folgen würde.

Ein Uhr. Noch eine Stunde, bis er zumachen würde. Die Zahl der Gäste nahm bereits ab, nur noch die hartgesottenen Spieler waren da. Jenny hatte ihren Auftritt beendet und war bereits nach Hause gegangen.

Marsh war ruhelos, ungeduldig. Es gab nicht viel zu tun. Er dachte daran, etwas früher zu schließen; es gab keine festgelegten Öffnungszeiten, aber Cat hätte wahrscheinlich selbst noch zu tun. Win lag auf dem Boden hinter der Theke in der Ecke, die er als seinen Stammplatz auserkoren hatte. Der Hund war in den letzten Tagen etwas umgänglicher geworden, und er hatte vorhin an der Tür von Marshs Schlafzimmer gekratzt, um herausgelassen zu werden.

Hin und wieder tastete Marsh nach der Stelle, an der er sonst die Waffe getragen hatte. Himmel, er fühlte sich wirklich nackt ohne seine Pistole. Aber er hatte sich geschworen, daß er sie nie wieder tragen würde. Trotzdem ... es war immer noch, als würde ein wichtiger Teil fehlen, ein Verlust, an den er sich erst noch gewöhnen mußte.

Er wußte, daß er Cat heiraten wollte. Er hätte nie gedacht, daß es möglich sei, einen Menschen so zu lieben. Er liebte ihre unglaubliche Stärke, ihre Unbezähmbarkeit, die es ihr ermöglicht hatte, nicht nur zu überleben und Erfolg zu haben, sondern auch noch Spaß dabei zu empfinden. Sie hatte Licht in seine mitternachtsschwarze Seele gebracht. Er freute sich wieder über Sonnenaufgänge. Und er konnte Sonnenuntergänge betrachten und sie genießen.

Als die Schwingtüren des Saloons aufgestoßen wurden, blickte er auf. Zwei Männer kamen herein, ein Dandy und ein ...

Marsh erstarrte. Das Gesicht des Mannes kannte er zwar nicht, aber er kannte alles andere: die kalten, gemeinen Augen, den provokativen Gang, das doppelte Pistolenhalfter. Nur wenige Revolverhelden trugen ein doppeltes Halfter; ein guter Schütze brauchte nur eine Waffe. Zwei galten für gewöhnlich als angeberisch, als Aufschneiderei.

Marsh beobachtete, wie die beiden Kerle näher kamen. Und da wußte er es. Sie suchten nach ihm. Seine Hand ballte sich instinktiv zur Faust. Hinter der Bar lag griffbereit eine Pistole. Er und Hugh bewahrten sie dort auf, um sie, falls es irgendwelche Schwierigkeiten gab, sofort zur Hand zu haben. Und dann wurde ihm übel. Schon wieder mußte er sich duellieren, und dann auch noch mit einem Revolverhelden. Das hieße, daß sein Name im ganzen Land bekannt werden würde. Neue Bücher. Neue Möchtegern-Killer, die ihn suchen würden.

»Was kann ich für Sie tun?« fragte er die beiden Männer, als sie an die Theke traten.

»Wir suchen den Besitzer, einen Mann namens Marsh Canton«, sagte der Dandy.

»Warum?«

Der Dandy wollte etwas sagen, aber der größere Kerl unterbrach ihn. »Ich habe etwas Geschäftliches mit ihm zu besprechen.«

»Um was geht es?«

»Mein Name ist Bailey. Er hat meinen Bruder erschossen, und jetzt werde ich ihn dafür erschießen.« Er musterte Marsh. Irgend etwas an ihm schien ihm bekannt vorzukommen. »Sin' Sie Marsh Canton?«

Marsh zuckte mit den Schultern. »Mein Name ist Canton.« Er hörte, wie Win knurrte.

Der Mann sah auf die Schürze, die Marsh immer noch umhatte, und schnaubte. »Sie sehen aber nich' gerade gefährlich aus.«

»Ich trage keine Waffe«, sagte Marsh ruhig, und plötzlich wußte er, daß er nie wieder eine Waffe tragen würde. Die letzten beiden Male hatte er seine Pistole benutzt, um jemanden zu retten. Aber er würde sie nicht benutzen, um sich selbst zu verteidigen.

Der Revolverheld starrte ihn an. »Dann sehen Sie zu, daß Sie 'ne Waffe in die Hand bekommen, sonst erschieße ich Sie eben so.«

Marsh starrte ihn an. Ihm war bewußt, daß die Gäste unruhig wurden, daß sie versuchten, sich aus der möglichen Schußlinie zu bringen, zugleich aber neugierig zu ihnen hinüberblickten. »Nein.«

»O Gott, Sie sin' auch noch ein Feigling«, sagte der Mann. »Das hätte ich von Marsh Canton nicht erwartet.«

Die Worte trafen Marsh wie ein Fausthieb. Feigling. Er verzog jedoch keine Miene. »Sie werden sich keinen besonders guten Namen machen, wenn Sie einen unbewaffneten Mann erschießen.«

»Aber es wird mir eine Genugtuung sein. Sie haben vor vier Jahren meinen Bruder erschossen, Mike Bailey.«

Marsh versuchte sich zu erinnern. Bailey. Aber es waren einfach zu viele gewesen, und er hatte nie wissen wollen, wie sie hießen. Aus dem Augenwinkel sah er, daß einer der Kellner aus der Tür glitt.

»Ein Grenzkrieg. In der Nähe von Fort Worth«, fuhr der Mann fort.

Marsh erinnerte sich an die Auseinandersetzung. In ihrem Verlauf hatte er mehrere Männer getötet. Alle bewaffnet. Keiner von ihnen wehrlos. Er schwieg.

»Fahren Sie zur Hölle«, sagte Bailey. »Holen Sie sich endlich eine Waffe.«

»Nein«, sagte Marsh beinahe freundlich.

Der Revolverheld machte einen Schritt zurück, und der Dandy folgte ihm zögernd. »Sie können keinen unbewaffneten Mann erschießen«, sagte der Dandy gewichtig. »Das ist gegen den Ehrenkodex des Westens.«

»Zur Hölle mit dem Ehrenkodex«, sagte der Kerl. »Halten Sie die Klappe oder verschwinden Sie.«

T. J. Simmons erbleichte. Die ganze Sache verlief nicht nach Plan. Das hier wäre Mord, nichts anderes. Und er wäre daran beteiligt. »Das ... das können Sie nicht tun«, sagte er, während ihm klar wurde, daß aus seiner schönen Story nichts würde. Wie sollte er eine Heldengeschichte über einen Feigling und einen Mörder schreiben?

Bailey ignorierte ihn. »Das ist Ihre letzte Chance, Canton. Wenn Sie nicht innerhalb von zehn Sekunden eine Waffe in der Hand haben, erschieße ich Sie so.«

Marsh sah Bailey reglos an. Er wollte nicht sterben. Nicht jetzt. »Nein«, sagte er noch einmal mit leiser Stimme. Er fürchtete, daß der Kellner, der sich hinausgeschlichen hatte, Cat alarmieren würde. Er wollte nicht, daß sie herüberkam und mit ansah, was passierte.

Er wußte, daß die Kugel kam. Er hörte den Schuß und spürte den Schmerz. Er stolperte leicht, klammerte sich an der Theke fest und fühlte, daß das Blut aus dem Loch in seinem weißen Hemd rann. Wins Knurren wurde zu wütendem Gebell, und Marsh wußte, daß der Hund versuchte, hinter der Theke hervorzukommen, aber Marsh hatte den Eingang verriegelt.

Baileys Gesicht war vor Zorn gerötet, und Marsh wußte, daß er noch einmal abdrücken würde. In diesem Augenblick wurde die Tür aufgerissen, und Marsh sah Cat. Er versuchte, etwas zu sagen, doch er war vor Schmerz wie gelähmt.

Durch einen Schleier hindurch sah er, daß sie sich auf Bailey stürzte. Er spürte mehr als er sah, daß Win sich auf einen Sprung vorbereitete. Gläser klirrten, und Flaschen zerbarsten, als der Hund auf die Theke sprang und sich auf den Angreifer warf. Er hörte einen weiteren Schuß und spürte einen neuen Schmerz in seinem Kopf.

Cat sah, wie Marsh in sich zusammensackte, und dann sah sie den Mann mit der Pistole, der offenbar ein zweites Mal abdrücken wollte. Sie hatte keine Zeit gehabt, um die Derringer zu holen, als einer von Marshs Kellnern in den *Silver Slipper* gerannt gekommen war. Sie hatte nur sich selbst. Also warf sie sich auf den Revolverhelden.

Sie traf die Hand, die die Waffe hielt, aber es war zu spät. Sie wußte, daß Marsh erneut getroffen worden war. Der Killer holte aus und schlug ihr ins Gesicht, wobei die Pistole so hart gegen ihre Wange prallte, daß sie zu Boden ging. Im gleichen Augenblick sah sie, wie sich etwas Braunes, Behaartes zornig auf den Kerl stürzte, hörte seinen Schrei und dann wütendes Knurren.

Leute drängten durch die Tür herein. Sie hörte, wie der Mann erneut vor Schmerz aufschrie, und sie rappelte sich auf. Der Hund hatte sich im Arm des Kerls verbissen, den dieser offensichtlich schützend vor seine Kehle hielt. Die Waffe war nirgends zu sehen.

»Winchester!« schrie sie, aus Angst, jemand könnte dem Hund etwas zuleide tun. »Winchester!«

Der Hund hielt inne, aber er hörte nicht auf zu knurren, und er war auch nicht bereit, den Arm des Mannes aus den Zähnen zu lassen. Zwei der Kellner standen daneben, unschlüssig, was sie mit ihm machen sollten. Sie rief noch einmal den Namen des Tieres. Win sah sie verwirrt an, doch dann ließ er von seinem Opfer ab und trottete zu ihr hinüber.

»Braver Hund«, sagte sie. »Das hast du wirklich gut gemacht.«

Winchester richtete die Ohren und den Schwanz auf, ohne jedoch den Mann aus den Augen zu lassen, den er hatte loslassen müssen und der jetzt von den beiden Kellnern festgehalten wurde. Ein anderer Angestellter hatte die Waffe aufgehoben und richtete sie auf den Angreifer, während sie ihm die zweite Pistole aus dem Halfter nahmen.

Cat rannte zur Theke, zerrte ihren Arm aus der Schlinge und öffnete die Tür, die Marsh geschlossen hatte, damit der Hund nicht davonlief. Marsh lag auf dem Boden. Das Blut strömte aus einer Wunde in seiner Brust und rann in einem feinen Rinnsal aus einem Streifschuß am Kopf.

»Holt einen Arzt!« schrie sie. »Dr. MacLaren!«

Sie kniete sich neben Marsh und zog seinen Kopf in ihren Schoß. Er war bewußtlos. »Marsh«, flüsterte sie. »Du darfst mich jetzt nicht verlassen.«

Einer der Ober kam zu ihr herüber. »Was sollen wir mit ...«

»Suchen sie irgendwo einen Polizisten«, sagte sie. »Aber zuerst holen Sie den Arzt.«

Sie griff nach einem der Handtücher hinter der Theke, knöpfte Marshs Hemd auf und preßte den Stoff auf die Wunde in seiner Brust, die weit schlimmer war als die an seinem Kopf. »Du darfst nicht sterben«, befahl sie ihm. »Das lasse ich nicht zu.«

Sie strich ihm sanft über die Wange. Er röchelte. Sie beugte sich hinab und küßte ihn, als wolle sie ihn auf diese Weise von einem weit entfernten Ort zurückholen. Sie wollte mit ihm sprechen, aber der Kloß in ihrem Hals hinderte sie daran. Sie konnte nur sein Gesicht und seine Arme streicheln und ihm sagen, daß sie da war, daß sie immer da sein würde, während die andere Hand das Handtuch auf die Wunde preßte.

Cat sah, daß sein Gesicht naß war, und sie brauchte einen Moment, bis sie begriff, daß sie weinte. »Ich habe nie geweint, bis ich dir begegnet bin«, flüsterte sie schmerzerfüllt. »Ich wußte nicht einmal, daß ich es kann.«

Sie beugte sich hinab, bis ihre Wange die seine berührte, bis sich alte und neue Tränen mischten.

Der Hund winselte. Er war ihr hinter die Theke gefolgt, und nun lag er da, den Kopf auf einem von Marshs Beinen. Sie schluckte und zwang sich zu sprechen: »Er will auch, daß du wieder zu dir kommst.«

Wenn sie nur die Blutung stoppen könnte. Wenn sie nur ein paar Minuten früher gekommen wäre. Wenn sie ihm nur ihr Leben geben könnte.

Großer Gott, warum hatte er nur keine Waffe gehabt? Der Kellner, der zu ihr gekommen war, hatte gesagt, daß Marsh von einem bewaffneten Kerl herausgefordert worden war und sich geweigert hatte, eine Pistole in die Hand zu nehmen. Warum? »Oh, Marsh«, flüsterte sie. »Warum gerade jetzt?« Es erschien ihr wie Stunden, bis Dr. MacLaren endlich kam und sich neben sie kniete. Als sie zur Seite treten mußte, hatte sie das Gefühl, als würde ihr das Herz aus dem Leib gerissen.

Der Arzt untersuchte eilig die Wunde und blickte dann zu ihr auf. »Wo können wir ihn hinbringen?«

»Sein Zimmer ist am Ende des Flurs, hinten links«, sagte sie.

Er nickte, stand auf und rief ein paar Männer zu sich, die sich sofort um den Verwundeten drängten und Cat weiter und weiter von ihm fortschoben. Win bleckte die Zähne und stieß ein warnendes Knurren aus. »Laß sie vorbei, Win«, sagte sie. »Es ist schon gut.«

Ihre Stimme schien den Hund zu besänftigen, obgleich er in seiner drohenden Stellung verharrte und jede Bewegung der Männer verfolgte, die Marsh hochhoben und in sein Zimmer trugen. Cat folgte ihnen.

Der Arzt sah sie an. »Sie beide halten mich ganz schön auf Trab. Warum warten Sie nicht draußen?«

»Nein«, sagte sie mit flacher Stimme.

MacLaren seufzte. »Ich werde meine Zeit nicht damit vergeuden, mich mit Ihnen herumzustreiten, aber wenn Sie nicht gehen, werden Sie genau tun müssen, was ich Ihnen sage.«

Cat nickte.

Vor der Tür drängten sich Marshs Angestellten. Sie alle machten besorgte Gesichter, und Cat wußte, daß sie wirklich Angst um ihn hatten. Offenbar hingen sie sehr an ihm, obwohl sie erst seit kurzer Zeit für ihn arbeiteten. Sie sagte einem von ihnen, was sie brauchten, und er verschwand. Ein anderer trat vor. »Wir haben den Kerl der Polizei übergeben.«

»Danke«, sagte sie und spürte, wie erneut die Tränen in ihr aufstiegen. Win, der draußen bleiben sollte, blickte sie flehend an. Sie wollte gerade die Tür schließen, als sie sein leises Winseln hörte und ihn hereinließ. »In die Ecke«, sagte sie, und zu ihrer Überraschung tat der Hund, wie ihm geheißen, legte sich hin und starrte, den Kopf auf den Pfoten, hinüber zu der reglosen Figur auf dem Bett.

Der Arzt befühlte die Wunde auf Marshs Brust. »Die Kopfverletzung ist nicht weiter schlimm«, sagte er. »Das kann warten.«

Schließlich wandte er sich an Cat. »Helfen Sie mir, ihn umzudrehen, damit wir ihm das verdammte Hemd ausziehen können. Ich hoffe nur, daß die verdammte Kugel glatt durch ihn hindurchgegangen ist. Das ist bei all dem Blut nur schwer zu sagen.« Cat ging hinüber zum Bett und zog Marsh das Hemd aus, während der Arzt ihn auf die Seite drehte. Sie zuckte zusammen, als sie all das Blut sah.

»Ahhhh«, sagte der Doktor. Er blickte Cat an. »Ein glatter Durchschuß. Offenbar sind Herz und Lunge verschont geblieben. Wenn es uns gelingt, die Blutung zum Stillstand zu bringen, und es keine Infektion gibt ...«

Er hielt inne und preßte ein Handtuch auf die Wunde. Dann gab er Cat das blutgetränkte Stück Stoff und streckte die Hand nach einem neuen aus. Cat hatte das Gefühl, als fließe Marshs gesamtes Blut in das Laken.

Es klopfte, und der Kellner kam mit zwei Schüsseln kochenden Wassers. Ein anderer Mann hielt ihr einen Stapel Handtücher hin. Cat nahm sie dankbar entgegen und legte sie auf den Fußboden. »Sagen Sie Hugh Bescheid«, bat sie die Männer. »Er wird es wissen wollen. Und schließen Sie das *Glory Hole.* Dann können Sie alle nach Hause gehen.«

»Wenn es Ihnen nichts ausmacht«, sagte eine der Geberinnen, die draußen standen, »dann würden wir lieber bleiben.«

Wieder spürte Cat einen Kloß im Hals. Sie fragte sich, ob Marsh wußte, wie loyal seine Angestellten ihm gegenüber waren. Nach all dem, was er ihr gegenüber gesagt hatte, wußte er es wahrscheinlich nicht. Sie nickte – »Natürlich« – und wandte sich erneut an den Arzt, der sich über das Bett beugte.

»Ich glaube, die Blutung wird schwächer«, sagte er. »Ich werde die Wunde nähen, und dann … können wir nur noch abwarten.«

Cat erschauderte. Sie ertrug den Gedanken nicht, daß dieser bereits narbenübersäte Körper erneut Schmerzen zu erdulden hatte.

»Miss Hilliard«, sagte der Arzt mit lauter Stimme.

»Schon gut«, sagte sie und zwang sich, stark zu klingen.

»Sie säubern die Umgebung der Wunde vom Blut«, wies er sie an, während er die Nadel nahm und sich an die Arbeit machte. Marshs Körper bäumte sich auf, obgleich er immer noch bewußtlos war. Während Cat mit einem Handtuch das Blut fortwischte, betete sie zum ersten Mal in ihrem Leben.

Als er fertig war, sah der Arzt sie triumphierend an. »Ich habe noch nie einen Mann gesehen, der so viel Glück hat«, sagte er. »Nicht ein lebenswichtiges Organ ist getroffen worden, obwohl die Kugel nur um Haaresbreite am Herz vorbeigegangen ist.«

»Er kommt also wieder in Ordnung?«

»Nun, er hat eine Menge Blut verloren, und bei Kopfverletzungen weiß man nie so genau, aber im Augenblick stehen die Chancen gut. Ich lasse Ihnen etwas Laudanum da gegen die Schmerzen. Ich nehme an, Sie wissen, welche Dosis die richtige ist. Übrigens, wie geht's Ihrer Schulter?« fügte er mit einem mißbilligenden Blick auf die leere Schlinge hinzu.

Cat lächelte schwach. »Ich spüre sie kaum.«

Er schüttelte den Kopf. »Sie beide müssen wirklich zwei Schutzengel haben.«

Vielleicht, dachte sie wehmütig. Dann hatten sie sich in der Vergangenheit immer versteckt gehalten, um im richtigen Moment zur Stelle zu sein. Oder vielleicht waren Marsh und sie die Schutzengel des jeweils anderen. Ein schöner Gedanke. Verrückt. Aber er ging ihr nicht mehr aus dem Kopf.

Der Arzt nähte die Wunde fertig. »Wenn er bis zum Morgengrauen nicht wach wird, sagen Sie mir Bescheid«, sagte er. »Und beim nächsten Mal versuchen Sie es, um Gottes willen, so einzurichten, daß ich nicht schon wieder mitten in der Nacht kommen muß.«

Sie lächelte noch einmal schwach. »Es wird nicht noch einmal vorkommen, das verspreche ich Ihnen«, sagte sie, während er sie skeptisch ansah. »Ich werde bei ihm bleiben.«

»Das habe ich mir bereits gedacht«, sagte er gereizt, aber er strich ihr sanft über die Wunde, die der Pistolenkolben auf ihrer Wange hinterlassen hatte. Bei all der Sorge um Marsh hatte sie sie vollkommen vergessen.

»Ich glaube nicht, daß das genäht werden muß«, sagte der Arzt. »Aber ich werde die Wunde säubern und verbinden.«

Einen Augenblick später ging er, und sie setzte sich auf den Stuhl neben dem Bett. Er hatte recht, dachte sie. Sie mußten wirklich zwei Schutzengel haben, oder vielleicht war ihr Gebet erhört worden. Sie ergriff Marshs Hand. Wie stark sie war. Sie hob sie an ihren Mund und küßte sie. Sie wollte Marsh so nahe wie möglich sein, ihm all die Liebe geben, die sie empfand. So tief. So schmerzlich. Sie hatte sich davor gefürchtet zu fühlen, verletzt zu werden, aber jetzt war die Liebe, auch wenn sie schmerzte, ein Teil von ihr, ein so wichtiger, herrlicher Teil, daß sie wußte, sie würde ihn niemals für ihre Sicherheit aufgeben.

»Ich liebe dich«, flüsterte sie mit erstickter Stimme. Der verdammte Kloß in ihrem Hals wollte einfach nicht verschwinden. Ebensowenig wie die Tränen.

Als Marsh langsam erwachte, verspürte er einen brennenden Schmerz und stechende Kopfschmerzen. Er unterdrückte ein Stöhnen und öffnete die Augen. Der Raum lag völlig im Dunkeln, aber er sah eine reglose Gestalt neben seinem Bett. Cat. Sie schlief. Sie sah so erschöpft aus, wie sie leicht zusammengesunken auf dem Stuhl saß. Wie lange hatte sie wohl dagesessen?

Ihr Anblick löste die Erinnerung an etwas anderes aus. Ein Bild. Ein kühles Handtuch auf seinem Gesicht, Finger, die ihn sanft streichelten. Ihre Finger. Cats Finger. Keine anderen Finger würden ihn jemals so liebevoll berühren.

Oder hatte er das alles nur geträumt?

Er versuchte sich daran zu erinnern, was passiert war, und langsam kam alles zurück, Stück für Stück, wie die Teile eines Puzzles, die er zusammensetzen mußte. Als ihm das gelungen war, hätte er das Bild am liebsten sofort wieder zerstört.

Der Revolverheld. Die Schüsse. Und das schreckliche Wissen, daß er seine Vergangenheit niemals würde abschütteln können. Es würden andere kommen, um zu versuchen, ihn zu einem Duell zu bewegen, sich durch eine Schießerei mit ihm einen Namen zu machen. *Feigling.* Dieser Ruf würde ihm von nun an immer folgen.

Er konnte Cat niemals heiraten, und dieser Gedanke gab ihm das Gefühl, vollkommen leer zu sein und einsamer als je zuvor. Aber er durfte sie nicht in Gefahr bringen. Sie hatte in ihrem Leben schon genug durchgemacht, ohne einen Namen zu tragen, der das Synonym für den Tod war und jetzt auch noch für Feigheit.

Anders als Cat hatte er sich seinen Weg selbst ausgesucht. Er erinnerte sich an ein Gedicht von Samuel Butler: »Als wie ihr sät, so werdet ihr ernten.« Er wollte nicht, daß Cat seine tödliche Ernte teilte.

Aber sie aufzugeben war dasselbe, als würde er sein Herz herausreißen, nachdem er gerade erst entdeckt hatte, daß er überhaupt eins besaß. Die Tatsache, daß seine Liebe noch so jung war, sollte es ihm leichter machen, aber so war es nicht. Er hatte bemerkt, wie leer sein Leben gewesen war, und nun hatte er die Sonne erblickt, und er fragte sich, wie er ohne ihre Strahlen weiterleben sollte.

Er mußte gehen. Sonst würden sie niemals voneinander lassen können, er und Cat. Er hatte es, weiß Gott, versucht. Und auch sie hatte sich sicher die größte Mühe gegeben. Aber sie zogen sich an wie zwei Magneten. Er sah sie an und bemerkte kaum noch den Schmerz von seiner Wunde. Er war so gering, verglichen mit dem Schmerz, sie zu verlieren, den einzigen Ort zu verlieren, an dem er jemals zu Hause gewesen war.

Langsam ergab sich die Dunkelheit den ersten Strahlen des Tageslichts, aber immer noch konnte er nicht den Blick von ihr wenden, von ihrem schmalen Gesicht und dem dunklen Haar, das sich gelöst hatte und in sanften Wellen herabfiel. Er hatte nicht gedacht, daß er jemals so lieben würde, mit jeder Faser seines Herzens. Genug, um sich von dem abzuwenden, was er mehr wollte als alles andere auf der Welt.

Die ersten Sonnenstrahlen hatten sie gerade erreicht, als sie erwachte. Und selbst ihr Erwachen war bezaubernd. Erst öffnete sie ganz langsam die schlaftrunkenen Augen, doch dann riß sie sie auf, als sie merkte, wo sie war. Ihre Augen waren leicht geröte und er merkte, daß sie geweint haben mußte. Der Gedanke schmerzte ihn. Er war es nicht wert, daß jemand um ihn weinte, doch auf unerklärliche Weise wärmte ihn dieser Gedanke.

Sie schob sich das Haar aus der Stirn. Eine durch und durch weibliche Geste, doch zugleich eigenartig unsicher. »Wie lange bist du schon wach?«

»Nicht lange.«

»Und wie fühlst du dich?«

»Als hätte jemand auf mich geschossen.«

Sie lächelte. »Eine dumme Frage, wie?«

»Nichts, was du tust, ist dumm, außer vielleicht, bewaffneten Männern in die Arme zu fallen.«

»Winchester hat es besser gemacht als ich, und dann haben deine Kellner den Kerl in Schach gehalten, bis die Polizei kam. Er ist jetzt im Gefängnis, und ich nehme an, da kommt er nicht so schnell wieder raus.«

Als er seinen Namen hörte, erhob Winchester sich aus seiner Ecke, streckte sich, kam hinüber zum Bett und starrte Marsh an. »Er hat sich wirklich auf Bailey gestürzt?« fragte Marsh mit einem leicht verwunderten Lächeln.

»Ich nehme an, er dachte, er sei dir etwas schuldig.«

»Tja, das Gegenteil ist bestimmt nicht der Fall«, sagte Marsh mit einem Grinsen, das sich abrupt legte, als eine neue Woge des Schmerzes über ihm zusammenschlug. Als sie sich offensichtlich wieder gelegt hatte, hob er eine Hand an ihr Gesicht und strich vorsichtig über den Verband auf ihrer Wange. »Geht es dir …?«

»Es ist nichts weiter«, sagte sie. »Der Arzt meinte, es müsse noch nicht mal genäht werden.«

»Und es bleibt keine … Narbe zurück?«

Sie schüttelte den Kopf.

»Ich würde mir niemals verzeihen …« Er verstummte, und Cat haßte das Schuldbewußtsein in seinem Blick. Sie beschloß, das Thema zu wechseln.

»Marsh …«

»Ja?«

»Warum hast du nicht auf den Mann geschossen?« Sie hatte Hugh eine Erklärung gegeben, aber sie wollte es von ihm selbst hören. »Du hättest gewonnen.«

»Vielleicht«, sagte er. »In gewisser Weise.« Er sah sie an. »Hältst du mich für einen Feigling?«

Sie ergriff seine Hand und hielt sie fest. »Ich denke, das, was du getan hast, erfordert viel mehr Mut, als selbst zur Waffe zu greifen. Eine andere Art von Stärke, eine, die nicht viele Menschen haben.«

»Ich mußte irgendwann einmal damit aufhören, Cat. Ich mußte aufhören mit dem Töten. Aber das wird keinen Unterschied machen. Jetzt, wo mein Aufenthaltsort bekannt ist, werden sie immer wieder kommen. Jeder, der sich für irgend etwas an mir rächen will. Jeder Halbwüchsige, der sich einen Namen machen will.« Er hörte die Hoffnungslosigkeit in seiner Stimme und sah, wie sich ihr Gesichtsausdruck veränderte. Sie hatte ihre Gefühle immer so gut verstecken können. Er fragte sich, ob er inzwischen ebenso leicht zu durchschauen war. Das wäre für jemand wie ihn tödlich.

Cat starrte ihn verständnislos an. »Aber jetzt werden sie doch bestimmt nicht mehr kommen. Schließlich hast du klargestellt, daß du keine Waffe mehr in die Hand nimmst.«

»Ein paar werden wahrscheinlich immer noch kommen. Ich habe schließlich eine Menge Feinde, Cat. Und deshalb muß ich gehen.«

»Wo werden wir hingehen?«

»Nicht wir, Cat.« Seine Stimme war vollkommen tonlos.

»Nein!« Der Zorn, den er einst so an ihr bewundert hatte, blitzte erneut in ihren Augen auf.

»Ich habe es versucht, Cat. Ich habe versucht, meine Vergangenheit hinter mir zu lassen, aber es ist unmöglich. Und ich werde dich nicht in Gefahr bringen. Ich werde nicht zulassen, daß jemand dich die Frau eines Feiglings nennt.«

Da war es. Das Wort. »Frau.« Ein Wort, das keiner von ihnen zuvor jemals erwähnt hatte. Er wußte, warum er es nicht getan hatte. Es war einfach zu schön gewesen, um wahr zu sein.

»Gütiger Luzifer, du wirst nie im Leben jemals ein Feigling sein.«

»Aber das werden genug Leute denken ...«

»Das ist mir völlig egal. Ich weiß, daß du kein Feigling bist. Und das wissen auch andere. Weißt du, daß gestern nacht niemand gehen wollte, ehe sie nicht wußten, wie es dir ging, daß Hugh die ganze Nacht hier war, obwohl seine Frau ihn wahrscheinlich gebraucht hätte? Hast du überhaupt eine Vorstellung davon, wieviele Leute sich Sorgen um dich gemacht haben?«

Er wollte etwas sagen, aber sie ließ ihn gar nicht erst zu Wort kommen. »Willst du einfach davonlaufen, so wie ich davongelaufen bin? Wie ich es getan habe, bis ich dir begegnet bin?«

»Du weißt nicht ...«

Sie war außer sich vor Zorn. »Und ich? Was ist mit mir? Du ... du hast mir gezeigt, was es heißt, sich um jemanden Sorgen zu machen, und jetzt willst du einfach gehen. Du bist wie alle anderen, du benutzt ...«

»Cat!« Seine Stimme war heiser vor Entsetzen. »O Gott, Cat, das glaubst du doch wohl nicht im Ernst.«

»Ich glaube, was ich will«, erwiderte sie verbittert. »Geh nur. Renn davon. Renn davon wie ein Kaninchen.«

»Verstehst du denn nicht ... ich denke dabei an dich.«

»Nein, das tust du nicht«, entgegnete sie. »Du denkst nur daran, was für dich am einfachsten ist. Wenn du auch nur einen einzigen Gedanken an mich verschwenden würdest, dann wüßtest du, daß ich so gut wie tot bin, wenn du gehst. Verdammt, es ging mir gut, bis du hier aufgetaucht bist, und dann hast du mir eine völlig neue Welt eröffnet. Ich kann in meine alte Welt nicht mehr zurück, und die neue nimmst du mit. Und wo bleibe ich dabei?«

»Du baust dir einfach eine neue Welt auf.«

»Nein. Ich werde jeden Tag ein bißchen mehr sterben, ich werde mir Sorgen um dich machen, ich werde an dich denken, ich werde dich vermissen. Ich werde nie wieder ganz sein. Ich war nie ganz, ehe ich dir begegnet bin. Das kannst du nicht einfach kaputtmachen.«

Cat hatte nie zuvor um etwas gebeten, aber jetzt kämpfte sie um ihr Leben. Um sein Leben.

Sie sah, wie er schluckte, sah den rohen Schmerz in seinem Blick, und sie wußte, daß er nicht von seinen Wunden herrührte. Außerdem wußte sie, daß sie nicht den Mut hätte, das zu sagen, was sie sagte, wenn sie nicht genau spüren würde, daß sie ihn liebte. Dafür hatten sie viel zu lange gegeneinander gekämpft.

Sie griff ihn erneut an. »Hast du etwa Angst davor, daß die Leute hier dich einen Feigling nennen könnten?«

Marsh schüttelte den Kopf. Es war ihm schon immer egal gewesen, was die Leute sagten. Er hatte sich einzig um Cat Sorgen gemacht.

»Und meinst du etwa, *ich* sei so dumm, wichtig zu nehmen, was die Leute sagen?«

Er verzog die Lippen zu einem leichten Grinsen. Sie wußte, wie sie ihn in die Enge treiben konnte. »Ah, Cat. Mach es mir doch nicht so schwer. Ich habe keine Übung darin, wie man sich anständig verhält.«

»Es gefällt mir, wenn du unanständig bist«, sagte sie und lächelte ebenfalls.

Er hielt die Luft an. »Du bist die … schwierigste Frau, die mir jemals begegnet ist.«

»Das hast du schon mal gesagt.«

»Ich glaube, schwierige Frauen gefallen mir.« Die Worte brachen aus ihm heraus, ehe er sie zurückhalten konnte.

Nun war es an Cat, die Luft anzuhalten. »Also bleibst du?«

Er wollte bleiben. Himmel, wie sehr er sich wünschte zu bleiben. Mit einer Sache hatte sie recht. Wenn er sie zurückließe, wäre auch er nie wieder ganz. Sie beide waren inzwischen Teile eines Ganzen.

Er schloß die Augen und dachte nach. Er mußte sie schließen, um nicht in ihre grünen Augen zu blicken, in ihr leidenschaftliches, herrliches Gesicht. Er konnte einfach nicht nachdenken, wenn sie in seiner Nähe war.

»Marsh?« Ihre Stimme klang plötzlich sanft. Zart. Besorgt. Er hatte vergessen, wie wohl es tat, wenn sich jemand um einen sorgte.

Er öffnete die Augen und versuchte sich zu bewegen. Schmerz wallte in ihm auf, und er konnte nichts sagen. Er konnte einfach nur die Wogen über sich zusammenschlagen lassen.

Er hörte, wie der Hund leise winselte. Er versuchte, Winchester anzusehen, sich auf irgend etwas anderes als den Schmerz zu konzentrieren. Die verschiedenen Arten des Schmerzes. Was sollte er mit Winchester machen? Und mit Hugh? Und was war mit seinem Versprechen, Devereux zu helfen?

Er konnte einfach nicht denken, solange ihm alles weh tat. Er konnte nicht denken, solange Cat ihm gegenüber saß. Er hörte das Rascheln ihres Kleides, ihre leisen Schritte, als sie aufstand, und dann erkannte er an ihrem leichten Duft, daß sie zurück war. Sie hob sanft seinen Kopf und flößte ihm eine milchige Flüssigkeit ein.

Eine gewisse Taubheit stieg in ihm auf und verdrängte die schlimmsten Schmerzen. Verdrängte die Gedanken. Er schloß erneut die Augen, spürte, wie sich die Lider automatisch senkten, aber immer noch spürte er ihre Gegenwart, und ehe er in Schlaf versank, hörte er ihre leisen Worte. »Du bist jetzt mein Leben. Ich werde dich nicht gehen lassen. Wohin du gehst, werde auch ich gehen.«

Helles Tageslicht strömte durch das Fenster, als Marsh wieder erwachte. Er war leicht benommen, und in seinem Inneren brannte immer noch der Schmerz. Himmel, hatte er einen Durst. Er blickte sich um. Irgend jemand hatte einen Tisch neben sein Bett gestellt, auf dem eine Tasse Wasser stand. Er trank gierig, obgleich der Schmerz mit jeder Bewegung schlimmer wurde.

Marsh fragte sich, wie lange er wohl geschlafen hatte. Oder wann sie wohl gegangen war. Selbst ihre vorübergehende Abwesenheit war ein Verlust, der seine körperlichen Schmerzen unwichtig erscheinen ließ. Die Leere des Raums drohte ihn zu überwältigen.

Er erinnerte sich an ihre Unterhaltung. An jeden einzelnen Satz. Jede Nuance. *Du bist jetzt mein Leben. Ich werde dich nicht gehen lassen. Wohin du gehst, werde auch ich gehen.*

Und er wußte, daß sie das tun würde. Er wußte, sie würde ihm folgen. Weil sie Cat war. Sie wußte nicht, was das Wort »Niederlage« bedeutete.

Geh nur. Renn davon. Renn davon wie ein Kaninchen. Du denkst nur daran, was für dich am einfachsten ist.

Vielleicht tat er das. Vielleicht hatte er das schon immer getan. Er war vor der Erinnerung davongelaufen. Er war vor seinen eigenen Taten davongelaufen. Und wenn er jetzt nicht anhielt, würde er niemals anhalten.

Marsh schämte sich. Trotz ihrer Angst, von der er wußte, daß sie überwältigend gewesen sein mußte, hatte Cat sich dem Kampf mit Cahoon gestellt. Wie konnte er da etwas Geringeres tun? Vielleicht würde noch einmal jemand versuchen, sich mit ihm zu duellieren. Vielleicht würde man ihn einen Feigling und Schlimmeres nennen. Aber ihm bot sich eine Chance, die die meisten Männer nicht hatten: eine außergewöhnliche Frau, eine außergewöhnliche Liebe. Er wußte, daß er das nicht einfach fortwerfen durfte.

Und er wußte, daß er Cat nicht bitten durfte, alles aufzugeben, was sie sich in San Francisco aufgebaut hatte.

Plötzlich wußte er, daß er bleiben würde. Die möglichen Folgen dieses Entschlusses waren unwichtig im Vergleich zu dem Schmerz, den es ihm bereiten würde, wenn er Cat verlor oder wenn er sähe, wie der wunderbare neue Glanz aus ihren Augen wich. Allein der Gedanke an sie gab ihm das Gefühl … unbesiegbar zu sein, und er wußte, daß er es nicht ertragen würde, ohne sie zu leben.

Cat. Cat würde bald bei ihm sein. Cat würde immer bei ihm sein. Er schluckte, als er daran dachte. Er verspürte eine unendliche Freude und eine schmerzliche Glückseligkeit.

»Marsh?« Ihre Stimme drang leise von der Tür zu ihm herüber. Er blickte auf und lächelte. Das reichte, um ihr Gesicht vor Freude erstrahlen zu lassen. Sie verstand ihn auch ohne Worte. Ihre Augen blitzten auf, als sie zu ihm herüberkam, sich über ihn beugte und ihn mit einer solchen Liebe küßte, daß er dachte, sein Herz müsse zerspringen.

»Ich liebe dich, Miss Catalina.«

»Ich liebe dich, Marsh Taylor Canton.«

Ihre Finger strichen über die Bartstoppeln auf seiner Wange. »Willst du einen berüchtigten Revolverhelden heiraten?«

»Einen ehemaligen Revolverhelden«, verbesserte sie, während sie neben ihm unter die Decke schlüpfte. »Wenn du eine berüchtigte Saloonbesitzerin heiraten willst.«

Er verzog das Gesicht. »Ich nehme an, wir können genausogut gemeinsam berüchtigt sein.«

»Oh, wir werden so ruhig und gesetzt werden, daß sich niemand mehr daran erinnern wird.«

Seine Miene verriet Zweifel.

»Wir können San Francisco jederzeit verlassen«, bot sie an.

»Du würdest den *Silver Slipper* aufgeben?«

»Ich würde alles aufgeben außer dir«, sagte sie und begann, an seinem Ohrläppchen zu nagen.

»Erinnerst du dich daran, was du über das Fortlaufen gesagt hast?«

»Hummmm ...«

»Warum blieben wir nicht einfach noch eine Zeitlang hier?«

»Hummmm ...«

»Cat?«

»Hummmm ...?«

»Du hast mir nicht geantwortet, als ich dich gefragt habe, ob du mich heiraten willst.«

Sie hörte auf, an seinem Ohr zu knabbern, und plötzlich wurde ihm klar, daß sie bewußt vermieden hatte, ihm zu antworten.

Sie sah ihn an. Ihre Augen glänzten, und er wußte nicht, ob sie weinte oder lachte. »Lauf jetzt nicht vor mir davon«, sagte er sanft, da er wußte, daß sie sich immer noch nicht sicher war, ob er ihre Vergangenheit vollkommen akzeptiert hatte. Offensichtlich war sie bereit, ihm alles zu geben, während sie zögerte, irgend etwas von ihm zu nehmen.

»Ich will, daß du meine Frau wirst, Cat. Ich will alles, was du bist. Alles. Mit weniger werde ich mich niemals zufriedengeben.«

Sie lächelte, das schönste Lächeln, das er jemals gesehen hatte. Es lag nicht der geringste Schatten über ihrem Blick.

Sie streichelte ihm sanft das Gesicht. »Ich liebe dich so sehr, Marsh Canton. Es ist nur so ... schwierig, so glücklich zu sein.«

Und schmerzlich. Das wußte er. Die Angst zu verlieren gehörte dazu. Aber es war mehr. Wenn man so sehr liebte, war es schmerzlich. Man meinte, ein solches Gefühl nicht verdient zu haben, es war einfach zu ... zauberhaft.

»Ich weiß«, sagte er sanft, während sein Mund über ihre Wange strich. »Meine wunderschöne Cat, ich frage mich, ob du jemals wissen wirst, wieviel du mir gegeben hast. Ehe ich dir begegnet bin, konnte ich noch nicht einmal einen Sonnenuntergang betrachten. Alles war schwarz, leer. Du bist für mich wie die Sonne, du spendest mir neues Leben. Als ich dachte, ich müßte dich verlassen ...«

Sie küßte ihn. Streichelte ihn. Liebkoste ihn. Tröstete ihn. Und mehr. Wenn er nicht so verdammt ...

Als er erschauderte, verstand sie das falsch und rückte eilig von ihm ab. »Es tut mir ... leid.«

»Das darf dir niemals leid tun«, sagte er mit einem schiefen Grinsen. »Es war nicht die Wunde.«

Sie lächelte, ein süßes, verwundertes Lächeln, und sein Herz zog sich schmerzlich zusammen.

»Du hast mir immer noch nicht geantwortet«, beschwerte er sich grinsend. Aber sie hatte ihm ihre Antwort bereits auf andere Weise gegeben.

»Es wäre mir ein Vergnügen, deine Frau zu werden«, sagte sie, und in ihrer Stimme lag ein Ton von Glückseligkeit.

»So bald wie möglich?«

Sie nickte. »Eine ruhige Hochzeit.«

»Klein und bescheiden«, stimmte er ihr zu.

»Die Zeitungen ...«

Er zuckte zusammen. »Unsere ... allseits bekannte Fehde.«

»Ich hoffe, die betrachtest du nicht als beendet«, sagte sie mit einem boshaften Zwinkern. »Ich habe durchaus die Absicht, den *Silver Slipper* zu behalten ... zumindest noch eine Zeitlang.«

Sie sah ihn an. Sie konnte ihm inzwischen direkt in die Seele blicken, und sie liebte alles, was sie dort entdeckte.

Er grinste. »Eine freundschaftliche Fehde.«

Sie blickte ihn herausfordernd an. »Manchmal«, warnte sie. »Und manchmal ...«

»Und manchmal?« fragte er.

Aber sie lächelte nur und ließ zu, daß der Zauber, der zwischen ihnen beiden herrschte, der Blitz und Donner, den Satz beendete.

EPILOG

Kurz nach Sonnenaufgang …

Herbstanfang 1879

T. J. Simmons nahm den Nachtzug nach Denver. Er hatte nicht genug Geld, um noch länger in San Francisco zu bleiben, und er hatte auch kein großes Interesse daran. Am Bahnhof kaufte er den *Globe* und las den Artikel, der auf der unteren Hälfte der Titelseite stand.

Der Geschäftsmann Taylor Canton, der vor ein paar Monaten in San Francisco das Glory Hole *eröffnet hat, wurde Mittwoch nacht bei einem Zwischenfall in seinem Saloon schwer verwundet. Die Polizei verhaftete Tom Bailey, Texas, der für den Überfall verantwortlich war.*

Der Polizei zufolge betrat Bailey das Glory Hole mit einem unbekannten zweiten Mann, identifizierte Mr. Canton offenbar fälschlicherweise als Marsh Canton, einen berüchtigten Killer, und forderte ihn zu einem Duell heraus. Mr. Canton, der unbewaffnet war, weigerte sich, zu einer Pistole zu greifen, und wurde zweimal getroffen. Es wird davon ausgegangen, daß er die Verletzungen überlebt.

Ein Zeuge nannte Mr. Cantons Weigerung, sich dem Duell zu stellen, einen »wahrhaft mutigen Akt«. Mr. Cantons Tapferkeit ist unumstritten, da er erst kürzlich eine Entführung und einen Diebstahl im gegenüberliegenden Silver Slipper *vereitelte.*

Offensichtlich hat sich der Revolverheld geirrt, als er annahm, Taylor Canton, ein Geschäftsmann aus Texas, und Marsh Canton, ein Killer aus Colorado, seien ein und dieselbe Person. Zeugen haben gehört, wie Bailey sagte, er sei dem Killer nie zuvor be-

gegnet, aber er nehme aufgrund des Nachnamens an, daß es sich um den von ihm Gesuchten handele. Das Ergebnis der Schießerei hat uns das Gegenteil bewiesen.

Wir sind der Überzeugung, daß Mr. Cantons Weigerung, zur Pistole zu greifen, in der Tat ein wahrhaft mutiger Akt war und somit ein weiterer Beweis dafür, daß San Francisco ein Hort der Zivilisation geworden ist, der nicht länger von der Waffe regiert wird.

T. J. zerknüllte die Zeitung. Seine Geschichte war futsch. Bailey hatte auf einen Unbewaffneten geschossen. Canton hatte sich geweigert zu kämpfen. Vielleicht war dieser Mann wirklich nicht Marsh Canton. Er hatte schließlich nur gesagt, sein Name sei Canton.

Marsh Canton hätte gekämpft. Da gab es keinen Zweifel. Der Killer aus Colorado hatte sich noch nie vor jemandem gefürchtet, und niemand hatte jemals behaupten können, daß er irgendwelche Skrupel hatte. *Marsh* Canton hätte nicht einfach dagestanden und sich von irgend jemandem über den Haufen schießen lassen. Wenn er das getan hätte, müßte schließlich sogar die Echtheit von *Duell bei Sonnenuntergang* angezweifelt werden.

Verdammt, wahrscheinlich hatte er wirklich einen Fehler gemacht. Und das hätte beinahe einen Unschuldigen das Leben gekostet.

Darüber hinaus war er so gut wie pleite. Er hatte nur noch ein paar Dollar von dem Geld, das er Bailey abgeknöpft hatte, dafür, daß er Canton gefunden hatte, und das meiste davon hatte er für die Reise ausgegeben.

Er fluchte leise und bestieg den Zug. Er würde einen anderen Revolverhelden finden müssen. Oder vielleicht würde er wieder bei der Zeitung anfangen. Vielleicht war wirklich die Zivilisation im Westen eingekehrt. Vielleicht waren die Tage der Killer vorbei.

»Ich dachte, Sie würden vielleicht gern wissen, was die Zeitungen so berichten«, sagte Hugh, als er in Marshs Zimmer spaziert kam und ihm die Zeitung aufs Bett warf.

O nein. Der Name Marsh Canton groß auf der ersten Seite? Seine Weigerung zu kämpfen? Die Tatsache, daß er sich hatte über den Haufen schießen lassen wie ein Hund? Er hörte ein leises Knurren und fragte sich, ob Winchester inzwischen Gedanken lesen konnte. Aber vielleicht knurrte er auch nur, weil Hugh ihm zu nahe kam. Irgendwie gefiel Marsh die erste Erklärung besser. Dieser Gedanke lenkte ihn kurz von der Zeitung ab.

Nun, ebensogut konnte er es gleich hinter sich bringen. Er blickte auf die Titelseite und fing an zu lesen. Plötzlich wurden seine Augen groß, seine Schmerzen waren wie weggeblasen, die innere Leere wie weggefegt. »Steht in den anderen Zeitungen etwa dasselbe?«

Hugh nickte. »Cat hat ein paar der Zeitungsleute besucht. Zusammen mit Mr. Devereux.«

Fälschlicherweise identifiziert. Marsh Canton war so tot wie Lobo.

San Franciscoer Geschäftsmann verwundet. Die Stadt hatte ihn als einen der Ihren angenommen.

Hugh stand da und grinste. Winchester saß neben dem Bett und hatte den Kopf auf die Decke gelegt. Cat würde jeden Augenblick zurück sein. Marsh grinste. Es tat weh, aber er konnte nicht anders. Cat. Seine Cat. Cat, die ihn beinahe hätte zwangsrekrutieren lassen. Cat, die anders war als alle anderen Frauen auf der Welt. Er hätte wissen müssen, daß seine Cat es irgendwie schaffen würde, alles ins Lot zu bringen.